蚂蚁三部曲 3

LA RÉVOLUTION
DES FOURMIS

蚂蚁革命

贝尔纳·韦尔贝[法]
Bernard Werber —— 著

武峥灏 刁卿雅 —— 译

北京联合出版公司

献给乔纳坦

1＋1＝3
（至少我是全心全意这么希望的）

埃德蒙·威尔斯
《相对且绝对知识百科全书》

本书中出现的蚂蚁社会（蚂蚁生态学）名词解释

贝洛岗：褐蚁联邦的中心城邦。

贝洛·姬·姬妮：贝洛岗的蚁后。此名称的含义是"迷失的蚂蚁"。

施嘉甫岗：西北边侏儒蚁城邦。

白蚁：褐蚁的宿敌。

守门蚁：头扁且圆，属蚂蚁的低层阶级；专司阻断重要地道的通行。

佣兵：孤独的蚂蚁，为了获得温饱或身份证明，而替另一个非本族的城邦作战。

收割蚁：东方从事农业耕作的蚂蚁。

易容蚁：非常擅长操作有机化学物质的种类。

纺织红蚁：东方的迁移性蚂蚁，把自己的幼蛆当作纺织机。

蓄奴蚁：一种兵蚁，若没有下人协助无法存活。

丽春花战役：在100000666年，联邦军队首次面对细菌战并应用坦克战术。

联邦：同种蚂蚁城市结盟。大体而言，褐蚁联邦有90个蚁城，占地6公顷，挖掘开的地道总长7.5公里，气味路径则可长达40公里。

城邦方位：褐蚁建筑城市一般将面积最广的部分朝东南方，以便在一日之始就获得最大量的阳光。

阶级：蚂蚁一般可分为三个阶级——有性蚁、兵蚁、工蚁；而每一阶级又可细分次层阶级——农夫蚁、炮兵蚁……

蚂蚁的寿命：褐蚁蚁后的平均寿命高达15年。而无性蚁的寿命，如工蚁与兵蚁，一般寿命为3年。

密度：在欧洲，平均每平方米的面积，有8万只蚂蚁（不分种类）。

绝对交流：蚂蚁之间利用触角进行的心灵完全交流。

费洛蒙：液态的句子和词汇。

养分交换：两只蚂蚁间的食物馈赠。

畜牧：某些物种发展的产业，驯服或采集蚜虫的分泌物。夏季，每只蚜虫一小时可以挤出30滴蜜露。

交尾庆典：天气回暖时举行的雌雄蚁交尾飞行。

颅：蚂蚁界的长度测量单位，约等于3毫米。

度：计算气温——时间和编年历史的单位。天气愈热，时间——度愈短；天气愈冷，时间——度愈长。

褐蚁平日的营养食谱： 43% 的蚜虫蜜露，41% 的昆虫肉品，17% 的树汁，5% 的蘑菇，4% 的捣碎壳物。

蚂蚁的武器： 弯刀般的大颚、毒针、胶水喷射器官、蚁酸弹及爪子。

蚁酸： 发射的武器。蚁酸腐蚀性极强，浓度达 40%。

蚁窝内温度： 褐蚁城邦的气温调节，依楼层需要大约维持在 22℃ 到 30℃ 间。

心脏： 由数个梨形的囊相互重叠而成。位置在背部。

眼睛： 眼球上面排列的复眼总和。每个复眼含有两个晶状体，一个大型凸透镜和一个小型凹透镜。每个细胞都和大脑相连。蚂蚁虽然只能看见近在眼前的物体，但即便相距遥远，它还是有办法察觉出任何细微的动作。

影像： 蚂蚁看见的影像仿佛透过铁栏杆向外望去。有性蚁进入眼帘的影像是彩色的，但是色调偏向紫外线颜色。

嗅觉： 无性蚁的每一根触角上具有 6500 个嗅觉细胞。有性蚁则有 30 万个。

身份气息： 本族城市的味道，赠予佣兵的味道。

力量： 褐蚁能够拉动比体重重 60 倍的物体，大约是 3.2×10^{-6} 马力。

走路的速度： 气温 10℃ 时，褐蚁走路的时速达 18 米；15℃ 时，每小时可走 54 米；20℃ 时，时速可达 126 米。

十二进位法： 蚂蚁采用的数字进位方式。因蚂蚁有 12 根爪子（每只脚上有两根），因此以 12 为单位。

排泄物： 蚂蚁每次的排泄物是体重的 1‰。

居甫腺体： 含有各种路径费洛蒙的腺体。

几丁质： 蚂蚁盔甲的组成物质。

地球： 立体的行星。

人类： 某些现代传奇中提到的庞然大物。最为人知的是粉红色动物——"手指"。危险。

风： 风将蚂蚁带离地面，降落时却不知身在何处。

下雨： 致命的天候。

火： 严禁使用的武器。

龙虱： 水栖鞘翅目昆虫，能在身体周围形成气泡，在水下潜泳。

约翰斯顿器官： 蚂蚁的一种器官，用于测定地球磁场。

步：贝洛岗的新长度单位，一步约为 1 厘米。

蚜虫：能挤蜜露的鞘翅目小昆虫。

臭虫：可能是性行为最为奇特的动物。

太阳：高能量的球体，蚂蚁的朋友。

金龟子：军用飞船。

触角节：一根触角有 11 个节，每节发出的讯息各不相同。

电视：人类的交流方式。

目 录

第一回　心灵　　　　1
第二回　刺　　　　131
第三回　镜子　　　257
第四回　三叶草　　395

第一回

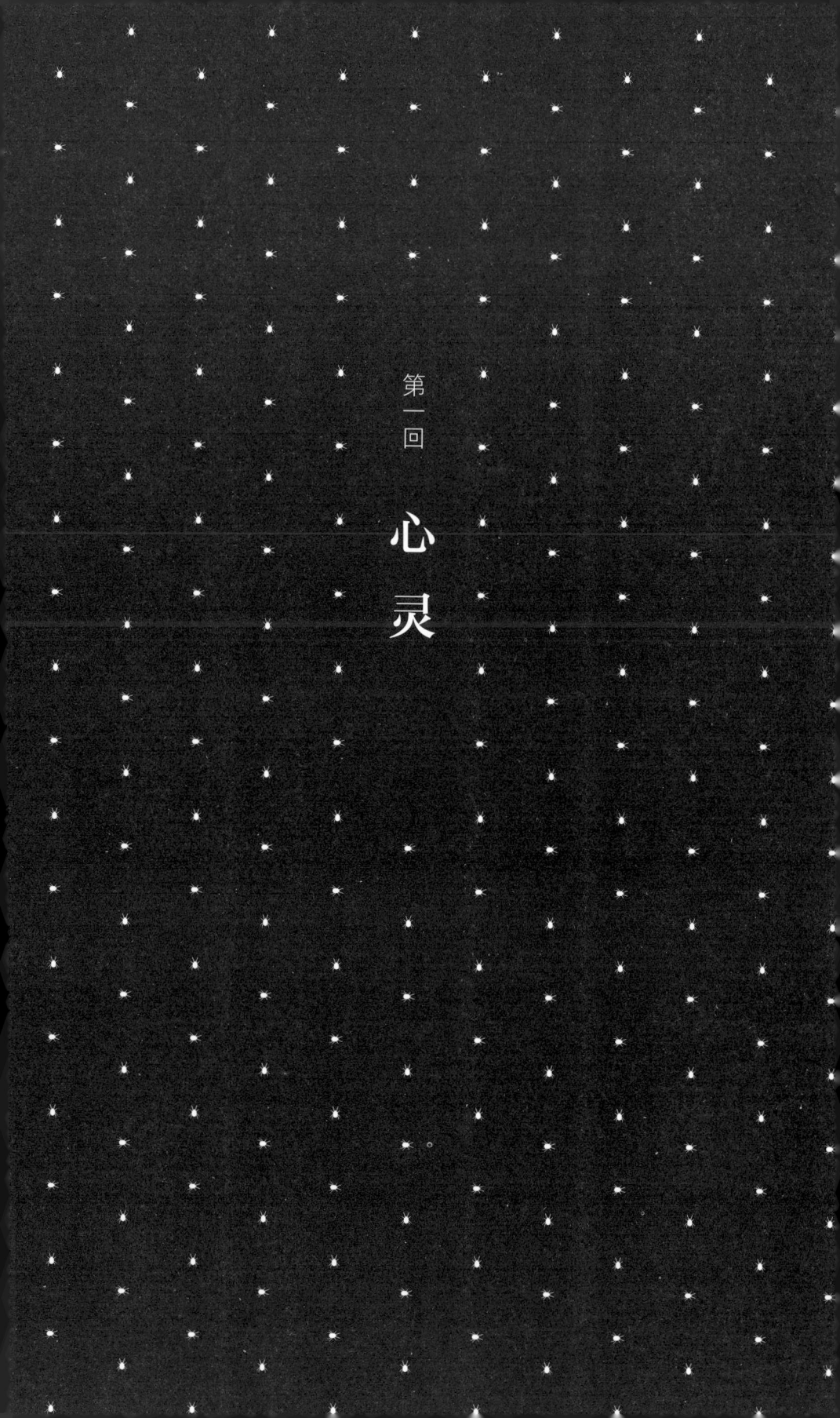

心 灵

1. 结束

  手翻开了书本。

  眼睛开始从左至右扫视起来,当看到末尾的时候便移到了下一行。

  眼睛睁得更大了。

  渐渐地,那些由大脑赋予其意义的词语构成了一幅画面,一幅巨大的画面。

  在颅骨的深处,脑海中那庞大的全景屏幕亮了起来。开始了。

  第一幅画面显示出……

2. 漫步森林

  海蓝色的寒冷宇宙广阔无垠。

  让我们从更近的地方来观看这幅画面,并且把焦点对准一个缀满了无数多彩银沙的区域。

  其中某一个星系一支旋臂的末端有一颗年老的恒星——太阳闪耀着绚丽缤纷的光芒。

  继续把画面拉近。

  围绕太阳运行的是一颗气候温和的小小的行星,其表面被珍珠色的云层覆盖着,看上去就如同大理石花纹一样。

  在云层下面可以看到蓝色的海洋,周边镶着些赭石色的大陆。

  在大陆上有山脉、平原和连绵起伏的青青森林。

  在树木的枝叶下生活着成千上万种动物。其中有两种是特别先进的。

  一阵脚步声响起。

  是谁在春天的森林中漫步?

  原来是一个小姑娘。一头光滑乌黑的长发。身穿一件黑色上装和一条同样颜色的长裙。在她亮灰色眸子之上有一些复杂的图案,几乎就和浮雕一样。

  在三月的晨曦下,她迈着大步向前走。胸部随着身体的摆动而不断起伏。汗珠从她的额头和嘴唇上方不断沁出,当汗珠最后滑到嘴角处时,她一下子就把它们吸进嘴里。

  这个有着一双亮灰色眼睛的年轻姑娘名叫朱丽,19岁了。她和她的父亲加斯东,还有一条叫阿希耶的狗一起在森林中散步。突然她停了下来,在她面前矗立着一块巨大的砂岩,像一根手指一样悬在峡谷上方。

她一直来到岩石的顶端。

在岩石下方,她隐约辨识出在那些为人们所熟知的小道以外还有一条通向某个盆地的路。

她把手拢在嘴边:

"嗨,爸爸!我想我发现了一条新的路。跟我来!"

3. 链

它朝前方的斜坡径直跑了下去,左拐右折地躲闪着周围那些状如纺锤体的紫红色杨树苗。

传来一阵翅膀鼓动的声音,蝴蝶展开它们美丽的鳞翅,扇动着空气互相追嬉。

突然,它的目光被一片美丽的树叶所吸引。这是一种十分美味的树叶,足以让你忘却所有你下定决心去做的事。它放慢了脚步,靠近……

多么可爱的树叶啊!只要把树叶切成正方形,咀嚼一下,然后在上面抹上些唾液,就会开始发酵,最终形成一种白色的小球,里面充满散发出芳香气味的菌丝体。这只老褐蚁用硬颚的锋利边缘钳住树枝的底部,并把那片叶子举过头顶,仿佛举起了一面宽大的帆。

只不过昆虫并不懂得驾驭风帆旋转的规律。叶子刚被举起来,它就感受到风的力量。尽管全身瘦小干瘪的肌肉在努力保持身体平衡,这只老褐蚁还是太轻了,不足以与风力相抗衡。它的身体失去了平衡,翻倒了过来。它仍试图紧紧抓住树枝,但风力太强大了。蚂蚁被吹离了树枝。在被刮到半空中之前,它及时放弃了那片树叶。

那片叶子在空中转来转去缓缓地向下飘落。

蚂蚁看着它掉了下去,安慰自己说这没有关系,树叶还有的是,还能找到比这更小的。

叶子正在没完没了地向下飘落。过了好长时间它才假惺惺地停在了地上。

一条蛞蝓注意到了这片如此美丽的杨树叶。看来有一顿美餐了!

一条蜥蜴看到蛞蝓,随时准备将它一口吞下。但蜥蜴也发现了那片树叶。要是等到那家伙吃下那片树叶后,它会变得更肥硕一些的。于是蜥蜴躲在远处等待蛞蝓把树叶吃掉。

一只鼬发现了蜥蜴。它正想把蜥蜴当作早点吃掉,却发现蜥蜴似乎在等着那条蚱蜢咽下树叶，于是它决定也耐心一些。在树荫下，食物链上相关联的三个生物在依次窥伺着……

突然，蚱蜢看到另一条蚱蜢正在靠近。这一位是不是想要窃取它的食物？它不想再浪费时间了，扑到了那片令人垂涎欲滴的树叶上，大口咀嚼，直到只剩下最后一丝叶脉为止。

它这顿饭刚一吃完，蜥蜴便蹿到了它身上，像吃一根细面条那样把它吸进了肚子。该轮到鼬出击了。它飞奔着在树枝上跳跃着，但却一下子撞在某种软软的东西上……

4. 新路

长着亮灰色眼睛的姑娘并没有看到鼬跑过来。那只动物突然从矮树丛中蹿了出来，撞在了她的腿上。

她被这次袭击吓得惊跳起来，一失足从砂岩的边缘处滑了下去，整个人失去了平衡。她看到悬崖就在她下面。别掉下去，千万别掉下去，

姑娘挥舞着手臂，想要抓住些什么。就差那么一点。时间好像凝固了。

会掉下去吗？不会吗？

有一阵，她认为可以从困境中摆脱出来。但一阵徐徐的微风一下子就把她的黑色长发变成撕裂的风帆。

各种因素相互作用着，所有的一切都让她在险境中越陷越深。风在推动她，她的脚没法站稳。土壤在崩陷。亮灰色的眼睛睁得大大的，瞳孔在扩张，睫毛颤抖着。

年轻姑娘在峡谷中摇晃翻滚，难以脱身。在下落的过程中，她那乌黑的长发飘扬起来，蒙在了她的脸上，仿佛要保护她似的。

她试图抓住斜坡上稀稀拉拉的植物来稳住身子。但它们从她的手指间滑了出去，只给她留下几朵花朵和希望。她在砂砾间翻滚。

斜坡太陡峭了，以至于她根本无法站起身来。她先是被一道荨麻灼伤，继而又被一丛树刺擦破皮肤，一直滚进了一片蕨类植物中。她希望能在那儿稳住身子。但糟糕的是在那些宽大叶片的遮掩下，还有一道更为陡直的深沟。她的双手在石头上磨破了，前方又出现了一片看上去同样危机四伏的蕨类植物。她越了过去继续下落。一路上，她穿过了七道丛生的植物，身上被覆盆子划出一道道伤口，还落进了一丛蒲公英中，溅起了满天

飞羽。

她还在往下滑,没有停过。

她的脚撞在一块尖锐的巨大岩石上,在一阵闪电般的剧烈疼痛中她的脚跟被割裂了。终于,一洼浅灰褐色的泥潭像一张黏稠的网一样接住了她。

她坐了起来,然后又站了起来,拔了些细小的嫩草擦拭身体。她全身上下都成了灰褐色的。衣服、脸庞、头发全被覆上了一层湿软的泥浆。连嘴里也有。泥浆的滋味十分的苦涩。

亮灰眼睛的姑娘按摩着疼痛不已的脚跟。惊魂未定的她这时感到有什么又冷又滑的东西从她脚踝上滑过。她不由惊颤起来。一条蛇,许多蛇!她掉进了蛇窝,它们爬到了她身上。

她发出了一声惊叫。

如果说蛇并不具备听觉官能的话,那么它们那极度敏感的长舌却能让它们感觉到空气中轻微的震颤。这声惊叫对它们来说好比一声巨大的爆炸声。现在轮到它们害怕起来,四散逃走了。一些不安的母蛇挡在小蛇身前,摆动着身体,形成一种有力的"S"形。

朱丽伸出手从脸上抹开那缕妨碍她视线的头发,吐出嘴里苦涩的泥浆,竭尽全力想要重新爬上斜坡。可惜斜坡实在太过陡峭了,而且从她的脚跟处传来阵阵剧痛。她重又坐下,叫喊起来:

"救命啊!爸爸,救救我!我在峡谷底下!快来帮帮我!"

她声嘶力竭地喊了许久,但始终都没有回应,她浑身伤痛,独自一人待在悬崖下面,她的父亲并没有出现。难道他也迷路了吗?在这种情况下,有谁能在森林的最深处的丛丛蕨叶后面找到她呢?

朱丽做起了深呼吸,努力使自己怦怦直跳的心脏平静下来。怎样才能从这陷阱中逃出去呢?

她擦去仍然沾在额头上的污泥,向四周观察起来。在右边峡谷的边上,她透过深深的草丛辨认出一块颜色更为阴暗的地方。她也不管三七二十一,朝那儿走了过去。那是一条沿着地面挖出来的隧道,入口被一些蓟和菊苣所掩盖。她寻思着有哪种动物能挖出规模如此巨大的洞穴来。这比野兔、狐狸或者獾的巢穴要大得多了,而森林中又没有熊出没。难道这会是一个狼穴?

隧道中高的地方足以让一个中等身材的人通过。虽然她不敢轻易冒险，但还是希望能从这条隧道走出深谷。于是她四肢着地爬进了满是湿泥的隧道。

她摸索着向前爬着。周围显得越来越阴暗潮湿。一团满身是刺的东西从她的手掌下逃窜开去。原来刚才是一只胆小的刺猬在她的前方蜷成一团，然后朝相反的方向逃之夭夭了。她继续在漆黑一团中前进，觉察到在她周围有什么东西在颤动。

她低着头，手脚并用不停地向前爬。在她还很小的时候，她花了很长一段时间才学会直立和行走。大多数婴儿到1岁左右就学会走路了，而她为此等待了18个月。只是出于极大的偶然，直立姿势才出现在她身上。四肢着地会给人以更多的安全感，因为这样可以从更近的地方看到地板上的一切。即使跌跟头的话也只是从高度较低的地方摔倒。要不是她母亲和保姆们强迫让她直立的话，她会十分愿意在地毯上度过余生的。

隧道好像没有尽头……为了给自己足够的勇气继续在黑暗中摸索，她哼起一段儿歌来：

一只绿色的小老鼠，
在草丛中飞奔，
我们抓住了它的尾巴，
把它拿给那些先生。
先生对我们说，
把它浸在油里，
把它浸在水里，
就会得到一只热蜗牛！

她把这段儿歌反复唱了三四遍，一遍比一遍来得大声。她的音乐老师曾教过她怎样像在一枚蚕茧中那样展现自己带有颤音的歌喉。但这儿就唱歌而言实在太冷了。她的歌声一离开冻僵了的嘴唇立刻就变成了水蒸气，然后消失在嘶哑的喘息声中。

就像一个不见黄河心不死的倔强孩子一样，她根本就没想过要打退堂鼓。朱丽依然在这颗行星的表层下面爬行着。

她仿佛看到从远处射来一缕微弱的光。

她太累了，以至于当她看到那缕光线分散成众多闪烁不定的黄色光点时，还以为是精疲力竭之后产生的幻觉呢。

亮灰眼睛的年轻姑娘猜想在这地穴中蕴藏着钻石，但当她靠近之后才发现那是些黄萤，一种会发出磷光的昆虫，它们正停在一个完美的立方体之上。

一个立方体？

她刚伸出手，黄萤立刻熄灭了，磷光消失得无影无踪。在黑暗的笼罩下，朱丽根本无法依靠她的眼睛，她调动起触觉官能中最为细腻的感知能力去触摸那个立方体。它摸起来光滑、坚硬、冰冷。这既不是一块宝石，也不是岩石的碎块。有把手，还有锁……这是一件人工制造出来的东西。

一个立方体形状的小箱子。

当她从隧道里出来时已经疲劳到了极点。从峡谷上方传来一阵欢快的狗叫声，她明白是她父亲终于找来了。他正在那儿，带着阿希耶。父亲那温柔的嗓音从远处飘来："朱丽，你在那儿吗，我的女儿？快回答我，我求你了，给我一个信号……"

5. 一个信号

它摇晃着头部画了一个三角形。杨树叶被撕裂了。那只老褐蚁找到了另一片树叶，就在草根旁津津有味地品尝起来，都没来得及等树叶发酵。即便这顿饭算不上鲜美，但至少还是能让人吃饱的。它其实并不太欣赏杨树叶，而更喜欢荤腥。但它自从逃离那地方以后就再也没吃过东西，现在也就顾不得挑三拣四了。

在咽下最后一口食物之后，它并没忘记清洁一下自己的身体。它用前足抓住自己修长的右触角，向前弯曲到口器边上，然后从大颚下面拉向舌头，连连轻吮着清洁起来。

等到两根触角都被抹上唾液之后，它就把它们放在胫节下的花粉刷间梳理起来。蚂蚁活动起腹部、胸部以及颈部的关节来，直到把关节扭转到再也不能扭动为止。然后它又用前肢清洁起自己的大复眼来。蚂蚁的眼睛是没有眼睑来加以保护和湿润的，所以要是不经常把眼睛擦亮的话，一段时间之后就只能看到一些模糊的影像了。

随着复眼被清洁得越来越干净，它也就越能清晰地看到面前的东西。瞧，一个大家伙。真大，简直是硕大无朋，浑身是刺，还在动。

当心，危险：那是一只刚从洞里钻出来的刺猬！

跑，快跑。那只刺猬，那只浑身插满锋利尖刺的大肉球张开血盆大口朝它冲了过来。

6. 遇上怪人

遍体鳞伤的她出于本能吐了点唾液来清洗那些最深的伤口，然后蹒跚着把那只箱子提进卧室，坐倒在床上。墙上从左至右挂满了画片：玛丽亚·卡拉斯、切·格瓦拉、大门乐队，还有匈人领袖阿提拉。

朱丽费力地站起身来，走进浴室洗了个澡。水温调得很高。她使劲地往身上涂抹薰衣草香皂。洗完澡后，她用一块大浴巾擦干身体，穿上一双海绵拖鞋，然后想尽办法把被褐色淤泥染黑了的衣服洗干净。

皮鞋没法再穿了，因为她的脚跟肿得比原先大出了一倍。她从衣柜里找出一双旧凉鞋。这鞋有两个优点，一是鞋带不会挤着脚跟，二是脚趾也不会感到气闷了。朱丽长着一双小却宽的脚，但大部分鞋商只会设计窄而长的女式鞋。这样便给朱丽的脚造成了一个可悲的后果，痛人的老茧越磨越多。

她重又开始按摩自己的脚跟。这还是她头一回觉得能摸到脚跟内部的东西。仿佛她的骨头、肌肉和跟腱想趁此机会表现一下自己似的。现在它们就在那儿存在着，在她的小腿末端骚动着。它们以疼痛为信号来显示它们的存在。

她轻声问好道："你好，我的脚跟。"

这样向自己身体的一部分打招呼，不禁让她哑然失笑。仅仅是因为她的脚跟受了伤，她才会注意到它。但仔细想来，要是她的牙齿没有生龋齿的话，她又怎么会想到它们呢？同样，人们也只有在阑尾发炎时才会意识到它的存在。在她体内还有许多别的器官，但她并不知道它们到底在哪儿，这完全是因为它们还未曾冒昧地向她发出痛苦的信号。

目光重新落到了箱子上，她被这件从地底深处带上来重见天日的东西深深吸引住了。她拿起箱子摇了摇，感觉挺沉的。在锁上有五个滚轮组成的保险装置，每只轮子都有一组码。

箱子是用厚金属板制成的，得用钻头才能打穿它。朱丽仔细端详着那把锁。每一个小轮上都有数字和图案。如随意地拨动它们，说不定能有百万分之一的概率找到正确的组合。

她又晃了晃箱子，里面好像有什么东西，是一件一整块的东西。这件神秘之物更加激起了她的好奇心。

她的父亲带着狗走进屋来。这是一个身材伟岸的男子汉，一头红棕色的头发，蓄着小胡子。下身一条高尔夫球裤让他看上去颇有英格兰猎场看守人的风采。

"好些了吗？"他问。

女儿点了点头。

"到你掉下去的那个地方得穿过一道厚实的荨麻、树莓墙。"他说，"大自然真应该让好奇者和散步的人免遭这种危险地带的毒手。它甚至没有在地图上被标明。幸亏阿希耶闻到了你的气味！要是我们没有狗的话真不知道该怎么办才好了。"

他亲热地拍了拍那头爱尔兰塞特种长毛猎犬。作为回应，猎犬舔了舔主人的裤腿，在那上面留下了银色的唾液并欢快地细声叫了几下。

"哈，真不可思议！"他又说道，"太奇怪了，一把密码锁。看上去这箱子像是一只保险箱，任何盗贼都休想打开它。"

朱丽摇了摇头，黑色的长发随之飘动。

"我看未必。"她回答道。

父亲掂了掂箱子：

"如果里面有硬币或者金条什么的话，这应该更重些。如果是成沓的钞票，就应该能听到声音，也许是走私犯遗留的毒品，也许……是一颗炸弹。"

朱丽耸了耸肩："如果里面是个骷髅头呢？"

"那样的话，就先得让希瓦罗印第安人把它缩小，"父亲反驳道，"你这箱子还不够大，装不下一颗正常人的头颅。"

说着，他瞧了一眼手表，想着还有一个重要的约会，便很快离开了。那条不知为了什么总是喜滋滋的猎狗也摇着尾巴大声喘着气，跟他一起出去了。

朱丽又晃了一下那箱子。毋庸置疑，那东西是软的。如果里面真有一颗人头的话，她这么左摇右晃肯定早就把它的鼻子给撞歪了。突然一下子那箱子让她觉得恶心，她心想最好还是别去想它了。三个月后就是高中毕业会考了，如果她不想再读第四年高三的话，现在可得刻苦学习了。

朱丽翻出历史书复习起来。1789年，法国大革命攻占巴士底狱。混乱。无政府主义。伟人们：马拉、丹东、罗伯斯庇尔、圣茹斯特[1]。恐怖时期，断头台……

鲜血、鲜血，还是鲜血。"历史只是一个又一个屠宰场。"她一边想，一边把一块护创膏贴在一处又被弄破的伤口上。她越读，厌恶之感就越强烈。一想到断头台，她就情不自禁地联想到箱子里那颗被砍下的头颅。

五分钟以后，她以一把大螺丝刀为武器向那把锁发起了进攻。箱子进行着顽强的抵抗。她又用锤子来增加螺丝刀的撬力，但依然没有进展。"也许我得弄一把起钉器，"她想，"真见鬼，这把锁永远也弄不开的。"

她又把心思放回到历史书和法国大革命上。1789年。人民法院。国民公会。马赛曲。蓝白红三色旗。自由—平等—博爱。法兰西内战。米拉波伯爵。歌剧《安德烈·谢尼埃》。审判国王。还有哪儿都少不了的断头台……如此多的屠杀怎能让人提起兴致来呢？这些词句从她的一只眼睛进去，马上又从另一只溜了出来。屋梁上一阵似木头里发出的刮搔声引起了她的注意。那是一只白蚁。这时她突然灵机一动。

听。

她把耳朵紧贴在锁上，慢慢转动第一只小轮。捕捉到一丝轻微的松扣声，齿轮挂上了机簧。她又这样重复了四次。机械装置全都接合了，锁发出一阵阵吱嘎声。硬夺不如巧取，耳朵的灵敏性要比锤加螺丝刀有效得多。

她父亲正巧出现在门口，斜倚在门框上，惊奇地问道：

"你把它打开了吗？怎么打开的？"

他注意到锁面上刻着"1＋1＝3"。

"什么也别对我说，我知道。你是经过一番深思熟虑的。这儿有一行数字，一行图案，一行数字，又是一行图案，又是一行数字。你便得出结论这可能与什么方程式有关。然后你又想到某个神秘人物并不想以类似于'2＋2＝4'那样的逻辑方式来隐藏其秘密。所以你就尝试'1＋1＝3'。这种逻辑方式经常能在那些古老仪式上看到。它的意思是指两者的充分结合要比它们简单相加更为有效。"

父亲眉飞色舞地捋着小胡子。

"你就是这么做的，不是吗？"

朱丽看了他一眼，目光中流露出一丝嘲讽。父亲可不喜欢被人嘲笑，

---

[1] 圣茹斯特（Saint-Just，1767—1794），法国大革命领导人、演说家。曾任国民公会主席，后与罗伯斯庇尔一同被送上断头台。

但他什么也没说。

她微笑着说:"不对。"

她按动了一个按钮，随着一声清脆的声音，弹簧弹起了箱盖。

父女俩一起把脑袋凑了过去。

朱丽伸出那双被划破的手把箱子里的东西拿出来，凑着书桌上的台灯灯光看了起来。

这是一本书，又厚又大，有的地方还掉下些许粘连着的小纸片。

封面上，书名是用漂亮的手写体写就的，加粗的大号字体。

《相对且绝对知识百科全书》
埃德蒙·威尔斯教授

加斯东抱怨道:"这书名真奇怪。世界万物要么是绝对的，要么是相对的，不可能同时既相对又绝对。真是自相矛盾。"

在书名的下面，用较小一些的字母写着：第三卷。

再往下是一幅图案：一个圆包围着一个底边在下的三角形，在三角形中画有一个类似字母"Y"的图案，其实是三只触角相抵的蚂蚁构成的。左边的蚂蚁是黑色的，右边那只是白色的，那只在下面的蚂蚁是黑白相间的。

最后，在三角形的下面，那条用来打开箱子的公式"1 + 1 = 3"又出现了。

"真像是一本天书。"父亲咕哝着说。

朱丽注意到封面并不像书那样古老，相反看上去还挺新的。她轻轻摩挲着封面，指到之处感觉光滑柔软。

7. 百科全书

您好：您好，不知名的读者。

第三次或者是第一次向您问好。老实说，您可能在第一眼看到这本书时或在读完它之后觉得它并没有多大的意义。但这本书是用来改变这世界的武器。

不，请别笑。这完全是可能的，您能做到这一点。只要真的想去做某件事，那就一定能做成。一个很小的因素可以引起许多的结果。在夏威夷一只蝴蝶扇动翅膀可能足以在加利福尼亚引起一场飓风。何况您的呼吸要比蝴蝶翅膀的鼓动更强劲，不是吗？

我呢，我已经不在人世了。很遗憾，我只能通过间接的方式借助于这本书来帮助您。

我要向您建议的是进行一场革命。或者我也许更应该说是一场"进化"。因为我们的革命是根本不需要像以往的革命那样采取暴力或者耸人听闻的形式。

我更愿意把这看作是一场精神领域中的革命、蚂蚁的革命，谨慎、非暴力。采取在人们看来可能是并不起眼的行动，慢慢积累，聚沙成塔，最后足以移山倒海。

我认为过去的种种革命皆因缺乏耐心与宽容而犯下错误。那些空想主义者只是根据短浅的目光来做出判断，因为他们不论付出什么代价也要在有生之年看到他们努力的结果。我们实在应该明白"前人种树，后人乘凉"的道理。

现在让我们一起来探讨一下吧。只要我们的交谈能够进行下去，您听或者不听我的这无关紧要（您已经知道如何去听那把锁了，这难道还不是证明您懂得去倾听的有力证据吗？）。

我很可能错了。我既不是思想家，也不是道德宗师或什么圣人。我只是意识到人类历史的进程才刚开始，我们还只是处于史前时代。我们所知道的只是沧海一粟，一切都有待我们去创造。

有那么多事情要做……而您有能力去做得更好。

我只是与读者思想之波相互影响的一种波。而有趣的正是这种波的干涉现象。这本书对每一个读者来说都是不同的。就仿佛书是活的，能使其意义与不同读者的文化背景、记忆和敏感性相适应。

我将就这本书做些什么呢？很简单，我会向您讲述关于革命、乌托邦、人类及动物行为的短小而简单的故事，而将由您推断出结论，去获得有助于您个人思想发展的答案。于我而言，我不会向您讲述任何真理。

只要您愿意，这本书就是有生命的。而且我希望它会成为您的朋友，一个可以帮助您改造自我以及改造这世界的益友。

现在如果您准备好了而且您不反对的话，我建议我们立刻一起完成一件重要的事：让我们翻过一页。

埃德蒙·威尔斯
《相对且绝对知识百科全书》第Ⅲ卷

8. 爆炸即将发生

她用大拇指和食指拈住书页一角，正准备翻过去的时候，从厨房传来她母亲的喊声：

"开饭了！"

现在没法看下去了。

年方19的朱丽已经是个大姑娘了，身材苗条。一头又直又长的黑发瀑布一般直垂到腰间，充满光泽，又如丝一般的柔软。皮肤白皙，近乎透明，在手和太阳穴等部位有时可以看到若隐若现的青筋。一双亮灰色的眼睛充满了激情和活力。杏眼顾盼间，似乎又蕴含着饱经风霜的漫长一生，让她看上去就像一只躁动不安的小动物。有时炯炯的目光会直直地盯住一个方向，仿佛一束极具穿透力的光线从那里激射出来，射向年轻姑娘所不喜欢的人与物。

朱丽并不认为自己容貌出众，因此她从来都不照镜子。

她向来不用香水，不化妆，也不涂指甲油，再说涂指甲油又有什么用呢？她有咬指甲的习惯。

她也从不刻意用衣着来装扮自己。她的曲线一直隐藏在宽大而朴素的衣服下面。

她的学生生活并不是一帆风顺的。在升到毕业班之前她曾经跳过一级，老师们也一直对她的智力水平和思想成熟称赞有加。但最近这三年过得一点也不顺。17岁那年她没能通过高中毕业会考，第二年又是同样的结果。现在她正准备参加第三次考试，但她的成绩出现了从未有过的滑坡。

这些退步、滑坡都是与一件事紧密关联的：音乐老师的去世。那是一个耳聋却专横无比的老头。但他在声乐教学上有一套特殊的方法。这位杨凯莱维施老师深信朱丽拥有极佳的天赋，她应该好好利用这种天赋。

他教授朱丽如何掌握气流在腹部、肺部、膈膜一直到脖子和肩部之间的流动。所有这一切都影响到歌声的音质。

在他的调教下，朱丽有时会觉得自己像一把音乐老师努力使之完美的风笛。现在她已经懂得如何使心跳和肺部气流和谐一致。

杨凯莱维施同时并没有忘记面部表情的训练。他也教过朱丽如何调整嘴形和面部表情以使整个"人体乐器"至臻完美。

学生和老师形成了完美的组合。即便老教授听不见，但只要观察嘴形变化并且把手放在她的腹部，他就能够分辨出姑娘歌声的音质，因为声音造成的震颤可以传遍全身。

"我听不见？那又能怎么样呢？贝多芬不也听不见吗？但这并不妨碍他创作出伟大的音乐。"他经常这样大声辩解说。

他曾对朱丽说过歌声拥有一种能力，这种能力远非只是为了简单地创造出听觉美。他教会朱丽仅凭自己的声音去激发情感，以克服身体的应激反应或者是去忘记恐惧感。他更把鸟引入音乐教学中，让朱丽学会倾听鸟儿的歌唱。

每当朱丽唱歌的时候，就会感到从丹田处有一股力量如春天的树苗一般茁壮成长，对她来说有时这是一种近乎心醉神迷的感觉。

教授并不甘心自己一直失聪下去。他向来对各种最先进的治疗措施都了若指掌。后来，一位医道高明的年轻外科医生成功地在他颅下植入了电子助听器，使他终于克服了听觉障碍。从此以后老教授可以听到世界上所有的声音，真正的声音，真正的音乐。杨凯莱维施回到了人们的话语声和电台的金曲排行榜中，听到了汽车喇叭声、狗叫声、雨水滴答声、泉水叮咚声、脚步叭嗒声和门框的吱嘎声，听到了喷嚏、欢笑、叹息，还有呜咽。他还听到了全城各处电视机一直在播放节目。

他恢复听觉的那一天原本应该是幸福的一天，但实际上却成了失望的一天。教授发现真正的声音并不像他原先想象的那样。所有的一切都只是嘈杂和喧闹、粗暴、刺耳难听。这个世界并不是由美妙乐符构成的，相反却充斥着不谐之音。老人无法忍受如此巨大的失落感。为了理想他选择了自杀。他爬到了巴黎圣母院的钟楼上，站到大钟钟锤下方。正午一到，他就死了，被那20下振聋发聩的美妙钟声所发出的可怕能量带到了音乐的天堂。

老师的死亡不仅使朱丽失去了一位益友，更让她失去了帮助她发挥天赋的良师。

她又找了一个音乐教师，那些满足于让学生们进行音阶训练的老师中的一个。他强迫朱丽拔高嗓子，一直高到对她咽喉造成伤害的音域为止。

没过多久，一位耳鼻喉科医生诊断她得了声带结节，并命令她不能再上音乐课了。她动了一次手术，在声带愈合的那几周内，她始终缄口不言。然后，费了好大一番周折才让她重新开口说话。

在随后的日子里，她想找到一位像杨凯莱维施那样有能力的老师来教她，但始终也没有找到，她渐渐变得孤僻起来。

杨凯莱维施常说如果人拥有天赋而不加以利用，就好比兔子长了门牙而不咀嚼硬物一样，慢慢地，门牙变长、弯曲，不停地向上顶，穿过上颚，直到自下而上刺入自己的大脑。为了时常勉诫自己，教授在家里保存了一只兔子的骷髅，骷髅的两颗门牙像角一样从颅顶穿出。他一有机会就向那些差生展示这件令人毛骨悚然的东西以鼓励他们努力学习。他甚至还在骷髅的前额上用红墨水写下这么一行拉丁文：

暴殄天物是最为沉重的罪孽。

由于没法在音乐上继续深造，朱丽在度过一段情绪焦躁的时期之后，得了厌食症。随后一段日子里她的食欲又好得出奇，整斤整斤的蛋糕往嘴里塞，每天精神恍惚，手边随时备着泻药和催吐剂。

她再也不复习功课了，在课堂上也总是半梦不醒的。

朱丽的身体搞坏了。她觉得呼吸困难，更糟糕的是没过多久她又得了哮喘。以前唱歌给她带来的好处如今全都变成了祸害。

在饭厅里，她母亲第一个坐到了餐桌旁。"今天下午你们去哪儿了？"她问。

"我们去森林里散步了。"父亲回答。

"她就是在那儿把自己给弄伤的吗？"

"朱丽掉进了一条山谷里，"父亲解释说，"没什么大碍，但她的脚跟被划伤了。她还在谷底找到了一本奇书呢！"

但此刻母亲只对她盘子里正冒着热气的饭菜感兴趣。

"待会你再把事情经过原原本本地讲给我听，现在快吃饭吧。烤鹌鹑得趁热吃，凉了就没味道了。"

朱丽的母亲津津有味地享受着缀了科林斯葡萄的烤鹌鹑。一叉下去鹌鹑那橄榄球似的肚子就被破开了，冒出氤氲的热气，她抓起那只烤禽，就着喙上的窟窿轻轻吮吸，然后撕下翅膀塞进嘴里。最后她用臼齿去消灭那些负隅顽抗的小骨头，发出响亮的咀嚼声。

"你怎么不吃了？不喜欢吃吗？"她问朱丽。

年轻姑娘仔细观察着那只烤鹌鹑。可怜的动物被一根细绳捆着，端端正正地躺在盘子里。它头上盖着一颗葡萄，就好似戴着一顶大礼帽。它那空洞的眼眶和半张的嘴让人联想到这鸟儿是被某种可怕的事件突然夺去了生命，譬如庞贝城毁于火山喷发。

"我不要吃肉……"朱丽说。

"这不是肉，是家禽。"母亲打断道。

然后她又想缓和一下气氛："你可不能再得一次厌食症，身体健康才能通过高中毕业会考，然后进入法学院。你爸就是因为以前读的是法律，现在才能当上河流森林管理处处长，也正因为他是处长，你才被照顾重读。现在该轮到你读法律了。"

"我对法律不感兴趣。"朱丽说。

"完成学业你将来才能踏上社会。"

"我对社会也不感兴趣。"

"那你到底对什么感兴趣呢？"母亲问道。

"我对什么都不感兴趣。"

"那你把时间都花在什么事上了？你谈恋爱了？"

朱丽靠在了椅背上："我对爱情不感兴趣。"

"不感兴趣，不感兴趣……你就只会说这句话。你总得对什么感兴趣的呀，"母亲唠叨着，"像你这么可爱的姑娘，我们家的大门早该被那些小伙子给挤得水泄不通了。"

朱丽奇怪地噘了噘嘴，亮灰色眼睛里流露出赌气的神情："我没有男朋友，并且我还要明确地告诉你我还是处女。"

母亲脸上闪现出一种既惊又怒的表情，随即又放声大笑起来："现在只有在科幻小说里才能看到19岁的处女。"

"……我既不想找什么情人，也不想结婚，更不想生孩子。"朱丽又说，"你知道为什么吗？因为我害怕变得和你一样。"

母亲又恢复了平静："我可怜的孩子，你可真是个问题青年。还好，我替你约了一个心理医生。下星期二！"

母女之间这样的小冲突是常有的事了。这一次又持续了将近一小时。晚饭朱丽只吃了一颗点缀在白巧克力掼奶油上的樱桃。

至于父亲，尽管女儿在桌子下面踢他的腿，但他仍和往常一样不露声色，以免涉身其中。

"加斯东。你倒是说两句呀。"他妻子高声说道。

"朱丽，就听你妈一句吧。"父亲一边折餐巾一边说。然后他站起身来，说要早些休息，因为第二天早上他打算黎明就出发，带着狗做一次长距离徒步巡查。

"我能和你一块去吗？"年轻姑娘问。

父亲摇了摇头："这次不行。我要仔细观察一下你发现的那条山谷。我想还是我一个人去比较好。况且你妈说得有道理，你与其老是在森林里闲逛，还不如好好临阵磨磨枪。"

趁他弯下腰吻她说晚安的时候，朱丽在他耳边悄声低语："爸，别扔下我不管。"

他装作什么也没听见，只是说："做个好梦。"

他牵着狗出去了。阿希耶被拽紧的皮绳弄得十分兴奋，想要来个冲刺，但它那不停收缩的爪子在刚打完蜡的地板上直打滑。

朱丽不想再和像传教士一样啰唆的妈妈面对面地坐在一起，便借口腹痛急急忙忙跑进了厕所。

年轻姑娘把插销牢牢插上，坐在了马桶盖上。她心里有一种感觉，觉得自己掉下了一处比森林里那个还要深许多的山谷，这一回可没人能把她救出来了。

她关了灯，让自己完全沉浸在自我世界中。为了振奋一下精神，她又哼起了那首儿歌："一只绿色的小老鼠，在草丛中飞奔……"但她依旧感到内心中十分空虚，仿佛迷失在一个广阔的世界中。她觉得自己无比渺小，渺小得和一只蚂蚁一样。

9. 死里逃生

那只蚂蚁甩开六条腿，飞快地爬行着，大风把它的触角向后折去。它的下巴擦过苔藓和地衣。它在金盏花、三色堇以及毛茛丛中往来奔命，但它的追捕者始终都不肯放弃。那只刺猬，那个装备了尖长利刺的庞然大物锲而不舍地在后面紧追。空气中弥漫着刺猬那带有麝香味的可怕气味。它每踏一步，大地便会随之颤动。在它的刺上还挂着些敌人的皮肉。如果蚂蚁有时间好好检查一下的话，它会发现在那些刺中间活跃着无数跳蚤。

那只老褐蚁跃上一处陡坡，以期摆脱追踪者。但刺猬并没有放慢速度。它的尖刺能用来防止跌倒，必要时还能起缓冲作用。有时为了方便滚动，它会缩成一团，然后又展开身体，四肢着地。

老褐蚁继续加快速度。突然它发现在它面前有一条黏滑的白色隧道。

刚开始时它还没完全弄明白那到底是什么，隧道口足以让一只蚂蚁通过。这到底会是什么呢？要说是蟋蟀或者蝈蝈的洞穴，这显然太大了。也许是鼹鼠或蜘蛛的巢穴？

由于触角被风吹得直往后倒，所以蚂蚁没法依靠这一器官来识别气味。它也没法运用视觉器官，因为蚂蚁只有在很近的地方才能看清东西。它靠近了隧道。现在它看清楚了，这条隧道根本不能用来躲藏。这是……一条蛇的血盆大口。

前有毒蛇，后有刺猬。显然，这世界不是为了孤独的生命而创造的。

老褐蚁意识到只有一条生路了：抓住并爬上一根细树枝。此时，长脸刺猬已经撞进了蛇口中。

刹那间，刺猬迅速挣脱，拔出脑袋咬住了蛇的咽喉。后者立刻缠绕起来，它可不喜欢别人来拜访它的喉咙深处。

老褐蚁攀在树枝上惊讶地注视着两个天敌相互攻击。

细长而冰冷的管子与躁热而浑身长刺的肉球激战。在毒蛇那黑中带黄的眼睛里既没有流露出胆怯也没有流露出憎恨，只有一种将对手置之死地而后快的欲望。它连连刺出致命的毒牙。刺猬感到一阵恐慌，它拼命挣扎并试图用尖刺朝毒蛇的腹部攻击。刺猬表现出一种异乎寻常的灵敏，它伸出利爪粗暴地撕扯着抵御利刺攻击的蛇鳞。但冰冷的长鞭子越缠越紧了。蛇口大张，露出两枚毒牙，上面还滴着致命的毒液。在一般情况下刺猬并不惧怕蛇毒，除非毒蛇能准确地咬到它的咽喉部位。

这场战斗没完没了地进行着，老褐蚁开始不耐烦起来。突然它发现脚下那段树枝在缓慢地移动。起初它还以为是风的缘故，但当"树枝"离开了大枝丫向前挪的时候它可就摸不着头脑了。"树枝"一边徐徐前行，一边轻轻摇晃。过了一会儿，又爬上了另一处枝杈。没过多久，它又开始朝树干爬去。

老褐蚁待在会动的"树枝"上面，十分惊讶，也不知道这怪物要到哪儿去。它朝下看，这才明白是怎么一回事。那"树枝"长着眼睛，还有不少腿。原来并非什么树精草怪，只不过是一只竹节虫。

这种身体修长而又脆弱的昆虫靠"拟态"来抵御天敌，能够根据所处环境不同而装扮成细枝、竹节、嫩叶以及植物茎秆。这只竹节虫的伪装相当巧妙。在它身上显现出木质纤维的纹理，还有褐色斑点，看上去就像是被白蚁咬过似的。

除了拟态之外，行动缓慢也是竹节虫的大绝招。因为谁也不会想到去攻击一种行动缓慢甚至几乎纹丝不动的东西。老蚂蚁其实正在出席一场竹节虫的求爱仪式。身材较小的雄性竹节虫在向雌性靠近。它要每隔20秒钟才会挪动一下脚步。雌性在朝远离雄性的方向移动。雄性行动实在太迟缓了，根本不用指望可以追上它。但没关系，雌性竹节虫早就对异性伙伴这种离谱的缓慢习以为常了，为了解决繁衍后代的问题，某些种群找到了一种特殊的方法——单性繁殖。何必再交配呢。雌性竹节虫根本不需要异性伙伴，它们就这么繁殖后代：想着想着就生下来了。

看来蚂蚁脚下这段"树枝"是雌性的，因为它突然产起卵来。一个接一个地，相当缓慢。卵跳跃着从一片叶子掉到另一片上，仿佛凝结了的雨点。竹节虫的伪装术实在到了天衣无缝的地步，就连它们的卵也酷似植物的种子。

蚂蚁轻轻咬了一口"树枝"，看看是否可以用来填饱肚子。但竹节虫除了用拟态来保护自己之外，还会装死。当蚂蚁大颚的尖端刚触及这只昆虫时，它立刻直挺挺地掉到了地上。

蚂蚁对此毫不在意。这时毒蛇和刺猬已经消失得无影无踪了，它便放心大胆地追到地上，继续咬食竹节虫。这只可悲的生物甚至都不垂死挣扎一下，被吃了一大半还是毫无反应，俨然真的是一段树枝。但还是有一件事让它露了马脚："树枝"的一段仍在不停地产卵。

这一天可真够刺激的了。黑夜降临了，天气也凉了下来。老褐蚁在苔藓下找了一个藏身洞躲了进去。明天它还得继续寻找回家的路。必须不惜一切代价及时向它们"发出警报"。

万籁俱寂。蚂蚁用前肢清洁着触角，以便更好地探查四周的动静。然后便找了一块小石子堵上小小的藏身洞，这下可以高枕无忧了。

10.百科全书

感觉的差异：人们所能感知到的世界仅局限于人们所准备去感知的那一部分。曾经有这么一个心理实验，把刚出生的小猫关养在一间小房子里，墙上画着垂直条纹的图案，等到它们大脑发育基本成熟时，就从小房间里取出，放入四壁上画有水平方向条纹的木盒中。这些水平线条标识出放有食物的隐秘处或者是出入木盒的翻板活门。但最终没有一只小猫能够找到食物或者走出木盒。那些垂直线条限制了它们只能感觉到垂直的东西。

其实我们也一样，在我们的感知过程中同样存在着与之类似的限制。我们无法去理解某些事物，因为我们被教会只按照某一固定模式去感知。

埃德蒙·威尔斯
《相对且绝对知识百科全书》第Ⅲ卷

11. 词语的力量

她的手搁在枕头上，一会儿张开，一会儿紧握，继而肌肉收缩，朱丽正在做梦。在梦中她成了中世纪时的一位公主。一条巨蟒缠住了她，想要把她吞掉。它把她扔进了满是褐色泥污的流沙潭中，潭里到处都蠕动着小蛇。淤泥一直没过了她的头顶。一位年轻的王子骑着白马，身披印花纸做的铠甲，冲过来与巨蟒搏斗。他挥舞着一把锋利的红色长剑，大声请求公主坚持住，他来救她了。

但巨蟒的嘴就像火焰喷射器一样喷出毒火。纸铠甲并不能有效地保护王子，只要一点火星就能将它引燃。王子和他的战马被一根细绳捆住，烤熟了放进盘子里，周围抹上了铅灰色的酱。英俊的王子失去了他所有的魅力，皮肤被烤成了黑褐色，眼眶内空无一物，头上难看地盖着一颗科林斯葡萄。

巨蟒用毒牙把朱丽从淤泥里拉了出来，扔进了白巧克力掼奶油中。朱丽在奶油里挣扎。她想要高声呼救。但掼奶油完全淹没了她，灌进了她的嘴巴，她一点声音也发不出来。

姑娘惊醒过来。那恐惧感是那么强烈，她一醒来就急忙检查自己是否已经失声了。"啊、啊、啊、啊、啊"的声音从她的喉咙里挤了出来。

这已经不是她头一次梦到自己没法出声了，而且这样的噩梦来得越来越频繁了。有的时候，她梦到被人拷打折磨，有谁在割她的舌头。有的时候梦到别人在她的嘴里塞满了食物，还有的则是声带被剪刀剪断了。难道睡觉时一定要做梦吗？她竭力让自己什么也不想，重新入睡。

她把滚烫的手放在满是冷汗的咽喉上，背靠枕头坐在那儿。瞧了一眼闹钟，发现已经是早上六点了。窗外天色依旧昏暗，星星还在眨眼睛。她听到楼下传来一阵脚步声，还有狗叫。她父亲显然一大清早就带着狗去森林了。

"爸爸，爸爸。"

回答她的只有关门声。

朱丽重新躺下，想尽办法让自己入睡，但一切努力都是徒劳的。

埃德蒙·威尔斯在《百科全书》第一页后写了些什么呢？

她捧起那本厚厚的书。昨天正看到有关蚂蚁和革命的问题。这本书明确地指出要进行一场革命，并讲到一种不同的文明可以在这方面对她有所帮助。她睁大了眼睛。在那些用蝇头小楷写就的短小文章中，在一个个单词中，随处可见一个大写字母或是一幅精细的图画。

她随意挑了一段读道："本书的结构模仿了所罗门圣殿的建筑结构，每一章节开头的第一个字母都是与圣殿某一建筑数据相对应的。"

她皱起了眉头：在文章和圣殿之间到底存在着什么样的联系呢？

她信手翻阅着。

《相对且绝对知识百科全书》内容繁纷庞杂，其中包含了各种知识、图画和不同的字体。正如书名所示，里面写了些专业性的文章，但同时也可以读到诗歌、节选不当的说明书、菜谱、计算机软件的文件名册、杂志的摘录，还有像是彩色插页一样的著名女性的新闻图片或色情照片。

书里还有说明何时应该播种、何时应该种某种蔬菜或果树的日历，还贴了不少罕见的织物感纸张，还有天象图和一些大城市地铁的平面图、私人信件的摘录、数学难题以及文艺复兴时期一些名画的透视图。

其中有些图画描绘的是暴力、死亡或者灾难，叫人看了心中着实不快。有一些文章是用红墨水写的，另一些则是用蓝墨水或者香味墨水。而有几页上的字看来是用密写墨水或是柠檬汁写的。另外一些字句写得如此之小，大概只有用放大镜才能看清楚。

朱丽还发现一些想象出来的城市设计图，一些历史人物的传说。这些人物早已被尘封在历史长廊的某个角落里了，除此之外还有一些关于制造一些奇特机械的建议。

不管这本书是一个杂物堆还是一座宝库，全部读完它可能至少要花上两年的时间。

朱丽的视线停留在一些奇特的肖像上。她犹豫了一会儿，不，她没有搞错：那是些脑袋，但不是人的，而是蚂蚁的脑袋，看上去就像伟人的半身像，那些蚂蚁没有哪两只是一模一样的。眼睛的大小、触角的长度、头部的形状都有着明显的不同。另外每幅画像下都有一个由一组数字组成的名字。

"蚂蚁"这一概念像音乐中的主导主题一样在各个全息照相、粘贴画、菜谱以及图稿中反复出现。

巴赫的乐谱,《爱经》[1]里的性技巧,二战期间法国地下抵抗组织用过的密码本……过去有哪一个兼收并蓄、学识广博的头脑能包容下所有这一切的呢?

她继续浏览这个光怪陆离的世界。

生物学、乌托邦、指南、小手册、使用说明、各种各样人物和科学的逸闻趣事、人际关系学、易经八卦。

她突然看到这么一句话:"与人们通常认为的恰恰相反,《易经》这一神谕并不是向人们揭示未来,而是解释现在。"随后她又看到一些受大西庇阿和克劳塞维茨[2]启发而得出的策略。

她心想这会不会是一本关于思想教育的教材,但随即她在另一页又读到这么一段建议:

"请不要相信所有那些政党、宗派、行会或者宗教。您无须等待别人来告诉您应该怎么想,不要受外界的影响,要学会独立思考。"

下面又引用了歌唱家乔治·布拉桑的一句话:"在试图改变别人之前,先尝试改变你们自己。"

另有一段话也引起了她的注意。

"五种外部官能和五种内部官能。人一共有五种外部官能和五种内部官能。五种外部官能分别是:视觉、嗅觉、触觉、味觉和听觉。而五种内部官能则是:感情、想象力、直觉、普遍意识和灵感。如果人只依靠五种外部官能生活的话,就好比人只使用左手五个手指一样。"

一些拉丁语和希腊语的格言。新奇的菜谱。中国的表意文字。怎样制造"莫洛托夫鸡尾酒"燃烧弹。干树叶。各种各样的图片。蚂蚁的革命。革命的蚂蚁。

朱丽感到眼睛一阵刺痒。在这种视觉和信息的汹涌狂潮前她只觉得头晕目眩。她的目光又落到这样一句话上:"请不要按照顺序来阅读这本书,务请按照以下方式使用这本书:当你觉得需要时,请随便翻到一页阅读,试试看它是否能为解决您当前的问题提供一些有趣的信息。"

1《爱经》,印度8世纪时一部有关性爱和性技巧的著作。
2 大西庇阿(Scipio Africanus,公元前236—前183年),古罗马统帅和政治家;克劳塞维茨(Clausewitz,1780—1831),普鲁士将军,著有《战争论》一书。

朱丽合上书，暗自答应作者会按照他的建议去利用这本书的。她整理好床铺。这会儿，她的呼吸变得平静多了，体温也稍稍降低了些，她又慢慢睡着了。

12. 百科全书

反常的睡眠：在我们的睡眠过程中，存在着一个特殊的阶段——"反常睡眠"。它一般持续 15 分钟到 20 分钟，结束后的一个半小时又会重新开始，并且持续的时间会更长一些。为什么这样命名这段睡眠呢？因为在最深沉的睡眠过程中开始一种剧烈的神经性活动是反常的。

婴儿在睡眠中往往会躁动不安，那是因为他们正在经历这种反常睡眠（比例：正常睡眠占整个睡眠过程的三分之一，浅层睡眠占三分之一，反常睡眠占三分之一）。在婴儿的反常睡眠过程中，他们经常会进行一种奇特的模仿行为。在他们脸上会表现出成年人甚至是老年人才会有的表情：愤怒、愉快、忧伤、恐惧、惊讶这些他们很可能还没体验过的感情依次出现，仿佛他们是在预习这些将来他们肯定会有的表情。

对成年人来说，反常睡眠阶段会随着年龄的增加而逐渐缩短，只占整个睡眠过程的十分之一或二十分之一。体验这一睡眠阶段可以说是一种乐趣，它可以引起男性阴茎的勃起。

每天晚上我们可能都会接收一条信息。曾经有过这样一个实验：一个成年男子在他的反常睡眠过程中被叫醒，人们让他叙述一下刚才他所梦到的东西，然后又让他入睡，并且在下一个反常睡眠阶段又把他叫醒。人们发现即使前后两个梦的内容并不一致，但有一个共同的基本核心。这一现象就如同被打断的那个梦以另一种不同于先前的方式重新开始，但表达的始终是同一信息。

最近，研究人员又得出一个新的结论：做梦是帮助人忘却社会生活压力的一种方法。通过梦，我们能够忘记白天我们不得不接收的信息以及那些与我们内心信念不相符的东西。所有外界强加给我们的信息都被清除了。只要人们处于做梦的阶段，别人是无法完全操纵他们的。梦天生是一种反抗外界影响的制动器。

埃德蒙·威尔斯
《相对且绝对知识百科全书》第Ⅲ卷

13. 独处林中

已经是早晨了。天色尚暗但已经挺热的了。这就是三月份的反常现象之一。

月亮仿佛一颗淡蓝色的巨星挂在空中,把光洒在树冠之上。柔和的光使它醒来,并向它注入了重新上路所必需的活力。自从它开始在这无边无际的森林中独自行进起,就没花多少时间在休息上。蜘蛛、鸟、虎甲、蚊蛉、蜥蜴、刺猬甚至竹节虫,所有的一切都联合起来戏弄它。

当它还在蚁城中和其他同类生活在一起的时候,它并不了解这种烦恼。它的大脑与"集体思维"紧密联系在一起,无须去独立思考。

但在这儿,它远离自己的巢穴。它的大脑不得不开始进行"个体方式"的运转。蚂蚁有着极佳的能力去进行两种不同方式的思维活动:集体的和个体的。

现在,个体方式成为唯一的选择。它觉得为了生存而进行独立思维活动实在是件相当困难的事情。独立思考慢慢地会带来对于死亡的恐惧。也许它是第一只为了独立生存而对死亡感到害怕的蚂蚁。

这是一种怎样的变化呢?

它在榆树的浓荫中继续前进。一只大腹便便的金龟子发出的嗡嗡声让它抬起了头。

它突然发现森林居然是如此的奇妙。所有的植物都沐浴在柔和的月光下,反射出淡紫色或者乳白色的光线。它竖起触角发现了一棵紫檀木,上面停满了蝴蝶,这些生性好动的昆虫仿佛在窥测它的内心似的。不远处,一些背部长有虎形条纹的毛虫在吞噬接骨木的叶子。大自然好像是为了欢迎它回来而变得更加美丽了。

它忽然被一具干尸绊了一下。老褐蚁转身一看,原来是一堆蚂蚁的尸体,聚在一起形成一个螺旋形。这是些黑工蚁,它了解这种现象。这些蚂蚁离开巢穴太远了,当夜晚寒冷的露水降下来时,它们不知道到哪儿去,于是排成螺旋形转圈子,直到生命之火熄灭为止。当它们无法理解它们所处的这个世界时,它们就转圈子一直到死为止。

老褐蚁走了过去,触角末梢接触到了尸体,以便更好地观察这场灾难。螺旋形外围的蚂蚁最先死亡,然后是中间的。

它静静地看着,在淡紫色的月光笼罩下这种死亡螺旋显得更加诡异。何其原始的行为呀!其实只要在树根下找一个藏身处或者在地上挖一个洞就可以抵御寒冷了。这些愚蠢的黑蚁除了不停地转圈子外根本想不出其他的办法，好像这种舞蹈能使它们免遭危险似的。

"的确我们蚂蚁还有许多东西要学。"老褐蚁感叹道。

它在阴森的蕨类植物下穿行，闻到了幼年时期十分熟悉的气味。那是弥漫在空中的花粉气息。

植物界是经过了一个相当漫长的时期才达到现在这样完美的状况。

首先，所有植物的共同祖先——大海中的绿色藻类登上了陆地。为了在陆地上生存下去，它们进化成苔藓类植物。苔藓继续进化，获得了改良土壤的能力，以此创造出对第二代植物来说更为理想的土壤环境。新的植物能够利用它们更加深广的根系来长得更高大更壮实。

自那以后每一种植物都有自己的影响范围。但竞争仍然存在。老褐蚁看到一株名叫绞杀无花果的藤本植物肆无忌惮地向一棵甜樱桃树发起攻击。在这场争斗中，樱桃树毫无取胜的希望。相反，另一些看上去有能力扼杀酸模的藤本植物却在前者毒汁的攻击下黄化、萎缩。

稍远一些的地方，一株冷杉任其针叶掉落在地上，以使土壤酸化来消灭与其争夺养分的野草和矮小植物。

每一种植物都有其进化武器，每一种植物都有其防御手段，每一种植物都有其生存策略。植物世界同样毫无怜悯可言。植物界与动物界的区别可能就在于植物之间的残杀是在静谧中较为缓慢地进行着。

某些植物偏好冷兵器更胜于毒药。好像是为了向在林中漫步的蚂蚁证明这一点似的，枸骨叶冬青魔爪似的叶片，蓟叶的锋利边缘，西番莲的阴险圈套，直到刺槐的锐利武器在那儿——呈现。蚂蚁穿过了一条充斥着锋利武器的植物走廊。

老蚂蚁擦洗了一下触角，然后把它们像羽毛一样竖起来，以便更好地截取在空气中流动的气味。它要寻找的是一条能指引它回到城邦的气味通道。因为现在已经到了千钧一发的紧要关头，它一定要及时向它的蚁城发出警报。

一阵阵气味分子给它带来各种各样的信息，但它没有探测到周围其他动物活动的迹象。

蚂蚁调整着步伐节奏，以免漏过任何有用的气味。它在错综复杂的气流中辨识着那些陌生的气味，但什么也没发现。

它爬上一处岬角似的松树根，挺起胸慢慢转动感觉器官。根据触角振动强度的不同，它能收取到一系列不同频率的气味。在每秒 400 振的频率上，没发现什么特别的，于是它加快了"气味雷达"的振动频率。每秒 600、1000、2000 振。始终没有什么有趣的发现。它只感觉到植物和一些非蚁类昆虫的气味：鲜花的芬芳、蘑菇的孢子、鞘翅目昆虫的气味、腐木、野薄荷的叶子……

它又把触角的振动整到了每秒 10000 振。触角在转动的过程中会产生气流旋涡，吸来许多灰尘。在再次使用它们之前，它必须先做一下清洁工作。

频率升到了每秒 12000 振。终于它截取到了一些从远处飘来的气味分子。这些气味分子向它显示出一条蚁路，成功了。方向西南，与月光成 12 度角。前进。

14. 百科全书

差异的优点：我们都是成功者，因为我们都由那枚战胜了 3 亿多个竞争者的精子发育而来。这枚精子赢得了遗传其染色体组合的权利。由此有了您，也有了其他人。产生您的那枚精子的确是具有天赋的。它并没有被限制在某个角落里，它懂得如何找到正确的道路，也许它也曾设法给其他与之竞争的精子设置障碍。

长期以来，我们一直以为向卵细胞授精的是最先到达的那颗精子。实际并不是这样，有上百颗精子会同时到达卵细胞周围。它们停在那儿等待着，晃动着鞭毛。在它们中只有一颗将被选中。

也就是说，卵细胞将在拥在它周围、向它发出讯号的成群精子中只挑选出一个来，那是按照什么标准来挑选的呢？研究人员经过长期探索最终找到了答案：卵细胞会选择"遗传特质与其自身最不相同的精子"。这是事关生存的大计：卵细胞并不了解在它表面紧紧相拥在一起的两颗有竞争关系的精子。在这种情况下，怎么进行选择呢？最简单的办法就是避免有血亲关系。大自然希望我们的染色体组合更加丰富。

埃德蒙·威尔斯
《相对且绝对知识百科全书》第Ⅲ卷

15. 远远看到它

坚定的脚步踏在厚实的土地上，时针指向早上七点，群星仍高挂在苍穹之上闪烁不定。

  加斯东·潘松和他的爱犬往陡峭的小路上前进。在枫丹白露森林的深处，在大自然的怀抱中，和他的爱犬一同静静地漫步，他只觉得心旷神怡，十分惬意。他捋了捋红棕色的小胡子。只要他一来到森林中，就会感到自己是自由的人。

  在他左边，一条羊肠小道盘旋着一直升到一片岩石之上。他爬了上去，来到了耸立于加斯波（Cassepot）巨岩尽头的德内库尔（Denecourt）塔楼脚下。会当凌绝顶，风光无限好。在这个已有暖意的早晨，群星相伴下的硕大月盘为大地洒上柔光，足以让人领略到全部的美景。

  他坐了下来，并且向他的爱犬示意照着他做。但猎犬站着没动。人和狗一起欣赏着浩渺苍穹。

  "你看，阿希耶。从前，天文学家们把天象图如平面拱顶一样描绘出来。他们把天空划分为88个区域，每个区域以一个星座体为标志。其中大部分星座并不是整晚都可以看见的。但有一个例外，那就是北半球居民可以看到的大熊座。它看上去像一把漏勺，由四颗星构成的方阵和另外三颗构成的柄组成。大熊座。这名字是古希腊人取的，用来纪念阿卡迪亚国王的女儿卡里斯托公主。她的绝世美貌招来了天神宙斯的妻子赫拉的妒忌，赫拉就把她变成了一头熊。是呀！阿希耶，女人们就是这样彼此间互相妒忌。"

  猎犬晃晃脑袋，发出一声轻轻的呜咽。

  "找到这个星座是很有用的。因为如果我们用直线把勺形边上两颗星连接起来向勺口方向延长5倍的距离，就能发现一颗同样十分容易被辨认出来的亮星——北极星。明白吗，阿希耶。人们就是这样来确定正北方向的，这样就不会迷路了。"

  猎犬对这番解释并不理解。它只听到"伯的伯的伯的，阿希耶，伯的伯的伯的，阿希耶。"就人类语言而言，它只听得懂这么一个音节组合：阿——希——耶，它知道这是在说它呢。这条爱尔兰种的塞特犬被这番喋喋不休的唠叨搞得不耐烦起来。于是就躺下把两只耳朵垫在头下，流露出不太自然的神情，但它的主人实在太想讲话了，根本没法停下话头。

  "从勺柄的末端数起第二颗星星实际上并非只是一颗，而是由两颗恒星组成的。它们就是开阳双星——阿尔科（Alcor）和米扎尔（Mizar）。从前，阿拉伯的战士们为了测试他们的眼力，就以辨认这两颗星星来比赛。"

加斯东眯起眼睛望着天空，猎犬在一旁打着哈欠。太阳已经在东方露出了一丝光芒。慢慢地，星星变得模糊起来，然后悄然隐去。

他从背包里拿出早餐。那是一份夹着火腿、奶酪、洋葱、醋渍小黄瓜和梨片的三明治。再没有比这样早起到森林里看日出更让人愉快的事了。

这简直就是色彩的节日狂欢。起初，一轮鲜红的旭日映入视野，然后变成玫瑰色，变成橙色，变成黄色，最后是白色。月亮的魅力已无法与这天上胜景相媲美了，它也悄悄下山了。

加斯东的目光由群星转到太阳上，又由朝阳转到树林上，最后他把视线投到山谷的全景之上。此时一望无际的原始森林在脚下一览无遗。枫丹白露正是由平原、丘陵、沙地、砂岩、黏土层和石灰岩构成的。同时这里还有着为数众多的溪流、峡谷和成片成片的桦树林。

这里的风景变化万千，也许是法国最富于变化的景致。在这里生活着数百种鸟类、啮齿类动物、爬行动物和昆虫。加斯东曾有好几次与野猪群不期而遇，有一次还撞上一头母鹿和它的幼仔。

在这片离巴黎60公里的土地上，人们完全可以相信人类文明还没有对这儿造成任何破坏。没有汽车，没有喇叭，没有污染，没有人间的烦恼，只有寂静。树叶在微风的轻拂下发出阵阵飒飒清音，鸟儿的嬉闹更显示山林的幽静。

加斯东闭上双眼，贪婪地大口吸着早晨温暖的空气。

在这两万五千公顷的土地上，原始特质下的生命散发出尚未被香水师们辨识出来的芬芳气息。它是大自然赠予人类的无尽宝藏。

河流森林管理处处长又睁开双眼环顾着自然美景。他对这片森林的每一个角落都十分熟悉。在右方，是阿普雷蒙峡谷（les gorges d'Apremont）、"帝王犬猎队队长"十字路口（le carrefour du Grand-Veneur）、"爆破陷坑"公路（la route du Cul-de-chaudron）、大观望台（le grand belvédère）、土匪洞（la caverne des Brigands）。在前面，有法朗夏尔峡谷（les gorges de Franchard）、老修道院（l'ancien Ermitage）、"哭岩"路（la route de la Roche-qui-pleure）和德鲁依高地（le belvédère des Druides）。在左边，是"女士"竞技场（le cirque des Demoiselles）、"叹息"十字路口（le carrefour des Soupirs）和莫瑞龙山（le mont Morillon）。

从他待的地方可以望见那片属于短尾百灵的荒原。更远处是香弗卢瓦平原（la plaine de Chanfroy）和它的灰色山峰。

加斯东又把他的目光投向朱庇特树。这是一棵有着400年树龄的老橡树，高达35米。"多美啊，森林！"

他感叹着垂下了目光。

一只蚂蚁爬到了餐盒上。他想把它赶走，但蚂蚁爬到了他的手上，然后爬到了他的羊毛衫上。

他对爱犬说："这些蚂蚁让我感到不安。不久前它们的巢穴还是各自独立的。但现在出于某种神秘的原因连通起来了。它们聚集起来组成许多联盟。然后这些联盟又组成一个大帝国。好像蚂蚁正在进行一项'超社会性'的实验。这项实验我们人类却从来也没能搞成过。"

加斯东实际上是在报上读到过关于发现越来越多的蚁穴形成超级社会群体的报道。在法国，据统计在西拉山区有1000到2000个蚁穴由小道联系成一个整体。加斯东确信蚂蚁正在使这项社会实验达到完美的程度。

当他环顾四周时，目光突然被一件奇特的东西所吸引。他皱起了眉头。在远处，在他女儿所发现的那个峡谷方向，有一座三角形的东西在树木间闪光。这回和蚁穴没什么关系。

这个闪光的东西被枝叶遮掩着，但它的直线棱边还是泄漏了天机。大自然并不懂得什么是直线的，这大概是一些无所事事的露营者支起的帐篷，或者是某个肆无忌惮的污染大户扔在森林里的废料。

想到这儿加斯东不禁怒火中烧。他沿着小路朝那个闪光的三角形走去。脑海中依旧浮现出种种假设：一辆新式的旅行挂车？一辆镀了光的汽车？一个柜子？

他在树莓和蓟丛中穿行，足足花了一小时才走到那座神秘的东西跟前，都快累得不行了。

从近处看，那座东西的样子更加奇特。这既不是帐篷，也不是挂车，更不是柜子，在他面前矗立着一座大约2米高的金字塔。侧面全都覆盖着一层玻璃镜。而顶部则如同水晶般透明。

"嘘，好家伙！阿希耶老伙计，这可真奇怪，太让人吃惊了……"

猎犬叫了几声表示同意。低声吠叫间，它炫耀着蛀坏了的獠牙，同时吐出一种秘密武器，一种足以吓走屋上野猫的臭气。

加斯东围着那栋建筑绕了一圈。

在茂密的树林中，乍看上去，金字塔并不容易被发现。要不是朝阳的耀眼光芒，加斯东是绝不会发现它的。

他仔细观察着这栋建筑：没有门，没有窗，没有烟囱，也没有信箱，甚至连一条通到它跟前的小路也没有。

猎狗一边在地上嗅着，一边低声咆哮。

"你是不是和我想的一样，阿希耶？我在电视里见过这样的东西。这可能是……是什么外星物体。"

但实际上狗是先积累信息再提出假设的，尤其爱尔兰种的塞特犬更是如此。阿希耶好像对那玻璃幕墙很感兴趣。加斯东把耳朵贴到了墙上。

"真奇怪！"

他听到墙里边有什么动静，甚至好像有人的声音，他敲着玻璃幕墙叫道："里面有人吗？"

没有回答。里面的声音也消失了。加斯东说话时留在玻璃上的水汽涟漪般慢慢消失了。

这座金字塔形的建筑从非常非常近的地方看来，和外星物质丝毫没有联系。它是用水泥建成的，表面覆盖了一层玻璃镜。这种玻璃板在随便什么五金店都可以买到。

"有谁会有如此雅兴在枫丹白露森林深处建这么一个金字塔呢？你有什么想法，阿希耶？"

猎犬狂吠着回答，但主人并不明白它想说什么。

在加斯东身后传来阵阵轻微的嗡嗡声。

比兹兹……

但这并没有引起他的注意。因为森林里到处都有蚊子和各种各样的虻。那声音靠近了，比兹兹……比兹兹……

他突然感到脖子上有一下轻微的刺痛。加斯东举起手想要赶走这讨厌的昆虫。但他一下子就僵在那儿不动了。张开嘴，转过身，松开了猎犬的皮带，双目圆睁，头朝前倒在了一丛仙客来中。

16. 百科全书

占星术（Horoscope）：在南美洲的玛雅部落里存在过一种官方的和强制的占星术。根据婴儿的不同出生日期，人们为他制定一套特殊的个人历法。这一历法预示了孩子未来的一生。什么时候他会开始工作，什么时候他会成婚，什么时候他会遇上一起意外，什么时候他会离开人世。人们把这些对着摇篮中的婴儿用歌曲唱出来。而他会把这些牢牢记在心中，日后再把这些哼唱出来，以知道自己正处在人生的哪一个阶段。

这种占卜发挥了很好的作用。因为玛雅占星师们有办法使他们的预测成为现实。如果在卜歌中一位年轻男子将在某一天遇上一位美丽的姑娘，这次艳遇必将发生。因为在那姑娘的卜歌中也有同样的内容。在其他方面也是一样。如果卜歌里说某人会在某天买下一座房子，那么房主则会因为他本人的卜歌而必须在那一天卖掉那幢房子。如果一场争吵应在某一具体日期发生，所有参与者都会在很久以前就知道这件事。

既然一切都会应验，这种占卜制度也就愈行愈盛了。

就连战争也能被预测和事先描述出来。人们知道谁将获胜。占星师们还能明确地说出战场上会横陈着多少尸体和伤员。如果实际死亡人数和预测的不相符，人们就会牺牲俘虏的性命来凑数。

这种占卜歌让生活变得多么简单啊！再没有偶然这一因素可以发挥作用的地方了。没有人会为了明天的事而担忧、烦恼。占星师把每个人生活的开始到结束都安排得井井有条，每个人都知道自己的生命进程达到了哪一阶段，甚至连旁人也知道。

作为占卜的极限，玛雅人更预见了……世界毁灭的那一刻。它会在以前所谓的基督时代第七世纪的某一天突然来临。没有哪个玛雅占星师对它的精确时间存有异议。因此在世界末日的前夕，人们宁可纵火焚烧他们的城市，杀死全家老少后自戕而亡，也不愿意活到第二天去忍受灾难的降临。侥幸幸存下来的人放弃了火海中的家园，成了平原上孤独的流浪者。

但是这一古老文明并非是从简单天真的人脑中诞生的。玛雅人知道零和轮子（但他们没有领悟这一发明的重大意义），他们能建造平坦的大路，而且他们13个月的历法比我们的历法来得更为精确。

当16世纪西班牙人登上尤卡坦半岛时他们甚至都没法享受消灭玛雅文明的得意，因为它早就自我毁灭了。然而直到今天，仍生活着一些自称是玛雅后裔的印第安人。人称"拉坎墩"[1]人。奇怪的是"拉坎墩"族的孩子也会哼一些古老的曲调，歌曲中列举了人一生的各个重大事件。但再也没有人懂得歌曲的具体意义了。

埃德蒙·威尔斯

《相对且绝对知识百科全书》第Ⅲ卷

---

[1] Lacandons，居住在墨西哥和危地马拉边境的玛雅印第安人。

17. 叶下相遇

这条路通向哪里？好几天来它一直循着蚁路的气味前进，都快精疲力竭了。

突然，发生了一桩奇怪的事。它还没搞清是怎么回事，就一下爬上了一件表面光滑、颜色深暗的东西。然后它被从那上面带走，登上了一片粉红色的"荒漠"，那儿长着些稀疏的黑草，随后它又被抛到了某种植物纤维编织物上。起初它还紧紧攀在织物上面，但很快就被远远地甩到了空中。

这应该是"它们"中的一个。

"它们"在森林中出没得越来越频繁了。

没关系。只要它还活着就行，这比什么都重要。

它正走在一条蚁路上。刚开始时那些气味还不太容易被闻到，慢慢地它们变得愈来愈浓烈。毫无疑问，就是这条穿行于欧石楠和百里香之间的道路散发出的气味。它闻了闻，立刻辨认出这种含烃化合物：$C_{10}H_{22}$，正是贝洛岗侦察蚁腹腺散发出来的那一种。

阳光暖洋洋地照在老褐蚁的背上，它一直在循着这条气味轨道前进。周围，蕨类植物宽阔的叶片构成了一道道拱廊。一丛又一丛的颠茄竖在那儿像是一些由叶绿素构成的柱子。紫杉在地上投下浓荫。它发觉在草丛叶片间隐藏着千百只昆虫，在用听器和眼睛窥伺着它的举一动。只要没有什么动物突然出现在它的面前，它就会觉得是它让别的动物感到害怕和胆怯。于是它缩起脖子，炫耀起兵蚁的威风，立刻就有好几只眼睛消失了。

突然，从一簇蓝色的羽扇豆后面转出 12 只蚂蚁来。它们是和它一样的森林褐蚁。它闻出了它们蚁城的气味：贝洛岗。原来是一家人。亲爱的同胞们！

它朝着这些可爱的身影跑了过去。那 12 只蚂蚁停了下来，惊讶地竖起了触角。它认出它们是些无性的兵蚁，隶属于侦察狩猎部队的一个分队。老褐蚁向离它最近的那一只请求给自己一些食物。后者把两只触角向后敲击以示同意。

两只昆虫立刻开始了那永恒不变的互哺仪式。它们通过用触角的末端相互敲击对方头顶的方式来交流信息。一个问另一个它需要些什么，一个就告诉前者它想要的，然后它们张开大颚，面对面，嘴对嘴。授予者从自己的公共嗉囊里吐出流质食物，搓成球状喂给那个饥肠辘辘的伙伴。另一个一口就吸进了腹中。

老褐蚁把一部分食物咽进胃里来恢复体力，另一部分则贮藏在公共嗉囊里以便在必要时能够救助其他同胞。它惬意地抖了抖身子，而这时那12只蚂蚁晃动着触角请它自我介绍一下。

蚂蚁触角上的11个节能释放出它独特的费洛蒙，就好比是11张嘴同时在用不同的气味语调说话。这11张"嘴"不仅能发出信息，还能接收信息，又仿佛是11只耳朵。

那只提供食物的年轻兵蚁用自己的脑袋去接触老蚂蚁的第1节触角，知道了后者的年龄：3岁。它又从第2节触角得到了老蚂蚁的级别：无性侦察—狩猎兵蚁。第3节触角明确地指示了它的种类和所属蚁域：森林褐蚁，来自蚁城贝洛岗。第4节显示了它的编号和称呼：由蚁后在春天孵出的第103683号卵，所以它叫"103683号"。第5节显示出老蚂蚁的精神状态：103683号十分疲劳，同时又显得十分激动，因为它掌握着一条重要的信息。

年轻蚂蚁结束了气味破译工作。其他几节触角并没有发出信息，第5节用于发现蚁路的气味分子，第6节用于一般交流，第7节专门用来进行较为复杂的对话，第8节用来与蚁后交谈。最后3节必要时可以被当作大头棒来用。

现在轮到103683号来询问那12只蚂蚁了。它们都是年轻的兵蚁，全都活了198天。它们是同胞手足，但相互间模样却大不相同。

5号兵蚁比其他几个年长那么几秒钟，长长的脑袋，狭窄的胸廓，细长的大颚，腹部长得像根棍子，体形修长，行动谨慎而精准，大腿粗壮，肢腿长而外张。

6号则恰恰相反，它体形圆胖：脑袋呈圆形，腹部凸出，胸部拱起，就连触角末端也稍稍长成螺旋形。6号有一个怪癖，它老是用右前肢去抹眼睛，好像很痒似的。

7号大颚短小，肢腿不太灵活，但气质高贵，举止优雅。全身上下清洁得十分干净，甲壳是那么铮亮，连蓝天都照得出来。它腹部末端一直在躁动不安地画着"Z"字，这一举动并没有什么含意。

8号浑身上下都长着毛，甚至前额和大颚也不例外。它的动作并不灵活，但却显示一种力量和气势。它嘴里嚼着一段细树枝，有时为了好玩，它把细枝从大颚间传到触角上然后又传回大颚间。

9号长着圆形的脑袋，三角形的胸部，方形的腰部和圆柱形的肢腿。

在它赤褐色的胸廓上有许多洞，那是它幼虫时期一场大病造成的。它的关节挺灵活的，对这一点它十分清楚，因此总是在那儿活动关节，发出一种像是抹了油的铰链发出的声音，听上去倒也并不刺耳。

10号是个头最小的一个。假如它还有些像蚂蚁的话也只是一点点像。它的触角很长，因此它成了小队的探哨兵。它那对侦察器官的剧烈运动也表现出它具有强烈的好奇心。

11号、12号、13号、14号、15号、16号看上去都差不多。

相互认识之后，老蚂蚁与5号说起了话。不仅是因为5号相对来说年纪最大，而且因为它的触角上布满了交流用的气味物质。这是一种高级社会群居性的表现。和健谈者说话总是件比较方便的事。

于是这两只昆虫相互碰触着触角交谈起来。

103683号得知这12只兵蚁隶属于一支新近成立的军事部队，是贝洛岗最精锐的突击队。它们经常作为前哨去渗透敌人的阵线。它们有时候也要与其他蚁城的蚂蚁战斗或者参加对一些体形巨大的天敌的捕猎行动，比方说蜥蜴。

103683号问它们跑到离大本营这么远的地方来干什么。5号回答说，它们的任务是进行一次远距离侦察。好几天以来，它们一直在朝东方进发，期望找到东方的世界尽头。

对于贝洛岗的蚂蚁来说，这个世界一直存在着并且将永远存在下去。没有生也就不会有死。在它们的意识中，这个星球是个立方体。它们认为这个立方体首先由一层大气层包围着，然后裹着一层云，它们还认为从云的另一面有时有水穿透云层落在地面上，于是就有了雾。

这就是它们的宇宙起源论。

贝洛岗的居民们自认为住在世界的东方边缘。几千年以来它们一直都不断派出远征队去界定世界尽头的精确位置。

103683号告诉它们它也是一名贝洛岗侦察蚁，它正是从东方回来的。在此之前它成功地抵达了世界尽头。

那12只蚂蚁表示这无法让它们相信，于是老褐蚁就建议找一处树根的凹窝，大家围成一圈，触角相碰。

在那儿，它会向它们很快讲述一下自己的生平经历，这样它们就会了解它去世界的东方尽头不可思议的历险，它们也会知道正在逼近贝洛岗的可怕危险。

18. 蛆虫症候群

停在房前的灵车前部一面黑旗猎猎作响。在楼上，准备工作已经完成了。

所有的人都拥在尸体旁最后一次吻他的手。

然后，加斯东的尸体被装进一只带拉链的大塑料袋里，里面还塞了不少樟脑丸。

"为什么要放樟脑丸？"朱丽向一个殡仪馆的工作人员问道。

那个一袭黑衣的男人脸上露出很在行的神色。

"为了防止生蛆，"他的声音听上去不太自然，"尸体会招来许多蛆虫。但有了樟脑丸，尸体就不会被蛀坏了。"

"这样它们就不会再吃我们的肉体了吗？"

"是的，"工作人员保证道，"况且，现在的棺材都包着一层锌板，这样可以防止有什么动物钻进去。甚至连白蚁都无法侵蚀。您的父亲将被干干净净地下葬。而且很长时间内一直保持这种状态。"

一些头戴深色鸭舌帽的男人把棺材抬上灵车。

由于交通堵塞，送葬行列在排气管排出的汽车尾气中走了好几个小时才到达墓地：首先进入墓地的是灵柩车，接着是直系亲属坐的车，然后是远亲的车和朋友的车，在队伍最后是死者生前同事坐的车。

所有的人都身穿丧服，神情悲痛。

四个掘墓人把棺材扛在肩上一直抬到挖开的墓穴前。

葬礼进行得相当缓慢，人们一边跺脚取暖，一边低声说着些应景的话："这是一个好人。""真是英年早逝。""这对河流森林管理处来说是一个巨大的损失。""他为人高尚、善良、大度。""他的离去，让我们失去了一位无与伦比的兢兢业业者，一位伟大的森林保护者。"

神甫终于出现了，念念有词地说着每回都要说的话："尘归尘……这位好丈夫、好父亲是我们大家的榜样……他将在我们心中永存……所有的人都爱戴他……一个生命结束了，阿门。"

此时大家纷纷围到朱丽和她母亲身边向她们表示慰问。

杜佩翁省长也亲自前来参加葬礼了。

"感谢您的到来，省长先生。"

但省长显得特别想和年轻姑娘讲话："请接受我的诚挚慰问。小姐，您父亲的死对你们来说无疑是一次重大打击。"

他挨到朱丽身边，凑着朱丽的耳朵说道："我对您的父亲一向十分敬重，请相信省长办公厅永远会为您保留一个位置的。您从法学院毕业之后，就来找我。我会给您找到一份好工作的。"

这位高级官员终于想到要对做母亲的说些什么：

"我已经责成一位最精干的警探调查您丈夫的神秘死因，他就是里纳尔警察局局长，他可是位行家里手，有了他很快我们就能了解一切。"

接着他又说："您现在正在服丧。但有时也不妨换换脑筋、放松放松。正巧我市和日本八重市结为友好城市，下星期六在枫丹白露城堡的宴会厅将举行一个招待会，请和您的女儿一起来吧。我很了解加斯东，他要是知道你们能从悲痛中解脱出来也会感到高兴的。"

母亲点了点头。这时其他人纷纷向棺材上撒下已经干枯了的花朵。

朱丽走到墓穴边上，口中低声咕哝道："真可惜我们从来都没能认认真真地交谈过。我相信，爸爸，从某种意义上说你是一个好人……"

她盯着那具棺材看了好一会儿。

她拼命咬着大拇指指甲。丧父之痛是最为强烈的。当她咬自己手指甲的时候，便能控制住内心的巨大痛苦。这是她折磨自己的好处之一，因为她可以控制痛苦而不只是忍受。

"真遗憾在我们之间有如此之多的障碍。"她最后说道。

在棺材下面，一群饿极了的蛆虫从水泥板上一条极小的缝隙中钻进了墓穴。它们不断地撞击着锌板，说："真遗憾在我们之间有如此多的障碍。"

19. 百科全书

两种文明的碰撞：两种不同文明的相遇永远是一个微妙的时刻。

1818年8月10日，大不列颠北极远征队队长约翰·罗斯与格陵兰地区的居民不期而遇，那些居民自称为因纽特人（因纽特的含义是"人类"，而在以前他们则被贬称为爱斯基摩人，意思是"吃生鱼的人"）。因纽特人一直都认为自己是这世上生存的唯一人类。当他们看到英国人时，因纽特族中最老的长者挥舞着棍棒示意外来人离开。这时人们尽可以作出种种最坏的打算。南格陵兰翻译约翰·萨克金灵机一动，把刀子扔到自己脚下，就这样在素不相识的陌生人面前放下武器！这一举动让因纽特人困惑不解。他们大喊大叫、相互揪鼻子争起那把刀来。

约翰·萨克金这时立刻想到去模仿他们。最危急的关头过去了，谁也不会起意去杀死和他们言行一致的人。

一位上了年纪的因纽特人走了过来，伸出手抚摸着萨克金的棉质衬衫，问他有哪一种动物能长出这么细软的皮毛来。正当翻译尽其所能回答他时（幸好他那带着英国腔的格陵兰语听起来和因纽特语很相近），另一个又向翻译提出一个新的问题：你们是从月亮还是太阳来的？因为因纽特人相信他们是地球上唯一的居民，所以他们想不出这些陌生人的来访还会有其他什么解释。

最后萨克金好不容易才说服他们去会见英国军官。因纽特人也上了探险船。在那儿他们先是惊慌失措地看到一头猪，然后当他们在镜子里看到自己的时候又眉开眼笑起来。他们对着一座时钟惊叹不已，还问这东西是不是可以吃的。于是英国人就拿出饼干给他们吃。但在他们看来吃饼干实在味同嚼蜡，连连吐出，显出很倒胃口的样子。最后为了表示友好，他们把族里的巫师请来。巫师恳请神灵驱除所有附在英国船上的魔鬼恶灵们。

第二天，约翰·罗斯在因纽特人的土地上插上了他祖国的旗帜，并且带走了许多财宝。在短短一小时之内，因纽特人就成了大不列颠帝国的属民，而他们自己还没有领悟到这一点。一星期之后，他们的国土出现在所有的地图上，就在原来写着"不名之地"的地方。

埃德蒙·威尔斯
《相对且绝对知识百科全书》第Ⅲ卷

20. 来自上面的恐惧

老褐蚁向它们讲述了那些陌生的土地、旅行和一个完全奇怪的世界。那12只兵蚁听了简直不能相信自己的触角。

这一切还得从103683号还是个普通兵蚁的时候说起。一天，它在贝洛岗禁城的通道里靠近蚁后寝宫的地方巡逻。一雌一雄两只有性的蚂蚁突然出现在它面前请它帮忙。它们声称有一支狩猎远征队全军覆没了。杀死它们的是一种一下子能够消灭十几只蚂蚁的神秘武器。

103683号对此进行了调查，认为这次攻击是它们的世仇——施嘉甫岗侏儒蚁的手笔。于是一场针对它们的战争爆发了。但侏儒蚁没有在战斗中使用那种可怕的毁灭性武器，由此可以判断它们并不拥有这种武器。

然后它决定到另一世仇——白蚁那儿去调查。103683号率领一支远征队朝位于东方的白蚁城进发了。但在那儿它们只找到一座被有毒氯气摧毁了的空城。白蚁蚁后是唯一死里逃生的一个。它说近来所有这些越来越频繁的灾难都是"守卫世界尽头的巨大魔鬼"造成的。

于是 103683 号继续向东挺进,渡过一条大河,经过种种磨难,终于找到了那闻名遐迩的世界尽头。

首先,因为这世界并不是一个立方体,所以它的边缘并不是一处令人头晕目眩的深涧。在 103683 号看来,这世界是平的。它试着向那 12 只蚂蚁描述出那种景象。它记得有一处灰黑色的地方,散发着恶臭的汽油味。有一只蚂蚁朝那儿爬去,立刻就被一个闻着像是橡胶的大家伙杀死了。有许多蚂蚁试图强行冲过这片区域但都失败了。世界的尽头是平坦的,但却是一个地狱般的死亡区域。正当 103683 号打算往回走的时候,突然想到可以在死亡区域下面挖一条隧道,就这样它到了世界尽头的另一边。在那边它发现了一个截然不同的国度。那边生活着那些著名的巨大动物,也就是白蚁蚁后所说的"世界尽头守卫者"。

这一番话着实让那 12 只蚂蚁惊叹不已。

"那些庞大的动物到底是什么?"14 号疑惑不解地问道。

103683 号犹豫了一下,然后说了一个词:"手指。"

对这 12 名战士来说,猎杀那些最最凶恶的天敌都是很平常的事,但一听到这个词它们立刻惊跳起来。圈子散开了。

"手指?"

这个词对它们就意味着真正可怕的梦魇。

所有蚂蚁都听说过关于"手指"的事,这些故事一个比一个来得更让人憎恶。"手指"是所有生物中最最可怕的恶魔。有的蚂蚁说它们总是五个一群地四处游荡,有的则断言它们会无缘无故地杀死蚂蚁,甚至都不是为了吃掉它们。

在森林这片天地中,死亡永远都应该是合法的。杀死别的生物要么是为了捕食,要么是为了自卫,要么是为了扩张领土,要么是为了抢夺巢穴。但"手指"不是这样,它们的行为荒谬而愚蠢,它们随心所能地杀死蚂蚁……没有任何目的。

因此,"手指"由于它们极端恐怖的行为而在蚂蚁王国中被视作为疯狂的野兽。每一只蚂蚁都知道关于它们的可怕故事。

"手指"……

有些蚂蚁说"手指"会把蚁巢开膛破肚,然后在里面搅得天翻地覆,迫使惊慌失措的蚂蚁成群结队纷纷出逃。它们甚至连育婴室也不放过。它们把育婴室举起来,从里面倒出一只只压扁了的幼蚁,其状惨不忍睹。

"手指"……

在贝洛岗,蚂蚁们说"手指"把什么都不放在眼里,连蚁后也不例外。它们将一切全都摧毁。传说它们是瞎子,而它们正是为了自己看不见而进行报复,才要把所有能看见的生物都杀死。

"手指"……

各种各样的传言把它们形容为巨大的粉红色肉球,没有眼睛,没有嘴,没有触角,没有四肢。这些不长毛的巨大粉红色肉球具有非凡的惊人能力,依靠这种能力它们可以摧毁前进道路上所遇到的一切东西,而且什么都不吃。

"手指"……

有的蚂蚁肯定地说,它们把不小心太过靠近它们的蚂蚁的腿一条条撕扯下来。

"手指"……

没有谁再能分清哪些是真实,而哪些只是传闻而已。在各个蚁城中,居民们给"手指"起了许多绰号:"粉红肉球杀手""来自天空的恐怖死神""野蛮之首""粉红色恐怖""五个一起走的怪物""没毛的猛兽""蚁城破坏者""无名魔鬼"……

"手指"……

但还有一些蚂蚁认为"手指"实际上并不存在,这只不过是当有的急性子幼蚁想要早些走出蚁穴时,保育员用来吓唬它们的借口。

"别乱跑,外面到处都是'手指'!"

有谁没在幼年时期听到过这样的告诫?又有谁没听过伟大的英雄出发去猎杀"手指"的传奇故事?

"手指"……

那12只年轻兵蚁天不怕地不怕,唯独一提起"手指"就胆战心惊。它们还听说"手指"并不只对蚂蚁进行杀戮,它们对所有的生物都这样。它们用弯曲的刺穿起一条条小蚯蚓,然后把它们扔进河里,直到鱼儿蜂拥而来将蚯蚓吞下。

"手指"……

还传说它们能在很短的时间内砍倒千年古树。它们把青蛙的后腿扯下后扔进池塘。这些青蛙虽然还有一口气但却成了残废。

要是只有这些就好了！蚂蚁们还听说那些"手指"把蝴蝶钉死在针上，把飞在空中的蚊子一下子拍死，用小圆石子把鸟儿打得千疮百孔，把蜥蜴捣成肉酱，剥下松鼠的皮毛，破坏掠劫蜂巢，把蜗牛闷死在散发着大葱气味的绿色油汁里。

那12只蚂蚁瞧着103683号。这只老兵蚁就这么轻描淡写地声称走到过离"手指"很近的地方，而且毫发无损地平安返回了。

"手指"……

103683号坚持说"手指"散布于这世界的周围，现在它们开始进入森林了，再也不能对它们一无所知了。

5号仍有些将信将疑，它晃着触角问道："为什么我们看不到它们？"

老褐蚁解释说："因为它们实在太高大了，所以才看不见它们。"

那12只兵蚁一言不发。这只老蚂蚁不会是在信口开河吧……

真有所谓的"手指"吗？因为不知道该说些什么，也不知道能听到些什么，它们的触角保持着气味静默。那些"手指"就在那里并且随时准备入侵森林。这实在太不可思议了。它们拼命想象着世界尽头和其守卫者——"手指"的样子。

5号问老蚂蚁为什么要急着回到贝洛岗。

103683号回答它要告诉地上所有的蚂蚁，"手指"正在逼近，现在和以前已经完全不同了。必须相信这一点。

它释放出最具说服力的气味分子："'手指'确实存在。"

它一再重复，必须向全世界发出警告，所有蚂蚁都应该知道，在那上面，被云层遮掩的某个地方，"手指"正在窥伺着它们，准备改变一切。103683号让那12只蚂蚁重新围拢过来，因为它还有别的话要对它们说。

它的故事并未就此结束。当它结束第一次历险回到贝洛岗之后，向新任蚁后报告了它的奇遇。蚁后听了大吃一惊，决定发起一次规模庞大的远征，把地球表面所有的"手指"统统消灭。

贝洛岗立刻组织起一支3000只蚂蚁的大军，每只蚂蚁都在腹部超量装备了蚁酸。但征途漫漫，出发时的3000只蚂蚁抵达世界尽头时只剩下500只了。那场战斗让人难以忘怀。远征军的剩余部队在肥皂水的攻击下全军覆没了。103683号即使不是唯一的，也是极少数侥幸生还者之一。

它首先想到的是返回蚁城向其他蚂蚁通告这一不幸的消息。但它的好奇心还是占了上风。它觉得与其就这么回去还不如冒下险，继续前进去看看世界尽头的那一边——巨大"手指"生活的地方。

它看到了。

贝洛岗蚁后做出了错误的估计。3000名战士远不足以战胜这世上所有的"手指"，它们的数量比预计的要多得多。

103683号把"手指"的世界描述了一番。在那里，大自然被"手指"破坏殆尽，取而代之的是"手指"亲自建造的东西。这些东西看上去很奇怪，因为它们都呈现出完美的几何形体。

在"手指"的世界里，所有的东西都是光滑的、冰冷的、几何的和无生命的。

突然老蚂蚁停下了话头，它闻到远处有敌人出现。它想也没想就和12位伙伴一起躲了起来。会是谁呢？

21. 心理逻辑

为了让他的病人们精神放松，医生把他的诊所设计成了一个客厅。几幅画着大块大块红色的现代派油画看上去和桃花心木的老式家具十分协调。在屋子的中央，一只也是红色的巨大明代花瓶被放在一张用镀金金属箍起来的独脚小圆桌上，看上去摇摇欲坠似的。

这是自朱丽厌食症第一次发作后，她母亲带她来看病的诊所。医生当时立刻猜测她的病与性有关。是她父亲在朱丽小时候玷污了她？是家里的一个什么朋友举止过于随便了？还是音乐老师对这个已届青春期的少女动手动脚？

这种想法让做母亲的不禁脸色大变，她设想着自己的女儿落入那老头魔爪的情形。以后的一切便是由此开始的。

"也许您说得有道理，因为她还有一个毛病，一种恐惧症。她不能忍受别人碰她。"

在医生看来，这年轻姑娘肯定遭受过某种严重的心理创伤。他很难想象这仅仅是因为她不能继续唱歌了。

其实这位心理医生确信他的大部分女病人在童年时都遭受过不正常的性侵犯。他是如此遵从这一原则，以至于当他无法在反常行为的背后找出此类精神创伤时，他就诱导病人去自我暗示出这么一个病因。随后治疗就变得容易了，而且她们都成了他的长期客户。

在朱丽母亲打电话向医生预约的时候，他曾询问朱丽是否恢复正常饮食了。

"不，一直都不正常，"她回答说，"她老是小口小口地吃东西，而且不肯吃荤腥，即便只是看上去有点像肉的她都不吃。照我看，尽管现在病症不像以前那么明显了，她的厌食症其实一直都没好过。"

"也许这能够解释她的闭经。"

"闭经？"

"是呀，您不是告诉过我您女儿 19 岁了还没来过月经吗？这表明她的发育过程出现了不正常的迟缓。她吃得这么少极可能是造成这一现象的原因。闭经往往是和厌食症有关系的。人的身体也有其自己的机制，如果它觉得不能保证以后为受精卵发育成胎儿提供足够的营养，它就不会排卵，不是吗？"

"但她为什么会这样呢？"

"用我们的行话说，朱丽表现出的正是'彼得·潘情节'。她期望一直停留在童年时代而拒绝长大成人。她认为只要不吃东西，身体就不会发育，这样就永远是个小女孩了。"

"我懂了。"她母亲叹了口气，"这大概也是她为什么不想通过高中会考的原因了。"

"很明显，高中会考对她来说就意味着进入成年阶段。她不想变成大人，所以就像一匹倔强的小马驹那样不断后退，不肯跨过这道障碍，不是吗？"

秘书通过内线电话告诉医生朱丽到了。医生请她带朱丽进来。

朱丽是带着阿希耶一起来的，想趁看病的机会顺便遛遛狗。

"我们从哪儿开始呢，朱丽？"心理医生问道。

年轻姑娘目不转睛地打量了一下这个胖男人。他老是在出汗，稀疏的头发往后梳成了一条辫子。

"朱丽，我是来帮助你的，"他用一种坚定的口吻向她保证道，"我知道你从内心深处还在为你父亲的去世感到悲痛。但出于所有年轻姑娘都会有的那种害羞的心理，你对这种痛苦讳莫如深。你应该把它宣泄出来以得到解脱，否则烦恼会一直纠缠着你，你只会越来越痛苦。你明白我的意思，不是吗？"

沉默。在那张不苟言笑的脸上没有丝毫表情。

心理医生离开了他的座位，走过来扶住她的肩头。

"我是要帮助你的，朱丽，"他重复道，"看来你心里感到害怕。你是一个小姑娘，独处在黑暗中，内心中充满恐惧。你千万要放下心来，这就是我的工作。我的目的就是要让你恢复自信，除去你所有的恐惧感。你要把内心中最美好的东西都表现出来，不是吗？"

朱丽用一个十分隐蔽的暗示告诉阿希耶在那件珍贵的中国瓷器里有一块肉骨头。猎犬打量了一下那件从没见过的装饰品，又垂下了眼皮。它差不多明白了朱丽的意思但没敢动。

"朱丽，我们在这里是为了揭开你过去生活中的谜。我们要把你生活中的事件一件件地研究一遍，甚至是那些你认为已经忘记了的事。你说吧，我听着，我们一起来找出病根并让伤口愈合，不是吗？"

朱丽继续悄悄地向猎犬发出指令。猎犬瞧瞧朱丽，又瞧瞧那只花瓶，尽量去理解两者之间的关系。它的狗脑里充满了疑惑，它觉得年轻姑娘有什么重要的事要它去做。

阿希耶和花瓶。花瓶和阿希耶。它们之间到底有什么关系？让阿希耶气恼不已的是它无法理解人类世界事物之间的联系。比方说它曾经花了很长的时间去理解邮递员和信箱之间的关系。为什么这个男人要把一沓沓纸塞入那只盒子？最后它终于明白这个傻瓜把信箱当成了一只以纸为食的动物。其他的人可能是出于怜悯也就任凭他那么做了。

但现在朱丽又想要干什么呢？

爱尔兰种塞特犬犹豫地尖声叫着，也许这可以让主人感到满意了？

心理医生凝视着亮灰眼睛的姑娘。

"朱丽，我要强调一下我们合作的两个主要目的。首先，让你恢复自信。然后我要教会你变得谦虚。自信是个性发展的加速器，而谦虚则是制动器。从学会使用加速器和制动器的那一刻起，人就能掌握自己的命运，并且在他的人生之路上获益匪浅，你能理解这些的，不是吗，朱丽？"

朱丽终于看着医生说道：

"您的加速器和制动器对我来说毫无意义。心理分析只能用来让孩子不至于重蹈他们父母的覆辙，仅此而已。而且往往在100个孩子身上能够成功的只有一个。您别再像教训一个无知的小姑娘一样教训我了。像您这样的医生、还有你们那些心理治疗我在西格蒙德·弗洛伊德[1]的《心理分析导论》上见得多了。我知道这是怎么一回事。我没有病。如果说我感到痛苦的话,并不是因为我缺少什么而是因为太多了。我太了解这世上存在的陈旧、反动、僵化的东西了。甚至您所谓的心理治疗也只不过是使人一而再、再而三地沉浸在过去中的方法而已。我不喜欢往后看,就如同开车时,我不会把眼睛一直盯在后视镜上一样。"

医生吃了一惊,直到刚才她还一直保持着沉默和谨慎的态度,还从来没有哪个病人像她这样当面指责过他。

"我并不是说往后看,我是指更好地看清自己,不是吗?"

"我也不想看自己。如果不想在开车的时候出车祸的话,谁也不会老盯着自己看。应该朝前看,看得越远越好。其实,让您感到烦恼的是我太……清醒了。所以您更愿意认为不正常的是我。在我看来有病的是您,因为您总是用'不是吗'来结束每句话。"

朱丽又冷静地说道:"至于您诊所的布置,您有没有对这些考虑过?这些红色、这些画、这些家具、这些红色的瓷器?您难道有嗜血的倾向?还有这条马尾辫,这是不是能更好地说明您内心中存在的女性意识?"

医生向后退了退,厚厚的眼睑不停地眨着。永远不要在诊所里和病人发生冲突是他职业的基本原则之一。必须尽快摆脱不利的处境。这小姑娘想用以其人之道还治其人之身的办法使他情绪波动。她肯定曾经看过关于心理学方面的书。这些红色……这的确让他联想到某种明确的东西。还有他的辫子……

他竭力想恢复镇定,但他臆想中的病人并不给他喘息的机会:

"另外,选择从事心理学方面的工作这本身就是一种病症。埃德蒙·威尔斯曾这样说过:'根据一名医生选择什么样的专业,你就会明白他的问题出在哪里。'眼科医生通常是戴眼镜的,皮肤病医生经常会得痤疮和牛皮癣,内分泌科的医生有激素分泌失调的毛病,而心理学大夫则……"

"谁是埃德蒙·威尔斯?"医生打断道,他一下子就抓住机会来转移话题。

"一个愿意帮我的朋友。"朱丽冷冷地回答。

---

[1] 弗洛伊德(1856—1939),奥地利精神病学家,精神分析的创始人。

对一个心理医生来说恢复常态只需片刻工夫就行了。职业性条件反射深深根植在他的心里，让他不会一直玩下去。不管怎样，这姑娘只是个病人，而他才是医生。

"后来呢？埃德蒙·威尔斯……他和《隐身人》的作者H. G. 威尔斯有什么关系？"

"什么关系也没有。我说的这个威尔斯更加神通广大。他写了一本'有血有肉'的书。"

他想出了如何打破僵局的办法，朝朱丽走了几步，说："这位埃德蒙·威尔斯先生写的'有血有肉'的书都说了些什么呀？"

他靠得离朱丽非常的近，姑娘都能感觉到医生的呼吸了。朱丽对随便什么人的呼吸都感到厌恶。于是她尽量把脸别过去。这呼吸是如此强烈，还混杂着薄荷洗发剂的恶臭。

"正如我所推断的那样，在您的生活中有某个人在操纵您并且使您堕落。这个埃德蒙·威尔斯是谁？你能把这本'有血有肉'的书给我看看吗？"

心理医生说话时"您""你"不分，但渐渐地他又掌握了谈话的主动权。朱丽意识到了这一点，便不想再继续这场小小的争论了。

医生抹了抹额头上的汗。这位年轻姑娘越是藐视他，他就越觉得她楚楚动人。她是如此令人吃惊，这位年轻姑娘，她有着12岁女童的顽皮，又显出30岁成熟女性的端庄，那稀奇古怪的书本知识更给她平添一份魅力。医生贪婪地盯着她。他喜欢别人反抗他，她身上的一切都是那么迷人，她的芬芳、她的眼神、她的胸脯。他努力克制着想要去抚摸她的冲动。

她已经像一条敏捷的鳟鱼一样离开了座位，逃得远远的，站在门口，挑衅地冲他微微一笑，看了看那本《相对且绝对知识百科全书》是否还在背包里，然后背上背包，走了出去。门在她的身后重重地关上了。

阿希耶一直跟着她。

到了外面，她朝猎狗踢了一脚。这可以教会它服从她的命令。要是她命令它打碎那只明代花瓶，它就得打碎那件瓷器。

22.百科全书

不可预测的策略：任何由人脑设想出的计策都可以被一个富于观察和

逻辑能力的头脑所猜破。然而还是有办法不被猜破的：只要在做出决定的过程中引入偶然机制即可。譬如，可以用掷骰子来决定下一次进攻的方向：

在整体策略中引进一点点混沌不仅能产生令人吃惊的效果，而且这还能使作为重大决定理论基础的逻辑处于秘密状态。谁也无法预测骰子的滚动。当然，在战争中极少有哪个将军敢于根据随意的偶然性决定下一次军事行动。他们认为他们的聪明才智足以应付自如了。但是掷骰子的确是使对手感到困惑的最好方法。他们会觉得自己被某种神秘的思维机制打败了。在感到困惑不解和迷失方向时，胆怯使他们的行动变得谨小慎微，从而完全可以被预测出了。

埃德蒙·威尔斯
《相对且绝对知识百科全书》第Ⅲ卷

23. 三种奇特的概念

103683号和它的12位同伴把各自的触角高高伸出藏身处，发现了那些新来的敌人。那是些施嘉甫岗的侏儒蚁。这种蚂蚁虽然体型较小，但却脾气暴躁、极其好斗。

它们靠近了，发现了贝洛岗蚁的踪迹，便在四周探索起来。但它们跑到离自己巢穴这么远的地方干什么呢？

103683号认为它们是抱着与自己同伴相同的目的——好奇才来到这里的，侏儒蚁也想找到世界的东方边界。它看着它们走远了，并没有惊动它们。

贝洛岗蚁们又在一株山毛榉的根上围拢起来，触角抵着触角。103683号继续讲它的故事。

它独自待在"手指"的国土上，诸多的新奇事物让它看得眼花缭乱。最初它遇上一些蟑螂，后者声称已经驯服了"手指"，那些"手指"每天用硕大的绿色浅口盆装上许多礼品献给它们。

然后103683号拜访了"手指"的巢穴。自然那些巢穴是硕大无朋的，同时也表现出许多其他的特征。那是些坚固而完美的平行六面体。要在墙上打洞是根本不可能的。在每一座"手指"的巢穴里都有热水、冷水、空气循环系统，还有点生命迹象的食物。

但这还不算最令人意想不到的。103683号幸运地找到了一个对蚂蚁并不抱有敌意的"手指"。这个不可思议的"手指"竟然想促使"手指"和蚂蚁两大种族相互交流。它制造了一台能够把蚂蚁的气味语言转换成"手指"的声音语言的机器。它亲自调试机器并且知道如何使用。

14号从圈子里抽出了触角。

够了。它已经听够了。这只老蚂蚁居然胡说什么它和"手指"说过话！其他的蚂蚁和它一样都认为103683号是个疯子。

103683号请求它们不要带着先入为主的成见来看待它所说的一切。

5号提起了"手指"对蚂蚁城犯下的暴行。和一个"手指"说话这简直就是和蚂蚁的头号敌人、无疑也是最可怕的敌人串通一气。

它的同伴们晃动着触角以示赞成。

103683号反驳道，只有知己知彼，方能百战不殆。对"手指"发起的第一次东征最终变为一场屠杀，就是因为蚂蚁对"手指"一无所知，完全凭着主观臆断来行动。

那12只兵蚁听了又犹豫起来。老蚂蚁的话听起来确实太过荒谬，它们都不想再听下去了。但蚂蚁的好奇心是一种天性，所以它们又围成了一圈。

103683号向它们转述了它和"懂得与蚂蚁说话的手指"的谈话内容，它所要告诉它后辈们的东西是何等重要啊！蚂蚁们所看到的"手指"只不过是它们上肢末端的延伸部分而已。真正的"手指"远比蚂蚁想象的高大得多，它们比蚂蚁大出上千倍。之所以蚂蚁看不到"手指"的嘴和眼睛，是因为这些器官长在蚂蚁无法望及的高处。

尽管蚂蚁看不到，但不能就此否认"手指"的确长着嘴、眼睛和四肢。它们没有触角，因为它们不需要。其听觉器官能让它们相互交流，而它们的视觉器官也足以让它们看清这世界。

"手指"的特点远远不止这些。还有更令人惊奇的事情呢："手指"靠它们的两条后肢保持直立姿势。就靠两条腿！它们的血是热的。这些群居性的动物生活在城市里。

"它们的数量有多少？"

"好几百万。"

5号简直无法相信它的触角。几百万个庞然大物该占去多大的地方呀，应该老远就能看到它们，但为什么蚂蚁没能早些察觉它们的存在？

103683号解释说地球要比蚂蚁所想象的大得多，况且大部分"手指"

都住在很远的地方。

"手指"在动物界中是发展较晚的一种。蚂蚁在一亿多年以前就开始在地球上繁衍生息了。而"手指"只有三百多万年而已。在很长一段时期内，它们的进化十分缓慢，只是到了最近，至多几千年以前它们才掌握了农业和畜牧业，并开始建筑城市。

然而，尽管"手指"的进化历史相对而言比较短，但这并不妨碍它们在与地球上其他生物的竞争中处于上风：它们上肢的末端，也就是被它们称作"手"的那部分是由五根长有关节的手指构成的，可以用来掐、抓、撕、扯、紧握和碾压。这一优势足以掩盖它们身上的缺陷了。

因为它们身上没有坚硬的外壳，于是就把植物纤维编织起来做成"衣服"。因为没有尖锐的大颚，它们就把金属裁割磨光直至可以用来切割，这就是它们所用的刀。它们没有可以使它们高速行动的肢体，就使用汽车，也就是以火和碳氢化合物的化学反应来驱动的活动巢穴。就这样，"手指"借助于它们的手得以弥补它们在进化上的不足。

那12只年轻蚂蚁实在难以相信老蚂蚁的话。

"那些'手指'通过它们的'翻译机'对它胡扯了一通。"13号提出了自己的看法。

而6号则认为103683号的高龄影响了它的智力。"手指"根本就不存在，它们只不过是保育员臆想出来吓唬幼蚁用的。

老蚂蚁便请它舔一舔自己额头上的印记。这一特殊印记是"手指"贴在它额头上的，用来把它从这地球上所有其他蚂蚁中辨认出来。6号答应了，对着那块印记又舔又闻。这既不是鸟粪，也不是食物残渣。6号承认这种物质它还是头一次看到。

"这并不稀奇，"103683号兴高采烈地说，"这种既牢固又有自粘性的物质实际上只不过是'手指'所制造的神秘物件中的一个，它们把这叫作'指甲油'，这是它们最珍贵的产品之一，它们用这种油膏来向重要的'手指'表示敬意。"

这一确凿的证据让103683号更加振振有词了。"要想更好地理解我的奇遇，"它强调道，"就必须相信我所说的话。"

那些听众又仔细地听起来。

在那个巨人国中，"手指"的一举一动对蚂蚁来说确实是不同寻常、难以理解的。在它们的奇思异想中，有三样特别让103683号感兴趣，并且，在它看来有必要加以进一步研究。

"幽默。"

"艺术。"

"爱情。"它说出这么三个词语。

"幽默，"它解释道，"这种病态的需求表现为某些'手指'以讲故事的形式来引起它们身体的神经性痉挛，这样它们就能生活得更好。"它并不清楚那是怎么一回事。那个和它"说话"的"手指"对它讲了一些"笑话"，但在它身上没有引起任何反应。

艺术是"手指"一种极为重要的需求。它们制作一些它们觉得美丽的东西，但实际上这些东西毫无用处。既不能用来吃、不能用来自卫，也不能用来产生什么东西。"手指"用它们的"手"画出形状，再涂上颜色，或者它们把音符排列组合起来形成它们认为极具旋律性的东西，这同样也可以引起它们身体的痉挛并使它们能更好地生活。

"那爱情呢？"10号问道，一副很感兴趣的样子。

"爱情就更难以理解了。"

爱情，就是一个雄性"手指"重复做一些奇怪的动作来请求雌性"手指"同意向它口对口地传递食物。在"手指"之间口对口地传递食物并不是自然而然的事。有时候它们甚至拒绝向同类口对口地传递食物。

拒绝口对口地传递食物……蚂蚁们感到越来越奇怪了。怎么可能有谁拒绝拥抱同类？怎么可能有谁拒绝把自己肚子里的食物吐出来提供给同类？

听众们为了弄明白这一切而挤得更紧了。

根据103683号的说法，爱情一样可以引起"手指"身体的痉挛并使其更好地生活。

"也许这是结婚仪式。"16号猜测道。

"不，是别的什么。"103683号回答。但它无法解释得更加清楚了，连它自己也不能肯定是否搞明白了。但它觉得这是一种为昆虫所不知道的奇怪情感。

那一小队蚂蚁议论起来。

10号想进一步了解"手指"，它对幽默、爱情和艺术感到十分好奇。

"我们不就是要弄明白爱情、幽默和艺术吗？"15号回答说。

16号想要确定"手指"国度的位置。哪怕只是在化学地图上。

13号说现在是应该向全世界发出警报的时候了，应该组建一支全体蚂蚁和全部动物的大军，一起去消灭那些可怕的"手指"。

103683号摇了摇头："要想把它们全部杀死是不可能的。其实还有更加简单的办法，就是……驯服它们。"

"驯服它们？"年轻蚂蚁吃惊地问道。

是的！蚂蚁已经驯服了许多动物：蚜虫、甲壳虫……那么为什么不也驯服"手指"呢？毕竟"手指"已经在向蟑螂提供好吃的食物了。蟑螂能够做到的事蚂蚁同样也能做到甚至做得更好。

和"手指"打过交道的103683号指出它们并不只是没有理智的魔鬼和死亡播种者，应该和它们建立外交关系，进行合作，让"手指"能够利用蚂蚁的知识，同样蚂蚁也可以利用它们的。

它回来的目的就是要向蚁族全体成员提出这一建议。它希望12只年轻兵蚁能够支持它。如果这一建议不能轻易为全体蚂蚁所接受的话，那以前的努力就会都付之东流了。

年轻蚂蚁们茫然不知所措。在那些奇怪生物中的生活经历肯定影响了103683号的智力。和"手指"进行合作！像驯服蚜虫一样驯服它们！

这简直就跟与森林中最凶残的动物，比方说大蜥蜴联盟一样让人难以置信！况且，蚂蚁没有与别人结盟的习惯。不管它们是谁。蚂蚁之间就已经无法和睦相处了。世界充满了冲突和竞争，没有别的。种群之间的战争、蚁城之间的战争、不同地区之间的战争，甚至是手足相残……

而这只额头上脏兮兮、饱经风霜的老蚂蚁居然提议与……"手指"结盟！与那些大得连眼睛嘴巴都看不见的生物联盟！

这可真是绝顶荒唐的念头。

103683号仍固执己见。它一再重复说，在那上面，那些"手指"，至少是某些"手指"也抱有和它一样的想法：建立一个蚂蚁—"手指"联盟。它认为不能借口这些受敌视的动物与蚂蚁不同而藐视它们。

"谁都会永远需要一个比自己更强大的盟友。"它说道。

总之，"手指"能够极其迅速地砍下一整棵大树，并将它分割成段，它们可以成为十分重要的军事盟友，一旦和它们结盟，只消告诉它们去攻打哪一座蚁城，它们就立刻可以将那座城市开膛破肚。

战争是蚂蚁头等关心的大事，这一论据正说到了点子上。老蚂蚁意识到了这一点并趁热打铁地说：

"你们想一想：如果在战斗中用上一个由 100 只被驯服的'手指'组成的军团，那我们的力量该有多么强大啊！"

那一小队蚂蚁蜷缩在山毛榉树根部的凹窝中，意识到它们正处在蚂蚁历史上的一个决定性的关头。如果这只老蚂蚁能够说服它们，那它很可能有一天也能说服整个蚁城，到那时……

24. 城堡舞会

手指紧紧纠缠在一起，男士们紧紧搂着他们的女舞伴。

枫丹白露城堡的舞会开始了。

为了庆祝枫丹白露和日本八重市结为友好城市，今晚在这幢古老的建筑里举办了一场晚会。先是交换市旗、市徽和礼物，然后是两地民间舞蹈表演和合唱队的大合唱，随后亮出了写有"枫丹白露—八重：姐妹城市"字样的大幅标语，这象征了两地友谊的开端。

然后大家品尝日本的米酒和法国的李子烧酒。

车头上插有两国国旗的汽车仍在不断驶入中央大院里，从车里走出一对对盛装华服的迟来的宾客。

朱丽和她母亲出现在宴会厅内，依旧是一身孝服。亮灰眼睛姑娘并不太习惯这种穷奢极欲的场合。

在灯火辉煌的大厅中央，弦乐队正在演奏施特劳斯的圆舞曲。宾客们翩翩起舞。男士的燕尾礼服与女士的晚礼服交织成一幅黑与白的图画。

身穿制服、手端银制托盘的侍者在人群中来来往往，托盘中五彩缤纷的小糕点全都被盛在纸船里。

音乐节奏加快了：最后一支舞曲是《蓝色多瑙河》，一对对舞者飞快旋转着，仿佛散发着浓重香水味的黑白陀螺。

神采飞扬的市长趁舞会间歇的时候发表了演讲，他对他亲爱的枫丹白露市和友好的八重市结为姐妹城市一事表示由衷的高兴，并祝愿日法友谊地久天长。然后他介绍了重要人物：大企业家、杰出的大学教授、高级官员和军官、著名的艺术家，会场爆发出一阵雷鸣般的掌声。

八重市市长也就不同文化交融这一主题发表了一小段讲话。

"我们两市人民天各一方，但都幸运地生活在安宁和谐的小城市中，风景秀丽、四季分明、人杰地灵。"

这番极具感染力的发言话音一落，便又响起一阵掌声。圆舞曲重又奏起。这次为了变变花样，客人们一致按照逆时针方向旋转。

朱丽和她母亲觉得很难融入这喧闹纷繁中，便带着阿希耶坐到了大厅一角的桌子边。省长走了过来向她们打招呼。陪在他身边的是一个高个子男人，金发，一双大大的眼睛在脸上占了相当多的地方。

"这位是警察局局长马克西米里安·里纳尔，我曾经对你们提起过的，"省长介绍说，"他负责调查您丈夫的死因。您尽可以百分之百地信任他，他是我们最得力的干将。他还在枫丹白露警察学校担任教官。请相信他很快能调查出加斯东死亡的原因。"

那男子和朱丽及她母亲握了握手。

"很荣幸。"

"我也是。"

"很荣幸。"

然后他们就再没有别的什么可说的了。于是他们离开了母女俩。朱丽和她母亲远远地注视着晚会达到了高潮。

"能请您跳个舞吗，小姐？"一位日本青年走到朱丽面前鞠了一躬，拘谨地问道。

"不，谢谢。"她回答说。

那日本人对这粗暴的拒绝感到很吃惊，不知该如何是好。正当他暗想按照法国礼节男士正式邀请女伴遭回绝的话该怎么办时，朱丽的母亲出来打圆场了。"请原谅我女儿。我们正在守孝。在法国，黑色是表示服丧的颜色。"

那青年知道自己并未失礼而松了一口气，但同时也为自己无意间犯了一个小错而感到尴尬。于是他又深深鞠了一躬："请原谅我打扰了你们。在我们国家正好相反，白色才是表示服丧的颜色。"

省长想让晚会增添一些欢乐气氛，便对围在他身边的一小群宾客讲了一个笑话：

"从前有一个爱斯基摩人在冰上挖了一个洞，往钓钩上挂好鱼饵后扔进了洞里。他等啊等啊，突然一个声音响了起来，那声音响得大地都为之震颤：'这儿没有鱼。'爱斯基摩人吃了一惊，跑到稍远一些的地方又挖了一个洞，垂下钓钩，等着鱼儿上钩。那可怕的声音又响了起来：'这儿也没有鱼！'爱斯基摩人跑到更远的地方挖了第三个洞。那声音再一次响起：'我不是跟你说了这儿没鱼吗？'爱斯基摩人环顾四周，但什么也没看见，他心里越来越害怕了，抬起头望着天空，说：'谁在那儿说话？是上帝吗？'那响亮的声音带着回声说道：'不是，我是溜冰场的老板……'"

有些人先笑了起来，夸赞这故事很有趣。然后那些稍晚一些才明白的人又爆发出第二阵笑声。

日本大使也自告奋勇给大家讲了个故事。

"这故事说的是从前有一对夫妻，一天男的坐到了桌子前，拉开抽屉，从里面拿出一面镜子，盯着它看了好一会儿。因为他觉得好像在镜子里看到了他父亲的身影。他老婆注意到他老是在摆弄这东西，心里惴惴不安起来，怀疑那是一张小情人的照片。一天下午，她趁丈夫不在家时，决定把事情搞个水落石出，她要看一看丈夫到底在偷偷看谁的相片。她丈夫一回到家，她就醋劲大发地向他质问：'抽屉里那张照片上又老又丑的母夜叉是谁？'"

又是一阵哈哈大笑，其间也夹杂着一些出于礼貌而发出的笑声。然后那些迟一些才明白故事寓言的人笑了起来，最后传来的是那些经别人解释才理解的人发出的第三阵笑浪。

杜佩翁省长和日本大使为他们故事的成功而感到欣然陶醉，于是又讲了许多笑话。但他们发觉要找到一个能同时让两个不同民族的人都发笑的故事并不容易。尤其是那些富于民族文化内涵的故事往往只有该民族的人才能理解。

"您看有没有哪种能让所有人都发笑、具有普遍性的幽默？"省长问道。

城堡酒店经理敲响小钟告诉大家可以到餐厅就座，马上就要上菜了。大厅里这才安静下来。侍者们正在每只餐盘前都放上一篮小圆面包。

25. 百科全书

面包的制作方法：给那些把这忘记了的人用的。

配料：

600 克面粉

一袋干酵母

一杯水

两小匙糖

一小匙盐

一点黄油

把酵母和糖倒进水中，静置半小时。这时应产生一种厚厚的浅灰色泡沫。然后把面粉倒进一只大碗里，加上盐，在中心挖一个洞，往里灌入调好的液体。一边倒一边搅拌。接着把碗口盖上放在阴凉处静置一刻钟。最理想的温度是27℃。如果不能达到这一要求的话，则最好保持接近的温度。高温会杀死酵母菌的。等到面团发起来之后，用手揉制，接着继续发酵30分钟。之后就可以放到烤炉或是热灰里烤上1小时。

如果没有烤炉或者热木灰，也可以放在石头上在大太阳底下烤。

埃德蒙·威尔斯
《相对且绝对知识百科全书》第Ⅲ卷

26. 危险

103683号仍在要求12位同伴注意听它说。它还没说完呢。它之所以急着赶回蚁城，是因为贝洛岗正面临着一个巨大的危险。

那些和它交流的"手指"真可谓心灵手巧。它们为了制造出它们所需要的东西可以努力工作上很长时间。由于它们十分希望老蚂蚁能够亲眼目睹它们世界的全貌，就为它制造了一个适合蚂蚁尺寸的微型电视机。

"电视机是什么？"16号问。

要让它们理解电视机是什么并不容易，老蚂蚁晃着触角在空中画了一个正方形。电视就是一种备有触角的方盒子，它不能接收气味，而是用来接收在"手指"世界的空气中传播的图像。

"那就是说'手指'也有触角啰？"10号奇怪道。

"是的，但那是种特殊的触角，'手指'并不能用它来相互交谈。那触角只能用来接收图像和声音。"

它又解释说这些图像可以显示出所有"手指"世界里正在发生的事情，图像是这些事件的再现，并且附带所有有助于观众理解的必要信息。103683号知道这很难解释清楚，但它们必须相信它的话。有了电视机，老褐蚁看到并且了解了整个"手指"世界，甚至都不用动动腿。

有一次，它在一个地方电视节目中看到在离贝洛岗几百步远的地方竖起一块白色告示牌。

那12只蚂蚁惊讶地竖起了触角："告示牌，这是什么东西？"

103683 号向它们解释道:"'手指'在某个地方竖起告示牌就是表示它们准备砍倒树木、摧毁蚁城,把一切都扫平。通常来说,这些白色告示牌是用来告诉大家在那儿要建造一座它们那种立方体的巢。只要它们插上一块这样的告示牌,整个地区很快就会变成一片平坦的荒原,坚硬得一棵草都长不出,在荒原上不久就会建造一座'手指'的巢。"

这就是现在正在发生的事。无论如何都得在破坏和屠杀开始之前向贝洛岗蚁城发出警讯。

那 12 只蚂蚁陷入了沉思。

在蚂蚁社会中是没有首领、没有等级制度的,也就没有发出和接受命令的事。没有必要服从,每只蚂蚁都可以干它们想干的事。12 只年轻兵蚁聚在一起商量了一番。既然老蚂蚁告诉它们蚁城正面临着巨大的危险,那也就不应该再只顾小计而忘大局了。于是它们决定放弃探察世界尽头的计划,尽快赶回贝洛岗把可怕的危险通知全体同胞们。

向西南方前进。

虽然天气还热,但天色已经暗下来了。现在上路太晚了,该是睡觉的时候了。蚂蚁们聚到一处树洞里,蜷起肢腿和触角挤成一堆,再享受一会儿相互的体温。触角刚一折起,它们便沉沉睡去。它们梦到了奇怪的"手指"世界,那些庞然大物的脑袋一直伸入树冠之巅,远远地看不清楚。

12 号梦到"手指"正在把它们吃进肚子里。

27. 人们开始谈到神秘的金字塔

许多端着食盘的侍者走了出来。礼宾司司长站在高处像乐队指挥那样远远注视着手下人的"舞蹈",不停地做着细小的手势发出指令。

每个盘子都是一个真正的艺术作品。

烤乳猪的嘴边仍挂着凝固的微笑,尾巴上裹着一只漂亮的红番茄,蹲在堆得像小山似的腌酸菜中。圆滚滚的腌鸡懒洋洋地躺在餐盘里,好像塞在鸡肚子里的栗子酱并没有让它们感到不舒服。小牛犊献出了它们一整条一整条的里脊肉。螯虾们大螯牵着大螯,在涂满了蛋黄酱的美味什锦菜中拼成了一个快乐的圆圈。

杜佩翁省长负责致祝酒词。他郑重其事地拿出他那张常用的《友好城市演讲稿》。因为在招待外国大使的晚宴上用过许多次了,这张纸早已变皱发黄了。他大声读道:"我提议为全世界各民族的友谊和理解干一杯。

我们关心你们，我也希望你们会关心我们。我们彼此之间的差异越大，也就越能丰富我们双方的文化、传统和技术……"

那些心急如焚的客人终于可以坐下开始享受他们的盘中佳肴了。

晚餐又是一次分享笑话和趣闻的机会。八重市市长提起了他的一位奇特的市民。这是一位以脚作画谋生的无手隐士。人们把他叫作"脚趾大师"。他不仅能用脚来画画，还能拉弓射箭和刷牙呢。

这故事吸引了许多听众，他们想知道这位大师是否成过家。八重市市长回答说没有，但脚趾大师有许多情人，女人们不知出于什么原因疯狂地爱着他。

杜佩翁省长不甘落后地说在枫丹白露也有不少与众不同的市民。但在所有这些奇人中，最不同寻常的毫无疑问是一位名叫埃德蒙·威尔斯的疯狂学者。这个伪科学家一本正经地想要让他的同胞相信蚂蚁有着一种不同于人类的文明，与蚂蚁文明平等地进行交流能使人类受益匪浅。

起初，朱丽还不相信自己的耳朵，但省长的的确确说的是埃德蒙·威尔斯。她欠过身去以便听得更清楚。其他宾客也都围拢过来听听这位疯狂蚂蚁学者的故事。看到吸引了这么多听众，省长不禁扬扬得意起来，继续说道：

"这位威尔斯教授深信自己的顽固念头是正确的，于是他与共和国总统联系，向他建议设立……设立……你们绝对不会猜到他要设立什么！"

为了制造效果，他故意慢吞吞地说道："一个蚂蚁大使。在我们人类世界设立一个蚂蚁大使！"

一阵长长的寂静。每个人都在努力弄明白该怎样去面对这种古怪离奇的念头。

"他怎么会产生这样的念头来的？"日本大使夫人奇怪地问道。

杜佩翁解释说："这位埃德蒙·威尔斯教授声称制造出一种能把蚂蚁语言和人类语言相互转换的机器。他认为这样就能使人类文明和朱尔梅西安文明进行交流了。"

"朱尔梅西安是什么意思？"

"在希腊语中是蚂蚁的意思。"

"难道我们真的可以和蚂蚁说话吗？"另一位女士问。

省长耸了耸肩。

"您认为呢！我想这位杰出的学者肯定是喝多了我们本地的美味

烧酒。"

说到这儿他向侍者示意把大家的酒杯斟满。

在宾客中有一位研究所主任,他十分希望获得市政府的订单和贷款,于是想趁这次机会引起市政官员们的注意。他屁股稍稍抬离座位,插口说:

"我也听说通过制造合成激素在这一领域取得了某些成果。好像可以对蚂蚁说两个词:'警告'和'跟我来'……这是某种只需重组分子就能得到的碱性记号。早在1991年人们就知道如何重组分子了。由此可以设想有一个研究班子发展了这项技术,并且成功地增加了词汇量,甚至能够组成完整的句子。"

这番严肃的评论实在很煞风景。

"您能肯定吗?"省长没好气地问。

"我是在一本十分严肃的科学杂志上读到的。"

朱丽也看到过,但她无法告诉别人她是在《相对且绝对知识百科全书》中看到的。

那位研究所主任又说道:"为了重组蚂蚁的气味语言分子,只需使用两种机器就可以了:一台质谱仪和一台色谱分析仪,这是一种对分子的简单综合分析。可以说这种对气味的复制,随便哪个刚出道的化妆品制造商都可以做到。借助于电脑人们就可以把每一个气味分子组成听觉单词,反之亦然。"

"我听说过蜜蜂舞蹈语言的破译,但破译蚂蚁语言却从没听说过。"另一位客人说。

"人们之所以对蜜蜂更感兴趣是因为它们有经济价值。蜜蜂会酿蜜,而蚂蚁则不会生产任何对人类有用的东西,也许正是出于这个原因,人们不了解对蚂蚁语言的研究。"研究所主任反驳说。

"也可能是因为对蚂蚁的研究只是由……杀虫剂工厂赞助的。"朱丽说。

又是一阵令人发窘的沉默。省长急忙打破僵局,毕竟客人们不是来城堡上昆虫学课的,他们是来欢笑、跳舞和享受佳肴的。他又把客人们的注意力转移到埃德蒙·威尔斯的可笑念头上。"如果我们在巴黎设立一位蚂蚁大使的话,请大家想象一下会发生什么样的情况?我可知道得一清二楚:一只小小的蚂蚁身穿燕尾服、戴着领结参加某个重大的招待会,它在宾客间逛来逛去。'我该通报是谁到了呢？'接待员问道。'蚂蚁国的大使。'小昆虫说着递上它的迷你名片。'嗯，请原谅。'危地马拉女大使说，'我想刚才我从您上面走了过去。''我知道，'蚂蚁回答说，'我是新到任的第四任蚂蚁国大使。前几位从晚宴开始以来都被踩死了！'"

这个即兴创作的笑话让大家笑得前仰后合。省长很高兴，他又把大家的目光都吸引过来了。

等到笑声渐渐停息下去的时候，日本大使夫人又问："就算我们能和蚂蚁说话，但设立一个蚂蚁大使又能有什么用呢？"

省长让大家靠拢过来，就好像他要说的是一个天大的秘密一样。

"你们不会相信的。这家伙，这位埃德蒙·威尔斯教授说蚂蚁在地球上建立了一个政治经济强国，尽管无法与我们的相提并论，但却也不容忽视。"

省长又开始制造气氛了，就好像他肚子里的话实在太多，得花些时间消化一下才能吐出来似的。"去年有一队和那位学者持相同意见的'疯狂蚂蚁'与科研部长、甚至共和国总统取得了联系，向他们要求在人类世界设立一位蚂蚁大使。请稍等，总统曾经给我们看过一份副本。安托尼，把副本取来。"

省长的秘书从一只小手提箱中翻出了一张纸交给了他。

"我来给大家念一念。"省长说道。

他顿了一下，大声念道："五千年以来，我们一直在同一思维意识支配下生活着。古希腊人发明了民主制度，而我们的数学、哲学、逻辑至少已经存在三千年了，随后在太阳的照耀下就再也没有什么新的事物诞生了。没有新的事物诞生是因为从古到今一直都是相同结构的人脑在按照相同的方式运转。另外，这些大脑并没有得到充分利用，因为它们被当权者束缚压制住了。那些当权者由于害怕自己宝座不保，于是就拼命阻止新概念、新思维的出现。这就能说明为什么那些由相同原因引起的冲突总是会不断发生；为什么新老两代之间总存在着不理解。

"蚂蚁为我们提供了一种观察、思考这世界的全新模式。它们的农业、技术乃至社会模式能够拓展我们的视野。有些问题我们始终不知道如何去解决，而它们却已经找到了特别的解决方法。比方说，数千万只蚂蚁生活在同一座蚁城中，却没有危险的郊区、没有交通堵塞、没有失业问题。地球上最为先进的两大文明长时期内相互之间并不了解。而设立蚂蚁大使将在这两大文明之间建立起正式的联系。

"人和蚂蚁相互藐视已经够久的了，相互争斗已经够久的了。现在应该是合作的时候了，人类和蚂蚁的合作，完全平等的合作。"

他念完之后又是一片沉寂。随后省长轻轻嗤笑，笑声渐渐地在其他宾客之间传递开来，并且越变越响。直到主菜黄油焖羊羔肉端上来时，他们的笑声才慢慢平息下去。

"毫无疑问，这位埃德蒙·威尔斯先生的脑筋有些问题！"日本大使夫人说道。

"是的，他肯定是疯子！"

朱丽把那封信要了过来，想再好好看下。她陷入了长时间的思考，好像要把这封信的内容牢牢记在心里似的。

现在客人们开始吃他们的甜食了。省长拉着马克西米里安·里纳尔的袖子把他叫到一边，说是有些秘密的事要对他说。在一个僻静处他告诉警察局局长这些日本企业家并不只是为了两国友谊来的，他们属于一个大金融财团。这个财团计划在枫丹白露森林里建造一批旅馆。他们认为一座坐落在百年古树群中、周围是一片原始自然风光的旅馆能吸引全世界的游客。

"但根据省级行政法令，枫丹白露森林已经被宣布为自然保护区了。"警察局局长惊讶地说。

杜佩翁耸耸肩头。

"当然，我们不会像科西嘉和蓝色海岸的不动产商那样为了从保护区掠夺地皮而放火焚烧稀生常绿栎丛[1]。但我们必须为这巨大的商机做些考虑。"

看到马克西米里安·里纳尔仍是一副茫然不解的样子，他又以一种极具说服力的口吻强调说："您不是不知道现在整个地区失业率居高不下。这引起了种种不安因素和危机。如果我们不尽快采取措施的话，我们的年轻人就会背井离乡。而且地方财政收入将不足以满足教育、行政甚至警察局的开支。"

里纳尔局长暗自揣摩杜佩翁对他悄悄说的这番话到底有什么企图。

"那您对我有什么指示吗？"

省长把覆盆子蛋糕递给了他。

1（法国南部）灌木丛生的石灰质荒地。

"加斯东·潘松，河流森林管理处处长的死因调查进展如何？"

"这案子有些棘手。我已经申请对尸体进行解剖了。"局长一边接过甜点一边回答说。

"我看了您的初步报告，尸体是在森林中一座大约3米高的水泥金字塔附近被发现的。这座金字塔由于大树的遮掩而很难被发现。"

"正是如此，然后呢？"

"就是说！已经有人违犯了禁止在自然保护区内建造房屋的禁令。他们在不为人知的情况下进行的工程倒是为我们的日本投资商朋友开了一个很好的先例。关于这座金字塔有什么新发现？"

"没什么有价值的发现，除了知道它并没有被登记在地籍册上。"

"必须知道更多的情况，"省长强调说，"您完全可以对加斯东·潘松的死因和这座神秘的金字塔同时进行调查。我确信这两件事之间必有联系。"

那语气是如此斩钉截铁。他们的谈话被一个想要省长帮忙在幼儿园搞到一个职位的市民打断了。

吃完甜点以后，客人们又开始跳起舞来。

时间不早了，朱丽的母亲提出该回家了。警察局局长向她们建议由他送她们回家，因为她们家住得很远。

一个侍者给她递了大衣，里纳尔在他手里塞上了一枚硬币。他们走出大厅站在台阶上，等着泊车员把里纳尔的小汽车开过来。这时杜佩翁走到警察局局长身边对他耳语道："我对这座金字塔很感兴趣，您明白我的意思了？"

28. 数学课

"是，夫人。"

"好，既然你已经明白了，请重复一下我的问题。"

"怎样用6根火柴拼出4个大小相同的等边三角形。"

"好，请到讲台上来，把答案告诉大家。"

朱丽从她那张小课桌边站了起来，走到黑板前。对数学老师问的这个问题她一点也想不出个所以然来。老师极为惊讶地看着她。

朱丽向四周投出焦急的目光。全班同学都带着一种嘲讽的神情看着她。毫无疑问其他学生都知道这个她所不知道的答案。

她看着同学们,希望有谁能帮她一把。

那些脸上有的流露出幸灾乐祸的神色,有的表示同情,还有的则庆幸没落到自己头上。

坐在第一排的都是些"爸爸的乖孩子",循规蹈矩,勤奋好学。坐在他们后面的学生对前者羡慕不已,随时准备唯他们马首是瞻。再往后是些比上不足比下有余的中间派、有希望学得更好的学生和那些花了很大力气但成绩仍不好的学生。在教室的最后面,是靠着散热器大享其福的差生们,其中有"七个小矮人",这是他们所组乐队的名字。这些学生和班上其他同学没有什么来往。

"那么,答案是什么?"老师又一次问道。

"七个小矮人"成员之一在打着暗号,他不断把手指撮拢像是在画一个什么形状。但朱丽实在无法弄明白他的意思。

"潘松小姐,我很理解你仍沉浸在失去父亲的痛苦中。但这不会改变任何支配这世界的数学定理。我再重复一遍:用6根火柴组成4个大小相同的等边三角形,只要……只要把它们怎么放?试一下去换换思路,发挥你的想象力。6根火柴,4个三角形,只要把它们放成……"

朱丽眨着她那亮灰色的眼睛。这会是个什么形状呢?这时那男孩又在一个音节一个音节地念着什么。她努力根据他的唇形把他所说的拼读出来。Pi-ro……ni-de……

"皮罗尼德。"她说道。

所有的学生都哈哈大笑起来。而那个通风报信的男孩则露出失望的表情。

"提示并不准确,"老师说,"不是'皮罗尼德'而是'皮拉米德',金字塔。这是三维空间的形状,是立体的。它说明我们可以以一个平面过渡到一个立体,从而进入一个全新的世界。不是吗……大卫。"说着,她几大步就走到了教室的尽头,到了刚才提示朱丽的那个学生身边。

"大卫,要知道在生活中人们是可以作弊的,只是不要露馅,你刚才的小阴谋我看得一清二楚。请回到你的座位上去。"

然后,她走到黑板前,写下了"时间"这两个字。

"今天我们学了第三维空间,也就是说立体空间。明天,我们要讲第四维空间:时间。时间这一概念在数学范畴中有着很重要的地位。过去所发生的事是在哪儿、什么时候、如何在未来产生其效果的。明天我会向你们提这样一个问题：'为什么朱丽·潘松得了一个零分，她会在什么情况下、在什么时候再得一个？'"

从第一排响起了几声嘲讽和阿谀的笑声。朱丽猛地站了起来。

"坐下，朱丽。我并没有请你站起来。"

"不，我一定要站着，我有话要对您说。"

"关于零分吗？"老师讽刺地说，"太迟了，你的零分已经被记在成绩手册上了。"

朱丽瞪起亮灰色的眼睛盯着数学老师："您说过要换种不同的思维方式去思考。但您，您自己却老是以固定模式去思考问题。"

"我请你注意分寸，潘松小姐。"

"我很注意分寸。您所教的和实际生活没有任何关联。您只是想要禁锢我们的头脑，让它们变得驯服听话而已。如果我们的脑袋里塞满了您的圆和三角，我们就会对随便什么都只说是了。"

"你是想得第二个零吗，潘松小姐？"

朱丽耸了耸肩，在一片惊讶的目光注视下走出了教室。门在她身后砰地关上了。

29. 百科全书

婴儿的悲伤阶段：当婴儿长到 8 个月大的时候，他会经历一段特殊的不安时期，儿科医生称之为"婴儿的悲伤阶段"。每当他母亲离开的时候，他会认为她再也不会回来了。这种担忧有时会引起流泪和不安情绪的产生。即使他母亲回来了，婴儿仍会在她再次离开时感到不安。正是在这个年纪婴儿明白在这世界上有些事情的发生是他所不能控制的。

"婴儿的悲伤阶段"可以被理解为对于这世界的独立意识的产生。婴儿不幸地发现："我"是和周围所有人完全不同的。婴儿和他母亲并非绝对紧密地联系在一起的，所以人可以独自生活，可以与"不是母亲的陌生人"（所有不是母亲，乃至不是父亲的都会被认为是陌生人）发生联系。

直到婴儿 18 个月的时候，他才能不再因母亲暂时的离开而产生不安。

大部分人类直到老年都会经历的不安：对于孤独的恐惧、对于亲人死亡的恐惧、对于陌生事物的恐惧等等都是从这种最初的痛苦发展而来的。

埃德蒙·威尔斯
《相对且绝对知识百科全书》第Ⅲ卷

30. 全景

  天气尚凉，但对未知事物的恐惧给予它们以力量。一大早，12只年轻兵蚁和老蚂蚁出发了。必须沿着小路疾速前进，让蚁城及时对"白色布告牌"有所提防。

  它们来到一处俯瞰峡谷的悬崖上，停下来观察一下地形以便找出下山的最佳路线。

  蚂蚁有着和哺乳类动物完全不同的视觉。它们的眼球是由无数小管组成的，而每一个小管又是由许多光学透镜构成的。它们看到的并不是清晰、固定的图像，而是许多模糊的影像，这些影像组合在一起才构成一种较为清晰的感觉。这样一来蚂蚁就不能看清楚图像的细节，但它们却能更好地察觉最细微的动作。

  兵蚁们从左至右地观察着南面深色的泥炭沼。在沼地上盘旋飞舞着金褐色的苍蝇和烦人的牛虻，然后是遍野鲜花的山上那些翠绿色的巨大岩石，北边是枯黄的草原和长着蕨菜、生活着热情燕雀的幽黑森林。

  随着气温的上升，蚊子开始活动了，立刻就引来了捕食它们的莺鸟，后者青蓝色的羽毛在阳光下闪烁着灿烂的光芒。

  蚂蚁对色谱的感觉也是特殊的。它们能很清楚地分辨出紫外光，但对红光就要差些。紫外光能让鲜花和昆虫从树木的绿色中显现出来，蚂蚁甚至能看到花朵上的一些线条，这些线条被采蜜的蝴蝶用作降落在花朵上时的跑道线。

  兵蚁们除了用眼睛观察外，还捕捉着空气中的气味。它们以每秒8000振的频率摆动着触角，以便更好地闻到四周的气味。通过转动它们额上的"雷达"，它们能发现远处的猎物和逼近的天敌。它们能闻到树木和大地的芬芳。泥土对它们来说有着一种既十分沉重又十分甘甜的气味。这和它那又咸又湿的滋味有着天壤之别。

  触角最长的10号以四条后足站立，把身子抬高来更好地接收费洛蒙。在它周围，它的同伴们用稍短一些的触角仔细观察着展现在它们面前的气味美景。

  蚂蚁们想要选一条最便捷的路赶回贝洛岗。它们从一丛丛散发着香气的风铃草下穿过。草丛之上，成群翅膀上布满假眼的蝴蝶在翩翩起舞。化学地图绘制专家16号指出这一区域到处都是跳跃类蜘蛛和长吻蛇。另外，一些惯于迁徙的行军蚁也正在穿越这一地区。即使侦察小队试图沿着树枝的上面通过，也有被奴役蚁捕获的危险。这些奴役蚁是被侏儒蚁打败并被赶到北方来的。5号说最佳的路线是沿着悬崖下去。

103683号仔细地听着这些信息。自它离开贝洛岗以来，发生了许多重大的政治事件，它向伙伴们打听新女王的模样如何。5号回答说女王的腹部不大，和其他历任蚁后一样，它取名贝洛·姬·姬妮，但它却没有前几任蚁后那样的出众能力。在经历了去年一连串的灾难后，蚁城中很缺有性的蚂蚁：于是为了保护受精后蚁后的安全，交配并不是在空中而是在一间封闭的蚁室内进行的。

103683号注意到5号好像并不怎么尊重现在的蚁后。但毕竟没有哪只蚂蚁必须去尊重蚁后，即使是它的亲生母亲也一样。

兵蚁们借助它们足底有黏性的小肉垫几乎是垂直地从悬崖上爬了下去。

31. 马克西米里安的生日

马克西米里安·里纳尔警察局局长是一个幸福的人。他有一位名叫森蒂娅的迷人妻子和一个13岁的可爱女儿玛格丽特。他住在一幢漂亮的别墅中。家里有两件他心爱的幸运物：一只大玻璃鱼缸和一座又宽又高的壁炉。44岁的他看来已经取得了所有能取得的成功：他从小就是一个好学生，获得了多项文凭。他对于自己的职业生涯也感到十分骄傲，曾经成功破获许多重大案件，从而受聘于枫丹白露警察学校任教。他的上司给予了他充分的信任，从不插手他的调查工作。最近他又对政治发生了浓厚的兴趣。他成了省长的亲密朋友之一，甚至成了省长的网球拍档。

他一回到家，就把帽子挂在衣帽架上，脱下了外套。

在客厅里，他的女儿正在看电视，小脸蛋稍稍向荧屏倾着，一头金黄色的发辫在脑后晃来晃去。和此时此刻其他数亿人一样，一种不断跳动的蓝光在她脸上闪烁着。她手里拿着遥控器，寻找着那永远不可能找到的好看节目。

67频道放的是纪录片。"扎伊尔倭黑猩猩复杂的交配行为引起了动物学家们的注意。雄猩猩们用它们勃起的生殖器像用剑一样相互撕斗。然而当交配期过去以后，黑猩猩们是从来不相互争斗的。更妙的是，这种动物好像通过性找到了和平生活的方式。"

46频道是社会节目。"清洁管理处的雇员正在举行罢工。清洁工声称要是他们增加薪水和退休金的要求得不到满足，他们就不再清倒垃圾桶。"

45频道是色情电影。"是，啊啊啊，啊啊，啊哈，啊，噢不！啊，是，是！继续，继续……啊哈，啊哈……不，不，不，好就这样，好。"

110频道已经是新闻节目的最后一分钟了。"一辆停放在一所小学前的汽车发生了爆炸，造成了重大伤亡。据统计到目前为止有19名学生和两名老师死亡，并有7名学生受伤。汽车是在课间休息的时候爆炸的。在爆炸物中混进了钉子和螺丝以造成更大的伤亡。一个自称'全世界伊斯兰阵线'的组织宣布对这次爆炸事件负责。在他们给报社寄去的信件中说只有尽可能地杀死异教徒，他们的战士死后才能升入天堂。内政部长要求民众保持镇静。"

34频道是娱乐频道。这会儿正在播放"每日笑话"节目。"现在要对大家讲的是我们每天一次的小笑话。你们听了以后可以再告诉你们的朋友：有一个科学家对苍蝇的飞行进行了研究。他切断苍蝇的一条腿，对它说：'飞吧。'随后他发现苍蝇没了这条腿还是一样能飞。然后他又把苍蝇另两条腿也切下，说：'飞吧。'苍蝇还是能飞。于是他又把苍蝇的一只翅膀切掉，说：'飞吧。'这回苍蝇再也飞不起来了。他就在笔记本上记下：'当苍蝇的一只翅膀被切掉后，它就变成了聋子。'"

玛格丽特在心里暗暗记下这则笑话。但其他人可能和她一样都听到了这则故事。玛格丽特知道自己没什么机会可以把它转述给别人听了。

201频道是音乐台。从电视机里传出亚历山德琳的歌声："……这世界就是爱，爱到永远，爱情，我爱你，一切都只是……"

622频道是游戏节目。

玛格丽特放下遥控器，凑得离电视机更近了。她很喜欢这个叫作"思考陷阱"的电视节目。人们得根据逻辑推断来找出谜底。在她看来，这可能是所有电视节目中最有趣的一个了。

节目主持人在现场观众的欢呼声中出场了，并向大家问好致意，然后他侧身让出一位胖胖的女士。她看上去年纪不小了。穿着一身呢绒印花的裙子，显得耸肩缩颈的。一副厚厚的大玳瑁架眼镜好像把她整个人都遮掩了似的。

节目主持人握着麦克风，一张嘴露出一口白得耀眼的牙齿："好吧，拉米尔夫人，我将向您提出今天的问题：您知道如何只用6根火柴拼成，既不是4个，也不是6个，而是8个全等边三角形吗？"

"我觉得每次我们都会达到一个更高的难度，"朱丽亚特·拉米尔叹了口气，"起先是要找到三维空间，然后是互补性的合并，而现在……"

"现在是第三步，"主持人插口说，"现在您得想出第三步。我们对您有信心，拉米尔夫人，您是'思考陷阱'冠军中的……"

"……冠军。"观众齐声附和道。

拉米尔夫人请人给她拿6根火柴来。马上就有人给她递上6根又细又长的木棍，木棍一头涂成红色，以代表6根普通的瑞典火柴，这样现场观众和电视观众就能看清她动作的每一个细节。

她请求给她一个提示。

主持人打开一个信封念道："第一句对您能有所帮助的话是：'要拓展思路。'"

马克西米里安警察局局长漫不经心地听着节目，目光落在了玻璃鱼缸上。在水面上几条死鱼翻着白肚子漂浮着。

难道他的鱼吃得太多了？难道它们是因为发生内讧而死掉的？强壮的杀死弱小的，游得快的杀死游得慢的。一种特殊的达尔文主义支配着这个玻璃箱内的封闭世界：只有最为凶猛和最为好斗的才能继续生存下去。

他把手伸到玻璃鱼缸的底部重新放好那艘用灰墁制成的海盗船和几株塑料海草。也许他的鱼儿们把这些小型装饰物当成真的了。

警察局局长注意到过滤泵没有运转，于是用手指把被鱼粪堵上了的海绵塞清理干净，"20条鱼竟然排出这么多粪便！"他又打开阀门往鱼缸里放水。

然后他给还活着的鱼撒了些鱼食，检查了一下鱼缸内的温度，做完这一切便向鱼儿们说了声再见。

在鱼缸里，那些鱼却对主人的所作所为不屑一顾。它们不明白为什么那些手指要把它们同类的尸体给捞起，这些尸体是它们故意放在那儿的，任其腐烂、变软，以便能更容易被撕咬开来。它们甚至没有权力吃同类的排泄物，因为粪便一经排泄就被过滤泵吸走了。这些鱼缸占领者中最聪明的几个一直都在思考它们的生命意义。它们不明白为什么每天都有意想不到的食物出现在水波之上，也不明白为什么这些无机食物总是那么难吃。

突然两只冰凉的手蒙在了马克西米里安的眼睛上。

"生日快乐，爸爸！"

"我都忘了今天是我的生日了。"说着他吻了一下妻子和女儿。

"我们可没忘！我们给你准备了好东西，准会让你高兴的。"玛格丽特兴奋地说。

她拿出一只巧克力核桃肉蛋糕，蛋糕上插满了点燃的蜡烛。

"我们翻箱倒柜也只找到 42 支。"她说着把蜡烛指给他看。

他一口气把所有的蜡烛都吹灭了，然后切下一块蛋糕享用起来。

"我们还给你准备了一份礼物！"他太太递给他一只盒子。他咽下最后一口巧克力，扯开包装，里面露出一台最新型的手提电脑。

"多棒的礼物啊！"他高兴地说道。

"我挑了最轻便、最快速、贮存量很大的一种型号，"他妻子说道，"我想你准会喜欢的。"

"当然喽，谢谢，亲爱的。"

在此之前他一直都在用办公室里那台体积庞大的电脑进行文字处理和计算。有了家里这台小型手提电脑，他终于可以研究一下信息技术所有的潜在用途了。他妻子很会挑选礼物。

女儿不停叫喊着说她也准备了一份礼物。她专门为电脑配了一张名为《进化》的电脑游戏软件。"您能亲手创建一个文明，并且能像上帝那样去管理你的世界。"软件封面上这样写着。

"你老是把时间花在照顾鱼缸里那些鱼儿上，"玛格丽特说，"我想你有了自己的世界会玩得很开心的，你可以有人，有城市，有战争，所有的！"

"哦，我对游戏……"他一边说一边为了不让女儿太失望而拥吻着她。

玛格丽特把磁盘放入光驱，启动了机器，然后费了好大的劲向他解释游戏规则。

这游戏是最新推出的、相当时髦的一种。游戏从公元前 5000 年一处广阔的平原开始。玩家的任务是建立他的部落，然后建造村庄，用栅栏来保护它。接下去扩展狩猎区域，建造其他村落。打败邻近的部落，发展科学和艺术，修建公路，发展农业，把村庄发展为城市，以便让部落进化为民族。要以最快的速度推动进化过程，并且生存下去。

"你别再玩那些鱼了，你会有成千上万创造出来的人来代替它们，你喜欢吗？"

"当然。"他心里对女儿这番话并不以为然，但又不愿让女儿感到失望。

32. 百科全书

婴儿与外界的联系：13 世纪时弗雷德里克二世想要进行一项实验来了解什么是人类与生俱来的语言。他把 6 名婴儿放在围栏里，命令奶妈们只能给他们吃、给他们睡、给他们洗澡，但不许对他们说一句话。弗雷德里克二世希望借此发现这些"不受外界影响"的婴儿会自然而然地说出什么语言。他认为应该是希腊语或者拉丁语。这是他所认为唯一本源最为纯正的两种语言。然而，实验并没有带来预期的结果。婴儿们不但什么话都不会说，而且他们的体质逐渐衰弱，最后全都死去。婴儿需要与外界进行交流来继续生存下去，只有牛奶和阳光是不够的。交流对于生命来说也是一种必不可少的因素。

埃德蒙·威尔斯
《相对且绝对知识百科全书》第Ⅲ卷

33. 啮虫、蓟马和芫青

峭壁有着它自己的动植物群落。12 只年轻兵蚁和老蚂蚁沿着垂直的岩壁向下爬的时候，发现了一番全新的景象。在崖壁上牢牢攀附着各种各样的植物：长着淡红色圆柱形花萼的石竹；长有肉质叶片的景天，色彩鲜艳且散发着刺激的气味；龙胆的长型花瓣是蓝色的；在白景天草圆而光滑的叶丛中怒放着朵朵小白花；而爬墙蓟长着尖形的花瓣和狭窄的叶片。

13 只蚂蚁在足底黏性肉垫的帮助下紧紧抓住砂岩峭壁往下爬。

当侦察小队绕过一块巨大的岩石时，突然冲进了一队啮虫的中间。这种小昆虫属于岩虱一类，长着突出的复眼、有力的口器。它们的触角如此之细以至于让人一眼看上去还以为它没有触角呢。

啮虫们正忙于舔食生长在岩石上的黄藻，并没有发现蚂蚁靠近了它们。再说在这样的地方极少能遇上蚂蚁的。啮虫始终以为它们的垂直疆土能够让它们安心生活而不受攻击；要是蚂蚁已经开始涉足崖壁的话，那它们该怎么办呢？

它们相互之间也没打声招呼，便作鸟兽散了。

尽管 103683 号年纪已经不小了，却仍然精于射击，每一发蚁酸弹都能击中一只逃命的啮虫。它的同伴们对此赞叹不已。对它这样一把年纪的蚂蚁来说，能有如此百发百中的射击精度实在不容易。

蚂蚁们把啮虫吃进肚子里，惊奇地发现这种昆虫吃起来和雄蚁的滋味差不多。更准确地说这滋味介于雄蚁和绿蜻蜓之间，但没有后一种那典型的薄荷香气。

蚂蚁们重新上路，穿行在新的花丛中：白色的墙草，杂色的小冠花和长着洁白细小花瓣的虎耳草。

又走了一会儿，它们包围了一群蓟马。103683号都已经认不出这种昆虫了。由于在"手指"世界生活得太久，它把许多物种都给忘了。应该说这样的事并不少见。蓟马是一种小型的植食性昆虫，长着带有花边的翅膀，口器一张一合发出干硬的咔嗒声。它们吃起来松脆得很，只不过咽下肚后嘴里会留下一种类似柠檬的气味，这可不怎么合贝洛岗蚁的口味。

兵蚁们又杀死一些跳跃的弄蝶，一些不太美丽但却十分肥硕的蟆蛾，一些血红色的沫蝉和一些蜻蜓。这些蜻蜓有的动作迟缓，有的却动作敏捷而优雅。所有这些性情温和的昆虫除了作为蚂蚁的食物外没有别的用途了。

它们又杀死了一些芫青，这种丰满的昆虫其血液和生殖器官中含有斑蝥素。这是一种刺激性的物质，即便是蚂蚁也不能适应。

在峭壁上，大风把蚂蚁的触角吹得滴溜溜乱转，像灯芯草一样。14号打中了一只橙黄色的幼年二星瓢虫。从那只昆虫脚上各个关节处流出了恶臭的黄色血液。

103683号俯下身仔细打量了一番。这是一个诡计。瓢虫是在装死，实际上蚁酸弹打在它的半球状外壳上又弹了开去，并没有对它造成任何伤害。老蚂蚁很熟悉这种求生计谋。有些昆虫感到危险来临时，就会分泌出令人厌恶的液体来赶走捕猎者。这种液体一边从所有的毛孔中涌出来，一边在关节处形成一个个囊泡，然后这些气泡又一个一个地破裂。这种手段总能让饥饿的捕猎者大倒胃口。

103683号靠近了那只不断渗出液体的昆虫。它知道出血将会自动停止下来，但这还是给它留下了深刻的印象。它告诉那12只年轻蚂蚁这昆虫吃不得。然后瓢虫又施施然地上路了。

贝洛岗蚁并不只是在向下爬、捕猎和进食，它们同时也在寻找着最佳的路线。它们在突岩和光滑的石壁上曲折前进。有的时候甚至得身体倒悬，依靠六足和大颚来跨越那些令人眩目的危险地方。它们还以自己的身体来组成梯子或者桥梁。在这种情况下信心是必不可少的。要是有哪一只蚂蚁不小心失了足，那整个蚁梯就会坍倒，坠入万丈深渊之中。

103683号已经不太习惯完成如此辛苦的行军了。在那儿，在世界边缘的另一边，在"手指"创造出来的世界里，一切都简单到只需动动嘴就可以了。

如果它没有逃离"手指"世界的话，它也会变得和它们一样萎靡不振、无所事事的。因为它从电视里看到"手指"一直都主张力气花得越少越好。它们甚至不知道如何建造自己的巢，不知道打猎以获取食物，不知道奔跑以逃避天敌。况且它们也没有天敌。

正如一则蚂蚁格言所说的："生命在于运动，毁灭源于懒惰。"

103683号回忆着它在那儿、在正常世界以外的生活。

那些日子它都做过些什么？

它每天吃着从天上掉下来的食物，看迷你电视，用电话（用来将蚂蚁气味语言翻译成听觉语言的机器）和"手指"交谈。进食、看电视、打电话是"手指"生活中三件最主要的事。

它并没有把底细全部透露给那12位年轻的同胞。它并没有告诉它们那些和它交谈的"手指"可能只有纸上谈兵的本事。它们甚至无法说服其他"手指"来重视蚂蚁文明并且和蚂蚁文明平等地对话。

正是因为它们的失败，103683号才打算反其道而行之：说服蚂蚁与"手指"联盟。不管怎样，它都确信这地球上两个最强大的文明都有着重大的意义。应该让两者的优势相融合而不是相互抵消。

它又想起了它的出走，那并不是件容易的事。那些"手指"不愿意它离开，它一直等到迷你电视里预报会有好天气才在第二天一大早从窗栅栏的缝隙中逃了出来。

现在还有最艰巨的难关要过，那就是说服它的同胞。那12只年轻兵蚁并没有一上来就对它的计划提出异议，这也许会是一个好兆头。

老蚂蚁和它的伙伴们终于完成了那一段危险的路程，飞渡到了地缝的另一边。趁休息的时候，103683号告诉其他蚂蚁为了方便起见，它们可以像它在远征军时的战友们那样用一个更短的小名来称呼它。"我的名字是103683号，但你们可以叫我103号。"

14号说它的名字并不是它们所遇到过最长的。以前在它们军团中有一只很年轻的蚂蚁名叫3642451号。其他蚂蚁得花很多的时间去叫它的名字。幸好，在一次狩猎行动中它被一株食肉植物吃掉了。

它们又重新开始往下走。

蚂蚁们在岩石上的一处凹窝中停下来休息，口对口相互交换已经被磨碎了的蓟马和芜青。老蚂蚁反胃地哆嗦了一下。老实说，芜青可不怎么好吃，即便已经磨碎了仍嫌太苦。

34. 百科全书

怎样和别人打成一片：要知道我们的意识只是我们思想中表现出来的那一部分。在我们的思维中有10%是表露出来的意识，而90%是隐含在内的无意识。

当我们与别人交谈的时候，那10%的意识应该与对话者90%的无意识进行交流。

为了实现这一点，必须克服阻碍信息进入无意识的障碍——不信任感。

其方法就在于模仿别人的习惯。这些习惯往往会在餐桌上暴露无遗。您应该把握这种关键时刻来仔细观察您对面的那一位。如果他一边说话一边把手捂在嘴上，那就模仿他，如果他用手指拿炸土豆条吃，模仿他。如果他经常用餐巾抹嘴的话，模仿他。

您可以对自己提出一些简单的问题："他在说话时有没有看我？""他是否一边吃饭一边说话？"您在以最快速度重复对方所表现出的习惯时，也就自然而然地在无意识中传递给他一条信息："我和您是同一类人。我们有着相同的行为方式，也就是说有可能我们有着相同的教育程度和相同的忧虑。"

埃德蒙·威尔斯
《相对且绝对知识百科全书》第Ⅲ卷

35. 生物课

数学课上完后便是生物课。朱丽径直来到"精密科学"实验室。白瓷砖实验台上放着些短颈大口瓶，里面用甲醛浸泡着些动物胚胎，还有脏兮兮的试管、发黑了的本生煤气灯和累赘笨重的显微镜。

上课铃响了，老师和学生们纷纷走进生物实验室。大家都知道上生物课得穿着白大褂，让人感觉穿上了"学者的制服"。

生物课的第一部分是理论知识，老师讲的是"昆虫世界"。朱丽拿出笔记本，打算把老师讲的一字不漏地记下来，看看是否和《百科全书》上所写的相符合。

生物老师讲道：

"昆虫占了动物种类的 80%，最古老的昆虫——蟑螂早在至少 3 亿年前就在地球上出现了。然后在距今 2 亿年前出现了白蚁。而褐蚁也有 1 亿年的历史了。为了让你们更好地理解昆虫的悠久历史，让我们来看看人类。已知人类最古老的祖先至多在 300 万年前才出现。"

生物老师又进一步指出昆虫不仅是陆地最早的居民，而且也是数量最多的。

"昆虫学家已经发现并记录了大约 500 万种不同的昆虫，而且每天都可以发现一百多种新的昆虫。与之相比，每天只有一种新的哺乳类动物品种被发现。"

他在黑板上写下这么几个大字："动物种类的 80%。"

"昆虫是地球上所有动物中最古老的，也是数量最多的，而且，我还要补充一点，它们也是最不为人所知的。"

老师被一阵嗡嗡声打断了话头。他以准确的动作抓住了那只打扰他上课的昆虫，然后把它那已经压扁的身体展示给学生们看。那尸体看上去像是一件扭曲了的雕塑，但仍辨得出两只翅膀和一个只有一根触角的脑袋。

"这是一只飞蚁，"老师解释道，"也许是一只蚁后。在蚂蚁中只有有性蚁才长翅膀。在飞行交配结束后，雄性蚂蚁就会死去。而蚁后则继续独自到处寻找产卵的地方。正如你们自己所能观察到的那样，随着气温的上升，昆虫会越来越多地出现。"

他瞧了瞧蚁后被碾碎的身体。

"有性蚁往往在暴风雨来临之前飞出蚁穴。这只蚁后的出现预示着明天可能下雨。"

生物老师把被碾碎但仍一息尚存的蚂蚁扔进一群青蛙中间，当作给它们的饲料。这些青蛙被放养在一只大约 1 米长 50 厘米高的玻璃箱内。这些两栖动物前拥后挤地争抢着食物。

"从通常意义上来说，"他又说道，"人类参与了昆虫的大规模繁殖过程。它们对杀虫剂的免疫能力越来越强了。将来在我们的衣柜里可能会有更多的蟑螂，在糖罐里会出现更多的褐蚁，在木质结构中会有更多的白蚁，空中会飞舞着更多的蚊子和蚁后。你们不得不装备起更厉害的杀虫剂来摆脱这些昆虫的纠缠。"

学生们不停地记着笔记。老师说下面要进入"实际操作"部分了。

"我们今天要学习的是神经系统，尤其是周围神经系统。"

他让坐在前排的学生到实验台上来取短颈大口瓶，并把它们分发给其他同学。每只瓶子里装着一只青蛙，他自己也拿起一只玻璃瓶，把实验过程和学生们详细讲解了一遍。应该先把在乙醚中浸透了的棉花扔进玻璃瓶以使青蛙麻醉，然后取出青蛙，把它钉在水槽中的橡胶板上，接着用水把血丝冲洗干净。

然后用镊子和解剖刀将青蛙皮剥下，再用一节电池和两个电极找出控制青蛙右肢收缩的那根神经。

所有那些成功地使青蛙右肢应激活动的学生都可以得满分。

老师挨个看学生们的实验进行到哪一步了。有一些没能使青蛙麻醉，他们徒劳地往玻璃瓶里塞进一块一块乙醚棉花，但青蛙仍在不停地挣扎。另外一些学生以为他们的青蛙已经被麻醉了，但当他们正要把青蛙用针钉在橡胶板上时，它们灵活的四肢又拼命地在空中搅动起来。

朱丽默默地看着她的青蛙，她仿佛觉得在瓶子里看着她的青蛙正是她自己。不远处，贡扎格已经用精准的动作把二十多根不锈钢针穿进了青蛙的身体。

贡扎格仔细观察着他的实验品，这青蛙长得和圣塞巴斯蒂安[1]倒有几分神似。青蛙并没有被完全麻醉，仍在不停地努力挣扎着。但那些精心插在橡胶板上的针使它动弹不得，因为青蛙没法叫喊，所以也就没人能明白它到底有多痛苦。那只两栖动物只能轻轻地吐出一声哀怨的"呱呱"声。

"听着，我想出一个不错的笑话。你知道人身上哪根神经最长吗？"贡扎格对邻座的同学问道。

"不知道。"

"那好，我告诉你，是眼神经。"

"是吗！为什么？"

"因为只要扯扯屁股上的毛，就能让人流出眼泪来。"

说着他们哈哈大笑起来，为想出这么一个笑话而得意不已。贡扎格迅速把青蛙的皮肤和肌肉剥掉，找出了那根神经。他熟练地接通电源，青蛙的右肢便一动一动地抽搐起来。青蛙在钢针下面拼命地扭动着，大张着

---

[1] 圣塞巴斯蒂安（Saint Sébastien，256—288），天主教的圣徒，古罗马禁卫军队长，在教难时期被罗马帝国皇帝戴克里先下令乱箭射死。

嘴，没有发出一丝声音，仿佛痛苦已经使它麻木了。

"很好，贡扎格。你得了满分。"老师表扬道。找到第一根神经之后，这个无所事事的尖子生又开始找起能引起其他反射运动的神经。他从青蛙身上撕下一大块皮来，揭起灰色的肌肉。几秒钟之内仍在苟延残喘的青蛙全身的肌肉便裸露了出来，贡扎格仍孜孜不倦地寻找着能引起不同部位痉挛的神经。

他的两个同伴走过来对他表示祝贺，并欣赏起那一幕惨剧来。

在教室的后面，那些笨手笨脚的学生没有用上足够的乙醚或者钢针插得不够深，惊讶地看到他们的青蛙从水槽里跳了出来，身上插的针比进行针灸治疗的病人插的还要多。教室里到处都是一条腿没了皮、灰红色的肌肉挂在腿骨上晃来晃去的青蛙，学生们的笑声和抱怨声交织在了一起。

太可怕了，朱丽闭上了眼睛。她全身的神经系统好像变成了一条流动在酸盐的小河。她再也没有勇气留在教室里了。

她拿起书包和青蛙，一句话也没说就走出了教室。

她穿过操场，沿着正方形的草坪向前飞奔。在草坪中央的旗杆上挂着一面旗帜，上面写着高中校训："理智源于智慧。"

她放下玻璃瓶，决定在垃圾堆上放把火，她打了好几下打火机，但火并没有燃起来。她又捡起一张报纸把报纸一端点着，扔进了一只垃圾桶里，但报纸上的火立刻就熄灭了。

"报纸上总是说要是不当心在森林里扔下一个烟蒂，就能把成公顷的树木烧成灰烬。而我呢，有报纸和打火机却连一个垃圾桶都点不着。"她低声抱怨着，但仍不死心。

终于，火苗从垃圾堆里蹿了出来，那只青蛙和她一起注视着火焰蔓延开来。

"火焰是美丽的，你终于可以报复一下了，小青蛙……"她对着青蛙说道。

她就这样看着垃圾桶在燃烧。火焰是黑色的、红色的、黄色的、白色的，丑陋的垃圾转变成了热量和色彩。火焰把墙都给熏黑了。从垃圾堆上升起一缕呛人的青烟。

"永别了，残酷的学校。"朱丽一边朝远处走去，一边轻声叹息着说。

她放了那只青蛙。它再也没朝那场大火瞧上一眼，跳跃着消失在一个下水道入口处里。

朱丽等在远处，看着学校是否会被大火吞没。

36. 在悬崖底下

好了，终于结束了。

13只蚂蚁爬到了悬崖的底部。

突然，103号打起嗝来，不停地晃动着触角。其他蚂蚁全都围了过来。老兵蚁生病了。年龄……它已经3岁了。无性褐蚁的寿命一般只有3年。

看来它是走到生命历程的尽头了。只有有性蚂蚁，更确切地说是蚁后才能一直活到15岁。

5号焦虑万分。它担心103号在还没有把一切关于"手指"世界和"白色布告牌"的事讲出来之前就会死去。如果103号现在离开它们，那对整个蚂蚁文明来说是一个无可挽回的损失。在蚂蚁世界中，年轻的往往比年老的更加重要，但5号却又一次体会到了一条具有另一种重要意义的普遍原理："每当一位老者逝世，就如同一座图书馆被付之一炬。"

5号吐出一些蚜虫肉喂进了老蚂蚁的口中。即使食物没法延缓衰老，至少还能让老蚂蚁觉得舒服些。

"我们得想个办法救救103号。"5号对其他蚂蚁说。

所有的蚂蚁都坚信没有什么是做不到的。要是找不到解决办法的话，那是因为没有好好去想。

103号的身上开始散发出油酸的气味，这是行将就木的蚂蚁所散发出的典型的死亡气息。

5号把伙伴们召集到一块进行一次"绝对交流"。"绝对交流"就是将自己的大脑与其他的大脑联系起来。12只蚂蚁围成了一圈，触角抵着触角，12只蚁脑融合成了一个。

问题："生物定时炸弹"正在威胁着这只无比重要的蚂蚁，如何才能将其引信拆除？

众多答案在蚁脑中相互碰撞着，连最疯狂的念头也被提了出来。每一只蚂蚁都想出了一条解决方案。

6号建议把垂柳根喂给103号吃，它认为柳酸能够用来治愈所有的疾病。但其他蚂蚁反驳它说衰老并不是一种病。

8号提议说既然那些重要信息是贮存在103号的大脑里的，不妨取出它的大脑，然后植入另一个更为年轻健康的躯体中。比方说14号的。但14号和其他蚂蚁对这想法都颇不以为然。它们认为这太过冒险了。

"为什么不立刻从它触角里把费洛蒙都提取出来呢？" 14号问道。

"费洛蒙太多了。" 5号叹息道。

103号不停地轻声咳嗽，大颚开始颤抖。

7号说如果103号是一只蚁后，它就还有12个年头可活了。

"如果103号是一只蚁后……"

5号左右思量着，把103号变成蚁后这并非完全不可能的。所有的蚂蚁都知道饱含激素的蜂王浆具有把无性蚁转变成有性蚁的功能。

交流进行得愈来愈快了。用蜜蜂酿造的蜂王浆是行不通的。蚂蚁和蜜蜂的遗传特征差异太大了。但它们却有着一个共同的祖先——胡蜂。胡蜂的种群一直繁衍至今，它们中某些懂得如何酿造蜂王浆。当唯一的蜂后突然死亡后，它们可以用蜂王浆来创出一个替代者。

总算找到一个延缓衰老的办法了。蚂蚁们的触角晃动得更加厉害了。到哪儿去找胡蜂蜂王浆呢？

12号说它知道一个胡蜂窝，有一次它偶然目睹了一次变性过程。原先的蜂后因为得了一种不知名的疾病死掉了，工蜂们在它们中间推选出一个来代替它，它们给替补者吃下了深色的蜂王浆。过了一会儿从替补者身上就散发出雌性的气味了。另一只工蜂被推选变成雄蜂与新蜂后交配。它也吃下了相同的物质，然后身上的确散发出了雄性的气味。

12号虽然没有亲眼看到两只人造有性蜂的交配，但几天以后它再次经过那里的时候，注意到蜂巢不仅仍是一派繁荣景象，而且蜂的数量还大大增加了。

5号问它是否能找到这些胡蜂"化学家"生活的地方。

"就在北面那棵大橡树附近。"

这席话给103号以极大的鼓舞。变成有性蚁……长出生殖器官……这可能吗？即使是在它这样一个充满奇思异想的头脑中，也不敢期望能产生这么一个奇迹。这个计划立刻给它重新带来了勇气和健康。

如果可能的话，它还真的希望长出一副生殖器官呢！毕竟，仅仅因为出生的偶然选择，有的什么都有而有的什么也没有，那是不公平的。老蚂蚁竖起触角，把它们转向大橡树的方向。

但还有一个巨大的困难：大橡树长在离这儿很远的地方，到那儿去得穿越北方一大片干旱的土地，那块土地被称作"白色旱海"。

37.向神秘金字塔投去的第一眼

到处都是潮湿的树木和一片葱郁的绿色。

马克西米里安·里纳尔谨慎地迈着步子朝森林里那座神秘的金字塔走去。

在路上他曾看到一条蛇，身上诡谲地插着刺猬的棘刺。森林隐藏着各种各样的奥妙事情。警察局局长并不喜欢森林，对他来说这是一个充满敌意的地方，到处都有动物在爬、在飞，在乱蹦乱动，黏糊糊的令人讨厌。

森林里充满了魔力和妖术。过去，旅行者在这里会遇上拦路抢劫的土匪。巫师们也隐匿其中，专心致志地从事他们的秘密活动。而大多数革命党也在森林里进行游击战。侠盗罗宾汉就是以森林为基地搅得谢伍德郡郡长不得安宁。

当马克西米里安年纪还轻的时候，曾经幻想看到森林从地球上消失了：所有蛇类、所有蚊子、所有苍蝇，还有蜘蛛，这只是森林给予人类的嘲弄。他希望有一个看不到一点森林的水泥世界。放眼望去只是混凝土平地，它会更加卫生、清洁。再说在水泥平地上可以蹬着旱冰鞋到处跑。

为了不被发现，马克西米里安穿着一身旅行装。

"最佳的伪装不是对环境简单的复制，而是要自然而然地与环境融合在一起。"他经常这样对警校的年轻学员们训诫道，"在沙漠里一个身穿沙黄色服装的人比一头骆驼更容易被发现。"

他终于发现了那栋可疑的建筑物。

马克西米里安拿出望远镜对着金字塔观察起来。

树木在大块大块的玻璃板上留下重重叠叠的绿影，让人一眼看上去很难发现那栋建筑。但还是有一个小细节让它原形毕露：那就是可以看到两个太阳，多了一个。

他继续朝前走。

选择玻璃镜来做建筑饰面是一个很好的主意。正是靠着镜子的帮助，魔术师们才能把姑娘们从插着利刃的箱子里给变没了，这只是一种简单的光学现象。

他拿出笔记本仔细地做着记录：

1）关于森林金字塔的调查

a）远距观察

他把所写的重新念了一遍，然后把那页纸撕了下来。应该说这不能算是一座金字塔而是一个正四面体[1]。金字塔有四个侧面，再加上底面，一共是五个面。而四面体只有三个侧面，一个底面，一共是四个面。在希腊语里"四"念作"泰特拉"。

他重新写道：

1）关于森林四面体的调查

马克西米里安·里纳尔的一大优点正是他能对他所看到的而不是别人以为看到的事物进行精确描述。"客观性"曾多次让他避免犯错。

他的这种天赋在构图上表现得更为突出。当人们看到一条路时，会用两条平行线来表示他脑海中的路。但如果人们要把所看到的"客观地"表现出来的话，在正面透视效果上，路则表现为一个三角形，路的两边是两条交汇于画面深处地平线上的投影线。

马克西米里安调整望远镜的焦距重新开始观察起那座金字塔来。他惊讶地发现即便是自己也不能轻易甩开"金字塔"这一概念。的确，"金字塔"这个字眼充满了神圣的谜一般的色彩。他又把纸撕了下来，这次他破例不再遵循严格精确的偏执了。

1）关于森林金字塔的调查

a）远距观察

建筑物相当高，大约有3米。隐藏在灌木丛和树林中。

画完速写草图后，警察局局长接着朝那建筑物走去。他来到离金字塔几米远的地方，发现在湿软的土地上有一些人和狗的足迹。这可能是加斯东·潘松和他的爱尔兰塞特犬留下的。他把足迹也给画了下来。

马克西米里安绕着建筑物走了一圈。没有门，没有窗，没有烟囱，也

---

[1] 法语四面体为 tétraèdre，前缀 "tétra" 作 "四" 解。

没有信箱。看上去根本不像是人类的居所。只有覆盖着玻璃板的混凝土和透明的光顶还能证明这是出自人类之手。

他后退了五步，仔细地观察着那栋建筑。它的比例和外形十分匀称。不管是谁在森林深处建造了这奇怪的建筑物，他一定是个天才建筑师。

38. 百科全书

黄金分割（Nombre d'or）：当人们从事建筑、绘画、雕塑时，黄金分割比例都能给这些作品增添一种内在的力量。

胡夫[1]金字塔、所罗门圣殿、雅典娜神庙以及其他大部分罗马教堂都是按照黄金分割原则来建造的。许多文艺复兴时期的绘画作品也遵循这一原则。

不遵循这一原则的建筑物被认为最终将会倒塌。

黄金分割比例的计算方法如下：$\frac{1+\sqrt{5}}{2}$ 约等于1.6180335。数千年来这一直都是一个不解之谜。黄金分割数并非只能由人脑产生出来。在自然界中它同样存在。比如说树叶叶片间的距离就是黄金分割数，以避免叶片相互遮挡阳光。同样，脐在人体上的位置也是符合黄金分割比例的。

埃德蒙·威尔斯
《相对且绝对知识百科全书》第Ⅲ卷

39. 放学

学校从空中看是一个完美的正方形。

它的两座翼楼形成了一个"U"字形，开口处由一排高高的金属栅栏封住。栅栏上漆了一层防锈漆。

"一座正方形的学校其目的就在于培养出循规蹈矩的头脑。"

学校在她的眼睛里就如同是一座监狱、一座兵营、一座收容所、一座医院或者一座疯人院。总之，是人们用来把不想在大街上看到的人隔离起来的方形建筑之一。

年轻姑娘望着浓烟从垃圾桶那儿袅袅升起。看门人立刻就跑了过来，手里提着灭火器，一大片二氧化碳干冰把火头给熄灭了。

---

[1] Khufu，希腊人称他为基奥普斯（Cheops）。埃及第四王朝（公元前2598—前2566年）的第二位法老，他命令兴建了埃及吉萨附近的大金字塔。

要想和这整个世界抗争并不是件容易的事。

她在城区的街道上瞎逛，周围的一切都散发着腐烂的霉臭味。由于清洁工人的罢工，街上随处可见满满的垃圾桶，垃圾溢得到处都是。那都是些常见的垃圾：破了的蓝色小塑料袋里塞满了腐败变质的食物、肮脏的纸片、黏糊糊的手绢……

朱丽把鼻孔堵住。这片由独立小楼组成的街区到这时候已经罕有人迹了。她觉得自己被人跟踪了，便猛地回过身，但什么也没发现，又继续朝前走。但那感觉变得越来越强烈了。她朝一辆路边的汽车的反光镜瞄了一眼。她的感觉是正确的，在她身后的确有三个家伙，朱丽认出是班上坐在前排的那几位。领头的是贡扎格·杜佩翁，仍穿着衬衫，脖子上围着方绸巾。

她本能地感到危险迫在眉睫。

他们在朝她靠近。朱丽加快了脚步。但她没法跑，在森林里跌伤的脚跟仍感到十分疼痛。她对这街区不太熟悉。这不是她平时回家走的路。她先朝左一拐，然后又向右转。男孩们的脚步声始终在她身后响起。她又拐了一个弯，见鬼！这是个死胡同，退回去已经来不及了，她跑到一处门廊下躲了起来，把装着《百科全书》的书包紧紧抱在胸前，好像可以用来当作武器似的。

"她肯定躲在什么地方，"一个声音说道，"这是条死路，她跑不了的。"

他们开始一个门洞一个门洞地搜了起来，慢慢朝她逼近。冷汗沿着年轻姑娘的脊背流了下来。

在门廊的尽头有一扇门。朱丽一边拼命地按着门铃，一边乞求着说："芝麻，快开门。"

门后传来一阵响动，但并没有开。

"你在哪儿，潘松小乖乖，小乖乖，小乖乖。"那一伙人冷笑着说。朱丽把身子蜷缩起来，紧紧靠着门的下半部分，膝盖抵着下巴。三张狞笑的脸突然出现在她的面前。

既然不可能逃脱了，朱丽就选择了抵抗。她站了起来。

"你们想干什么？"她问道，尽量使自己的声音听上去更镇定些。

他们仍在逼近。

"别来烦我。"

他们并没有停下脚步，仍慢慢地稳步逼近，享受着从姑娘亮灰色眼睛中流露出来的恐惧，她心里十分清楚已经不可能从他们的手心里溜掉了。

"救救我！强暴呀！"

死胡同里本来就没有几扇窗户开着，这会儿也全部关上了，灯光迅速在窗后消失。

"救命呀！警察！"

在那些大城市中警察极少能及时赶到事发地点。他们的人数实在太少了。因此实际上居民根本得不到有效的保护。

那三个纨绔子弟并不着急。朱丽不甘束手就擒，使出了最后一招：她把头一低朝前猛冲，成功地绕过了两个敌人，抱住贡扎格的脸，像是接吻似的用自己的前额猛撞他的鼻子。响起了一种类似于木头断裂的声音。趁他伸手去捂鼻子的时候，朱丽屈起膝盖朝他双腿之间就是一下。贡扎格垂下手捂住裆部，人整个折了过来，发出一声嘶哑的喘息。

朱丽很清楚生殖器官是人的软肋。

贡扎格暂时退出了战斗，但另外两个却没有，他们抓住了朱丽的手，她拼命挣扎着。在搏斗中书包掉在了地上，《百科全书》从书包里跳了出来。她伸出脚想去把书够回来。这倒提醒了一个男孩这本书对她来说很重要，他弯下腰捡起了书。

"别碰它！"朱丽尖声喊道。第一个家伙把她的手扭到背后，毫不在意她腰部的撞击。

贡扎格一脸痛苦的表情，但嘴角却露出一丝微笑，好像在说："你并没有打疼我。"走过来一把抓住姑娘的心爱之物。

"相对且绝对知识百……第三卷，"他念道，"这是什么玩意？像是本什么咒语书。"

最强壮的那个紧紧抓着她，另外两个翻看着《百科全书》。他们突然看到了一些菜谱。

"这东西没用！小姑娘看的。什么乱七八糟的！"贡扎格说着，把埃德蒙·威尔斯的著作扔进了街边的水沟。

每个人对《百科全书》都有他自己的看法。

朱丽用她那只没受伤的脚跟猛踩敌人的脚踝，成功地从他手里暂时挣脱了出来，并在《百科全书》马上就要掉进阴沟洞的时候抓住了它。这时三个男孩扑到了她身上。在混战中她挥舞着手指，想要去抓他们的脸，但可惜的是她没有留指甲。但她还有另一件天生的武器——牙齿。她用两颗锋利的门牙咬住了贡扎格的脸。鲜血流了出来。

"她咬我,这个泼妇。别饶过她,"被咬的低声怒吼道,"你们俩抓住她!"

他们用手绢把她绑在了一盏路灯上。

"你得补偿我。"贡扎格一边嘟囔着,一边伸手擦着血淋淋的脸。

他从口袋里掏出一把裁纸刀,用手指弹了弹刀刃。

"轮到我来割你的肉了,亲爱的。"

她朝他脸上啐了一口。

"好好看着她,小伙子们。我要在她身上刻上几个几何图形,这可以帮她复习一下功课。"

他像猫逗老鼠那样从下而上地割开黑色长裙,又从裙子上割下一块方形织物塞进了口袋。裁纸刀继续以一种令人难以忍受的缓慢速度往上挪。

"声音也可以变成一种伤人的武器。"杨凯莱维施曾对她这样说过。

"咿咿呀啊啊哈哈……"

她那富有韵律的叫喊声在空中留下了让人无法忍受的余音。街上的玻璃橱窗都开始震颤起来。男孩捂住了自己的耳朵。

"得把她的嘴堵住,好让我们安心地干事。"他们中的一个说道。

他们忙不迭地在她嘴里塞上了一块方绸巾。朱丽拼命地喘着气。

下午快过去了。路灯亮了起来。每一盏路灯都装备了一架电子相机,能敏感地觉察到天光的暗淡。亮光并没有对侵犯姑娘的家伙造成影响。他们仍在那儿,在灯光下耍动着裁纸刀。刀刃到达了膝盖,贡扎格在朱丽细嫩的皮肤上划了一道水平的口子。

"这一下是因为你撞了我的鼻子。"

"竖的再来一下,画个十字。"

"这一下是为了裆上的那一脚。"

他又在膝盖上划了一道水平的口子。

"这一下是为了你咬我那一口。别急,这才刚开始呢。"

裁纸刀又开始慢慢沿着裙子往上爬了。

"我要把你像生物课上的青蛙一样给剖开。"贡扎格对她说。

"我知道该怎么干。我得了个满分,你还记得吗?不,你不记得了。差生在下课铃响之前就离开了教室。"

他又把裁纸刀弹得叮叮作响。

83

惊慌失措的朱丽感到一阵窒息，几乎都要昏厥过去了。她想起曾在《百科全书》上看到过这么一段话："当身处险境而无法逃脱的时候，就想象自己头顶上方有一个球体，让自己身体的各个部分慢慢进入球体内。直到身体只是一个空壳，没有任何思想。"

这条法则很有效，但更适合在安静地坐在扶手椅中的时候去做。在被绑在金属柱子上遭受流氓折磨时却难以实施。

漂亮的姑娘在孤弱无助的情况下显得更为楚楚动人。那三个家伙中块头最大的那一个凑了过来，喘出的粗气喷在她的脸上。他抚摸着朱丽柔软如丝的黑色长发。然后他那颤抖的手指掠过了隐约可见青筋的玉颈。

朱丽拼命挣扎着。她能够忍受一件东西比如裁纸刀的侵犯，但绝对无法忍受肌肤的接触。她双目圆睁，脸一下子涨得通红，身体颤抖着，几乎要爆炸似的。她大声地用鼻子喘息着。那胖子退开了。裁纸刀也不再移动了。

个子最高的那个以前见到过相同的情形。

"她好像哮喘病犯了。"他说道。

男孩们往后退去，惊恐地看着"猎物"忍受着并非由他们造成的痛苦，年轻姑娘脸色通红，试图挣开捆绑，皮肤都磨破了。

"放开她。"一个声音说道。

在死胡同口出现了一道长长的黑影，长着三条腿。三个家伙转过身来，看见了大卫。那第三条腿是他用来行走的拐杖，大卫得了脊椎关节炎。

"唉呀，是大卫呀，难道你以为我们是歌利亚[1]？"贡扎格嘲讽着说，"很抱歉，老朋友，我们是三个，而你只是一个，身材矮小，肌肉又不发达。"

小流氓们哈哈大笑起来。但他们的笑声很快就停止了。

在那三条腿边上又出现了其他影子。朱丽瞪大了眼睛，认出了是"七个小矮人"，那些坐在最后一排的学生。

那些坐在前排的学生朝他们猛冲过去。"七个小矮人"并没有退却。其中个子最大的用肚子顶。亚洲人使出复杂的跆拳道。瘦子抢开手臂。留着一头短发的"悍姐"用肘部击打敌人。苗条的金发女郎把她的十指当作

---

[1] 歌利亚，《圣经》上的人物，腓力斯巨人，被以色列王大卫用弹弓击毙。

十把利刀来用。"娘娘腔"灵活地对准敌人的胫骨踢着。看上去他似乎只会这招,但他却踢得很准,大卫抡起拐杖朝三个小流氓的手上准确而干脆地猛击。

贡扎格和他的同伙们并不想轻易地放弃战斗。他们重新聚集在一起,拌舞着拳头和裁纸刀,但他们毕竟是三敌七,优势很快就倒向了人多势众的一方。侵犯朱丽的家伙们一边舞动胳膊象征性地抵抗,一边逃跑。

"后会有期。"贡扎格跑着扔下这么一句话。

朱丽仍感到喘不过气来。胜利并没有让她的哮喘停止下来。大卫急忙来到路灯旁,轻轻地从朱丽嘴里取出绸巾,然后费力地解开她手腕和脚踝上的绑绳。刚才朱丽挣扎时把结抽得更紧了。

她刚一被解开,就立刻扑到背包前从里面拿出一支万托林喷剂。尽管已经十分虚弱了,她仍攒足力气把喷嘴放进嘴里,拼命地按动着。她贪婪地大口呼吸着,每喘一口气,她的脸上就增加一份血色,人也渐渐平静下来。

之后她的第一个动作就是拿起《相对且绝对知识百科全书》迅速地放进背包里。

"幸亏我们刚才从这里经过。"姬雄说道。

朱丽抚摩着手腕以促进血液流通。

"领头的是贡扎格·杜佩翁。"弗朗西娜说。

"正是杜佩翁那一伙,"佐埃证实道,"他们属于'黑鼠党',无恶不作的一伙。但警察却对他们放任自流,还不就因为贡扎格的叔叔是省长吗?"

朱丽一句话也没说,她连气都喘不过来了,哪还有工夫说话呢。她挨个端详了一下那"七个小矮人"。那个拄拐杖的棕发矮个是大卫,就是他在数学课上想要帮她来着。其他人她只是曾闻其名而已:姬雄是亚洲人,莱奥波德是那个沉默寡言的大高个儿,爱嘲讽别人的"娘娘腔"叫纳西斯[1],弗朗西娜是那个爱幻想的金发姑娘,佐埃身体最为强壮,脾气也最为火爆,保尔是那个沉稳的胖子。

这些就是坐在教室后排的"七个小矮人"。

"我谁也不需要,我一个人能对付的。"朱丽一边喘息着一边大声

---

[1] 希腊神话中对水中自己的倒影产生爱情、憔悴而死的美少年那喀索斯,死后变为水仙花。

说道。

"好呀,林子大了什么鸟都有!"佐埃叫道,"真是个忘恩负义的家伙!我——们——走,伙计们,让这个傲慢的女人一个人去解决吧。"

六条影子沿着原路往回走去。大卫拖着脚步跟在后面,没走多远,他转过身来对朱丽说:

"明天我们乐队排练,如果你愿意的话,来看看吧。我们就在咖啡馆地下的那个小房间排练。"

朱丽没有回答,仔细地把《百科全书》放进书包里,紧紧抓着背带,消失在那些狭窄的小路中了。

40. 荒漠

无垠的地平线沿着天际延伸开去,在地面上看不到一条与之相交的垂直线。

103号怀着寻生的希望前进。它的关节咔咔作响,触角变得越来越干燥,它花了许多精力用微微发抖的口器去湿润它们。

103号每过一秒钟都更能感觉到时间对身体造成的伤害。它仿佛看到死神这一永恒的威胁在它头上飞舞。普通的生命是多么短暂啊!它很清楚如果它不能长出生殖器官的话,那么它以前的诸多努力都将付之东流,它将被最为冷酷的杀手——时间所打败。

跟在它身后的是12只年轻兵蚁,它们决定在它的历险中一直陪伴它。

蚂蚁们不停地走着,只有在脚下的细沙被太阳烤得滚烫的时候,才停下来休息。当第一朵云彩把太阳挡在身后的时候它们又上路了。而那些云彩并不知道自己有如此的威力。

一路之上连绵不断的都是细沙、粗糙砾石、小石子、岩石和粉末状结晶体。在这儿可以看到各种各样形态的矿物,但却几乎看不到任何植物或者动物。当在它们面前横陈着一块巨岩时,它们就翻越过去。当在它们面前突然出现一潭流沙的时候,为了避免被淹死只好绕道而行。

环顾四周,呈现在蚂蚁面前的是粉红色的山脉和亮灰色的峡谷,好一派美丽景色。

在蚂蚁为了避开流沙潭而不得不绕远路的时候,它们并不会迷失方向。蚂蚁天生具有两种辨向方法:气味蚁路和计算太阳光线与地平线之间夹角。但在穿越荒漠的时候,它们还会用上第三种方法:约翰斯顿器官系统，这一系统是由大脑表面的沟裂组成的。在沟裂中布满了对地球磁场十分敏感的特殊分子。不管蚂蚁身处地球的哪一个角落，都能根据这看不见的地球磁场来确定自己的位置。它们甚至能借此发现地下暗河，因为略带咸味的地下水会改变磁场。

现在约翰斯顿器官系统告诉它们附近没有水，天上没有，地下没有，周围也没有。要抵达那株大橡树，它们必须在耀眼的无垠荒漠中笔直前进。

蚂蚁们越来越渴、越来越饿了。在这片"白色旱海"中几乎找不到什么猎物。突然，它们幸运地发现了一种可以吃的动物。一对蝎子正沉浸在爱情的喜悦中。这种大型的蛛形纲动物是十分危险的。蚂蚁们宁可等到它们嬉戏结束后感到疲惫的时候再把它们杀死。

蝎子的交配过程开始了。大腹便便、褐色的是雌性，它用大螯牵住自己的配偶把它紧紧抱在怀中，好像是要与它共舞一曲探戈似的。然后它把雄性往前推。颜色更浅、个头更小的雄性服从地往后退去，它们的舞蹈是那么冗长，蚂蚁们耐心地跟在它们后面，不敢贸然打断。雄蝎子停了下来，取出一只捕获的苍蝇献给女伴，雌蝎子由于没有牙齿，便用大螯钳着食物放到腹部锋利的边缘上切成碎块，然后连连轻吮起来。吃完之后，两只蝎子又拥抱在一起舞蹈起来。最后，雄性用一只螯抱住女伴，另一只在地上挖起洞来。不一会儿，它把肢腿和尾钩都用上了。

等到地洞深得足够容纳下这一对时，雄性蝎子邀请它的爱人进入新居。它们一起钻到地下，随用沙土将洞穴重新盖上。好奇的蚂蚁们在旁边也挖了一个洞，来观察地底的这番有趣的情形。肚子对着肚子、螯针对着螯针，两只蝎子正在交配。交配让雌蝎子变得饥肠辘辘，它杀死了精疲力竭的雄伴，把它吞进了肚。饱食之后的雌蝎子心满意足地独自从地下钻了出来。

蚂蚁们认为该是动手的时候了，雌蝎子肚子里塞满了还未被消化完的雄蝎身体，当它发现不怀好意的蚂蚁时，并不想在这时候与它们打斗，于是它选择了逃跑。雌蝎子跑得要比蚂蚁快多了。

那 13 只蚂蚁真懊悔没有趁它们交配的时候发起进攻。蚂蚁朝雌蝎子射出蚁酸弹，但后者的坚固外壳足以抵御蚁酸的攻击。蚂蚁们只能以雄蝎子被吃剩的残骸果腹了。

这一次的教训让它们明白下次切不能再贪看热闹了。蝎子肉的味道并不好，况且它们也没吃饱。

走啊，走啊，它们不停地在无边无际的荒漠中前进。沙子、巨岩、乱石堆，又是沙子，无穷无尽，周而复始。它们远远地看到一只不太规则的球体。

那是一只蛋。

在荒漠之中怎么会有一只蛋？难道是海市蜃楼？不，这蛋看上去像是真的。蚂蚁们绕着蛋转了几圈，仿佛是在它们前进的道路上突然出现了一座神圣的独石柱，让它们沉思、顶礼膜拜似的。它们用触角嗅着，5号根据气味辨认出这蛋是一种来自南方的鸟——吉吉斯产的。

吉吉斯的喙和黑眼睛与银燕长得很像。这种鸟有一种特性：母鸟每回只产一枚卵，但它不懂得如何筑巢，便把卵产在随便什么地方。的确是随便什么地方。它经常把卵产在树枝上或是产在岩石顶端的落叶上，从来也没想到要给卵找一个隐避所或者给卵足够的保护。这么一来也就用不着天敌们费劲儿了，比方说蜥蜴、其他鸟类或者蛇类会轻易地发现这些卵，并且尽情享受。即使卵没有被天敌吃掉，一阵微风也足以把卵打碎。再者就算雏鸟幸运地孵化出来，大多数情况下会在尽力啄破卵壳出世时，连着未破的卵壳从枝尖或岩石高处一起跌落，摔得粉身碎骨。因此这种笨鸟居然能存活到今天实在是太令人奇怪了。

蚂蚁们仍在围绕着这件奇怪的东西绕圈子。

产下这只卵的吉吉斯一定比寻常的更漫不经心。它竟然把它自己的后代产在荒漠中，任凭别人摆布。

"尽管……说到底那只鸟并不那么笨，"103号说，"因为要想找一个蛋不会掉下来摔破的地方，再没有比荒漠更好的地方了。"

5号急忙用脑袋去撞击坚硬的卵壳。鸟蛋顽强抵抗着。所有的蚂蚁一起参与进来，响起了一阵冰雹般的敲击声，但没有结果。再没有比离食物和水分这么近而无法享受更令人恼火的事了。

103号想起了它曾经看到过一则科学文献。也就是运用杠杆原理来抬起重物。现在正好把这一知识运用到实践中。它让大家找一条干树枝来，把树枝放在鸟蛋下面。然后它让12位同伴依次爬上杠杆以起到平衡锤的作用。

年轻兵蚁们按着老蚂蚁的指示把身体悬到了半空中，晃动着肢腿以增加压力。8号被这个方法深深地吸引，干得最为起劲。它不停地跳着以增加重量。成功了，这个卵形的庞然大物像比萨斜塔那样失去了平衡，开始倾斜、倾斜，最后翻倒。

但问题是鸟蛋轻轻地撞在柔软的沙地上，又横着停住不动了，并没有受到损伤。5 号对"手指"的技术表示怀疑，决定还是用蚂蚁的方法来解决问题。它合紧大颚形成一把尖锐的三角锥，左右晃动脑袋敲击卵壳。但卵壳实在太硬了：啄了几百下之后蛋壳上只留下了一道细细的刮痕。费了九牛二虎之力却只换来这么一点点成果！在"手指"世界里，103 号早已习惯看到事情立刻被解决，在它身上已经没有同类那种耐心和固执了。

5 号已经累得不行了。13 号跑过来接替它，然后是 12 号，随后又是另一个。蚂蚁一个接一个地把自己的脑袋变成钻孔器。就这么敲打了十几分钟，卵壳上才出现一条细小的裂缝，从那儿喷泉般涌射出透明的蛋液。蚂蚁们一拥而上大吃起来。

得意扬扬 5 号轻轻晃动起触角来："如果说'手指'的方法看上去总是十分奇特的话，那么要说有效性还得算蚂蚁的方法。"

103 号并不急于与它辩论，它还有更重要的事要做。它把头伸进裂缝中吸食着美味的卵黄。

烈日下的沙地又干又热，流出的蛋液很快就变成了炒鸟蛋。但饥饿的蚂蚁们也无暇去顾及这一变化了。

它们吃着、喝着，在鸟蛋液中尽情舞蹈。

41. 百科全书

蛋：蛋是大自然的一项杰作。先让我们来欣赏一下蛋壳的构造。蛋壳是由三角形的金属盐结晶构成的。蛋较尖的那一头正好对准蛋的中心。因此当结晶体受到一个来自外部的压力时，便相互切合，越挤越紧，蛋壳也就随之越来越坚硬。就如同罗曼风格教堂的拱顶一样，外部的压力越大，建筑物也越牢固。相反，如果力是来自蛋壳内部的话，三角形结晶体就会相互分离，蛋壳很容易破碎。

就这样，蛋从外部而言坚硬得足以承受孵卵的母鸟，而在内部则脆弱得能够让雏鸟破壳而出。

蛋还表现出其他的特性。鸟的胚胎要发育良好，就得始终保持位于蛋黄之上。但有时蛋会翻滚。不过没关系：蛋黄是由两根起悬挂装置作用的弹簧状细带从两侧包围着的。它们能够根据蛋的运动进行调整，使胚胎像浮子那样保持原有的位置。

　　蛋一旦被产下来温度立刻下降，这就导致蛋内部有两种分离的不同膜，同时产生一个气囊。气囊能供应雏鸟呼吸短短几秒钟，使其有足够的力气破壳而出，甚至在遇到困难的情况下向母鸟呼叫求援。

埃德蒙·威尔斯
《相对且绝对知识百科全书》第Ⅲ卷

42. 电脑游戏《进化》

　　法医正在办公室的厨房里做香菜炒鸡蛋，这时门铃响了起来。是警察局局长马克西米里安·里纳尔前来了解加斯东·潘松的死因。

　　"您想来点儿炒蛋吗？"法医问。

　　"不，谢谢了，我已经吃过了。加斯东的尸体解剖结束了吗？"

　　法医端着盘子，就着杯啤酒很快把炒蛋一扫而尽，然后穿起白大褂把警察局局长领到了解剖实验室。

　　他拿出一份卷宗。

　　死者的血液成分已经分析过了，发现产生过一种十分强烈的过敏反应，他在尸体的脖子上发现了一个小红点，并由此推断出死者是死于胡蜂的蜇刺。被胡蜂蜇死的事并不少见。

　　"只要胡蜂偶然把刺刺入与心脏直接连通的静脉中，它的毒液足以致人于死地。"法医说道。

　　这一结论让警察局局长颇感意外。原先认为是一桩谋杀案，现在却变成了一件简单的森林事故。死因竟然是一根微不足道的胡蜂刺。

　　然而还有金字塔呢。即便一切只是一个简单的巧合，在这座未经允许而在自然保护区腹地建造的金字塔脚下被胡蜂蜇死仍是非同寻常的。

　　警察局局长对法医的工作表示了感谢，离开了法医办公室朝城里走去，脑海中仍是思绪万千。

　　"您好，先生！"

　　三个年轻人朝他走来。马克西米里安在他们中间认出了贡扎格，省长的侄子。他脸上青一块、紫一块的，面颊上还有被咬过的痕迹。

　　"你和别人打架了？"警察局局长问道。

　　"是的，"贡扎格大声回答说，"我们打败一伙无政府主义者。"

　　"你一直都对政治如此感兴趣吗？"

"我们是'黑鼠党',新极右翼党派青年运动的先锋。"另一个年轻人一边说一边递上一份宣传单。

"滚出去,外国佬!"警察局局长轻声念道,"我明白了,我明白了。"

"我们目前的问题就是缺乏武器,"第三个说,"如果我们有一把银质手枪,和您的这把一样,先生,从政治上来说事情就容易解决得多了。"

马克西米里安这才发现他的武装带从敞开的外套下面露了出来,他赶忙把衣服扣好。

"要知道,年轻人,有没有手枪并不重要,"他对他们说道,"这只是一种工具而已。重要的是大脑,是它控制着扣动扳机的手指神经末梢。这根神经相当长……"

"但不是最长的。"三人中的一个哈哈大笑起来。

"好吧,再见了。"警察局局长想这应该是一种"年轻人的幽默感"。

贡扎格叫住了他。

"先生,您知道,我们是拥护秩序的,"他强调着说道,"如果有一天您需要帮忙的话,请尽管来找我们。"说着他递上一张名片。马克西米里安礼貌地把卡片放进口袋里,离开了他们。

"我们随时准备为警察当局效劳。"那高中生仍在那儿向他大声喊道。

警察局局长耸了耸肩。时代变了,在他年轻的时候,是从来不允许对警察这样说话的,尽管这份职业是那么吸引他。而现在,这些没经过任何培训的年轻人居然毛遂自荐要成为义务警察!他加快了脚步,急着赶回家和妻女共享天伦之乐。

在枫丹白露各条大街上,人们都在忙碌着。母亲们推着童车;乞丐们为一枚硬币而苦苦哀告;家庭主妇们推着推车在购物;孩童们在玩跳房子游戏;工作了一天的男人们行色匆匆地朝家里赶;还有一些人在因为罢工而堆放在大街上、散发着恶臭的垃圾桶里翻找着。

这种腐烂的气味……

马克西米里安走得更快了。的确,在这个国家里缺少秩序。人们各行其是,没有起码的组织,哪怕是一点点共同的目标也没有。

就像森林侵蚀田野那样,混乱在城市中蔓延。他暗想警察这工作是份很好的职业,因为警察的责任就在于割去野草,保护大树,并把它们排列整齐。实际上这就是一种园丁的工作:维持一种生命,并尽可能地让它保持清洁和健康。

他回到家，给鱼喂了些食，发现一条雌鱼追逐着自己刚产下的鱼苗，把它们一一吞下肚去。在玻璃鱼缸中同样没有道德伦理可言。他对着壁炉中的熊熊火焰凝视了一会儿，这时妻子告诉他可以吃晚饭了。

晚上的菜有酸辣猪头肉和天香菜色拉。在餐桌上，一家三口谈论着从来也没晴朗过的天气，电视、报纸上不断传来的坏消息。他们也对玛格丽特的优异成绩和里纳尔夫人的厨艺赞扬了一番。

晚饭后，里纳尔夫人收拾起碗碟放进洗碗机里，马克西米里安让玛格丽特再给他解释一下那个奇怪的电脑游戏、她送给他的生日礼物——《进化》是怎么玩的。女儿告诉他她还有功课要做，不过还有一个最简单的方法，那就是在他的电脑里再装上另一个程序《无人》。

"《无人》就是，"她解释说，"一个能够把语句组织起来与人交谈的软件。那些话语是通过声卡经由显示器两侧的扬声器传出的。"玛格丽特向她爸爸解释了如何启动程序后就去做功课。

警察局局长端坐在电脑前按动着键盘，在显示器上出现了一只巨大的眼睛。

"我的名字叫作'无人'，但您可以想怎么叫我就怎么叫我，"电脑通过扬声器说道，"您想给我重新起个名字吗？"

警察局局长被逗乐了，他凑近麦克风说："我要给你起个苏格兰式的名字：马克·亚韦尔。"

"从今天起我就叫马克·亚韦尔了。"电脑回答说，"您有什么指示吗？"

独眼眨了几下。

"我要你教我玩《进化》游戏，你会玩吗？"

"不会，但我可以与游戏使用说明程序联通起来。"独眼回答道。

"马克·亚韦尔"开动了几个不同的程序，可能是为了阅读游戏规则，眼睛退到荧屏一角缩成了一尊东正教圣像，随后启动了游戏。

"游戏开始时应该创建一个部落。"

"马克·亚韦尔"并不只是充当《进化》游戏使用说明的角色，它还是一个精明的参谋呢。它告诉里纳尔应该把他的部落安置在河流附近以控制淡水资源；村庄不应建造在过于靠近岸边的地方，以防海盗的攻击；同时为了让商队比较容易通过，也不能把村庄安在太高的地方。

马克西米里安按照它所说的去做，很快在荧屏上出现了一座小村庄，茅屋的屋顶上炊烟袅袅。画面具有立体、透视的效果。一些画得十分精致的小人在各个茅屋进进出出，大概是在以一种偶然的方式忙着偶然的活动。一切看上去就跟真的一样。

"马克·亚韦尔"告诉他怎样指挥部落用柴泥建立围墙，用黏土烧制砖块，升起炉火锻造锋利的长矛。自然这只不过是在屏幕上进行模拟，但马克西米里安每一次发出指令，村庄就显得更加井井有条。谷仓里堆起了成堆的干草，一些"开荒者"在邻近的地方建立起新的村落，人口在增加，一派繁荣昌盛的景象。

在这个游戏中，每当玩家发出一条政治的、军事的、农业的或者工业的指令后，只需再按下"空格"键，就可以让时间前进10年。这样他就可以看到所作决策的远期效果了。他可以在荧屏上方的表格里看到游戏进度指数，在那儿可以看到人口、财富、粮食储备、已经完成和正在进行的科学研究等情况。

马克西米里安成功地发展了一个具有古埃及艺术特征的文明。他甚至还建造了几座金字塔。这个游戏也让他明白建造纪念性建筑物这种大工程的重要性。原先他一直认为这是人力物力的浪费。纪念性建筑物的建造能确立一个民族的文化特质。另外这些建筑能吸引邻近民族的文化精英，而且作为本民族象征的建筑物还能加强民族全体成员的凝聚力。

哎呀，糟了！马克西米里安忘了制造陶瓷器皿以及密封的粮食仓库了。他的"居民们"眼睁睁地看着储存的粮食被象虫之类的昆虫吞噬掉。因为食不果腹而削弱了战斗力的军队没法抵挡南方努米底亚[1]人的入侵。一切都得重新开始了。

他开始喜欢这游戏了。在其他任何地方都不会有人告诉孩子们制造陶器的重要性：一个文明可以在一夕间毁灭，就因为没有想到要把粮食贮存在密封良好的器皿中，防止被象虫或者粉虫吃掉。

他的60万"居民"在游戏中都死光了。参谋"马克·亚韦尔"告诉他只要重新启动游戏就能有一个"新的民族"。在《进化》游戏中，玩家可以反复重启来提高游戏技能。

在按动重启键之前，警察局局长望着彩色屏幕上被遗留在广阔平原上的那两座金字塔，浮想联翩。

---

[1] 公元前202—前46年，是一个古罗马时期的柏柏尔人王国，如今这一国家已经消亡。其领土大约相当于现今的阿尔及利亚东北以及突尼斯的一部分（皆位于北非）。

金字塔绝不是什么微不足道的建筑，而是一种权力的象征。

那么枫丹白露森林中那座实实在在的金字塔到底会有什么含义呢？

43."莫洛托夫鸡尾酒"

不知拐过多少个街口之后，朱丽终于回到了家，回到了安全的避风港。她半躺在床上，身上盖着被单，捻亮了手电，安静地读起《相对且绝对知识百科全书》来。她想弄明白埃德蒙·威尔斯所讲的"革命"到底是指什么。

作者的思想读来让人觉得很混乱，他一会儿谈到"革命"，而在别处又说成"演变"。而且他经常使用"非暴力"和"避免轰动效应"这些字眼。他想要谨慎地、甚至几乎是秘密地改变人们的思想状态。

所有这些并不矛盾，有好几页谈到了一些革命，而翻过许多页之后，便知道时至今日这些革命没有一个取得成功。就好像一场革命注定会停滞或者失败似的。

和以前她每次翻开这本书一样，朱丽看到不少有趣的章节，其中有几篇介绍了如何制造"莫洛托夫鸡尾酒"燃烧弹的。书中提到的制造方法有好几种。有的是以点燃塞住瓶口的织物来引爆的。更为实用的是以圆形糖片为塞，一旦糖片破裂，瓶子释放出易燃的化学物质而引爆。

"总算找到一些对革命有用的东西了。"她暗自想道，埃德蒙·威尔斯在书里精确地写下了燃烧弹化学成分的配量。只要按图索骥地去做就行了。

这时她感到膝盖上被划破的地方一阵疼痛。她揭开包在伤口上的纱布仔细观察起伤口。她感觉到了那儿的每一根骨头、每一块肌肉和每一处软组织。她的膝盖从来也没有如此真实地存在过。她大声说道：

"你好，我的膝盖。"

她接着又说："……是这个旧世界让你受到了伤害。我要为你复仇。"

她来到车库里，这儿堆放着各种园艺工具和其他物品。朱丽找到了所有制造燃烧弹所必需的东西。她拿起一只空玻璃瓶，往里面灌进氯酸钠、汽油和其他必不可少的化学品。又从她妈妈那儿拿来了一方绸巾作为瓶塞。燃烧弹就这样做好了。

朱丽紧握着那枚土制炸弹。学校那座堡垒绝不可能经得住如此一击。

44. 旱海时光

蚂蚁们已经疲惫不堪了，它们好久都没有吃上东西了，它们开始忍受着缺少水分导致的最初痛苦。触角变得僵硬起来，足关节也不灵活了，复眼表面蒙上了一层灰土，而它们却没有多余的唾液来清洗眼睛。

那13只蚂蚁向一只沙地跳虫打听了去大橡树的路。跳虫刚一回答完，便立刻被吃掉了，有的时候道谢也会是一种超出你能力范围之外的奢侈。它们把那只昆虫的肢腿都给吸食干净了，以免漏掉任何一点水分子。

如果在它们面前还有一大片广袤荒原的话，它们必死无疑。103号开始觉得连一步也不能再挪动了。

它们愿意用所有的一切去换取哪怕只是半滴水！但最近几年来全球气温急剧上升，春天变得煦暖，夏日变得酷热，而秋天则变得温和，只有在冬季才能感受到寒冷和湿润。

幸而它们知道一种能够节省体力的行走方法。这是从耶迪贝纳岗蚂蚁那儿学来的。这种方法就是交替使用6条腿中的4条来行走。如此一来便始终有两只足能离开滚烫的沙地，暂时得到休息。

103号对奇物异种的兴趣依然不减。这会儿它观察起一些蜱螨来。这些"昆虫中的昆虫"平静地生活在荒漠中，没有天敌的威胁。白天气温上升的时候它们躲在地底下，而当气温下降时，它们就出来活动。蚂蚁们决定照着它们那样去做。

"在我们眼中，它们可以算是个头极小的，就像'手指'看待我们那样。但在这场考验中，它们却教会我们如何生存下去。"

这又一次提醒了103号，既不能轻视个头比自己小的，也不能轻视个头比自己大的。

"我们处在蜱螨和'手指'间的平衡点上。"

天气变凉了。蚂蚁们从沙粒下面钻了出来。

一只红色的鞘翅目昆虫从它们面前疾行而过。15号想要朝它射击，但103号告诉它杀死这昆虫毫无用处。它身体呈红色绝对不是偶然的，要知道在自然界中那些炫耀着刺眼颜色的昆虫不是有毒就是十分危险。

昆虫们并不傻，它们不会在众目睽睽之下给自己扮上鲜红的靓妆来招揽天敌。如果它们这么做的话，就是在明确地告诉大家不要来找它们的麻烦。

14号说有些昆虫显示红色是让其他生物以为它们有毒，但实际上它们并没有毒。

7号补充说它也看到过一些互补的拟态进化。有两种蝴蝶长着花纹完全相同的翅膀。一种是有毒的，而另一种没有毒。但没毒的那种同前一种一样不会遭到攻击，因为鸟类认出它们翅膀上的图案，便认为它们是有毒的而不敢去吃它们。

103号认为在吃不准的情况下还是不要冒中毒之险的好。

15号灰心丧气地把鞘翅目昆虫放了。而更为固执的14号追上去把它杀死了。它咬了那昆虫一口。其他蚂蚁都以为它马上就要死去，但没有。这的确是一种模仿有毒生物的拟态。

蚂蚁们扑到昆虫尸体上饱餐了一顿。

蚂蚁们一边走一边讨论关于拟态和颜色的含义。为什么有些昆虫体色鲜艳而有些却不是？

在这样一片酷热和干旱中讨论关于拟态的话题好像不太合时宜。103号暗忖这应该是它与"手指"接触而产生的退化带来的坏影响。但它发觉即使交谈是对水分的浪费，毕竟还是能让它们暂时忘记疲劳和痛苦。

16号说它看到过一条毛虫把自己装扮成鸟头状来吓唬想要捕食它的鸟。

9号说它看到过一只苍蝇模拟成蝎子的样子来赶走捕猎的蜘蛛。

"它是完全变态的还是不完全变态的？"14号问。

这是一个在昆虫中经常被提起的话题。昆虫们很喜欢谈论变态。通常昆虫被区分为完全变态和不完全变态两种。完全变态的昆虫有四个成长阶段：卵、幼虫、蛹和成虫。蝴蝶、蚂蚁、胡蜂和蜜蜂，甚至跳蚤和瓢虫都属于完全变态的昆虫。而不完全变态的昆虫只有三个成长阶段：卵、若虫和成虫。它们自孵化出来起就长得像一只小型的成虫，其随后的变化过程是渐进的。不完全变态的昆虫有蝗虫、球螋、白蚁和蟑螂。

在完全变态的昆虫中存在着某种对不完全变态昆虫的藐视。但昆虫们往往没有意识到这一点。总是有这么一种言下之意："没有经过蛹的阶段，就等于发育不完全。"它们只不过是从幼虫长大成为大幼虫，而不是从幼虫成长为成虫。

"这是一只完全变态的苍蝇。"9号肯定地回答道。

103号看到太阳慢慢躲到了地平线后面，只在天空中留下一片灿烂的黄色和橙色。也许是受到了日光的启发，它脑袋里突然出现一些奇怪的念头。太阳是一种完全变态的动物吗?"手指"是不是也是完全变态的?为什么大自然唯独让它与那些魔鬼接触?为什么一个普通的个体要担负起如此沉重的责任?

它第一次对自己的追求产生了怀疑。期望得到一副生殖器官,企图改变这个世界,想要建立蚂蚁——"手指"联盟,难道这真的有意义吗?如果有的话,那为什么大自然要选择如此曲折危险的方式来实现它的目的呢?

45. 百科全书

未来意识:人类和其他动物之间的区别到底在哪儿?是长有一只与其他手指相对的大拇指吗?是语言吗?是发达的大脑吗?是直立姿势吗?也许区别仅在于对未来的意识而已。所有的动物都生活在过去和现在中。它们对眼前发生的事进行分析,把这些事与过去的经验进行比较。而人正相反,他们试图预见未来发生的事。这种征服未来的倾向很可能是在新石器时期人类开始从事农业的时候出现的。从此以后他们放弃了采摘和狩猎这种不确定的食物来源,而将满心希望都寄托在未来的收成上。于是人类对于未来的看法自然而然变得主观了,而且这种看法因人而异。人类同时也自然而然地创造出一种语言来描述未来。正是有了未来意识才产生了描述未来的语言。

古代语言的词汇量很小,语法也很简单。但为了谈论未来现代语言不停地使自己的语法更为精练。

为了实现对未来的期望,就要发明技术。这就是科学技术的发端。

人类给超越其未来意识的事物起了一个名字——上帝。但科学技术却让人类能够越来越好地掌握未来,于是上帝渐渐消失了,被气象学家和未来学研究者以及其他一些人所取代,这些人想要借助于机械来预知明天会是什么样的,明天为什么会是这样而不是别样的。

埃德蒙·威尔斯
《相对且绝对知识百科全书》第Ⅲ卷

46. 眼睛的重要性

马克西米里安·里纳尔静静地仔细观察着那座金字塔。他把它重新画在了笔记本上,以便更好地把握它的外形以及与森林环境对照而产生的突兀感。然后他仔细核对了图稿,保证图稿百分之百地和眼前所见的相吻合。在警校，里纳尔经常教导学员们只要长时间对某人或某物进行仔细观察，就可以获得无数宝贵的信息。凭借这些信息任何谜团都将迎刃而解。

当年他正是用了这一招才把现在的太太森蒂娅追到手的。那时她是个傲慢的高个儿美人，经常让追求者碰上一鼻子灰。

马克西米里安是在一次时装表演会上遇到她的。她是所有模特中最"出挑"，同时也是最让在场所有男人垂涎三尺的尤物。他盯着她观察了好久。起初，这执着而敏锐的目光让年轻姑娘感到很不舒服。但后来他可着实让她吃了一惊。就在目光流动之间，他已经发现了所有有价值的东西，让他足以揣摩出姑娘的心思与秘密。她脖子上挂着一个颈饰，上面刻有她的星座标记：双鱼座。她的耳垂因为戴耳环而造成了感染。她身上的香水味十分浓重。

吃饭的时候，他坐在了她的边上，并就星座这个话题和她攀谈起来。他说了一通星座的神奇魔力以及水、土、火三元素之间的差异。森蒂娅刚开始的时候对他还有些不信任，但慢慢地也说出了自己的想法。然后他们谈到了耳环，他告诉姑娘有一种最新发现的抗过敏物质能让人体适应各种不同合金的首饰。之后话题又转到了香水、化妆、节食减肥以及减价销售上。"在最初的时刻应该谈对方比较熟悉的内容以让她觉得舒服而消除戒心。"

在谈了一些她熟悉的话题之后，他跟她聊了一些她不熟悉的东西：并不流行的电影、异国的美食、印数极少的珍本书籍。他的第二步爱情战略很简单，那就是遵循他以前注意到的一条规律：漂亮女人喜欢听到别人称赞她聪明，聪明女人喜欢别人夸赞她美丽。

第三步，他握住姑娘的一只手看起她的掌纹来。其实他对此一窍不通，但却圆滑地说了一些所有人都爱听的话：她的命运与众不同，她会经历一场浪漫的爱情，也会幸福的，会有两个孩子，两个儿子。

最后一步，为了保证计策成功，他来了一招欲擒故纵，装作对森蒂娅的一位女友产生兴趣。这一招立刻让姑娘妒火中烧。三个月后他们就结婚了。

马克西米里安观察着金字塔。这个四面体更不容易被征服。他走近金字塔，伸出手去摸它。

他好像听到从建筑物里传出一声响动。他收起笔记本，把耳朵贴到了玻璃壁上，听到里面有人在说话。毫无疑问，在这栋奇怪的建筑物内有人。他仔细地听着，突然听到一声枪响。

他吃了一惊，向后退了几步。对警察而言最重要的是亲眼目睹，他不愿意仅凭听觉来做出推断。但刚才那一声巨响的的确确是从建筑物内部传出来的，他重新把耳朵贴到金字塔的侧壁上。这回他听到了汽车轮子连续的吱嘎声，接着是嘈杂声、古典音乐、鼓掌声、马嘶声、机枪扫射声。

47. 蜻蜓救星

那13只蚂蚁再也走不动了，它们已经累得连一句话也说不出来了。它们必须节省每滴水分，不能让它们在说话时化作水蒸气消散在空中。

103号突然在一望无际的天空中看到有什么东西在动，那是一群豆娘。这群在最后关头出现的大蜻蜓对于蚂蚁来说正如同海鸥对于远航的水手一样重要：它们的出现说明不远处就有一片绿洲。兵蚁们重新振作起精神。它们擦去蒙在眼睛上的灰尘，以便看清楚那群蜻蜓的动向。

一只蜻蜓飞了下来。四只有脉的翅膀轻轻掠过蚂蚁的头顶。蚂蚁们停下来观察那只巨大的昆虫。在它那透明翅膀的每一根翅脉中都可以看到汩汩流动的血液。蜻蜓的确是飞行能手，它不仅能在空中悬停，而且靠着它那四只各自独立的翅膀，蜻蜓是唯一能够倒飞的昆虫。

巨大的黑影靠近了，停在空中，既而又加速绕着它们转起圈子来，好像是在示意要带它们去安全的地方。它飞行时一点声音也没有，正说明它体内充满了水分。

蚂蚁紧跟着它。它们终于发现空气开始变得清凉一些了。在一处丘陵光秃秃的"脑门"上长出了一丛深色的毛发。是草！是草！哪里有草，哪里就有琼浆玉液，有凉爽，有水分。它们得救了。

13只蚂蚁向那片世外桃源狂奔而去，就着植物嫩芽和小昆虫饱餐了一顿。它们贪婪的触角在草丛中发现了一些花朵：蜜蜂花、水仙、报春、风信子、仙客来。一些越橘、接骨木、黄杨、大蔷薇、榛树、山楂、山茱萸树从灌木丛中挺拔而出。这里简直就是一个天堂。

它们从没见过植被如此茂盛的地区。到处都是果实、鲜花、青草；还有忙碌的小昆虫。这些可口的猎物跑得太慢，根本无法避开蚁酸弹的攻击。花粉随着和风四处飘荡，种子在肥沃的土壤中萌芽，一切都显得那么生机勃勃。

蚂蚁们一刻不停地吃着，直到把消化胃和公共嗉囊都给填得饱饱的为止。这些食物的味道是如此鲜美，饥渴过度的时候吃什么都会香喷喷的。即便只是一粒普通的蒲公英种子也能品尝出上千种味道，入口先是甘甜，既而转涩，最后又生出咸味。花朵雌蕊上的露水也能使味觉感受到诸多微妙的变化，这些变化是蚂蚁们从来都没有怎么留心过的。

5号、6号和7号又跑到雄蕊上又舔又嚼，就像吃口香糖一样。对它们来说一段并不稀奇的根都成了一道精美的菜肴。它们正痛痛快快地享受一把雏菊花粉澡，还搓起黄色的花粉球打起"花粉仗"来。

它们放出充满喜悦的费洛蒙，而收到这些费洛蒙时它们又感到一阵刺痒。

蚂蚁们吃呀、喝呀、洗澡呀，然后又开始吃呀、喝呀、洗澡呀。闹累了，它们就用青草将自己擦干净，然后躺在草丛中，品味着生命的幸福。

这13只蚂蚁总算安然无恙地走出了北方的"白色旱海"。它们吃饱喝足之后，心情慢慢平静下来，又聚在一起谈起天来。

10号请求103号再给它们讲讲"手指"的事。也许它们仍在担心老蚂蚁还没来得及将心中的秘密都吐露出来之前就咽了气。

103号向它们提到了一件"手指"发明的令人疑惑不解的东西：三色火焰。"手指"把这种东西当作信号灯竖在马路上以避免交通堵塞。当信号灯是绿色的时候，所有的"手指"都可以走到马路上。当它变成红色时，它们又全都停在原地一动不动，好像死了一般。

5号说这应该是阻止"手指"入侵的一个好办法。只要在各处都竖起红色信号灯就行了。但103号提出了反对意见，它说有些"手指"并不服从信号灯的指挥。它们随心所欲地想走就走。要想阻止"手指"的入侵还得想别的办法。

"那么'幽默'到底是什么呢？"10号问。

103号想要给同伴们讲一则"手指"的笑话。但由于那些笑话它一则也没听懂，所以全给忘了。它隐约记得有一个"爱斯基摩人在大浮冰上"的故事，但它从没搞明白爱斯基摩人是什么，浮冰是什么。

尽管如此，也许它还是有东西可讲的：蚂蚁和蝉的故事。

"一只蝉整个夏天都在歌唱，到了秋天它跑去找蚂蚁借粮。蚂蚁拒绝了，告诉蝉什么也不会给它的。"

听了这故事，那12只年轻兵蚁奇怪为什么蚂蚁不把蝉给吃掉。103号回答它们笑话就是这样的，蚂蚁听了如坠五里雾中，而"手指"听了笑话却会产生痉挛。10号让103号把这个奇怪的故事讲完。

"蝉离开了蚂蚁的家，最后饿死了。"

年轻兵蚁们都觉得这故事的结尾挺让人心酸的。它们又提出些问题来弄明白这故事的含义。

为什么故事里的蝉整个夏天都在唱歌？而众所周知，蝉实际上只是为吸引配偶才歌唱的。交配结束后它们就再也一声不吭了。为什么蚂蚁不把被饿死的蝉搬回家，切成小块做馅饼吃呢？

讨论突然停了下来，那一小队蚂蚁发现青草在轻轻颤抖，花瓣皱紧了起来，覆盆子也改变了它的味道。周围的动物全都躲到了地底下。空中有某种危险在逼近。到底发生了什么事？难道是这些森林褐蚁把它们吓成这样的吗？

不是。是一种更可怕的威胁让植物的枝叶颤抖起来。一种不祥的感觉在空中弥漫。此时才近中午，天色逐渐阴沉下来。天气还很热，但是太阳好像是遇上了一个更为强大的对手，射出最后几道光芒之后便消失得无影无踪了。

蚂蚁们竖起触角。天空中有一片黑云正在逼近。起初它们还以为这是一场暴风雨。但不是的，天上既没刮风也没下雨。103号想大概是一些会飞的"手指"偶然从这儿经过。但这也不对。

尽管蚂蚁的复眼没法看得很远，但慢慢地它们还是看清了这片在空中延伸过来的乌云到底是什么。嗡嗡声越来越响，蚂蚁的触角捕捉到一种强烈的气味。天空中的这团乌云是……

蝗虫！

一大群迁徙的蝗虫！

通常来说在欧洲极少能看到这么多蝗虫。在西班牙和法国的蓝色海岸曾经发生过几次蝗灾。但自从全球气温上升以来，这些南方的昆虫把活动范围拓展到了卢瓦尔河以北。农耕连作更使它们的数量大大增加了。

迁徙的蝗虫！当它们落单时，蝗虫举止优雅、有礼貌，其味甘美；但当它们聚集在一起的时候就会酿成最最可怕的灾祸。

蝗虫独处时体色呈浅灰色，行动谨慎。一旦它和其他蝗虫聚集在一起时，体色便转而成为红色、玫瑰色，然后是橙色，最后变成橘黄色。这种橘黄色表明蝗虫的性兴奋达到了高潮。从此时起，蝗虫开始狼吞虎咽地吞吃食物。雄蝗虫会和所有在它活动范围内的雌性进行交尾。它的性疯狂同它对食物的疯狂追求一样可怕。为了满足这种生理要求，蝗虫随时准备摧毁它前进道路上的一切。

单独的蝗虫是在夜间跳跃活动的，而成群的蝗虫则在白天飞行；单独的蝗虫生活在荒漠中，对干旱十分适应，而成群的蝗虫更喜欢潮湿的环境，并且肆无忌惮地吞吃所有的农作物、灌木和森林。

这是否是"手指"电视中所说的"集体力量"的一种表现形式？数量的累积可以取消个体的自我抑制，废除约定俗成的传统，抛弃对其他生命的尊重。

5 号向大家发出原路折回的命令。但它们都明白已经来不及了。

103 号看着那片死亡之云朝它们逼近。

它们就在那儿，好几百万只蝗虫在空中攒集。几秒钟之后它们就要向地面发起进攻，那 13 只贝洛岗蚁们好奇而又害怕地竖着触角观察着这一切。

那朵乌云在空中盘旋，好像是要先用恐惧这武器把地面上所有胆战心惊的生物杀死。蝗虫在空中运动着，形成了类似莫比乌斯带的旋涡[1]。有几只蚂蚁简直不能相信这竟会是真的，它们希望是自己看花了眼，这只不过是一团很厚很厚的灰尘而已。

乌云渐渐伸展开来，形成一些奇怪的图案。这是毁灭开始前的预兆。

在地面上蚂蚁们一动不动地等待着。尤其是见多识广的 103 号，它竭力想要找到一个特殊的解决方法。

但它仍是束手无措。103 号检查了一下腹中蚁酸弹的储备量，寻思着靠这些蚁酸弹能打下多少只蝗虫来。

乌云慢慢地盘旋下降。无数大颚摩擦产生出的噼啪声听得越来越清楚了。青草蜷缩了起来，它们本能地意识到这些贪食成性的蝗虫是它们生命的终结者。

103 号注意到天空愈加昏暗了。兵蚁们聚成一团，随时准备射出腹中的蚁酸弹。

来了。就如同一支庞大的空军投入试探性进攻的伞兵部队一样，第一批蝗虫倾泻到地面上。它们着陆时笨拙地弹了几下，但很快便站稳了脚

---

1 莫比乌斯（Mobius，1790—1868），德国数学家和天文学家。莫比乌斯带是只有一个面的平面（即单侧曲面），即把一条带子扭转后两端相连而成。一只小虫可以爬遍整个曲面而不必跨过它的边缘。

跟，开始吞噬起周围所有的生命。

它们一边吞食一边交配。

雌蝗虫刚着陆，雄蝗虫便凑上来和它们交配。交配一结束，雌虫们就开始以惊人而可怕的速度在土壤中产卵。蝗虫的主要武器正是这种成批产卵的迅速繁衍方式。

比蚂蚁的蚁酸弹更为有效、比"手指"粉红色末端更为可怕的就是蝗虫的生殖器官了。

48. 百科全书

人的定义：一个肢体发育完全的 6 个月大的胎儿是不是已经可以被视作一个人了？如果可以，那么 3 个月大的胎儿是不是一个人？刚受精的卵是不是一个人？一个陷入昏迷、毫无意识可言但心脏仍在跳动、肺仍在呼吸的植物人算不算是个人？

一个被保存在营养液中仍在活动的人脑算不算是个人？

一台能重复所有人脑思维机制的计算机是否可以被称作为一个人？

一个外形与人相同，同时有着与人脑相同的大脑的机器人算不算是一个人？

一个由遗传工程学创造出来的、在本体机能衰退时作为器官贮备之用的克隆人算不算作一个人？

没有什么是可以确定的。

从远古时期一直到中世纪人们始终认为妇女、异乡人、奴隶不能算作是人。通常只有立法者被视作唯一能确定什么是"人"而什么不是一个"人"。现在还得给他配上生物学家、哲学家、信息论专家、遗传学家、诗人和物理学家，因为实际上人的定义变得越来越难以确定了。

埃德蒙·威尔斯
《相对且绝对知识百科全书》第Ⅲ卷

49. 摇滚乐队

朱丽来到了学校的后面，看着那堵高大而坚固的橡木门，放下背包，从里面取出那枚她自己做的燃烧弹。她拨动着打火机上的转轮，但只打出点点火星，而火焰并没有出现。火石用完了，她在包里翻了个底朝天，终于找到一盒火柴。这下可再没有什么可以阻止她向学校后门扔出燃烧弹了。她划亮了火柴，注视着那即将引燃燃烧弹的橘黄色火苗。

"啊！你来了，朱丽？"

她本能地把燃烧弹藏了起来。这个妨碍她悄悄放火的人又是谁？她转过身，原来是大卫。

"你到底还是决定来看我们乐队排练了。"他带着一种预言家的口吻说道。

这时门房满腹狐疑地朝他们这边走来。

"正是如此。"她急忙回答说，一边把燃烧瓶藏得更加严实了。

"那好，跟我来吧。"

大卫把朱丽带到了"七个小矮人"排练的地下室，有几个人已经在调试乐器了。

"瞧，我们有客人……"弗朗西娜叫道。

房间很小，刚够放下一个堆满乐器的舞台。墙下布置了一些乐队在周年校庆或舞会演出时拍的照片。

姬雄关上门，这样就不会有谁来打扰他们了。

"我们还担心你不来了呢。"纳西斯揶揄着朱丽说道。

"我可是来看看你们是怎样排练的，不为别的。"

"你在这儿没什么事可做，我们不需要参观者！"佐埃高声说道，"我们是一个摇滚乐队，要么你和我们一起演出，要么你就走人。"

这种拒人于千里之外的态度反倒让亮灰眼睛姑娘更想留下来。

"你们可真走运，能在学校里找到自己的小天地。"她叹了一口气说。

"我们得有个地方排练，"大卫向她解释道，"在这一点上，校长倒是显得很合作。"

"他那是想证明在他的学校里文化活动得到了广泛的发展。"保尔补充道。

"班上其他人都认为你们只不过想形成一个小集团而已。"朱丽说。

"这我们知道，"弗朗西娜说，"不过我们可不在乎。我们过这种地下室生活就是要活得开心。"

佐埃抬起头。

"你还不明白？"她说，"我们在这儿排练，而且我们只想自己待着。这里没你的事儿。"

姬雄看到朱丽并没有要走的意思，便出来打圆场。

"你会玩什么乐器吗?"他问。

"不会。但我学过唱歌。"

"你会唱什么?"

"我唱女高音。主要是亨利·普赛尔、拉威尔、舒伯特、弗雷、萨蒂[1]等人的作品。那你们玩什么音乐?"

"摇滚。"

"摇滚这说法太笼统了,什么也说明不了。是哪一种摇滚?"

保尔接过话茬:"我们听创世纪乐队(Genesis)的早期作品,从《童真罪行》(Nursery Crime)、《狐步》(Foxtrot)、《百老汇的祭祀羔羊》(The Lamb Lies Down on Broadway),一直到《那条尾巴的把戏》(A Trick of the Tail);还有 Yes 乐队的所有专辑,尤其喜欢《靠近边缘》(Close to the Edge)和《Tormato》;以及平克·弗洛伊德的所有作品,主要有《动物》(Animals)、《希望你在此》(I Wish You Were Here)和《墙》(The Wall)。"

朱丽很在行地摇了摇头:"啊,是吗?这些都是 70 年代摇滚发展时期的老作品了!"

这一看法并没有被乐队成员们所接受,显然,这些都是他们所喜欢的音乐。大卫来替她解围了:"你说你学过唱歌,那么你为什么不试试做我们的主唱呢?"

她摇了摇头,说:"不了,谢谢,我的声带受过伤,咽喉动过手术,医生建议我不能让声带再过度用力了。"

她的目光划过他们的脸庞。说实话她很想跟他们一起唱,而且他们也都觉察到了这一点。但她已经习惯于说不了,这次同样也本能地拒绝了这一建议。

"如果你不想唱的话,那我们可不欢迎你。"佐埃又说。

大卫并不想就这样让谈话陷入僵局。

"我们可以试试一首老的布鲁斯调子。布鲁斯是介于古典音乐和摇滚之间的,你可以根据曲调唱你想唱的东西,用不着用力发声,只要轻声哼出来就可以了。"

---

[1] 亨利·普赛尔(Henry Purcell, 1659—1695),巴洛克时期的英格兰作曲家,吸收法国与意大利音乐的特点,创作出独特的英国巴洛克音乐风格;弗雷(Fauré, 1845—1924),法国作曲家、管风琴家、钢琴家以及音乐教育家;拉威尔(Ravel, 1875—1937),法国著名作曲家,印象派的杰出代表之一;萨蒂(Satie, 1866—1925),法国作曲家。

除了佐埃仍心存疑虑之外，其他人全都一致同意。

姬雄向朱丽指了指放在屋子中央的麦克风。

"你别担心，"弗朗西娜安慰她说，"我们以前也都是学古典的，我弹过5年钢琴。我那个老师实在太因循守旧了，很快我就把兴趣转到爵士乐，随后便是摇滚上来了。这些对他来说都只是些不入流的音乐。"

每个人都各就各位了。保尔走到调音台旁，调整起电势计来。

姬雄在鼓上打出了一个简单的两拍子。佐埃用显示不耐烦的动作弹起贝斯应和着他。纳西斯弹着布鲁斯常见的几个和弦：8个Mi，4个La，然后正是4个Mi，2个Si，2个La，2个Mi。大卫在电子竖琴上弹出相同的琶音。与此同时弗朗西娜也用键盘重复着这个调子。音乐伴奏已经出来了，只差主唱了。

朱丽慢慢地握住麦克风，时间好像凝固了一样，然后双唇微启，颌部放松舒展，她张开嘴唱了起来。

和着这支布鲁斯曲子，她唱出了在脑海中首先出现的歌词。

"一只绿色的小老鼠，往草丛中飞奔……"

刚开始的时候，她的嗓音仍嫌浑浊。但到了第二段歌词，就变得热烈奔放起来。她的声带振动得更厉害了。朱丽把那些乐器声一个接一个地盖了下去，都用不着保尔去动调音器。屋子里再也听不见吉他、竖琴和键盘的声音了，只有朱丽的歌声在回响，间或隐隐地传出姬雄的鼓声。

"你会得到一只热蜗牛……牛……牛。"

她闭上眼睛，把声音保持在一个音阶上。

"哦哦哦……"

保尔想要调整一下功放，但已经没什么可放大的了。朱丽的声音已经超出了麦克风的调节范围。

朱丽停了下来。

"这间屋子太小了，我可以不用调音器。"

她又唱出一个音符，余音在四壁之间回响。姬雄和大卫被这歌声深深打动了，弗朗西娜用力弹着错误的音阶。保尔呆呆地看着仪表盘上的指针。朱丽的歌声在屋中回荡，占据了整个空间，如清流一般深入每个人的耳道。

屋子里安静了好一会儿。弗朗西娜放下键盘头一个鼓起掌来，很快其他人也都跟着鼓起掌来。

"当然，这和我们平时玩的不太一样，但的确很有趣。"纳西斯难得一次认真地说道。

"你的入选考试通过了,"大卫说,"如果你愿意的话,你可以留下来成为乐队的一员。"

以前朱丽只接受过一位声乐老师的正统训练,但她还是很愿意尝试一下和乐队一起搞音乐。

他们又重新开始排练。这次是一段结构更完整的曲子:平克·弗洛伊德的《空中大转轮》(*The Great Gig in the Sky*)。朱丽已经可以把嗓音一步步拔高,尝试一些跌宕起伏的音乐效果,直到达到极限为止。她再也不会回到从前那种病态中去了,她的歌喉复苏了。她的声带完好如初。

"你好,我的声带。"她在心中默默问候道。

"七个小矮人"的成员们纷纷问她是怎么学会如此纯熟地控制嗓音的。

"这是一门技术,得反复练习才行。我有过一位很棒的老师,是他教会我如何去控制音量的。他经常让我待在关着的房间里,在黑暗中发声来判断房间的大小体积,并注意在墙壁振出回声之前收住声音。他还让我低着头或是在水里唱歌。"

朱丽还向他们讲述了她的老师杨凯莱维施有时候让他的学生们一起练习"类魂"[1]。也就是随大家一起唱,直到最后十分准确地一起唱出同一个音符,就好像是从同一张嘴里唱出来的一样。

朱丽建议"七个小矮人"和她一起来进行这种训练。她唱出一个准确的音符,其他人尽量跟上她。但结果并不怎么令人满意。

"不管怎么样,对我们来说你是后加入的。"姬雄说道,"如果你愿意的话,从今天起你就是我们新招的主唱了。"

"可是……"

"别再像个装腔作势的小女人那样了,"佐埃在她耳旁轻声说道,"这会使我们厌烦的。"

"好吧……我同意。"

"太好了!"大卫欢呼道。

所有成员都向她表示祝贺,并为她一一作了介绍。

"坐在鼓架后面的那位黑发、长着蒙古褶眼睛的大个儿是姬雄,在'七个小矮人'中他是老师,是领袖。即使是在最糟糕的处境中他也能保

---

[1] "类魂"是一个概念,代表"思想形态"或"集体心理",目的在于引导某种精神力量。

持镇定,你有什么不明白的可以问他。"

"你就是头儿?"

"其实我们这儿没有头儿!"大卫纠正道,"在我们乐队中实行独立民主。"

"什么是独立民主?"

"就是说每个人都可以在不影响别人的前提下做他喜欢做的事。"

朱丽离开麦克风,坐到一张小矮凳上。

"你们真能做到这一点吗?"

"是音乐把我们联系在了一起。当我们一起演奏时,我们必须使各自的乐器相互配合。我想之所以我们能相处融洽,正是因为我们组成了一支真正的摇滚乐队。"

"况且我们的成员也不多。七个人在一起要做到独立民主并不困难。"佐埃说道。

"她叫佐埃,贝斯手,这可是个倔……啊,'倔妞'。"

这个一头短发的大块头姑娘听到别人叫她的绰号便做了一个鬼脸。

"佐埃她总是先发一通牢骚,然后胡说八道捣捣糨糊。"姬雄为她做了更详细的解释。

大卫接着说:"调音师保尔,我们的'天真汉',长得胖乎乎的。他总担心做蠢事,却怎么也无法避免。那些在他视力范围内看上去像食物的东西,他都要放到嘴里尝一尝。他认为只有靠舌头人们才能更好地了解周围的世界。"

保尔听了沉下了脸。

"莱奥波德,长笛手。我们叫他'嫩脸皮'。传说他是印第安纳瓦霍[1]部落酋长的孙子,但你看他金发碧眼的,这传说可信度不大。"

莱奥波德竭力装出他祖先那般面无表情的样子。

"他对建筑尤其感兴趣。只要一有空闲,他就会在纸上画出理想中的房子。"

然后大卫继续介绍其他成员:

"弗朗西娜,键盘手,'瞌睡虫'。她整天都在做白日梦。她在电脑游戏上花了很多时间,因为她老是盯着屏幕,所以眼睛总是红红的。"

---

[1] Navajo,美国印第安部落中人数最多的一支。

那个一头金色长发的年轻姑娘微微一笑，点燃一根大麻烟。一缕长长的蓝色烟柱盘旋上升。

"主音吉他，纳西斯，我们的'开心果'。他看上去就是这么一副乖宝宝的样子。但你很快就会知道，他总能说出让人开怀或者扫兴的话来。他对什么都满不在乎。正如你所看到的，他是位酷哥，总穿得整整齐齐的。这些衣服都是他自己做的。"

这个带点娘娘腔的男孩朝朱丽挤了挤眼睛，补充道：

"最后是我们的竖琴手，大卫。我们叫他'阿特舒'。也许是因为他的骨髓炎，他总是忧虑不安，几乎到了偏执的程度，但我们还是能忍受他的。"

"现在我知道为什么别人称你们为'七个小矮人'了。"朱丽说。

"矮人'Nain'这个词的意思就是侏儒，是从希腊语'gnômê'演变而来的，在希腊语中意为'知识'。"大卫说，"我们各有各的特长，这样才能配合得天衣无缝。那你呢，你是谁呢？"

她犹豫了一会儿。

"我……我当然是白雪公主啰。"

"对于一个白雪公主而言，你太黑了。"纳西斯指着朱丽一身黑色的衣服说道。

"我正在守孝，"朱丽解释道，"我的父亲刚在一场意外事故中离开了我。他生前是河流森林管理处处长。"

"你不守孝的时候穿什么呢？"

"不守孝的话……我还是穿黑的。"她顽皮地调侃道。

"你是不是和童话中的白雪公主一样等着一位白马王子用吻把你唤醒呢？"保尔问。

"你把'白雪公主'和'睡美人'给搞混了。"朱丽反驳道。

"保尔，你又在说蠢话了。"纳西斯不失时机地说。

"这可不一定。在所有的传说中都有一个沉睡的姑娘等着她的爱人来救醒她……"

"我们再唱一会儿好吗？"朱丽向他们建议道。她已经开始上瘾了。

他们又挑了几首难度更大的曲子，Yes 乐队的《你和我》（*Yor and I*）、平克·弗洛伊德的《墙》和创世纪乐队的《晚餐预备》（*Supper's Ready*）。最后这首有 20 分钟长，而且每个人都有一段独奏。

现在朱丽已经能够自如地驾驭自己的声音了。尽管这三段乐曲在风格上有很大差异,但她却能即兴搞出些有趣的声乐效果。

排练结束了,该是回家的时候了。

"我和我妈吵了一架,所以不想回家。今晚有谁能让我到他家住一宿?"朱丽问。

"大卫、佐埃、莱奥波德和姬雄都住在学校里。弗朗西娜、纳西斯和我是走读的。如果需要的话,你可以轮流住到我们三个家里。今晚你可以去我家,我家有一间客房。"保尔向她建议道。

朱丽对保尔的建议似乎不太感冒。弗朗西娜明白朱丽不太愿意去男生家过夜,于是提议可以去她家。这回朱丽同意了。

50. 百科全书

元音的演变:在诸多古代语言如古埃及语、希伯来语、腓尼基语中是没有元音而只有辅音的。元音代表了人说话时的语音语调。如果我们通过书写符号给词语以元音,这词语就被赋予了力量,因为我们同时给予了它生命。古语云:"如果你能准确地拼写大衣柜这个词的话,在你的头顶上就能放下这个家具。"中国人也有与此相类似的看法。在公元2世纪,当时最著名的画家吴道子被皇帝召到宫中,受命画一条龙。画家把整条龙都画了下来,就是没画眼睛。"你为什么把眼睛给忘了?"皇帝问他。"因为我要是画上眼睛,它们就会飞走的。"吴道子回答说。皇帝不相信,坚持要吴道子添上眼睛,吴道子照办了。传说龙真的破壁而去了。[1]

埃德蒙·威尔斯

《相对且绝对知识百科全书》第Ⅲ卷

51. 云开日现

103号和它的同伴们与蝗虫搏斗了几分钟便已经精疲力竭了。103号腹袋中的蚁酸弹几乎都要打光了。没有别的办法,老蚂蚁只有用大颚来拼杀,这需要更大的体力。

蝗虫并没有真正地抵抗。它们甚至都不和蚂蚁搏斗。

真正可怕的是它们的数量。贪婪地张着大颚的蝗虫不停地从天空中落

---

[1] 改编自梁代张僧繇的典故。

下，好像是连绵不断的雹雨。

这阵昏天黑地的雹雨丝毫没有暂停一会儿的迹象。

大地上布满了好几层这种昆虫，大概有六七只蝗虫的高度，一眼望不到边。103号挥舞着大颚朝蝗虫堆砍杀、砍杀，就像秋天田野中的农民那样砍着蝗虫的身体。它克服重重险阻可不是为了在这种一门心思只知道成批繁殖后代的昆虫面前屈服的。

它回忆起在"手指"世界里，当人口出现过剩时，雌性"手指"就会服用荷尔蒙来减少生育。那些荷尔蒙被称作避孕药。现在真正要做的就是给这些侵略成性的蝗虫吃避孕药。本来有一两个孩子就好，现在却生了二十个，这是何等的"丰功伟绩"呀！明知无法给予后代足够的照顾和教育还毫无节制地增加种群数量，数量增加只会给其他生物带来灾难，这么做到底有何意义呢？

103号绝不愿意对这些疯狂繁衍者示弱。蝗虫的残肢断体在它周围四溅飞舞，它一直杀到连大颚都累得抽起筋来。

突然，一线阳光穿过"乌云"照亮了一株越橘树。一个信号。103号和它的战友们急忙爬了上去。它们吃了些浆果以补充一下体力，振作一下精神。锋利的大颚所到之处溅起滴滴海蓝色的浆液。

"现在只有三十六计走为上策了。"

103号竭力使自己恢复平静，它朝天空伸出触角。地面上一片狼藉，天上蝗虫雨已经停止了，太阳又重现光芒，它哼起一首古老的贝洛岗歌谣：

阳光渗入我们空虚的肉体，
轻抚我们疼痛的肌肉，
重聚飞散的灵魂。
歌声给它带来了勇气。

蝗浪重新聚集了起来，那13只蚂蚁攀在越橘树上，就像是汹涌波涛上的数叶扁舟一般摇摇欲坠。

52. 在弗朗西娜家

弗朗西娜住在8楼，没有电梯。上楼可真是件费劲的事。她们好几次不得不在楼梯上停下来喘口气。总算到了，她们再也感觉不到漫布在大街上的那些危险了。

这儿是顶楼的下面一层，但仍能闻到街上垃圾的恶臭，弗朗西娜在她那只当书包用的大口袋里翻找了好一会儿，终于从一大堆稀奇古怪的小玩意中拿出了一大串钥匙。

她开了门上的四道锁，然后肩头一用力把门给撞开了。"门因为受潮而变形了，不太好开。"

这间她宣称为"套间"的屋子只不过是间面积很小的单间公寓，里面所能看到的摆设只有一些电脑和烟灰缸。天花板上有一晕渗水的痕迹，那是以前楼上住户家里发大水留下的。在多层居民楼里这是司空见惯的：楼上的住户总是任凭浴缸里的水溢得满地都是，而楼下的则用大包大包的垃圾袋把垃圾管道给堵上。

糊墙纸已经发黄变黑了。弗朗西娜肯定不太花工夫打扫。屋子里到处都积着一层厚厚的灰，让人看了只觉得死气沉沉。

"随便坐，就像在你自己家里一样。"弗朗西娜说着朝她指了指一把已经破洞了的椅子，这很可能是从垃圾堆里捡回来的。

朱丽坐了下来。弗朗西娜注意到她那只化了脓的膝盖。

"是'黑鼠'那帮坏小子干的好事吧？"

"已经不疼了，但我能感觉到里面的每一根骨头。怎么对你说呢？就好像我意识到了我膝盖的存在。我能感觉到髌骨、关节以及所有能让两根骨头一起运动的复杂组织。"

弗朗西娜一边检查着伤口周围青灰色的瘀斑，一边心想朱丽是不是有点受虐狂的倾向。她好像挺喜欢这伤口似的，因为这能让她想到自己膝盖的存在……

"顺便问一句，你抽什么烟？"弗朗西娜问道，"你抽不抽大麻烟？我还得把你的伤口处理一下，让我找找哪儿有卫生棉和红药水。"

她先用剪刀把朱丽那条粘在伤口上的长裙给剪掉。一阵轻柔的动作之后，亮灰眼睛姑娘的大腿露了出来。

"这下我的裙子可真的很难看了！"

"这样更好，"另一个一边抹着红药水一边反驳道，"这样别人就能看到你的大腿了，再说它们的确很漂亮。女性第一重要的事就是展示自己的双腿。好了，你的伤口很快就会结痂的。"

弗朗西娜惬意地点起一支烟，然后递给她：

"我得教你怎么去换换心思。也许我干不了什么大事，但我知道怎样随遇而安。相信我吧，生活中多些选择是件很好的事。你会诸事不顺，但只要能随机应变，就没什么是无法忍受的了。"

她说着朝电脑走去，打开了启动开关。屋子一下子就变成了超音速飞机的驾驶舱。各种指示灯闪耀不停，磁盘相互碰撞发出噼啪的声音，让人几乎忘却了墙上的斑驳痕迹。

"你这些电脑可真不错呀！"朱丽赞叹道。

"可不，我在这上面花了几乎全部的精力和积蓄。我的嗜好就是电脑游戏。我选了一段创世纪乐队的老曲子做背景音乐。一打开开关，我便沉浸在电脑世界中忘乎所以了。最近我玩得最多的游戏是《进化》。在这个游戏里，你可以重建各个古老文明。你可以让他们相互作战，指令他们发展手工业、农业、工业、商业，以及所有必不可少的！时间就这样在不知不觉中被消磨了。你觉得你在重塑人类历史。想试一试吗？"

"为什么不呢？"

弗朗西娜向她解释如何建立文明，发展技术，指挥战争，建造公路，派出海上探险队，与邻近的文明国家建立外交关系，派遣商队，操纵间谍，举行选举，预测潜在的威胁以及如何检验近期、中期和远期的发展结果。

"即使是在电脑世界中，成为一个民族的创导者也不是个容易的活儿，"弗朗西娜说，"当我全身心地沉浸在游戏中时，我对人类历史有了更多的了解，甚至还能对人类的未来有所预见。比方说，通过游戏我明白在一个民族的进化过程中，最初阶段必须实行专制统治：如果想要跳过这个阶段直接建立一个民主制度，专制政权还是会在随后的发展过程中出现。这有点像汽车上的变速箱，我们应该由一档、两档到三档循序渐进。如果一下子就提到二档，车就会熄火。而我正是遵循这种方式来发展我的文明。先是一段长时期的专制制度，但民主国家太弱小了……你自己玩过就会知道的。"

弗朗西娜经常玩这个《进化》游戏，现在娓娓道来倒像是能分析起现实的人类世界了。

"你不相信吗，在冥冥中也有一个万能的玩家在操纵我们的生活？"朱丽问道。

弗朗西娜放声大笑起来。

"你是说神吗？是的，有可能，这很有可能。但是如果真的有上帝，那他肯定赋予了我们充分的自由意志。他并没有告诉我们哪些该做哪些不该做，而是像我在《进化》游戏中对我的民族所做的那样，他让我们自己去发现什么是正确的而什么是错误的。照我看来这是一个没有责任心的上帝。"

"也许他是故意这么做的。正是因为上帝赋予了我们自由意志，我们才有绝对的理由做出蠢事，做出天大的蠢事，而他则袖手旁观。"

这一看法好像让弗朗西娜想到了许多，"你说的不错，也许他是出于好奇才让我们有自由意志的，他想看看我们会做出些什么事情来。"她若有所思地说道。

"我想上帝给我们自由意志，会不会是因为他不想看到一大群卑躬屈膝、充满奴性、毫无生趣的服从者？可能上帝喜欢我们才赋予我们如此充分的自由作为礼物。完全的自由意志是神对于他人民之感情的最有力的证明。"

"很遗憾，我们却身在福中不知福，还不知道喜欢我们自己。"弗朗西娜总结道。

这会她又忙着给她的"民众"发出指令。她的手指飞速地在键盘上运动着，命令她的"民众"进行农艺学研究来发展粮食生产。

"在游戏里我可以帮助他们搞研究发现。电脑让我们能够绝对地狂妄自大一番，而不会伤害任何人。我，我是一位女神。"

她在电脑前整整坐了一个小时。朱丽揉了揉眼睛。一般情况下，眼睑的眨动每5秒钟就能释放出一层7微米厚的眼泪以润滑清洁角膜，使之更为柔软，但长时间注视屏幕还是让她的眼睛发干。她再也不想那个人所创造出来的世界了。

"我说，年轻的女神，"朱丽说，"我请你歇一会儿吧，老盯着你的世界会把你的眼睛搞坏的。我敢肯定即便是我们的上帝也不会24小时连续不停地观察我们的星球，除非他的视力特别好。"

弗朗西娜把电脑关掉，揉了揉眼皮。

"朱丽，你除了唱歌以外还有没有别的兴趣爱好？"

"我有件比电脑好得多的东西。它可以放在口袋里，比电脑要轻上100倍。它有一个十分宽大的屏幕，可以无限制地工作下去，只要一打开就立即开始工作。它包罗万象而且从不出故障。"

"一台超级计算机？你可把我的胃口吊起来了。"她一边说一边往眼睛里滴眼药水。

朱丽笑了笑："我说的这个比你的电脑好得多，而且不会弄伤眼睛。"

她拿出厚厚的《相对且绝对知识百科全书》，在弗朗西娜面前晃了晃。

"一本书？"弗朗西娜惊奇地问道。

"这可不是一本普通的书，是我在森林中某个隧道的尽头发现的。书名是《相对且绝对知识百科全书》，是一位老学者写的。他一定周游过全世界，才能积累起关于所有国家、所有时代、所有领域如此丰富的知识。"

"你太夸张了吧。"

"好吧，我承认对作者一无所知。但你还是先读一下吧。你肯定会感到惊奇的。"

她把书递给弗朗西娜，然后两人一起翻阅起来。

弗朗西娜看到一段关于信息论的文章。文章提到信息技术是改造世界的方法。但是要取得成功的话，必须有一台超级电脑。现在流行的电脑款式由于等级化而能力有限，如同君主制下的皇帝一样，中央微处理器向其他电子构件发出指令，因此应该在计算机内部实行民主，即使是超微型计算机也不例外。

埃德蒙·威尔斯教授建议不采用一个集中的中央微处理器，而改用许多同步工作的小型处理器。这些小型处理器始终配合运转，并且轮流做出决定。他把这种机器称作"民主结构电脑"。

弗朗西娜越看越觉得有滋味。她仔细地揣摩了一下设计图。

"这种未来的电脑一旦成为现实的话，目前所有的计算机到时候都可以被送进博物馆去了。这位作者的想象力可真丰富。他所描述的是一种全新的计算机，并不是由 1 台或 4 台信息处理器装备起来的，而是有 500 台处理器同时工作。你能想象出这样的计算机该有多大的能力吗？"

她现在明白了这本《百科全书》可不是什么格言警句的合集，而是一本与生活息息相关的著作，最终提出了许多实际可行、行之有效的见解。

"到目前为止，我们还只能制造平行结构的计算机。一旦有了你这《百科全书》里提到的'民主结构'计算机，随便什么程序的运行能力都可以被提高 500 倍。"

两个女孩相互注视着，一种强烈的感情联系随着眼波的流动而产生。

此时此刻，她们什么话也没说，但心里都清楚她们可以永远相互信任。朱丽再也不会感到孤独了。她莫名其妙地纵声欢笑起来。

53. 百科全书

蛋黄酱的制作方法：要把不同的物质混合在一起是很不容易的事。然而，有一样东西能够有力地证明两种不同物质的混合可以产生第三种物质：这就是蛋黄酱。

怎样调配蛋黄酱呢？在一只色拉盘里倒上鸡蛋黄和一点芥末，用木勺搅拌。然后把油一点一点地慢慢倒入其中，直到乳状液变得浓稠为止。蛋黄酱打好之后，加入盐、胡椒和两厘升[1]醋。

注意：要控制温度。制作蛋黄酱的一大秘诀就在于鸡蛋和油应该精确地具有相同的温度。最理想的温度是15℃。实际上使两种成分充分混合在一起的是打蛋黄酱时产生的许多小气泡。这就是 1 + 1 = 3。

如果蛋黄酱制作失败，可以在没有充分混合的油和鸡蛋黄中加入一勺芥末重新打。加芥末时宜一边缓慢倾倒一边搅拌。注意：一切步骤都要循序渐进。

蛋黄酱的制作方法除了可以应用在烹调方面，还是弗拉芒油画的根本。15世纪的凡·艾克兄弟[2]首先想到用这种乳状液以使色彩变得更浓密。但是在绘画上所用的并非水—油—蛋黄混合物，而是水—油—蛋白混合物。

埃德蒙·威尔斯
《相对且绝对知识百科全书》第Ⅲ卷

54. 第三次拜访

马克西米里安·里纳尔对那座金字塔进行了第三次侦查，他还带上了监听设备。来到金字塔脚下，他从包里取出一只麦克风放大器，贴在玻璃壁上侦听起来。

里面传出的还是爆炸声、笑声、钢琴小奏鸣曲和鼓掌声。

他调整了一下姿势，把耳朵贴得更紧了。从里面又传来了人语声。

"……只用6根火柴拼出，既不是4个，也不是6个，而是8个等边

---

[1] 厘升，1%升，符号为 cl。
[2] Van Eyck, 1385—1441, 尼德兰画家。被人们称为油画的发明者。

三角形，不能用胶水，也不能折断火柴。"

"您能再给我个提示吗？"

"当然。您是知道游戏规则的。您可以有好几天的时间来解答问题，每一次我们都会告诉您一句用来提示的话。今天的这句话是：'为了找到……只要开动脑筋就可以了。'"

马克西米里安想起这是"思考陷阱"电视游戏节目里的 6 根火柴之谜。原来这些声音只不过是从一台电视机里传出来的！

在这座没门又没窗的金字塔里，有人在看电视。警察局局长立刻做出好几种判断。最大的可能性就是某个隐士蛰居于此，以看电视来安度余生。他肯定在里面储备了食物，也许他还在输液呢。

"我们生活在怎样一个疯狂的世界里呀。"警察局局长暗想，"的确，电视在人类生活中起着越来越重要的作用，每一家的屋顶上都竖起了天线。但在这儿，把自己关在一个既没门又没窗的建筑物里，就为了看电视……那得是什么样的疯子才能想出这种自掘坟墓的办法来呀？"

马克西米里安把手拢在嘴边，靠在墙壁上命令道：

"里面的人听着，不管你是谁，你没有权利留在此地。这里是自然保护区，这座金字塔属于违法建筑。"

里面的声音立刻消失了。再也听不到鼓掌声、欢笑声、机枪扫射声，也听不到"思考陷阱"游戏节目了。但也没有传来任何回答。

他又喊道："我是警察！出来！我命令你出来！"

随之传来一声闷响，就好像是翻板活门开启的声音。他立刻拔出手枪，环顾四周，围着金字塔兜了一圈。

在他手心里紧握的钢质枪托让他产生一种战无不胜的感觉。但手枪并不是他手里的一张王牌，相反却是一种障碍，枪让他多少有些大意。所以马克西米里安没有察觉从他身后传来的轻微嗡嗡声。

比兹……比兹……

他同样也没提防刹那间在他脖子上扎进的那一刺。

他向前跨了三步，死命张开嘴，但没能发出一点声音来。双目圆睁，跪倒在地，手枪掉在了地上，头朝前直挺挺地倒了下去。

在闭上眼睛之前，他最后望了一眼那两个太阳，天上那个和在玻璃壁上反射出来的那一个。他觉得无比虚弱，眼睑有如沉重的幕布一样落了下来。

55. 它们成千上万

蝗虫海面不断地向上升。

快，快，快想个办法，身为蚂蚁就该找到奇策妙计来生存下来。13只蚂蚁攀在越橘树最高的树枝顶端，触角相连地聚在一起。它们中有的惊慌失措，有的杀性大起，还有的准备拼个鱼死网破。但103号可不这么想。它想出一条不太成熟的解决方法：速度。

蝗虫的身体在下面形成了一张并不连接的地毯。为什么不把这作为支撑而在上面飞速奔跑呢？以前老蚂蚁渡河时曾看到有的昆虫能在水面上奔跑而不会沉没。当它们眼看身体就要陷入水中的时候就及时跨出一步，这样就跑起来了。

这主意听起来实在荒唐，蝗虫们的脊背和水面完全是两回事。但既然谁也想不出其他办法，而且下面的灌木丛在蝗虫的攻击下，已经开始弯曲折断，于是蚂蚁们决定孤注一掷，冒一下险。

103号身先士卒地冲了出去，扑到了蝗虫的背上。它的动作是如此敏捷，以至于那些蝗虫都来不及搞清楚发生了什么事。不过它们一直忙着进食和产卵，也就不太注意在它们背上一掠而过的蚂蚁了。

12只年轻兵蚁紧紧跟随着103号，一起在林立的蝗虫触角和曲起的大腿之间敏捷地穿行。有一次103号没能在一只正在运动的蝗虫背上踩稳，幸亏5号及时拉住了它的前胸。贝洛岗蚂蚁们尽其所能地飞奔着，但这段路太长了。

蝗虫的背，放眼望去全是蝗虫的背，这是一片蝗虫的湖，一片海，一片汪洋。

蚂蚁们在蝗虫群上颠簸奔命。在它们身边，灌木丛消失在蝗虫的口颚之下。榛树和醋粟也在这种有生命的"酸雨"中分崩离析了。

蚂蚁们终于远远望到一些大树的影子了。这些大树在蝗海中就如难以侵蚀的坚固城堡。汹涌的蝗浪在这些坚强的植物面前难越雷池一步。只要再努把力就能到那儿了。

到了！它们到了。兵蚁们攀上了一根较低的树枝，接着急忙往上爬。

得救了！

世界暂时恢复了正常秩序。在穿越漫漫旱海和涌动的蝗背汪洋之后，能够在结实的大树上落脚可真是件令人愉快的事！

它们交换着抚慰和食物，恢复了一些体力。它们捕食了一只落单的蝗虫。12号用它的磁场定位系统确定了大橡树的方位。休息片刻之后，蚂蚁们又上路了。为了避开地面上已经淹没树根的蝗虫海洋，蚂蚁们从半空中逐枝前进。

大橡树终于到了。如果说其他那些大树是坚固的城堡，那么大橡树无疑就是城堡中最高最大的一座了。它的树干粗得看上去仿佛是一个平面，它的枝叶直入云霄，几乎把天空也给遮住了。

蚂蚁们走在大橡树朝北一面的厚厚苔藓挂毯上。在蚂蚁世界中传说着这株大橡树已经有12000岁了。年头可真不少了。但这一株的确很特殊，它的树皮，它的枝叶，它的花朵，它的果实，全都显得生机勃勃。在大橡树上，蚂蚁们发现了不少以橡树为家的生物。一些象虫用它们的喙在橡实中凿着孔，然后在孔中产下几毫米大小的卵。斑蝥品尝着一些尚且鲜嫩的树枝，它们的鞘翅在阳光下闪烁着金属的光泽。大天牛的幼虫在树皮的中部打着洞。不知是尺蛾还是尺蠖蛾的幼虫在它们父母卷拢成号角状的叶片包中长得圆滚滚的。

稍远一些的地方，绿色卷叶蛾的幼虫们把自己悬在一根丝线上向较低的枝头垂去。

蚂蚁们砍断了它们的"缆绳"，然后毫不客气地把它们吃进肚里。既然美味自己从枝头垂下，又何必再假装客气呢。要是大树会说话的话，它肯定会向蚂蚁们道谢的。

103号心想蚂蚁至少承担了成为这些昆虫天敌的职责，按照自然法则去捕食各种猎物。而"手指"则更想忘记它们是生物链上的一环。它们没法把在它们眼皮底下被杀死的动物吃下去。另外它们对那些让它们想起自己祖先的动物也提不起胃口来。所有的食物都经过切割、剁碎、上色、混合，再也看不出原来是什么东西了。"手指"对什么事都要装出一副无辜的样子，即使是对于它们为了获取食物而对牲畜进行的屠杀。

算了，现在可不是胡思乱想的时候。在它们面前，一些蘑菇围着树干排成半圆，就像是一连串台阶，蚂蚁们歇了一会儿就向上爬去。

103号看到在大树上划下的一些痕迹："理查德爱莉兹"这几个字被刻在一颗中箭的心内。103号看不懂"手指"的文字，它只知道小刀的侵犯会让大树感到痛苦，那支箭并没有让虚构的心抽泣，却让大树流下了橙色的树脂眼泪。

蚂蚁小队绕过一个群居蜘蛛的巢。在蛛网上吊着一些幽灵般的残骸，或掉头或断肢，裹在厚厚的白色蛛丝中。贝洛岗蚁们继续朝"橡树城堡"的高处爬去。终于在橡树中段的地方它们发现一个类似圆形果实的东西，底部有一根管子伸出。

"这就是大橡树上的胡蜂窝。"103号告诉大家，右触角笔直地指向那个纸质的"果实"。

103号站在那儿没有动，夜幕已经降临了，蚂蚁们决定先找一个树瘤处宿营，等到天亮了再来。

这一夜103号辗转反侧，难以成眠。

它未来的生殖器官真的就在那纸球中吗？使它变成蚁后的希望真的就在那儿，唾手可得？

56. 百科全书

社会的多变性：古印加人相信决定论和等级制度。在古印加王国中从来就不存在什么就业选择问题：婴儿一出生，他未来的职业就已经被确定了。农民的儿子必须成为农民，士兵的儿子只能是士兵。为了避免任何可能发生的错误，社会等级在生命开始之初就被记录在婴儿的身体上。古印加人把脑门尚未硬化的婴儿头颅放在特制的木钳中，使颅骨长成一定的形状，比如说方形是为国王的儿子准备的。这种做法对肉体并不造成痛苦，至少不比放置牙齿矫形器使牙齿朝特定方向生长来得更痛苦。婴儿的颅骨在这种木头模子里生长成形。这样即使被剥光衣服遗弃掉，国王的儿子还是会成为国王，他会被大家认出来，因为只有他才能戴上同样方形的王冠。士兵儿子的头会被用模子塑造成三角形。而农民的儿子，他们的头是尖的。古印加社会就是这样一成不变地延续下去，根本不存在社会的多变性，不可能有哪怕是一丝一毫的个人抱负。每个人的头颅都打下了一生的印记，以表明他的社会等级和职业。

埃德蒙·威尔斯

《相对且绝对知识百科全书》第Ⅲ卷

57. 历史课

学生们都坐到了自己的座位上，动作整齐地拿出笔记本和笔，这节是历史课。

贡扎格·杜佩翁和他那两个同伙走上阶梯教室的台阶，然后肩并肩地坐下,并没有朝朱丽和"七个小矮人"这边瞧上一眼,就好像那天什么事也没有发生过一样。

历史老师用白粉笔在黑板上写下几个硕大的字:"1789年法国大革命"。然后他转过头来打量了学生们一番,从公文包里拿出一沓纸,他知道老师不应该总把背对着学生。

"你们的作业我已经批改好了。"

他走下讲台把作业分发给学生,一边发一边还不忘给每个人一个简短的评论。"要注意你的拼写。""有进步。""很遗憾,科恩·邦迪,这是在1968年,而不是1789年。"

他是按照分数由高到低的顺序发的,都已经发到3分了[1]。朱丽还是没拿到她的作业。

最后的判决有如铡刀一样沉甸甸地落下:

"朱丽,1分。我之所以没有给你个零分是因为你关于圣茹斯特的见解很有独到之处。你认为他是大革命中的害群之马。"

朱丽扬起头,好像是在表示坚持自己的意见:

"我就是这么想的。"

"你对这位杰出的圣茹斯特有什么不满意的呢?他可是一位很有魅力的人,很有教养。他在学校读书时的成绩很可能比你要优秀得多呢。"

"圣茹斯特,"朱丽镇定自若地回答道,"他认为不依靠暴力革命就不可能成功。他曾这样写道:'革命的目的就在于改造这个世界,如果有谁不同意这一点的话,就应该把他们都消灭。'"

"我很高兴看到你并非完全一无所知,至少在你的头脑中还记得住些名人名言。"

朱丽自然不能告诉他关于圣茹斯特的看法都是通过阅读《相对且绝对知识百科全书》而形成的。

"但这不会对事物的本质造成任何改变,"老师又说,"归根到底,圣茹斯特还是有道理的,不依靠暴力,革命就无法成功……"

朱丽辩驳道:

"我认为一旦人开始屠杀,开始强迫别人去做他们不想做的事,就证明这些人缺乏想象力,他们除了暴力之外再也想不出其他办法让别人接受

---

[1] 法国的考试作业满分为20分。

他们的思想了。我敢说肯定存在不依靠暴力进行革命的方法。"

老师听了这番话很感兴趣，于是向年轻姑娘挑战似的说道：

"不——可——能。历史上从来就没有什么非暴力的革命。'非暴力'和'革命'这两个词本来就是相矛盾的。"

"就算是这样，我们也可以创造出非暴力革命来。"朱丽并没有被老师的进攻吓倒。

佐埃也开口声援朱丽："摇滚、信息技术……这些不都是兵不血刃地就可以改变人类思想状态的非暴力革命吗？"

"这并不是革命！"历史老师反驳道，"摇滚和信息技术没有给国家政治生活带来任何变化。这些并没有把独裁者赶下台，也没有给老百姓带来更多的自由。"

"但摇滚改变了个人的日常生活，而1789年大革命最后只不过造成了更多的专制。"姬雄说。

"有了摇滚，我们可以颠倒乾坤。"大卫也加入了论战。

全班同学吃惊地望着朱丽和"七个小矮人"顽固地坚持着这些历史课本上根本找不到的想法。

历史老师走回讲台，稳稳地坐在椅子里，一副胸有成竹的样子。

"很好，让我们来一场辩论吧，既然我们的摇滚乐队坚持要就法国大革命这一问题进行讨论，那我们就开始吧！"

他在墙上挂起一幅世界地图，手中的教鞭在不同的部位间游移指点着。

"从斯巴达克思起义到美国独立战争，还有19世纪的巴黎公社起义、1956年布达佩斯、1968年布拉格、葡萄牙的'石竹花革命'、墨西哥萨巴塔及其前辈领导的革命、尼加拉瓜的桑地诺革命、菲德尔·卡斯特罗在古巴掌权，所有那些，我强调一下，是所有那些想要改变这世界、并且坚信其思想比当权者来得正确的人都不得不以战斗和抗争的方式把他们的思想付诸现实。牺牲了许多生命，但这没办法，这是必须付出的代价，革命的胜利都是用鲜血浇铸成的。这就是为什么那些革命者的旗帜上永远都或多或少有些红色。"

朱丽不愿就这样在历史老师的雄辩面前折服：

"我们的社会已经改变了，"她激动地说道，"不能再用老眼光去看待新事物了。佐埃说得很对：摇滚和信息技术正是非暴力革命的有力例证。

无须用红色来涂抹革命的旗帜，现在我还没法说清楚其原因。但有了信息技术，成千上万的人就可以远距离地迅速取得联系，而不受任何政府干预。下一场革命将会因为这种工具而诞生。"

历史老师摇了摇头，叹了一口气，用一种冷淡的口吻向全班学生说道："你们大家相信这点吗？"

老师和学生对视着。

朱丽多少对自己的观点也产生了些怀疑。

一番唇枪舌剑让全班同学听得津津有味，老师的兴致也很高，进行这样的辩论让他觉得年轻了许多。他曾经是党员。但党出于某种黑幕交易，命令他主动退出了地区联合选举。在巴黎的"大人物们"就这样把他和他的支持者从竞选名单上给画掉了，以保证给自己留下一个位置。他们甚至没有告诉他这是个什么位置。他被这件事搞得灰心丧气，失望至极，于是放弃了政治生涯。但这一切是不能对这些高中生说的。

一只手搭上了朱丽的肩。

"算了，"姬雄轻声说道，"你说不过他的。"

历史老师瞧了眼手表：

"时间差不多了。下星期我们将要学习1917年俄国革命。你们肯定会喜欢的，又是饥饿、屠杀和片段的回忆。但至少这一切都是在冰天雪地中伴着巴拉莱卡琴[1]声发生的。总之，所有的革命都彼此相似，只不过发生在不同的国家、不同的时代和不同的人民身上。"

他最后朝朱丽这边瞧了一眼。

"潘松小姐，我相信你能找到有趣的证据来驳倒我。朱丽，你属于那种我姑且称之为强烈的'反暴力者'的人。这是最最糟糕的事。这种人会用文火来炖龙虾，就因为他们不敢把龙虾一下子扔进沸水中。但结果却适得其反。龙虾所受的痛苦要比在沸水中强而且长上100倍。既然你有如此天赋，朱丽，你不妨试试去弄明白布尔什维克怎样才能用'非暴力手段'把沙皇从俄罗斯大地上赶出去。这是一个很有趣的家庭作业……"

在教室一角，灰色的铃响了起来。

---

[1] 巴拉莱卡琴，俄国民间三弦琴。

58. 胡蜂窝

胡蜂窝很像教室里那种灰色的铃。一些长着黑色螯针的胡蜂哨兵在窝的周围盘旋巡视。

就像白蚁的祖先是蟑螂一样，蚂蚁是从胡蜂进化来的，在昆虫世界里，有时原祖物种会与和它们有渊源关系的物种生活在一起。这就好比现代人类还和他们的祖先南方古巨猿有所接触一样。

与原始时期一样，胡蜂仍是群居性的。它们成群地生活在用类似硬纸板的物质搭建起来的巢中。这种粗陋的建筑与蜜蜂用蜡建造的和蚂蚁用沙土建造的巨形巢穴无法相提并论。

103号和它的同伴们靠近了胡蜂巢。巢似乎很轻。胡蜂找到些枯枝或朽木，混合着唾液进行长时间的咀嚼，把植物纤维改造成纸浆一样的物质后，再用来筑巢。

胡蜂哨兵发现这些蚂蚁朝它们爬了过来，便发出警报。它们用触角彼此打了个暗号，竖起螯针朝蚂蚁俯冲下来，准备不惜任何代价赶走这些入侵者。

两种文明的相互接触总是一个微妙的时刻。暴力往往会成为第一种选择。14号想出了一个让胡蜂们不那么紧张的办法，它从胃里吐出一些食物朝胡蜂们递过去。当被认作是敌人的人朝你献上礼物的时候，总会让你吃上一惊的。

那些胡蜂着陆后朝蚂蚁走来，但仍疑心重重。14号把自己的触角倒向后面以示友好。一只胡蜂用它的触角末端轻轻敲了敲14号的脑壳，看看它会有什么反应。14号并没有做出任何反应。与此同时，其他贝洛岗蚂蚁也把各自的触角倒向身后。

一只胡蜂用气味语言告诉它们这儿是胡蜂的领地，蚂蚁不得擅入。

14号解释说它们中的一个想要长出生殖器官，这就是它们全体此行的目的。

胡蜂哨兵们商量了一会儿。它们的交谈方式相当特别。除了发出费洛蒙之外，它们还用触角的运动来表达意思。要表示惊讶就把触角竖起来，触角向前伸则表示怀疑，只用一根触角指向某物则表示对它感兴趣。有时候对话双方的触角末端会相互接触。

103号上前一步说正是它自己想要获得生殖器官。

胡蜂们用触角在它脑袋上轻轻敲击，示意让它跟它们走，但不能带它的同伴。

103号走进了那座果实状的纸质蜂巢中。

入口处有许多胡蜂哨兵在守卫。这并不奇怪，蜂巢没有其他的出入口，敌人只能从这儿向蜂巢发起进攻。而且蜂巢内部的温度也是通过这个洞口来调节的。胡蜂卫兵通过不断扇动翅膀产生的气流来降低巢内温度。

尽管它们与蚂蚁有共同的祖先，但这些胡蜂看上去与它们的先祖已有很大的不同了。蜂巢是由一些平行的水平分格组成的，每一个分格都支撑着一排小蜂房，和蜜蜂的蜂房一样，这些蜂房也都是六角形的。

分格由一些经过细细咀嚼而成的网扣状支柱联系在一起。蜂巢的外壁是由好几层纸板构成的，可以很好地阻挡寒冷和外界的碰撞。103号对胡蜂并不是一无所知，在贝洛岗城，当它还年幼的时候，一些保育蚁曾对它描述过这种昆虫是如何生活的。

蜜蜂的巢一经建立，便不会被放弃。而胡蜂则不同，它们的巢每年都要更换。春天的时候，身怀六甲的胡蜂蜂后便出发去寻找建巢的地点。找到之后，它就用咀嚼过的植物纤维建起一个蜂房，然后在里面产卵。卵孵化之后，它就在白天外出捕猎来喂养幼虫。15天以后，幼虫就能长成能征善战的工蜂，从这时起，蜂后要做的就只有专心致志地产卵了。

103号看着那些蜂子。那些卵和幼虫为什么不会从垂直朝下的蜂房中掉下来？经过一番观察，103号这才明白，那些保育蜂分泌出某种黏性物质把卵和幼虫粘在蜂房的顶部。除了造纸之外，胡蜂还发明了胶水。

在动物世界中是不存在钉子和螺丝的，因此胶水是用来拼接各种物质最常用的工具。更有甚者，某些昆虫能够分泌出在一秒钟之内就能凝结牢固的强力胶水。

103号走在中心通道上。每层分格都有架空天桥相连。在天桥的中心有一个洞以便往来交通，但整个胡蜂巢比起金黄色的巨大蜜蜂蜂巢来要逊色许多。一些额头上长有可怕图案、黄黑相间的工蜂正在捣碎木头制造纸浆，然后它们用做好的纸浆建造外墙和蜂房，并不时用它们末端弯曲如钳的触角检查墙壁的厚度。

另外一些工蜂正在搬运食物：一些被毒液麻醉的苍蝇和毛虫。等到这些牺牲品醒来后领悟到它们的厄运时，一切都已经太晚了。这些猎物中的一部分被用来喂给胡蜂幼虫吃。这些小家伙一刻不停地扭动着身躯要吃的。胡蜂是唯一一种用甚至都不经嚼碎的生肉来喂养后代的群居性昆虫。

蜂后在它的孩子们中间来往巡视着。它的个头更大、更重，但它也更加忙碌。

103号向它发出致意的费洛蒙，蜂后走了过来。

老褐蚁向它解释了此行的目的：它已经3岁多了，死亡正在向它召唤。然而它是一条重要信息的唯一掌握者。它必须把这一信息带回它的蚁城。它不愿意在任务尚未完成之前就一命呜呼了。

胡蜂蜂后用触角末端轻轻敲击103号，仔细地分辨了它的气味，它不明白为什么一只蚂蚁会跑来向胡蜂求助。通常在各个种群之间是不存在互助关系的，各家自扫门前雪。103号告诉蜂后在目前这种情况下，它不得不来向陌生人求助。蚂蚁可不会酿造可以延长它生命的蜂王浆。

蜂后回答说这里的确有饱含激素的蜂王浆，但不知道为什么要把蜂王浆给一只蚂蚁。要知道蜂王浆可是来之不易，不能随便浪费。

103号不知如何回答是好，一组费洛蒙在它的触角上停了好一会儿，大约一秒钟后才传到蜂后的触角上。

"为了让我长出生殖器官。"

另一个听了大吃一惊。为什么想要长出生殖器官呢？

59. 百科全书

任意三角形：有时候任意的要比特殊的更不容易。对三角形来说这一点犹为明显。不少三角形是等腰的（两条侧边等长）、直角的（一个角为90度）或等边的（三边等长）。正因为有这么多定义明确的三角形，才使得画出一个任意三角形更显困难，也许应该让三角形三条边的长度尽可能地不相等。但事情并非如此简单，任意三角形不能有直角，也不能有一个大于90度的角。研究人员雅克·卢布克藏斯基经过多次失败之后成功地找到了画出真正的"任意三角形"的办法。这个任意三角形有着十分明确的特征，这个方法就是把沿对角线切开的正方形和一个沿高切开的等边三角形组合在一起。这样就成了一个完美的任意三角形。要找到一个看似简单的方法其实并不简单。

埃德蒙·威尔斯
《相对且绝对知识百科全书》第Ⅲ卷

60. 考验

"为什么要长出生殖器官呢？"

从生物学的角度看，一个生来就是无性的生物突然想要长出生殖器官是没有任何道理的。

103号明白胡蜂蜂后正在对它进行一场考试。它想要找出一个聪明的答案，但却怎么也想不出来，只得回答说："有了生殖器官，就可以活得更长久些。也许是"手指"那些对白平庸、尽是废话的电视剧看得太多的缘故，它已经忘了如何开门见山、直入正题地进行交谈了。

而胡蜂蜂后则恰恰相反，它精于表辞达意，甚至还能说出一些深奥的话语。和其他王后一样，除了食物和安全之外，它还能谈及其他许多东西。

它们交谈了起来。

蜂后除了用费洛蒙进行交流之外，还用触角语言来加强语气。蚂蚁们称之为"用触角说话"。

蜂后说："蚂蚁终究有死去的那一天，那么又何必想尽办法去延长自己的生命呢？"

103号发现事情要远比预想的艰难，然而的确是这样，从哪儿可以看出一个漫长的生命要比一个短暂的生命更有意义呢？

103号回答说它之所以想要得到生殖器官是为了拥有有性生物的情感特征：感觉器官更具敏感性，一种能更好地去体会情感的能力。

蜂后反驳说这对老蚂蚁来说并不是一种优越性，反而是一种折磨。因为那些拥有精确意识和细腻情感的生物大多都生活在忐忑不安中。这正是雄性昆虫的生命极为短暂而雌性过着与世隔绝生活的原因。感情是痛苦永恒的源泉。

103号寻找着更具说服力的论据。它说想要生殖器官是为了繁衍后代。

这下它的话好像让蜂后动了心。为什么想要繁衍后代呢？成为一个独一无二、没有翻版的生命这还不够吗？

这是一个奇怪的表达方式。在昆虫中，尤其是在群居性的膜翅目昆虫，如胡蜂和蚂蚁中，"为什么"这个说法一般是不存在的。通常只说"怎样"。昆虫是不会对一件事的原因刨根问底的，它们只想知道"怎样"把这件事做成功。胡蜂蜂后这么一问，103号明白了它也完成了超越常规的思想转变过程。

老蚂蚁解释说它想把自身的遗传基因转移到其他的生命上。

胡蜂蜂后怀疑地晃动着触角。自然这一解释足以让拥有生殖器官的愿望站得住脚了。但它还是向老蚂蚁问道:"你的遗传基因真的特殊到有必要传给后代的地步吗?"毕竟,老蚂蚁有着至少上万个同胞手足,它们的遗传特征和它的几乎是相同的。同一个蚁后产生的后代总是彼此相差无几的。

103号十分清楚蜂后想要把谈话引向何方:竭力向老蚂蚁表明没有谁是与众不同的。是不是在不惜自找麻烦想要能够繁衍后代的愿望背后还有一个更大的企图?这表明老蚂蚁重视自己更胜于重视别人。在蚂蚁中,甚至在胡蜂中,这被称作"个人主义病症"。

过去103号曾经历过许多次肉体的决斗。但这是它第一次进行精神上的较量。这种决斗的难度要高得多。

蜂后实在狡猾得很。不过没办法,老蚂蚁总得去面对这一切。经过一番深思熟虑之后,它发出一串费洛蒙,这句话是由一个忌讳的词——"我"开头的。

"'我'是与众不同的。"

蜂后惊跳了起来。周围那监听到这句话的胡蜂也都倒退几步,不知所措。一只群居性的昆虫竟然说出了"我"这个字,这是多么不成体统呀。

但这场辩论开始勾起蜂后的兴趣了。它并没有对103号的"我"字提出异议,而是对103号刚刚提到的问题进行深入讨论。把触角直直地向前伸出,让103号列举一下它的特殊性。然后蜂后和它的子民们就可以判定老蚂蚁是否真的特殊到有资格把遗传基因传给下一代的地步。说这些话的时候,胡蜂蜂后用了一个集体名词"我们胡蜂"。它想以此来表明自己是站在与同胞相濡以沫者的一边,而不会与那些只想为个人谋求好处的家伙为伍。

103号在这个问题上已经走得太远了,要想回头已经来不及了。它知道从此往后在胡蜂眼里它就是一只只知道关心自己的蜕变的蚂蚁。干脆一不做、二不休,它就把自己的特点一一告诉给它们听。

它具有对新鲜事物调查研究的能力。这在昆虫界中是很少见的;它具有杰出的军事和探险才能,这种才能绝对可以让它的种群变得更为富有和强大。

胡蜂蜂后越来越喜欢这样的谈话了。这只行将就木的老蚂蚁竟然把好奇心和好战心看作是一种优点？蜂后指出蚁城是不会需要一个好战分子的，尤其是一个自以为什么都懂却又把什么都混淆起来的好战分子。

103号垂下触角。胡蜂蜂后比它想象的要诡诈得多。

老蚂蚁感到越来越厌烦了。这场考试让它想起了在"手指"世界时，蟑螂们对它进行的那次考验。它们把它带到一面镜子前对它说："我们会像你对待你自己那样来对待你。如果你同镜子里的你打斗的话，我们也会攻击你。如果你对镜子里的那一位表示友好的话，那我们也会接纳你。"

它直觉地想出了应付这场考试的答案。蟑螂们教会了它去爱自己。然而现在胡蜂蜂后却交给它一个棘手许多的任务——对这种自爱进行解释。

蜂后把它的问题又重复了一遍。

老兵蚁好几次把话题引回到它的两个主要才能上：战斗性和好奇心。曾经使它多次转危为安，而在那些危急关头其他许多伙伴都命丧黄泉了，那些死去的蚂蚁的遗传基因肯定不如它的好。

蜂后指出有许多身手并不敏捷或者缺乏勇气的战士会在战斗中侥幸地存活下来，而一些更能征善战、更勇敢的战士却不幸死去。这并不能说明什么，只能说是运气的问题。

黔驴技穷的103号不得不打出最后的王牌。

"我与其他蚂蚁并不一样，因为我遇到过'手指'。"

蜂后愣了一会儿："'手指'？"

103号解释现在森林中越来越频繁地出现奇怪的气味，那都是一种新的动物在森林中出没所造成的。这种巨大而神秘的动物就是"手指"。而它曾经遇到过"手指"，甚至还跟它们说过话呢。它了解"手指"的优势和它们的弱点。

蜂后听了这话颇不以为然。它说它也了解"手指"，和"手指"打交道并没什么稀奇的。胡蜂们经常遇上"手指"。它们个子高大、行动缓慢、身体柔软、穿着各种无生命迹象的甜味物质。有时候它们把一些胡蜂关进透明的洞穴，但等到洞穴一被打开，胡蜂就立刻飞出来蜇那些"手指"。

"手指"……胡蜂蜂后可从来都不惧怕它们。它还声称曾经叮死过"手指"呢。"的确，它们个子高大、体形笨重，但它们并没有像我们一样的甲壳，所以能轻易地把螯针刺入它们柔软的表皮。不，很抱歉，遇上'手指'并不是一条足够充分的理由，可以让你得到宝贵的胡蜂蜂王浆。"

103号没想到蜂后竟会这么说。所有听它谈起过"手指"的蚂蚁都一再要求它多讲讲"手指"的事。而这个蜂后竟然好像什么都知道了。这是一种何等没落的表现呀！这大概就是为什么大自然创造出蚂蚁的原因了。胡蜂，蚂蚁活着的祖先，已经把原有的好奇心给遗忘了。

不管怎么样，蜂后的态度无助于解决103号的问题。如果胡蜂拒绝给它蜂王浆的话，那它的生命就将终结。曾经付出的所有努力就这么简简单单地被衰老这个最为平庸的对手给一笔勾销，这实在太令人遗憾了。

胡蜂蜂后最后又讽刺道，就算103号幸运地长出了生殖器官，这也只能保证它的后代会有和它一样的与"手指"打交道的能力。

很明显，与"手指"相遇并非一种可以被遗传的特质。103号这下可是搬起石头砸自己的脚了。

突然，外面一阵骚动，一些慌里慌张的胡蜂在蜂巢出入口飞进飞出。

蜂巢遭受攻击。有一只蝎子正朝灰色的"纸铃"爬过来。

那只蛛形纲动物大概也是从蝗虫口下捡回一条性命，且逃到树上避难来的。胡蜂用它们有毒的螫针向蝎子发起了进攻，但蝎子的甲壳实在太厚了，螫针难以穿透。

103号向蜂后建议由它来对付这个敌人。

"如果你能独自打退敌人的话，我们就答应你的要求。"蜂后说道。

103号从中央管道爬出胡蜂巢。它的触角辨认出了那只蝎子的气味，它正是贝洛岗蚁们在旱海中遇到过的那一只。蝎子的背上还背着25只小蝎子呢。这些小蝎子活脱是和它们母亲从一个模子里刻出来的。它们用螫肢和尾刺相互打闹嬉戏着。

老蚂蚁打算在大橡树的一个树瘤那儿把蝎子给截住。那个树瘤形成了一块不算很大的圆形平台。

103号朝蝎子打出一发蚁酸弹以吸引它的注意力。而在蝎子的眼中，这只小小的蚂蚁只不过是一个唾手可得的猎物而已。母蝎子把孩子们从背上放下，张开血盆大口朝蚂蚁扑来。只见蝎子长长的前螯朝老蚂蚁刺了过来。

第二回

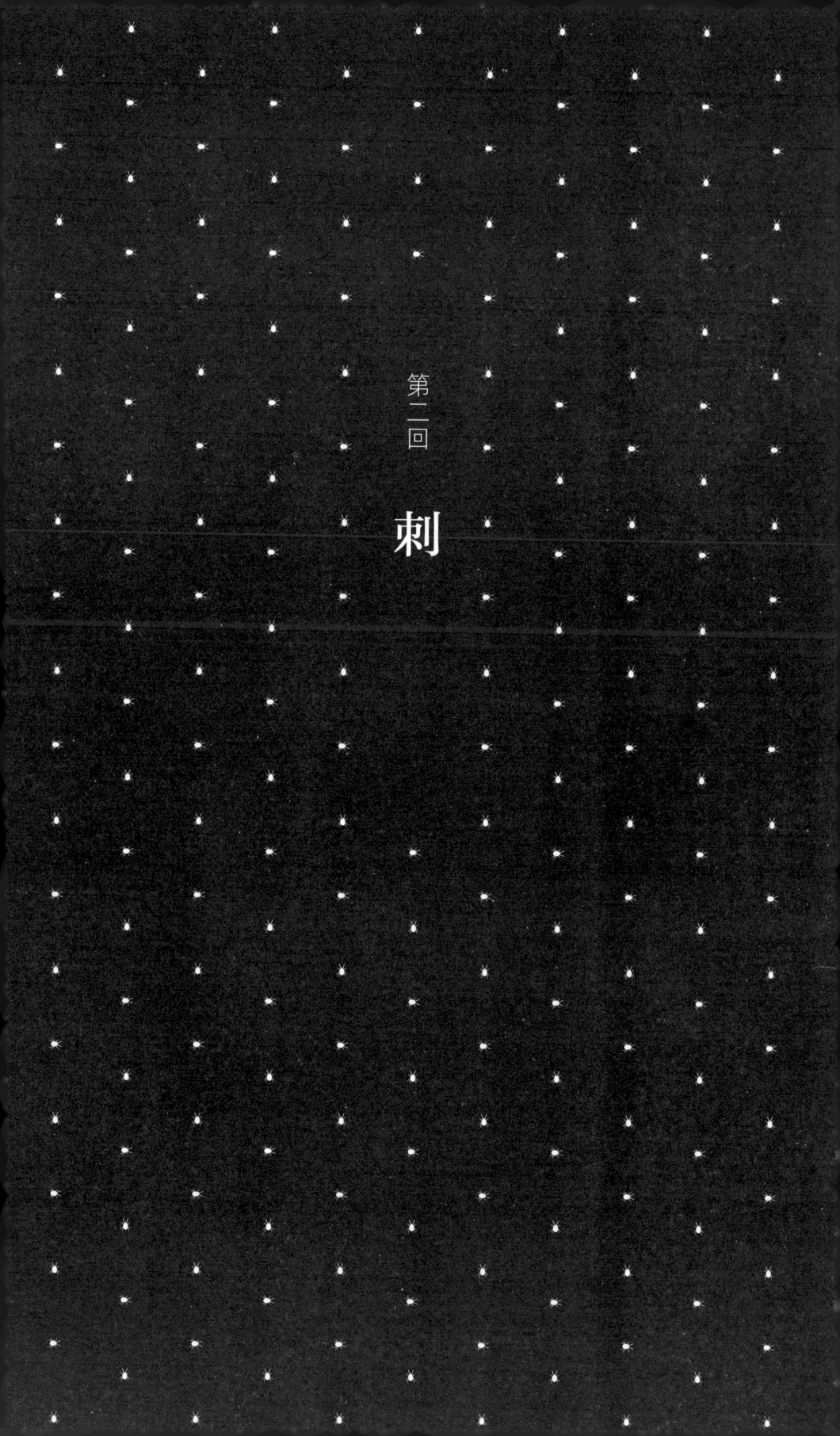

刺

61. 对神秘的金字塔采取行动

透明的尖顶，白色的三角形。马克西米里安又一次来到那座神秘的金字塔跟前。上一次，他被什么昆虫蜇了一下，昏迷了将近一小时，所以侦察工作不得不中断了。今天他可不想再遇到那样的突然袭击了。

他小心翼翼地朝金字塔走去，伸手触到了那座建筑物。它和以前一样还是微温的。

他把耳朵贴到墙壁上，听到里面正有声音传出。

他集中精神仔细分辨，清楚地听到了一句法语。

"比利·乔，我对你说过不许你再来了。"

又是电视节目。很可能是一部美国西部片。

警察局局长可没有耐心再听下去了。省长一直在询问调查结果，这次他必须有所收获了。马克西米里安拉开随身带着的大皮包，从里面取出一根长长的大铁槌，这是用来完成任务必不可少的工具。

他挥起大槌，用尽全身力气朝镜壁上他自己的影子砸去。

随着一声巨响，玻璃幕墙分崩离析了。他急忙退后一步以免被碎玻璃溅到。

"就算要倒霉 7 年也没办法了。"他叹息道。

等尘埃落定，他便仔细观察起里面那堵水泥墙来。墙上依然没有门，没有窗。只有顶部透明的尖顶。

金字塔的另外两个面还隐藏在玻璃幕墙后面呢。他把它们也给砸碎了，但依然没有找到出入口。他再一次把耳朵贴到水泥墙壁上，已经听不到里面电视机的声音了。里面的人肯定已经发现了他。

无论如何在某个地方肯定有一个出入口……一道暗门……某种铰链装置……要是没有的话，这座金字塔的主人自己又是怎么进去的呢？

他取出一个绳套，想要把它套在金字塔的尖顶上，试了好几次之后，他终于成功了。警察局局长足蹬登山鞋，爬上了平坦的水泥外墙。他从近处把墙面仔细检查了一遍，但没能找到可以用烟把里面的人熏出来的地方。没有裂缝，没有洞眼，没有沟槽。他爬到金字塔顶，看了看一面水泥侧壁，很厚，质地均匀。

"快出来，要不我们肯定会有办法把你弄出来的！"

马克西米里安沿着绳索滑了下来。

他始终认为这栋水泥建筑物是一位隐者的蛰居地。他知道在中国西藏某些虔诚至极的喇嘛也是这样把自己封闭在砖窟里，没有门，也没有窗，一待就是好几年。但那些喇嘛还是在砖窟上留了一个翻板小窗，好让信徒给他们送水送饭。

警察局局长想象着那些隐士的生活，他们生活在两米见方的空间里，在他们的排泄物之间打坐。既没有空调，也没有暖气。

比兹……比兹！

马克西米里安惊跳起来。

上一次他来侦察时被一只昆虫叮了一下，这绝不是偶然的巧合。他现在确信这与金字塔有联系。这次他可不会再被这位小小的金字塔守护神轻易打败了。

那阵嗡嗡声是一只在空中飞舞的昆虫发出的。这大概是一只体形硕大的蜜蜂或者胡蜂。

"滚开！"他挥着双手说道。

他不得不扭转身子盯住那只昆虫，就好像它知道要想对人发起进攻就得先脱离他的视野似的。

那只昆虫开始飞起了"8"字舞。突然，它先是爬高，然后立刻俯冲，朝他刺来。它想要把螯针扎进马克西米里安的头顶，但人那金黄色的头发实在太硬了。对它来说这简直就是一道难以逾越的金色森林。

马克西米里安朝自己头上狠狠就是几下。昆虫又飞了起来，但仍不肯放弃它的神风式轰炸。

他像是对昆虫挑战似的说：

"你想干什么？你们这些昆虫是人类最后的天敌，不是吗？我们怎么也没法把你们消灭干净。"

昆虫好像根本就没在意警察局局长的话，它看到这人既然不敢把背对着它，就围着他打起转来，随时准备趁敌人稍有不慎就发起攻击。

马克西米里安脱下一只鞋，像抓网球拍一样抓在手里，准备等昆虫飞来蜇他时就来一记大力扣杀。

"你是谁，一只大胡蜂？金字塔的守护神？里面那个隐者是不是会驯养胡蜂，嗯？"

胡蜂像是要回答他似的，又俯冲了下来。飞近人的脖子之后，它盘旋着围着人飞绕起来，接着又下降朝警察局局长裸露的柔软部位刺来，但还没等到螯针触及皮肤，它就被鞋底迎头痛击了一下。

马克西米里安弯下腰，仿佛在接一个高球似的，手腕轻巧地一动，就成功地打中了那个会飞的对手。

随着一声沉闷的声音，昆虫撞在了鞋底上又弹了开去，身体已经被完全打扁了。

"一比零。局点、盘点、赛点。"警察局局长对这一记扣杀相当满意。

在离开金字塔之前，他再一次凑近墙壁喊道：

"里面那个，你给我听着，别以为我会善罢甘休的。我还会回来的，直到把隐藏在这金字塔里的秘密全都搞清楚为止。看你还能在这水泥塔里与世隔绝地藏多久，爱看电视的隐士先生。"

62. 百科全书

冥想：在忙碌操劳了一天之后，安安静静地一人独处是件很好的事。下面介绍的是一个进行默想的简单方法。

首先，仰面躺下，双腿弯曲，臂放于体侧，但不要与身体接触，掌心向上，全身放松。

然后把注意力集中到由脚趾端流回肺部的血液上。接着开始一轮新的呼吸过程，先一边呼气，一边想象肺把充满其间的经过净化和补充过氧气的干净血液送回腿部，一直流到脚趾末端。

接着吸气，同时把注意力集中到腹腔内各个器官无氧的血液上，引导它们回到肺部。再呼气，同时想象满载营养素的血液重新注入我们的肝脏、脾脏、消化系统、生殖器官和肌肉组织。在第三次呼吸过程中，臆想手和手指血管中的血液流回它们先前流出的地方，并且得到漂清而变得健康干净。

第四次时，一边深深吸气，一边臆想脑部的血液挟裹着凝滞的思想流回肺中得到净化，然后再引导充满营养素、氧气和生命力的干净血液流回颅腔。

每一个过程都要集中精力去臆想，并且要把呼吸和器官组织的吐纳调养很好地协调起来。

埃德蒙·威尔斯
《相对且绝对知识百科全书》第Ⅲ卷

63. 决斗

蝎子有毒的尾刺从老蚂蚁身边不远的地方掠过。

103号已经躲过蝎子三次大螯和四次尾刺的攻击了。每一回它都差一点就被那只古铜色怪物的致命武器打中。

现在103号可以从很近的地方看到这只武装到牙齿的雌蝎子了。在前面是两把锋利的螯钳和些小螯肢，在刺出尾部的螯针之前，蝎子可以用它们把猎物紧紧抓住。

在蝎体两侧，有8条能够快速移动的腿，这些腿可以朝各个方向移动，甚至包括朝侧方移动。在后部，是一条长有6个灵活关节的尾巴，尾巴末端是一个如同荆棘刺一样尖锐的螯针。这是一根充满毒液的黄色棘刺。

这动物的感觉器官在哪里呢？老蚂蚁没有发现蝎子的眼睛，只看到它前额上长着的眼状斑，也没有看到听器和触角。它一边堪堪躲过这怪物的攻击，一边和蝎子兜着圈子，终于发现在蝎子大螯上长有5根短小的感觉毛，这就是蝎子的感觉器官。凭着这个，蝎子能感觉到它身体周围最最细小的空气流动。

103号想起在"手指"的电视中看到过一场斗牛赛。那些"手指"是怎么做的？用一块红布。

103号用大颚捡起一片被风刮落的紫绛色花瓣，当作斗牛用的红绒布旗一样挥舞。为了不受风的影响，同时防止被花瓣绊倒，它一直注意保持在上风头的位置。已经开始感到疲惫的老蚂蚁不停地像"手指"斗牛士那样在最后关头躲过对手"独角"的进攻。

蝎子螯针的刺击越来越准确了。在每一次攻击发起之前，103号都会看到那柄黏乎乎的长矛举了起来，瞄准它然后如出膛的鱼叉一般直向它刺来。这根毒刺要比牛头上的两只角难对付得多了，它暗自思量，假设一个"手指"斗牛士所要迎战的是一只巨大的蝎子，那难度肯定会比它平时斗牛的难度大得多。

每当103号试图靠近敌人时，蝎子就张开大螯朝它劈来。而当它朝蝎子射出蚁酸弹时，那一对前螯又合上形成两面盾牌。这对大螯既是攻击武器又是防御武器。而蝎子的8条快腿则让它始终能占据有利位置，或是为了躲闪，或是为了攻击。

103号打起精神，竭力回想着所有在电视上看到过的东西，那些对于斗牛士战略的评论都说了些什么呢？不管是"手指"还是牛，总有一个站在中间而另一个围着中间那个打转，绕圈子的那个体力更容易耗尽，但这样可以让对手步伐错乱。那些斗牛高手能够不用动手就让对手自己跟跄倒地。

103号的"花瓣斗牛旗"暂时被当作盾牌来用。每当"鱼叉"射来，它就用深红色的花瓣去拦截。但花瓣太不坚固了，蝎子的尾刺很容易地就把它给刺穿了。

不能死。看在那些关于"手指"的知识分儿上，千万不能死。

老蚂蚁为了生存下去而顽强拼搏着。它已经忘了自己的年龄，又重新找回了年轻时的敏捷身手。

它一直朝着一个相同的方向打着转。蝎子看到眼前这个小东西的抵抗是如此顽强，不禁大光其火，大螯一张一合，发出越来越大的响声，步子也移动得越来越快了。突然，老蚂蚁来了个急停，立刻又朝反方向转去。蝎子被骗得失去了平衡，仰面朝天地翻倒在地，露出了它身体上最薄弱的部分。老蚂蚁抓住机会就是一发蚁酸弹。但蝎子好像并没怎么受伤，又爬起来继续猛追。

随着大螯两记劈刺之后，"鱼叉"又从103号头顶几毫米的地方擦了过去。

快，快想另外一个办法。

老蚂蚁记起蝎子对它们自己的毒液并不具备免疫力。一些在蚂蚁中流传的故事都说当蝎子感到恐惧，尤其是当它们被火包围之后，它们就用尾刺蜇自己一下来自尽。但103号可没法一下子升起火来。

围观的胡蜂们发出了悲观的费洛蒙，但这并没有影响103号的斗志。

得尽快想出新招来。

老蚂蚁判断了一下形势，自己的优势在哪儿？自己的弱点又在哪儿？

它个子矮小，这既是它的优势同时也是它的弱点。

那么怎样才能把弱点转化为优势呢？

老蚂蚁的脑子里想出了上千条计策，并且飞快地权衡着这些计策的利弊。它在记忆深处找到了以往历次战斗的信息，并且把它们组合在一起来找到一条能用来对付蝎子的妙计。它的眼睛始终注视着对手的一举一动，同时触角则在观察周围的地形。这就是拥有两套感觉器官的优势所在。视觉加上嗅觉。

忽然，它发现在树上有一个洞。这不禁让它想起了特克斯·艾弗里[1]的一部动画片。老蚂蚁飞奔过去，一头钻进了树洞里。蝎子在它后面紧追不舍，也追进了隧道，但很快它肥大的肚子就卡在了隧道里，只留下一条尾巴露在洞外。

103号在盟友的喝彩声中从树洞隧道的另一头钻了出来。

有毒的蝎尾像一枝不祥的叶芽一样从树皮下伸出来。蝎子拼命挣扎着，使出浑身解数想要从窘境中摆脱出来，但它却不知道到底是继续往里钻好呢，还是倒退着爬出来好。

那些小蝎子对它们妈妈的取胜已经失去了信心，全都躲得老远。

103号平静地朝蝎子走去。现在它所要做的就是用带锯齿边缘的大颚把那截危险异常的螫针锯下来。然后它一边注意不让自己沾到毒液，一边高高举起那件武器刺入还在树洞中挣扎的对手身上。

那些传说果然是真的。蝎子对它们自己的毒液的确毫无抵抗能力。那只蛛形纲动物挣扎着，抽搐着，最后终于死去。

"永远记住要用敌人的武器去攻击敌人。"在年幼时，保育蚁曾这样告诫过它，就是这样以其人之道还治其人之身。103号同时也想到了特克斯·艾弗里的动画。在那些动画片里它学到了许许多多的兵法与谋略，也许有一天它会把这位伟大的"手指"战略家的全部秘密都教给它的人民。

64. 一首歌

朱丽做了一个停止的手势。大家都弹错了音，而她自己也唱得不好。

"我们不能再这样下去了，我想我们现在得解决一个根本的问题。翻唱别人的歌。这毫无意义。"

"七个小矮人"不知道他们的主唱到底是什么意思。

"你想说什么？"

"我们需要原创。我们必须有我们自己的音乐，我们自己的歌。"

佐埃耸了耸肩。"你以为你是谁？我们只不过是高中里的一支小型摇滚乐队而已。校长是为了能在关于学校课外活动的报告中写上'音乐活动'一部分才答应让我们搞的。我们可不是披头士！"

朱丽摇了摇头。

---

[1] 特克斯·艾弗里（Tex Avery, 1908—1980），美国动画设计师，创造出猪小弟、达菲鸭、兔八哥、小狗德鲁比等经典形象。

"只要我们开始创作，我们就是众多原创者的一员了。用不着把事情想得太复杂，我们的音乐可以和其他任何音乐媲美。只要我们试着创出自己的特点。我们有能力写出与现有音乐'不同'的东西。"

"七个小矮人"惊讶得不知该如何是好了。他们并不怎么相信朱丽的话，有几个还开始后悔把这个"怪人"招进乐队里来。

"朱丽说得对，"弗朗西娜说道，"她给我看过一本书，书名叫《相对且绝对知识百科全书》，书中包含着许多全新的想法。我就在书里看到过一种电脑的设计图。这种电脑远胜过现在市场上所有的电脑。"

"要想改良信息的技术是不可能的，"大卫反驳道，"对所有的人来说微机的处理速度都是一样的，我们不可能制造出速度更快的芯片来。"

弗朗西娜站了起来："谁说要做速度更快的芯片了？我们当然没法自己动手做电子芯片。但我们可以把它们按不同的方式组合起来。"

她向朱丽要了《百科全书》，翻找起有设计图的那几页来。

"瞧，这不是按照等级制度组合起来的电脑芯片，而是按照民主方式组合起来的。这儿画着呢。再也没有中央处理器控制其他执行命令的芯片了，所有的芯片都是平等的主处理器。500个微处理器，500个同等重要、具备同样能力的'大脑'同步工作。"

弗朗西娜在一处墙角画了一幅草图。

"关键就在于它们的布局。这正如同在晚饭时女主人考虑如何安排她的客人们就座一样。如果像往常那样让客人们围着一张长方形的桌子就座的话，那么坐在餐桌两端的客人就无法相互交谈。只有那些坐在餐桌中段的人才会有听众。《相对且绝对知识百科全书》的作者建议把所有的芯片排列成圆形，这样各处理器之间就能够进行交流。圆就是解决方案。"

她又给大家画了一些其他的图解。

"技术可不是我们关心的根本问题，"佐埃说，"你的电脑没法解决音乐创作上的问题。"

"我明白她想说什么。如果那家伙能改进电脑这种经过精心设计的工具，那他肯定也能帮助我们改进我们的音乐。"保尔说。

"朱丽说得有道理，我们得有自己的歌词，"纳西斯附和道，"也许这本书能帮助我们。"

弗朗西娜手里一直拿着那本《百科全书》，她随便翻到一页，大声念了起来。

结束，这就是结束，
打开我们所有的感官。
早晨吹起清新的风，
没有什么可以减缓它疯狂的舞步。
这个沉睡的世界正发生着千变万化，
无须用暴力去打碎固有的道德标准。
你们一定会惊奇：
我们只不过在进行一场"蚂蚁革命"。

她念完这一段后，大家都陷入了沉思。
"蚂蚁革命？"佐埃惊讶地问："这算什么？"
没有人回答她。
"如果我们要把这改成一首歌的话，那还缺段副歌。"纳西斯说道。
朱丽沉默了片刻，闭起了眼睛，然后念道：

再也没有幻想者，
再也没有创造者。

他们在《百科全书》中汲取灵感，就这样一段接一段地把第一首歌的歌词写好了。

在音乐方面，姬雄好不容易才找到一段关于如何像建筑楼房那样构筑旋律的话。埃德蒙·威尔斯在这段话中分析了巴赫音乐的构成。姬雄在黑板上画了两条平行线，然后在那上面他又加上了一条旋律线。其他人都走过来在那条线旁边画上了各自的旋律线。一段旋律就这样谱成了，看上去像一大根宽面条。

他们调了各自乐器的音，然后就按照图解把各自的旋律合在一起。

每当乐队的一名成员发现有需要改动的地方时，他就用抹布擦去图解中相应的那一段，然后画上改进过的轨迹。

朱丽把这段旋律轻声地哼了出来，就好像有一股富于生命力的气流由她的丹田发出，沿着气管向上升。一开始只是一段没有歌词的调子。然后朱丽唱出了她先前念过的东西：A段主歌"结束，这就是结束。"副歌"再没有幻想者，再没有创造者。"然后是B段主歌，这是在书上另外一页找到的。

你从没梦想过另外一个世界吗？

你从没梦想过另外一次生命吗？

你从没梦想过有一天人类在宇宙中找到自己的位置吗？

你从没梦想过人类和自然、和整个大自然交流，它像一个合作者而不是一个被征服的敌人那样回答人类吗？

你从没梦想过和动物、和云彩、和大山说话，和它们一起努力而不是相互攻击吗？

你从没梦想过人们重新聚集在一起创建一座人际关系不同以往的城市吗？

成功或是失败再也没有关系。谁也无权去审判别人。每个人都是自己的主人，同时也关心着大众的成功。

朱丽·潘松的歌声在不同的音域间起伏着。有时候，她把嗓音吊得很高，然后又跌落到沙哑的低音。

她的歌声让"七个小矮人"各自都联想到了一位歌手。保尔在她的歌声中听到了凯特·布什，姬雄想到了詹尼斯·乔普林，莱奥波德想到了派特·班纳塔和她那充满俗念的重金属，而佐埃则体验到了以色列女歌手诺阿的激情。

实际上每个人都在朱丽的身上看到了各自所最钟爱歌手的影子。

她的歌声停止了。大卫开始了一段狂乱的独奏。莱奥波德也抓起长笛与之相呼应。朱丽微微一笑，又唱出了第三段：

难道你从没梦想过一个并不惧怕新奇事物的世界？

难道你从没梦想过每个人都能在自己身上找到完美？

我梦想进行一场革命来改变我们的旧习惯。一场弱小者的革命，一场蚂蚁的革命。

用一个比革命更确切的词：进化。

我梦想，但这只是乌托邦。

我梦想写一本书来讲述它。这本书的存在将远远超过我的生命，在时空中永续。

我要写的这本书只是一个童话，一个永远也不会成为现实的童话。

他们围拢在一起，就好像一个亘古存在的魔力圆圈终于又重新组成似的。

朱丽合上眼睛。一种魔力占据了她的心灵。她的身体不由自主地随着佐埃的贝斯和姬雄的鼓点轻轻摇摆起来。

并不喜欢跳舞的她现在却被一种无法抗拒的起舞之念所控制。所有的人都为她加油鼓劲。她脱下了那件难看的羊毛衫，露出了紧身的黑色T恤，手里拿着麦克风，身躯和谐地扭动着。

纳西斯用电吉他扫出一段固定的节奏。

佐埃弹了一个降调来使整个音乐处于平衡。

朱丽的双眼始终闭着，即兴唱道：

我们是新的幻想者，
我们是新的创造者。

现在他们奏出了一段精彩的结尾。

弗朗西娜在键盘上奏出一个终止音，大家一起停了下来。

"太棒了！"佐埃兴奋地喊道。

他们讨论了一下刚才完成的那一段。整体上都很不错，除了第三部分的独奏。大卫也承认要在这一领域内进行革新，要找到新的东西来替代传统的电吉他连复段。

这总算是他们第一首自创的曲子，为此他们还是感到相当自豪。

朱丽抹了抹额头上的汗。她看到自己还穿着T恤，便害羞地赶快穿起羊毛衫，嘴里还念念有词地道着歉。

作为消遣，她对伙伴们讲起歌声还能更好地被驾驭。她的声乐老师杨凯莱维施还曾教过她怎样用练声来进行自我调治。

"怎么做的？快告诉我们。"对所有与声音有关的东西都感兴趣的保尔急忙问道。朱丽举例说，用低音唱出一个音"噢"，这样对腹部有治疗作用。

"噢噢噢，这可以引起肠子的震颤。要是你们胃口不好、消化不良，那么就可以唱'噢'来让消化系统振动。这种治疗方法比吃药要便宜得多，而且随时都有效果。就这么震颤，只要张开嘴就行。"

"七个小矮人"纷纷唱起"噢"来，一边唱一边体会着在器官组织上造成的效果。

"'啊'对心脏和肺部有作用,要是你们呼吸不畅就唱'啊'。"

他们又齐声唱起:"啊啊啊啊啊啊。"

"'呃'能引起咽喉的振动;'吁'作用于口腔和鼻腔;'咿'作用于脑部和颅顶。每一次发声都尽量唱到家,让器官充分振动。"

他们把每一个发声练习都重复了一遍。保尔建议创作一首乐疗曲来解除听众身上的病痛。

"有道理,"大卫支持保尔的想法,"我们可以只用连续的'噢''啊''吁'这些音来创作一首歌。"

"再加上贝斯弹出的能让人平静的次声波,"佐埃补充说,"这样来治疗我们的听众可就十全十美了。'音乐疗法'这可是一条绝妙的广告词。"

"真是闻所未闻。"

"你不是开玩笑吧?"莱奥波德说,"这种疗法自古就有,凭什么你认为我们印第安民歌就只是简单地重复元音唱个没完?"

姬雄说在韩国传统歌曲中也有只用元音组成的歌。

正当他们要开始着手写歌的时候,传来一阵敲击声。这并不是从姬雄的架子鼓上传来的,而是从门那儿传来的。

保尔过去打开了门。

"你们太吵了。"校长抱怨着说。

这时已经晚上八点了。平时他们可以一直排练到晚上九点半,但今天校长留在办公室里加班核算账目。他走进地下室,对着每个人的脸都盯了一会儿。

"我实在没法不去听你们的歌声。不过也挺巧,要不我还不知道你们有自己的歌呢。说老实话。你们唱得还真不错呢。"

他搬了张椅子,扶着椅背倒坐在上面。

"我的弟弟在弗朗索瓦一世区有一座文化中心要落成,他想搞一次演出来庆祝开幕典礼。原先他请了一个弦乐四重奏团,但有两位音乐家得了流感,只有两个人的四重奏即使是在一个社区文化中心演出也是不大合适的。从昨天起,他就在找别的人来救场。要是找不到的话,那就不得不把开幕式延后了,那就会给市长留下不好的印象。你们看是不是有兴趣为这个开幕式表演?"

八个孩子面面相觑,无法相信这突如其来的好机会是真的。

"当然愿意！"姬雄大声说道。

"那好，就这么定了。你们赶快准备吧，星期六演出。"

"这星期六？"

"是呀，这星期六。"

这根本不可能，他们到现在为止还只有一首歌。要不是姬雄朝保尔使了个眼色让他闭嘴的话，他差一点就给一口回绝了。

"没问题。"佐埃保证道。

他们心里都很紧张，但同时也很兴奋。

他们终于可以在一个真正的公众场合演出了。让那些无聊的晚会和社区节目都结束吧。

"好极了，"校长说，"我对你们有信心，你们肯定能引起轰动的。"

他说着朝他们调皮地挤了挤眼睛。

弗朗西娜还沉浸在惊讶中缓不过神来，肘部在键盘上一滑，奏出了一个不和谐的琶音，就像是大炮在轰鸣一样。

65. 百科全书

音乐结构——卡农：在音乐上，卡农是一种十分有趣的音乐结构。以下是一些最著名的例子：《雅克兄弟》(*Frère Jacques*)、《清晨的风，清爽的风》(*Vent Frais, Vent du Matin*) 以及帕赫贝尔[1]的卡农：

卡农是围绕唯一的主题展开的。演奏者从各个方面来对这一主题进行模拟。第一个声部把音乐主题展示出来，经过一段预定的时间之后，第二声部重复这一主题，然后是第三声部。

在整个音乐结构中，每一个音符都同时扮演着三种角色：

1、构成基础的旋律；

2、为基础旋律提供伴奏；

3、为基础旋律的伴奏提供伴奏。

也就是说在整个音乐结构中有三个不同的层次，在每个层次中各个要素根据它们不同的位置同时成为主角、次要角色和跑龙套的角色。

---

[1] 帕赫贝尔（Pachelbel，1653—1706），德国作曲家兼教堂管风琴师。最著名的作品有《D大调卡农》。

我们无须增添一个音符，只要改变音高就能使卡农变得更完美，把一段降低八度，把另一段升高八度。

同时也可以把第二声部提高半个八度来使卡农更为复杂。如果在第一声部中主题从'哆'开始的话，那么第二声部就从'嗦'开始。其他以此类推。

我们也可以用改变歌曲速度来增加卡农的复杂性。快的时候，第二声部以比第一声部快一倍的速度重复主题。

第三声部也以同样的方式加快或者放慢基础旋律。这样就可以造成延展或者集中的效果。

卡农还可以由旋律的反向行进来构成。第一声部以升调来表现主题的话，第二声部就以降调来表现。

只要我们像画战役布置图那样把歌曲的旋律线画出来，这一切就更容易做到了。

埃德蒙·威尔斯
《相对且绝对知识百科全书》第Ⅲ卷

66. 交谈

吃饭时谁也不说话，只听到咀嚼的声音，马克西米里安静静地吃着他的晚饭。

在家里他总是感到心烦气躁。想当年经过仔细考虑之后，他最后决定和森蒂娅结婚来让他的朋友们大吃一惊。

能和她结婚的确是一次重大胜利，其他人也很羡慕他。但问题在于美貌不能拿来当色拉吃。森蒂娅的确艳丽照人，可这也正是他的烦恼所在！他微笑着亲了亲妻女，然后站起身来，把自己关进书房，玩起了《进化》游戏。

他对这游戏越来越着迷了。他创造了一个阿兹特克文明，并成功地延续到了公元前5世纪，建造了十几座城市，还派出了探险船队去发现新的大陆。他预计他的阿兹特克远征队能在公元前450年左右抵达欧洲，但这时一场霍乱在他的城市中暴发并蔓延开来。居民大量死亡，一些野蛮的入侵者摧毁了首都。里纳尔的阿兹特克文明在电脑历公元1年被摧毁了。

"你玩得很糟糕，是不是有心事？""马克·亚韦尔"问道。

"是的，是工作上的事。"他承认道。

"你愿意跟我谈谈吗?"电脑建议道。

警察局局长简直不能相信自己的耳朵。一直以来,电脑在他眼里只不过是像一个管家,每当他打开电脑时"马克·亚韦尔"才出现,引导他渡过游戏中的道道难关。但他绝没想到电脑竟然从虚幻的游戏世界中走出来,介入他的真实生活。不过马克西米里安还是和它谈了起来。

"我是警察,"他说,"我正在调查一件案子。这案子相当棘手,是关于一个金字塔的。那座金字塔就像是一只蘑菇似的在森林里突然长了出来。"

"你能对我讲讲这金字塔吗?或者这是机密?"

电脑那调皮的语气、没有重音的合成人声让马克西米里安感到很惊奇。但他想起最近在市场上出现了几种"谈话模拟器"。这种机器能像真人那样与人对话。而实际上那些程序只能对一些关键的词语做出反应,然后运用一种简单的谈话技巧来做出回答。它们通常把所听到的问题语序倒装一下:"你真的认为……"或者缩小谈话范围:"让我们来谈谈你……"其实里面并没有什么花样。尽管如此,能和他的电脑交谈还是让马克西米里安意识到在他和电脑之间建立起了某种特殊的联系。

他犹豫了一下,毕竟他还从没和什么人进行真正意义上的交谈。在警校他没法和他的学生平等地交谈。对他的下级也不行,那些家伙,即使对他们做出和善的表示也没法让他们紧张的神经稍稍松弛一下。而和他的上级省长大人谈心那更是不可能的事。等级制度把人与人之间的距离拉得就是如此之远!他也没法对他的妻女吐露心扉。说到底马克西米里安只能和电视机进行单方面的交流。那机器喋喋不休地讲述着许多有趣的事,但却从来不愿意听听他的话。

也许这种新型电脑就是被设计出来填补这一空白的。

马克西米里安往麦克风那凑了凑。

"那是一座在森林保护区未经批准而建造的建筑。每次我把耳朵贴到墙壁上,都能听到里面有声音,好像是从电视机里传出来的。但只要我敲一敲墙,声音就没有了。那建筑物没有门,也没有窗,连一个小洞也没有。我想要搞清楚在里面的人是谁。"

"马克·亚韦尔"就这件案子提了好几个详细的问题,它的独眼眯缝了起来,这表示它在用心地听。电脑想了一会儿然后告诉他只有带上一队人马破墙而入,除此之外别无他法。

显然电脑还是没办法去细致入微地思考问题。

马克西米里安还没想到这种极端的办法。但他知道最后只能那样去做。"马克·亚韦尔"加快了他分析问题的进程。

警察局局长谢过了电脑，他想重新开始玩《进化》游戏，这时候电脑提醒他忘了喂鱼了。

67. 珍贵的生殖器官

103 号打败了母蝎子。失去了母亲的小蝎子们远远地看着战斗结束，头也不回地逃之夭夭了。它们知道从今往后它们只能独自在这个弱肉强食的世界上生存下去了。除了力量和尾巴上的毒针之外，它们没有什么可依靠的了。

那 12 只年轻兵蚁也被请进了胡蜂巢。它们向老战士表示热烈的祝贺。胡蜂蜂后答应把蜂王浆送给老蚂蚁，它把老蚂蚁带到了胡蜂巢内一个隐蔽的角落，告诉后者在那儿耐心等待。

然后蜂后全神贯注地从口里吐出一种气味十分浓郁的液体。在膜翅目昆虫中，不论是"工人""士兵"还是"王后"都能自如地控制体内的化学构成。它们能够根据意愿增加或者减少激素的分泌，来更好地调节消化、睡眠以缓解痛苦和焦躁不安的情绪。

胡蜂蜂后把饱含性激素的蜂王浆吐了出来。

103 号凑过去，想在把蜂王浆吃下去之前先用触角闻一下。但蜂后一把把它紧紧抱住，用嘴堵住了老蚂蚁的嘴。

两种不同生物之间的接吻。

老蚂蚁一边拼命喘着气，一边把从蜂后嘴里吐出来的蜂王浆咽了下去。这种充满魔力的食物一下子进入了它的体内。在必要时所有胡蜂都能酿造出蜂王浆。但蜂后酿造的蜂王浆自然要比一只普通工蜂酿造的有效和美味得多。那种鸦片一般的气味是如此浓重，连贝洛岗蚁们都闻到了。

太强烈了。老蚂蚁同时尝出了酸味、甜味、咸味、辣味和苦涩的滋味。

103 号不断地吞咽着。褐色的蜂王浆进入它的消化系统，在它的胃里，蜂王浆被胃液稀释，混入了它的血液，流经血管，进入大脑。

刚开始的时候，老蚂蚁的身体并没有发生什么变化。它以为这次尝试失败了。随后，它一下子就失去了平衡，身体的抽搐像一阵狂风似的袭来。这种感觉并不怎么舒服。

它觉得它快要死了。

蜂后给它的其实是毒药,而它就这么吃了下去!它感到那种物质在它全身四散开来,一种难以忍受的炙热感觉也随之漫布在它周身的血管中。它真后悔相信了胡蜂蜂后。众所周知胡蜂憎恨蚂蚁,因为它们无法接受它们的远亲胜过它们这一事实。

103号清楚地记起在它年轻时曾经攻打过许多灰色的胡蜂巢,用蚁酸弹把吓得东躲西藏的胡蜂一一击毙。

这是复仇。

周围的一切陷入可怕的黑暗中。如果它的脸部肌肉可以活动的话,那它的脸肯定会发生令人恐惧的扭曲。

痛苦完全占据了它的心灵。它没法理顺思路。黑暗、酸痛、寒冷、死亡侵入了它的身体。它颤抖着,大颚禁不住地张开又合上,它已经无法控制自己的身体了。

它想冲上去杀死恶毒的胡蜂蜂后。它向前冲,却被自己的前肢给绊倒了。

时间好像凝固了,它想要移动一条腿,但要过很长一段时间那条腿才能迈出去,仿佛是在慢镜头中一样。

它的6条腿再也不能支撑它的身体了。它倒了下去。

它的灵魂好像摆脱了肉体的禁锢,飘到空中看着自己的肉体。

过去的景象在脑海中突然闪现。首先出现的是最近发生的事,然后是埋在记忆深处的往事。它看到自己正在与蝎子搏斗,它看到自己在蝗虫海洋中破"浪"前进,它看到自己正在穿越荒原。

它又看到自己逃离"手指"世界,看到自己第一次与"手指"交谈,那些话语是如此让它惊讶。

往昔的一切就像是在电视机屏幕上倒播的电影一样在脑海中闪过。

它又看到了24号,它在远征军中的朋友。24号在河中心的金合欢岛上建立了它的自由之城。它又看到自己头一次骑在鳃角金龟子的背上飞往危险而坚硬的雨点之间。那些雨点就像是一排排水晶柱一样。

它又看到对"手指"世界发起的第一次远征,看到它发现了那世界可怕的边缘。在那条公路上飞驰的汽车把所有的生命形式一一毁灭。

它又看到自己正在与蜥蜴搏斗,与鸟搏斗,与它那些带着岩石气味的同胞搏斗。它们在蚁谷中进行着阴谋活动。

它看到了 327 号王子和 36 号公主。它们第一次对它谈起神秘世界。正是由此而发起了那场远征，随后便发现了"手指"世界。

记忆从它的脑海深处不断地涌动而出，它却无法阻止。

它又看到自己在"丽春花"战役中，为了不被敌人杀死而杀戮敌人，它看到自己正在用大颚撕裂敌人的甲壳。它看到自己置身于几百万名战士中，那些战士相互砍下肢腿、脑壳和触角，而它已经忘了这些战斗是怎么引起的了。

它看到自己在草丛中奔跑，追寻同胞们留下的气味。

它又看到在贝洛岗的穴道中，年轻蚂蚁与上了年纪的蚂蚁在争吵。

103 号看到了更遥远的过去，它看到自己是一只蛹，看到自己是一只幼虫，是一只在小树枝顶上被阳光蒸干水分的幼虫。它看到它自己无法行动，发出费洛蒙呼唤忙碌的保育蚁来更多地照顾它，而不是其他的幼虫。

"我饿！保育蚁，快给我吃的！我要长大，我要吃！"它大叫着。

的确在那时它所想的就是尽快长大成熟……

它看到自己变成了一只卵，被放在贮卵室内。

看到自己变成这么一个珍珠色的、里面充满清澈液体的小球体，那感觉是多么奇怪呀。那就是它，它过去就是那样的。

"在没有成为一只蚂蚁之前，我是一个出色的球体。"

圆的概念无所不在。

它以为再也无法追溯到比卵更远的过去了。但它错了！飞速运转的记忆继续向它显示出图像。

它看到自己刚被产下的那一刻。它又看到了在母亲的腹中它是一枚卵细胞，一枚刚被授过精的卵细胞。

"在尚未成为一个白色球体之前，我是一个黄色的球体。"

在那后面，继续追溯，在记忆的更深处。

它看到了雄性配子[1]和雌性配子在卵细胞中相遇。103 号看到了在那难以察觉的一瞬间，对是雄性、雌性还是无性的选择正在进行。

卵细胞颤抖着。

雄性、雌性还是无性？在卵细胞内的一切都在震颤着。雄性、雌性，还是无性？

---

[1] 配子，一种特化的生殖细胞，在授精过程中与另一异性或交配型配子融合而形成合子。配子是单倍体（具有一套染色体）。

卵细胞舞蹈起来。在卵细胞的中心一些奇怪的液体相互混合着、分解着，形成一些带有波状反光的柔软的浆液。染色体像长腿一样交织在一起。X，Y，XY，XX？最后还是构成雌性的染色体占了上风。

成功了！蜂王浆使103号的生命历程回溯到决定性的那一刻，改变了细胞演化过程。

103号变成了雌性，它现在是一位公主了。

在它的大脑中，生命之火爆发了。就好像它的大脑一下子打开了所有的门让光明进入大脑中。

所有的闸门都被打开了，它的各种感受能力都成倍地增长了。它更强烈地、更痛苦地、更深刻地感受到了一切。它的躯壳仿佛是一个十分敏感的整体，外界最最微弱的波动都能让它震颤起来，它的眼前产生了一些五彩的斑纹，它产生刺痒的感觉，就仿佛被一下子浸在了纯酒精中，它害怕会失去它们。

这种感觉并不舒服，但却很强烈。

它觉得自己是如此的敏感，几乎想要在地上挖个洞藏进去，远离那无数声音的、气味的、光线的信息。这些信息从四面八方涌来注入它的大脑中。它体验到一些莫名的情感，一些抽象的感觉，一些由色彩表现出来的气味，一些由音乐表现出来的色彩，一些由触觉表现出来的音乐，一些由思想表现出来的触觉。

这些思想从它的大脑中涌射而出，就好比一条地下暗河涌出地面形成一道喷泉。这喷泉的每滴水珠就是过去岁月的每一瞬间，但在它全新的意识和它对感情及抽象概念的感受能力的作用下，往昔的记忆变得更为清晰了。

在新的一天里所有的一切都放射出更加明亮的光辉。一切都不同了，更为微妙、更为复杂，传递着比它所预料的多得多的信息。

它意识到过去的它只不过才走完了一半的生命历程，它的思维更加广阔了。在过去的日子里，它的潜能才发挥出10%，吃了这蜂王浆后，它也许一下发挥出30%的潜能。

拥有成倍增长的意识是多么令人愉快啊！一只活了很久的无性蚂蚁突然在魔术般的化学作用下变成一只感情细腻的有性蚂蚁，这又是多么令人愉快啊！

它渐渐回到了现实世界中，它是在一个胡蜂巢里。在这个闷热的灰色蜂巢中，它都不清楚现在是白天还是晚上。很可能现在已经是黑夜了，也有可能已经是第二天早晨了。

在它吃下蜂王浆之后过去了几个小时、几天还是几个星期？它都没有意识到时间的流逝。一种恐惧感在心中油然升起。

胡蜂蜂后过来对它说了些什么。

68. 体育课

"快，你们快换上运动短裤，先做做准备活动。"

周围的人都忙碌起来。有的在伸展肢体，拉开韧带。更多的人已经站到了起跑线上。

今天第一节课是体育课。

"我说了，排成一排。我只想看到一个脑袋。听到出发令后，你们就以最快的速度跑，尽量抬高大腿，迈开大步向前冲。你们得跑8圈，我要计算时间的。"体育老师大声说道，"你们正好是20个人。那我就根据你们的名次来打分。第一名得20分，最后一个只能得1分。"

一声刺耳的哨响，出发了。

朱丽和"七个小矮人"也在队伍中。但他们对跑步可没什么兴趣，只想着这一天的课快些结束，可以去地下室编写新的曲目。

他们几个是最后到达终点的。

"朱丽，看样子你不喜欢跑步？"

朱丽耸耸肩膀没有回答。体育老师身形十分健硕，她以前曾是游泳运动员，还被选去参加奥运会。那时候她曾经服用过雄性激素来使自己肌肉更为发达、体力更加充沛。

体育老师宣布下个课目是爬绳。

朱丽攀到了绳子上，不停地前后摇晃着，咬牙切齿地装作很卖力。但爬上一米多高就再也不往上爬了。

"加油，朱丽，用力！"

年轻姑娘跳了下来。

"在生活里爬绳一点用处也没有。现在已经不是原始社会了。到处都有电梯和楼梯。"

体育老师实在没心思去理会她，转过身去指导那些更想锻炼肌肉的学生。

下课了。下面一节课是德语课。学生们经常在课堂上起德语老师的哄，朝她扔臭鸡蛋，用吹管朝她射出小纸球。

朱丽并不赞同这种"虐待"，但她没有勇气站出来与整个班级作对。

不管怎样，与老师作对要比与同学相争更容易些。她对那位女老师十分同情，不禁暗自痛骂自己是个胆小鬼。

德语课结束了。后面一节是哲学课。哲学老师走进了教室，很有礼貌地向他那位不幸的同事寒暄了几句。与前一位相比，他可是个截然不同的人物。他整天妙语连珠、嘻嘻哈哈的，深讨全校上下的欢心。他一副博学多才的样子，对什么事都不太在意，好似不知道忧愁为何物。许多小女生或多或少地爱上了他，有些青春躁动的少女遇到心事时还会跑去找他倾诉。而他也把这种心腹密友的角色演得淋漓尽致。

今天上课的主要内容是"暴动"。他在黑板上写下了这两个富于魔力的字眼，不紧不慢地说道：

"在生活中最容易做到的就是说'是'。'是'能让我们完全融入这个社会。答应别人的请求，别人才会愿意接纳你。然而，会有一段时间说'是'是行不通的，这就是青春期。在这一时期我们要学会说'不'。"

他又一次深深打动了学生们的心。

"'不'至少和'是'具有相等的魅力。说'不'就是独立思考的自由，说'不'能让人显示他的特质。说'不'能让说'是'的人感到害怕。"

这位哲学老师不喜欢老是站在讲台上讲课，他更喜欢在教室里大步流星地来回走。他时不时地停下来，坐在某张课桌的边缘上，对那位学生责备一通。他接着说道：

"但和'是'一样，'不'也有它的局限性。要是对所有的人都说'不'的话，你们就会发现自己被孤立，找不到摆脱困境的办法。青春期是向成年过渡的时期，这时我们要学会灵活地应用'是'和'不'，而再也不要一成不变地答应一切，也不要拒绝一切。不要去不惜一切代价地投入这社会，也不要将它全盘否定。选择'是'与'不'时要考虑到两条准则：1）对可能产生的后果进行远期分析；2）最初的直觉。恰当地去运用'是'与'不'与其说是一门科学倒不如说是一种艺术。那些能够娴熟地去运用'是'与'不'的人最后不仅能驾驭他周围的人，也能驾驭他自己。"

坐在第一排的女生们全神贯注地听着，她们更加关心的是他浑厚的男声而不是他所说的内容。哲学老师把手插进牛仔裤口袋里，坐到了佐埃的课桌上。

"有一句广为流传的古老谚语可以用来对我刚才所说的做个总结：'到了20岁还不是无政府主义者是愚蠢的，但是……年过30还是无政府主义者的话那就更加愚蠢。'"

他走到黑板前写下了这句话。

课堂里，一些钢笔在纸上疾行，发出沙沙的响声，想要把老师说的全部记下来。有的学生默念着那句话，以备在高考口试中被问到时也好对答如流。

"老师，您多大了？"朱丽问道。

哲学老师转过身来。

"我30了。"他说着露出一丝调皮的微笑。

说着他朝朱丽这边走来。

"也就是说我这个无政府主义者还有个把年头可做。你们可得抓紧时间好好加以利用啊。"

"做一个无政府主义者的含义是什么？"弗朗西娜问道。

"就是说既没有上帝也没有主人，做一个自由的人。我就觉得我是一个自由的人，而且我要教你们也成为一个自由的人。"

"既没有上帝也没有主人，说得倒轻巧，"佐埃插嘴道，"就因为你是我们的老师，我们才不得不坐在这儿听你上课。"

还没等老师回答，教室的门突然被打开了。校长一阵风似的冲了进来，跑到了讲台上。

"大家都坐着别动，"他对学生们说，"我有一个重大消息要向你们宣布。在我们学校里有一个纵火狂在四处游荡。几天前垃圾箱那里发生了一场火灾。看门人还在学校后门那儿发现了一只燃烧瓶。尽管学校的建筑物大多是水泥造的，但还是有不少用玻璃棉和塑料做的吊顶，很容易着火的，这些物质一经燃烧就会释放出毒性极强的浓烟。所以我决定在学校里安装一套更为有效的防火系统。从现在起我们就有八只装备有消防水龙的消防栓了。这些消防水龙能在几秒钟内发挥作用，而且能照顾到学校的任何一个角落。"

外面警铃大作，而校长仍在以同样平静的语气继续说道：

"……另外，我让人给学校后门装上铁板，这样就不会着火了。我可以向你们保证我们的学校固若金汤。至于你们听到的警铃声，就是表示某处着火而发出的警报。今后，你们一旦听到警铃声，就立刻排好队，不要拥挤，迅速离开教室到大门那儿集合。好，现在让我们来演试一下。"

警铃声吵得人耳朵都要聋了。

学生们很高兴搞这样的疏散演习，正好散散心。在楼下，消防队员向他们演示了怎样打开消防栓、取出消防水管、调整接头，还教了他们一些救生手段，比方说在门的四周裹上浸湿的床单，起火时趴下以避开半空中的烟雾等等。

在嘈杂的人群中，校长找到姬雄对他说："那个音乐会你们准备得差不多了吧？别忘了音乐会就在后天。"

"我们的时间很紧。"

校长想了一会儿，然后又说："那好吧，鉴于这一特殊情况，我允许你们这几天不上课。一节也不用上。但你们可别辜负我的一片期望哟。"

警报声终于停止了。朱丽和"七个小矮人"赶快跑到他们的排练室。整个下午，他们都在编写新歌。他们现在有三天而不是两天时间来搞创作了。他们在《百科全书》里寻找歌词，然后配上与歌词同样出色的音乐。

69. 百科全书

战斗本能：去爱你的敌人，这是让他们心烦意乱的最佳办法。

埃德蒙·威尔斯
《相对且绝对知识百科全书》第Ⅲ卷

70. 再见了，大橡树

"你们得走了。"

胡蜂蜂后的一只触角不耐烦地轻击着老蚂蚁的脑壳，另一只指向遥远的地平线。这是一种大家都能理解的语言。它用这种触角语言再三告诉蚂蚁们，它们得离开胡蜂巢了。

在贝洛岗，那些老保育蚁经常这样说："每一个生命都应该经历一次变化。如果它没有经过这一过程的话，那它就只活了一半而已。"

103号现在开始了它生命的第二部分。它打算好好利用这额外多出的12个年头。

现在 103 号长出了生殖器官，变成了一位公主。它知道一旦它遇到一只雄蚁，它就能繁殖后代了。

那 12 只兵蚁问它们的新公主该朝哪个方向走。地面上仍然到处挤满了蝗虫。103 号认为最好还是和来时一样，沿着树枝从上面走。它们要朝东南方前进。

兵蚁们同意了。

它们沿着大橡树巨大的树干往下爬，然后朝一根长长的树枝拐了过去。它们就这样逐枝逐叶地前进着，时不时地跳起来攀住高处，或者像空中杂技演员一样倒挂起来，然后一个摆动跃到远处另一片树叶上。它们走了很长时间后，才再也闻不到蝗虫那辛辣的气味了。

蚂蚁小队小心翼翼地沿着一棵无花果树爬到地面上。103 号一直走在最前面。在离它们十多米远的地方就是那张一望无际的"蝗虫地毯"。

5 号建议大家朝相反的方向悄悄溜走。但这种谨慎已经没什么必要了，所有的蝗虫一下子全都飞到了空中，好像是听到了某种神秘的召唤似的。

"死亡的云团"起飞了。

这景象真是蔚为壮观。蝗虫大腿上的肌肉要比蚂蚁的发达 1000 倍。它们能跳到比自身高度高 20 倍的地方。等跳到高处时，它们就尽量展开翅膀，快速鼓动起来，顺着气流飞到更远的地方。如此之多的翅膀一起扇动。发出令人难以置信的巨大声响。无数的蝗虫攒聚在一起，相互碰撞着。在那团乌云中，有些蝗虫被它们的同类挤成了肉饼。

在蚂蚁周围，仍有蝗虫在没完没了地朝天空飞去。它们吃光了地面上所有的东西，在它们身后只留下一片荒芜之原。只剩几棵连皮都啃光了的树木还挺立在那儿，光秃秃的，看不到一片叶子、一枚果实。

"有时候，生命会因极度的自我膨胀而毁灭。" 15 号目送蝗虫远去，发出了一声感慨。这可是一名习惯于杀戮的战士所进行的反思。

同样注视着这一切的 103 号却想不通大自然到底是出于何种目的才创造出像蝗虫这种生物的。会不会是让它们与荒漠联合起来，消灭一切动物和植物，而只留下矿物形式的生命？它们所过之处，所有的动植物都消失了，而荒漠则随之扩张。

103 号转过身去，不忍再看那番惨景。在它的头顶上方，一阵阵劲风使蝗虫之云看上去像一张朝各个方向延伸的鬼脸，那张鬼脸渐渐向北方飘去。

现在该思考一下"手指"的三大特性了：幽默、爱情、艺术。13号猜破了103号的心思，走过来对它说既然现在103号的记忆能力和分析能力已经十分发达了，它完全可以建立一个费洛蒙记忆包，有了费洛蒙记忆包，10号就能把103号告诉它的信息都贮存起来。它从地上捡起一只昆虫卵壳，打算用来存储含有费洛蒙的分泌液。

103号同意了。

以前它也想过搞这么一个东西，但一路上颠沛流离，它把装满各种信息的费洛蒙记忆包给弄丢了。它很高兴10号能接替这一工作。

蚂蚁们朝着东南方、朝着故乡贝洛岗前进。

71. 摧毁过去

明天就是音乐会举行的日子了。一大清早朱丽还在南柯乡中流连忘返：她梦到自己站在麦克风前，喉咙里一点声音也挤不出来，就连麦克风也在嘲笑她。她走到镜子前，发现自己的嘴不翼而飞了。在原本应该张着嘴的地方，现在只有一片光溜溜的大下巴。她再也不能说话，不能叫喊，也不能唱歌了。她只能扬扬眉毛或者眨眨眼睛来表达意思了。麦克风大笑不已。她为没有了嘴巴而伤心哭泣。在梳妆台上她看到一把剃刀，真恨不得拿起来在脸上开个新嘴巴，但她实在下不了手。她想出一个更简单的办法，用口红在脸上画了一张嘴。伤心的泪掉了下来，流过那幅美丽的画……

这时朱丽的妈妈狠狠地把门给打开了。

"九点了，朱丽。我知道你没睡着。起来我们得谈一谈。"

朱丽用肘支撑着抬起身子，揉了揉眼睛，然后本能地摸了摸嘴巴。那两片湿润的唇还在那儿。总算还好！她又用手往里摸了摸，看看自己的牙齿和舌头还在不在。

她母亲站在门口一动不动地看着她，那神情好像是在问自己这次是不是去看心理医生都已经没用了。

"快，快起床。"

"噢不！妈！我不起床，现在还早呢！"

"我有话对你说。自从你爸死了以后，你就像是个没事人一样。你还有没有良心？他毕竟是你爸爸呀。"

朱丽把头埋在枕头底下，什么也不想听。

"你整天在玩，和一帮高中生混在一起，就好像什么也没发生过似的。昨晚，甚至在外面过夜。听着，朱丽，我们必须认真地谈一谈。"

朱丽抬起枕头的一角，瞧了瞧她妈妈。这位未亡人日渐消瘦了。

加斯东的去世好像让他的夫人找回了往日活力。另外朱丽的母亲也开始了一系列精神分析治疗。她不仅想通过治疗使自己看上去更年轻，也想让自己的心理状态更年轻。

朱丽知道她妈妈在一位"精神改变法"心理医生那里就诊，这可是当下很流行的。在治疗时，大夫不仅能通过心理暗示使病人在精神上回复到孩提时期，以发现并治愈那些暂时被遗忘的内心创伤，甚至还能使他们回复更遥远的胎儿状态。朱丽暗自想象她这位总是注意使衣着与心理年龄相符合的母亲最后发展到穿上婴儿尿布或者蜷成一团缩进塑料袋中的样子。

她暗自庆幸妈妈没有选择一位"转世法"心理医生。这种"转世法"治疗能让病人的心理状态回复到比胎儿、卵子更遥远的时期，一直回到他们的前生。要是她妈妈真的接受这种治疗的话，朱丽肯定会看到她穿上转世投胎之前穿过的衣服。

"朱丽，来，别耍小孩子脾气了！快起床！"

朱丽蜷缩在床头的角落里，伸出手指堵住耳朵眼。既不想看，也不想听，也不想去感觉。

但她身上盖的被子被一只手揭去了。她看到了妈妈的脸庞。

"朱丽，我是认真的。我们得开诚布公地好好谈谈，就我们两个。"

"让我睡觉吧，妈。"

母亲犹豫不决，突然瞧到床头柜上摊着一本书。

那是埃德蒙·威尔斯教授写的《相对且绝对知识百科全书》第三卷。

"好吧，你可以再睡一个小时，不过在那之后我们得聊聊。"

母亲拿起书走进厨房，翻了起来。书里讲的是革命、蚂蚁、对社会的思考、军事战略、人际关系学，甚至还有制造燃烧弹的方法。

那位心理医生没搞错。他曾打电话来提醒她注意这本毒害她女儿的《百科全书》。他说得对。这本书极具破坏这一点完全可以肯定。

她把《百科全书》藏到了壁橱最高一层的角落里。

"我的书呢？"

朱丽的妈妈暗自称庆。她已经找到问题的症结所在。把"毒品"清除干净,"吸毒者"自然也就没法再"吸毒"了。她的女儿一直在寻找一位老师,或者说是一位父亲。早先是那位声乐老师,现在是这本神秘的《百科全书》。她决定把这些纸老虎一个接一个地消灭,让她的女儿最终认识到自己唯一的依靠就是她妈妈。

"我给藏起来了,这都是为你好。将来你肯定会为此感谢我的。"

"把书还给我。"朱丽说。

"你再怎么坚持也没有用。"

朱丽朝壁橱走去,她妈妈总是把什么都藏在那里。她一字一顿地重复道:"马上把——书——还——给我。"

"书是很危险的。"母亲辩解道。

"是呀,就是因为有了《新约》,才让宗教裁判所存在了500年。你就像是从那儿出来的。"

朱丽在壁橱里找到了《百科全书》。这本书需要她就和她需要这本书一样。

她母亲晃着双手,眼睁睁地看着女儿把书抢了回去。

朱丽转身就走,在走廊里她从挂衣架上取下一件黑色的雨披,穿在了睡衣外面。雨披一直盖到她的脚踝处。然后她拿起背包,把书塞进包里,跑出了家门。

阿希耶在后面紧跟着她,主人总算明白它更喜欢在早晨外出跑步。对这一点它相当满意。

"汪,汪,汪!"猎犬欢叫着,兴高采烈地撒腿狂奔。

"朱丽,马上给我回来!"她母亲站在大门口高声叫道。

年轻姑娘钻进了一辆计程车。

"要去哪儿,年轻的女士?"

朱丽告诉司机学校的地址。她得尽快找到"七个小矮人"。

72. 在路上

钱。

钱是"手指"发明的一种抽象概念。

"手指"想出这种聪明的办法来避免在交易时使用那些笨重的东西。

它们不用带着一大堆食物而只要带上一沓印花纸就可以了。这些印花纸和食物有着相同的价值。

大家都一致同意可以用钱换取食物。

只要一和"手指"谈起钱，所有的"手指"都会对你说它们不喜欢钱，还说它真不愿意看到它们的社会建立在万能的金钱之上。

然而，它们的历史书上写着：在钱还没被发明之前，财富流动的唯一方式就是……掠劫。

也就是说那些最最凶残的"手指"每到一个地方，就把那里的男性全都杀死，对女性实施强暴，最后抢走所有的财富。

趁天气转凉，大家停下来休息的时候，10号向103号问了些问题，103号也很愿意对它谈谈"手指"的情况。就在它们藏身的洞穴里，10号把从公主那儿听到的关于"手指"生活和习俗的珍贵信息存储到费洛蒙记忆包中。

其他蚂蚁也都围拢了过来。随后103号谈起了"手指"的繁殖。

以前它看电视时，特别喜欢看被"手指"称作"色情电影"的节目。

那12只蚂蚁凑得更近了，想要仔细听听"手指"的这一习俗。

"色情电影是什么？"16号问。

103号解释说"手指"很重视它们的交配。它们把最佳的性交过程拍摄下来，给那些糟糕的性交者做示范。

"在色情电影里看到些什么？"

其实103号自己也不太明白。但通常来说，一个雌性"手指"先走过来把雄性的生殖器放在嘴里，然后它们开始性交。有时候还是好几个一起，就和臭虫一样。

"它们不是飞在空中交配的吗？"9号问。

"不是。"103号告诉它"手指"是在地面上交配的，和蛞蝓一样，一边打滚，一边交配，而且它们也和蛞蝓一样经常流出白色液体。

蚂蚁们对这种原始的性交方式很感兴趣。它们都知道120万年前蚂蚁的祖先们也采用这种交配方式。就这么趴在地上一边抚摸对方一边交配。蚂蚁认为在这一方面，"手指"要远远落后于蚂蚁。飞行中的爱情，在三维空间中翱翔，这远比在地面上、在二维空间中的爱情刺激得多。

在洞外天气转暖了。

兵蚁们和它们的公主再也不能把时间浪费在闲聊上了，要是它们还想把贝洛岗从白色布告牌的可怕威胁下拯救出来的话，就得赶快行动了。

一路之上 103 号还沉浸在长出生殖器官的幸福感觉中。它那用来感觉地球磁场的约翰斯顿组织也运转得愈加良好了。

生活真美好。这个世界真美好。

依靠那种特殊的器官，蚂蚁们可以十分灵敏地感觉到地磁波。

这种地磁波在地球表面穿行，地壳中遍布着磁力线。在 103 号还是一只无性蚁的时候，它只能隐约地察觉到，而现在它几乎能像分辨长长的树根那样把磁力线分辨出来。

它告诉 12 位伙伴再也不要偏离这些磁力线中的一条。

"只要我们遵循地球这些看不见的血管，大地就会反过来保护我们。"

它想到了"手指"们并不懂得如何去发现地球磁场，因而在随便什么地方都建起高速公路，用墙壁阻断动物们惯常的迁徙路线。它们还在对健康有害的磁场范围内筑起它们的巢，然后惊奇地发现自己的头痛了起来。

但是，古时候好像还是有某些"手指"对地球磁力线的奥秘有所了解。这是它在电视里看到的。中世纪以前，大部分民族都会在建造神庙之前让它们的祭司找一个磁力线交点。蚂蚁也是一样，在筑巢之前也是会事先确定一处磁力线交汇点。然后从文艺复兴时期开始，"手指"自以为依靠它们的头脑就可以无所不知，也就无须在开始做任何事之前向大自然征求意见了。

"'手指'再也不努力去适应地球了，相反却想让地球来适应它们。"103 号暗忖道。

73. 百科全书

操纵别人的策略：人可以分为三种。一种人以视觉方式来表达其思想，一种人以听觉方式来表达其思想，还有一种人则以形体方式来表达。视觉方式的人总会自然而然地脱口说出"你瞧"，因为他们只习惯于用图像来表达。他们展示、观察，用颜色来形容，会用"这是清晰的，这是模糊的，这是透明的"加以精确描述。他们经常说"粉红色的生活"（意即美好的生活）、"这很清楚"、"蓝色的恐惧"（意即极度的恐惧）。

听觉方式的人常说"你听"。他们在说话时会用上与声音有关的词，让人联想到音乐或者嗓音："聋子耳朵""银铃般的声音"。他们惯用的形容词是："旋律性的""不和谐的""听觉的""响亮的"。

而对形体有感觉的人则常说"你感觉到"。他们用感觉意识来表达思想:"理解""体验"。他们常有的表达方式是:"厌烦""欣赏",形容词有:"冷""热""激动""平静"。我们可以根据说话人眼睛的转动方式对他进行归类。

当我们要求他回想某件事时,如果他的眼睛向上看,就说明他是属于视觉方式的。如果他的眼睛朝两侧瞄,则说明他是属于听觉方式的。如果他向下看,像是为了更好地感觉自己的内心深处,则说明这是一个形体方式的人。

掌握这种知识能让我们在面对三种不同思维方式的人时,采取恰当的应答方式。

由此,我们引申开去与身体联系起来。当我们告诉对话者一条重要的信息,比如"我相信你能干好这项工作的",我们可以在对方身体的某一部分施以力的作用来刺激他的记忆,如果说话时在对方的前臂上施力,那他以后前臂每次受力时都会想起他听到过的话。这就是感觉记忆的一种形式。

然而,应该注意不要错误地使用这种记忆方式。有这么一位心理医生在接待某位病人时,拍着病人的肩对他说:"算了,可怜的朋友,你的病不会好了。"那样即使用上全世界最好的治疗方法也没用了。因为他的病人离开诊所之后,只要一重复那个动作,就会立刻想起所有的不安和恐惧。

埃德蒙·威尔斯
《相对且绝对知识百科全书》第Ⅲ卷

74. 猪和哲学老师

出租车司机是个很幽默的人。要是他一个人待在车里肯定会闷死的,因为他对着年轻的乘客滔滔不绝地侃了起来,连气都不会喘一下。在5分钟之内,他就把他的生活给详细描述了一番。自然这是一种极其无聊的生活。

他看到朱丽默不作声,便提议给她讲个笑话。"在巴黎的香榭丽舍大街上有三只蚂蚁在散步。突然,一辆劳斯莱斯豪华汽车在它们身边停下。里面坐的是一只穿着裘皮大衣的知了。它一边摇下车窗玻璃,一边向蚂蚁打招呼:'你们好,伙计们。'蚂蚁们惊讶地看着这位知了大款吃着鱼子酱、喝着香槟酒,回答说:'你好,看来你好像已经成就了一番大事业！''啊哟，哪里哪里！你们也知道在今天这个时代做做秀就能赚大钱。这不，我也算是个明星了。你们不想来点鱼子酱吗？''嗯，不了，谢谢。'蚂蚁谢绝了。知了重新摇起玻璃窗，让司机开车。豪华房车开走了，蚂蚁们你看看我，我看看你，又惊又气，其中一只讲出了大家都在想的话：'那位让·德·拉封丹可真是个大笨蛋！'"

出租车司机独自一人哈哈大笑起来。朱丽也跟着微微撇了撇嘴角以示鼓励，心中则想现代文明的精神危机越是严重，人们就越是热衷于讲笑话，这样就可以避免讲出真心话了。

"你想再听一个吗？"

司机一边东拐西绕地走着那些所谓只有他一人知道的近道，一边继续唠叨个不停，由于一场农民的示威游行，枫丹白露的主要干道被堵得水泄不通，那些农民要求政府给予更多的补贴，减少耕地抛荒以及停止从国外进口猪肉。在他们的标语牌上这样写道："拯救法国农业，让进口猪见鬼去。"

他们拦住一辆满载着匈牙利进口猪的大卡车，并开始往猪笼里倒汽油。熊熊烈焰腾空而起，在烈火中挣扎的牲畜们发出绝望的嚎叫。那种可怕的声音越来越响，朱丽从来也没想到猪竟然能发出如此惨烈的叫声。这声音几乎就像是人发出来的！焦臭的肉体散发着令人作呕的气味。眼看末日来到，猪儿们好像要告诉人们它们与人类有着血亲关系。

"我求你了，快离开这儿吧。"

猪不停地发出惨叫。朱丽想起在生物课上，老师曾经说过猪是唯一能为人类提供移植器官的动物。这样突然看到这些陌生的远亲兄弟的惨死实在让人难以忍受。猪的眼睛中流露出祈求的目光，它们的皮肤是粉红色的，眼睛是蓝色的。朱丽恨不得能马上离开这个酷刑场。

她掏出一张纸币扔给司机，下了车，连忙逃之夭夭。

她总算上气不接下气地跑到学校，直奔地下室而去，满心希望没人会看到她。

"朱丽！你在这儿干什么？今天上午你们班没课呀？"

哲学老师一眼瞥到从黑色雨衣的领子后面露出一片粉红色的睡衣。

"你这样会着凉的。"

他建议朱丽和他一起到咖啡馆去喝一杯热饮料。既然其他乐队伙伴还没到，她便同意了。

"您是个好人，不像数学老师，她只会贬低我。"

"您知道，老师也是普通人。有好的，也有不好的；有聪明的，也有不聪明的；有热心的，也有冷漠的。问题就在于老师有机会对至少 30 个可塑性极强的年轻人产生影响。这可是无比重大的责任。我们是未来社会的园丁，你明白吗？"

他一下子就用起了"你"。

"我呢，一想到做老师我就害怕，"朱丽说，"况且每回我看到德语老师在课上被同学们起哄，我的心就一直寒到脊梁骨。"

"你说得没错。作为老师不仅要精通自身的业务，而且还要懂得一点心理学。在我们学校，老师们都不愿意与一整个班级的学生作对，于是，有些戴上权威的假面具，另外一些装成学者模样，而像我这样的则希望与学生们交朋友。"

他推开塑料座椅站了起来，递给朱丽一串钥匙。

"待会儿我还有课。如果你想休息一下，或者吃点什么的话，可以去我那儿，我就住在广场拐角的那幢楼里。离家出走的人总得暂时找个栖身之所。"

朱丽谢绝了哲学老师的邀请。摇滚乐队的伙伴们马上就会来的，她完全可以住在他们那儿。

老师向她投来真挚热忱的目光。她觉得自己应该做出某种回报，也许是一条信息。这会儿她的嘴比她的脑子动得快多了。

"在垃圾箱那儿放火的就是我。"

她的坦白好像并没有让哲学老师感到吃惊。

"嗨……你弄错对象了。这样做未免目光短浅了一些。学校并非一种目的，而只是一种手段，你得去利用它，而不是去忍受它。这一教育体制毕竟是用来帮助你们的，接受教育能使人更强健、更有思想，也更坚毅。能在学校念书是一种幸运。即使你在这儿感觉不好，但还是对你有所裨益的。把你不懂得如何去加以利用的东西毁灭的想法是多大的一个错误呀！"

75. 走向银色河流

13 只蚂蚁靠一根细树枝越过了一道让人看了目眩的沟壑，然后穿过一丛蒲公英，走下长满蕨类植物的陡峭斜坡。

在坡底，它们看到一枚从树上掉下摔烂了的无花果，紫的、绿的、粉红的、白色的，五彩缤纷，好像开了个彩帛铺似的，引来了许多小飞虫。蚂蚁们也停下来开了个冷餐会。果子的滋味真鲜美！

对于有些问题"手指"已经不再去考虑了？譬如，为什么水果很好吃？为什么花儿很漂亮？

"我们蚂蚁都知道。"

103号公主想到应该找个"手指"。让它和10号一样准备一个费洛蒙记忆包来存储有关蚂蚁的知识。这样它就能告诉那"手指"，为什么水果很好吃，而为什么花朵那么美了。

要是有一天103号真的遇到这么一个"手指"，它肯定会告诉后者花之所以芬芳美丽是为了吸引昆虫，因为它们的花粉是依靠昆虫来传播的，这样它们才能繁衍生息。而水果之所以味美是希望被动物吃掉。这些动物在消化完之后会把水果的核或者籽通过排泄带到很远的地方去。这一招还有一个微妙之处，就是果树的种子不仅能这样得到传播。而且它们还能直接从动物的粪便中汲取养料。

所有的果实为了被吃而得到传播，彼此激烈竞争着。它们最重要的进化手段就是不断改良它们的滋味、外形和香气，那些最没有吸引力的最终将被淘汰。

但是在电视上103号曾经看到"手指"成功地研制出了无核水果：无核甜瓜、无核西瓜或者无核葡萄。仅仅是出于不想消化并排泄出这些果核的懒惰，那些"手指"正在使所有的物种失去生育能力。它暗想下一次什么时候再有机会碰上"手指"的话，它就要建议它们不要怕麻烦，把水果的核都给保留下来。

总算它们吃的这枚新鲜的水果是不愁找不到动物来吃掉它的。13只蚂蚁在它甜美的果汁中沐浴，把头伸进柔软的果肉里，相互喷吐果实种籽嬉闹，然后在种籽破裂后流出的浆髓中畅游。

在它们的两只胃都装满了糖汁之后，蚂蚁们又上路了。它们走在两旁都是菊苣和蔷薇的小路上。16号不停地打着喷嚏，它对蔷薇的花粉过敏。

很快它们远远地望见前方有一条银色长带，那是一条大河。103号公主竖起触角，精确地确定了自己的位置。它们在贝洛岗的北方。

正巧大河是从北向南流的。

它们下到一片黑色沙滩上。成群的瓢虫看到它们靠近了，扔下撕咬了一半的蚜虫尸体，四散而逃。

103号一直不明白为什么"手指"会对瓢虫产生好感。正是这些野蛮的昆虫经常吞食蚂蚁放养的蚜虫。"手指"的另一奇怪之处就是它们认为三叶草能被用于治病，而随便哪只蚂蚁都很清楚三叶草的汁液是有毒的。

蚂蚁小队在沙滩中迤逦前行。

在它们周围，蟾蜍躲在细长芦苇丛中发出阴森的鸣叫声。

103号建议大家坐船顺河而下。那12只年轻兵蚁根本不知道"船"是什么，但它们马上想到这又是"手指"的发明。

103号公主告诉它们可以乘在一片植物叶片上在水中前进。以前它曾坐在勿忘草叶上横渡过这条河。但在它们周围找不到勿忘草。它们用眼睛和触角四处寻找着可以入水不沉的叶子。突然一丛睡莲跳入它们的眼帘。这些睡莲整天漂浮在水面上，难道还能期望找到比这更好的船吗？

"有了睡莲，我们就可以连脚都不用湿一下渡过大河去。"

蚂蚁小队爬上一株朝着岸微微倾曲的睡莲。粉中带白的椭圆形叶片长着长柄，形成了一处绿色的圆形平台，光滑得像是上了一层釉似的。这样水就不会在表面积聚。在主要的叶片之下，卷成角状的新叶片浸在水中。柔软的叶柄中布满了含有空气的水管，这便更增加了浮力。

蚂蚁们登上了睡莲，但这株植物并没有移动。原来睡莲的根状茎就像缆绳一样朝水中延伸，这只令睡莲动弹不得的"锚"十分坚固，直径超过5厘米，扎进水下1米左右，将睡莲牢牢固定在淤泥中。103号俯身钻进水中想把根茎切断，但它的工作时不时地得被换气所打断。

其他的蚂蚁也过来帮助它。眼看只要再来最后一下，"锚"就会被切断了，这时103号下令抓一些龙虱，把这些水生鞘翅目昆虫当睡莲的推进器用。蚂蚁们用在水面上捞起的动物尸体做诱饵把龙虱吸引过来，然后103号突然朝龙虱发出费洛蒙以说服它们加入蚂蚁的水上航行。

103号穷尽变性后倍增的眼力看到离大河对岸还很遥远，另外在水面上漂浮着的一些枯叶疯狂地在打转，这表明在水中有漩涡，看来不可能从这里横渡了。最好还是顺流而下找到一处大江比较狭窄的地方。

贝洛岗蚁们开始布置它们的船只，并且往上搬运粮食，以备漫漫航途之用。它们的储备粮主要是来不及逃跑的瓢虫和拒绝合作的龙虱。

现在出发已经来不及了，在夜间它们是无法航行的。103号建议第二天早上起航。生命就是白天与黑夜的轮回，这会儿它们正好差了一个循环。

于是它们上岸在岩石下找了一个栖身之处，吃了点瓢虫来恢复体力。一次伟大的航行已经准备就绪了。

76. 百科全书

月球旅行：有的时候那些最最疯狂的梦想被认为是可以实现的，只要人们敢于去尝试。

13世纪的中国，在宋朝历代皇帝的统治下，发起了一场以赏月为宗旨的文化运动。所有最伟大的诗人、最伟大的作家、最伟大的歌者都把空中的这个天体作为自己灵感的唯一源泉。

有一位宋朝的皇帝[1]，其本人也是诗人与作家，决心要把月亮的秘密探究明白。他是如此敬爱月亮以至于他想成为第一个登上月球的人。

于是他命令他的学者们制造一枚火箭。那时候中国人早已能够纯熟地使用火药。学者们在一座小阁下面堆起许多爆竹，而皇帝就端坐在小阁之中。

他们希望爆炸产生的推力能把君主一直送到月亮上。早在尼尔·阿姆斯特朗和凡尔纳[2]之前，中国人就已经制造出世界上第一枚星际火箭。但最初的研究探索往往都是以一种极其简陋的方式展开的：引信点燃之后，"火箭"像焰火那样升空了，也就是说它爆炸了。

那宋朝皇帝和他的"座舱"一起在巨大而炽热的光束中化为灰烬，而其他人都以为他已经到了月球上。

埃德蒙·威尔斯
《相对且绝对知识百科全书》第Ⅲ卷

77. 第一次起飞

一整夜他们都在编写歌曲和排练，片刻不停。音乐会那天早上，他们又重新投入工作了。他们能在《相对且绝对知识百科全书》中选取歌词，但要配上旋律和节奏也不容易。

晚上八点他们来到文化中心，调整乐器并且检验现场的音质效果。

离上场还有10分钟，他们聚在后台努力使自己平静下来。

---

[1] 根据万户的故事改编而成。
[2] 尼尔·阿姆斯特朗（1930—2012），美国宇航员，1969年任"阿波罗-Ⅱ"号飞船指令长，成为第一个登上月球的人；凡尔纳（1828—1905），法国科幻作家。

一名记者走了进来说是代表《枫丹白露号手报》来采访他们。

"你们好，我叫马赛·沃吉拉，《枫丹白露号手报》的记者。"

他们仔细打量了一番这位矮胖的先生。面颊和鼻子上轻微的酒糟说明他嗜好美食佳肴。

"那么，年轻人，你们打算出张专辑吗？"

朱丽实在提不起兴致来回答他。姬雄便承担起这个工作。"是的。"

记者脸上露出满意的神色。哲学老师没有说错，说"是"总能使人高兴而且让交流变得更容易。

"唱片的名字是什么？"

姬雄把脑海中出现的第一个字眼说了出来："觉醒。"

记者一丝不苟地做着记录。

"歌词大意是什么？"

"嗯……歌词中包罗万象。"佐埃答道。

这次答案太过模棱两可，记者不太满意，又问道："你们的风格近似哪一种流派？"

"我们写我们自己的曲子，"大卫说，"我们力求与众不同。"

记者不停地记着，就像一个家庭主妇撰写购物清单一样。

"我希望他们已经给您留了个前排的好座位。"弗朗西娜说。

"没有。我没有时间。"

"什么，您没有时间？"

马赛·沃吉拉收起笔记本，伸手与他们握手道别。

"我没有时间。今天晚上我还有许多事要做。我可不能在音乐会上花费一个小时。我真的很愿意听你们唱歌，但很抱歉，我实在抽不出时间。"

"那为什么要报道我们？"朱丽奇怪地问。

他凑到朱丽耳边，好像要告诉她一个秘密似的。

"我告诉你，记者这份职业一大机密就是：我们只报道我们不知道的东西。"

这个秘密让年轻姑娘吃惊不小，但她看到记者好像很满意她这种反应，也就不再坚持去反驳他了。

文化中心的经理一阵风似的冲进后台。他和他兄弟，那位校长长得实在太像了。

"快准备一下，就要轮到你们了。"

朱丽小心翼翼地掀起幕布一角。这个能够容纳500人左右的大厅大约有四分之三的座位空着。

"七个小矮人"和她心中充满了怯意。保尔咬牙切齿地想要找回勇气。

弗朗西娜一根接一根地抽着烟。

莱奥波德合起双眼试图进入沉思的状态。纳西斯不停地复习着吉他和弦。而姬雄把大家的乐谱检查了一遍又一遍。佐埃好像在自言自语，实际上她已经把歌词背了一千遍了，因为她生怕演出时会出什么纰漏。

朱丽已经把自己的指甲都咬秃了，只能伸出无名指往自己身上刮擦着，然后在刮破的地方用嘴去吮吸。

在舞台上，经理大声宣布道：

"女士们，先生们，欢迎各位来参加枫丹白露新文化中心的落成典礼。工程还没有全部结束，在此我为由此给诸位带来的不便表示深深的歉意，好了，现在我要在这全新的舞台上向大家介绍全新的音乐。"

坐在第一排的老人们纷纷戴上了助听器。只要别人邀请，他们是不会错过任何一场演出的。至少这也让他们有机会出门活动活动腿脚。

经理的喊声更响了。

"下面大家将听到的是我们社区最活跃、歌声最动听的一支乐队。无论我们是否喜爱摇滚乐，我相信我们的音乐家们的演奏还是值得大家静心欣赏的。"

经理正在把演出引向失败，因为他把他们当作一个本地民间艺术表演团体那样介绍给大家。

看到后台乐队成员脸上的愤怒表情，他赶忙纠正道：

"在你们面前的是一支摇滚乐演唱组，不管到底是什么，我们的女歌手长得的确很可爱。"

观众没什么反应。

"她的名字叫朱丽·潘松，是这支'七个小矮人和白雪公主'乐队的主唱。这是他们第一次正式演出，让我们热烈鼓掌对他们表示鼓励。"

从观众席的第一排传来一阵稀稀落落的掌声。经理牵着朱丽的手把她拉到了舞台上，站到了舞台正中央。朱丽站在麦克风前。在她身后"七个小矮人"也都各就各位了。

朱丽朝幽深的观众席放眼望去。坐在头排的尽是些退休的老年人，后面零星坐着些偶然进来看热闹的闲人。

在观众席的后排有一个人在那儿喝倒彩。

"吁！吁！"

这位嘲弄者站得实在太远了。朱丽没法看清他的脸，但他的声音却能很容易地认出来：贡扎格·杜佩翁。他肯定领着他那帮人马过来捣乱了。

"吁！吁！"他们齐声叫道。

弗朗西娜赶快做了一个开始的手势，让音乐来压过这种不合时宜的嚣叫。

在舞台的地板上贴着他们演唱曲目的先后顺序。

（1：你们好）

在朱丽身后，姬雄奏出一段节奏，保尔在调音器上拨动着电势计。聚光灯在背景幕布上投出拙劣的虹彩光晕。

朱丽扶着麦克风，唱道：

你们好。

你们好，未曾相识的观众。

我们的音乐是改变世界的武器。

别笑。有这个可能，你们可以做到。一切都能实现，只要你们想要。

歌声暂停，剧场里响起稀稀拉拉的掌声。几张折叠式座椅嘎吱作响，一些观众失望而去。大厅尽头又响起贡扎格和他的同伙歇斯底里的叫声：

"吁！吁！"

大厅里没什么反应。难道这是舞台灯光的洗礼？难道"创世纪"乐队、平克·弗洛伊德、Yes 乐队也经历过这样的首演？朱丽来不及多想，唱起了第二段。

（2：感知）

人只能感知到准备去感知的世界。

生理学实验中，猫一出生就被关在有垂直条纹装饰的房间里。

一只鸡蛋从贡扎格那一角扔了过来，在朱丽的黑色羊毛套衫上撞得粉碎。

"这个，你感知到了没有？"他狂吼道。

厅里响起一阵哄笑。朱丽现在终于完全体会到了充满恶意的学生给德语老师带去的苦难。

看到形势快要变成灾难了,弗朗西娜在开始独奏之前就先提高了管风琴的声音,以此来压倒喧哗声。

然后他们直接连上第三段。

(3:反常睡眠)

我们心中睡着一个小宝宝。

反常睡眠。

他梦境难安。

大厅尽头,门在不停开开关关,迟到的人进来,失望的人离去。朱丽被弄得心神不定。没过多久她便发现自己只是在机械地唱着,留神的却是门敲打着墙的声音。

"吁,朱丽!吁!"

她注视着她的伙伴。真是彻底的失败。他们局促不安,几乎难以再演奏下去。纳西斯弹错了和弦,他的手在吉他弦上颤抖着,发出不协调的声音。

朱丽努力塞耳闭听,再次唱起副歌。他们原先以为到这个段落时整个大厅的观众会一齐用手跟着打节拍的,然而小女孩却连鼓动他们的勇气也没有。

我们心中睡着的一个小宝宝。

反常睡眠。

正好,前面几排的退休者睡着了。

反常睡眠。她唱得更响了,要把他们吵醒。

这时莱奥波德本要插进一段笛子独奏。他把几个音符搞错以后,干脆将其简化了,幸好,那个记者没待在那儿。朱丽颓丧万分。大卫用下巴鼓励她,示意她别分心去注意观众,只要继续就是了。

我们大家都是赢家。

因为我们都来自跑在30亿竞争者前面并赢得赛跑的那颗唯一的精子。

贡扎格和他的"黑鼠们"在台前，拿着啤酒瓶，洒着难闻的泡沫。

继续！继续！姬雄甩动胳膊。毫无疑问，正是这样的时刻才会把你们改造成真正的音乐家。现在那些捣乱分子掀起了狂澜，除了扔蛋和啤酒瓶以外，他们又吹起了雾笛，喷洒着各式各样的气雾剂，不断叫道：

"吁！朱丽！吁！"

"实在太过分了。胡闹什么，让他们好好演啊！"一位健壮的女孩大叫，挥舞着一件写着"合气道俱乐部"的T恤。

"吁！"贡扎格高喊着。

他对着在场观众喊道：

"你们知道吗，他们根本就是窝囊废！"

"如果你不喜欢的话，没有人强迫你待在这里。"那个举着合气道俱乐部T恤的强健女孩说。

她气冲冲地准备独自抗击那些狂热者。因为对方人多势众，那些同样穿着合气道俱乐部T恤的人便起来援助她。观众纷纷站了起来，加入这个或那个阵营。

那些醒过来的退休者陷坐在他们的椅子上。

"请冷静！请冷静！"朱丽慌乱地恳求道。

"接着唱！"大卫告诉她。

朱丽呆呆地望着这些相斗的人们。看来他们的音乐没能缓和气氛。必须赶快做出反应。她示意"七个小矮人"停止演奏。人们只听见吵架者恼怒的叫声和那些愤然离席的人起身时折叠椅发出的声音。

绝不能放弃。朱丽闭上眼睛，使自己更好地集中精神，忘记眼前所发生的一切事情。她紧紧堵住耳朵，要使自己隔绝于世，凝神搜索演唱的技巧。她想起杨凯莱维施的告诫：

"在歌唱中，声带实际上并不是很重要。假若你只是听你的声带的话，你就只能辨别出一种令人不舒服的噼啪声。是你的口腔使声音产生变化，勾画出音符，体现它们的完美。你的肺是风箱，声带是振动的膜，腮帮是共鸣箱，舌头是调制器。现在，用嘴唇瞄准，发射。"

她瞄准，发射。

一个单独的音符。一个降 Si。完美，浑厚，铿锵有力。音符蹦了出来，占满了新文化中心的整个大厅。当它碰到墙壁的时候便反弹了回来，一切都被朱丽的降 Si 回音淹没了。给所有人的降 Si。

像风笛的气囊一样，年轻女孩的腹部瘪了下来，以增加音量。

音符如此庞大，比朱丽还要高很多。在降 Si 无尽的笼罩中，她觉得受到了保护，眼睛还是闭着，她拖长着音符露出了笑意。

她歌唱的表情无可指责。

她的整个口腔都振奋起来追求完美。那个降 Si 变得更清纯、更自然、更灵验了。在她的嘴里，上腭跟牙齿都在颤动。绷紧的舌头已不再挪动了。

大厅静了下来。甚至连那些前排的退休者也都停止抚弄他们的助听器了。黑鼠们和合气道俱乐部的女孩停止了争斗。

肺的风箱已放出了它里面所有的空气。

别失去控制。很快，朱丽接上了另一个音符 Re，跟那个已令整个口腔都兴奋起来的降 Si 一样恰到好处。Re 渗入所有人的心头。透过这个音符，她传达了她全部的灵魂。在这独特的震颤中包含了所有的一切：她的童年、她的生命、她的忧虑、她与杨凯莱维施的相遇、她与母亲的争执。

一阵雷鸣般的掌声，黑鼠们溜了，她搞不清楚人们是在为贡扎格和他同伙的离去而欢呼呢，还是为她新悬在空中的音符而喝彩。

一个永远持续的音符。

朱丽停了下来，现在她恢复了所有的活力，等乐队其他成员准备就绪，她又拿起了麦克风。

保尔关掉聚光灯，只给朱丽打出一束锥型银光。他也知道应该回归简洁。

她缓慢而又清晰地说道：

"艺术为革命服务，我们的下一首叫作：《蚂蚁革命》。"

她吸了一口气，闭上眼睛唱道：

太阳下没有了新的东西。
不再有幻想者。
不再有创造者。
我们是新的幻想者，
我们是新的创造者。

她得到的回答是几声"对！"

姬雄像疯子一样扑在打击乐器上。佐埃在低音上跟随着，纳西斯则以吉他相伴，弗期西娜拨弄着琶音。保尔明白他们试图起飞了，于是便把扩音器调到最大。整个大厅都在颤抖。假若他们这样都起飞不了的话，那接下来就肯定不会再有戏了。

朱丽把嘴唇对准麦克风，用逐渐上升的颤音唱道：

结束了，
这是最后的结果，
打开我们所有的感觉，
今天早晨吹拂着一阵新风，
什么都不能放慢她疯狂的舞步。
在这沉睡的世界里将会发生无数的变化。
不需要暴力去击碎它们凝固的社会准则。
惊讶吧：我们只需要"蚂蚁革命"就可实现。

然后，她更有力地闭着眼睛挥起拳头：

不再有幻想者，
我们是新的幻想者。
不再有创造者，
我们是新的创造者。

这次，一切运转正常，每一种乐器都准确地演奏着。保尔的音响调节得很完美。朱丽的声音，以炽热的主调，理想地把握着音色。每次颤动，每一个字眼都发出清脆的声音。为了更好地刺激各个器官，一切都安排到位了。假若那些观众知道她完全是她声音的主人，知道她可以发出准确地作用在胰或肝上的声音，那才过瘾呢！

保尔还在调高音量，七千瓦的扩音器喷出不可思议的能量，大厅不再是颤动，而是在摇撼。朱丽的声音在麦克风的扩充下占满了鼓膜，直至脑髓。在这种时候，能够想到的，除了这个灰色眼睛年轻女孩的声音以外，不可能再有其他的东西。

朱丽从来没有感到过如此投入。她已忘掉了她的母亲和毕业会考。

她的音乐使所有人都得到了享受，前排的退休者已摘掉了助听器，手舞足蹈地打着节拍，靠里大厅尽头的门不再嘎吱作响了。观众们全部在打着节拍，甚至在座位间跳起舞来。

飞机终于起飞了。现在需要的是把握高度。朱丽示意保尔把音乐降低一个调式，然后走近观众，字字珠落玉盘似的唱道：

太阳下没有了新的东西。
我们永远以同样的方式看着同样的世界，
在灯塔楼梯的旋涡中打转。
我们不停地犯着同样的错误，然而却
已更上一层楼。
是该改变世界的时候了，
是要停止绕圈的时候了，
并不是结束，恰恰相反，这只不过是刚刚开始。

保尔知道"开始"两个字意味着这段的结束，于是便在操纵台上启动烟火，并打亮了观众头上方的灯光。

厅内掌声雷动。

大卫和莱奥波德建议朱丽把那首歌再唱一遍。年轻女孩的声音越来越响。她已完全不再颤抖，自忖为何一个柔弱少女能够在她的歌中引发出这样的力量。

不再有创造者，
我们是新的创造者。
不再有幻想者……

这句起到了轰动效应。人们异口同声地响应她：

我们是新的幻想者！

乐队没想到会有这样的配合。朱丽即兴发挥道：
"好，如果不想改变世界，那就忍受它吧。"
又一轮欢呼。《相对且绝对知识百科全书》里的理念达到了目的。她重复道：

> 如果不想改变世界，
> 那就忍受它。
> 去想想一个不同的世界，
> 换一种方式去想一想。
> 放开你们的想象力，
> 必须有创造者，
> 必须有幻想者。

她闭上眼睛，心头有一种怪异的感觉。或许这就是日本人所说的"禅"吧。此时意识与潜意识形成的只有一种完全的愉悦。

观众随着自己心脏跳动的节奏拍着手。音乐会才刚刚开始，而所有的人都已经在担心着结束的时刻，担心着幸福与默契被日子的单调无味替代的时刻。

朱丽不再依赖《百科全书》，她即兴填词，那些字眼从她嘴里出来，连她也不知道它们来自何方，好像是它们自己要发出来一样，而她则只不过是在给它们做媒介。

78. 百科全书

精神圈（Noosphère）：人类有两个独立的脑，右半球和左半球。每个半球都有自己独特的理智。左脑进行逻辑转换，是数字的脑。右脑进行直观切换，是形态的脑。对于同一种信息，每个半球都会有不同的分析，可以得出完全相反的结论。

似乎只有在夜里，作为潜意识参谋的右半球才会通过梦把它的想法传给左半球，就像小两口子中直观行事的妻子悄悄地把她的想法塞给作为唯物主义者的丈夫一样。

俄国学者，同时也是"生物圈（Biosphère）"这个词的创造者，弗拉基米尔·韦尔纳茨基（Vladimir Vernadski）和法国哲学家德日进[1]认为：这个直观的雌性脑还会被赋予另外一种礼物，即可以栖息在他们称作"精

---

[1] 泰亚尔德·夏尔丹（Teilhard de Chardin, 1881—1955），汉名德日进。神学家、古生物学家。在中国工作多年，是中国旧石器时代考古学的开拓者和奠基人之一。著有《人的现象》《神的氛围》等。

神圈"的地方。

精神圈是一种四周布满行星的大块云状物，像大气层或电离层一样。这种非物质的球状云由右半脑发出的人类所有的潜意识组成。这个整体建立了一个内在的理智，某种全人类的理智。

因此，我们以为在想象或创造东西，其实，这只是我们的右脑在那里寻觅。而当我们的左脑专心地倾听右脑时，信息便传递并涌现出来，成为能够变成具体行动的想法。

根据这种理论，画家、音乐家、发明家或小说家只不过是：一些能够用他们的右脑吸收共同的潜意识，然后让它们在左右半球中足够自由地传递，使它们能够把这些精神圈中零乱的概念变成作品的收音机。

埃德蒙·威尔斯
《相对且绝对知识百科全书》第Ⅲ卷

79. 失眠

天黑了，然而那只蚂蚁却没有入睡。噪声和亮光弄醒了103号。在它周围，12个年轻的探险家还在睡觉。

从前，晚上发生的一切都不存在，因为睡眠完全熄灭了它冷血的身体。但自从它有了性别以后，睡觉时它就体验到了一种半昏沉的状态，哪怕丝毫的动静也会使它醒过来。这是太敏感的麻烦之一。它有一种失眠的轻微趋向。

它醒了。

天气很冷，但它昨天已经吃够了，有为着御寒所必需的能量储存。

它走到岩穴的门槛上，想看看外面发生了什么事情。一阵红云飘过。

蟾蜍已停止了嚷叫。天空一片漆黑，半遮着的月亮在水面洒上粼粼波光。

103号看到天空中划过一道亮光。闪电。闪电像一棵带有长长枝丫的树，从天空中冒出来，抚弄着大地。可是它的存在如此短暂，小公主已经看不见它了。

雷声过后，寂静变得更加沉重了。天空更加灰暗。通过约翰斯顿器官，103号看见了空气中的磁电。

接着一个炸弹落了下来。一个巨大的水球在地上爆开，飞溅起来。雨滴。紧跟着这个死亡之球的是它无数的同胞。这种现象虽然比不上蝗虫危险，但103号还是后退了几步。

公主看着雨水。

孤独、寒冷、夜晚，直到现在它都把它们当作是与蚂蚁精神相违背的东西。然而，夜晚是美丽的。甚至寒冷也有其妩媚之处。

第三次爆裂声。又一棵巨光之树在云朵间冒出，在接触地面时死去。更近了。岩穴被一道闪电照亮了，一秒钟之间，12个探险家都成了"白血病患者"。

地上的一棵黑树被天上的"白树"触及。它很快就燃烧起来。

火。

蚂蚁看着火在一点点地吞噬着那棵树。

公主知道，在高处，"手指"们在掌握火的基础上建立了它们的技术。它看到了发生的一切：燃烧的矿石，烧烤的食物，尤其是带火的战争、带火的屠杀。

在昆虫界，火是禁忌。

所有的昆虫都知道，几千万年以前，蚂蚁掌握着火，进行着可怕的战争，有时把整个森林都摧毁了。终于有一天，所有的昆虫达成一致意见，摒弃这种致命元素的使用。可能正因为这样，昆虫才没有发展金属和爆炸的技术。

火。

为了发展，它们会不会也要被迫超越这种禁忌？

在落在地上弹起的雨水的摇曳下，公主折叠起触角重新入睡。它梦见了火焰。

80. 音乐会的高潮

热烈。

朱丽淹没在人群中，感觉很好。

弗朗西娜甩动她褐色的头发，佐埃跳起了肚皮舞，大卫把自己的独奏与莱奥波德的独奏接起来，姬雄两眼朝天，用鼓棒同时敲打着所有的鼓。

他们的精神融为一体了。他们已不再是8个人了，而是一个。朱丽只希望这珍贵的一刻成为永恒。

音乐会本该在十一点半结束，可是太火爆了。朱丽仍有大量的能量，她仍需要这种神话般的集体感触。她觉得在飞，不愿着地。

姬雄示意她再唱一遍《蚂蚁革命》，合气道俱乐部的女孩们在过道上有节奏地高呼：

谁是新的幻想者？
谁是新的创造者？

欢呼。

我们是新的幻想者！
我们是新的创造者！

年轻女孩的目光微微变了一种色彩。在她头脑中，有几个机械在齿合，打开大门，放下闸板，解开栅栏。神经收到要传递给口腔的信息。一句要说出来的话。神经迅速将信息传递出去，下颌张开，舌头动了，话语便出来了：

"此时此地……你们是否已经准备好……去革命？"

所有的人都骤然静了下来。收到的信息通过听觉神经传到大脑，大脑也同样分解着每个音节的意思和分量。终于有了一个回答：

"是——！"

已经兴奋起来的神经运转得更快了。

"此时此地，你们是否已经准备好去改变世界？"

整个大厅回答得更响亮了：

"是——！"

心脏跳了几跳，朱丽踌躇了。她体验着那种不敢承担自己的胜利的踌躇。她感受到跟汉尼拔在罗马城门前时一样的焦虑。

"这样显得太容易了，算了吧。"

"七个小矮人"等着她的一句话，即使仅仅是一个姿势也好。那根神经准备快速传递信号。观众在窥伺着她的嘴巴。这种《百科全书》中讲过的很多革命，她还是力所能及的。所有的人都在盯着她。只要她说一句："冲吧！"就够了。

一切都悬着不动了，仿佛时间停止。

经理切断扩音设备，调暗舞台上的灯光，又把大厅的灯开亮了，然后走到舞台上说：

"好了。演奏会结束了，大家为他们热烈鼓掌。再次感谢，白雪公主和七个小矮人！"

美妙一刻已经过去。热情断裂了。人们无精打采地鼓着掌。一切重蹈覆辙。这只不过是一场简单的音乐会而已，一场成功的音乐会。人们虽然会鼓掌，但然后就会出去，各自回家睡觉。

"晚安！谢谢。"朱丽低语。

在喧哗声中，座椅嘎吱作响，大厅尽头的大门砰然关上。

在化妆室卸妆的时候，他们感到涌上一种淡淡的苦涩。他们差点就组织了一次群众运动，差一点儿。

朱丽仍旧穿着戏服，忧伤地看着擦过脸上脂肪的灰褐棉花团呆呆出神。经理走进后台，皱着眉头。

"抱歉，被音乐会刚开始时的吵闹搅坏了。当然，我们会给你补偿的。"朱丽说。

眉毛竖了起来。

"抱歉什么？抱歉我们让大家度过了一个美妙的晚上？"

他笑了出来，拥抱朱丽，亲吻了一下她的脸颊。

"你们真是太美妙了！"

"可是……"

"为了在这个外省的小城发生点有意思的事情……我等待着一场风笛舞会，而你们却组织了一次即兴音乐会。我可以这么跟你们说：文化中心的其他经理要嫉妒死了。自从圣米歇尔山文化中心举行的'巴黎木十字儿童合唱团'独唱音乐会以后，我就从来没有看到过如此热情的观众。我希望你们能够再次光临，越早越好。"

"当真？"

他拿出支票簿，想了一下便签上：5000法郎。

"你们今晚演出的报酬，同时可以帮助你们准备下一场演出。你们还要对服饰多注重一点，贴下海报，可能还要考虑一下烟火、布景……你们不能仅仅因为今晚的小胜利就乐不可支。下一次，我要一场真正绝棒的演出。"

81. 新闻

枫丹白露号手报

（文化专栏）

文化中心：一场欢愉的首演音乐会

　　法国年轻的摇滚乐队"白雪公主和七个小矮人"昨晚在枫丹白露新文化中心的新音乐大厅做了一次令人惬意的音乐演出，在观众中引起了巨大的轰动。乐队年轻主唱朱丽·潘松拥有在娱乐业成功的一切：女神的身材，令人甘心为之下地狱的灰眼睛和颇具爵士风格的嗓音。

　　人们仅仅遗憾节奏的贫乏和歌词的平庸。

　　然而伴着集体的热情，朱丽使人忘掉了这种年轻人的不完善之处。

　　有些人甚至断言她可以与著名女歌唱家亚历山德琳竞争。

　　毫不夸张。亚历山德琳已知道用她那性感的摇滚风格去征服大大超出外省文化中心的广泛观众。

　　"白雪公主和七个小矮人"毫不示弱，也宣布出版一张以标题《苏醒吧》命名的纪念集。它将可能很快就与亚历山德琳已登上所有排行榜榜首的成功新作《亲爱的，我爱你》展开竞争。

马赛·沃吉拉

82. 百科全书

　　审查处（Censure）：以前，为了某些掌权者判定的反动思想不影响到大众，统治者曾一度设立了国家审查处，专门负责杜绝那些太具"颠覆性"的作品的蔓延。

　　今天，审查处已改变了它的面目。对它起作用的不是短缺而是泛滥。在如雪崩般涌来而又毫无价值的信息面前，许多人都不知该从哪里吸收感兴趣的信息。唱片制作者大力传播着所有同类音乐，阻碍了新流行音乐的喷涌。出版者每月都出版几千部书，阻碍了新流行文学的涌现。这些新音乐、新文学不管怎样都会被淹没在出版汪洋中。同类平庸的泛滥封锁了新颖的创作，甚至连要过滤整个汪洋的评论家也没有时间去读、去看、去听这所有的一切。

　　如此有了这样一个反常现象：电视网、电台、报纸等传媒多了，创作的多样性却少了，一片死气沉沉。

　　这合乎那个古老逻辑：不应该出现任何能够控诉这个体制的创新东

西。为了使一切都一成不变而花费了多少精力！

埃德蒙·威尔斯
《相对且绝对知识百科全书》第Ⅲ卷

83. 顺流而下

银色河流向南滑去。今天早晨，探险家们的小舟一大早就在这并不好客的波浪中前进。龙虱们正优雅地拨着波浪。它们的绿色外壳有着橘红的边缘。龙虱的前额装饰着一个"V"形的黄色标记。大自然有时候很喜欢搞点装饰。它在蝴蝶的翅膀上描绘复杂的图案，在龙虱的甲壳上则留下最简单的痕迹。

龙虱毛茸茸的长腿一张一缩，推动着沉重的蚂蚁之舟前进。103号公主和12个探险家们栖息在睡莲最高处的粉红花瓣上。品味着周围无尽的风景。

在冰冷的河水中，小小睡莲真是一艘可以用来保护自己的完美战舰。谁也不会去注意它，因为睡莲在水上漂流是一件很正常的事情。蚂蚁们视察着它们的战舰。睡莲叶形成一个平坦而又坚固的绿筏。睡莲花朵相当复杂，包括四片绿色萼片和许多螺旋形的花瓣，花瓣的腰部逐渐缩小，直到在花的中央变成雄蕊。

蚂蚁们在这些像许多缆索一样的巨大粉红帆上爬上爬下：植物纤维的第二层帆、第三层帆、顶帆，以此取乐。从水生花朵的最高处，它们分辨着远处的障碍物。

103号公主总是窥伺着寻找着新的刺激，品尝着睡莲的根状茎，很快就感受到一种平和感，令它惊讶不已。其实睡莲具有一种平欲物质，像镇定剂一样生效。在这种液体的作用下，一切都显得更加祥和、更加平静、更加轻柔。它感觉好极了。

早晨的河流真美。绯红的太阳用红宝石般的光线雨浇洒着贝洛岗蚁们。粉红的点点滴滴在漂流的水生植物上闪烁。

行舟处，垂柳弯下柔软的长叶，水菱展示它的果实，胡桃被装饰着侧棘的萼包裹。欢快的大自然，长寿花像黄色飘香的星星在闪耀。

左边露出一块石头，表面上铺满了散发着清淡芬芳的肥皂草。它们把包膜抛落在水中，落下去时，从皂贰中产生出一种能冒泡的物质放出肥皂泡。水面的紊乱刺激着龙虱，它们把脑袋抬得高高的，便于从肺管中喷出小小的液流去射这些肥皂泡。

睡莲高处擦过一簇毒芹的叶子，叶子散发出芹菜的怪味，流出一种黄色液体，一接触空气颜色就更深了。蚂蚁们知道这些液体是甜的，但含有一种强烈的生物碱——毒芹碱，会麻痹大脑。为了使同胞们了解这种信息，形成集体意识，许多探险家已经付出了它们的生命，别去碰毒芹。

在它们上方，蜻蜓在盘旋。年轻的蚂蚁们羡慕地望着它们。年长而又神气的大昆虫专心地跳着它们的求偶舞，每一个雄性都警惕着其他雄性，守护自己的地盘。它们在一块儿竞争，都想扩大自己的领土。

雌性当然会被能够为它跳交尾舞和之后的产卵提供最大空间的雄性所吸引。

不过，不管雄性在吸引雌性的努力中是成功还是失败，竞争都没有就此结束。一个雌蜻蜓能够把雄性的新鲜精子在腹部保存好几天，假若它与不同的情人交尾，接下来它仍旧可以产下来源于第一个、第二个或第三个伴侣的卵。

另外，雄性蜻蜓也知道这一点，它们很吃醋地在交尾之前先急着要倒空情敌留在雌性中的精子。然而，这并不妨碍蜻蜓太太找到另一个雄性把它的精子也倒空。荣誉归于最后一位过关的精子。

带着新的性别感官，103号公主将目光投向水中。它看到水面下有一只背面朝下行走的动物。那只动物隔着水面看着它，就像隔着一扇玻璃窗一样。这是一只仰泳蝽。它甩动后肢爬行前进，仿佛是在水面镜子的另一边奔跑。为了呼吸，它在肘关节储存起气泡，时不时用气门吸一下。

突然，一个脑袋冒了出来。原来是一只幼蜻蜓的脸从水中跳出来逮一只蜉蝣。103号公主知道发生了什么。幼蜻蜓有一张原始的面具，连在一个相当于下巴的长关节上。它接近猎物，然而猎物并不逃跑，它们自以为有足够的距离溜走。幼蜻蜓突然张开带有杠杆关节的面具，就像弹射器一样出击勾住猎物，然后把它送入下颌所在的头部。

花船滑过，刚好避开那些石礁。

坐在睡莲船黄色的中央，103号又想起了蚂蚁的伟大历史。碰巧，它知道千古传诵的所有古老神话传说。它知道蚂蚁是怎样通过从肠子里面进攻使恐龙在地球上消失的。它也知道，为了统治地球，几千万年以来，蚂蚁是怎样跟白蚁作战的。

这是它的历史。这些，"手指"们并不了解。它们不知道蚂蚁以前是怎样把原来没有的花草和蔬菜：豌豆、洋葱、胡萝卜等的种子从太阳升起的地方带到其他地方的。

一种特殊的自豪感令它陷入对这庄严河流的幻觉中。一种"手指"永远不能体会到的幻觉。它们太高、太大、太强壮，不能像它那样去看这些长寿花、这些垂柳。它们观察不到像它所观察到的一样的颜色。

"那些'手指'从远处看得很清楚，但它们的视野太窄了。"它想到。

其实，假若蚂蚁能够看180度，那么"手指"就只能看90度，而且它们只能把注意力集中到15度上面。

它从电视资料上了解到这一点，"手指"发现地球是圆的，因此是有限的。它们拥有所有的森林和草原……的地图。它们不能再想："我朝陌生的地方去。"而只能是说："我远行到国外。"行星上所有的国家都只不过是它们的飞机一天的行程。

103号公主希望有一天能够把贝洛岗的技术告诉"手指"：如何去烹调蚜虫的蜜露，如何尊重果实，如何让动物们理解自己，还有许多许多"手指"都不晓得的东西。

当太阳由红转成橘红时，无数的歌声响了起来。有蟋蟀的歌声，也有蟾蜍、青蛙、鸟儿的……

午餐时间到。

在"手指"中生活，103号养成了一日定时三顿的习惯。蚂蚁们俯下腰去捡头部朝下、呼吸管朝上浮在河面上的蚊子幼体。正好，大家都饿了。

84. 歌唱的关键

要鸡还是要鱼？

星期一，学校快餐厅，当日菜单是：冷盘——醋酸沙司甜菜；可选主盘——面包粉炸鱼块或鸡肉炸薯条；甜点——苹果派。

佐埃用她最长的指甲把一个粘在苹果派果酱上的小飞虫弄了出来。

"你看，指甲，有时候还是很实用的。"她对朱丽说。

小飞虫要很快再飞起来是不大可能了，然而佐埃并不想把它吃掉，她把它放在盘子边上。

学生们排着队，推着搁在餐盘架上的餐盘，在服务台前依次前行，台后是一个女服务员，掌着一把长柄大汤勺，一成不变地向他们提着"玄奥"的问题："要鸡还是要鱼？"

不管怎么样，正是这种选择区分了现代快餐厅和简单的食堂。

由于高高的玻璃水壶放在上面，朱丽的盘子显得摇摆不定，她想找一张足够让一组人都坐得下的桌子。

"不行，别到这里，这是留给老师坐的。"一个家伙叫道。

再远一点的桌子是留给服务员的。另外还有一张是留给行政人员的。每一个级别都唯恐失去自己的领地和他们小小的特权。想要提出质疑，根本就没门儿。

终于有位子了。只有 20 分钟的时间吃午餐，像平常一样，他们根本没有时间嚼就把食物给吞下去了。他们的胃已经习惯了这种情形，产生出更具腐蚀性的胃酸来掩盖臼齿的懒惰。

一位学生走近他们的桌子。

"上星期六我和同伴都没有去看演出。你们下星期还要再演，那简直是太棒了，能不能给些赠票呢？"

"哟，我们也是，我们也想要。"另一个说。

"还有我们……"

二十来个学生围在他们周围，一个个都渴望得到赠票。

姬雄道："我们不能躺在我们已有的荣誉上睡大觉，任何时候都要加把劲。待会儿历史课后彩排。为了下星期六的重要演出，我们还要新的歌曲、新的舞台效果。纳西斯，你制作服饰。保尔，你负责布景。朱丽，你要更'性感明星'一点。你有神赐的能力，然而你却好像把它压抑了。放开点。"

"你总不是想要我做脱衣舞女郎吧？"

"不是，可是为什么不裸露一点呢，像这样，把肩部露一会儿？这样就会有一点效果。连最有名望的女歌唱家也做过的。"

朱丽满腹疑惑地噘着嘴。

正在这时，校长突然来了。他向他们表示祝贺。他跟他们说要好好干，他兄弟对他们寄予很大的希望。他说他年轻时也遇到过同样的机会，只不过给错过了，所以到现在都还遗憾不已。他把新修好的后门钥匙交给他们，好让他们能够随便进出排练，就算看门人把学校大门的栅栏关上后也一样。

"这次一定要把顶棚掀掉！"他拍了拍姬雄，喊道。

朱丽说应该改善一下音乐会的外观。保尔投射的霓虹彩光还不足以撑起舞台效果。

莱奥波德建议道："我们可以把背景做成一本大书，往上面投射色彩和从《百科全书》中取材的合成幻灯片。"

"对，我们还可以做一只大蚂蚁，让它的脚随着节奏摆动。"

"我们的演出干脆就叫'蚂蚁革命'吧？毕竟是这首歌挽救了我们的首场演出。"大卫建议。

主意层出不穷。他们又加上了服饰、舞美、舞台表演，甚至还要在摇滚里加上一段古典，比如说巴赫的赋格。

85. 百科全书

赋格的艺术（L'Art de la fugue）："赋格曲"是卡农的演变。卡农在各个方面对同一主题进行"磨炼"，在各个层面上探寻主题如何与自身发生反应。而"赋格曲"则可以对多个不同的主题加以表现。

"赋格曲"不是循环重复，而是不断递进。

约翰·塞巴斯蒂安·巴赫（Jean-Sébastien Bach）的《音乐的奉献》构建了最美的赋格结构之一。同许多赋格曲一样，《音乐的奉献》以 Do 小调开头，最后则像顶级魔术师的戏法一样，以 Re 小调结束。而这些，哪怕最留心的听众也未能听出变化发生的那一瞬间。

借助调性的跳跃，《音乐的奉献》可以无限重复下去，直到化作音阶内的所有音符。巴赫解释说："由此，国王的荣耀在转调的同时不断升高。"

《赋格的艺术》是赋格作品的巅峰之作。约翰·塞巴斯蒂安·巴赫临终前，想由此向世人展现其从绝对简单到绝对复杂的音乐渐进技术。由于健康问题，他的创作戛然而止（那时他几乎已经失明了）。这首赋格曲最终未能完成。

值得一提的是，巴赫以他名字的四个字母作为音乐主题：在德国视唱练习曲集中，B 表示音符降 Si，A 表示 La、C 表示 Do、H 表示单音 Si。

Bach = 降 Si、La、Do、Si

巴赫融入他的音乐作品之内，寄托于斯，希望自己也能够像不朽的国王一样升至永恒。

埃德蒙·威尔斯
《相对且绝对知识百科全书》第Ⅲ卷

86. 水栖溜冰者的袭击

当粉红睡莲船在波涛中缓缓滑行的时候，蚂蚁们看到了一群在水面上走动的昆虫。这是些尺蝽，一些类似于淡水蚤一样的臭虫。

它们的头比身体还要长，两只球状的眼睛像珍珠一样嵌在两侧，给它们一种非洲拉长面具的形态。它们肚子下面盖着柔软的银色防水毛。借助这些毛，它们便可以静静地在波涛上打转而不怕沉没。

尺蝽们感到蚂蚁小舟的震动时，它们正在寻觅着水蚤、蚊子的死尸或蝎蝽的幼体。它们出乎意料地集合起来组成一支水军，发起了攻击。

它们在水面上滑过来，就像在坚固的布上面滑行一样。它们使劲用跗节支撑，保证在如同拉紧的膜一样的河面上驾驭自如。

蚂蚁们知道危险，用它们的腹部在船的旁侧排成直线，像以前的斯堪的纳维亚士兵竖起他们的矛和盾一样。

开火。

蚂蚁们的腹部一齐发射。

许多被击中的尺蝽倒下了，肚皮上的防水毛使它们漂浮在波涛上面。随后的溜冰者在蚁酸的投射下踉跄而行。

第一阵连续射击就令很多尺蝽丧生，然而有几个终于靠近了船，它们只是用长长的脚压在上面，使睡莲的叶子淹没在水中。所有的蚂蚁都落入了水中。有几个想模仿尺蝽那样在上面行走，然而这种练习需要一种完美的姿势把重量分配在每一条腿上，蚂蚁们却总是有一条腿陷下去。结果最终它们的下巴与肚皮都触在了冰冷的水上，漂浮着徒劳地用腿挣扎。

水不会没过它们的下巴，蚂蚁们并不怕被淹死，但它们受到被其他虫子咬的威胁。应该快点组织起来。13只蚂蚁在各个方向挣扎着，拼命溅着水。当溜冰者不断打翻它们，把它们的头踩在脚下投到水里时，它们就拼命抓住睡莲的边缘。

蚂蚁们竭力相互靠拢，相互支撑形成一个漂浮在水面上的平台，然后想要依靠平台爬上睡莲船。经过多次尝试之后，它们终于爬到了船上。

大家救回其他蚂蚁，又逮住了几个尺蝽袭击者。

在吃掉它们之前，103号审问俘虏为什么要组成乌合之众来袭击，谁都知道它们是独行的种群。一个尺蝽说这全是由于一个家伙的缘故，一个被它们称作"缔造者"的尺蝽。

"缔造者"生活在一个水流非常湍急的地方。在那儿，尺蝽只能滑一点点的距离，然后就必须很快地抓住芦苇，不然的话，就会被水流带到不知什么地方。"缔造者"想到这样下去尺蠖的主要精力都会花在与水流的抗争上，然而没有谁知道这水流导向何方。"缔造者"下决心宁可让水流冲走，也不躲在芦苇下面过日子。邻近的所有尺蠖都预言说它必死无疑，因为湍急的河流会把它抛入悬崖。"缔造者"固执地什么也不管就出发了。正如它的同属所预言，它被卷走了，颠沛流离，跟跟跄跄，被弄得鼻青背肿，但它死里逃生了。河下游的滑冰者看到它经过，认为具有如此勇气的尺蠖真是一位楷模。它们推举它为头头，决定组成集体生活在一起。

103号公主自忖：单单一个个体就足以改变整个种群的行为，这个溜冰者发现了什么？不再害怕水流，不再紧抓幻想的安全，听任自己被卷向远方，冒着撞得头破血流的危险，然而，它终究还是能够改善自身，同时也改善了所在团体的生存条件。

这一领悟让公主恢复了勇气。

15号凑了过来想把尺蠖吃掉，可是103号公主制止了它，说应该把它放了，让它与刚刚社会化了的尺蠖团聚。15号不理解为什么要赦免它，这是一只尺蠖，味道很好的。

"我们或许应该把它们了不起的'缔造者'也找出来，一起干掉。"它又说。

其他的蚂蚁纷纷表示赞同。假若那些尺蠖开始群体作战，而蚂蚁们现在又不加以阻止的话，几年之后，尺蠖就会建立自己的湖城，成为河流的统治者。

103号非常清楚这一点，然而它说，无论如何，每一个种群都有自己的机会，保持领先并不是靠去摧毁竞争者，而是要比它们走得更快。公主以它的新性别做挡箭牌，来为它的同情辩护，但它知道这是源于与人类接触太久而发生蜕化的新证明。

103号公主知道自己心头有一个疙瘩。以前，它已经有了自私的趋向。由于性别而大大增加的辨别力只是加重了它的缺点。通常，一只蚂蚁总是联结在集体精神之上，极少从中脱离出来解决"个人问题"。不过，103号似乎经常脱离集体精神。它生活在它的肌肤内、它的灵魂中，在它头颅的桎梏中，并且不再为群体思考而努力。假若这样继续下去的话，它很快就只想着自己了。它会像"手指"一样以自我为中心。

5号也感觉到了，"绝对交流"时公主总是拒绝让别人查看它脑中的全部区域。它再也不遵从集体性。

但现在不是想这些事情的时候。103号公主注意到睡莲船的花瓣帆嗤嗤作响。要么是有风，要么是……它在快速前进。

全速向花瓣的最高点前进。上面，速度感更强了。触角和脸上所有的毛都像草一样压倒在后面。

公主的不安是有道理的，因为，远处出现一堵冒着气泡的墙；以它们前进的速度看很难避开。

但愿不是瀑布。那只蚂蚁想。

87. 为第二次演出前进

朱丽和她的朋友们精心准备着第二次演出。他们每天黄昏下课后都在排练场会合。

"我们没有足够的原创歌曲，只能唱相同的作品来保证演出的正常进行，真是蠢透了。"

朱丽把《相对且绝对知识百科全书》放在桌子上，所有的人都围了上去。朱丽翻着书页，标出可行的题目：《黄金分割》《蛋》《审查处》《精神圈》《赋格的艺术》《登月之旅》。

他们试图改编那些作品，用最简单的方式把它们转变成音乐。

"我们要把乐队名称换一下。"朱丽说。

其他人都抬起了头。

"'白雪公主和七个小矮人'，这有点幼稚，不是吗？"她说，"而且，我不喜欢这种分别：白雪公主和七个小矮人，我情愿是'八个小矮人'。"

所有的人都想看看他们的女歌手想怎么样。

"《蚂蚁革命》，这是最成功的歌曲，大卫曾建议这样命名我们下一次的演出，为何不同样用它来命名我们的乐队呢？"

"蚂蚁？"佐埃噘嘴道。

"蚂蚁……"莱奥波德重复念着。

"很动听。已经有甲壳虫乐队了，又叫蟑螂乐队，很恶心的昆虫，这并没妨碍那四个家伙取得非凡的成功。"

姬雄自言自语道："蚂蚁……蚂蚁革命……对，有点道理。可为什么是蚂蚁呢？"

"干吗不呢？"

"蚂蚁，人用脚、用手指就可以把它们压得粉碎，而且，它们一点也不好玩。"

"那就选些漂亮的昆虫吧，"纳西斯建议说，"'蝴蝶'或是'蜜蜂'怎么样？"

"干吗不叫'螳螂'呢？"保尔说，"它们有滑稽的脑袋，印在唱片盒上效果一定好。"

每个人都推出自己最喜欢的昆虫。

"鼻涕虫，这样我们就有了一个宣传词：我们在擦鼻涕，擦着擦着，我们就成了鼻涕虫！"保尔说，"从此以后，出示手帕就成了联络听众的标记。"

"嗯，为什么不叫'牛虻'呢？这样还可以在节拍上玩玩文字游戏。"纳西斯嘲讽地说，"类型有：'哦，牛虻，暂停你的飞行'或者'现代牛虻'再或是'献给周末的美丽牛虻'。"

"瓢虫。这样的话可以说是'花媳妇'。"

"熊蜂，"弗朗西娜说，"熊蜂，一个令您震撼的乐队。"

朱丽装出伤心的样子。她坚持说："不行！正因为蚂蚁是如此的不足挂齿，所以它更具有最好的参考价值。我们要把一种天生无趣的昆虫变得有趣起来。"

其他人并没有被真正说服。

"《相对且绝对知识百科全书》里有大量关于蚂蚁的诗和文章。"

这一次，证据出来了。假若他们要全速创作出新歌曲的话，当然要选择在《百科全书》中最现成的题目。

大卫让步了："我同意'蚂蚁'。"

"蚂蚁，不管怎么说，是很上口的两个音节。"佐埃承认。

她用几种语调念着："蚂蚁，蚂蚁，我们是蚂蚁，我们是'怪咖系'。"

"现在来做海报吧！"

大卫坐在排练室的电脑前，他好不容易在绘图软件中找到了像羊皮纸一样的结构，又为最初的几个单词选择了粗红的螺旋形大写字符，其他的则用白底黑字小写字符。

他细看《相对且绝对知识百科全书》封面上的图画。画面上，三只蚂蚁呈Y形排列在圆圈里的一个三角形中。只要用绘图软件复制一下就行了，乐队的标志准备好了。

他们凑在电脑前。上面，他们题上"蚂蚁"，下面一点，括号括上"白雪公主和七个小矮人乐队的新名称"，以便让他们原来的崇拜者认出来。

在底下："四月一日星期六，枫丹白露文化中心演唱会。"然后是粗体大号字："蚂蚁革命"。他们端详着最后出来的效果，荧屏上，他们即将贴出的海报就像一张古老的羊皮纸。

佐埃在校长的彩色复印机上复印了2000份。姬雄叫他的小妹妹负责跟她的同班同学在城里张贴。在给他们提供音乐会赠票的条件下，小孩子接受了，然后便与她的朋友到工地墙上和商店门口贴海报去了。这样，人们有3天的时间来买票。

"把整个演出准备好。"弗朗西娜叫道。

"配上烟火和灯光，搞出特殊效果。"姬雄更加苛求。

"我可以做出一本1米高的泡沫书。"莱奥波德说。

"中间配上可以活动的一页，再加上幻灯片，人们会以为它在翻页。"大卫确信地说。

"太棒了！我负责做一个至少2米的大蚂蚁。"姬雄允诺。

保尔建议根据每一首歌曲的独特气氛洒上与之相适应的香水。他自认为在化学方面他已有足够的知识来创造一台有芳香的管风琴。从薰衣草的芳香到土地的气味，从碘味到咖啡味。他希望每一主题都这样转换真正的嗅觉背景。

纳西斯则要设计出花哨的衣服，构想出突出每一首歌的面具与妆容。

排演正式开始了，"蚂蚁革命"的演奏让大卫头疼。他显然没有调好音。他们注意到在电流声中还有一阵噼啪声，他们走近扩音器，想校准一下，却发现有一只蟋蟀受发热的变压器吸引而停在那儿。

大卫有了主意，他用一根竖琴线把小麦克风固定在那只昆虫的鞘翅上。保尔调好音频。于是很快就得到一种唧唧作响的奇特效果。

大卫叫道："我想我们终于找到'蚂蚁革命'最完美的独唱音乐家了。"

88. 百科全书

未来属于演员：未来属于演员。为了让人尊重，演员知道如何模仿愤怒。为了让人奉承，演员知道如何模仿爱情。为了让人嫉妒，演员知道如何模仿欢笑。所有的职业都被演员渗入。

1980年，罗纳德·里根当选为美国总统，让人最终认可了演员的统治。有思想或懂得怎样去统治并没有什么用处，只要置身于一群撰写发言稿的专家中间，然后在摄像机前扮演一下他的角色就够了。

而且在大部分现代民主制度中，人们不再依据政治纲领来选择候选人了（大家都心知肚明，不管怎样，允诺的东西没有义务一定要做到，因为国家有一个不能倾斜的总政治），而是根据他的姿态、他的微笑、他的声音、他的衣着方式，他对采访者的亲切和机智的语言来选择。

在所有的职业中，演员都不可避免地取得了一席之地。一个扮画家的好演员能够把一件单色的画布说成是艺术作品而让人信服。一个扮歌唱家的好演员不需出声唱，只要得体地说明一下歌曲简介就行了。演员控制着世界。问题是由于把演员推向了前头，形式就比内容更重要了，表象走到了本质前面。大家不再去听人们所说的东西，只是乐滋滋地看着他们在怎样说，说话时的眼神如何，他们的领带是否与口袋搭配。

那些有思想但不懂如何去表达的人渐渐地被排除在竞争之外。

埃德蒙·威尔斯
《相对且绝对知识百科全书》第Ⅲ卷

89. 随波逐流

瀑布！

蚂蚁们大惊失措，竖起它们的触角。

沿途，陡峭河岸间的河水一直都是懒洋洋的，一直将它们轻轻摇晃。然而，突然间，一切都加快了速度。

它们进入了急流之地。

起伏不平的卵石堆形成一条白色泡沫的雉堞线。天地之间充满了震耳欲聋的声音。在这种速度下，睡莲粉红的帆震得格格作响。

103号公主的触角胡乱地贴在了脸上，通过动作指示最好从左面通过，那里的水流看上去没有那么湍急。

它们请后面的龙虱飞速划水。那些最大的蚂蚁抓住长长的小树枝，用大颚紧扣着作挠钩，把握船的方向。

13号掉进了水里，大家好不容易才把它救起。

蝌蚪擦过水面，窥伺着小船会不会沉没。对蚂蚁们而言，这些水栖吸血鬼比鲨鱼还要贪婪。

睡莲船飞快地朝三块大卵石径直冲去，高度紧张的龙虱们拼命地划着水，整条船都溅满了水花。

船偏斜了，睡莲叶的前梢失去了航向。卵石一下子狠狠地击在小船的旁侧，柔软的叶子受到撞击。睡莲颤动着好像要翻过来一样，但一个漩涡又把它推到了另一个方向。一片花瓣差点把它们击昏，接着便掉下船去。

蚂蚁们经过了第一道瀑布。然而，第二堵泡沫墙又已经出现。

水栖甲虫也加入了蝌蚪里面，伺机猎取贝洛岗蚂蚁：黑色光滑的黄足豉虫，腹尾有长长呼吸管的灰蝎蝽，爪子尖细的水蜘蛛。假若其中一些在那儿是期待着一顿晚餐的话，其他的也不是仅仅来看热闹的。5号用费洛蒙指示龙虱们把船朝一条看上去较不汹涌的航道上开。

那些并未被蚂蚁给予指令的小飞虫前去侦察地形，带回了坏消息。

再也过不去了。

航道上，水流更加湍急。睡莲船上的蚂蚁们不知如何是好：是力图冒着失去对小船控制的危险改变道路呢，还是保持航线努力解决第二个瀑布？

太晚了！未来不属于优柔寡断者。

当蚂蚁们到达卵石堆时，它们已控制不住它们的花船了。平底船给全速卷走了。睡莲叶撞击着像河的牙齿一样的卵石。每撞一下，三四个没站稳的探险家便几乎要从舷墙上翻过去。幸好，睡莲叶良好的纤维性能足够承受这些撞击。大家都躲在水生植物中心的黄蕊深处，紧咬着大颚。

船再次撞上了岩石，摇晃不定，要翻转了，然后……又稳了下来。它皮毛未损地度过了第二个急流。103号想，不管在哪一次行动中，成功的第一要素都是运气。

一块三角形的岩石从下面划破了叶子，在植物船的中间留下了一道大大的伤痕。蚂蚁们剧烈地摇晃着，还没等它们恢复过来，睡莲已经又在加速前进了，被吸入第三个瀑布中。

整座森林发出蛙鸣般的响声，仿佛活过来一样，而小河就是它湿润的舌头。

103号公主透过睡莲花瓣看着瞬间闪过的纷乱景象。上方的天空如此美丽，如此清澈。下方是地平线尽头的惊涛骇浪。一块矗立的大卵石让它们惊恐不安。

心惊胆战的龙虱放弃挣扎,让睡莲舟听天由命。

失去了驱动系统,船便打起了陀螺。里面,蚂蚁被离心力带得连站都站不住脚。外面,它们什么也看不见了。高处,睡莲粉红的末梢上面是天空,下面则在旋转。

103 号公主和 5 号紧贴在一起。旋转,旋转。接着又撞上了大卵石。震荡,大家都弹了起来,又撞上了另一块卵石。花船仿佛要翻转过来一样,然而到底没有倾覆。103 号谨慎地抬起头来,发现睡莲舟径直朝着另一道让人头晕目眩的陡峭瀑布驶去。瀑布如此陡峭,让它们都无法透过激荡的泡沫看到河流。

就缺这个尼亚加拉了……

船愈来愈快。雷鸣般的轰隆声似要把过往的旅客震聋。蚂蚁们的触角都贴在脸上了。

这次的确是隆重的飞腾跳水。无可奈何。它们在粉红睡莲的黄蕊深处缩成一团。

舰艇被抛到了空中。公主远远地辨出了下面如银带般的河水。

90. 幕后

"加油啊,孩子们,这次别再放不开了,就像'扎猛子',直接跳就是了!"

文化中心经理的嘱咐多此一举。

他们没有时间可以浪费了。

三小时后,他们将献上第二次公演。

场景还未布置好。莱奥波德正把巨大的书往上搬。保尔在忙着蚂蚁的雕塑。大卫则在调整他散发芳香气味的机器。

他专注地在为同学们作示范。

"用我的装置能够合成所有的气味,从洋葱回锅肉的气味到茉莉花的清香,还有汗臭、血腥、咖啡、烤鸡、薄荷……的气味。"

弗朗西娜嘴上咬着一支画笔,来到朱丽的化妆室对她说这次晚会特别重要,她应该显得比第一次演出还要漂亮。

"必须让厅里的每一位观众都对你产生爱慕之意。"

她带来了所有的化妆用品,着手画朱丽的脸,把眼睛描成鸟的图案,然后又把她的长黑发梳成冠冕形。

"今天晚上，你应该是女皇。"

纳西斯突然出现在小房间里面。

"我为女皇制作了一件女皇穿的裙子。你将成为君主中最迷人的一个，比约瑟芬、萨巴女皇、俄国女皇叶卡捷琳娜、埃及艳后克莱欧帕特拉还要迷人。"

他展开一件带有黑白大理石花纹的蓝色荧光衣服。

"我想过了，我们可以在《百科全书》中找到新的审美观。你穿的是尤利西斯蝴蝶翅膀的色彩。这个名字由它的拉丁名'Papilio Ulysses'而来。以我薄见，这种动物生活在新几内的森林和昆士兰北部，以及所罗门群岛上。当它飞起来的时候，便会发出蓝色闪电穿过热带森林。"

"那这个，这是什么呢？"朱丽指着在长袍上伸长的两个黑绒卷端说。

"这是蝴蝶尾的延伸部分，是蝴蝶飞起来时美妙绝伦的黑色拖裾。"

他展开衣裳。

"快试试。"

朱丽脱下羊毛衫和裙子，只剩下三角裤和胸罩。纳西斯盯着她。

"哦！别介意，我只不过是看看衣服是否符合你的尺寸。对我来说，女人不起丝毫作用，"他大声说着，一副无动于衷的神色，"而且，假若我可以选择的话，我情愿做个女人，不为什么，只为取悦男人。"

"你真的宁可做一个女人？"朱丽一边快速地穿着衣服，一边惊讶地问道。

"有一个希腊传说认为，女人在性欲高潮时所体验到的快感是男人的9倍。相比之下，男人弱爆了。而且，我喜欢做女人，也是为了有一天能够体验到怀孕的滋味。人最终只有一件真正重要的业绩：授予生命。所有的男人都无法体验这种感觉。"

然而，纳西斯凝视朱丽胴体的目光并非无动于衷。这晶莹剔透的肌肤，乌黑亮丽的头发，灰色的大眼睛，仿如纹上了鸟的翅膀。他的目光在她的胸部停了下来。

朱丽像裹进浴巾中一样地蜷进衣料中。跟衣料的接触既温柔又暖和。

"穿起来舒服极了。"她承认。

"自然。这种衣服是用蝴蝶的毛虫产的丝织成的。那些可怜虫用丝编织成茧来保护自己，最后却便宜了我们。然而既然命运把这件礼物安排给你，那就有它正确的理由。当印地安旺达人杀死一只动物时，在拔箭之前都要向它解释捕猎的理由。比如说：是为了养活家人呢还是为了做一件衣服。当我富裕了，我要筹划一间蝴蝶丝厂，我要向所有的毛虫讲述它们的丝所奉献给的顾客。"

朱丽在化妆室门上的镜子前照着。

"这种衣服很引人注目，纳西斯。一点都不雷同于其他名牌。你知道你会成为服装设计师的。"

"尤利西斯蝴蝶给迷人的美人鱼，还有什么比这更顺理成章的呢！我就永远搞不懂为什么那个希腊航海家会如此顽固地拒绝受这些女人声音的诱惑。"

朱丽整理着那件衣服。

"你说得真美。"

"你才美呢，"纳西斯一本正经地说，"而你的声音，最是让人不可思议。我一听到它，所有的脊髓便都在脊柱中颤抖。玛丽亚·卡拉斯[1]可以去重新穿上衣服了。"

她扑哧一声笑了出来。

"你真是一个不被女孩吸引的人？"

"人可以爱，却不用因此就想要进行生育行为的模拟，"纳西斯抚摸着她的肩膀说，"我以我的方式爱你。我的爱情是单方面的，因此也是彻底的。我不要求任何回报。只要允许我看到你，听到你的声音，我就很满足。"

佐埃把朱丽拥入怀中。

"好了，我们的毛毛虫变成蝴蝶了，按照自然法则，不管怎样……"

"重要的是对尤利西斯蝴蝶翅膀的准确模仿。"纳西斯对新来者反复说道。

"光彩夺目！"

姬雄拉起朱丽的手。年轻女孩留意到，自从某个时候以来，乐队所有的男孩都以这样或那样的借口，以触摸她为乐。她讨厌这样。她母亲一向都叮嘱她说人与人之间应该保持一定的安全距离，就像汽车的缓冲器一样。还说，当他们靠得太近的时候，问题就来了。

大卫给她的脖子和锁骨做按摩。

---

[1] 玛丽亚·卡拉斯（La Callas，1923—1977），美籍希腊女高音歌唱家，以歌唱的精湛技巧和戏剧表现著称。

"让你放松放松。"他解释说。

其实她感到背部的紧张慢慢地放松了,然而大卫的手指又引起了她新的一轮更大的紧张,她挣脱了。

文化中心的经理又出现了。

"快点,孩子们。很快就轮到你们了,人多得不可思议。"

他向朱丽俯下身子:"可是孩子,你在起鸡皮疙瘩呀。你冷啊?"

"不,还行。谢谢。"

她穿起佐埃递过来的拖鞋。

他们穿上服饰,到舞台上做最后的调整。在文化中心经理的指点下,他们又把布景装饰改进了不少,音响效果也更好了。

经理解释道:"鉴于第一次音乐会肇事者引发的问题,此次保证设置三位好手严加防范。今晚乐队不会再受打搅,不会再有人扔鸡蛋和啤酒瓶子。"

每个人都在奔忙着完成自己的任务。

莱奥波德搬上巨大的书;保尔搬上他那香味管风琴;佐埃弄上可翻页的《百科全书》;纳西斯左左右右料理着,分发面具;弗朗西娜在校音,保尔则在弄灯光;大卫调整着音质,使它能够与蟋蟀的声音相配合;朱丽则在复习连接两首歌的小段独白。

至于舞台服装,纳西斯为莱奥波德准备了一件橘红的蚂蚁服装,一件绿色的螳螂服装给弗朗西娜,一件黄黑的蜜蜂服给保尔,给大卫的则是一件深暗的蟋蟀服。至于真正的蟋蟀,则在脖子周围打上了一圈小小的纸板蝴蝶结。最后,纳西斯自己则搭配了蚱蜢的彩色衣裳。

马赛·沃吉拉又一次冒出来采访。他快速地向他们提问说:"今天我也不会留下来听音乐会,但是你们承认我前面的文章是符合事实的,是吗?"

朱丽想,假若所有的记者都像他那样工作的话,报上的信息反映的只会是现实中最微不足道的部分。她也不说什么,只是温和地说:

"正是这样……"

然而佐埃仍不服气:

"等等,给我解释一下,我不明白。"

"只有不了解的东西才能说好。想一想,这是逻辑。人对事物稍微了解一点,就失去了他的客观态度,不再拥有他所该有的距离。中国人说:

'在中国逗留一天的人可以写一本书，逗留一星期的人可以写一篇文章，在那里待过一年的人则什么也写不出来了。'很厉害，是吧？这种法则放之四海而皆准。我年轻的时候……"

朱丽突然明白，这个采访者只希望做被采访的对象。马赛·沃吉拉对他们乐队和她的音乐一点也没有好奇心，他已不再有好奇感了。他麻木了。他想要的是朱丽向他提问题，向他询问他以新闻工作者的才智所发现的这种方式，问问他是怎样运用的，问问他在《号手报》地方编辑部里的地位和生活。

在脑海中，她已经把声音给切断了，乐滋滋地看着他的嘴唇在张合。这个记者像那天的出租车司机一样，有着无限的表达意愿，却没有丝毫接纳的意思。在他的每一篇文章中，他都毫无疑问地透露一些他自己的生活，假若能集齐他的所有文稿的话，那肯定可以得到一部马赛·沃吉拉——现代报业智慧英雄的全传。

经理又来了。他非常高兴地告诉他们所有的座票都卖光了，厅里挤得满满的，而且，还有站着的观众。

"听听！"

确实，帷幕后面，众人正有节奏地喊着："朱丽！朱丽！朱丽！"

朱丽侧耳细听。他们呼叫的不是整个乐队，而是她，单单她一个。她偷偷地揭开帷幕，所有的人都在叫喊她名字的景象跳入她的眼帘。

"可以上了吗，朱丽？"大卫问。

她想回答，却一个字也发不出来。她清了清嗓子，重又艰难而又含糊地说："我……嗓子……哑……了……"

"蚂蚁们"面面相觑。一旦朱丽失声的话，那演出就泡汤了。

在她的脑海中又出现了她那没有嘴巴，只有延伸到鼻子根部的下巴的形象。

朱丽打着手势告诉旁人，除了放弃没有其他的选择。

"没什么，只是怯场罢了。"弗朗西娜想安定人心。

"是怯场，"经理也说，"很正常的，在上场面对众多的观众之前一贯会碰到的。但我有药。"

他走开，又气喘吁吁地回来了，挥动着一罐蜂蜜。

朱丽吞了几匙，闭上眼睛终于发出一声"啊——"

全身缓解了一点。一切都是太胆怯的缘故。

"亏得这种昆虫特意去炮制了这种万能药，"文化中心的经理欢呼道，"我妻子甚至用蜂王浆来治疗感冒。"

保尔看了看蜂蜜罐，作深沉状。"这种药果真能产生惊人的效果。"他想。

朱丽幸福极了，不停地用她失而复得的声音在所有的音阶上试各种声音。

"好了，那么，你们都准备好了吗？"

91. 百科全书

两张嘴：犹太教法典《塔木德》（Le Talmud）认为人拥有两张嘴，上面的和下面的。

上面的嘴可以通过讲话来解决身体问题。

讲话不仅可以传递信息，也可以用来恢复健康。通过上面的嘴的语言方式，人确立了自己的空间，建立了与他人的联系。另外，《塔木德》还建议避免用太多的药来疗养身子，它会逆行于言语通道。不能阻碍话语出去，否则会形成疾病。

第二张嘴是性，通过性，人解决当前的身体问题。通过性，也即是通过快感和繁殖，人建立了一个自由空间，这种特征在父母和孩子身上得到体现。性，"下面的嘴"，开辟了不同于家庭系族的一条新道路。每个男人都会以能够通过小孩来体现的与其父母不同的其他价值为乐。上面的嘴会影响下面的嘴。人通过言语来引诱别人，让性产生作用。下面的嘴反作用于上面的嘴，通过性，人才会找到他的身份和语言。

埃德蒙·威尔斯
《相对且绝对知识百科全书》第Ⅲ卷

92. 第一次爆破尝试

"我们准备好了。"

马克西米里安检查着装在金字塔旁的炸药。

这个建筑物不会再没完没了地嘲弄他了。

爆破手铺开连接塑性炸药和起爆器的引线，撤退到与金字塔有一定距离的地方。

警长打了个手势。爆破队长装好起爆器倒数起来：

"5……4……3……2……"

"噗滋……"

突然，爆破队长向前倾倒，不动了。他的脖子上留下了一个痕迹。

金字塔的看守者胡蜂！

马克西米里安命令所有的人都好好保护没有被衣服遮盖到的皮肤区域。他把脖子缩在衣领中，双手插在口袋里，然后用手肘压在起爆器上。

一点动静也没有。

他拿起引线看了看，发现它已经被看起来像昆虫大颚一样的东西给切断了。

93. 水

睡莲在空中滑翔了一阵。时间暂停了。在这种高度，在悬起的花船上面，蚂蚁们看到了平时很少有机会看到的东西。蜂鸟、红牛蝇，潜伏着的翠鸟。

空气在它们的脸上和睡莲的粉红帆上呼啸。

103号公主看着它的同伴们，自忖这是能够带进死亡的最后景象了。所有蚂蚁的触角都惊愕得竖了起来。

花船一直在高处。在它们前面，几朵疏散的云朵遮住了两只嬉戏的夜莺。

太好了！这是我最后的旅行！103号想。

然而在空中停留之后，船又屈服于重力规律了。重力，就像它的名字一样，一点也不好玩。睡莲全速落下。蚂蚁们把爪子插入带着它们疯狂下坠的睡莲。睡莲又掉了两片粉红的花瓣，与其留在这被蚂蚁骚扰的船上，花瓣更愿自己活命去。

它们在加速坠落。12号看到自己的腿在这种速度之下已经垂直了，只是由最末尾的爪子在支撑着。它后面的腿在上面，而头却到下面去了。103号公主用大颚紧紧咬住船的叶子，以使自己不至于飞起来。7号则飞起来了，刚好被14号接住，而它又被11号接住了。

睡莲的边都向上折了起来，形成一个碗。另外，在空气的摩擦下，睡莲的底部开始发热。

103号公主感到它的爪子一个接一个地松开了。它知道它马上就要被喷射出去了。

咔嚓。花船的整个身体都触到了水面。船沉下去了一点，但速度之快使得它们甚至都没有浸湿。然而，就在这一秒钟之间，103 号便看到了一个独特的景象：由它们的坠落而形成的水涡使它几乎与水下的居民打了个照面。

它看见了一条眼睛滚圆的鲍鱼和两只冠部突起的法螺，之后便没时间了。由于弹力，船又上去了。一个浪头浇了过来，弄湿了它们的触角，把它们所有的感觉都打断了几秒钟。

它们渡过了激流！银色的河流平息了下来，像是已经把它们折磨够了。它们全都得救了，视线之内已不再有新的瀑布。

探险家们摇摇它们还被因恐慌而产生的分泌物和水覆盖着的触角。

5 号舔着身子，把水弄干。

它们互哺起甜食来。它们已经渡过了险境，在河上幸存下来了。一切都恢复了正常。一只蜻蜓吞了另一只蜻蜓。一条鳟鱼又把它吞掉了。

花船又在银色的飘带上滑行了，水流推动着把它带向南方。然而天已经晚了。太阳疲于闪耀。它慢慢地落了下去，回归它的洞穴。当它沉入地下时，一切都变灰了。肮脏的雾弥漫着，只能看到几厘米远。另外，水蒸气阻碍了蚂蚁嗅觉雷达的使用，甚至连测向冠军蛾也都藏起来了。雾的帷幔罩住一切，似乎要去掩饰太阳的疲塌。

小孔雀一般的蝴蝶在蚂蚁上方飞着，103 号公主看着它们庄重的运动，呆呆出神。能够活下来，它真是太高兴了，而且，这些蝴蝶是如此美丽！

94. 百科全书

蝴蝶：第二次世界大战结束后，伊丽莎白·库伯勒－罗斯（Elizabeth Kubler-Ross）医生被传唤去照料从纳粹集中营里逃生的犹太孩子。

当她进入木棚的时候，他们还在躺着。她注意到床板上刻着一幅震撼人心的画，随后她在这些孩子受过苦的其他集中营里也找到了这种画。

这幅画只是描绘了一个简单的主题：一只蝴蝶。

女医生首先想到的是一种在挨打和受饿的孩子中表现出的友爱。她想他们已经用蝴蝶找到了他们属于同一群人的表达方式，完全就像以前第一批基督徒的鱼的象征那样。

她向几个孩子问起这些蝴蝶是什么意思，他们拒绝回答她。然而一个 7 岁的孩子最终揭示了它的意义："这些蝴蝶就像是我们。在我们内心，我们都知道，这受苦的身体只是中间的身体。我们是毛毛虫，有一天我们的灵魂会飞离所有这种肮脏和痛苦，画上它，我们就会彼此记起。我们是蝴蝶，我们很快就会起飞。"

埃德蒙·威尔斯
《相对且绝时知识百科全书》第Ⅲ卷

95. 更换舰艇

突然，它们前面出现了一块礁石。蚂蚁们想把它绕过去，然而，那块礁石却打开了两只眼睛，张开巨大的嘴。

"小心。这些石头是活的！"10号警惕地大声叫喊。

这些家伙在船舷上奔跑起来。它们像是在桅杆上的消防队员一样在睡莲的叶角上滑行着。15号已经挺起了腹部，准备发射。它们一刻也得不到放松。

现在是活的石头！

所有的蚂蚁都在叫嚷着各种建议和驳斥别人。

103号公主在睡莲的边缘俯下身子。矿物是不可能游泳和张开"嘴巴"的。它仔细地看着那块岩石，觉得它的形状太规则了。这不是一块岩石，而是一只乌龟！但是，这个乌龟一点都不像它们所了解的那样：它在游泳。这蚂蚁们可从没见到过。

它们不晓得，但是，实际上，这种水栖乌龟来自佛罗里达州。在"手指"的高层空间里，孩子们很流行玩这种水栖乌龟。因为它们有一个奇怪的形状和一个翘起的鼻子。它们很容易就成了小孩子们的宠物，被安置在塑料做的透明荒岛上。然而，当孩子们玩腻了它们的小动物玩具之后，却不敢把它们倒进家中的垃圾箱里。于是，它们便把它们扔到最近的湖、池塘或是小溪中。

那些乌龟轻而易举就繁殖了。实际上，在佛罗里达州，乌龟是一种鸟的食物，这种鸟有特殊形状的喙，可以打碎它们的甲壳。当然，在引进这种有装饰花纹的乌龟时，人们并没有同时想到去引进它们的天敌，以至这种东方生物在欧洲的湖和小溪里显得着实恐怖。它们吃光了蠕虫、鱼和当地乌龟。

现在103号公主和它的同伴意外碰到的正是这些骇人的怪物中的一个。怪物开龛着下颌向前靠近。那些龙虱拼命划着水想逃脱它。

这是一场睡莲船与黄眼睛怪物之间的赛跑。后者更重、更快、更适合在水中运动。因此它不费吹灰之力就追上了花船。它一个一个地咬住发挥前进动力的龙虱，然后张大嘴，要蚂蚁们不如乖乖地让它吃掉，别再做徒劳的反抗。

想起奥德修斯历险记中的片段和它们的曲折遭遇，103号公主机智地组织起了它的队伍，它建议大家抓住一根经过的低树枝。带有粗壮大颚的虫子们要把它的尾端削成长矛！

乌龟已经轻轻地咬住了船尾，随时都有把它弄翻的危险。几个探险家努力想与怪物保持一段距离，从睡莲船的高处瞄准，向它发射蚁酸。没用。前面，大家在削着矛。最终103号认为准备好了，所有的蚂蚁都抓紧它，在睡莲的表面上奔跑起来，让这个蠢物知道知道厉害！

"瞄准！"103号公主喊道。

长矛击中了乌龟的脸，但却没有刺进去，它断了。乌龟的大嘴张着，准备咬断船的后部。103号又有了没那么古老却更有效的举动。103号把树枝长矛剩下的那一段竖直起来，冲向前去。当怪物试图重新合上嘴巴的时候，树枝便卡住了。

像所有的乌龟一样，这个家伙自然想把头缩回甲壳里面去，然而，却被张大了的嘴巴堵住了。它越想把头缩回去，长矛便往它的腭中卡得越深。

15号认为大家可以利用这个时机了。它示意6号、7号、8号、9号和5号跑起来。在乌龟还未远离之前，它们奔跑着，从船上跳到乌龟白色的舌头上，在它的唾沫中涉水而行。

乌龟潜入水中，要洗涮嘴巴，把入侵者淹死。不屈不挠的15号指引着同伴们冲到食道管里。食道在后面关了起来，把嘴里的水吞了下去，而却把它们隔离开了。

一切都过得很快。乌龟知道蚂蚁们并没有被淹死，而是在它的喉咙里，于是便吞入一大口水，让它涌入食道。15号对大动物的器官地理学有着本能的感知。它指明不要继续径直往前走，否则就会掉进充满具有腐蚀性消化液的胃里面，它们用大颚开辟了一条新路，连上另一平行管：气管。哦哟！一大口水过去了，没碰着它们。气管很滑，缺少黏液；在那儿，过滤空气的纤毛减缓了它们的下坠。它们掉到肺囊底下。为了避免周围涌出毒液，在让那动物受更大的苦楚之前，15号像一个有经验的猎人一样，领导其他蚂蚁向心脏走去。蚂蚁们用大颚把它切开。一阵痉挛之后,一切都停止了跳动和蠕动。

佛罗里达乌龟又浮出水面,被从内部刺死了。103号公主觉得不应该把这只乌龟丢弃,可以用它来做一艘比睡莲更好的舰艇。蚂蚁的大智慧就是懂得去利用任何材料去做任何东西。

13位探险家耐心地在龟壳顶上挖掘出一个洞,装备成船舱。它们把白肉吃掉,为劳作补充些能量。最终它们获得了一个可以安守其中的圆洞。这个居所闻起来充满死肉的味道,然而蚂蚁们并不计较这些。

大家又去寻找划船手龙虱。因为它们通常都会被吃掉,没有食物奖赏它们是万万不会去冒这个险的。龙虱们开始划水,让死乌龟向前进。它们不大高兴,因为推一只乌龟要比推一朵睡莲花重多了。103号公主给它们一点点捣碎的食物,又给它们填补了些额外的龙虱来增加动力。

这已不再是一艘游船了,而是一艘装甲舰。很重,很有抵抗力,很坚固,也很难操纵。然而,13只贝洛岗蚂蚁感到安全多了。它们顺着水流进入一个新的雾区。

乌龟飘飘荡荡,带着它凝固不动的怒眼和被当作船头的张大的嘴巴,把那些透过迷雾看到它出现的昆虫都吓坏了,它那开始腐烂的尸体的味道更增添了对河上盗贼的威慑。

16号置身于船首,站在乌龟头顶上。在那儿,它希望能预见到可能出现的障碍。

战船滑行着,像一架可怕的机器一样。

96. 第二次演出

"他们都是年轻人,很有干劲,这个晚上,他们同样又会令你们喜出望外。让位给节奏,让位给音乐吧。鼓掌欢迎白雪公主和七……"

他瞥见背后有点骚动,便转过身来,"蚂蚁",他们都在嘟哝。

"啊,对不起。"文化中心的经理又说,"我们的朋友已经更改了乐队的名字。所以,有请蚂蚁乐队。来,嗯,蚂蚁!"

幕后,大卫拦住了他的朋友们。"不,不要马上就去,要懂得让人久等一下。"

他即兴导演了一下。当大厅沉入黑暗与寂静中时,舞台还没亮灯。整整一分钟过去了,突然朱丽的声音在黑暗中响起,她无伴奏地清唱起来。

她哼着一首没有歌词的曲子。她的声音如此强烈,如此有力,如此充满立体感，所有的人都倾听着。

当她唱完时，掌声雷动。

姬雄的打击乐开始把听众的心跳都带入两拍子节奏。乓、乓、乓、乓、乓。乓、乓、乓、乓、乓。就好像用号子训练桨手。无数的手在空中随着节奏舞动。乓、乓、乓、乓、乓。

打火机燃起点点火苗。他略微放缓节奏，让心跳从每分钟100次降至90次。

鼓点之上，佐埃的贝司开始划出道道痕迹。打击乐作用在胸廓中，低音则控制着腹部。假若厅中有怀孕妇女的话，低音会一直传递到羊水中。

一台聚光灯用红色光照亮了姬雄和他的鼓，另外一台聚光灯则用蓝光照着佐埃。

一圈绿色光轮映在坐在合成管风琴前、开始演奏德沃夏克《新世界交响曲》的弗朗西娜身上。

很快，一种青绿草与浪花掺和的气味在厅里散开了。

"总是先以古典选段开始，以显示我们也掌握古人的科学。"大卫之前提出了这样的建议。最后，他选择了《新世界》，而不是巴赫的赋格曲。他更喜欢《新世界》的曲名。

一束黄色灯光，保尔吹响了排箫，现在整个舞台都几乎照亮了，只有舞台中间的一个阴暗圆圈久久不亮，在这个黑色区域人们隐约可以分辨出一个身影。

朱丽精心地准备着她的效果，让人们久等。观众们隐约听到了她在麦克风前呼吸的声音。她的呼吸声听起来也热烈悦耳。

当德沃夏克交响曲的引子要结束的时候，大卫也加入了进来。他用超饱和的电竖琴跟上保尔的排箫独奏。古典作品一下子穿越了几十年。这是新世纪的新交响。

打击乐加快了。德沃夏克的旋律渐渐向一种很现代很金属的东西转变。人们表现得快活起来。

大卫勾住电竖琴的端部。他每抚弄一下琴弦，就感到面前密密麻麻的人头"毯子"在一阵战栗。

排箫又回来呼应。

笛子和竖琴，两种最古老、流行最广的乐器。笛子，因为古人都曾听到过风在竹林中的呼啸。竖琴，因为古人都曾听到过弓弦的咔嚓声。久而久之，这些声音便铭刻于每一个人的心中。

当他们这样同时演奏竖琴和笛子，就是在叙述人类古老的故事。

而且观众们也喜欢有人为他们叙述故事。

保尔减弱了声音的强度。朱丽的话音响起，身影依然隐于黑暗中。她说："在峡谷深处，我找到了一本书。"

聚光灯照亮了乐队后面的那本巨书，保尔借助电开关系统灵巧地翻着活动页面。大厅鼓起掌来。

"这本书说要改变世界，这本书说要进行一次革命……这场革命，它叫'最微小者革命''蚂蚁革命'。"

另一个聚光灯突出了摆着六条腿、摇着头的泡沫蚂蚁，充作眼睛的小灯慢慢地亮了起来，赋予它生命。

"这应该是一次新的革命。没有暴力，没有首领，没有烈士。仅仅是一场从僵化陈旧的体系向新社会的转变，人们将彼此交流，一起实现新观念。"

她走向一直暗淡的舞台中央。

"第一首歌叫《您好》。"

姬雄的鼓声响起。乐队成员纷纷加入旋律。朱丽唱道：

您好，未曾相识的观众。
我们的音乐是改变世界的武器。
不，别笑。有这个可能。
您可以做到这一点。

一束耀眼的白光照亮了朱丽的面容，漂亮的昆虫，正举起双臂展开蝴蝶翅膀形的袖子。

保尔打开鼓风机放出一阵强大的气流，使她的翅膀和头发都在风中飘舞起来，同时他释放出茉莉的芳香。

第一首歌结束时，大厅的观众已经被迷住了。

保尔增加了聚光灯的亮度。现在观众能更清楚地看到他们的昆虫服饰了。

紧跟着，乐队尝试进行一次"类魂"。他们想立即献出最好、最强的部分。朱丽闭着眼睛，发出一声让所有人都来相呼应的声音。他们一块尽力把声音升高。乐器都被抛弃了；他们八个人在舞台的中央组成一个圆圈，眼睛闭着，臂膀在头上方伸开，好像他们都有触角一样。

同时，他们的脸慢慢上抬，让声音中的气息上升。

真是神奇。他们形成了同一道旋律震颤。上方是一个球，那是唱歌形成的热气球。

他们一边唱着，一边微笑，眼帘合着。好像这八个人，只有一个嗓音，仿佛在悬在他们和观众上方的大丝毯上随意散步。他们长时间地保持着这种人类重声的奇迹，轮流卷着这声音的丝呢，赋予其超越歌曲的维度。

大厅中的观众屏住呼吸。甚至连那些完全不了解"类魂"是什么的人也被这样的壮举弄得大吃一惊。

朱丽又感受到以往那种用喉咙和湿润的声带歌唱的幸福与快活。她那还在被蜂蜜滋润着的喉咙苏醒了。

大厅里响起了掌声。他们停了下来，留下片刻寂静。朱丽懂得，控制寂静之前和控制寂静之后，都跟唱歌一样重要。

她连续演唱新的节目：《未来属于演员》《赋格的艺术》《审查处》《精神圈》。

姬雄精准地控制节奏。他知道，心跳每分钟超过120次时，音乐会煽动观众的情绪，低于120次时，就会让他们平静下来。他彼此交替着，目的是让听众总是出乎意料。

大卫示意回到以他们的方式演奏的古典选段上来。他转向用超饱和电竖琴来演奏摇滚版的巴赫《托卡塔》。

人群被征服了，鼓起掌来。

乐手们最终开始演奏《蚂蚁革命》了，保尔喷洒出湿泥土的气味，里面几乎还点缀有风轮菜、月桂树、鼠尾草的气味。

朱丽自信地展开她的作品，使之与背景协调。在第二段末尾，人们听到一种新的乐器、一种令人惊讶又异常的音乐，像是噼啪作响的大提琴发出来的一样。

在舞台的左角，一束细长的光线显露了一只放在红色缎子垫上的田间蟋蟀。一只小型麦克风放在鞘翅上面，通过扩音器放大之后，它的歌声听起来介于电吉他的乐声和匙子、干酪锯摩擦的声音之间。

蟋蟀戴着由纳西斯做的小蝴蝶结，开始了它的独唱。它疯狂的快步舞曲加快了音乐的节奏，佐埃的低音号和姬雄的打击乐器很难跟上。每分钟150、160、170、180次。这只蟋蟀正要打碎一切。

所有的摇滚吉他手都能在任何音乐学院的考验中应付自如，而这只蟋蟀的炼金之火却令人难以想象。它发出一种非人的音乐，一种"昆虫"的音乐，在最现代的合成音响设备扩大下，完全出乎意料。以前从来没有人的耳朵能够听到这样的声音。

起初，观众愣愣地一声不吭，接着便有了一些兴奋的唧啾，很快声音就大了起来，许多听众都在啧啧称赞。

大卫感到安心了。行，这一时刻应该载入史册。他刚刚发明了一种乐器：电子乡间蟋蟀。

为了让观众们清楚地看到昆虫的演奏，保尔打开摄像机和聚光灯，把正在唱歌的昆虫图像移到巨大的《百科全书》页面上。

朱丽用颤音与昆虫做着二重唱。纳西斯也用吉他与那只动物对话。整个乐队都好像要跟这个女高音家进行竞争。那只昆虫活跃起来。

厅里一片欢腾。

保尔散发出一阵松脂味，然后又是一种檀香木的香味，两种气味非但不相互干扰，反而相互补充。

它在肺与肺之间强烈地跳动着。观众的手不由自主地抬起来彼此打着节拍。后面、前头、两排之间，人们到处都在蟋蟀的独唱中舞蹈。保持不动是不可能承受如此疯狂的节奏的。

听众们情绪激昂。

第一排，合气道俱乐部的女孩们靠近习惯坐在那儿的退休者。她们没穿第一次演唱会的T恤。她们自己仔细地在新T恤上写下"蚂蚁革命"——她们偶像乐队的新音乐会名称。

然而第一次在观众面前出现的蟋蟀已经精疲力竭，它被使它鞘翅闪耀、黏膜发干的聚光灯击垮了。它愿意在阳光下长时间歌唱，可不是在强光灯下。这种光对它来说实在是太沉重了，令它疲惫不堪。它在最后一个高音Do上停了下来。

女歌手接着唱下面的一段，像是接在一段电吉他独奏之后一样。她要求音乐放低一个音，然后，她走到舞台的边缘，在靠近观众的地方转变调式唱道：

阳光下已没有了新的东西，
我们总是以同样的方式看着同样的世界。
不再有创造者，
不再有幻想者……

令人吃惊的是，大厅马上反应起来，第一场演奏会在场的观众立即回应她道：

我们是新的幻想者！

她没有预料到会有这样的反应、有这种程度的配合。对所有那些参加过第一次演奏会的观众来说，这首歌成了主打歌，意味着晚会又开始了，而第一次，她结束得太早了。朱丽情绪激昂：

我们是谁？
我们是新的创造者……

用不着她给出信号，观众们又唱起了《蚂蚁革命》这首主打歌。他们只听过一次，但却已经把歌词背了下来。朱丽不再反复。姬雄示意不要放松，要牢牢掌控全场。她举起拳头：

"你们想要终结旧世界吗？"

朱丽意识到此时已是有进无退。全场的折叠椅吱嘎作响。所有人全都站了起来，高举拳头。

"此时你们想在这里革命吗？"

一大剂量的肾上腺素涌入她的脑中，表达着她的害怕、兴奋、好奇。千万别耽误在优柔寡断上。她让嘴巴替她说话。

"开始吧！"她大喊道。

气泡爆裂了。

立即是一阵无尽的欢呼声。粗鲁的"类魂"、铺天盖地的拳头取代了音乐，破坏的气息在观众中漫过。所有人都站了起来，

文化中心的经理试图让他们的情绪安定下来，他跳出后台抢过麦克风。

"请大家坐下,不要动,时间还早,差不多才九点十五分,音乐会才刚刚开始呢!"

那六个肌肉发达的秩序保安员徒劳地想让人们克制一下。

"我们要干什么?"佐埃在朱丽耳边低声说。

"我们想要建立一个……乌托邦。"朱丽好斗地撇撇嘴说,把大大的马尾巴似的长发甩到后面。

97. 百科全书

托马斯·莫尔的乌托邦:1516 年,英国人托马斯·莫尔发明了"乌托邦"这个词。希腊字母 U,否定前缀;topos,地方。因此"Utopie"(乌托邦)表示"任何地方都找不到的东西"。(有些人认为这个词的前缀是"eu",是"好"的意思,在这种情况下,"eutopie"是指"好地方"。)托马斯·莫尔是外交家、伊拉斯谟的人文主义者朋友,有英格兰王国财政大臣的头衔。

在名叫《乌托邦》的书里,他描述了一个他确切命名为"乌托邦"的神奇岛屿,一个田园般的社会,没有税捐、苦难和偷盗。他认为乌托邦社会的第一优点就是"自由"。

他这样描写他的理想国:几十万人生活在一个岛上,公民由家庭组成。五十个家庭组成一组,选举出首领——"长者"[1]。那些"长者"组成议会,从四个候选人中选出一个君主。君主是终身制的,但假如他实施暴政的话,人们可以解除他的职务。乌托邦岛用雇佣军——"塞波雷得人"[2]来应付战争。这些士兵被看作是战争期间与敌人厮杀的人。这样,工具在使用时就被摧毁了。不会有军事政变的危险。

乌托邦没有货币,每个人都在市场上各取所需。所有的房子都是一样的,门上没有锁,每个人都必须每十年搬一次家,目的是不让人在习惯中僵化。游手好闲是不允许的。没有家庭主妇,没有神甫,没有贵族,没有仆人,没有乞丐。这就使得每天的劳动缩短至六个小时。

所有的人都有服两年农役的义务,以便供应免费市场。假若通奸或是有逃离岛屿的企图的话,乌托邦公民就会失去自由人的身份,成为奴隶。那时,他必须整天劳累,服从公民的命令。

---

[1] Syphogrante,"摄护格朗特",对本词的希腊语原意名家解释不一,有人解为"老人"或"长者"。
[2] Zapolètes,从希腊语杜撰,意为"急于出卖自己的人"。

因不赞同亨利八世国王的离婚，托马斯·莫尔于1532年失宠，1535年被杀头。

埃德蒙·威尔斯
《相对且绝对知识百科全书》第Ⅲ卷

98. 荒芜之岛

天已晚了，但天色依旧明亮、气温依旧炎热。103号公主和12位年轻的蚂蚁顺流而下。没有哪条鱼敢惹它们的龟甲舰。有时，探险家们停下来，用蚁酸射几只蜻蜓，然后便在龟甲舰上把它们给吃了。

它们站在滴水檐似的船头上，监视着前方的情况。103号公主爬上船头，注意到一只水栖蜘蛛正带着一个用作水底观察器的丝球气泡潜下水去。

看着就让人惊叹不已。

很少有昆虫胆敢与这艘梦魇之舟相对。一只黄足豉虫出现了。这个在水面下游泳的鞘翅目昆虫有四只眼睛，两只看着水下，两只看着上面。这样它能用两种视觉比较这艘奇怪的舰艇。它搞不清楚为什么这只水栖乌龟的上面会有蚂蚁，下面又有龙虱，最终，它决定还是不要靠近，找了几只水蚤为食。

再远一点，长长的水草减缓了它们的速度。蚂蚁们必须用挠钩排除障碍。银色的河流继续下滑。

雾变得没那么浓密了。

"发现陆地！"12号报告说。

透过贴着水面的轻雾，103号公主认出了远处的科尼日拉洋槐。

河流让它想起了24号。

24号。

103号公主记得24号：它如此的害羞又如此的谨慎。在针对"手指"的远征中，它总是落在最后面，又有迷路的坏习惯，导致不止一次地减慢队伍的速度。迷路，这个无性小兵蚁的第二天性。当它们发现科尼日拉岛时，24号曾说过：

"我这辈子迷路已经迷够了，我觉得这座岛是良善之辈在此时此地建立一个新社会的完美之地。"

应该说，被一棵大洋槐占据着的科尼日拉岛确实展示了它特有的景色。而且，这种树能够与蚂蚁共生。洋槐需要防御毛毛虫、蚜虫和其他贪吃汁液的害虫的袭击。于是，为了吸引蚂蚁，这种植物在树皮里弄出走廊和房间。更棒的是：这些寓所里面渗出一种能很好滋养幼蚁的液体。一棵植物是怎么会适应与蚂蚁合作的呢？

103号一直认为与"手指"相比，洋槐与蚂蚁的差异更大。那么，假若蚂蚁能与树木合作的话，为什么它们与"手指"就不能呢？

对24号来说，那个岛屿就是天堂。在巨大的庇护者洋槐的阴影处，它想创造一个建立在共同理想——美丽故事基础上的乌托邦社会。因为留在岛上的昆虫发展了一种新的反常行为：创造故事让大家神迷。它们就这样活着，只为供养而去猎取食物，一边吃，一边把最亮丽的时间用来创造幻想故事。

103号公主很高兴水流能把它带向以前的朋友那儿。它猜想自从它们走后，乌托邦社会是怎样演变的。大树朋友端居岛屿正中，宛如平静与安全的象征。

13位蚂蚁航海家继续前行，轻雾渐渐消散。奇怪的预感使公主感到紧张。

龟甲舰的头部撞上了一些黑黑的小团：蚂蚁的尸体。它们的身体被蚁酸穿了很多孔。不是什么好兆头……

都死了。没有蚂蚁的科尼日拉被蚜虫吞噬了。公主示意龙虱靠岸。蚂蚁们在河滩上把龟甲舰停好。就连生活在这儿的北螈和蝾螈也都灭绝了。只有一个蚂蚁还活着，六条腿和腹部都已被切断，像小可怜虫一样扭来扭去。

航海者们询问唯一的幸存者到底发生了什么事。它说它们刚刚受到一群侏儒蚁的突然袭击。侏儒蚁的军队发动了一场东征。在新皇后希加普的命令下，这些侏儒蚁企图征服远东。

"这就可以解释我们遇到侏儒蚁侦察兵是怎么一回事了。"5号解释说。

103号公主让幸存者说得再详细一点。

那些侏儒蚁侦察兵发现了小岛，发起了登岛作战。24号的朋友们习惯于在大树庇护的封闭世界里讲述幻想故事，早已失去了现实世界里作战和自卫的天性。不会战斗的动物除了逃跑之外没有其他的选择。这完全是一场屠杀。只有24号和一小队蚂蚁逃脱了，躲在陡峭河岸边的一堆空心芦苇中，但是那些侏儒蚁把它们包围了起来，要把它们杀掉。

伤残的蚂蚁咽下了最后一口气。对一只生活在这个基于讲和听的乐趣上取得一致的共同体中的蚂蚁来说，在讲故事中死去该是最美丽的死亡。

103号公主爬到洋槐树的高处，伸出触角，探测远方的情况。它通过全新的有性感官，在芦苇丛中搜索科尼日拉共同体的幸存者。

它在濒死蚂蚁所指的地方发现了它们，然而，侏儒蚁王国的士兵们乘坐睡莲船包围了它们，一见褐蚁从芦苇口子上探出触角，就朝它们发射蚁酸。103号注意到侏儒蚁们已经弥补了它们的落后。以前，它们不会利用毒腺来喷射蚁酸。

103号想起，那些既小、繁殖能力又强的矮子，比褐蚁有更快的学习能力。这些自远方而来（不管愿不愿意）的蚂蚁（"手指"把它们叫作阿根廷蚁，因为"手指"认为它们是随着为美化蓝色海岸海滨路的夹竹桃被偶然带来的）已经知道如何适应枫丹白露的森林了，这事实已很好地证明了它们的聪明。黑蚁和收割蚁为进攻这些新来者，已经付出代价，都自取灭亡了。

103号一直认为那些侏儒蚁终有一天会成为森林中的主宰。重要的是应通过革新、冒险、探索、不断地验证新观念让这一天晚点到来。

只要褐蚁稍稍露出一点懦弱，侏儒蚁就会把它们像过时的种属一样打发到粪池里面去。

现在，付出代价的是24号和它的乌托邦同伴。那些可怜虫正被围困在芦苇的高处，应该去援助它们。103号公主把它们的龟甲舰重新弄到水中。兵蚁们装满酸液弹，准备发炮。后面，龙虱们也各就各位，准备驾驶乌龟战舰向芦苇和睡莲——海战阵地开去。

103号公主竖起它的感觉器官。现在它清楚地看见了它们的对手。那些侏儒蚁驻扎在睡莲舰四周粉红洁白的大花瓣上。公主试着数了数，它们至少有一百多个。

一比十，问题显得非常棘手。龙虱们以最快的速度向前冲去，当它们刚刚出现在睡莲舰视线内时，花瓣的沿栏杆上便有肚皮攒动起来。它们远远不止100个。一阵蚁酸弹如雨而下。13只蚂蚁被迫掩蔽在装甲乌龟的深处，躲避致命的酸液。

103号竟然冒险从掩体中伸出头来射击，它杀死一个侏儒蚁，却遭到了最少50个对手的酸液射击。

13号建议与龟舰一块冲上去，然后分散到睡莲上，用大颚与它们肉搏。这样，那些褐蚁就可以趁机溜走。但是5号竖起触角，空气稠厚湿润。它示意说要下雨了。

在雨中，没有谁能够作战。

因此13只蚂蚁和它们的战舰掉转头驶向岛屿，藏到将庇护它们一晚的科尼日拉洋槐身体里。年轻的树木不会讲昆虫的费洛蒙语言，但在它的枝体姿态和汁液气味的变化中表达了它再次见到褐蚁们的欢喜。

一下子，13个探险者围起空心树，占领了熙熙攘攘的通道，咬死那些寄生虫。这是一项很漫长的工作。有蠕虫，有蚜虫；有鞘翅目的蛀木甲虫，比如说"死亡钟"，这样命名是因为它在挖树的时候会有一种嘀嗒声。公主和它的同伴们一个个地围捕它们，然后便吞噬了。洋槐舒了口气：它又活了过来，用自己的方式表示感谢，分泌出汁液给它们作调料下肉。

洋槐汁与蛀木甲虫肉搅和在一起，成了一道昆虫的地道菜。大家都享受着这种美味，也许第一道蚂蚁美食就是诞生于此刻。

外面，雨下了起来，如同天空的灰暗留下的预兆那样，迟来的3月骤雨在4月1日下了起来。蚂蚁们隐匿到树朋友最深的枝里。

雷声轰轰。闪电迸发着穿过作为舷窗的树孔。103号公主坐着，出神地望着狂怒的天空征服大地的壮美景象。风吹弯树木。致命的雨滴鞭打着无忧无虑、还不想寻求庇护的昆虫。

最少，24号和它的同伴还能在空心芦苇顶端躲避雨水的袭击。暴风噼啪作响。闪电刺痛了103号的眼睛。雷声的轰隆似乎从云层中涌出来。甚至连"手指"也要对这种力量屈服。三条平行的裂痕劈开了黑暗，使背景完全变成了白色。花、树、叶、水面跳入无尽的黑暗中闪烁起来，然后又摇曳着回到原来的颜色。小黄水仙的形态让人担忧。垂柳叶银光闪闪。当一阵异乎寻常的沙沙声响起的时候，一切都静了下来。闪电接连在炭黑的天空下画出道道条纹，甚至连蜘蛛网也变成了白色的圆圈，对雨水会犯神经病的蜘蛛网主人在里面拼命狂奔。

短暂的缓解后，天空撕裂得更厉害了。蚂蚁的一切磁场感觉都告诉它们暴风雨更逼近了。闪电越来越快地跟随着雷声的轰轰。13个贝洛岗蚁把触角蜷缩起来，绕在一块。

突然，树颤栗起来，好像受了电刑一样。突然的刺激使所有的树皮都颤动不已。5号惊慌失措地跳了起来。

火！

闪电触及了洋槐，燃烧起来。完了！树顶上出现了一片亮光，树皮上到处都渗出汁液，由此可见植物所受的苦楚。探险家们毫无办法挽救它。受伤的走廊空气变得难闻起来。

受周围热气的刺激，蚂蚁们从根部朝下面逃去，用它们的大颚挖土来装备防火防水的避难所。它们头上四周都沾满了湿漉漉的沙土。

它们隐匿起来，等待着。

洋槐燃烧着，放着汁液的臭味，发出树木临死时痛苦的叫喊。大树的枝丫蜷缩着，好像是要以跳舞来显示它的苦楚一样。温度在上升。外面，火焰高得连那些蚂蚁都能透过厚厚的沙土顶棚看到它的亮光。

树燃烧得很快，炽热之后是骤然的寒冷。它们的沙土顶棚硬化了，探险家们用大颚也难以刺穿。为了出去，它们只好在地下绕了一个大圈子。

等它们出来的时候，雨也停了。到处荒芜一片。小岛唯一的财富就是这棵科尼日拉洋槐，而如今它却化成了灰烬。

6号呼唤大家。它想要展示一样东西。

蚂蚁们都朝地穴赶来，那里有一只红色动物在闪烁，像是在大口大口地喘气。不，这不是动物，也不是一种植物或矿物。103号立刻便知道是怎么回事了：这是一块还在燃烧的火炭，它掉到了洞穴里面，其他的木炭使它避免了雨水的淋浇。

6号用一条腿凑上去。它的爪子触到了那个橘红色的物质，真可怕，爪子熔化掉了。可怕的景象：它的右腿变成液体流淌了下来。那曾有两个爪子的地方，从此便成了灼伤滚圆的一段。

那个探险家借助消毒唾液烘干残肢。

"这个东西可以作为战胜侏儒蚁的办法。"公主道。

整个探险小队都又惊又怕地颤抖起来。

火？

103号告诉它们，不懂的东西就会怀疑。它说：我们可以利用火。5号回答说，不管怎么样，我们根本就不可能去碰它。6号已经付出代价了。103号解释说必须得遵守一个礼节。要获得这块火炭是可能的，但不得直接去碰它，应该把它放在一块空心石块上。火不会对空心石头有什么伤害。

刚好，岛上到处都是石头。用长长的茎做杠杆，13只蚂蚁成功地把火炭抬起来放到一块燧石上面。置身于这块石头首饰盒里，火炭如今像一块精美的红宝石一样。

103号公主解释说，火是强大的，但是它也很脆弱。火的反常现象是：它能够摧毁一棵树甚至整片森林，连同里面的居民在内；然而，有时只要小飞虫的翅膀扇一下就能把它熄灭。

这块火好像生病了。那个经验老到的兵蚁指着发黑的红色区域说，它认为不管什么火，这都是身体不好的迹象。应该赋予它新生。

怎么办？让它繁衍下去。火通过接触就能够繁衍出来。它们点着了一片干叶子，四周没有多少，但它们在地下找到了。蚂蚁们得到了一个大大的黄色亮光，火娃娃比她的木炭妈妈大多了。

大部分蚂蚁都从来没看到过火，12个探险家胆战心惊地往后退。

103号公主要它们别后退。它高高地举起触角，清楚地发出古老的费洛蒙句子：

我们唯一的敌人是恐惧。

所有的蚂蚁都知道这句话的意义和来历。"我们唯一的敌人是恐惧"是八千年前，褐蚁"倪"朝的234号蚁后贝洛基奥·基奥尼的最后一句话。当时它试图征服鳟鱼而快要溺死之时，这个不幸者说出了这一句话。234号蚁后原想在蚂蚁与河鳟之间结盟。从此，大家放弃了与河里鱼族的所有联系，但那句话成了无所不能的蚂蚁希望的呼声。

我们真正的敌人是恐惧！

好像为了让它们安心，火焰娃娃高高跃起之后，又缩小了。

"应该把它弄到厚一点的材料上去。"6号建议说，一点都不记恨火元素。

这样，从干叶到干枝，从干枝到木块，它们成功地造就了一个小火炉，保养在石盒底部。然后，在103号公主的建议下，蚂蚁们把小块树枝扔到炉膛里面，火迫不及待地贪婪吞食。

这样得到的木炭被小心翼翼地放到从地下找到的空心小石块中。6号不顾自己烧焦的爪子，表现出最佳工程师的风范。它知道应该当心，在它的叮嘱下，其他蚂蚁筑就了火炭的宝藏。

"这是我们用来攻击侏儒蚁的东西！"103号公主欢呼道。

夜幕开始降临，但火的制造使它们都着迷了。它们把八块空心石块装上龟舰，每一块都带有红色的火炭。103号竖起触角，放出辛辣费洛蒙，意思是说：

进攻！

99. 百科全书

童子十字军（La croisade des enfants）：在西方，第一支童子十字军出现在1212年。那些年轻的游手好闲者发表这样的推论："成年人和贵族都在解放耶路撒冷中失败了，因为他们的灵魂不纯洁。而我们，我们是孩子，因此我们是纯洁的。"这种冲动主要涉及日耳曼人的神圣罗马帝国。一群孩子离开它，散布到去圣地的路上。他们没有证件。他们自以为是在往东方走，然而实际上却是在往南。他们南下罗纳谷地，路上，他们的人群增加到几千。

一路上，他们抢夺偷盗农家。

再远一点，居民们告诉他们，他们要撞上大海了。

这样他们放心了。他们坚信，大海会像给摩西开启通道一样也为他们开启，让这批童子军过去，把他们滴水不沾地带到耶路撒冷。

所有的人都来到马赛，那里的海却不开启通道。他们徒劳地在港口等待，直到两个西西里人建议用船把他们带到耶路撒冷去。孩子们相信奇迹。没有奇迹。两个与突尼斯海盗有联系的西西里人把他们带到突尼斯，而不是耶路撒冷。在那儿，他们都在市场上以好价钱卖作了奴隶。

埃德蒙·威尔斯
《相对且绝对知识百科全书》第Ⅲ卷

100. 大狂欢

"别等了。走吧！"观众中冒出一个声音。

朱丽不知道这种激情会把他们带往何处，然而她的好奇心占了上风。

"前进！"她赞同道。

文化中心的经理请大家理智地留在原位。

"安静，请大家安静，这只是一场音乐会。"

有人把他的话筒切断了。

朱丽和"七个小矮人"来到大路上，被一群热烈的人簇拥着。应该赶快给这些行走的人群一个目标，一个方向，一种感觉。

"到学校去！"朱丽嚷道，"去庆祝节日！"

"到学校去！"其他人又叫了一遍。

肾上腺素总是升到女歌手的血管里。没有哪一样大麻烟卷、没有哪一种酒能产生这样一种效果。她确实太兴奋了。

现在她与她的观众不再被舞台脚灯分开了，朱丽看着各个面孔。那里每个年龄段的人都有，男与女，年少者与年长者都一样多。大约有500人拥挤在他们周围，形成一个彩色长队。

朱丽唱起《蚂蚁革命》。在他们周围，人们唱着，在枫丹白露的主要交通干线上扭动着狂欢的舞蹈。

我们是新的创造者，
我们是新的幻想者！

他们合声嚷着。

合气道俱乐部的女孩子们临时进行秩序执勤，阻止了汽车的通行，不让它们搅乱节日。很快，整个大道都封锁了，摇滚乐队和他们的仰慕者自由前进。

人群不断壮大。那天晚上，在枫丹白露，再也没有比这更大的娱乐了。在马路上看热闹的人加入队伍，打听发生的事情。

没有标语牌。队伍前没有燕尾旗。只有在竖琴和笛子协奏下摇摆的男孩和女孩。

朱丽强大热烈的声音有节奏地高呼：

我们是新的创造者，
我们是新的幻想者！

她是他们的女皇和偶像，他们迷人的塞壬和"热情之花"[1]。更厉害的是，她令他们鬼迷心窍。她是他们的萨满。

---

[1] Pasionaria，多洛雷斯·伊巴露丽（Dolores lbárruri, 1895—1989）别称"热情之花"，西班牙工人阶级的领袖，国际共产主义运动著名的活动家。

朱丽陶醉于众人对自己的宠信有加，陶醉于簇拥她向前的人群。她从来没有感到过如此"唯我独尊"。

一队警察先遣队突然出现在他们面前，第一排的女孩想出一个奇妙的计谋：她们向前对他们赐以亲吻。

在这种场合下怎么用警棍打呢？治安队散开了。再远一点，一辆警车开过来，但是在这种规模下，它也只好放弃干涉了。

"我们是在庆祝节日，"朱丽叫道，"女士们、先生们、小姐们，到路上来，忘掉你们的忧伤，加入我们的行列！"

窗户开了。人们趴在上面，注视着花花绿绿的长长人群。

"你们在请什么愿？"一位老太太问道。

"没什么。我们什么愿也不请。"一位合气道俱乐部的女将回答。

"没什么？假若你们什么愿也不请的话，那就不是一场革命！"

"可这恰恰是革命，太太。原本就是这样的。我们是第一次没有请愿的革命。"

正是这样，那些观众才不愿意把节日限制在付了100元门票钱的两个小时里。所有的人都希望它能够在时间和空间上得到延展。他们歇斯底里地叫：

我们是新的幻想者，
我们是新的创造者！

在那些赶来的人中，有些配上他们自己的乐器加入喧嚣。其余的则拿上厨房器皿任意充作鼓和鼓棒。还有带彩纸卷与彩纸屑的。

她按声乐教授所教的那样，赋予自己的声带最广的音域。在她周围，每个人都唱着她的歌词。他们几乎组成了500个声音的"类魂"。城市都回响他们的合唱：

我们是新的幻想者，
我们是新的创造者！
我们是一群将要啃掉这个僵化世界的小蚂蚁。

101. 炸毁神秘金字塔

这次可要炸了！马克西米里安和他的警察们又回来围住神秘金字塔。

局长决定晚上行动，因为他认为在这栋建筑的主人睡觉时进行偷袭会更有效。

部队打亮袖珍灯，照亮了森林的界碑。因为天还未全黑，所以灯只是增强了一点光亮而已。男人们像海上水手一样，穿上漆布防护衣。这次他们挑选的是加强的电线，目的是让大颚啃不了。当马克西米里安正准备下令开火时，他又听见了一阵嗡嗡声。

"当心胡蜂！"局长喊道，"保护好脖子和手。"

一个警察拔出手枪瞄准。目标太小了。他拔枪的姿势中露出了一小块皮肤，便马上被蜇了一下。

那个虫子又袭击了另外一个警察，然后飞到人的双手打不到的地方去了。现在所有的警察都警戒起来了，惶惶不安，就连胡蜂发出的最小的声音也能听见。

那只虫子突然冲向第三个警察，让人大吃一惊。它绕过他的右耳把螫针插到他的颈静脉里。轮到那人倒下了。

马克西米里安脱了他的靴子，挥舞着，像第一次来时一样飞速地打着虫子。英勇的进攻者坠地而亡。手枪一点用处也没有的地方，鞋底却总能搞破坏。

"二比零。"

他看着伤亡者。这不是一只胡蜂，这只虫子更像是一只会飞的蚂蚁。

幸免于难的人过来帮助倒下的警察，摇着他们，防止他们睡着。马克西米里安决定在又小又危险的看守者再次出现之前尽快引爆。

"所有的炸药都装好了吗？"

士兵检查了引爆器开关，等待着局长的命令。

"准备好了？"

手机铃声打断了他的倒计数。电话的另一端，杜佩翁省长要他火速回去。城里发生了事故。

"游行者掌握了枫丹白露的主要交通要道。他们能够把一切都打碎。立即放弃你所做的事情，回到城里来，给我驱散这些神经病。"

102. 在芦苇的炎热中

白天与暮色争锋，天气很热。月亮照耀着大地。微热的地面温暖着身体。蚂蚁的龟舰朝芦苇冲去。

侏儒蚁看着它们过来。火炭的热气和光亮足以引起它们的警觉。无瑕的粉红叶顶上布满了准备发射的炮手。远处，24 号在已被破坏的芦苇中发出求救的呼唤。

被包围的蚂蚁在敌人的数量面前快要无能为力了。芦苇下面漂着大量的死尸，已分不清是哪一个阵营的了。由此可见先前战斗的艰苦。

科尼日拉的褐蚁以为不讲故事就没有什么好活的了。它们错了。故事光讲是不够的，还要去体验。

在龟甲舰的驾驶舱内，103 号和兵蚁们正尽力而为。火在远距离应战时并不是一件实用的武器。

在蚂蚁中，大家进行讨论。每一位都发表自己的提议。6 号建议把火炭放到漂浮的叶子上，由龙虱推着朝敌人的方向发去。但是龙虱太怕火了，对它们来说，火仍是一种忌讳的武器。龙虱拒绝靠近它。

103 号公主想起一种能够把火发射得很远的手动机械装置，"手指"把它叫作弹射器。它用触角尖画出这个东西的形状，但是谁也理解不了为什么把火放入这种装置中它就会飞向天空。它们放弃了。

5 号想把用作矛的长树枝的尖端点燃起来，贴近那些睡莲。这个主意被采纳了。

当乌龟靠近时，侏儒蚁的酸液便稠密地扫射了过来。舰艇上，全体船员都弯下腰去，留心着不让大颚放松长枝条。103 号宣布把树枝尖端放到火炭上的时候到了。尖端点燃了起来。它们快速举起火杆。

龙虱们加快速度，卷起许多泡沫。龟甲舰向前冲去。上面炽热的尖端飞快前进，像发亮的王旗一样无限延伸。

14 号伸出潜望镜触角，定好对手方位，为蚂蚁们引导冒烟的树杆。

尖端燃烧着的矛触到了睡莲的瓣内。那个植物湿润得很，不会立刻就烧起来。但是这鱼叉的撞击足以使那些炮手们失去平衡，它们立刻掉进了水里。在这种具体情况下，火没起什么作用，它只是证实了褐蚁们准备用禁忌武器的决定。

在这种成功面前，那些被围者又鼓起了信心。它们发射酸液做最后的冲锋，在侏儒蚁中造成了不小的损伤。

这一边，103号公主懂得了如何更好地指挥它的火矛把睡莲一个个地烧毁。烽烟四起。那些侵略者被睡莲的烧焦味吓得宁可返回到坚实的地上，逃之夭夭。小树枝自己也开始燃烧了起来。这就是用火的问题。它可以在利用者中引起跟承受者同样多的破坏。

那些贝洛岗蚁甚至连展示大颚剑术的机会也没有。军中最善战的13号大失所望，恨不能把这些傲慢的侏儒蚁的软胸甲撕下一两个来。

103号公主示意把烧着的枝条扔到尽可能远的水中。龟甲舰与被围困的芦苇汇合了。

但愿24号还活着。103号公主思忖。

103. 学校里的战斗

离开文化中心时是500人，到学校对面的大广场上时是800人。

他们的游行没有什么请愿的性质，这只是一次真正意义上的狂欢。

在中世纪，狂欢节有一个确切的意义。那是疯子的节日，那天所有的紧张都得到解放。大狂欢的日子，一切守则都被践踏在脚下。人们有权去拔警察的胡子，把市政官员推到小溪里。人们可以随意按门铃，把面粉涂到别人脸上而不管他是谁。人们焚烧巨大的、象征所有权力的狂欢节稻草人。

确切地说，正因为有狂欢之日的存在，平日的权利才会受到尊重。

如今，人们已经忘记了这种以社会学的观点来说必不可少的游行的真正意义。狂欢节从此只是一个商业节日，像圣诞节、父亲节、母亲节或爷爷节一样，它们都只是用来消费的节日。

人们都忘掉了狂欢节最重要的作用：给人们一种造反可行的幻觉，虽然仅在一天内。

对这些年轻的或不太年轻的人来说，这里给他们提供了生平第一次机会，使他们能够表达对节日的渴望，表达他们的反抗和超越。800个一直被压抑着的人突然爆发，大声喧嚣起来。摇滚乐爱好者和看热闹的人形成一片长长的、既喧嚣又花哨的人群。来到学校广场上时，他们发现六辆治安部队的车拦住了路。

他们停了下来。

游行者打量着治安部队。治安部队打量着游行者。朱丽察看着形势。

局长马克西米里安·里纳尔肘上戴着臂章，站在他的士兵前头，面对熙熙攘攘的群众。

"散开!"他用喇叭筒喊话。

"我们没做什么坏事。"没有喇叭筒的朱丽回答。

"你们扰乱公共秩序。十点多了,居民们都要睡觉,你们却还在喧闹。"

"我们只是想到学校里去庆祝节日。"朱丽反驳说。

"学校晚上已经关门了,不允许你们再去打开。你们已经制造了够多的噪音了。解散吧,回家去。我再说一遍:人们有睡觉的权利。"

朱丽犹豫了一下,但她很快又以她"热情之花"的角色说道:

"我们不希望人们睡觉。世界醒来了!"

"是你,朱丽·潘松?"局长问道,"回家去吧,你妈妈会担心的。"

"我是自由的。我们所有的人都是自由的。什么也不能阻止我们向前去……"

那个词没有从她的喉中出来。稍顿了一下,然后她更加坚定地说:

"向前去……去革命。"

人群嚷了起来。所有的人都准备着玩这场游戏。因为这仅仅是一场游戏而已,警察的到场也许会使他们面临危险。用不着朱丽要求,他们举起拳头唱起了音乐会的主打歌:

结束了,这是最后的结果,
打开我们所有的感觉,
今天早晨吹拂着一阵新风。

他们分开双臂,手与手拉在一块,以示他们的数量,占据所有的地方,他们朝着学校前进。

马克西米里安与下属商量了一下。不是与他们谈判的时候了,省长的命令是明确的,为了恢复公共秩序,必须尽快驱散捣乱分子。他提议利用"香肠"战略,填到中间,把游行者驱散到旁边去。这一边朱丽与"七个小矮人"也聚在一块商量接下来的步骤。他们决定建立八个独立的游行组,每一组都有一位乐手作领头。

"我们之间要能够联系才行。"大卫说。

他们问聚在周围的人群是否有人有手机可以借给"革命",要八部。人们给他们推荐了更多。看来,即使是参加音乐会,人们都不能与他们的手机分离。

"我们要用'花菜'战术。"朱丽说。

于是她向大家解释她刚才临时安排的战略。游行者继续行走。对面，警察们实施起他们的计划。令他们惊讶的是，他们没遇到什么反抗。朱丽创造的"花菜"分散了。

集中的警察队伍散开去追他们。

"保持集中！保护学校！"马克西米里安在他的喇叭筒中命令道。

那些治安警察知道危险，重新在广场中组成分队，而那些游行者则继续他们的操作。

朱丽和合气道俱乐部的女孩们最接近治安部队，她们给了他们许多挑逗和亲吻。

"逮住这个带头的闹事者。"局长指着朱丽说。治安分队立即朝她冲过来。

这恰恰正是那个有明亮灰眼睛的女孩所希望的。她下达集体逃走的指示，又在电话中说："好了？猫捉老鼠。"

为了让警察们不知所措，女骑士们撕开自己的T恤，稍稍露出一点她们的春色，空气中散发出战争与女性香水的气味。

104. 百科全书

阿林斯基战略：1970年，索尔·阿林斯基，嬉皮士的鼓动者和美国学生运动的重要人物，出版了一本小册子，陈述了领导好一次革命的十条实用准则：

1、权力不是你拥有的东西，而是你的对手以为你拥有的东西。

2、走出你对手的经验领域。开发出他所不知道的、领导潮流的新斗争园地。

3、用自己的武器与敌人作战。利用符合自己准则的队伍去进攻。

4、口头较量时，幽默是有效的武器。假若能够奚落对手，或者，最好是强迫对手自己奚落自己，他就很难再掩藏自己了。

5、一种战术绝不能变成一种常规，尤其是当它施行起来的时候。反复操作几回估量出它的威力和局限，然后改变它，去采用一种完全相反的战术。

6、让对手保持防御状态。他永远不能去想："好了，我得到了缓解，趁机把我们重新组织起来。"要利用一切可能的外在因素保持压力。

7、假若没有办法变成行动就永远不要吹牛，否则会失去信誉。

8、明显的不利条件可以变成最好的王牌。应该把每一种特异性都当作一种力量而不是一个弱点。

9、把焦距调准到目标上，在战斗中不要去改变。这个目标应该尽可能最小、最明确、最具代表性。

10、假若得到胜利，那就要能够承受下来，并能够占领土地。假若没有什么新主张的话，企图颠覆原来的权力是没有什么用的。

埃德蒙·威尔斯
《相对且绝对知识百科全书》第Ⅲ卷

105. 重逢

它们靠上没有被火和侏儒蚁酸液破坏的睡莲。被拯救出来的蚂蚁与解放者共享宴会。因为黑夜与寒冷，它们便用火炭照明和取暖。

24号安然无恙。

103号慢慢地靠近过去的伙伴。

它们在睡莲花的黄蕊中重逢了。它们后面，一片半透明的花瓣让一块橘红色火炭的光和热透了过来。

103号公主尽情地拥抱着它的朋友，给了它一块甜点。

24号害羞地向后放低它的触角表示接受。然后，饿坏的它狼吞虎咽地吃起储在103号公共胃中的半消化食物。

24号变了。它不仅仅是给最近的战争累垮了，甚至连它的外貌也变了。它的气味，它的姿态，它的颈围，所有的这一切都不一样了。103号公主自忖可能是小乌托邦共同的生活把它搞成这样了。

24号想解释一下，然而对两只蚂蚁来说，最简单的还是莫过于进行一次"绝对交流"。

103号同意把它们的脑袋彼此搁在一起。这样对方的对话就无可匹敌的强度、深度和速度。它们两位都轻柔地靠近对方的触角节，这样互相寻找着，稍稍接触一点，像玩游戏一样。它们都想让对方相信自己已经忘掉了这样做是为了紧张地交流。

好了！它们的四只触角双双贴在了一块。一方的思想直接与另一方的思想接在了一起。

103号公主知道，它原以为是轻微改变的24号身上的变化其实要多得多。小兵蚁也拥有一个……性别！24号向它解释原因。对美丽故事的迷恋给了它一种享受更大快感的渴望。因此它便去寻觅胡蜂巢。它最终在一个胡蜂巢中得到了蜂王浆。

莫名其妙，可能是由于温度，或者是它吸收激素混合物的方式，它发现自己有了性别……雄性！

24号现在是个雄性。

24号是个王子。

"你也是，你变了。你的触角发出异样的气味。你……"

公主不让它说下去。

"我也是，亏得胡蜂浆，我得到了一个性别。我现在是一个雌性。"

它们的触角不动了，不知所措。这么奇怪，它们离开时都是最多活3年的无足轻重的无性兵蚁。现在承蒙它们祖先胡蜂的绝妙手法，使它们升级成为蚂蚁王子和蚂蚁公主，拥有把它们的特性传给未来子孙的奇妙能力。

两个蚂蚁没有再多去思考便又互相交换甜食了，这次它们吃得更加透彻了。

24号王子把103号公主递过来的食物又递了回去，然后103号又把一大口食用浆送了过去。

有些食物从彼此的公共胃中交换已有三四个来回。但它们都很喜欢交换它们公共胃中的物质。这么的令人放心。那时它们的同伴正在周围忙着讲各自的历险故事，两个变异者则在亮光闪闪的睡莲花蕊中离群而立。

103号公主急不可待地讲着它从"手指"那儿所了解到的东西。它讲着电视、与"手指"联系的机器、它们的发明、它们的忧虑，所有的一切……

两个有性者当然想交配。

但是103号却后退了一步。

"你不想要我？"

"不，是其他原因。"两个蚂蚁明白。在昆虫界，雄性做爱时会死去。也许103号公主已被"手指"的浪漫主义毒害了，它不愿看到它的朋友24号死去。24号的生存对它来说比交配更重要。

因此它们一致同意，决定不再去想交配的事。

夜来了。科尼日拉共同体的蚂蚁与龟甲舰上的蚂蚁就睡在一个蛇穴的洞穴里。明天，路还很长。

106. 百科全书

亚当主义乌托邦（Utopie des Adamites）：1420 年，波希米亚发生了胡斯党人（Les Hussites）叛乱。那些新教的先驱者，要求德国教士改革和开始庄园主制度。一群更激进的人——亚当主义者从运动中分离出来：他们不仅对教会、而且对整个社会提出了质疑。他们认为与上帝接近的最好方式是在与亚当——原罪前的第一个人一样的生活条件下生活。他们的名称就来源于此。

他们在离布拉格不远的伏尔塔瓦河（le fleuve Moldau）中的一个岛上定居下来。他们赤裸裸地共同生活着，把所有的财产都充公，尽可能重建"罪孽"前人间天堂的生活条件。

所有的社会结构都被排除出外。他们废除了金钱、工作、贵族、资产阶级、政府、军队。他们禁止种地，而用野菜、野果果腹。他们吃素，修行对上帝的直接崇拜，不要教堂和中间的教士。

他们当然激怒了其他没有这么激进的胡斯信徒。当然，你们可以简化对上帝的崇拜，但不要到这种地步。那些胡斯党庄园主和他们的军队在亚当主义者的岛上把他们包围起来，把这些当时的嬉皮士屠杀了，一个也没放过。

埃德蒙·威尔斯
《相对且绝对知识百科全书》第Ⅲ卷

107. 借助水和电话

当那些治安队员正忙着追朱丽和女骑士们时，其他七个各有一个"小矮人"指挥的小组已经从旁边的路上绕了个大弯集合在学校的后面，摆脱了所有的警察。

姬雄掏出了校长为方便排练而托付给他的钥匙，轻而易举地打开了新装上防火隔离板的门。人群尽可能安静地涌入学校。当马克西米里安看到前头的栅栏里露出一张张欢快的脸时，才识破他们的计谋，可是太晚了。

"他们从后面进去了！"他在喇叭筒里喊道。

那些家伙掉转头，丢下朱丽和她的伙伴。但是，700 多人已经像龙卷风一样进去了，姬雄赶忙把防护门坚固的锁锁上。那些治安警察在这厚厚的保护者面前无可奈何。

"第二步结束。"大卫在电话里喊道。

于是朱丽小组在警察放弃的栅栏前集合起来，大卫过来为她们打开门。又有成百个"革命者"与学校里的其他人会合了。

"她们从前面进去了，回去！"马克西米里安命令道。

由于每个方向的警察都在跑，又带着他们的工具：头盔、盾牌、掷弹筒、防弹背心、重底靴，那些警察被搞得疲惫不堪。而且学校也够广阔的，足以使他们不能及时地赶到入口处。

他们发现的是重新关上的栅栏和后面嘲笑他们的、永远如此挑逗、爱捉弄人的女骑士们。

"长官，他们全都在里面了，而且还关了起来。"

就这样，800个"革命者"占领了学校。他们能够在这种壮举中取得胜利，没有任何武装冲突，只是用战术运动把对手累垮了，朱丽对此更是得意非凡。

马克西米里安一点也不习惯看到游行示威者利用游击战术。他处理的事务总是发生在那些只是一味向前而不思考的群众身上。这些头脑中甚至没有一个政党或是一个通常意义上的联合会的游行者，这样组成紧凑的团体举行运动，给他留下了深刻的印象，让他焦虑不安。

甚至双方阵营都没有伤亡的事实都让他不放心。通常在这种鲁莽的行动中，起码都有两三个，不是这方就是那方。至少也应该有些跑动时扭伤踝骨的。可是那儿，在一个800人与300治安警察对抗的示威运动中，却没有任何意外事故让人去叹息。

马克西米里安把一半的警力安置在前面，另外的在后面，然后他打电话给杜佩翁省长，让他把握形势。省长叫他夺回学校，不要引起什么风波。应该好好核实一下那里是不是真的没有半个记者。马克西米里安确认地说暂时还没有任何新闻界的人在那儿。

杜佩翁省长放心地要求他快点行动，最好是不要用暴力。因为还有几个月就要总统选举了，而且游行者中势必有城里显赫人家的孩子。

马克西米里安聚集起他的小智囊团，做他后悔没有早做的事情：要一份学校平面图。

"通过栅栏放催泪弹。像熏狐狸一样熏他们，他们最终会出来的。"

流泪的眼睛和咳呛很快就使被包围者元气大伤。

"应该想点办法，快点。"佐埃低声说。

莱奥波德认为只要使栅栏的渗透性小点就行了。

为什么不用宿舍的床单作为防护帘呢？

说做就做，湿手帕放在鼻子上，以防吸入气体，垃圾筒盖用来保护脸面，作防掷弹的武器。合气道俱乐部的女孩借助在看门人小屋里找到的铁丝把被单固定在栅栏上。

那些警察突然看不到学校里发生的事了。马克西米里安又拿起他的喇叭筒：

"你们没有权力占领这个机构，这是公共场所。我命令你们尽快离开。"

"既然已经在这里，我们就不走了。"朱丽回答。

"你们完完全全是在违法，"

"那就来把我们撵走啊！"

广场上进行了一次秘密交谈。然后，汽车便向后倒退，治安警察退到了毗邻的路上。

"他们好像要扔下我们不管了。"弗朗西娜留意着。

纳西斯示意说那些警察同样放弃了后门。

"可能我们已经获胜了。"朱丽没做太多的考虑便宣布说。

"先别忙着叫胜利。这可能是一种牵制攻击的计谋。"莱奥波德提醒道。

他们等待着，仔细地看着冷冷清清、被路灯照得十分明亮的广场。

有着纳瓦霍人敏锐眼睛的莱奥波德最终发现了动静，所有的人也马上看到，大批警察正果断地朝栅栏方向走过来。

"他们要进攻了。他们要攻进来了！"一个女将叫道。

主意。快点。需要一个主意。当佐埃找到解决的办法时，警察已近在栅栏咫尺了。她把办法向"小矮人"和几个女骑士说了一下。

当那些治安警察准备用粗大的铁锤撬开入口的金属锁时，校长为了对付可能的突发事故而叫人安装上的消防喷水管喷了起来。

"开火！"朱丽叫道。

喷水管加入了战斗。它的压力太大了，以致每撑起这些水炮中的一架，并把它操纵好都需要三四个女将才行。

警察和他们的狗被扫得当场躺倒。

"停火！"

警察部队在远处重新集合起来，预示着新一轮更猛烈的进攻。

"等待信号。"朱丽说。

那些警察顺着水龙头射不到的死角向前冲。他们举着警棍，到达栅栏。

"坚持住！"朱丽咬紧牙关说。水龙头又制造了奇迹。女骑士中响起了一阵胜利的欢呼声。

马克西米里安收到杜佩翁省长的电话，问他怎么了。局长报告说捣乱分子还是躲在学校里面，反抗着治安力量。

"好了。把他们包围起来不要进攻了。只要这些小捣蛋局限在学校里面，就没有什么问题。要不惜一切代价避免它的扩散。"

警察的进攻停止了。

朱丽想起那句口号："不要暴力，什么都不要打碎。保持无可非议的行动。"她只是想反对她的历史老师，验证一下一场没有暴力的革命是不是能够成功。

108. 百科全书

拉伯雷的乌托邦（Utopie de Rabelais）：1532年，弗朗索瓦·拉伯雷的《巨人传》中描写了德廉美修道院（l'abbaye de Thélème），提出了他对理想的乌托邦城的个人看法。

不要政府。因为，拉伯雷想："一个人连他自己都管不了，又怎么能去管其他人呢？"没有政府，那些德廉美修道士按他们自己的意愿行事，以"为所欲为"为箴言。德廉美修道院的主人都是经过精挑细选的。只有具有良好出身、不受精神约束、受过教育、有德行、好看自然的男女才能被接纳。女人10岁进入，男人12岁进入。

白天，每个人都干他想干的事情。如果他高兴的话就工作，要不然就休息，吃喝玩乐，谈情说爱。时钟被取消了，避免了时光流逝的概念。人们随便什么时候起床都行，饿了就吃饭。骚乱、暴力、打架都被肃清。安置在修道院之外的用人和手工艺者担负着繁重的工作。

拉伯雷描绘着他的乌托邦。修道院必须在卢瓦尔河（Loire）边上的波·于奥尔森林（la forêt de Port-Huault）里建起来。它包括9332个房间。没有围墙，因为"围墙供养阴谋"。六个直径60步的圆形塔楼。每一个建筑物都有10层高。一个直通河流的排污下水道。很多个藏书室。一个林荫交错的公园，中间是一道泉水。

拉伯雷并不傻。他知道，他理想的修道院将不可避免地被蛊惑人心的宣传、荒谬的意见和争执或仅仅是被一些鸡毛蒜皮的东西所摧毁，但他坚信这仍然是值得一试的。

埃德蒙·威尔斯
《相对且绝对知识百科全书》第Ⅲ卷

109. 一个美丽的晚上

103 号失眠了。

又是一次性别失眠。它想，那些无性蚁至少有可以很容易就睡着觉的好处。

它竖起触角，挺立着，分辨出一道红色的亮光。正是这个东西使它醒了过来。这并不是升起的太阳。光泽来自它们栖息的蛇穴里面。

它朝亮光走去。

几只蚂蚁围在给它们带来胜利的火炭周围。它们这一代还不了解火，确实被这热烈的物质迷住了。

一只蚂蚁表示最好把它熄灭了。103 号公主说："不管怎样，咱们都面临着不可避免的取舍：'技术与它的危险'或'无知与它的平静'。"7 号走了过来。它感兴趣的不是火，而是火焰投映在巢穴墙壁上的那些蚂蚁跳舞的影子。它试图跟它们搭话，然而看到这不大可能，便问起 103 号，103 号回答说这种现象是火的魅力的一部分。

"火给我们制造贴在墙上的孪生影子兄弟。"

7 号问孪生影子兄弟吃什么东西，103 号公主回答说它们什么也不吃。蚂蚁们努力模仿着孪生兄弟的姿态，自得其乐，不再说什么。

明天，它们可以讨论所有的这些，但目前，最好还是睡觉吧，以便恢复旅行的体力。

24 号王子没有睡觉。夜晚的寒冷没有强迫它去冬眠，这还是第一次，它想利用一下。

它盯着闪烁不已的淡红火炭。

"再给我们讲讲那些'手指'吧。"

110. 前进中的革命

那些"手指"在找柴薪点火。

示威者在养花匠的杂物间里找到了，想在草坪中央点燃一个大火堆，以便在周围跳舞。

人们堆起柴堆，然后，几个人拿来纸片。然而他们却点不着火。

纸片很快就烧完了，风吹灭了零星火花。在800个曾挑战、对抗、击退几整车警察部队的人当中，居然没有人知道怎样点着简简单单的火！

朱丽在《百科全书》中找着，看是否能够找到一页解释怎样点火的内容。因为那部作品既没有目录也没有索引，她真不知道该怎样在这些杂乱无章的东西里面去找到它。《相对且绝对知识百科全书》不是一本字典。它并不是非得要答复人家向它提出的问题。

最终莱奥波德过来帮忙，说要砌一面小墙来保护火苗，然后又在柴堆下面放了三块小石子，以便空气能够进入里面。

但是，火就是不着。朱丽使出浑身解数，去化学实验室找配置莫洛托夫鸡尾酒的必要成分。回到操场上，她便把它洒在柴堆上，这次，火焰终于蔓延开了。"很显然，在此尘世中，做什么都不容易。"朱丽叹了口气。她早就想在学校里点一堆火，而现在终于实现夙愿了。

操场上发出火堆枯红的亮光。一阵喧哗声响起。

示威者降下中央旗杆上印有口号"理智源于智慧"的旗，在正反两面贴上音乐会的标志——三只蚂蚁组成的图案，然后又把旗升了上去。

发表演讲的时候到了。位于二楼的校长办公室阳台是发表演讲的最佳场所。朱丽走上去向聚集在操场上的人讲话。

"我庄严地宣布，学校已被一群只渴望欢乐、音乐与节日的人类占领。在一个无限期的时间里，我们在此建立一个乌托邦村落，由我们开始，目的是使人们更加幸福。"

赞赏与掌声。

"去做你们高兴做的事情，但不要破坏什么东西。假若我们要长时间待在这里，就尽可能用那些完好的设备。谁有需要的话，洗手间在操场的右边。假若你们中间谁想休息的话，寄宿生的宿舍和床都任由你们支配，在B楼的二、三、四层。其余的人，我建议立刻庆祝节日，尽情地唱歌、跳舞！"

而歌手和她的乐手却已经疲惫，也该歇一歇了。他们把排练室中的乐器留给了四个兴奋不已的年轻人。相对摇滚来说，这些年轻人更长于萨尔萨舞曲，不过他们的音乐倒是很应景。

"蚂蚁"乐队去自动饮料机旁喝冷饮，就在快餐厅边上，那儿是学校的学生放松自己的习惯去处。

"好了，朋友们，这次我们做到了！"朱丽小声说。

"现在该怎么办？"佐埃问道，她的双颊还热热的。

"哦，不要拖得太久。明天就结束。"保尔认为。

"但假若延续下去呢？"弗朗西娜问。

大家对视着，眼神中一点都不担忧。

"要全力使它延续下去。"朱丽有力地插了进来，"我一点也不想从明天早晨开始就准备我的毕业考试。此时此地，我们有机会搞点东西出来，要抓住它。"

"那确切地说，你有什么打算？"大卫问，"总不能没完没了地庆祝节日啊。"

"我们有一群人，又有一个封闭的庇护场所，为什么不想想组织一个乌托邦村落呢？"

"乌托邦村落？"莱奥波德惊讶万分。

"对，一个尝试创造新的人际关系的地方。"

"尝试一个经验，一个社会经验，目的是要知道，创造一个让人们在一起时感觉好一点的地方是否可能。"

"蚂蚁们"斟酌着朱丽的想法。远处，舞曲回荡，男孩和女孩们笑着、唱着。

"确实会很美妙，"纳西斯承认说，"只是，要管理好一群人并不容易。我曾在一个少年营里担任辅导员，我可以向你保证，管理一群人，这可不是什么鸡毛蒜皮的小事情。"

"你只是一个人，而我们是八个，"朱丽提醒道，"在一起，我们就更加强大。我们团结一致的能量10倍于我们的个人才能。我觉得，团结一致可以移山倒海。800个人已经在音乐上跟随了我们，为什么在我们的乌托邦上就不会跟随呢？"

弗朗西娜坐下来仔细思考。姬雄搔着前额。

"乌托邦？"

"是啊，乌托邦！《百科全书》总是说到它，它建议创造一个社会，更……"

她迟疑了一下。

"更什么?"纳西斯嘲讽说,"更聪明?更温柔?更古怪?"

"不是,仅仅是更人性。"朱丽用她深沉炽热的声音一字一顿地说。

纳西斯扑哧一声笑了出来。

"完蛋了,孩子们。朱丽向我们隐藏了她的人道主义抱负。"

大卫则试图去理解。

"那你对于人性的社会有什么打算呢?"

"我还不知道。但我会找到的。"

"喂,朱丽,你在跟警察部队的冲突中受了伤吗?"佐埃问道。

"没有啊,怎么啦?"小女孩惊讶地问。

"你的衣服上有……一个红色的斑点。"

她吃惊地转过裙子。佐埃说得对。她身上确实有一个血渍,来自一个连她都没感觉到的伤口。

"这不是伤口,而是其他东西。"弗朗西娜肯定地说。

她把朱丽拉到走廊上,佐埃跟着她们。

"你是来例假了。"管风琴演奏者告诉她。

"来什么?"

"例假。"佐埃插口道,"你不知道这是什么吗?"

这个消息使朱丽痉挛起来。刹那间,朱丽觉得自己的身体刚刚被杀害了。这血是她的童年遭杀害而流下的血。完了!在这一瞬间,她以为幸福的时刻,她的机体却背叛了她。它把她带向最为羞辱的东西:被迫成年。

她把嘴巴张到最大,贪婪地呼吸着空气。她的肺难以起伏,她的脸变得绯红。

"快,"弗朗西娜叫了起来,呼唤着其他人,"朱丽哮喘发作了。她需要万托林。"

他们在她放在姬雄的打击乐器下面的背包里找到了气雾剂,塞进朱丽的喉咙里挤压。但徒然,什么也没出来,它是空的。

"万……托……林。"朱丽气喘吁吁地说。

她的周围,空气变稀薄了。

空气,首要的适应因素。刚生下来的时候,人便开始展开他的呼吸室,发出第一声叫声。然后,在接下来的整个生命过程中,人都不能再脱离它。空气，无时无刻都需要空气，最好是纯净的。现在，仅仅是没有足够的空气。她不得不使出最大的劲来以获取可吸进去的一口空气。

佐埃来到操场上，问是否有人带了万托林。没有。

他们在大卫的手机上呼叫急救医生SOS，紧急支援。所有的电话总机都占线。

"区内得有一个值班药房才行。"弗朗西娜很是恼火。

"姬雄，陪着她。"大卫提议说，"你是我们中最强壮的，假如她走不到那儿，你可以用肩膀把她扛过去。"

"但怎么走出这儿呢？两边都有警察。"

"还有一个门，"大卫说，"跟我来。"

他把他们领到彩排的地方。

推开一扇大橱，便露出一条通道。

"我是无意中发现的，这条走道应该通往邻屋的地下室。"

朱丽发出轻微的呻吟。姬雄把她背到肩上，向地下室走去。他们来到一个分岔口。左边有下水道的臭味，右边是地窖的霉味。他们选择了右边。

111. 火的周围

在火炭的亮光下，103号公主讲起了"手指"。它讲它们的风俗、它们的技术、它们的电视。

"白色标语牌，死亡的预兆。"还没有忘记这一灾难的5号提醒说。

在火的周围，当听见它们的家园差点被摧毁时，蚂蚁们都颤栗起来。103号公主撇开这个威胁，强调说它从此信服了，"手指"可以给蚂蚁的文明带来很多东西。对于13位探险蚁来说，幸亏火，才使它们在这个主意下加强了力量，战胜一大群侏儒蚁。

但是，它不知道怎样摆弄杠杆，它不知该怎样去仿造弹射器装置……但它认为，像艺术、幽默和爱情，不管怎样都仅仅是时间上的问题。假如"手指"能够玩玩这些游戏的话，它最终也会理解的。

"靠近'手指'没有危险吗？"老是擦着烧焦的残肢的6号问。

103号回答说没有危险。蚂蚁有着足够的聪明去控制它们。

24号竖起一个触角。

"它们对你谈过上帝吗？"

上帝？所有的蚂蚁都想知道那是什么？是一台机器？一个地方？一种

植物？

24号告诉它们说：过去，在贝洛岗，懂得跟蚂蚁沟通的"手指"想让它们相信"手指"是它们的统治者和制造者。这些"手指"借口它们很庞大，无所不能，要求蚂蚁盲目服从它们。这些"手指"以蚂蚁的"上帝"自居。

所有的虫子都凑了过来。

"上帝"是什么意思？

103号公主解释说这个概念是动物中独有的。"手指"以为它们上面有一个无形的力量在随心所欲地控制着它们。它们把它叫作"上帝"，并信仰它，尽管它们看不见它。它们的文明建立在这个观念上面，信仰一种控制它们整个生命的无形力量。

蚂蚁们试图想象丝毫实际意义都没有的上帝会是什么样子。它们干吗要认为上面存在有一个做依靠的上帝呢？

103号笨拙地回答说，可能是因为"手指"是自私的动物，一直以来，这种自私压在它们心头，使它们变得难以承受。它们因此需要谦虚，要自以为是一种更伟大的动物——上帝微不足道的创造物。

"问题在于某些'手指'向我们灌输这种同样的观念，把自己说成是蚂蚁的上帝！"24号说。

103号表示赞同。

它承认并不是所有的"手指"都有想完全掌控临近生灵的意愿。就像蚂蚁一样，有强硬的，有温柔的，有傻瓜，有智者，有宽宏慷慨者，也有唯利是图者。这些蚂蚁肯定是遇到了唯利是图者。

但是，不能因为其中的某些"手指"以蚂蚁的上帝自居就否认整个"手指"。这种行为的分歧从反面显示了"手指"精神的丰富。

现在那12个兵蚁已隐隐约约理解了上帝的概念，它们天真地问"手指"是否真的不是……它们的上帝。

103号公主说，它认为，两个物种走的是两条平行的轨道，所以，"手指"不可能曾经创造过蚂蚁。这只不过是因为起先，早在"手指"之前，蚂蚁曾在地球上消失过。同样，也有可能是蚂蚁制造了"手指"。

可是，疑团仍在与会者中存在着。

相信上帝的好处，是可以解释所不能解释的东西，有几只蚂蚁已经准备去把雷电或火当作它们的上帝"手指"的显现了。

103号公主反复地说"手指"是一种出现大约300万年的新物种，而蚂蚁的历史则已有1亿年了。

在造物主出现之前它的臣民怎么能够出现呢？

12个兵蚁问它是怎么知道的，103号公主反复说它是在手指的一个电视纪录片中听到的。

与会者茫然不知所措。几乎所有在场的蚂蚁都不相信"手指"是它们的造物主。但是，大家都不得不承认这种"年轻"的动物具有特异功能，懂得许多昆虫们所不懂的东西。

只有24号不赞同。对它来说，蚂蚁民族没有什么好羡慕"手指"的，假若碰在一块的话，蚂蚁们很有可能有更多的知识教给"手指"。至于三种奥秘：艺术、幽默、爱情，一旦蚂蚁们确切地懂得了是什么东西，它们就能够模仿，并进行改进。它深信这一点。

在一个角落里面，科尼日拉蚂蚁正把一块火炭放到一片叶子上去，芦苇战役时火矛的作用给它们留下了深深的印象。它们在几种材料上检测着火炭的功效。它们轮着烧叶子、花、土块、树根。6号做着它们的良师益友。把这些东西混在一块烧，它们得到了近于蓝的烟和邪恶的气味，就好像"手指"世界中第一批发明家所进行的那样。

"手指"毕竟还算是复杂的动物……听了这些高层世界中的故事，一个科尼日拉蚂蚁叹了口气，开始放低了一点触角。它蜷缩着身子，睡了起来，留下其他蚂蚁尽情地聊着，玩着火。

112. 百科全书

生日蛋糕： 每个生日都吹蜡烛，这是人类最显著的仪式之一。这样，每隔一段时间，人类就会想起，他能够制造火，然后又把它吹灭。

对火的控制成为让孩子转变成责任者的过渡仪式之一。相反，当年老的人再也没有吹灭蜡烛的力气时，则证明他们从此以后被人类社会除名。

埃德蒙·威尔斯
《相对且绝对知识百科全书》第Ⅲ卷

113. 气闷

朱丽倒在他的肩膀上。看到这个地下室向警察部队的远处延伸，姬雄喜上眉梢。他匆匆忙忙地寻找一家早上三点钟还有人值班的药店。

万不得已，姬雄只好狠命地敲打着一家紧关着的大门。上面的一个窗户打开了，一个穿着睡衣的男人探出身子说：

"在这附近闹是没用的，这个时候还开着的药店只有在夜总会才能找到。"

"你开玩笑？"

"一点也不是，这是一项新服务。他们不单单卖避孕套，而且还发现把药放在夜总会里也是最简单实惠的事情。"

"那这间夜总会在哪儿？"

"右边那条路的末端，有一条小胡同，就在那儿。不要搞错了，它叫'地狱'。"

的确，"地狱"在霓虹灯中闪烁，周围是长着蝙蝠翅的小魔鬼。

朱丽快要死了。

"空气！发发慈悲，我要空气！"

为什么这个星球上空气会这么少？

姬雄把她放在地上，付了两个人的门票，好像他们只不过是混在其他人中的一对跳舞者。看门的满脸画着刺花纹，看到一个如此颓废状态的女孩一点也不感到奇怪。经常光顾"地狱"的大部分顾客都是受酒精或是麻醉品的刺激，到午夜以后才来的。

厅里面，亚历山德琳的声音在低声吟着："I love you，亲爱的，我爱你……"情侣们在烟雾圈中紧搂在一块。DJ师调高音量，于是谁也听不到谁说话了。他调暗灯光，直到只剩下闪烁的红色小灯为止。他知道该怎样做：在这阴暗和震耳欲聋的嘈杂中，那些没什么话说的和那些生来就并不怎么漂亮的，像其他人一样，有同样的机会利用慢狐步音乐来献媚。

"亲爱的，我爱你……亲爱的。"亚历山德琳高喊着。

姬雄粗鲁地撞着情侣们，穿过舞池，心焦火燎地以最快的速度把朱丽带到药房。

一个穿白大衣的太太嚼着口香糖，沉浸于一本热门杂志中。当她瞥见他们时便摘掉保护耳道的一个棉球。姬雄声嘶力竭地叫着，想压过音响的声音。她示意他关上门，一部分分贝留在了外面。

"请来些万托林，快点，是给这个小姐的，她哮喘发作得很厉害。"

"你有医嘱吗？"药剂师平静地问道。

"你很明白，这是一个生死的问题，你要多少钱我都给你。"

朱丽用不着努力来引起同情。她的嘴张开着，像从海中出来的鲷一样。那个女人却丝毫不予怜悯。

"对不起。这里可不是食品杂货店。没有医嘱，我们是不能卖万托林的，否则就是犯法。你们不是第一个和我来这一套的。谁都知道，万托林是一种对虚弱男人很有用的血管扩张剂。"

要爆炸的姬雄受够了。他抓起药剂师的白大衣衣领。没有武器，他便拿起房门钥匙，用尖端抵住她的脖子。

他用威胁的口气一字一顿地说：

"我可不是开玩笑。请你拿万托林来，否则的话，不管有没有医嘱，买药的很快就是你了，药剂师太太。"

在这种嘈杂声中，试图呼叫其他人是没有用的。而且，在这样一种场合下，其他人也宁可站在缺药的情侣一边而不是站在她这边。药剂师点头表示投降，她很快找到一瓶喷雾剂，很不情愿地递给他。

真险啊！朱丽呼吸暂停了。姬雄拉开她的嘴唇，把喷雾剂的套接管塞进她嘴巴里。

"加油，加油啊，呼吸！求求你了。"

花了九牛二虎之力后，她吸了口气。每一次挤压都像是带来生命的金色气泡。她的肺像水中干枯的花朵一样又重新张开了。

"走程序得浪费多少时间啊！"姬雄向药剂师抛了一句。那人正偷偷地踩直接连在报警器上的踏板。那里的体制早已预料到她被缺药的吸毒者威胁的情况。

朱丽坐在板凳上回神。姬雄付了气雾剂的钱，他们走上回路。又听到震耳欲聋的慢狐步舞曲了。还是一首亚历山德琳的歌，她的成功新作"爱情鱼"。

DJ清楚地知道自己应该做什么，把音量又提高了两档，他把灯光调得更暗了，只留一个旋转的球体通过其表面细密的镜面产生细小射光。

"俘获我，对，把我整个俘获；俘获我，我永远的爱人，我生命中的爱人……爱的激情，这是爱的激情……"女歌手高亢的歌声是她原本的人声经合成器加工而成的。

朱丽最终明白了自己的所在，更希望姬雄把她抱在怀里。她凝视着这个韩国人。

姬雄很英俊。有某种媚惑的东西。在这种陌生的环境和这种奇怪的地方注视他，更增加了他的魅力。

她一会儿为自己是一个迟钝的女人而害羞、害怕，一会儿又产生新的、几乎可以说是兽性的、去"消费"姬雄的渴望。

"我知道，"姬雄说，"别这样看着我。你受不了与任何男人或者任何人的肌体接触。别害怕，我不会请你跳舞的！"

她正想否认他的话时，两个警察出现了。那个药剂师把两个侵犯者的容貌告诉了他们，并指明他们从哪儿过去了。

姬雄把朱丽拉到舞池中央黑暗深处。情不得已。他搂起她。

但这时候，DJ师却决定把舞池所有的灯都打开。一下子，"地狱"里的"牛鬼蛇神"都出现了。异装癖、施虐—受虐狂、异性恋的、双性恋的、扮成男人的、扮成女人的……所有的人都摇摆着，满脸大汗。

那两个警察在舞蹈者中穿行。假若他们认出两个"蚂蚁"的话，便会逮捕他们。朱丽那时居然做了件令人难以想象的事情。她用力抱起韩国人的脸，亲吻他的嘴。年轻人惊讶万分。

警察在他们周围逛着。他们继续吻着。朱丽在书里读到过蚂蚁也会有这样的举动：交哺，翻出食物用它们的嘴进行交换。目前，她觉得自己还做不出这样的壮举。

一个警察疑心地看着他们。

两个人都闭上眼睛，像不愿看到危险的鸵鸟一样。他们再也听不到亚历山德琳的声音了。朱丽渴望男孩搂紧她，用有力的双臂把她抱得更紧。但警察已经走了。像两个偶然靠得太近的情人一样，他们局促不安地彼此松开。

"对不起。"他在她耳边喊着，让她能够在嘈杂声中听见。

"情况确实没有给我们留下更多的选择余地。"她逃避地说。

他抓起她的手，离开"地狱"，从先前出来的地下室回到"革命"中。

114. 百科全书

由游戏开始：60年代，在法国，有一个种马场主买到了四匹矫健的灰种公马，它们都很相像。但它们脾气都很差。一旦把它们并排在一块，就会打起架来。根本不可能把它们套在一起，因为每匹马都朝着不同的方向走。

一个兽医想出了办法。把马厩里的四个马栏排在一块，然后在中间的隔墙上装上各种游戏：可以用嘴转动的小轮子、用马蹄在马栏之间踢来踢去的球、用绳子悬起来的五颜六色的几何模型。

他经常颠倒那些马的次序，让所有的马都能够互相认识，彼此玩耍。一个月以后，四匹马变得难分难舍了。它们不仅愿意被套在一块，而且它们在工作中也好像找到了游戏的感觉。

埃德蒙·威尔斯
《相对且绝对知识百科全书》第Ⅲ卷

115. 骚动

7号注意到火使离着最近的蚂蚁投下了放大的影子。它在火炉旁边拿到一块冷却了的火炭，决定在洞壁上画出影子的形状。画完以后，它展示给其他蚂蚁，它们以为那是一只真的蚂蚁，还试图与其交谈。

7号很难解释说这仅仅是个素描。就这样，刚开始时很像以拉斯科山洞的石壁版画的方式一样描绘事物，但最终朝着更独特的风格演变了。用了3块木炭之后，7号创造出了蚂蚁绘画。它久久地看着自己的作品，心想黑色并不足以表现事物，应该加上其他颜色。

但怎样加上其他颜色呢？

它的第一个念头就是杀掉一个来观赏它工作的灰蚂蚁。这样它得到了白色的血，涂在上面，使脸和触角富有立体感。很成功。至于那只灰蚂蚁，它没有过分呻吟，它为艺术献上了第一份祭品。

看看，蚂蚁是怎样迷恋于创造的疯狂的。在那些验火者、素描者和那些研究杠杆者中，形成了少有的竞争。

对它们来说，一切都好像是可能的。然而，那个它们自以为政治和技术都处于顶点的蚂蚁社会，突然显得很落后了。

现在12个年轻的兵蚁都各自找到了自己偏爱的领域。103号公主给它们带来了动力和经验。5号成了它的主要助手。6号是火技师里面最有学问的。7号热衷于素描和绘画。8号研究杠杆。9号研究车轮。10号用动物记忆费洛蒙草拟"手指"风俗稿。11号的兴趣则在建筑学和以不同的方式筑巢上。12号被领航艺术吸引，做着它们不同的江河艇的记录。13号思考它们的新式武器，点燃小树枝，龟甲舰……14号则积极探索与其他物种进行对话。15号剖释并品尝着它们航行过程中所了解到的新食物。16号努力绘制着它们到达此地经过的不同道路的地图。

103号讲着它所知道的"手指",它讲着播放虚构故事的电视。10号又用动物记忆费洛蒙把有关"手指"的信息记录下来。

小说:
"手指"经常编造出不真实的故事,它们叫作小说或剧本。
它们虚构出人物,它们虚构出背景,它们虚构出世界的规则。
或者,它们所讲的故事不存在或几乎不存在于任何地方。
讲这些不存在的东西有什么意思呢?
只是在讲述美丽的故事而已。
这是一种艺术形式。
这些故事是怎样形成的呢?
从103号所看的电影中,它觉得这些导致"幽默"状态的著名小逸事好像都遵从于跟开玩笑一样的规则。
只要有一个开头、中间部分和一个意想不到的结局就行了。

24号王子专心地听着103号公主的述说。尽管它并不完全分享着发现"手指"世界的热情,然而它也产生了讲述一部103号告诉它的、有关"手指"的"小说"的念头,以一个不真实故事的形式,搬上舞台。

实际上,24号王子是想创造第一部费洛蒙蚂蚁小说。它想得很清楚:一部建立在蚂蚁的伟大故事方式上的"手指"传。在它新的性别感官作用下,它发觉自己有能力以自己所了解到的"手指"想象一个奇遇故事。

它已经有题目了,最简单的题目:"手指"。
103号公主察看7号的绘画。
艺术家告诉它需要不同的彩色颜料。103号建议它用花粉作黄色,青草作绿色,碎的虞美人花瓣作红色。7号加上甜蜜液与唾液混合在一块,让它们变得黏稠起来。它说服另外两只蚂蚁协助它,在它们的合作下,它开始在一片悬铃木树叶上描绘。它画上3只蚂蚁,然后又在远处画上一个红色的球,它成功地用白垩和碎虞美人花瓣搅和在一块,制出这种颜色,它用花粉在蚂蚁与"手指"之间勾勒出一条线。

这是火。火是"手指"与蚂蚁之间的纽带。
看着同伴的作品,103号公主有了主意。为什么不把它们的出征叫作"手指革命",来取代"反击远征"呢?不管怎么样,对"手指"世界的了解定会给它们的蚂蚁社会带来动荡，因此这个命名更加恰当。

在火周围，争论还在进行着。那些害怕火炭的昆虫要求把火熄灭，并把它们永远肃清。亲火派与反火派之间展开了一场尖锐的争吵。

103号公主分不开敌对双方。必须要等到有两三个死亡之后这场战争才会平息。一些蚂蚁坚决声称火是禁忌。其他的则回答说这是一种现代进化，假若"手指"都能毫不忌讳地利用它，那蚂蚁这样做也是天经地义的事。它们断言颁布火是禁忌的法令，已令它们在技术的发展中浪费了不少时间。假若在一千多万年前，蚂蚁也曾客观地研究火，认真地考虑一下得失，那么它们可能现在也已经有"艺术""幽默"与"爱情"了。

反火派则反驳说过去的事实已经证明，用火会一下子烧掉整片森林。它们断言蚂蚁还没有足够的聪明和经验去利用它。亲火派反击说它们掌握了火之后，就一定不会造成丝毫的损失。因此大伙同意继续研究火，但必须加强安全。要在火炭周围筑一条壕沟，让火不会轻易就蔓延到铺在地面的松针上去。

一只亲火派蚂蚁想出一个主意，烤一片蚱蜢肉，它说这种肉烧过以后会更好吃。然而它没有时间把它告诉别的蚂蚁，因为它的一只爪子太靠近火炉，烧起来了。几秒钟时间，这个虫子便随它胃里的美味晚餐一块消失了。

103号公主惶惶地看着这些动乱。"手指"和对它们习俗的发现给大伙造成这样的骚动，它们都不知道该怎么办了。它想它们有点像饥渴的虫子，看到一个水坑，便猛然冲下去。喝得太快，很快便死去了。还不如慢慢喝，让机体适应。假若"手指革命"的蚂蚁们不防范的话，一切都面临着堕落退化的危险，103号不知道退化的方向。

它只知道这是它和同胞在一起的第一个晚上，它一点也睡不着。太阳在里面，外面，透过洞穴的凹处，它看到了夜。

116. "蚂蚁革命"的第二天

夜去了。太阳跟每天一样，从它决定升起的地方慢慢地升起来。

早晨七点钟，枫丹白露学校开始了革命的第二天。

朱丽还在睡。

她梦见了姬雄。他一个一个地解开她的衣衫纽扣，解开她胸脯上紧绷的胸罩搭扣，慢慢地脱着她的衣服。终于，他把嘴唇凑了上来。

"不。"她在他怀里扭动着，有气没力地反对。

他静静地反驳说：

"随你的便。不管怎样，这是你的梦，决定的是你。"

这一切解释一下子把她翻倒在现实中。

"朱丽醒了，快来！"有人叫道。

一只手帮她站了起来。

朱丽看到自己睡在外面，在一堆直接铺在草地上的纸板和旧纸中。她问自己在哪儿，发生什么事了，不认识的男人围在她周围，最少有20来个，好像要保护她一样。

她看看人群，记起了一切，感到一阵剧烈的头痛。哦，这头痛！她想把自己关在家里，穿着拖鞋，呷着一大碗还在冒泡的牛奶咖啡，一边弄碎一小块巧克力面包，一边听着收音机里的世界时事报道。

她想逃走。乘上巴士，买上日报了解所发生的事情，像无论哪一天早晨那样跟面包师傅聊天。她没有卸妆就睡着了，她讨厌这样。会长痘的。她先向人要卸妆乳，然后是一份丰富的早点。人家端来一盆冷水给她洗脸，早点则是塑料杯咖啡，满是在开水中未溶解的团团。

"就像战争时期。"她一边下咽一边叹气。

她还在半梦半醒之中，逐渐认出了学校的操场和它的骚动。她看着中央旗杆高处飘扬着的革命旗帜，以为是在做梦。小革命是属于他们的，连同三角形、圆和三只蚂蚁。

"七个小矮人"聚集了过来。

"快来看。"

莱奥波德掀起栅栏的一角覆盖物，她看到了那些进攻的警察。

合气道俱乐部的女孩们又重新装备上消防水龙头，一旦警察走到门口，便用水冲他们，他们便立即退却了。这已成了一条陈规。

又一次，胜利降临到被围者这一边。

大家一块儿为朱丽欢庆，把她扛到二楼的阳台上。她在那儿又做了次小演讲：

"今天早上，警察还想把我们赶出这儿。他们再来，我们就再把他们击退。我们令他们不安，是因为我们建立了一个不要条例管理的自由空间。我们现在拥有一个美妙的实验室来做真正属于我们生活的事情。"

朱丽走到阳台边上：

"我们要把命运抓在手中。"

在公共场合中说话是不同于在公共场合中唱歌的活动，但一切都同样令人陶醉。

"创造出一种新的革命形式，一种没有暴力的革命，一种主张新社会景象的革命。以前切·格瓦拉这样说：'革命首先是一种爱的举动。'他没有成功，但我们却要试试。"

"嗨！而且这次革命也是对警察厌烦透了的市郊人民和青年人的革命。我们应该把这些腐败分子累垮。"有人叫道。

另一个声音响了起来：

"不，这次革命，是生态保护者反污染和反核能的革命。"

"这是一次反种族主义的革命。"第三个说。

"不，这是一次各阶级反大资本家的革命。"另一个宣称，"我们占领学校，是因为它是资产阶级剥削人民的象征。"

突然一阵嘈杂。

想定义这次游行的人很多。动机很广，也常常背道而驰。一些人目光中已有了些怨恨。

"他们是一群没有羊倌又没有目的的羊。不管怎样他们都无所谓。当心，危险！"弗朗西娜在她的女伴耳边小声说。

"我们要给他们提供一个形象、一个凝聚的主题、一个动机，快点，赶在形势恶化之前。"大卫附加说。

"应该给我们的革命下一次最后的定义，不能再有其他说法。"姬雄坚决地说。

朱丽犯难了。

她失神的眼睛扫一下人群，那些人等待着她划出界线，准备听从最后的决断。

想跟警察大干一场的人充满怨恨的眼神刺激到了她。她认识他，这是令那些最懦弱的老师不得安宁的学生之一。既没有勇气也没有信仰的小二流子，总是敲诈勒索低年级的同学。再远一点，环保拥护者和阶级战士嘲讽的目光已不再友善。

她不会把"她的"革命交给那些二流子和政客。应该把人群引向另一个方向。

从"圣言"开始。应该加以命名。但怎样给她的革命命名呢？

突然茅塞顿开。革命……蚂蚁革命。这是音乐会的名字。这是写在海报上和合气道女将T恤上的名字。这是聚集者的圣歌，是旗帜上的装饰图案。

她举起双手要大家安静下来。

"不，不，别让这些陈词滥调分散了我们的精力，它们都已经被拿出过不知多少次了，枯燥无味。新的革命应该有新的目标。"

没有响应。

"对，我们就像蚂蚁一样。渺小，但团结起来又很强大。真的就像蚂蚁一样。面对形式和世俗，我们选择沟通与创造。就像蚂蚁一样，我们不畏惧去袭击庞大的敌人，去夺取最困难的堡垒。因为，团结让我们强大。蚂蚁给我们指明了一条康庄大道。不管怎么样，它都有从来没有验证过的优势。"

怀疑的人群吵吵嚷嚷。

没见效。朱丽急忙继续说道：

"它们渺小，但具有无限的凝聚力，能够解决一切问题。蚂蚁不仅提出了不同的社会准则而且还有一个不同的社会组织、一个不同的沟通方式、一种不同个体间的管理。"

质疑声此起彼伏。

"那污染呢？"

"那种族主义呢？"

"那阶级斗争呢？"

"那郊区问题呢？"

"对，他们说得对。"人群中叫了几声。

朱丽想起了《相对且绝对知识百科全书》中的一句话："小心群众，一群人聚在一起不会胜过每个人的才能，反而会趋于把才能降低。一群人的聪明系数比每个人加起来的系数总和要小。一群人，已不再是 $1+1=3$，而是 $1+1=0.5$。"

一只会飞的蚂蚁来到朱丽身边。她把昆虫的到来看作是周围的自然对她的赞许。

"这儿，是蚂蚁革命，仅仅是蚂蚁革命而已。"

人群产生一阵动摇，现在就看效果如何了。如果还是不行的话，朱丽就准备撒手不管了。

朱丽用手指比了个胜利的 V，那只飞舞的蚂蚁停在她的一只手指上。所有的人都被这种景象折服了。连昆虫也赞成……

"朱丽说得对。蚂蚁革命万岁！"合气道女将的领头人伊丽莎白喊道。

"蚂蚁革命万岁！""七个小矮人"又喊了一遍。

要趁热打铁。她引导着喊道：

幻想者在哪里？

这次，人们不再犹豫，喊起了口号：

我们是幻想者！
创造者在哪里？
我们是创造者！

她唱道：

我们是新的幻想者，
我们是新的创造者！
我们是渺小的蚂蚁，要把这个古老僵化的世界蚕食。

在唱歌方面，那些小团体的头头无法再与她竞争，谁让他们没在音乐课上多花点时间……

大家一下子都狂热起来。甚至连不远处的蟋蟀也吱吱叫了起来，好像也感觉到发生了某些有趣的事情。

人们又唱起了蚂蚁乐队的主打歌。

朱丽举着拳头，感觉就像是在操纵一辆 15 吨的卡车。哪怕只是动一下，也要花费大量的精力，尤其是不能偏离方向。可是，考重卡驾照还有驾校可以培训，革命的"驾照"又该到哪儿去学呢？

她本应好好听听历史课的，学一学前辈在同样的情形下会采取什么对策。换成托洛茨基、列宁、切·格瓦拉，他们会怎么做呢？

那些环保者、郊区居民做着鬼脸，有几个往地上吐着唾沫，或是嘟哝着脏话。但他们自知是少数派，所以也不敢太过分。

"谁是新的创造者？谁是新的幻想者？"她重复着，像抓着救生圈一样紧紧抓住这些句子。

把人们凝聚起来，提炼出他们的能量，朝最佳方向引导。现在她操心的唯一事情就是去创建某种东西。问题在于她不知道要创建什么。

突然一个人跑过来在朱丽的耳旁轻声说：

"警察把这儿都包围了，我们很快就出不去了。"

人群中响起一阵嘈杂。

朱丽拿起麦克风。"刚刚有人告诉我说，警察把这儿包围了。我们在这儿，就像在现代城市中央的荒岛上。想走的人，趁现在还走得了，可以马上做出决定。"

300人朝栅栏走去。其中的大部分都是那些比较成熟、怕家里焦急的人，和那些觉得这毕竟不过是一个节日而已，还是工作更重要的人。也有一些因为没有告知一声就彻夜未归而害怕家长责骂的年轻人。还有一些虽然很爱摇滚，却又担心这次蚂蚁革命会闯祸的人。

最终，曾试图定义游行的环保者、郊区居民、阶级斗争者的头头们也同样咕哝着要离开这个地方。

人们打开栅栏，外面，那些治安警察漠然地看着离开者走过。

"留下的都是真心实意的人。节日正式开始！"朱丽欢呼道。

117. 百科全书：

美洲印第安人的乌托邦：北美的印第安人，包括苏族（Sioux）、夏安族（cheyennes）、阿帕切人（apaches）、克劳族人（crows）、纳瓦霍族人（navajos）、科曼奇族人（comanches）等等，有着同样的社会准则。

首先，他们把自己当作自然不可分割的一部分，而不是自然的主宰。他们的部落耗尽一个地区的猎物以后就会迁徙，以使猎物能够恢复原状。这样，他们的抽取就不会使地球枯竭。

在印第安的社会标准体制中，个人主义不是光荣的源泉，而是耻辱的源泉。为自己谋利是无耻的。人们什么也没有，也没有权力拥有什么，即使是现在，一个买了汽车的印第安人也知道应该把汽车借给第一个向他借的印第安人。

他们的孩子不会被迫接受教育。实际上，他们实行的是自我教育。

他们发现了植物的嫁接，并能够加以利用，例如进行麦子杂交。他们从橡胶液中发现了防水处理原理。他们懂得制造棉衣，纺织技巧在欧洲无与伦比。他们知道阿司匹林（水杨酸）、荃宁酸……的功效。

在北美印第安社会中，没有世袭的权力，也没有永久的权力。对每一个决定，每个人都在部落会议期间提出自己的观点。这是最早的议会制度（比欧洲的共和革命要早得多）。假若大多数人都不再信任他们的首领了，那首领就要自动退位。

这是一个平等的社会。当然会有一个首领，但只有自发跟随你时你才是首领。对于部落会议的决议，只有投票通过时大家才要遵从。有点像在我们的社会中，只有找到正确的法律才能实行！

即便是在鼎盛时代，美洲印第安人也从未有过职业军队，所有人在必要时都会投入战斗，但战士的社会地位首先是猎人、耕作者、一家之主。

在印第安体制中，所有的生命，不管外表如何，都值得尊重。所以他们尊重敌人的生命，希望敌人也这么做。永远是这种互利的想法：己所不欲，勿施于人。战争是展示勇气的游戏。人们不希望给对手造成肉体上的伤害。战斗的目标之一就是用圆形棍棒末梢去触及敌人。这是比杀掉他还要强烈的光荣。他们计算着"触及"的次数，一旦流血，战斗就停止了，很少有人死亡。

印第安人之间战争的主要目的在于偷敌人的马匹。从文化上讲，他们很难理解欧洲人所用的群众战争。当看到白人把所有人都杀掉，包括老人、妇女和小孩时，他们会惊讶万分。对他们来说，这不仅可怕，简直就是变态，不合逻辑，不可思议。但是，北美印第安人抵抗的时间相对较长。

南美社会比较容易攻击。只要把首领斩首，整个社会就崩溃了。这是等级和集权管理制度的大弱点。用他们的君主就能够制服他们。在北美，社会有一个更光彩夺目的结构，那些牛仔们跟几百个移居部落打交道。没有一个不变的大国王，但却有几百个可变的首领。假若白人征服或破坏了一个有150人的部落，那他们必须再次攻击第二个150人的部落。

不管怎样，这都是一种大规模的屠杀。1492年，美洲印第安人有1000万。1890年，他们是15万，大部分都因西方人带去的疾病而死去。

在1876年6月25日的小巨角战役中，印第安人组成了规模最大的联盟，人数达到1万至1.2万，其中有三四千战士。北美印第安人的军队把居斯特将军的军队打得落花流水。但是在这样一片小土地上很难供养这么多人。因此，胜利以后，印第安人就解散了。他们认为受到这样的侮辱以后，那些白人再也不敢不尊敬他们了。

实际上，那些部落一个个地减少了。直到 1900 年，美国政府还企图消灭他们。1900 年以后，政府认为美洲印第安人会像黑人、奇卡诺人、伊朗人、意大利人一样融合进多种族国家。但这只是一个短见而已。美国印第安人完全不明白他们能够从西方的政治社会制度中学到什么，他们认为这些制度明显没有他们的制度先进。

埃德蒙·威尔斯
《相对且绝对知识百科全书》第 III 卷

118. 炙热

当外面的阳光亮过里面的火炭光时，蚂蚁们又在草地上聚集起来了，然后朝遥远的西方走去。

它们只不过 100 来个，但聚在一起却觉得有颠转乾坤的力量。103 号公主意识到继为发现神秘"手指"国的西征之后，现在要进行的是反方向上的另一次征程，旨在向其他蚂蚁解释神秘的"手指"国，以发展自己的文明。

一句蚂蚁的老谚语说得好：朝一个方向走的一切都会从相反的方向回来。

"手指"肯定理解不了这种格言。103 号公主自忖蚂蚁仍旧是有自己独特文化的。

大部队穿过下着翅果雨的可恶原野，这种榆树和白蜡树的果实，就像是从天上掉了同样多的岩石瀑布一样。它们穿过到处蔓延的棕褐蕨丛。露水抽打着蚂蚁们，使它们的触角倒贴在脸颊上。

大家都想保住火炭，用叶子加以防护。只有 24 号王子，不愿意像其他蚂蚁一样陷入对"手指"世界的崇拜中。它置身于外，努力想着只与自己的世界共生。

太阳出来了，散发着令人窒息的闷热。实在太热了，它们便躲到一个空树桩里去避暑。火技师烧了某种肮脏的东西，周围很快就弥漫着难闻的气味。一只瓢虫问这是什么东西，大家回答说是鞘翅目昆虫。那个昆虫本身就是鞘翅目的，于是不敢多言，为了缓和一下，便离开去捕食几只经过的蚜虫。

7号则着手画一个与原物同样大小的壁画，它想描绘整个"手指革命"的队伍。为了再现每一个昆虫的确切形象，它要求它们站在火前，让它们的影子印在它的纸上。它的难题是颜料的持久问题。图像有可能很快就褪色，它加上唾液，但除了冲淡色调以外，什么用处也没有。必须再找点别的东西。

7号发现一条鼻涕虫，于是便以艺术的名义，心安理得地把它杀了。它用鼻涕虫的涎沫进行尝试。得到的结果要比唾液好得多。鼻涕虫的涎沫不会冲淡颜料，干后便变硬了。这是一种很好的漆。

103号公主过来看了之后肯定地说，艺术就是这个样子。它现在想起来了，艺术，就是制造那些没有什么用，但又跟已有的东西很相像的图像和物体。

"艺术就是再现自然。"7号越来越有灵感地概括说。

蚂蚁们刚刚解决了"手指"的第一个秘密。还有"幽默"和"爱情"要它们去发现。

7号狂热不已，更加沉湎于它的工作。艺术中最妙的东西就是：你发现得越多，就会出现越多引人入胜的新问题。

7号寻思着怎样体现出所处环境的深度效果。它也思考着如何把周围的植物背景凝固在它的画中。

24号和10号听着103号公主给它们讲"手指"。

眉毛：

"手指"的眼睛上有某种与之相配的、很实用的东西，那就是眉毛。

它是悬垂在眼睛上，用来阻挡雨水的一条毛线。

这样还不够的话，它们还有别的东西：它们的眼眶比颅骨要稍微陷进去一点，使雨水在周围落下，而不至于掉进里面。

10号记录着。

但103号公主说这还不是全部。

泪水：

"手指"的眼睛还有泪水。

这是一种用来润滑和清洗眼睛的眼液注射系统。

眼睑，一种每 5 秒钟就眨一次的可动帷幕，使它们的眼睛能够永久地覆盖着一种可以润滑表面、阻挡灰尘、风雨和寒冷的敏感薄膜。

这样，"手指"就有一双不用擦舔，永远洁净的眼睛。

蚂蚁们试着去设想"手指"的这般非常复杂的眼睛。但它们都想象不出如此复杂的器官。

119. 任其腐烂

森蒂娅和女儿玛格丽特睁大眼睛在看电视。今晚由森蒂娅执掌遥控器。她换台的频率要比玛格丽特慢，毫无疑问，有更多的东西让她感兴趣。

673 频道。广告。"吃酸奶！吃酸奶！吃酸奶！"

345 频道。今日笑话讲的是大象穿着泳衣走出水塘的故事。

678 频道。时事报道。国内政治：政府宣布失业为国家头等大事，表示要以减少失业为首要任务。

622 频道。娱乐。"思考陷阱"："用 6 根火柴，你能摆出 8 个等边三角形吗？请您来，拉米尔夫人，给您的提示是：开动脑筋就行了。"

收获了上百条无头无尾的信息之后，马克西米里安一家开始吃晚饭。那晚的菜肴有速冻比萨，韭菜鳕鱼脊肉，餐后点心是酸奶。

马克西米里安让妻女继续吃酸奶，说自己还有工作要做，便把自己关到办公室里了。

"马克·亚韦尔"建议他开始新一局"进化"。局长把冰啤酒放在手边，建立了一个典型的斯拉夫文明。一直进行到 1800 年，没有太大的问题。但是 1870 年，他却被希腊军队打败了，因为他在建城防的时候迟了一步；而且，在他腐败政府的蹂躏下，人民的道德水准也到了极其低下的地步。

"马克·亚韦尔"提醒他说有骚乱的危险。要么派出警察去制服反抗者，要么是增加喜剧让人们放松，减轻压力。他在游戏本上记录道：喜剧家能够帮助拯救危险中的文明。他还写道：幽默和笑话不仅能在短时间内收到治疗的效果，而且能够完整地拯救文明。他后悔没有记录一日一笑中穿游泳衣的象的故事。

但电脑却明确地说：假若戏剧能提高消沉的人们的道德水准的话，同时，它们却让人们减少了对领导人的尊敬。越让人们开心，就越是在嘲笑当局权力。

马克西米里安还在记录。

"马克·亚韦尔"对这一局进行总结，还强调说，他必须养成围攻敌人堡垒的习惯。没有弩炮，没有装甲车，他在进攻中损失了很多兵力。

"我看你神色焦虑，"电脑说，"还是那个森林金字塔的事吗？"

像往常一样，马克西米里安对这部机器的才能感到惊异，它只要组织一下就能够跟人谈话。

"不，这次让我头疼的是一个中学的骚乱。"他几乎不由自主地在回答。

"你想要和我谈谈吗？""马克·亚韦尔"的眼睛占满整个屏幕，问道，以示它的听力水平。

马克西米里安深沉地搔搔下巴。

"很有趣，因为这次我在现实中的问题恰好是'进化'游戏中的问题，对城堡的围攻。"

马克西米里安诉说了他在学校的麻烦，电脑建议与他一块研究一下中世纪的攻垒史。在调制调解器的协助下，电脑接通了历史《百科全书》的网络系统，向他发送出图像和文字。

令马克西米里安惊奇的是，进攻城堡所需的战略要比战争电影里看到的复杂得多。从古罗马时代开始，每个将军都寻找各种办法来进攻城墙或堡垒。他发现投石器并非只用来发弹。这种破坏力太有限了。不，投石器的作用是让守城者的士气低落。攻城者投射呕吐物、屎尿。他们还可以利用生物武器，向水源投射死于鼠疫的动物。

另外，攻城者还在城墙下挖出地道，用木头撑住，填满柴薪。到一定时刻，他们便点上火，地道塌了，同时也使城墙倒塌了。那时只要利用这种出其不意的结果冲锋就是了。

攻城者也使用热烫的弹头，给人一种"发射红弹"的感觉。它们虽然杀伤力不大，但不难想象，大家时刻都在恐惧着，担心从天上掉下来一颗烧着的弹头，落在自己头上。

马克西米里安目瞪口呆地注视着屏幕上的图像。有一千多种攻城技术，现在轮到他去发明一种适合攻克混凝土四方形学校的办法了。

省长打来电话想知道骚乱的情况。里纳尔局长告诉他说情况很好，游行者关在学校里，被警察包围了，谁也进不去，也没人能出来。

省长赞扬了他几句。他只担心这个玩笑别开大了。首要的是不要让骚乱发展下去。里纳尔局长道出他打算施行一个进攻战术，把学校拿下来。

"万万不可。"省长不高兴了，"你们不是想把这些小捣蛋变成殉道者吧？"

"但他们说要颠覆世界，要进行革命。街区居民都听到了他们'热情之花'的演讲，弄得人心惶惶。而且，他们的音响没日没夜地妨碍大家睡觉……"

省长坚持他"任其腐烂"的理论。

"假若能利用这种策略——'顺其自然，任其腐烂'的话，一切都会不了了之。"

他认为，法国人所有的才华都凝结在这一格言中——"任其腐烂"。正是任葡萄汁腐烂，人们才得到最好的酒；正是任牛奶腐烂，人们才造出了干酪；甚至连面包也源自面粉与酵母的混合所产生的真菌。

"任其腐烂吧，亲爱的里纳尔。这些顽童不会有什么作为的。另外，所有的革命都会自行腐烂。时间是他们最大的敌人，它会使一切都发酵。"

省长强调说，每次里纳尔派手下去冲锋，都会把被围者搞得更加团结一致。别去管他们，他们就会最终内讧，就像关在盒子中的猫群一样。

"你知道，我亲爱的里纳尔，社会群居很难，家里不止一人，这已经是不可思议的事了。你应该见多了，哪有夫妻不吵架？那么想想，500个人怎样生活在一所封闭的学校里！为那些水龙头漏水、偷盗、电视频道和因不能忍受吸别人二手烟的事情，他们应该已经在吵架了。群体生活是很艰难的，相信我，那里很快就会成为地狱。"

120. 不能袖手之时

朱丽来到生物实验室，把玻璃瓶全部打碎，放掉那些被当作实验品的小白鼠、青蛙，甚至连蚯蚓也放了。

一块玻璃碎片割破了她的前臂，她把渗出皮肤的血吸掉，然后又跑到教室里。历史老师曾在那儿激起了她去创造那能够改变世界的非暴力革命。

朱丽独自待在空无一人的教室里，把《相对且绝对知识百科全书》中有关革命的段落浏览了一下。历史课上的一句话一直萦绕在她心头："过去的错误不弄清楚就会再犯。"

她翻着书页，寻找所有用得着的经验。也该学一学别人是怎样成功，又是怎样不成功的，并借鉴到自己的革命中去。怎么能让这些以前的乌托邦者死得毫无价值呢？怎么能不借鉴他们的失败或创举呢！

朱丽贪婪地读着那些有名的革命，同样也读那些不出名的。埃德蒙·威尔斯好像特意地去编过目录一样。童子十字军……成年人的：莱茵（Rhénanie）的阿米什革命和复活节岛的"长耳"革命。

革命，归根到底，是另一门学科——一门不在毕业会考之列，但能学到东西、又有趣得多的学科。

她想做一下笔记。书的末尾有几页空白纸，头上写着："在这里写上你自己的发现。"埃德蒙·威尔斯把一切都想到了。他写出了一部真正能够互相交流的作品。你先阅读，然后由你自己来写。现在她对这本书如此敬畏，以至虽然允许她用钢笔直接写在《百科全书》上，但她却总也不敢："朱丽·潘松题：怎样成功地实行一次革命。枫丹白露学校经验附录一。"

她记录上她所得到的经验和对未来的打算：

革命规则1：摇滚音乐会能够发出足够的能量，能够足够广泛地同化大众，引发典型的革命群众运动。

革命规则2：单单一个人不足以管理好一群人。所以，革命的首领不是一个人，而应该是至少有7至8个人。这样做是为了有时间去思考和休息。

革命规则3：可以把群众分成可移动的组来进行作战，每一组的首领都要有与其他首领快速联系的方式。

革命规则4：成功的革命必然会引起嫉妒者。要不惜一切代价地避免革命从创立者手中脱离。即使别人不清楚什么是革命，也要让他们完全明白什么不是革命。我们的革命不是暴力的。我们的革命不是教条的。我们的革命不同于以前的任何一次革命。

她真的那么肯定吗？她删掉最后的这句话。假若能在以前的革命中找到一次合意的，她还是很愿意去模仿的，但以前的革命有"合意"的吗？她从头开始重新读《相对且绝对知识百科全书》。她从没像这样勤奋学习过。她用心学习其中的章节。她研究斯巴达克斯革命、巴黎公社、墨西哥萨巴塔革命、法国1789年革命、俄国1917年革命、印度西帕依革命……

革命自有规律。在那些革命之初，通常都只有崇高的感情。然后，总会有卑鄙狡猾的家伙冒出来，利用大局混乱来恢复大家的激情，建立自己的专政。那些乌托邦者则在斗争中被杀掉，成为卑鄙小人温床的殉道者。

朱丽忖度在这个世界上，没什么道德可言，即使在革命中也一样。她又读了几个章节，心想：假如有上帝的话，它应该是全然不去管理人类的，给他们那么多自由，允许他们施行这么多的不公正！

现在，她自己的革命是刚出生的小宝贝，必须防范里里外外的篡权者。第一天，她已经疏离了那些投机分子，但她知道，其他的投机者随时都有可能出现。在奢望温和之前应该显出强硬。再三推理之后她最终得出艰难的结论：临时政府不允许施行民主的安乐。显示强大是一种责任，哪怕是让同盟者逐渐学会自我管理，以后再逐渐放松缰绳也不晚。

佐埃走进历史教室，她拿来一件牛仔裤，一件羊毛套衫和一件蓝色衬衫。

"你不能再穿着你的蝴蝶裙到处乱跑了。"

她谢过佐埃，拿起衣物，合上这本不再离身的《百科全书》，朝宿舍的淋浴室跑去。在热腾腾的水中，她用一块硬硬的肥皂擦着，好像要把身上的旧皮擦去。

121. 故事里的地方

光彩照人。现在朱丽·潘松洁净了。她穿着佐埃给她的衣服。蓝色牛仔裤，蓝色衬衫，她生平第一次没穿黑色。

她用手擦去盥洗室镜子上的水汽，同样，她第一次觉得自己漂亮。不管怎么说，还行。她有黑色的美丽长发，灰色明亮的眼睛泛出微蓝，在蓝色的衣服上被烘托得更蓝了。

她注视着镜中的自己，冒出一个想法：

她把《相对且绝对知识百科全书》打开，靠近镜子，便看到书中不仅章节上相对称，而且它还有完整的句子……唯有在镜子的反射下才能看出来！

第三回

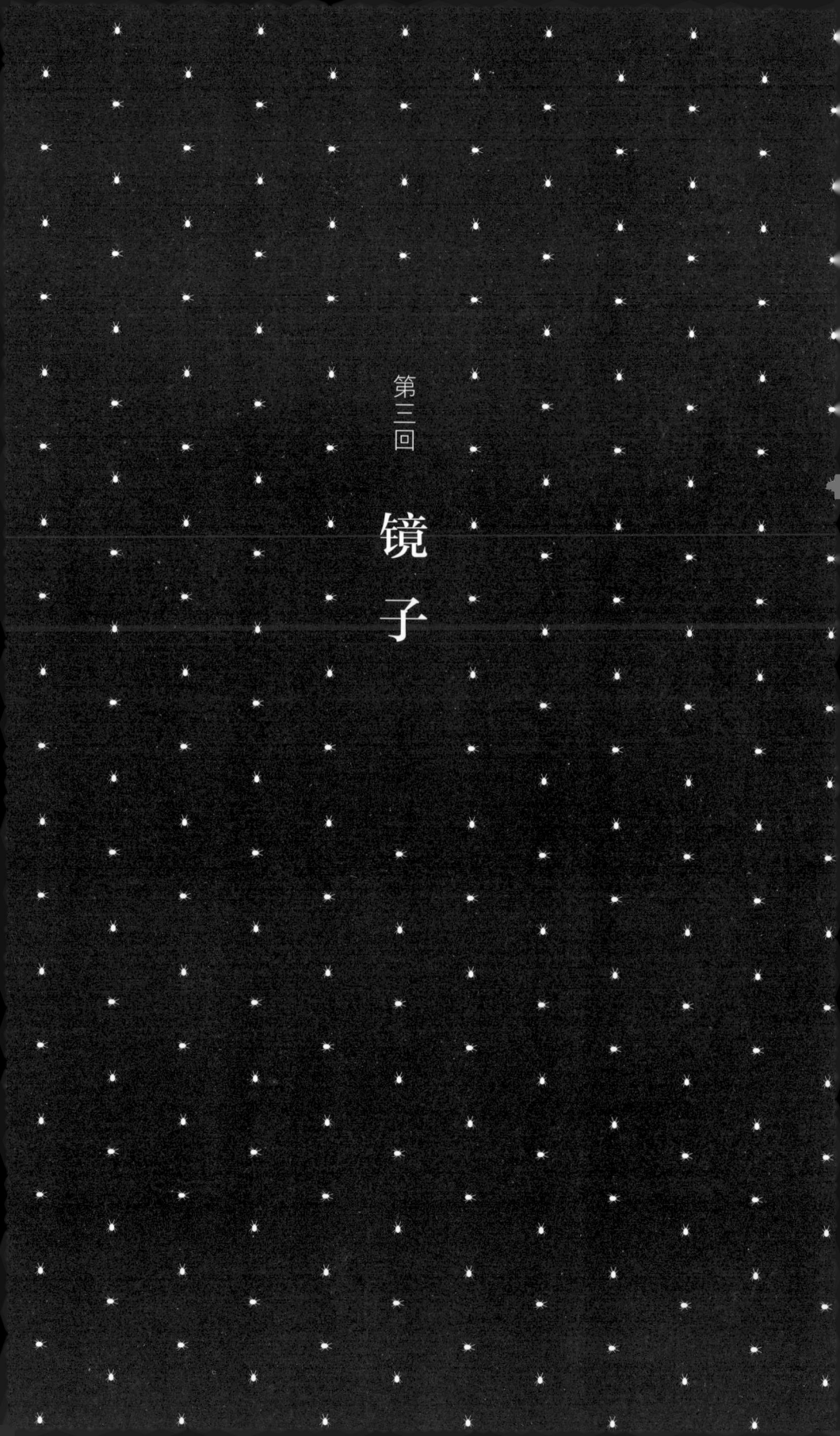

镜　子

122. 百科全书

种植时节：不管做什么都不能弄错时节。前了则太早。后了则太迟。对蔬菜来说这种情况很分明。假若想种好菜园，就必须了解种植和收获的良机：

芦笋：3月种。5月收。

茄子：3月种（阳光要充足）。9月收。

甜菜：3月种。10月收。

胡萝卜：3月种。7月收。

黄瓜：4月种。9月收，

洋葱：5月种。9月收。

土豆：4月种。7月收。

西红柿：5月种。9月收。

埃德蒙·威尔斯
《相对且绝对知识百科全书》第Ⅲ卷

123. 随它去吧

"手指革命"向前滑行，像蛇一样进入树林。它们绕过几棵野芦苇。103号公主是这一群乌合之众的首领。天气变冷了，蚂蚁们爬上一棵大松树，躲在一块树皮的窟窿中，这可能是一个被遗弃的松鼠巢。

在这个庇护所中，103号公主继续讲述"手指"。她的故事越来越惊心动魄。10号用记忆费洛蒙完整地撰写着当天的主题：

"手指"的外貌：

手指其实只不过是它们手的末端。

它们并不像我们，六条腿的每条腿末尾都有两个爪子，而是在每个末端都有五个触手。

每一个手指都由三段关节连接着，使它能够做各种各样的形状，跟其他的东西一块儿玩耍。

两个手指合在一块儿，它们便可以夹东西。

五个手指握在一块儿，它们便可以形成锤子。

把手指收拢成盆状，它们便形成一个可以容纳液体的水库。

只要伸出一根手指，它们便可有一个末端是圆形的马刺，可以粉碎我们当中的任何一个。

伸直并绷紧它们的手指,它们便有了一把刀。

手指是一种不可思议的工具。

它们用手指做许多非凡的事情,像系绳子或是切叶子。

另外,手指以扁平的爪子结束,使它们能够搔痒或更确切地切东西。

但跟手指一样值得去赞美的是它们称作"脚"的东西。

"脚"使"手指"能够在后面的两条腿上摆出垂直姿势,而且不至于摔倒。"手指"的脚能够一直计算出最平衡的姿势。

用两条腿摆出垂直的姿势!

在场的蚂蚁全都努力想象怎样才能用两条腿走路。虽然它们见过松鼠或蜥蜴能够依靠两条后肢坐下而不会摔倒,但只用两条腿走路……

5号试着像"手指"那样用后面的两条腿走路。

它用中间的两条腿支撑在墙壁上,用前面的腿保持平衡,终于基本垂直地保持了差不多两秒钟。

所有乌合之虫都注视着这一幕。

"在高处,我看得更远一点,看到了更多的东西。"它说。

这个信息使103号很久以来就一直在斟酌着"手指"的奇特思维。有一阵子它曾想"手指"的身高是原因所在,但那些树木们也很高大,可是它们却没有电视和汽车。手的外形让"手指"能够制造复杂的东西,是它们文明的根源,但那些松鼠同样也有满是手指的手,而它们却什么有趣的东西也没制造出来。

可能"手指"奇怪的思维方式来自这种用两条后腿来保持平衡的举止。这样待着,它们可以看得更远。接着,一切都适应了:它们的眼睛、它们的大脑、它们管理领土的方式直至它们的志向。其实,据它所知,"手指"是唯一永远用两条后腿走路的动物。甚至连蜥蜴保持这种姿势也不会超过几秒钟时间。

突然,103号公主也想用自己的两条后腿耸立起来。太难了,它的踝关节在压力之下蜷曲、变白起来。它克服疼痛,试着走了两步。它的腿痛得厉害,扭弯曲了。103号失去平衡,向前倒下了。它用4肢挣扎着想稳一下,但没用。它精疲力竭地倒下。所能做的只是用前臂缓和一下撞击。

它发誓再也不这样干了。

5号则倚着树干，直立了稍久一点。

"用两条腿，难以置信。"在倒下之前它说了一句。

124. 沸腾

"一切都太不稳定了！"

他们都表赞同。现在应该撑住革命：确定纪律、目标和组织。

姬雄建议把学校的所有物制定出一份完整清单。有多少床单、多少被褥、多少储备，一切都很重要。

他们先从自己算起。521人占领学校，而宿舍是按200名学生设计的。朱丽建议清点一下草坪中央的帐篷，连同床单、扫帚一块清点。幸好，这两种物品在学校里还是很充足的。每个人都拿了被单和扫帚，着手组装自己的帐篷。莱奥波德教他们如何制作圆锥形帐篷，其优点是人在里面能有一个高高的蓬顶，只要用一根扫帚柄就能解决通风问题。他还解释了为什么建造圆形屋比较有意思。

"地球是圆的。在我们的住宅选择上，我们也要与之相对应。"

每个人都缝、贴、系起来，找到了一种他们所不知道的巧手技能，以及在这个"按钮"世界中从来没有机会完成的细腻姿势。

那些年轻人想跟任何一次野营一样，把帐篷排成直线，莱奥波德建议把它们摆成同心圆。整体形成一个螺线形，中心是火堆、带旗的旗杆和泡沫塑料的蚂蚁图腾。

"这样，我们的村庄就有了中心。要安置起来就再简单不过了。火就像我们太阳系中的太阳一样。"

大家都中意这种想法，于是每个人都按照莱奥波德所提倡的方式建造自己的圆锥形帐篷。到处，人们折断、连接上扫帚，用餐叉作小木桩。莱奥波德教了他们绷紧篷布的打结技术。幸好，学校的中央草坪足够宽敞。怕冷的人靠近火，其他人则情愿到四周去。

大家又在学校的右侧用教师的办公桌搭成一个平台，用作演讲，当然也用来搞演唱会。

等一切就绪后，大家的兴趣便又回到音乐上来了。那儿有很多水平很高的爱好者，在不同的乐器上都有所长。他们轮流上台演奏。

合气道俱乐部的女孩临时组成了秩序服务组，协助革命的正常运作。战胜治安警察使她们更美丽了。她们富有艺术性的撕开的"蚂蚁革命"T

恤、她们散开的头发、冷酷凶狠的神色、搏斗的才能，使她们越来越像女骑士了。保尔负责估量食堂的储备，以保证守城者不会受饥饿之苦。学校的大型冰柜堆积着几吨各式各样的食物。保尔知道他们在一起吃第一次真正"官方"晚餐的重要性，制定了一个别出心裁的菜单：西红柿、奶酪、罗勒、橄榄油做冷盘（应有尽有），扇贝串和鱼肉串下番红花米饭做主盘（这种东西可大锅大锅地供应几个星期），还有水果沙拉、巧克力苹果酱拼土司做餐后点心。

"太棒了！"朱丽赞叹道，"我们将要进行第一次美食革命。"

"这只不过是因为以前人们还没发明冰柜。"保尔谦逊地逃避说。

保尔建议用蜂蜜酒——奥林匹斯山众神和蚂蚁的饮料做鸡尾酒。它的调法是：把水、蜂蜜、酵母拌在一块。他做出了第一瓶酒，虽然太新了（20分钟对于好葡萄酒来讲可以说是太短了），却很美味。

"干杯！"

佐埃说碰杯喝酒的习惯可追溯到中世纪的一个传统。干杯中，每个人都可以得到其他人的酒滴，这样证明他没带毒药。碰得越强，酒溢出的机会就越大，他就越被认为值得信任。

晚餐在快餐厅里供应。一所学校，对革命来说真是太实在了：有电、有电话、有厨房、有吃饭桌、有睡觉的宿舍、有做帐篷的呢绒，有临时修理的必要工具。他们在野营中从来没有在露天下完成过这么多的事情。

他们尽情地吃着，想起以前的革命者，他们都心潮澎湃：那些人肯定是被迫满足于储备的菜豆和压缩饼干。

"只有这样才是革新。"朱丽说。她已忘掉了她的厌食。

他们一起边唱歌边洗碗盘。"如果妈妈看到我，肯定会大吃一惊。"朱丽想。她一直都不愿遵从妈妈的命令去洗碗。而在这儿，她却乐意干。

午饭过后，一个男生在台上弹着吉他，轻声唱起慢摇旋律。人们一对对地在草坪上慢慢地跳着舞。保尔邀请了伊丽莎白，一个很丰满的女孩子，合气道俱乐部的女骑士们自发认她为领导。

莱奥波德向佐埃鞠躬，他们也手挽手地跳起舞来。

"我不知怎么会让他唱歌的！"朱丽盯着做作的歌手说，"给我们的革命造成矫揉造作的一面。"

"在这里一切类型的音乐都有权利表现。"大卫提醒道。

纳西斯正与一位肌肉发达的家伙开着玩笑。那人向他解释如何练健美来保持身材。纳西斯嘴里还带着冷盘的味道。问他有没有想过把橄榄油涂在身体上使肌肉更加突出。

姬雄邀请弗朗西娜，他们搂抱着跳了起来。

大卫向一位金发女骑士伸出手，没有拐杖他的舞也跳得很好。大概是依赖着那位娇小舞伴的缘故吧，革命至少使他忘掉了他的慢性关节风湿病。

人家都意识到这种状况是短暂的，都想好好利用一下。情侣们互吻起来。朱丽看着他们，既高兴、又嫉妒。

她记录道：

革命规则 5：总之，革命是刺激情欲的药剂。

保尔贪婪地吻着伊丽莎白。对他而言，一切感觉都让他感兴趣，而最大的快乐莫过于通过嘴和舌头来体验。

"朱丽，跳舞吗？"

经济学教授站在她面前，她吃了一惊：

"啊，您，您也在？"

当他说到他参加了他们乐队的音乐会，然后又加入了与警察部队的战斗，而且每一次都其乐无穷时，她就更加吃惊了。她想，很显然，老师也可以成为朋友。

她看着悬在那儿的手。这种邀请对她来说有点不合适。在老师与学生之间，存在着一堵难以逾越的墙。他显然是准备迈出这一步，而她还没准备好。

"我对跳舞不感兴趣。"她说。

"我也是，我讨厌这样。"他拉起她的胳膊说。

她让他带了几个节拍，然后松脱出来。

"对不起，我实在没有心思。"

经济学老师目瞪口呆。

于是朱丽抓住一个女骑士的手放到经济学老师的手里。

"她比我跳得好 1000 倍。"她说。

她刚刚离开，一个极瘦的男人就在她面前说："我可以自我介绍一下吗？行还是不行？我还是介绍一下吧：伊旺·波蒂莱，广告销售员。我偶然被你们的小节日卷了进来，可能有些事情我要向你建议一下。"

她没有回答，只是放慢了脚步，这已足以鼓励他了。他加快语速，以便更好地引起她的兴趣。

"你们的小节日搞得真是不错，你们有一块地方，又有一大堆年轻人聚在这儿，一个摇滚乐队，未来的艺术家，所有的这些肯定会引起大众的注意。我想应该找一些赞助者来使舞会进行得更精彩。假若你愿意的话，我可以帮你跟汽水厂商、服装厂商联系一下。可能还有电台。"

她把脚步放得更慢了。那个人则以为这是她赞许的标志。

"你们没有必要让人去宣传，只是随处插几面小旗就可以。但是这样肯定会给你们带来一些钱，用来改善你们的小节日的设备。"

小姑娘犹豫了。她停了一下，一副心绪不安的样子。她盯着那个男人。

"对不起。不要。我们对此不感兴趣。"

"为什么呢？"

"这不是一个……小节日。这是一场革命。"

她恼火了，因为她非常清楚，没有伤亡者时，一般的想法是：他们的聚会只不过是一场简单的露天游艺会。要把它变成广告博览会还有的是时间。

她生气，干吗一定要流血，人们才把革命当真？

伊旺·波蒂莱尽力挽回局面：

"听我说，将来的事谁也说不准。假若你改变主意的话，我保证与我的朋友们联系上，而且……"

她把他扔在了跳舞的人群中。她想象着法国大革命，在血染的三色旗中，一面燕尾旗在叫嚷着："喝'无套裤汉'酒，迷恋清凉与酒花的真正革命者之酒。"为什么俄国革命不举着伏特加酒的广告牌，古巴革命不打香烟广告呢？

她来到地理教室。

她气恼不已，但还是让自己平静下来。她下定决心要成为革命专家，于是打开《相对且绝对知识百科全书》，学习新的革命经验。镜子中的倒像向她展开了作品中的新作品。

她把每一次的经验都在空白处记录下来，突出错误与革新。带着勤勉与细心，她希望能把革命的基本原则提炼出来，找到能够在此时此地运作的乌托邦社会形式。

125. 百科全书

傅立叶的乌托邦：查尔斯·傅立叶是一个呢绒商的儿子，1772 年出生于贝桑松。从 1789 年的革命起，他就表现出对人道主义的惊人志向。他想要改变社会。1793 年他向督政府成员解释他的设想，但遭到他们的讥讽。

从此他便决定过平淡的家庭生活，成为出纳员。空闲时，查尔斯·傅立叶仍追求着他固执的念头，寻找一个理想社会。他在几本书中对理想社会进行了最为细致的描述，其中一本书就是《新的工业世界和社会事业》。

傅立叶认为：人应该在 1600 到 1800 个成员的小共同体中生活。用这个被他称作"法朗吉"（phalange）的共同体来代替家庭。没有家庭，便有更多的亲属关系，更多的权利关系。政府被缩小到最低的限度。每天大家都一起在中心广场上做重大决定。

每个"法朗吉"都住在一个被傅立叶叫作"法伦斯泰尔"（phalanstère）的城居中。他非常确切地描写了他理想的城居：一个三至五层的城堡。底下的道路夏天通过洒水而变得凉爽，冬天通过大壁炉而变得暖和，在中央有一个治安塔，那里有瞭望台、排钟、夏普电报、夜岗。

他想让狮子和狗进行杂交，创造出一种新的驯良品种。这些狗狮同时用来当坐骑和"法伦斯泰尔"的看守者。

查尔斯·博立叶坚信，如果他的设想能在全世界得到严格执行，"法伦斯泰尔"的居民就会自然进化，而且可以在他们的器官上看出来。这种进化尤其是表现为：胸脯上长出第三只胳膊。

一个美国人按傅立叶的设想建立了一个"法伦斯泰尔"，却因建筑上的问题而彻底失败了。用大理石墙造的猪圈是最花心思的地方。但问题是忘了设置大门，最后只好用起重机把猪吊进去。

傅立叶的信奉者所造的类似的"法伦斯泰尔"或是同一思想的共同体到处都有，尤其在阿根廷、巴西、墨西哥和美国。

傅立叶死时否认了他所有的信徒。

埃德蒙·威尔斯
《相对且绝对知识百科全书》第Ⅲ卷

126. "手指革命"的第二天

警报费洛蒙。

起床声吵吵嚷嚷。昨晚，所有蚂蚁睡着时都梦见了"手指"的未来技术和它们的无限应用。而今天早上，辛辣的费洛蒙却充满了"手指革命者"的营地。

警报！

103号公主竖起触角。其实，还没到早晨。这种光和热绝不是来自太阳的升起。在松树的庇护所里，那些蚂蚁们有一个属于自己的小太阳。这称作……火灾。

昨晚，火技师蚂蚁让火炭靠近一片干叶子就睡着了。这样就足以让它燃烧起来，几秒钟时间，其他的叶子也着火了。没有蚂蚁能做出反应。现在，美丽的橘红亮光成了闪亮的食肉魔鬼。

逃命吧！

一阵恐慌。所有蚂蚁都想尽快从树洞里出去。还有一个问题是，它们所认为是松鼠巢的东西好像的确是一个松鼠巢，可是里面它们认为是苔藓的东西却不是苔藓。那是松鼠自己。

那只大动物被火弄醒了，一跃冲出洞口，把过道上的一切都打翻了，蚂蚁们被推到了空心树干的最里头。

它们掉进陷阱里面。由于跌落气流的煽动，火变得更大了，烟把它们包围起来，令它们几乎窒息。

103号公主拼命找着24号王子。它放出呼唤费洛蒙。

24号！

但它想起来了：第一次征军时，那个可怜虫就不管在什么地方都老是倒霉地迷失自己。

火大了起来。

每一只蚂蚁都尽其所能地寻找生机。蛀木蚁用大颚大口大口地咬着树壁打洞。

火蔓延开来。现在长长的火苗已触及了里面的墙壁。那些反火派说早就应该听它们的：火是禁忌。其余的则回答说现在已不是争吵的时候了。谁对谁错都不重要，要紧的是无论如何都要拯救自己。

那些"手指派"蚂蚁努力爬上墙壁，但一次次地摔了下来。它们的身子陷入燃烧的干叶中，很快便烧了起来，它们的硬壳熔化了。

然而，火可不是只有害处。它给那些靠温度维持灵敏度的昆虫增加了能量。

"24号！"103号公主喊道。

丝毫没有24号王子的踪影。

这可怕的景象使103号公主想起了电影《飘》中的惊险一幕：亚特兰大火灾。然而，那个时刻在"手指"的电视里却并不忧伤。想不到在这儿这么快就重演了这一幕。

"找不到它的，我们试试从那边出去吧。"5号在混乱中喊道。

因为103号看上去还想为找24号而耽误自己，5号便催促它，向它指明一个刚刚被一只蛀木蚁打通、而又已被一个太肥的甲虫重新堵上的树洞。它们用颅盖敲着，用脚推着，要使它解脱出来，但它们的力气不够。

103号考虑了一下。没有管理好"手指"的技术已造成了损害，用另外一个管理好的"手指"技术肯定能把它弥补过来。它叫12个探险家捡起一根树枝，插入空隙里，以便把它当杠杆用。

尽管103号给出了不少理由，但已经见识过杠杆对鸟蛋毫无用处的探险队员们并不怎么热心。但不管怎么样，没有谁能提出其他的解决办法，而且也没有时间再去考虑其他想法了。

所以，蚂蚁们把小树枝插了进去，然后压在树枝末端想要跷起来。8号抓着树枝末端悬在半空往下拉，好让分量再重一点。这次行了。它们的力量慢慢放小，那只凑热闹的甲虫解脱了出来。这个火盆终于有了一条生路。

奇怪的是离开这个活跃、暖和的亮光后，在外面却只有黑暗与寒冷。

暗夜没有持续太长时间。因为，一下子，整棵树都变成了火把。火真的是树木的敌人。所有蚂蚁都飞奔着逃走，触角折叠在后面。突然一阵爆炸的热气把它们甩向前去。

在它们四周，各种昆虫都惊慌失措地奔跑着。

火不再羞涩腼腆，变成一个不断长高放大的巨魔，虽然没有腿，却一直在紧跟着它们。5号的腹部末端烧了起来，它在草丛擦着把它熄灭了。

大自然战栗着，笼罩在紫红的光晕中。草红了，树木红了，大地红了。103号公主跑着，红色的火紧追不舍。

127. 完全沸腾

第二天晚上，摇滚乐队自发地创建起来，相继上台。8只"蚂蚁"不再演出了，他们聚在他们的音乐俱乐部房间里进行讨论。

朱丽显出越来越果断的语气说：

"应该让我们的蚂蚁革命起飞了。假若我们不行动起来，事情就会像蛋奶酥掉下来一样。我们这里有521人，要加以利用，彻底调动所有人的主意和想象力。我们在一起的能量应该大于各人能量之和。"

她停了下来：

"……以 $1+1=3$ 作为我们蚂蚁革命的口号。"

其实，这个句子已经写在了飘在旗杆上头的旗帜上去了。他们只是在重新发现他们已有的东西而已。

"对，这比'自由、平等、博爱'更适合我们，"弗朗西娜承认说，"$1+1=3$ 表示才能的融合比简单的相加要优越得多。"

"一种社会制度登峰造极时才会这样。这是一种美丽的乌托邦。"保尔说。

他们确定了他们的口号。

"现在，我们要拿出动力来让他们跟随我们，"朱丽说，"我建议，我们先考虑一个晚上，明天早晨再聚在一起。每个人都提出他的杰作，我要从中听到最能表达他所能的独特方案。"

"每个被采用的方案都要切实施行，以便给革命提供财政来源。"姬雄明确道。

大卫说学校也有电脑，连上互联网，它们便可以把蚂蚁革命的思想传播出去。同样可以用它们来建立公司，这样，不出学校也能挣到钱。

"为什么不搞一个远距离服务器呢？"弗朗西娜说，"这样人们就可以在远方支持我们，给我们捐赠，向我们提交方案！通过这种传送，我们就可以输出我们的革命。"

大家都赞成这些建议，没有调制调解器，他们便用信息中继器来传播他们的想法，与墙外面结成一个互助网。

外面，第三个晚上的节目比前两天还要疯狂。蜂蜜水流洒成河。男孩们和女孩子们在火堆周围跳着、舞着。人们一对对地在火堆旁搂抱着。高级的大麻香烟萦绕着操场，发出鸦片的香味。铜锣敲打着造就出狂热的氛围。

然而朱丽和她的朋友们没去跳舞。"蚂蚁"们每一个人都在一个教室里，精雕细琢他们的方案。

接近凌晨三点钟的时候，感到精疲力竭、而且吃得越来越多的朱丽认为大家都该睡觉了。他们整晚都躺在咖啡馆下的排练室里，那里是他们的巢穴。

纳西斯把环境重新装饰了一遍。他找到的所有装饰物就是床单和被子。他把床单被子铺在地面、墙壁，甚至天花板上，铺上好几层。莱奥波德认为，在这些建筑里应该有一间类似的小室，没有直线、没有墙角，只有凸出的、可调整的软地板无限延伸。

朱丽赞叹这种布置。其他人很自然地、没有丝毫羞愧、打着滚紧贴着她。他们想，能够这样待下去真是太好了。朱丽像埃及木乃伊一样用被子裹紧自己。她感到紧贴她的是大卫和保尔。姬雄在床的另一头。她梦想的毕竟还是他。

128. 百科全书

开放场所：现在的社会很虚弱。不允许有才能的年轻人出现，或者只有通过重重筛选，渐渐把他们的兴致都扫完以后才让他们冒出来。应该建立一个"开放场所"网，使每个人都不用文凭、不用特别推荐便能够在那儿把自己的作品展示给公众。

有了"开放场所"，一切都变成可能。例如：在一个开放的剧院，所有的人都可以演出他的节目，用不着事先接受选择。不可缺少的是：最少在演出前一小时登记一下（用不着出示证件，只要注明他的名字就行了）。还有就是节目不要超过6分钟。

用这样一种制度，公众也许会接收到一些喝倒彩声，但是，坏的节目会被人们嘲骂，而好的节目则会保存下来。为了这种剧场在经济上可行，观众需用平价买票进场。他们会很乐意。在两个小时中，他们有权利看到多姿多彩的戏剧。为了保持趣味性，避免两个小时中蹩脚的新手络绎不绝，被批准的熟手会定期来扶持申请演出者。他们将利用这种公开剧场作跳板，哪怕是宣布说："假若你们要看戏剧接下来的部分的话，某天到某地来。"

然后，这种开放场所可以这样安排：

"开放式电影"：10分钟长度的电影新手之作。

"开放式演奏厅"：给未来的音乐人和歌手。

"开放式画廊"：给发明家和艺术家同样必要的空间。

这种自由展示制度可延伸到建筑师、作家、信息专家、记者……它逾越了行政上的烦琐，这样，那些专业人员便有了一个征募新人才的地方，不用再通过传统方式没完没了地筛选了。

小孩、青年、老人，漂亮的、丑的，富裕的、贫穷的，本国人或外国人，所有的人那时都有同样的机会，只用唯一的标准——他们工作的才能和创新来评判。

埃德蒙·威尔斯
《相对且绝对知识百科全书》第Ⅲ卷

129. 缺水

火需要风和附近的燃料才能发展蔓延。而两者都没有时，大火便仅仅在吞噬那棵树。一阵突然的毛毛雨把它压了下去。可惜的是这雨水很快便不下了。

那些"手指革命者"点了点数。队伍稀稀拉拉的。很多蚂蚁都死了，而且那些死里逃生者也骚动不安，它们更愿意重新回到祖宗的窝里或它们的史前丛林中。在那儿。夜里不用担心被食肉的火苗吵醒。

蚂蚁和"手指"都是杂食性动物，"手指"可以吃的有可能蚂蚁也可以吃。周围的蚂蚁都不相信。15号大胆地抓起一块烤过的昆虫遗体。它用大颚撕下一条烤蟋蟀的腿，把它送到唇边。它连一小块都还没尝到就痛得跳了起来。太烫了。15号发现了这种美食的第一条规律：要吃烧过的食物，应该先等它凉一点才行。这次教训的代价是：它的唇端失去了知觉，接连几天，它了解一种食物味道的方法是通过嗅觉。

但是这个主意却被接纳了。所有蚂蚁都尝了尝烤过的昆虫，觉得确实是好吃多了。烤过以后，那些甲虫更松脆了，它们的外壳碎了，不用那么长时间去嚼。那些烤过的鼻涕虫颜色变了，更容易被切开。蜜蜂烤过以后充满焦糖美味。

蚂蚁们又冲过去吃那些遭难的同伴，食欲战胜了害怕，它们的胃和公共胃都胃口大开。

103号公主总是惶惶不安。她的触角悬在眼睛上，低下了头。

"24号王子在哪里？"

她到处找他。

"24号在哪里?"她左奔右走,一遍一遍地说。

"她完全迷恋上这个24号了。"一个年轻的贝洛岗蚁说。

"24号王子。"另一个确切地说。

现在,所有的蚂蚁都知道24号是雄性,而103号是雌性了。而且就这样,在这种交谈中,产生了一种新的蚂蚁行为:对一名蚂蚁生活的说长道短。因为在"手指革命"中还没有报刊,所以这种现象并不成大气候。

"24号王子,你在哪儿?"公主喊道,越来越焦急。

它在死尸中游荡,寻找着丢失的朋友。有时,它甚至要求某些蚂蚁放下它们的食物,以证实不是24号。其他时候,它则把一颗头与胸廓碎片连起来,试着恢复失去的同伴的原样。

它最终颓丧地待在那儿,不再坚持。

103号公主瞥见了远处的火技师。在灾难中,那些责任者总是逃得最快。亲火和反火两派爆发了一场争吵,但因为蚂蚁们还不知道犯罪,也不知道裁判。而且它们又都贪吃这些分散的烤熟美食,吵架就不再继续了。

103号公主忙着找出24号,5号便替代它作为队伍的首领。它把队员组织起来,建议离开这个死亡之地,再往西去发现新的牧场。它说贝洛岗还处于白色布告牌的威胁之下,又说假若"手指"控制了火和杠杆——两种它们已估量过损伤力的技术的话,"手指"肯定一样会把它们的城市和周围的一切都毁掉的。

一个火技师蚂蚁坚持要收回一块火炭,把它放到空心石块中保存起来。起初,大家都想制止它,但5号知道这可能是它们能够活着回到巢中的最后一张王牌了。因此,3只虫子负责运着空心石和那橘红的火炭,好像是"手指神"的圣约柜一样。

两只蚂蚁看到队伍维护着破坏性如此大的火,都怒气冲天,恨不得把它扔掉。它们最后只剩下33个蚂蚁了,12个探险家和103号公主,还有几个科尼日拉的无关紧要角色。它们随着太阳的运行前进,它在天空好高啊!

130. 八根蜡烛

第三天,八个人一大早就起来琢磨他们的方案了。

"我们最好每天九点都在计算机室里碰头,把一切都调整到位。"

朱丽提议。

姬雄第一个坐到同伴圈的中央。他宣布说，现在"蚂蚁革命"的信息服务器已经在互联网上运作了，它早上六点钟连通，到现在已经有好几个访问者了。

他打开一个显示器，展示出他的服务器。在显示页上，有他们的三只Y形的蚂蚁符号、"1＋1＝3"的口号和大写的"蚂蚁革命"。

姬雄又让他们参观了可让公众辩论的"广场服务器"、公布他们日常活动的信息服务器和可以让上网者在当前节目中登录的支持服务器。

"一切都运转起来了。上网者尤其想知道我们为什么要把我们的运动叫作'蚂蚁革命'，以及这跟这些虫子有什么关系。"

"没错，我们要进一步发挥我们的独特性。与蚂蚁的关联是出人意料的革命主题，这也是提出蚂蚁革命的另一个理由。"朱丽说道。

"七个小矮人"一致同意。

姬雄告诉他们，他都用不着走出学校，就已经通过电脑注册了"蚂蚁革命"的名称，并设立了一家用来推动项目的有限责任公司。这样，他们大家就有发展余地了。他在键盘上敲了起来，公司的章程出现了，账号也出来了。

"从现在起，我们不仅是一支摇滚乐队，不仅是一群占领高中、操持一个服务器的年轻人，我们还是一家完整独立的资本经济企业。这样，我们就能用旧世界的武器同旧世界作斗争了。"姬雄宣布说。

所有人都注视着显示器。

"很好，"朱丽说，"但是我们的'蚂蚁革命'有限公司必须建立在强大的经济支柱上面。假若我们仅满足于庆贺节日，运动很快就会萎缩下去。你们制订了可以运转公司的方案了吗？"

轮到纳西斯成为众人目光的中心了。

"我的想法是从昆虫中获取灵感，生产一批'蚂蚁革命'的服装。我将那些'昆虫国制造'的材料加以利用，不仅仅是蚕丝，还有结实、轻盈、柔软、可用来制造美国防弹背心的蜘蛛丝。我还想加上蝴蝶翅膀的图案，并用金龟子外壳图案做项链装饰。"

他向他们拿出一些忙了一晚上才做出的草图和尺码，大家都表示赞成。这样"蚂蚁革命"有限公司很快便产生了它的关于时尚与服装的第一个子公司。姬雄开了一个预留给纳西斯的产品的经营单元，编码为"蝴蝶公司",同时,他又建立了一个虚拟橱窗,向上网者展示纳西斯通过观察昆虫而创造的款式。

然后,轮到莱奥波德介绍他的方案。

"我的主意是成立一家建筑公司,在小山丘上建造房子。"

"泥土可以理想地防寒、防热,也可以防辐射、防磁场和防尘,"他解释道,"小山丘抗风、抗雪,还抗雨。土地是最好的生活材料。"

"实际上你是想建造窑洞。那不怕太暗了吗?"朱丽问。

"一点也不会,只要在南面开个玻璃窗洞接受日光,在顶上开个可以一直看到昼夜更替的天窗就行了。这样,这种房子的居民就将一直完全生活在大自然当中。白天,他们可以利用阳光,可以在窗子边晒黑皮肤。晚上,他们望着星空入眠。"

"那外面呢?"弗朗西娜问道。

"外面会有草坪、鲜花、树木。空气中散发着绿叶的清香。这是建筑在生命上的房子,而不像建筑在混凝土上的一样!墙壁会呼吸,墙进行着光合作用。每一面墙壁都覆盖着植物生命的生动活泼。"

"不错。而且你的建筑不会影响风景美观。"大卫评论道。

"装在山丘顶上的太阳传感器将提供电。即使生活在一个山丘里的房子中,也可以不舍弃舒适和现代化。"莱奥波德强调说。

他向他们展示他理想房子的草图。它呈穹形,看上去实在宽敞舒适。

莱奥波德一直在构思的乌托邦住宅,设计出来就是这个样子!大家都知道,像大部分印第安人一样,他在试图走出方型房屋的概念,融入圆形之中。一个山丘屋,假若不是墙更厚一点的话,实际上就是一个很大的圆锥形帐篷。

他们热情高涨,赶忙在电脑上加上这个新的建筑子公司。他们让莱奥波德画出他理想房子的立体综合图,以便人们能够观看并赞美它的优点,这第二个子公司命名为"蚁巢公司"。

轮到保尔到圈中了。

"我的想法是在昆虫产品的基础上建立一条食物生产线:蜂蜜、蘑菇,还有蜂胶、蜂王浆……我想从昆虫世界中提炼创造出不为人所知的风味和新的口味。蚂蚁从外壳上的蜜中制造出一种很像我们的蜂蜜水的酒。我的想法是造出多样化的蜂蜜水,让人发现其中的细微差别。"

他拿出一瓶,让他们尝了尝他的酒,大家都承认它确实要比啤酒或苹果酒好。

"它散发着甲壳分泌液的清香,"保尔确切地说,"我在学校的蔷薇中发现了它,让它跟酵母和在一块,在化学实验室的烧瓶中发酵了一晚上。"

"先要有一个蜂蜜水的商标,"姬雄一边说一边在电脑上忙着,"然后我们就联系把它卖掉。"

于是公司和它的食品线就叫"蜂蜜水"。轮到佐埃了。

"在《相对且绝对知识百科全书》中,埃德蒙·威尔斯表示蚂蚁们能够进行'绝对沟通',用它们的触角接在一块儿,一个把脑袋直接栖在另一个上面。这让我考虑了很长时间。要是蚂蚁能做到这一点,为什么人类就不行呢?埃德蒙·威尔斯使人想到去生产人造鼻以装配人类的嗅觉系统。"

"你想建立一个人类费洛蒙对话?"

"对。我的主意是想制造这种机器。配上触角,人类就更容易沟通了。"

她借来朱丽的《百科全书》,给大家展示埃德蒙·威尔斯所画的奇怪器官的草图:从两个连接在一起的锥体中伸出两根纤细而弯曲的触角。

"在技术学习课的实习场中,有制造这个东西所必需的一切:模子、合成树脂、电子元件……幸好学校有这种技术室,这样我们就能搞到一个配有高技术设备的车间。"

姬雄表示怀疑。目前,还看不到能够从中引出什么经济活动。因为佐埃的想法把乐队的其他成员都逗乐了,于是便决定给她一个叫"沟通的理论研究"的预算,以便她能够完善"人类触角"。

"我的方案也是没有收益的。"朱丽站到圈中央说,"它也与《百科全书》中写的一个奇怪的发明有关。"

她翻开页码向他们展示一个图解,一个有箭头指示的平面图。

"埃德蒙·威尔斯把这种机器称作'罗塞塔之石',大概是为表示对商博良的敬意吧,商博良(Champollion)这样命名石碑碎片,使他得以辨认古金字塔的象形文字。埃德蒙的机器带有蚂蚁的费洛蒙芳香分子,这样,就可以把它们转变成人类可理解的文字。同样,从相反意义上讲,它也可以把我们的文字翻译成蚂蚁的费洛蒙。我的主意是制造一台这样的机器。"

"你在开玩笑吧?"

"不是!从技术上讲,早就可以分解和再合成蚂蚁的费洛蒙了,只是,没有人对此感兴趣。问题是，现在对蚂蚁的所有研究都是以消灭它们、让它们远离我们的厨房为目的的，这就好像是把与外星人的对话研究委托给屠杀场一样。"

"你以什么做材料？"姬雄问道。

"一台质谱仪，一台色谱分析仪，一部电脑。当然，还要一个蚁巢。前两种仪器，我已在化妆品制造专业设备区中找到了。至于蚁巢，我在学校的花园里看到了一个。"

大家看上去却并不热情。

"蚂蚁革命当然要对蚂蚁感兴趣。"朱丽看着朋友们怀疑的神色坚持说。

姬雄认为他们的女歌手还不如保持她的革命领导人角色，不要在那些难懂的研究中分散精力。朱丽试图以最重要的论据说服他们：

"也许对蚂蚁的观察和交流会帮助我们更好地管理我们的革命。"

他们都信服了。姬雄把第二个"理论研究"给了她。

然后轮到大卫。

"我希望你的方案能更快收益，而不像佐埃跟朱丽的那样。"那个韩国人说。

"蚂蚁美学、蚂蚁味道、蚂蚁建筑、触角对话和与蚂蚁直接联系之后，我的想法是创造一种像蚁巢一样的信息交互中心。"

"解释一下。"

"想象一个十字路口，所有的信息不管什么领域的都聚集在那儿，相互对照。目前我把它叫作'问题中心'。其实，这仅仅是一个可回答所有人类能提出来的问题的信息服务器。这是与《相对且绝对知识百科全书》一样的观念：聚集一个时代的知识，再重新发配，使它能够被所有人利用。这也是拉伯雷、达芬奇和18世纪的百科全书撰写者所希望实现的。"

"又是一个不会给我们带来任何东西的好作品！"姬雄叹了口气。

"绝对不是！先等一下。"大卫反对说，"所有的问题都有价值，我们按照它的复杂性和找到它的难度来开价。"

"我不理解。"

"在我们的时代，真正的财富是知识。以前依次是农业、手工业、商业、服务业，现在是知识。知识本身就是原材料。在气象学上知识足够渊博、能预见下一年天气的人，能够直接指出在什么时候、什么地方种植蔬菜能够获得最大收成；懂得在哪里建立工厂、以最少的开支生产出最好产品的人能赚更多的钱；懂得罗勒大蒜浓汤烹饪法的人能够开一家赚钱的餐馆。我的建议是建立万象数据库。我希望它能够回答人类所能提出的任何问题。"

"罗勒大蒜浓汤和什么时候种蔬菜？"纳西斯嘲讽道。

"对，还没完。'最确切那是什么时候？'这个问题价钱不贵，'点金石的秘密是什么？'的价钱则要贵多了。我们将全方位做出答复。"

"你就不怕泄露那些不能公开的秘密吗？"保尔问道。

"当人们不准备去听或去理解一个答案的时候，它对我们就没有什么用处。假若我现在就给你点金石或圣杯的奥秘，你也不知用它来干什么。"

这个回答足以使保尔折服。

"那你怎样才能回答一切问题呢？"

"应该组织起来。我们能够连通所有日常信息资料库、科学资料库、历史资料库、经济资料库等等。我们同样可以利用电话向调查研究所、老智者征求答复，向私人侦探所、向整个世界的图书馆求援。实际上，我的意思是要巧妙地利用一下已经存在的网络和信息库，以建立一个知识十字路口。"

"太好了，我赞成开这个'问题中心'子公司。"姬雄宣布，"我们把学校最大的硬盘和最快的调制解调器给他。"

轮到弗朗西娜到圈中央了。听了大卫的方案后，她似乎不可能再拿出更有价值的东西了。而弗朗西娜看上去很自信，好像她把最好的留在最后似的。

"我的方案也是与蚂蚁有联系，它们对我们来说是些什么呢？一个四边形的小不点儿，所以我们毫不留意。我们不去哀叹它们的死亡。对于它们的首领、它们的法律、它们的战争、它们的发现，我们一点也不了解。但是，我们很自然地就被蚂蚁吸引，因为，从孩提时起，我们就知道，对它们的观察教会了我们很多东西。"

"你到底想说什么？"姬雄问，他唯一的担心是：这个想法能否创立子公司？

弗朗西娜接着说下去："像我们一样，蚂蚁在遍布马路和小道的城里生活。它们懂得农业。它们懂得群体战争……它们的世界跟我们一样，只是要小得多而已。"

"是的，但它跟方案又有什么关系呢？"姬雄不耐烦了。

"我的想法是建立一个更小的世界，我们观察它，从中得出实用教训。我的方案是建立一个虚拟信息世界，在那儿安置虚拟的居民、虚拟的自然、虚拟的动物、虚拟的气象、虚拟的生态圈，使那儿发生的事情相似于我们的世界。"

"有点像'进化'游戏？"开始有点领悟的朱丽说。

"对，只有在'进化'中居民们才做游戏者要求他们做的事情。我则希望把这种相似性推得比我们的世界更远一点。在'下世界'——这是我给我的方案所定的名字，居民们将完全自由、自治。朱丽，你还记得我们关于自由主宰的谈话吗？"

"记得，你说这是上帝给我们带来的最大的爱的标志，他让我们去做傻事情。你还说这比一个专横的上帝要好，因为这样可以让人知道，人是否在设法端正自己的举止，人是否能够自己找到好道路。"

"正是这样。'自由主宰'……上帝对人最好的爱的标志就是：他的不干涉。我希望能给我的'下世界'居民提供同样的东西。自由主宰。他们不要任何人的帮助，自己决定自己的进化。这样，他们就将真正像我们一样。我把这个自由主宰的主要观念推广到所有的动物、植物和矿物上去。'下世界'是一个独立的世界，我相信，这样它就会类似于我们的世界。也正是通过这样对它的调查，会给我们带来真正确切的信息。"

"你是想说，与'进化'游戏相反，没有人会指引他们该做什么事情？"

"没有人。我们只是对他们进行观察，除了把东西引进到他们的世界，以便看他们怎么反应以外。模拟的树木独立生长。模拟的人本能地采摘它们的果实。模拟的工厂合乎逻辑地制造模拟的果酱。"

"……然后又被模拟的消费者吃掉。"佐埃继续激动地说。

"那与我们的世界又有什么不一样呢？"

"时间。那里比这里要快10倍。这样就使我们可以观察到整个'宏观现象'。有点像是在观察我们加快的世界一样。"

"那经济效益在哪儿呢？"姬雄焦急了，总是在为能否盈利而不安。

"效益无穷啊，"已经看透弗朗西娜方案所有蕴涵的大卫说，"我们可以在'下世界'中试验一切东西。想一想，一个信息世界，模拟居民的一切行为都没有事先规划，而是自由地源于他们的精神。"

"还是搞不懂！"

"假若想知道公众是否对一种洗衣粉的品牌感兴趣，只要把它放到'下世界'中，就能知道人们是怎样反应的了。模拟的人们会随意地选择或拒绝这种产品。这样就可以用比市场调研机构快得多的速度获得可靠得多的结果。因为我们不是以100个真实用户为样本对品牌进行测试，而是虚拟个体数以百万计的不同人群。"

姬雄眉头紧皱，思索这一项目的意义所在。

"要在'下世界'进行测试的洗衣粉，你又怎么引入'下世界'呢？"

"通过'中介人'。也就是'下世界'一些看起来普普通通的人，工程师、医生、研究人员。我们把产品交给他们在'下世界'进行测试。只有他们才知道他们的世界其实并不存在。'下世界'的唯一作用就是帮上维度完成实验。"

大卫的"问题中心"对他们来说已经显得很难逾越。但弗朗西娜却做到了。现在，他们开始隐约看到了她的方案的广阔前景。

"我们甚至还可以在'下世界'中测试整个政治。我们可以检验一下自由主义、社会主义、无政府主义、生态主义……所产生的短期、中期、长期效果。我们将安排一种小人类，使我们能够节省自然大人类的时间，不会走弯路。"

现在，8个人都兴奋到了极点。

"弗朗西娜！"大卫欢呼道，"'下世界'甚至还可以供应我的'问题中心'呢。用你的虚拟世界，你肯定能找到答案解决所有我们用其他方式解决不了的问题。"

弗朗西娜带着异样的目光。

大卫在她背上捶了一下。

"实际上，你是把自己当成上帝。你彻头彻尾地创造了一个完整的小世界，用跟宙斯与奥林匹斯山众神观摩这片土地一样的好奇去察看它。"

"也许，在我们这里，洗衣粉就已经是按高维空间意愿所做的试验。"纳西斯挖苦道。

他们扑哧一声笑了出来，然后，笑声又变得不自然了。

"也许是吧……"弗朗西娜喃喃道，忽然走神了。

131. 百科全书

厄琉西斯游戏：厄琉西斯游戏的目的是找到……它的规律，每一局至少需要四个游戏者。事先，游戏者中的一个叫"上帝"的人创造出规则，并把它写在纸上。这个规律是一句叫"世界规则"的句子。然后把两副52张的纸牌发给游戏者，直到发完为止。一个游戏者出一张牌，宣布"世界开始存在"。游戏便开始了。那个叫"上帝"的游戏者指出"这张牌好"或"这张牌不好"，那些坏牌便被放到一边，好牌则排成直线连起来。游戏者观察被上帝接纳的牌，在玩的过程中努力找到这种支配选择的逻辑。当有人以为找到了游戏规则时，就举手宣布为"先知"，然后他便代替上帝的位置，向其他人指出所出的那张牌是好还是坏。上帝监督先知，假若先知搞错了，就要被免职。假若先知连续10次成功地做出正确回答，就解释他推断的规则，其他人则拿它与写在纸上的规则相比较。假若两个相吻合的话，他就赢了，要不然，他就被罢免。假若104张牌都出完了，没有人找到规则，或所有的先知都搞错了的话，上帝就赢了。

但那条规律必须要容易发现才行。游戏的趣味在于一条规律想到容易，找到难。因此，"轮流出一张高于9点和低于9点或等于9点的牌"的规则很难发现，因为通常游戏者都把注意力放在花牌上和红黑的交替。像那些"除了第10、第20、第30张以外，必须得清一色红色牌"或"除了红桃7外所有的牌都行"的规则是禁止的，因为这样的规则太难揭穿了。假若世界规则是不可能找到的话，"上帝"就要被取消游戏资格。应该力求"一下子难以找到的简单"。什么才是赢的最好战略呢？每个游戏者都喜欢尽快地宣布自己为先知，尽管这样很冒险。

埃德蒙·威尔斯
《相对且绝对知识百科全书》第Ⅲ卷

132. 前进中的革命

103号公主弯下腰，看到一群一边在它前腿的爪子间觅食，一边朝一个冷杉的树墩窟窿走去的蜱虫。

"这些蜱虫对我们来说也同样小，大概就像我们对'手指'一样。"它想。

它好奇地看着它们。它们淡灰的皮层纵向地裂开，布满了短窄的斑点和细小的沟壑。103号公主俯下身子，看着5000个欧利巴蜱——它认得——在跟300个伊拉尼得蜱打架。103号公主出神地看了一会儿。那些欧利巴蜱尤其引人注目，它们的爪子到处乱抓、脖子长毛的小壳虫，装备有钩子、锯子、尖刀、额剑等复杂武器，正投身于惊心动魄的战斗中。可惜的是103号没时间观察下去。谁也搞不清蜱虫们的战争、侵略、悲剧和暴君。谁也不会知道欧利巴蜱与伊拉尼得蜱间究竟是哪一个赢得了在大冷杉的第30条垂直裂纹中的那场小战争。也许，在另外一个裂纹中，那些提罗利夫蜱、硬蜱、戴芒桑多蜱或是锐缘蜱，正在为更令人激动的赌金而进行着更怪诞的战斗呢。但谁都不感兴趣。连蚂蚁也是，连103号也一样。

对它来说，它只对庞大的"手指"感兴趣，然后是它自己。这就够了。

它又上路了。

在它周围，"手指革命"纵队不断壮大。火灾之后不过才33只昆虫的队伍，很快就发展到有100只不同种类的昆虫。火盆的烟非但没使它们害怕，反而引起了它们的好奇心。它们都来看久仰其名的火，听103号讲历险的故事。

103号公主照例问新来者，是否看到一个气味护照符合24号特征的雄性蚂蚁，可是谁也不去想这个名字。大家都只想看火。

"可怕的火原来就是这个样子。"

魔鬼被囚在石块中，显得昏昏沉沉的。但甲虫妈妈们还是没有少叫它们的小子不要靠近，太危险了。

因为火盆很重，于是对外联络专家14号建议让蜗牛来搬运。它设法说服一个蜗牛，让它明白，背部暖和一点对健康很有好处。蜗牛接受了，倒不是其他原因，而是因为怕蚂蚁。5号很满意，提议其他蜗牛以同样的方式搬运食物和火盆。

蜗牛是一种慢吞吞的动物，以越野见长。它的移动方式真是奇怪。它用垂涎润滑地面，然后在这样创造的溜冰场上滑行。那些总是看也不看就把它们吃掉的蚂蚁，直到那时都并未发觉这些动物没完没了地在流口水。

当然，那些物质给跟在后面的蚂蚁带来了一个问题，它们陷在里面不知所措，于是不得不分成两队，在垂涎线的两侧前进。

这个有猩红、冒烟的蜗牛的队伍很是引人注目。这些大部分是蚂蚁的昆虫从矮树丛里走出，晃动触角警惕周围，腹部折叠准备随时开火。这个碎石子高度的世界可不太平。为解答一个宇宙之谜而一起上路的想法，使一些在外面漂泊而又烦腻不堪的探险者和一些年轻放肆而又好战的兵蚁兴奋不已。

它们的数量从 100 增加到 500。"手指革命"像大部队会师一样。

唯一令人惊讶的是公主的郁郁寡欢。虫子们都不能理解居然会有蚂蚁对一个单独的个体 24 号如此牵挂。但 10 号对传奇故事还记得相当清楚，它解释说这也是一种"手指"式的典型病：相思病。

133. 美丽的一天

朱丽跟她的同伴们一起，全身心地为小革命的建设忙碌，品味令人耳目一新的感觉。看到她的个人灵魂放大为一种集体灵魂，她仿佛突然解开了一个奇特的秘密：灵魂并不局限于身体的牢笼，智慧并不限制于头颅的洞穴。只要朱丽把她的灵魂从头脑中放出来，变成一块不断增大的光亮之布，在她周围舒展开就行了。

她的灵魂可以笼罩整个世界！她永远知道，她不仅仅是一个装满原子的大口袋，而且她还能够从中体会对这种灵魂的无穷力量之感……

同时她也体验到了第二种强烈的感觉：我个人微不足道。在"蚂蚁革命"队伍中放大、实现，然后把她的灵魂向世界舒展，她的个体对她来说已经不再那么重要了。朱丽·潘松似乎只是她跟着活动的一个外部人物，好像与她没有什么直接的关系。这是众多生灵中的一个生命。她不再有整个人类命运所包含的唯一的、悲剧的一面。

朱丽觉得轻飘飘的。

她活着，她会死掉。美丽、易逝而又乏味。然而，她的灵魂可以穿越整个时空，像一块无尽的光亮之布一样飞腾！这是一种永恒的学问。

"你好啊，我的灵魂。"她轻轻地说。

但因为她没有准备好去控制这样一种感觉，她的大脑像其他人的一样，只调动 10% 的容量，所以她又回到了她头颅的狭窄套间里。那儿，她的光亮之布保持沉静，在头颅深处被揉得像纸巾一样。

朱丽搬着桌凳，系着帐篷绳，打着小木桩，与女骑士们打招呼，跑去帮助其他革命者弄平衡搭架，喝一点点蜂蜜水使自己的肚子暖和起来。她边干活边哼着曲子。

她的额头和嘴上冒出了滴滴汗珠。当嘴上的汗流到唇上时，她便一下子吸了进去。

那些"蚂蚁革命者"在建造展示他们方案的摊位中度过了占领学校的第三天。他们原想把它们搬到教室去的，但佐埃说把它安置在下面操场的草坪上，靠近帐篷和平台，会显得更有利于迎接四方宾客。这样，所有的人都可以参观、参与。

一个帐篷、一台电脑、一根电线、一根电话线就足以建立一个可存活的经济细胞。

感谢电脑！几个小时中，八个方案的大部分都准备好可以运作了。

在建筑展台上，莱奥波德展示着一个用粘土做成的理想住宅三维模型，并且解释说住宅能像蚁巢一样通过地面和墙体之间冷热气流循环来调节热量。

大卫的"问题中心"展台上摆着一架大屏幕电脑和一个储存集中信息、正嗡嗡作响的大硬盘。大卫忙着示范讲解他的机器和网络。人们自告奋勇地要帮他建立信息寻觅触手。

在"蚂蚁革命"有限公司展台上，姬雄正在理顺革命者的热情，散布着他们活动的信息：世界各地已经有几所学校、大学甚至兵营乐意在各自的机构里面组织同类的试验了。

姬雄向他们传授了三天以来所得的经验：先由庆祝节日开始，然后便利用信息工具成立有限公司并创立子公司。

姬雄希望"蚂蚁革命"在地域上展开的同时，也要以新的创举来丰富自己。另外，他又向每一个外部的"蚂蚁"建议在行动上仿效他们。

韩国人提供了布置平台、帐篷、火堆的平面图。他还特意展示了他们革命的象征：蚂蚁、"1＋1＝3"的箴言、蜂蜜水、厄琉西斯游戏的做法。

在"时尚"展台上，纳西斯被做模特或做裁缝的女骑士们围着。一些人展示着绘有昆虫装饰的服装。另外一些人则按设计师的指示在白床单上画着。

佐埃在远一点的地方，她并没有多少东西展示，但她解释着她那人与人之间纯粹交流的蓝图和她那触角鼻的想法。刚开始时，大家都笑了，但很快便都听她讲了起来。实际上，所有的人都在为从来没有一次跟哪一个人做一次真正的沟通而感到遗憾。

在"罗塞塔之石"展台上，朱丽建立了她的蚁巢。志愿者帮她在花园里深深地挖了个大洞，以便获得整个蚁巢，连同蚁后在内。然后朱丽把它放到一个直接从生物实验室里拿来的鱼缸里面。

消遣也并不少。乒乓房里的乒乓台就留在那儿，比赛接连不断。语言实验室有录像设备，被用作电影院。再远一些，大家在玩着从《相对且绝对知识百科全书》中学来的厄琉西斯游戏。它找规则的目的很有利于发展想象力，很快就成为了他们的吉祥游戏。

保尔准备了尽可能好的午餐，他为自己的杰作沾沾自喜。"吃得越好，革命者的动力就越大。"他解释说。他决心要让以后的导游把"蚂蚁革命"作为美食胜地，而与其他革命区分开来。他亲自在厨房里管理菜肴的准备，用蜂蜜创造出新的口味。油炸蜜、奶蜜、沙司蟹。他尝试着所有的组合。

储存室中还有面粉。保尔说既然不能出到面包店买面包，那"蚂蚁革命"就可以自己做面包。战士们拆下一扇小墙，用砖头建起了一个面包烤炉。保尔管理着为他们提供新鲜蔬菜与水果的菜园和果园，甚至不惜把它们全面封禁起来。

在他的"美食"展台上，保尔向他的听众说，要想找到美味的食物，那就应该相信他的嗅觉。看到他在嗅他的蜜汁和蔬菜，别人便知道那样的食物一定会成为上等品。

一个女骑士来告诉朱丽，有个叫马赛·沃吉拉的当地记者，打电话来要求跟"革命首领"谈谈。她告诉他说没有什么首领，但是朱丽可以作为发言人，因此他要求对朱丽做一次采访。她拿起电话。

"你好，沃吉拉先生。接到这个电话，我感到很惊讶。我想你不了解情况时会说得更好。"朱丽顽皮地说。

他回避道：

"我想知道一下游行者的人数。警方告诉我说有100个人关在一所学校里面，阻碍了学校的正常运行，我想了解一下你估计的人数。"

"你会把我给你的数字和警方所说的平均起来吗？没用的。告诉你吧，我们刚好是521人。"

"你们提倡左倾主义？"

"根本不是。"

"那么是自由主义？"

"也不是。"

电话那一头的那个人好像火了：

"人只可能是左派或是右派。"他说。

朱丽懒得跟他说了。

"你好像除了两个方向以外就不会再思考了。"小女孩叹了口气,"人除了往左或往右就不走了吗？人还可以往前或往后啊！我们，是在往前。"

马赛·沃吉拉斟酌着这个回答，她所说的并不符合他已经写好的。他感到失望。

在朱丽旁边听着的佐埃抓起话筒：

"假若要我们加入一个政党的话，那还必须先把它创造出来才行，并称之为'进化论者'党，"她告诉他说，"我们提倡的是人类进化得更快一些。"

"哟，这正是我所想的，你们是左倾主义者。"那个地方记者放心地作出结论。

然后他便把电话挂断了，为自己的又一次先见之明而沾沾自喜。马赛·沃吉拉是一个纵横填字字谜的发烧友。他喜欢把一切都纳入格子里。对他来说，一篇文章仅仅是一个已经准备好的表格而已，几乎可以把各种变化不定的素材都嵌到里面。这样，他拥有一系列的表格。一个是给政治文章的，一个是给文化素材的，一个是给社会新闻栏的，还有一个是给示威运动的。他开始打他已经准备好题目的文章：《一所高度监管的学校》。

受到这次谈话刺激，朱丽居然奇怪地想吃饭。她来到保尔的展台上。他为了不受平台上的噪音干扰，已搬到东边去了。

他们在一起谈五种感觉。

保尔认为人类只用单一的视觉，就能够把 80% 的信息传送到脑中。这样造成一个问题：视觉一下子把自己变成专政的感觉暴君，而把其他的感觉都简化得只能勉强将就着度日。为了让她相信，他用薄绸扎住她那双明亮的灰眼睛，然后让她判定他的芳香管风琴所发出的气味。她很乐意地准备好做这种游戏。

她轻易就认出了像百里香或薰衣草之类的简单气味，又皱起鼻孔叫出了炖牛肉、旧袜子和老皮革的名称。朱丽的鼻子苏醒了。她继续蒙着眼睛辨出了茉莉、香根草和薄荷的气味。她甚至小有成就地成功鉴别了西红柿的味道。

"你好啊，我的鼻子。"她叫道。

保尔告诉她说，像音乐、色彩、气味这些东西都是由于震荡而被人辨别出来的。他建议她还是把眼睛蒙上，检验一下味觉。

她测试那些很难鉴别味道的食物。她用已经兴奋起来的味觉器官努力去辨别。其实也只有四种味觉：苦、酸、甜、咸，然后是鼻子提供的所有香味。她跟随着那口中食物的运行。它被管状壁的蠕动推动着，滑进了食管，随后又到达胃里，那里各种各样的胃汁正等着它进行工作。她笑了起来：能够把它吸收进去，她感到非常惊讶。

"你好啊，我的胃！"

她的身体因为吃了东西而感到幸福起来。她的消化系统引起了她的注意。它已经被囚禁很长时间了。朱丽觉得自己像食物狂一样。她知道，她的身体还在牢记着她的厌食发作。从此以后，只要有一丁点的食物，它也要紧紧抓住，害怕重被剥夺。

现在她在听着它，糖块和脂肪食品好像尤其让她的身体欣喜若狂。保尔叫她蒙上眼睛，然后把蛋糕递给她：甜的或咸的、巧克力的、葡萄的、苹果的或是橘子的。她每次都在倾听她的舌突，叫出她所辨别出的食物的名称。

"当人不去利用它时，器官就麻木了。"保尔说。

然后，因为她的眼睛还是蒙着绸布，他便去吻她的嘴。她跳了起来，犹豫了一下，最终把他推开。保尔叹息道：

"对不起。"

朱丽解开绸带，几乎比他还要尴尬：

"没什么。别怪我，但这个时候我没有那种心思。"

她走开了。

目睹这一幕的佐埃紧跟着她：

"你不喜欢男人吗？"

"我一般讨厌肌肤接触。假若能够取决于我的话，我会装上一个巨大的缓冲器。提防那些动不动就抓住你的手或搂住你的肩膀的人，更不用说所有那些认为必须贴面问好的人。他们把口水喷在你的脸上，而且这……"

佐埃又向朱丽问了几个关于性的问题。听到如此娇小可爱的她，19岁了居然还是个处女，不禁惊讶万分。

朱丽向她解释说，自己不想跟人发生性关系，因为她不想像父母那样。对她来说，性，是向成对、然后结婚、最终过老资产阶级生活所迈出的第一步。

"在蚂蚁当中，有个特别的等级——无性蚁。它们，谁也不会去打搅它们，而它们也不至于过得更糟。没有谁整天唠叨、羞辱它们为'光棍汉'和'老处女'。"

佐埃噗地笑了出来，搂住她的肩膀：

"我们又不是昆虫，不一样的。在我们这儿，没有什么无性者。"

"以后会有的。"

"问题是，你忽略了一个重要的认知：性并不只是繁殖，它也是一种快乐。人做爱时会得到快乐，也会使对方快乐。人在交换快乐。"

朱丽怀疑地噘噘嘴。目前，她还没觉得有必要跟人成对，更没必要跟人作肌肤接触，无论是谁。

134. 百科全书

反独身方法：直到1920年，在比利牛斯山脉中，一些村落的农民还以一种直接的方法解决配偶问题。每年都有一个叫"成婚夜"的晚上。那天晚上，人们把所有已满16岁的男孩和女孩都聚集起来。人们设法让男孩女孩的数字刚好一样。山村将举行大型的露天宴会，所有的村民都尽情地吃着、唱着。到了一个既定时刻，女孩们便提前先走了。她们跑到灌木丛中藏起来。然后，像玩捉迷藏一样，男孩们离开去捕捉她们。第一个发现女孩的便把她占为己有。当然，最漂亮的是最受欢迎的，并且，她们没有权力拒绝第一个把她们捉出来的人。

然而，首先发现她们的并不一定是最漂亮的男孩，而总是那些最快、最眼尖、最机灵的。其他人则只好满足于那些没那么漂亮的女孩了。因为没有女孩子，男孩是不允许进村的。假若一个较慢或是较不机灵的男孩拒绝接受一个丑女孩而空手回来的话，他就会被逐出村落。

幸好，夜越深，黑暗就越对那些不那么漂亮的女孩有利。

第二天便结婚。

这些村里几乎没有光棍和老处女，这也用不着多说了。

埃德蒙·威尔斯
《相对且绝对知识百科全书》第Ⅲ卷

135. 借助火和大颚

现在"手指革命"蚂蚁的长队伍已经聚集了30000只个体。

它们来到耶蒂贝那岗城前。这个城市拒绝让它们进去。"手指革命者"想放火烧掉这个敌意的蚁巢，但看样子却行不通，因为那个城市盖着一个烧不着的青叶子顶。103号公主决定利用一下周围的环境。城市上面是一个带有块巨大岩石的悬崖。只好用杠杆把这块大圆石抛到城上去了。

最终石头动了，摇晃着正好落到柔软的叶子顶上。这是掉到一个具有十万多居民城市头上的最大、最重的炮弹。

城中居民只好交出巢穴，或者说起码得交出巢穴。

晚上，在压扁的城市里，当革命者吃着东西的时候，103号公主还在讲着"手指"的奇风异俗。10号做着芳香的记录：

形态：

"手指"的形态不再进化了。

而青蛙，100万年的亚水栖生活使它的腿末端变成了棕榈叶形，这样就可以更好地适应水中生活。"手指"则通过假蛙形鞋解决了这个问题。

为了能够适应水，它们制造了可以随意戴上或拆下的蛙掌。

这样，就用不着花上100万年等长出了自然蛙掌再在形态上去适应水。

为了适应空气，它们便模仿鸟儿制造出飞机。

为了适应冷热，它们便制造出衣服来代替皮毛。

以前一个物种要花上几百万年才用自己的身子造就出来的东西，"手指"却以几天时间，仅用周围的材料就人为地制造出来了。

这种技巧最终取代了它们的形态进化。

我们蚂蚁也是，很长时间都没有进化过了。因为我们也可以不只通过形态进化，而通过其他办法来解决我们的问题。

我们的外形几百年来都是一个模样，这证明了我们的成功。

我们是一种成功的动物。

而其他的一切生物都要屈服于自然的选择：捕猎、气候、疾病，只有"手指"和蚂蚁在这种压力下没有屈服。

我们的社会制度，使我们双双成功了。

我们所有的新生儿几乎都可以活到成年，并且我们的平均寿命在延长。

然而,"手指"与蚂蚁都碰到了相同的问题:它们都不再去适应环境,而是要让环境去适应它们。

它们应该去寻求一个最舒适的世界。从此以后,重要的不再是生物学问题,而是文化问题。

远处,火技师们仍在做着实验。

5号试图借助做拐杖的分叉树枝,用两条腿走路。7号继续描绘着它的壁画,它塑造着103号的历险和它发现"手指"的故事。8号试图借用小树枝和编叶架制造出砾石平衡杠杆。

讲"手指"讲了这么长时间,103号公主感到累了。它又想起了24号想写的传说:《手指》。现在,王子已经在火灾中遇难,蚂蚁们再也没有机会看到这第一部蚂蚁小说诞生的那一天了。

想以两条腿走路的5号又一次摔到地上后,折回到103号那儿,说艺术的问题在于,它太脆弱了,而且难以带走。不管怎么说,24号用来完成它小说的卵很难远距离搬运。

"我们应该把它放在蜗牛上。"103号说。

5号提醒说,蜗牛有时会吃蚂蚁的卵。它认为,应该创造出一种轻便、可搬,最好又不能被腹足纲动物食用的蚂蚁浪漫艺术。

7号拿起一片叶子,开始画一幅新题材的画。

"这个东西也是不能一直携带的。"发现艺术障碍问题的5号对它说。

两只蚂蚁斟酌着。突然,7号有了个主意:划痕。为什么不用大颚尖直接在蚂蚁们的外壳上画上图案呢?

这个主意使103号高兴极了。它知道,实际上"手指"也有一种这样的艺术,它们叫作"文身"。因为它们的皮肤很柔软,所以它们不得不刺上一种颜料。而对蚂蚁来说,只要用大颚尖在壳上划出痕迹就行了,就像一块琥珀一样。

7号立即想在103号外壳上划痕,但在成为年轻的公主之前,103号曾是一个老探险家。它的甲壳早就被划得伤痕累累,很难再在上面辨别出什么东西了。

因此它们决定唤来16号——队伍中最年轻的蚂蚁。至少它有着完美的甲壳。于是,7号专心致志地用它右边的大颚尖作刻刀,避开它的头部，着手切出图案。它的第一个想法是描绘一个火焰中的蚁巢。它把它画在年轻贝洛岗蚁的腹部。那些条痕如纹理般组成长长的涡形曲线。那些目睹整个过程的蚂蚁们更感兴趣的是雕刻的轨迹，而对火焰的形状细节反倒并不怎么在意了。

136. 马克西米里安在家里

马克西米里安把玻璃鱼缸里的死鱼弄了出来。最近这两天，他肯定不会再这么忙了，那些鱼萎蔫了，又一次以这样的最坏方式谴责他。"这些鱼缸里的鱼，杂交而来，仅仅从美学角度进行了筛选，也真够脆弱的。"他自忖还不如选择一些野种，也许没这么漂亮，但却具有更强的适应性和抵抗力。

他把当天的死鱼扔进垃圾箱，回到厅里去等着开饭。

他拿起一本放在长沙发上的《枫丹白露号手报》。最后一页，有一篇署名马赛·沃吉拉的文章，题为：《一所高度监管的学校》。他立刻担心这个记者报道的并不是那儿发生的真实情况。不会，这个忠实的马赛·沃吉拉很是忠于职守。他讲的是左倾主义、小流氓和临近居民对晚间喧闹的抱怨。文章还插有一幅小小的照片，一张肇事者头头的肖像，文字说明是："朱丽·潘松，歌手及造反者。"

造反者？很漂亮嘛！警察想他从来没有注意过，但加斯东·潘松的孩子确实漂亮。

家人来到饭桌前。

菜单：首菜是黄油蜗牛，主盘是蛙腿米饭。

他斜睨了一下他老婆，突然发现她的一切举止都让人受不了。她吃的时候小指上翘，又不停地笑着，不停地盯着他看。

玛格丽特得到允许，打开电视。

423频道。天气预报。很多大城市的污染程度已经大大超过了指标，人们在叹息着呼吸问题的同时，也抱怨着所受的视觉刺激。政府预备针对这一问题在议会中展开讨论，在此期间，则已成立了一个顾问委员会，提出解决问题的建议。一个报告将对……

67频道。广告。"吃酸奶！吃酸奶！吃酸奶！"

622频道。娱乐。这里是"思考陷阱"节目，还是6根火柴与8个等边三角形之谜……

马克西米里安从女儿手中夺过遥控器，把电视关掉。

"啊，不要！爸爸。我要看看拉米尔夫人能不能解答6根火柴拼成8个等边三角形的谜底！"

家长并不让步。现在他紧握着遥控器，在所有的人类家庭细胞中，做王的都是权力持有者。

马克西米里安叫女儿不要再玩盐盅，又叫他老婆不要老是大口大口地吞东西。

一切都让他恼火。

当他老婆建议他再吃一块她发明的金字塔形餐后点心时，他再也受不了了。他情愿离开饭桌，躲到办公室里去。

为了保证不受到打搅，马克西米里安关上门。

"马克·亚韦尔"一直开着，只要按一个键就能回到《进化》游戏中，继续与外来部落作战。那些人已经在危及他最后的、但却仍然繁荣昌盛的蒙古文明了。

这次，他在军队上下了所有的赌注。他一点也不在农业上、科学上、教育上或娱乐上投资。除了一支庞大的军队和一个专政的政府以外什么也没有。令他惊奇的是，这种选择产生了一种有趣的效果。他的蒙古部落从西向东，从意大利的阿尔卑斯山脉到中国，征服了途经的所有城市。从农业上得不到的食物，他们用掠夺得到了。他们可以把被征服城市的图书馆占为己有，从中得到自己没为之献身的科学。至于教育，则再也没有什么必要了。总之，在一种军事专政下，一切都运转得又快又好，他用能够有效征服整个行星的四轮马车和弩炮一直发展到1750年。哎呀，当他正想从专政阶段转向英明的君主制度时，一个城邦中爆发了一场暴动。政权没有交接好，他控制不住形势，暴动蔓延到了其他城市。

一个很小，但却民主的邻国，从此便轻而易举地侵入了他的文明。

突然屏幕上出现了一行文字：

"你在开小差。什么事在烦你啊？"

"你怎么知道的？"

电脑通过扬声器说：

"从你敲打我的键盘时的方式看出的。你的手指常常一下子敲了两个键。我能够帮你吗？"

局长惊讶了：

"一台电脑怎么能帮我制服一所学校里的造反派呢？"

"那……"

马克西米里安按了一个键。

"还是让我再玩一局吧。这是帮助我的最好方式。越玩我就越能理解我所生活的世界，理解那些选择对我的祖先们的限制。"

他决定来一次典型的苏美尔文明，他进展到了 1980 年。这一次，他维持着合乎逻辑的进化：专政制度、君主制、共和制、民主制，他成功地建立了一个技术先进的强大国家。突然，在 21 世纪中期，一场流行性鼠疫造成了他人民的大量死亡。他没有注意料理居民卫生。特别是，他忘记了修建城市地下排污管道。缺乏有条理的地下排污系统，堆积如山的垃圾一下子成了细菌的温床，吸引来老鼠。

"马克·亚韦尔"指出说，没有一台计算机会放过这样一个错误。

直到此时，马克西米里安才想，在未来，把一台电脑作为政府的首脑会很有好处，因为只有它才能够不忘记任何的细节。电脑从来不睡觉。电脑没有什么健康问题。电脑没有性欲的骚动。电脑没有家庭也没有朋友。"马克·亚韦尔"说得对。电脑不会遗忘修建地下排污管道。

马克西米里安又开始以法国式的文明着手新的一局。他越玩就越怀疑自然人类。人性本恶，不可能长远地辨别出自己的利益，他们只是在渴望着即时的欢乐。

刚好，在 1635 年，他其中的一个城邦发生了一场大学生革命。这些家伙因要求不能马上得到满足而大跺其脚，就像小孩一样。

他派出一支镇压学生的军队，最终把他们灭绝了。

"马克·亚韦尔"惊讶地提醒他：

"你不喜欢你的人类同胞吗？"

马克西米里安从小冰箱里拿出一瓶啤酒喝了起来。他喜欢一边消遣他的模拟文明，一边让喉咙体会清凉感觉。

他移动着鼠标，最终来到反抗者的最后几个小岛，革命最终给歼灭了。他建立了更强大的警察监督体系，又装上摄像机网络，以便更好地管理人民的一举一动。

马克西米里安看着他的居民来来去去、绕着圈子，就像在观察昆虫一样。最终，他回答了："我喜欢人类，……不管他们怎么样。"

137. 盛筵

渐渐地，革命成为一场有着无限创意的大杂烩。

在枫丹白露，八个倡导者有点被节日的规模弄得晕头转向了。平台、他们的八个展台、桌台像蘑菇一样在操场上到处都冒了出来。

这样，"绘画""雕刻""发明""诗歌""舞蹈""信息游戏"展台都成了年轻革命者自发展示他们作品的地方。学校逐渐成了一个花哨的村落，里面的居民都以"你"相称，自由地在交谈、建设、检测、试验、观察、品尝，或者，仅仅是在休息。

在弗朗西娜的组织下，几千种不同类型的音乐都能够在平台上上演，不管白天黑夜，有经验或无经验的乐手们都从不间歇地利用它。而且，从第一天起就产生了一种奇特的现象：世界所有的音乐都在这里交汇。

这样，人们可以看到一个印度西塔琴乐手参与到一队室内乐队里。一个巴厘人的打击乐队由一个爵士女歌手伴随着。一个日本舞伎在非洲"达姆达姆"鼓的节奏下跳起了蝴蝶舞。在中国西藏音乐背景下，一个舞蹈者跳起了探戈。四个戏剧班学员在新时代音乐下进行着击脚跳。当现成的器材不够时，他们便自己制造起了乐器。

他们把最好的曲目记下来，输送到信息网上去。但"枫丹白露革命"并不只满足于向外传播音乐，他们同样也接收其他"蚂蚁革命"的音乐。旧金山的、巴塞罗那的、阿姆斯特丹的、伯克利的、悉尼的或首尔的。

姬雄把数码摄像机装配到电脑上，接上国际信息网，成功地同几个国外的"蚂蚁革命"音乐家直接同台演出。枫丹白露奏打击乐、旧金山奏主吉他和伴奏吉他，巴塞罗那是人声，阿姆斯特丹是键盘，悉尼拉低音提琴，首尔拉小提琴。

各地的乐队都来到数字化高速公路上。美洲的、亚洲的、非洲的、欧洲的和澳洲的，一种混合的全球音乐展开了。

在四方形的学校中，在时间上和空间上都不再有国界了。

学校里的复印机不停地运转着，复印着节目单（白天宣布的要事概况：乐队、剧团、展台等等，也有诗、短篇小说、论战文章、论文、革命子公司章程。甚至，刚刚还有一些朱丽在第二场音乐会时的照片，其中！当然还有保尔的美食菜单）。

被围者还在历史书和图书馆里找到了一些他们中意的昔日大革命家和著名摇滚乐手的肖像，把它们复印后贴在走廊上。大家都耳熟能详的有：

老子、甘地、彼得·盖布瑞尔、爱因斯坦、披头士乐队、菲利普·K.迪克、弗兰克·赫伯特和乔纳森·斯威夫特。

在《相对且绝对知识百科全书》后面的空白处，朱丽写道：

革命规则6：无政府状态是创造的源泉。解脱了社会压力，人们便能够自然而然地进行发明和创造，去追求美丽与智慧，彼此尽可能地进行交流。在一片沃土上，即使是最小的种子也能长成结出硕果的参天大树。

人们自发地在教室里组成辩论队。

晚上，志愿者们分发被褥。外面，年轻人二三两两地钻在一个被窝里，手握着手，分享着彼此的热情和温暖。

操场上，一个女骑士正演示着太极拳，解释说这种一千年前就已经有了的体操是模仿动物姿态而来的。这样模拟着，人们就更能去理解动物的性情。舞蹈家们从这种想法中得到灵感，模仿起蚂蚁的动作来。他们觉得这种昆虫的姿态太柔软了。它们的雅致富有情调，与猫和狗的完全不同。舞蹈者举起双手摩擦着，当作触角，创造出新的舞步。

"你要香烟吗？"一个年轻的观众把一支烟递给朱丽。

"不，谢谢。气体互哺，我试过了，这样会使我的嗓子不舒服。我只要看看这个大节目就足以融入进去了。"

"你运气真好，一些微不足道的东西就足以让你兴奋起来。"

"你说这是微不足道的东西？"朱丽惊诧地说，"我可从来没有看到过这样一个仙境。"

朱丽觉得在这个学校里建立一点秩序已是迫不及待的事了，否则革命必定会自行毁灭。

应该对所有的这一切赋予一种意义。

年轻姑娘整整花了一个小时去探测用作费洛蒙交流的蚂蚁玻璃缸。埃德蒙·威尔斯曾说过，对蚂蚁举止的观察，能够帮助人去创造出一个理想的世界。

在玻璃缸里，她看到的只是令人恶心的小黑动物，它们似乎个个都在忙着"傻瓜"的事情。最终她断定也许自己在整条路线上都搞错了。埃德蒙·威尔斯也许只是象征性地说一说的。蚂蚁就是蚂蚁，人类就是人类，把比人小上几千倍的昆虫的规律贴到他们的身上是不可能的。

她走上楼，坐在历史老师的办公室里，打开《百科全书》，寻找另一个能够从中得到灵感的革命例子。

她找到未来主义运动的历史。1900至1920年，几乎到处都出现了艺术家运动。瑞士有达达主义者，德国有印象主义者，法国有超现实主义者，意大利和俄国有未来主义者。这些未来主义者是一些艺术家、诗人和哲学家，他们的共同点是赞美机器、速度，普遍地赞美先进技术。他们相信终有一天人类会被机器拯救。未来主义者上演着戏剧，用化妆成机器人的演员来拯救人类。第二次世界大战来临之际，以马里内蒂为代表的意大利未来主义者在鼓吹机器的独裁者贝尼托·墨索里尼的煽动下，加入了进行战争的意识形态。墨索里尼除了去制造坦克和其他用于战争的武器外，还能做什么呢？

接着超现实主义又引起了朱丽的兴趣，电影艺术家路易斯·布努艾尔，画家马克斯·恩斯特、萨尔瓦多·达利和雷尼·马格利特，作家安德烈·布勒东，都认为能够用他们的艺术去改变世界。在这一点上，他们有点跟他们八个人相似，他们每个人都在自己偏好的领域里行动着。然而，这些超现实主义者太个人主义了，他们很快就在内部引起争吵。

她发现60年代的法国境遇主义者是个很有意思的例子，他们宣扬用戏言人生的方式进行革命，拒绝"戏剧社会"，坚决远离媒体活动。几年后，他们的领袖居伊·德波答应了他平生的第一次电视采访，接着便自杀了。境遇主义者真的一下子销声匿迹了。

朱丽把书翻到革命故事上去。

在近代暴动中，有一起是发生在墨西哥南部恰帕斯州的印第安人革命。这次萨帕塔运动的领袖是副司令马科斯，他也是一位经常以幽默方式来完成英勇行为的革命者。然而他的革命是由很现实的社会问题：墨西哥印第安人的苦难和美洲印地安文明的毁灭引起的。但朱丽的蚂蚁革命却没有一点迁怒于现实社会的意思在里面。她的动机只是受不了死气沉沉的现状而已。

必须找点其他东西。她翻着《相对且绝对知识百科全书》，跳出纯粹的军事革命范围，转到"文化革命"上去。

牙买加的鲍勃·马利（Bob Marley）革命、拉斯塔法里（Rastafari）革命跟他们的有点相似，两者都有音乐的因素在里面。假若再加上和平主义的讲演、令人心跳的音乐、滥抽的大麻香烟、神话中汲取的古老文化象征，那就更像了。但鲍勃·马利并没有寻求去改变世界，他只是想让他的信徒们缓解和忘记他们的好斗性和焦虑而已。

在美国，一些公谊会或是阿米什（amish）教徒倒是建立了很有趣的共存方式。但他们只是心甘情愿地从世界中脱离出来，在自己的道义上建立生命准则而已。总的说来，相当长一段时间以来，能够真正合乎逻辑地运行的世俗团体只有以色列的基布兹（Kibboutzim）。朱丽对基布兹很有好感，因为它们建立了不流通金钱的村落，那里的门上没有锁，所有人都互助互救。但是基布兹之所以能够存在，是因为它的所有成员都在种地，而这里却没有耕地，没有耕牛，也没有葡萄。

她凝思着，咬着手指甲，看着她的双手，突然心中闪过一道亮光。

她找到解决的办法了。它一直就在她的眼前，自己怎么就没有早想到呢！

要仿效的典范，是……

138. 百科全书

活跃机体：谁也用不着去论证控制我们身体各个不同部分的完美和谐。我们的一切细胞都是平等的。右眼不会去嫉妒左眼，右肺不会去讨厌左肺。在我们的身体中，所有的细胞、所有的组织、所有的部分都只有一个目标：为整个机体更好地运转服务。

我们身体中的细胞成功地体验着共产主义和无政府主义。大家都是平等的，大家都是自由的，但它们都有一个共同的目标：在一起活得更好。借助荷尔蒙和神经冲动，循环的信息快速地通过我们的整个身体，这样却只不过是为了传播到需要的地方去。

身体里面没有首领，也没有行政组织，没有金钱。仅有的财富是糖分和氧气，只有整个机体能够决定哪一个组织最需要。比如说，天冷的时候，人体便减少一点四肢末端的血，以增加到最重要的区域去。正因为这样，首先冻僵的总是手指和脚趾。

把我们整个宏观身体里发生的一切复制到具体的事情上去，我们就会得到一个已受长期考验的组织体制典范。

埃德蒙·威尔斯
《相对且绝对知识百科全书》第Ⅲ卷

139. 贝洛岗之战

"手指革命"像攀缘的常青藤一样。现在昆虫的数量已经超过50000了。蜗牛担负着沉重的粮食和行李。在这个强大的游牧部落里，最流行的艺术潮流当然要算在胸廓上刻上火的图案了。

蚂蚁好像跟火灾一点一点地吞噬森林一样，幸好并不是把它摧毁，而仅仅是在推广对"手指"生活方式和潮流的认识。

革命蚂蚁来到一片刺柏平原上，那儿是上千只蚜虫的牧场。当它们追赶、用蚁酸猎杀蚜虫的时候，它们被突如其来的一种现象吓了一跳：一切声音都消失了。

甚至连蚂蚁最主要的交流方式嗅觉，在这种寂静下都木然无知了。

它们放慢了脚步。在一根草后面，它们难以置信地看到了它们的首都——贝洛岗的影子。

贝洛岗，母亲之城。

贝洛岗，森林中最大的蚁巢。

贝洛岗，最伟大的蚂蚁传说诞生幻灭之地。

看起来它们的故乡更高更大了。

在衰老中，古城膨胀了。这个生机勃勃的地方散发着几千种嗅觉信息。

甚至连103号也掩饰不住再次见到它的激动。这样，发生的所有这一切都只不过是从这里出发，又重新回到这里。

它觉察到了几千种亲切的气味。当它还是个年轻的勘探蚁时，它正是在这些草丛中玩耍。沿着这些小路，它去追逐着春天。它微微颤抖着。另一个惊人的现象使寂静的感觉更强了：大都会周围的一切活动都不见了。

103号以前总是看到这些大道被摇晃着宝藏的猎手们挤满，出入口处总是交通阻塞。然而，现在却连一只蚂蚁也没有。蚁巢毫无动静。蚁城妈妈好像并不高兴看到捣蛋的孩子回来，带着一个新的性器，一群亲火革命者和放在蜗牛上面的冒烟的火炭。

"我会解释这一切的。"103号朝无边的都城喊道。但太晚了：在金字塔的两侧，长长的两队士兵已经从后面出来了。公主望着，这两队长长的纵队好像是贝洛岗蚁。

它们的同胞赶来并不是为了祝贺它们，而是要拘捕它们。其实，在森林里散布使用禁忌的火和与高处的魔鬼结盟的"手指革命"蚂蚁已经靠近的通告并不需要很长时间。

5号看着敌人，不安起来。

敌方军团摆好阵形，用的是那种103号还很小的时候就不断接受灌输的战术：前面，将不断启动蚁酸发射的炮手；右翼，善于奔跑的骑兵部队；左翼是带有又长又锋利大颚的士兵；后面是照料伤病员、带短小大颚的战士。

103号和5号摇动着它们的触角，每秒12000振，以便仔细地辨别它们的对手。己方势单力薄。

它们仅仅是50000只各种属的手指革命者，而在它们对面的却是12万清一色的、身经百战的贝洛岗将士。

公主试图做最后一次调解。它响亮地说道：

战士们，大家都是同胞，
我们也是贝洛岗蚁啊。
我们到城里来告诉大家一个巨大的危险，
"手指"们要侵犯森林了。

没什么反应。

103号公主用触角指了指白色布告牌。它肯定地说那就是威胁的标志。

"我们想跟母亲谈谈。"

这次，贝洛岗蚁们的大颚都耸立了起来，声音就像钉耙打在小干木上一样。

联邦部队决定要进攻了，并不是谈判的时候。应该赶快制定出防御的战略。6号建议大家会集到右侧去进攻粗长大颚的士兵，它希望通过火制造出足够的慌乱，使这些笨头蠢脑的家伙惊慌失措，扭转武器加入它们自己这一边。

103号认为这种想法是好的，但用火炭来进攻骑兵军团这边一定会更有效。

紧急磋商。"手指革命"军的问题在于，它是由混杂的昆虫组成的，谁也搞不清在战争中它们会怎么反应。那些小得连用来交战的大颚都还没有长出来的虫子该怎么办呢？更不要说那些运输火炭、跑得那么慢的蜗牛了……当敌方蚂蚁铺天盖地地淹过来时，要乱方寸的恐怕是它们自己。

联邦军队毫不留情地向前推进，按等级和大颚的长度以及触角的灵敏度森严地排着队。看来它们还有援军。有多少？恐怕有几十万吧。

敌人逐渐靠近了，"手指革命"者知道，这场战争于己方没有什么优势。沿途中加入的昆虫，许多都情愿投降或逃走了。

敌军越来越近了。

随行的蜗牛过来想看看发生了什么事。它们目瞪口呆，吓得叫也叫不出来。蜗牛有25600颗尖小的牙齿，使它们能够撕碎生菜的叶子。

左撇子蜗牛——这一点可以在它们往右旋的甲壳上看出来——是最敏捷的。它们把触角举得很高，在末端露出它们像丘疹一样的眼球，用力敲打着它们的甲壳，把蚂蚁和那些毫无用处的物品甩下来，然后它们便逃离战场了。

敌人的第一排炮已经摆好架势了。它们组成紧密的一行，几乎毫无漏洞。那些腹部挺起来，发射出具有腐蚀性的滴滴飞弹，就像黄色导弹一样，落在革命者的第一线上。被击中的"手指革命"者都痛得扭曲起来。

第二排炮又已经取代了第一排，它们发射出来，至少也造成了与第一排炮所造成的同样损伤。

对"手指革命"者来说，这简直就是大屠杀。部队后面的逃兵越来越多。它们对"手指"的兴趣终究还不足以让它们去与褐蚁联邦作对。

被酸液触及的蜗牛，惊惶若癫，向天空伸长了它们的脖子，转动着，露出它们小小的牙齿和突出的眼睛。当惊慌到这种程度时，它们就产生了双倍的涎沫，或许是为了能够逃得更快的反应吧。太靠近蜗牛的"手指革命者"被粘住了。有几只蚂蚁被蜗牛小得像针一样的植食牙齿紧紧咬住。

两支军队对峙着，像两只疲惫而又疯狂的庞大动物一样。到目前为止，一切都还很平静。大家都知道，很快就要进行大肉搏了。

22万对不足5万，战争也真够壮观的。

一个敌方蚂蚁竖起一根触角，放出一种气味：

攻啊！

很快在几千个竖起的触角上发出战争的气味吼叫。

革命者用爪子紧紧抓住地面，以此承受攻击。

几百个敌方军团径直前冲。骑兵飞驰。炮手们急速前进。收割蚁昂首跑着，使它们长长的唇刀不至于互相干扰。小步兵踩在大步兵的身子上，把它们当作滚动的毯子,走得更快了。在这么多人马面前,地面动摇了。

两支军队眼看就要一触即发。

相撞了。敌方的前排大颚与革命者的前排大颚交织在一起。

第一次黑色之吻完成了,两军军团精疲力竭地瘫倒在地上,发出苦涩的微笑。出鞘之颚在脚林中向膝盖砍去。敌方军团如一阵旋风涌入革命者的第一道防线。

20个最强壮的"手指革命者"扛着一根烧着的小树枝,远远地向敌方骑兵们挥舞过来。这种方法当然在临近的蚂蚁中播下了害怕的种子,但却也难以弥补数量上的劣势。而且那些骑兵们也应该早已意料到并且等待着穿过森林运输来的火出现在战场上,因为它们很快就镇静下来,并且兴冲冲地绕过了长长的火矛。

乱成一团。发射。撕咬。恐吓的气味惊叫。大家抱成一团,要用小颚把敌人的甲胄撕碎,飞裂的甲壳质碎片掀开了水汪汪的活肉。心如刀割。苦不堪言。它们发出丰富的气味,用肮脏的语言相互辱骂。它们互相绊着脚,触角的关节交织在一起,脖子相向,瞪着眼睛,大颚也弯曲了,唇唇相吸。

一些蚂蚁杀红了眼,狂性大发,不分敌我一概格杀勿论。

无头的身子在战场上继续奔跑,更增加了大局的混乱。无躯之头一蹦一跳的,因为它们最终明白了战争的疯狂。但谁也不听它们的。

在一个小山丘上,15号更愿意甩动两条前腿去打别人耳光,就像是末端有爪子钩的鞭子一样。8号完全爆发了,它抓起一个敌人的尸体,在头四周转了几圈,然后便全力向一纵列骑兵掷去。8号认为终有一天弹射器能够普及这种壮举。它想再造功绩。但是几个敌方士兵已经把它征服,并把它撕得血肉模糊了。

有些蚂蚁躲在地面的小洞穴里,伺机偷袭敌人;有些蚂蚁在草丛中绕着圈子以便拖垮对手。14号想说服一个敌人进行对话,但却没有成功。16号被压在下面,尽管它有出色的约翰斯顿器官,但也分不清身处战场何方了。9号缩成球状,这样蜷着滚向一队敌人,把它们撞得站不住脚。它则趁它们还没有回过神来时一个个地切断它们的触角。没有触角,那些蚂蚁便不能再战斗了。

进攻的蚂蚁太稠密了。

一个家庭中的成员之间相互残杀,103号公主被这种情形惊呆了。不管怎样，在战场上已经变得如此阴郁的联盟军，或者说是对手，毕竟都是同胞啊！

但它们却必须赢得这场战争。

103号向12位同伴示意，让它们聚集到它身边。它向它们讲述了它的主意。全组蚂蚁立即来到最强大的革命军团中央，在它们的躯墙保护下，挖一条地道。它们中的三个扛着一块放在石匣中的火炭。为了离开战场，13只兵蚁花了很长的时间，在它们前面径直挖着。火的热量给了它们能量。它们用地磁场感觉器官判定方向，朝贝洛岗方向挺进。

它们上面，土地在交战声中震动着，它们用尽大颚的力量在地上挖着。有一阵子，火炭弱了下去，于是它们便停下来，赶快用触角在上面扇着，好让空气稍微流通一点，以此救活它。

它们最终找到了一个疏松的区域，推开泥土，从一个走廊中走了出来。它们来到了贝洛岗城。它们很快就上了台阶。当然，有几个工蚁在这些蚂蚁经过时在思量它们到城里来干什么，但这些蚂蚁并不是兵蚁，保障城市安全不是它们的职责，所以不敢插手。

自从103号上次离开以后，城邦的建筑已经大大改变了。贝洛岗现在是个大都会，很显然，有许多蚂蚁在活动着。有一阵子，103号犹豫了，是不是一切都无可挽回了？

它又想起了它的"手指革命"同伴正在外面浴血奋战，自忖没有其他选择了。

它拾起一片干叶子，靠近火炭，直到叶子着起火来。然后它们用小树枝与火焰接触，用大颚把它们集合成一堆。很快，火灾便发生了。灾难立刻在小树枝做的屋顶上蔓延了。城内蚂蚁顿时惊慌失措。工蚁们赶忙到育婴室去救那些蚁卵。

快点，必须在被火灾困住之前逃脱。革命者们发现出口已经被工蚁们堵塞住了。于是，它们扔掉了火盆，匆匆往下走，回到它们挖掘出的地道。在上面，它们听到了奔跑的声音。

103号公主转身回来，把头像潜望镜一样伸出地面，透过敌人的肢腿观察事情的进展。贝洛岗蚂蚁正从战场撤离，跑去救火。

103号环顾四周，大火已经蔓延到整个城市的屋顶。呛人的烟，带着烧焦树木、蚁酸和熔化甲壳的怪味，在周围弥漫。

工蚁们已经从太平出口撤出了蚁卵。贝洛岗蚂蚁到处都在用唾沫或稀释的酸液试图浇灭火焰。103号从地里出来，告诉它的队伍，剩下所能做的就是等待，该轮到火去战斗了。

103号公主看着燃烧的贝洛岗。它知道"手指革命"只是刚刚开始而已。非得要通过大颚的力量和火焰的猛烈才行啊。

140. 在理想的热情中

第五天早上，"蚂蚁革命"的旗帜仍然在枫丹白露学校的上空飘扬。

占领者们已经切断了每一小时都响一次的电铃，渐渐地，人家都脱下了手表。这是他们的革命事先没有料到的，准确地知道时间对他们来说已不是必不可少了。台上乐队或是独唱的变化已足以让他们知道日子在前进。

另外，很多人都觉得每一天都像一个月一样长。他们的夜晚则很短。从《百科全书》上看到的深入睡眠控制技术，使他们懂得了寻找准确的睡眠周期。这样，他们不用8个小时，而只要两三个小时便能从疲劳中恢复过来。没有一个人再觉得累了。

革命改变了每个人的日常习惯。革命者不仅抛弃了他们的手表，他们也除去了房门、汽车、车库、柜橱、办公室的重重的钥匙串，这里没有小偷，因为没有什么东西好偷。

革命者也放弃了他们的私房钱，这里可以两袋空空到处乱逛。

同样，他们把身份证放到抽屉里面。所有的人都可以从长相或是从名字上认出来，没有必要说出姓氏来区分他的家族、说出地址来确定他的籍贯。

有的只是掏空的口袋。精神也一样。在革命者内部，人们用不着再为进门密码、信用卡号码等数字而烦忧，这些要人用心记住的号码，让人用不着5分钟就给忘个精光，成为流浪汉。

年轻人、老年人、穷人、富人在干活、消遣和娱乐时都一律平等。

革命不向谁要求什么。然而，大部分年轻人都从来没有这么忙乎过。

大脑一直被主意、图像、音乐或是新的观念煽动着。这么多的实际问题需要解决！

九点钟，朱丽站到平台上，要宣布一个消息。她说终于找到了一个革命能够仿效的典范：活跃机体。

"在身体内部，既没有竞争也没有内讧。我们所有细胞完美的共存证明，在自己内部，我们已经体验到了一种和谐的社会。因此只要在外部再现一下我们内部已有的东西就行了。"

听众仔细听着。她继续说道：

"蚁巢已经像和谐的活跃机体一样在运转了。正因为如此，这些昆虫们才会与自然融为一体。生命接受生命。自然喜欢像它那样的东西。"

年轻女孩指着操场中央的聚苯乙烯图腾说：

"那就是典范，那就是秘密：$1+1=3$。我们越寂寞，我们的意识就越能够觉醒，我们也就更能够从外部与内部进入自然的和谐中。从此，我们的目标就是要把这座学校转变成为一个完全活跃的机体。"

突然，一切对她来说都显得简单了。她的身体是一个小机体，学校被一个大一点的机体占据着，革命以信息网的形式在世界展开了，这是一个更大的活跃机体。

朱丽建议按照这个活跃机体的观念把周围的一切都重新命名。

学校的墙是皮肤，门是毛孔，合气道俱乐部的女骑士们是淋巴细胞，咖啡馆是肠子。他们的"蚂蚁革命"有限公司则是补充能量不可缺少的葡萄糖，帮忙管理市场财政的经济学教授则是这种葡萄糖的抗生素，信息网是向四周发散信息的神经系统。

那头脑呢？朱丽斟酌着。她想建立两个半球，直观的右脑是他们著名的"部落会议"，一个寻找新点子的创造议会。系统的左脑，是负责筛选右脑的主意并把它付诸实施的另一个议会。

"那谁能够决定哪些人有参加议会的资格呢？"

朱丽回答说活跃机体不是一个等级系统，每个人都可以自由地随他每天的心情任意选择参不参加议会。决议则通过举手通过。

"那我们八个呢？"姬雄问。

他们是奠基者，应该继续组成一个权力小组，一个另外独立思考的机体。

"我们八个，"年轻女孩说，"我们是皮层，两个半球来源的原始大脑。我们仍旧在咖啡馆的排演室里聚集起来进行磋商。"

一切都好了，一切都到位了。

"你好啊，我'活跃的革命'。"她低声说。

操场上，所有的人都在讨论着这一观念。

"现在我们到健美室里召开我们的创造议会。"朱丽宣布说，"想来的就来。好的主意马上就提交到实施议会上，转变成'蚂蚁革命'有限公司的子公司。"

有一大群人。人们吵吵嚷嚷地席地而坐，互相传递着食物和饮料。

"谁先开始？"姬雄一边问，一边放好一块大黑板，以便在上面记录点子。

好几个人都举起了手。

"看了弗朗西娜的'下世界'，我有了个主意，"一个年轻的男子说，"我想制作出一个几乎与之相类似、但又能把时间加速度的项目。这样，我们就可以了解到在很远的将来，我们的进化大体会是什么样子，去考虑不再犯错误。"

朱丽插话说：

"埃德蒙·威尔斯在他的《百科全书》中提及类似的东西，他把它叫作'VMV 研究'，即'最少震荡的道路'（Voie de Moindre Violence）。"

年轻男子来到黑板前。

"VMV。最少震荡的道路，为什么不呢？要想描绘它，只要画一张包括人类未来一切可能走的轨道的大图表，并且研究它们短期、中期、长期的结果就行了。目前，人们只是在预测总统 5 年或 7 年任期期间的问题。但是我们却必须得研究未来 200 年，甚至 500 年的进化，以保障我们的孩子有更好的未来，至少要使未来尽可能少一点愚昧。"

"你是要求创建一个测试未来可能性的项目？"姬雄概括说。

"是的，一个 VMV。假若加重税收会怎样，假若禁止在高速公路上时速超过 100 公里，假若允许使用麻醉品，假若让小职业自由发展，假若为反专政而进行战争，假若废除行会主义特权……又会怎样。用来进行测试的想法其实并不缺！关键在于及时对不良后果或意外的结果进行研究。"

"能行吗，弗朗西娜？"姬雄问。

"在'下世界'里是行不通的。那儿的时间过得太慢了，没法做这种试验。对时间流逝这个因素，我是无能为力的。但利用'下世界'的手段，我们可以想象出另外一个相似世界的项目。我们就把它叫作'VMV 研究项目'吧。"

一个光头男子插了进来：

"假若没有办法实行，发现了理想的政治又有什么用呢？假若我们想要改变世界，实现我们的想法，我们还必须得依法获得权力。再过几个月就要进行总统选举了。行动起来，推举出一个'进化论党'候选人。他的纲要将由 VMV 项目得到巩固。这样，我们将成为第一个提出符合逻辑的政策的党派，因为它是建立在可能的未来的科学观察上的。"

在政治拥护者与反对者之间响起了一阵熙熙攘攘的交谈声。大卫急匆匆地反对道：

"不要政治。'蚂蚁革命'的关键在于，它仅仅是个自发的运动，没有通常意义上的政治野心。我们没有头头，因此也不要什么总统候选人。一切都像在蚁巢中一样，我们当然有一个皇后——朱丽，但她不是我们的头头，只是我们的象征性形象。我们不承认任何现存的经济、种族、宗教或是政治团体。我们是自由的。不要搞什么通常的手段去获取权力，这样会把这一切都搅糟糕。不要失去我们的灵魂。"

吵得更厉害了。很显然，光头男子触及了痒点。

"大卫说得对，"朱丽又说，"我们的力量在于去发掘创新的主意，要改变世界，这比当共和国总统还要有效。真正改变事物的是谁？不是政府，而通常是有新主意的单独个体。'国际医疗队'在没有任何政府援助的情况下，自发到各处去救援那些危险中的人们……自愿服务者每个冬天都救助、供养那些穷人和无家可归的人……个人创举都是来自下层，哪有来自上层的？……年轻人记住了些什么呢？政治口号，他们都在怀疑。相反，他们记住了一些歌的歌词。蚂蚁革命正是这样开始了。我们要的是音乐的思想，而绝对不是去夺权的思想。权力会把我们搞糟。"

"可是这样的话，我们就用不上 VMV 了！"光头男子抱怨道。

"VMV，我们的 VMV 科学仍将会存在，只不过是由打算借鉴的政治家去施行罢了。"

"还有其他建议吗？"姬雄问道，他不想到处都在进行小讨论。

一个女骑士站了起来：

"我家里有个爷爷，我的姐姐有一个孩子，却没有时间去照顾。因此她叫爷爷料理小孩。他和孩子都很高兴。他觉得自己还有用，不会成为社会的负担。"

"那又怎样？"姬雄要她说到点子上去。

"那么，"那个小女孩继续说，"那么我想，很多做妈妈的在喂奶、家务、接小孩等方面都有烦恼。同时，有许多的老年人因无所事事而感到绝望，独个坐在电视机前发呆。我们可以把他们聚集起来，大规模地再现我祖父和我外甥的故事。"

在与会者中，大家都知道：现有的家庭已经解体了。很多老人被安置在收容所里，好让人不要看到他们死去。孩子则放在托儿所里，好让人不要听到他们的哭声。最终，生命的开始跟结束一样，人都被社会开除了出去。

"这个主意很好。"佐埃说，"我们要建立第一个'老年疗养托儿所'。"

这次创造议会提出了83个方案。接下来，其中的14个便直接转变成了"蚂蚁革命"有限公司的子公司。

141. 百科全书

9个月：对于高级哺乳类动物来说，怀孕的整个时间通常是18个月，特别是马，小马驹一生下来就能够行走。

但人的胎儿却有一个长得太快的颅骨。他必须在母体中待9个月以后就分娩，否则便再也出不来了。因此他还没有完全独立便早产了。他在外面的前9个月只是里面9个月的适应性仿效。只有一点不同：婴儿从液体环境中来到了空气中。因此在这前9个月的自由空气中，他需要另一个作庇护的母腹：精神腹部。孩子产生惶恐，当情况不妙时，就要把他放到人造帐篷的下面。对他来说，这个人造庇护所，是与母亲的接触，母亲的奶汁，母亲的抚摸，父亲的亲吻。

孩子刚生下来的9个月需要一个坚韧的保护茧。同样，临死的老人在死前9个月也需要一个支撑的精神茧。对他来说，这是一个重要的时期。因为，他本能地知道倒计时开始了。在最后的9个月中，垂死者蜕去了他的老皮和知识，就像在把自己的节目一个个地取消下来一样。他完成一个与出生相反的过程。在轨迹的最终，老人吃着粥浆，裹着襁褓，没有牙齿，没有头发，絮絮叨叨着难懂的话，一切都像小孩子一样。只是，通常，婴儿刚出生9个月时，人们都绕着他转。而一个老人在死之前的最后9个月期间，却很少有人想着去围着他转。然而从逻辑上讲，他们都应该有一个保姆或是护士，充当妈妈的角色，作"精神腹部"。保姆或护士必须要极其细心体贴，给他们提供最终蜕化时的保护茧作用。

埃德蒙·威尔斯
《相对且绝对知识百科全书》第Ⅲ卷

142. 被围困的贝洛岗

满是烧过的茧丝味。贝洛岗城不再冒烟了。贝洛岗的兵蚁们终于把火扑灭。"手指革命"军——至少是那些幸存者,在敌方都城的周围扎下营来。它们的影子像个烧黑的大三角形一样映在围剿军上。

"现在应该发起最后的冲锋了!"15 号说。

103 号公主却并不兴奋,还要打!老是打!厮杀是为了使别人理解自己的最复杂最累人的方式。

然而它相信,目前,战争仍是历史进程的最强加速剂。

7 号建议把城市包围起来,以便能有时间包扎伤口和重新组织起来。

103 号公主不太喜欢围攻战术。那要等待,把城市军需补给切断,在紧要的地方设哨。这对战士们来说,一点都不好玩。

一个疲惫的蚂蚁靠近它,打断了它的思绪。103 号公主跳了起来,认出是 24 号王子。它全身上下都是尘土。

两只蚂蚁交哺千遍。103 号公主说以为它死了,24 号王子讲述了自己的经历。实际上,火灾一发生它就走了。当松鼠要跳出出口时,它反应了过来,便附在它的皮毛上,这样在树枝上跳来跳去,它被带到老远去了。

于是 24 号走了很久。然后它想,既然一只松鼠把它给带迷路了,另外一个松鼠就会重新给它找回方向。这样它便在松鼠上住了下来,作为运动的方式。问题是自己不能与这些啮齿动物交谈,向它们指明要到哪里去,甚至连它们去哪里自己也不知道。因此每一个松鼠都把它带到一个陌生的地方。这就是它迟到的原因。

103 号公主向它讲述了这里发生的一切。贝洛岗之战。放火突击队的袭击。现在是围剿。

"真可以写成一部小说。"24 号王子说,然后它便用记忆费洛蒙开始写它的故事,草拟了一个新的章节。

"可以看看你的小说吗?"103 号问。

"只要等它写完了就行。"24 号回答。

它说,以后,假若它觉得蚂蚁们对它的费洛蒙小说感兴趣的话,它就会继续写下去。它的脑子里已经有题目了:《手指的夜晚》。假如大家都觉得有意思的话,它会以《手指革命》三部曲作结。

"为什么要一个三部曲呢?"103 号公主问。

24 号解释说,在它的第一部小说里,它要叙述两种文明,即蚂蚁与

"手指"之间的接触。第二部里将是他们之间较量的故事。结果，他们彼此都不能毁灭对方，最后一部小说将会是两个物种之间的合作。

"'接触、较量、合作'，我觉得这是两种不同思想相遇的三个必然阶段。"24号指出说。

它对展开故事的方式已有了非常明确的想法。它希望在三条平行的故事情节基础上，描述三个不同的观点：蚂蚁的观点，"手指"的观点，还有就是了解这两个平行世界的人物的观点，比如说103号。这一切对103号来说都有点混淆不清，但它认真地听着。很显然，自从24号王子在科尼日拉岛生活过以后，它便一直萦绕着写一部长篇故事的想法。

"三个情节在结尾时便汇集起来。"年轻的王子申明。

这时14号赶来了，触角乱糟糟的。它在城市附近侦察过了，发现了一个通道。它想可以派出一个突击队。

"我们还可以试一下地下进攻。"

103号决定听它的主意，24号王子也是，它只不过是想找到它小说中武打场景的构思。

100个蚂蚁于是向通向城里的通道进发。它们小心翼翼地向前进。

143. 实践

展台进展顺利。最轰动的还是弗朗西娜的虚拟世界。

"下世界"也是所有活动中最挣钱的。通过信息网，越来越多的广告公司前来咨询，以测试他们的洗衣粉或三角裤式尿布、快速冷冻产品和医药的包装，甚至是新的汽车款式所产生的影响。

成功的还有：大卫的"问题中心"。从创办之始，这个知识的十字路口便成了一本参考书目。为了解"礼帽与皮箱"的准确数字而上网的人并不亚于上网了解火车时刻表、这个或那个城市的空气污染指数或目前的最佳投资指南的人数。个人类型的问题很少，大卫没必要去向私人侦探求援。

莱奥波德方面，他收到了一份订单，要一座嵌在小丘上的别墅。因不能亲自上门，他便用电话传真机向客户送去图纸，标明自己的信用卡号。

保尔用蜂蜜产品与茶叶以及那些在学校花园和厨房里找到的各种植物混在一块，创造出一种新的香蜜。自从他减少了酵母的剂量以后，他的蜂蜜水就像仙露一样了。保尔炮制出一桶有香子兰和焦糖味的特有香型酒，估价特高。一位为他设计华丽标签的艺术学校女学生给他的产品加上封印："名葡萄蜂蜜酒。蚂蚁革命酿。正品。"

大家都兴高采烈的。他向一群特感兴趣的观众描述道：

"我早已知道蜂蜜水是奥林匹斯山众神和蚂蚁的饮料。蚂蚁通过甲壳上蜜汁的发酵，得到一种令它们饱醉的酒，这还不是全部。我在大卫的'问题中心'里还发现了一些关于蜂蜜水的资料。把蜂蜜水和三色旋花的主要成分灌进肠内，这样吸收以后，这些能引起幻觉的物质就能使人兴奋起来，比口服要有效快捷得多，而且还不会引起恶心。"

"蜂蜜水的秘方是什么？"一个爱好者问道。

"我的秘方是从《相对且绝对知识百科全书》中找到的。"他读了起来。

"'放6公斤蜂蜜糊，除去浮渣，加上15升水，加上25克姜粉，15克小豆蔻，15克桂皮。让这些混合物熬得只剩下四分之一左右。停掉火，让它变温。然后加上两勺啤酒酵母，让它发酵12个小时。然后把液体倒进小酒桶里面。把它封起来好好放置着。'当然，我们的酒还有点新，应该等到它酿好了味道才好。"

"你知道埃及人还用蜂蜜来消毒伤口安定伤员吗？"一个女骑士问。

这个信息使保尔产生了在食品生产线之外再建立一条医药生产线的念头。

再远一点的地方，纳西斯的衣服展示出来了。女骑士们在革命者面前充当模特，摄像机通过服务器把图像转到全球网络上去。

只有佐埃和朱丽的复杂机器表现得令人失望。与蚂蚁对话的装置已杀死了30多只做实验的蚂蚁了。至于佐埃的人造嗅觉器，没有人能够把它戴上几秒钟，太呛鼻了。

朱丽走到校长做演讲的台上，望着操场呆呆出神。旗在飘，蚂蚁图腾居于正中，乐手们在大麻烟中吞云吐雾。展台周围，人们在到处忙碌着。

"我们毕竟还是做了些令人惬意的事情。"来到她面前的佐埃说。

"从集体意义上可以这么说，"朱丽同意，"现在，我们要从个人意义上获得成功。"

"你想说什么呢？"

"我在想，我改变世界的意愿实际上是否只不过是我不能改变自己的证明？"

"这是另一回事。好啦，朱丽！我想你太神经质了！一切都很好，我们很幸福呀。"

朱丽转过身来对着佐埃，注视着她的眼睛。

"刚才，我看了一段《百科全书》。很奇怪的一段，名叫'我只不过是一个角色'。它说也许人只不过是一个电影世界中的独存者，而这个世界除了为我们而存在以外什么也没有。读过这些以后，我有一种奇怪的想法。我想：我是不是那个唯一活着的角色？我是不是整个宇宙唯一活着的角色……"

佐埃开始不安地看着她的同伴。朱丽接着说：

"是不是所有的一切都只不过是一场仅为我而上演的大戏剧？所有的这些人，还有你，你们都只不过是些演员和配角。这些物体，这些房屋，这些树木，整个自然形成一个模拟的背景，好让我安心，让我相信这是一个确实存在的现实。而我自己却也许只是在一个'下世界'的节目中，或是在一部小说里而已。"

"哦！怎么啦！你在胡想些什么啊！"

"你从没发现过吗？当我们还活着时，我们周围的人却已经死了。也许有人在观察我们，在测试我们在既定的形势下是怎样反应的。他们测试我们在某种刺激下的反抗程度。他们在测试我们的反应。这场革命、这种生活只不过是用来测试我的一个无尽的喧嚣。此时也许有个人在远远地观察着我，在一本书中读我的生活，在评论着我。"

"假若真是这样的话，那就利用它一下吧。这里，下面，一切都是为你而存在的。整个世界，所有的这些演员，所有的这些配角，如你所说，都是为了满足你，配合你的愿望、你的姿态、你的举动的。他们都很着急。他们的未来依赖着你。"

"而我担心的恰恰正是这些。我怕我的能力够不上我所充当的角色。"

这一次，开始感到不是滋味的却是佐埃了。朱丽把手放到她肩膀上。

"对不起。忘掉我对你所说的一切。别放在心上。"

她把她的朋友带到厨房里，打开冰箱，把金黄的蜂蜜水倒到两个平底杯里。然后，在半开冰箱的光亮里，她们小口小口地喝起了这种蚂蚁与上帝的饮料。

144. 动物费洛蒙：冰箱

记录者：10号

冰箱："手指"没有公共胃，但它们可以长时间地存储食物，而不至于变质。

为了取代我们的第二个胃，它们装备了一种它们叫作"冰箱"的机器。

这是一个箱子，里面非常冷。

那里塞满了食物。

越重要的"手指"，它的冰箱就越大。

145. 在贝洛岗里

一股碳的味道笼罩在它们周围。烧焦的小树枝其味难闻，在大火中丧生的蚂蚁的尸体遍地都是。可怕的一幕：甚至还有来不及撤出的卵和蚂蚁幼体被活活烤死。

一切都烧了，什么都没留下来。难道大火把所有的居民和赶来扑火的军队都吞噬了吗？

蚂蚁走在被火烧硬的走廊上。当时火的温度太高，昆虫们在忙碌中便突然死去了。它们在火来之前的岗位上凝着不动，热浪把它们化成了永恒的雕像。

103号和它的士兵们碰它们时，它们便化成了碎屑。

火。蚂蚁对火还准备不足。5号嘟哝着说：

"火这种武器杀伤力太大了。"

现在所有的蚂蚁都知道为什么这么长时间以来，火要被作为禁忌。

103号公主现在明白，火这种武器确实太具毁灭性了。火焰到处生辉，使这些牺牲者的影子映在了墙壁上。

103号公主在已变成墓地的城中走着，心情忧郁。它发现故乡已成了尸体如山之地。

在蘑菇房里，有的只是烧焦的植物。在牲畜栏里，只有烤过的蚜虫，四脚朝天。厅中，油蚁都已经炸开了。

15号吃了一点油蚁的尸体，发现味道确实不错。它刚刚发现了焦糖的味道。但它们在这种新的食物面前既没时间也没心情去赞叹。它们的故城只有忧伤。

103号垂下触角。火是一件得不偿失的武器。它运用它，只是因为它们在战场上处于劣势。它投机取巧了。

难道在不能忍受失败时，就能够被"手指"迷惑，去杀死蚁后，毁掉自己的蚁儿，甚至毁掉自己的整个城市吗！

况且，确切地说，它们做这次旅行，是为了提醒贝洛岗，它有被"手指"放火烧掉的危险！这件事实在荒谬！

它们走在还冒着烟的走廊上。奇怪的是，它们越往废墟里走，它们就越感到这里曾发生了异常的情况。一面墙上画着一个圆圈。难道贝洛岗蚁这一边也发现了艺术？当然，这还是一种最低限度的艺术，因为这只是在画一些圆圈而已，但却是史无前例的。

103号公主有一种不祥的预感。10号和24号害怕陷入圈套。

它们来到皇城。103号公主很希望能在那儿找到皇后。103号看到庇护那座皇城的松树桩几乎只是被火稍稍烧了一点而已。通道畅通无阻。负责看守出口的蚂蚁已经被热浪和有毒气体杀死了。

大家来到皇室里面。贝洛·姬·姬妮皇后好好地在那儿，但却已成了三段。它既不是被火烧死的，也不是窒息而死的。刚刚被拳打脚踢的印记还历历在目。它刚被杀死不久。它四周布满了用大颚刻出来的圆圈。

103号走上前去，用触角摸了摸那个被砍下来的头。一只蚂蚁即使只有一段，也能够说话。死去的皇后在它的触角末端留下了一句气味语言：

拜神教徒。

146. 百科全书

卡默勒（Kamerer）：有一天，作家阿瑟·库斯勒（Arthur Koestler）决定写一部有关伪科学的作品。他采访了一些研究员，他们告诉他说最悲惨的伪科学恐怕要算保罗·卡默勒所投身的研究了。

卡默勒是一个奥地利生物学家，于1922年至1929年间验证了他的主要发现。他雄辩、诱人、热烈地宣扬说："一切生物都能够适应环境的改变，在那儿生存下去，并把这种适应性遗传给它的后裔。"

这种理论完全与达尔文的相反。于是，为了证明他的论点，卡默勒博士做了一个惊人的试验。他把在陆地上繁殖的干皮肤蟾蜍的卵放到水里。

从这些卵中出来的动物适应了那儿的环境，并出现了水栖蟾蜍的特征。这样，它们的大趾上长出了一个黑色的隆凸，这种隆凸使得雄性水栖蟾蜍能够在水中搭上雌性水栖蟾蜍滑溜的皮肤。这种适应水生环境的特征传给了它们的后代，它们的大趾上直接长出了一个深色的隆凸。因此，那种生命是可以改变遗传因素去适应水生环境的。

卡默勒跟世俗辩护着他的理论，取得了一定的胜利。然而，有一天，科学家和教育工作者希望能客观地检查一下他的实验。很多的观众拥进梯形实验室，其中有很多记者。卡默勒博士很希望能借此机会证明一下他不是江湖骗子。

但前一个晚上，他的实验室发生了一场大火。他的蟾蜍除了一个之外，全都死掉了，这样，卡默勒博士展示了这个幸存者的黑色隆凸。科学家们用放大镜检验着这只动物，放声大笑起来。很显然，蟾蜍大趾上的小黑点是人为地用墨汁注射进皮肤而造出来的。骗人把戏一览无遗。

顷刻间，卡默勒失去了所有的声誉，他再也没机会看到自己的成果被人承认了。他成了众矢之的，被抛弃了。达尔文主义学者获得了长远的胜利。现在，大家都承认，生物是不可能去适应新环境的。

卡默勒在一片讥笑声中离开了大厅，绝望中，他躲到一片森林中，在那儿，他朝自己的嘴里发射了一颗子弹。在身后他留下了一篇遗书，重申他实验的真实性，并声明说："希望死在自然中，而不愿死在人群里。"这个自杀者最终威信扫地。

人们可以认为这是最赤裸裸的伪科学。然而，在为他的作品《蟾蜍的束缚》作采访时，阿瑟·库斯勒碰到了卡默勒以前的助手。那个人向他揭开了那场灾难的真相。正是他，在一群达尔文主义学者的指使下，放火烧掉了实验室，并用一个他用墨水注进大趾的蟾蜍代替了最后那个突变的蟾蜍。

埃德蒙·威尔斯
《相对且绝对知识百科全书》第Ⅲ卷

147. "马克·亚韦尔"不理解美

马克西米里安无所事事地度过了一天。他用钥匙刮去了一点嵌入指甲的污垢。

他等够了。

"还是没有动静？"

"没什么要报告的，长官！"

围攻战术的无聊之处是，所有的人都被搞得不耐其烦。即使是失败，也总是会发生点事情，可是这儿却……

马克西米里安真想回到森林里去炸毁那个神秘金字塔,这样还可以换换脑筋。但省长已向他明确下令说,除了学校里面的事以外,其他的什么都不要去管了。

回到家中,局长满脸阴郁。

他把自己关到办公室里,面对起另外一种屏幕来。他很快又开始了新的一局"进化"。现在,他采用突然袭击,很快就起飞了他的虚拟文明。几乎还不到一千年,他便使一个典型的文明有了汽车和飞机。他的文明进行得很好,但他却把它放弃了。

"听着,'马克·亚韦尔'。"

屏幕上显示出电脑的眼睛,集成发声系统在喇叭里说道:

"百分之百接收到。"

"我在学校的事情上还是有问题。"局长开始说了。

他把学校周围所发生的最新情况告诉电脑。这次"马克·亚韦尔"不再向他解释以前的围剿战术了。它建议他把学校孤立封锁起来。

"切断他们的水、电、通信。剥夺他们的舒适,他们最终会腻烦得要命,那时他们就只有一个办法:远离这个泥塘。"

他妈的!怎么自己就没有想到!

切断水、电、通信,这并不犯什么法,甚至连罪过也算不上。不管怎样,这是一所国立教育机构,而不是什么煽动闹事的地方,那儿的信息网、宿舍的照明、厨房的电炉和闭路电视都是要付费的。他又一次不得不承认,"马克·亚韦尔"的脖子上长有脑袋。

"天哪,你确实是个好参谋。"

电脑的数码摄像机镜头调好焦距。

"你能让我看看他们头头的照片吗?"

马克西米里安对这个要求感到很惊奇,他拿来当地报纸上登载的朱丽·潘松的照片,让电脑看了又看。它把图像记忆了起来,与存档里的图像比较着。

"是个女的,对吗?她很漂亮?"

"这是一个疑问句还是肯定句?"局长惊讶地说。

"是个疑问句。"

马克西米里安端详了一下照片,然后说:

"对,她很漂亮。"

电脑似乎在调整着它的清晰度，以得到尽可能分明的图像。

局长发觉有些东西不是很对劲。"马克·亚韦尔"的合成声音中没有语调，但却有种忧虑的感觉在里面。

他知道了。电脑理解不了漂亮的概念。它对大部分感情和反常机制有一些模糊的概念，但对漂亮的理解却没有丝毫标准。

"我理解不了这个概念。""马克·亚韦尔"承认说。

"我也是。"马克西米里安说，"有些我们曾经认为漂亮的东西，不用多少时间就显得一点意思也没有了。"

电脑的眼睑眨了一下："美是主观的，难怪我领会不了。对我来说，一是一，二是二。不能有任何一会儿是一、一会儿又是二的东西。这一点我具有局限性。"

马克西米里安对这种抱歉感到很诧异。他希望这些最新一代的电脑能够成为了解人类一切的好搭档。电脑，人类的最佳战利品？

148. 拜神教徒

拜神教徒？

蚁后死了。一群贝洛岗蚁在门前畏畏缩缩不敢向前。还有几个死里逃生的蚂蚁。一个蚂蚁走了过来，触角向前。103号认得它，是23号。

23号在第一次征讨"手指"的战争中幸存了下来，之后这个士兵便信奉起"拜神教"来。因此这两只蚂蚁彼此从来没有关注过对方，历尽千难万险后，能够相聚在这里，它们一下子觉得亲近起来。23号立即发现103号已经变成了一个有性者，向它祝贺这种变化。23号的个头也大了不少，它的大颚上明显带着血痕，但它发出费洛蒙，向特遣队所有的成员表示欢迎。

103号公主保持戒备，但23号说一切都回复正常。

它们开始进行互哺。

23号讲着它的故事。接触过上帝世界以后，23号回到贝洛岗来进行传道。103号公主注意到23号从来不说"手指"而总是用"上帝"这个称呼。

它说，刚开始的时候，城邦看到第一次征战中至少还有一个幸存者，非常高兴，为它大大地洗尘了一番。渐渐地，23号揭示了上帝的存在，它当上了"拜神教"的首领。它要求不要再把死者扔到粪池里去，又要求把大厅搬到水泥地上去,这种革新使新皇后贝洛·姬·姬妮大感不快,它禁止再在城里实行对神的膜拜。

于是23号逃到城邦的最深处,在那儿,它被一群教徒围着,能够继续布道。"拜神教"以圆圈作标志。因为这是"手指"碾碎它们之前给它们留下的影像。

103号点了点头。

这就可以解释为什么走廊上会有这么多标记了。

在后面缩成一团的蚂蚁齐声颂道:

手指是我们的上帝。

103号公主和它的同胞惊魂未定,它们原想让大家对"手指"更感兴趣一点的想法被这个23号大大地做过火了。

24号王子问为什么整个城邦都空空如也。

23号解释说,最终贝洛·姬·姬妮皇后被"拜神教徒"的无处不在搞得心神不安。它排挤着它们的宗教。于是城里展开了一场对拜神教徒的追杀,很多的殉道者都死掉了。

当103号的军队带着火突然来临时,23号马上抓住了时机。它冲到皇室里面,杀死了多产的皇后。

于是,因为没有皇后,整个城邦便开始自毁过程,所有的贝洛岗居民都无心恋战了。现在,在大火烧过的有名无实的城里,剩下的只是它们这些拜神教徒了,它们来迎接这些革命者,以便一起建立一个以崇拜"手指"为基础的蚂蚁社会。

103号公主和24号王子并不想分享这个先知者的虔诚,但因为城邦从此要由它们控制了,便想利用一下。

可是103号公主发出一种费洛蒙:

贝洛岗前的白色布告牌是重大危险的标记。

也许这是一瞬间的问题。得赶快逃走。

大家都相信。

几个小时以后,所有的蚂蚁都上路了。探险家们分担起侦察的任务,寻找有利于建城的另一个树墩。火炭搬运工搬运着从火灾中脱险的几个蛋、幼虫和蘑菇。

幸好，先遣队在距离不到一小时路程的地方找到了一个可安居下来的树墩。103号认为要避开白色布告牌周围将要发生的灾难，这种距离足够了。

那个树墩被蠕虫挖出了许多通道，即使在树里面安置一个皇宫也完全可以。5号根据这个树墩的状况制订了快速建造一个新贝洛岗的方案。所有的蚂蚁都在忙碌着。103号建议建立一个带有大量交通干线的最现代化城市，以使新技术不可缺少的物品进出时不至堵塞。它还考虑到建造水渠，使雨水能够流到牲畜栏、蘑菇房和实验室里，洗洗东西时用得着。

作为贝洛岗唯一的女性，103号公主虽然还从来没有生育过，但它却不仅被指定为它们新生城市的皇后，而且也是整个褐蚁联邦、包括64个城市的皇后。

把一个城市托付给一个还不能生育的公主，这还是第一次。它们缺少新增的人口，但却产生了一个新概念：开放城市。其实103号公主觉得允许其他种类的外来昆虫定居在这里，对丰富自己城市的文化来说是件很有意义的事。

但要在一个熔炉中融合却并不是很惬意的事情。不同的种属逐渐分成了各自的区域。黑蚁安置在底层的东南，黄蚁在中层的西边，收割蚁则在上层，这样好更靠近庄稼，织布蚁则到北面去了。

新都市到处都在进行技术革新。它们以蚂蚁的方式，也就是说没有一点逻辑地，检测头脑中闪现过的所有一切，不管是什么，然后便观察其结果。火技师在地下室的最深处建造了一个大实验室。在那儿，它们烧着爪子边的一切东西，以便看它们变成什么材料，会产生什么样的烟。

为了避免火灾的危险，它们在房间下面铺了一层难以燃烧的常青藤叶子。

机械师们搬到一个宽敞的厅里，在小石子上测试杠杆，直到能用植物纤维把几个杠杆连接起来。

24号王子和7号决定到15、16、17层的艺术作坊里去。它们在那儿创作绘在叶子上的画，用金龟子粪便进行雕塑。当然，还有在外壳上划痕。

24号王子想好好地证明一下，利用"手指"的技术，它们完全可以得到典型蚂蚁风格的物体。它想建立一个"蚂蚁文化",而且,更确切地说,是贝洛岗文化。实际上,像它的小说和 7 号淳朴的绘画那样的东西,地球上确实还没有存在过。

11 号这一边则决定创造出蚂蚁音乐。

它让几个虫子发出唧唧声,以便组成一个合唱队。其结果或许只能算是噪音,但至少这也是一种典型的蚂蚁音乐。而且,11 号一点也不气馁,协调着所有这些声音,直到得到一段有几个音阶的曲子为止。

15 号建立了一个厨房,品尝着实验室里烧过的所有残渣。它把味道不错的叶子和昆虫放在右边,把难吃的放在左边。

10 号在技术室附近成立了一个"手指"行为学习中心。

确实,对"手指"技术的实践使它们在昆虫界中前进了一大步。仿佛它们在一天之内就赢得了一千年。但是 103 号仍在担心着一件事:当那些拜神教徒不再被迫秘密活动时,它们便在城市里到处都贴海报,吸引了愈来愈多的信奉者。

149. 百科全书

希波达摩斯的乌托邦(Utopie d'Hippodamos):公元前 494 年,波斯国王大流士的军队破坏并摧毁了在哈利卡那索斯(Halicarnasse)和以弗所(Éphèse)之间的城市米利都(Milet)。因此,以前的居民要求建筑师希波达摩斯一次性地把城市重建起来。在那个年代,这是史无前例的情况。直到那时候,城市都只不过是小镇在杂乱中慢慢扩大起来的。比如说,雅典(Athènes)是由混杂的道路组成的,就像谁也没去整体规划过的迷宫一样。要负责整体建造一个中等城市,这就像要在空白纸上创造一个理想城市一样。

希波达摩斯得到了意外的收获。他设计了第一个有严谨构思的城市。

希波达摩斯不想只勾画道路和房屋。他相信在考虑城市的形状时,同样也可以考虑社会生活。

他设想出一个有一万居民的城市。这些居民分成三个等级:手工业者、农民、士兵。

希波达摩斯希望建一个人造城市,不要有自然的东西。城中心是一个卫城,切割成十二部分,就像一个分成十二部分的城堡一样。新米利都城的路都是笔直的,广场是圆的,并且所有的房屋都严格地独立了开来,以使邻里之间不会产生什么嫉妒。

另外,所有的居民都一律平等。那儿没有奴隶。

希波达摩斯也不想要有艺术家。他认为艺术家都很难捉摸,是产生混乱的种子。诗人、演员和音乐家都被驱逐出米利都城。那个城市同样也不允许有穷人、单身汉和游手好闲者。

希波达摩斯的设想在于使米利都城成为一个永远不会出什么问题的完美机械体制。要避免所有的危害,就不能有改革,不能有创新,不能有什么心血来潮。希波达摩斯创造了"有条不紊"的新概念,有条不紊的市民在城市的指挥中,有条不紊的城市在政府的指挥中,政府自己则只能有条不紊地在宇宙的指挥中了。

埃德蒙·威尔斯
《相对且绝对知识百科全书》第Ⅲ卷

150. 海洋中的小岛

在学校被占领的第六天,马克西米里安决定参照"马克·亚韦尔"的建议——他把学校里的水电都切断了。

为了解决水的问题,莱奥波德叫大家修建了水池来接收雨水。他教大家如何用沙子洗澡,又教大家口含盐粒,以保持身体内的水分,减少它们的需求。

还剩下电的问题,这也是最艰难的问题。他们的所有活动都建立在国际信息网上。那些平常喜欢在家里修修弄弄的人去供电室看了看情况,发现那儿材料丰富,简直就像个宝藏库一样。他们找到一些太阳能感光板,又从办公桌上卸下一些木板,匆匆做成风车,协助这些感光板生成了第一批电流。

每个帐篷的顶上都可以看到开出了一枝风车之花,仿如雏菊一般。

这还不够。大卫又在发动机上连上几部远足俱乐部的自行车。这样,无风日的时候,他们便找来几个身强力壮的人踩车提供动力。

每一个问题都迫使他们发挥想象力,同时也使学校占领者更加团结一致了。

只要还有电话线,他们的信息网就能够一直运转。马克西米里安决定把他们的电话线也剥夺掉。现代围剿,现代技术。

而回击也是现代的。大卫并没有为他的"问题中心"担心太长时间。

因为占领者中有一个人在他的包中放了部有特殊蓄电池的电话,功率非常大,可以直接通过卫星,足够清晰地与外面联系。

但他们不得不自力更生了。在内部,大家组织起来,用小灯和蜡烛照明,以节省能源。晚上,微光在风中摇曳,操场沉浸在浪漫的氛围中。朱丽、"七个小矮人"和女骑士们奔忙着,调动起每一个人,搬运着器材,讨论着怎样布置。学校成了真正的堡垒营地。

女骑士们变得越来越紧凑、迅速,一句话,越来越军事化了。似乎她们生来就应该承担这样的职位。

朱丽在排练室里召集了她的朋友们。她显得忧心忡忡。

"我想问你们一个问题。"小女孩一上来就说,一边点燃了上面她放在墙凹处的几根蜡烛。

"说吧。"弗朗西娜躺在一个被子堆上鼓励她说。

朱丽一个个地盯着"七个小矮人":大卫、弗朗西娜、佐埃、莱奥波德、保尔、姬雄……她犹豫了一下,垂下眼睛,然后一字一顿地说:

"你们爱我吗?"

长时间的沉默。然后佐埃用嘶哑的声音第一个打破寂静:

"当然了,你是我们所有人的白雪公主,我们的'蚁后'。"

"那么,在这种情况下,"朱丽一本正经地说,"假若我变得太'皇后'了,假若我把自己看得太重了的话,那就别犹豫,像对待朱尔斯·恺撒一样,杀了我。"

她刚一说完,弗朗西娜便向她扑了过去。这是一个暗号。所有的人都抓住她的胳膊和脚踝。他们滚到了被子上去。佐埃做出要操刀插入她胸膛的样子。于是所有的人都搔起她的痒痒来。

她只能哎哟哎哟叫个不停。

"别,别搔我的痒痒!"

她笑着,只想让他们快点住手。

毕竟,她受不了别人碰她,

她挣扎着,但朋友们从被子中伸过来的手仍在延续着她的酷刑。她生平从来没有笑过这么多。

她喘不过气来。开始觉得自己要死了。很奇怪,笑几乎成了一种痛苦。一次痒痒未完,另一次新的又开始了。她的身体给她带来矛盾的信号。

忽然，她明白了为什么她受不了别人碰自己。那个精神病专家说得对，这个原因可以一直追溯到她娇弱的童年。

她重又想起她的孩提时代。当她只有16个月时，每当有家庭宴会的时候，她便被人在手中传来传去，像件物品一样。而这一切都只不过是在欺负她弱小无力、无法反抗而已。人家都拼命吻她，搔她的痒痒，强迫她说"你好"，拼命摸她的脸颊，摸她的脑袋。她还记得那些喘着粗气、嘴唇血红的老太婆。这些嘴向她靠了过来，而同谋的父母却还在旁边笑！

她还记得亲她嘴的那个老头。也许他还真是带点感情的，但是却没有问问她同意不同意。对，正是从那时候起，她便开始受不了别人碰她了。当她知道要举行家庭宴会的时候，便跑到桌子下面藏起来，在那儿低声唱歌。她抵抗着那些想把她拉出去的手，在桌子下多好！只有等所有的人都离开了，她才愿意出来。而这样只不过是为了逃避道别时互吻的苦差，但别人却不给她选择的余地。

她从来没有在性上被玷污过，但她的表层却已经被玷污了。

游戏突然之间便停了下来，跟它的突然开始一样。"七个小矮人"又在"白雪公主"周围坐成了一圈。她把弄乱的头发整理整齐。

"你要人杀了你，那好，我们照办了。"纳西斯说。

"好点了吗？"弗朗西娜问。

"你们帮了我一个大忙，多谢了。你们可知道你们帮了我多大一个忙。以后多杀我几次好了。"

听她这么一说，他们便又开始了第二轮搔痒痒，几乎把她给笑死了。这次是姬雄叫停的。

"现在开始开会。"

保尔把蜂蜜水倒进一个杯里，每个人都用嘴唇在里面蘸一点。同喝一杯酒。接着他又分给每个人一块糕点。共吃一块饼。

当他们的手放到一块围成一圈时，朱丽瞥了瞥他们的眼神，她看见的是他们的热情，于是她有了一种受到保护的感觉。

"人生还有什么事情比得上此时大家同心同义毫无心机地聚在一块呢？"她想，"但难道真的必须要靠革命才能实现吗？"

然后他们又讨论起在警方封锁下的新生活条件。可行的办法出来了。要想削弱他们的革命，这种外在的压力还差得远呢，它只是使他们团结得更加紧密而已。

320

151. 晚间的小冲突

随着贝洛岗技术的日新月异，宗教也飞速发展起来。那些拜神蚁不再满足于到处留下圆圈了，它们还在墙上留下它们宗教的气味。

103号公主登基的第二天，23号做了一次讲道。它说拜神教的目的就是要让天下所有的蚂蚁都来信奉上帝，灭绝世俗者是它们的天职。

在城里，大家发现拜神教徒开始故意显露出挑衅了，它们警告世俗者说，如果它们固执地不崇拜上帝，"手指"就会把它们碾碎。而且，即使"手指"不碾碎它们，它们，拜神教徒，也要承担起这个使命。

接下来的是，在新贝洛岗城里有了一种奇怪的现象，蚂蚁们分成了两个派别。一方面是"技术主义"者。它们生活在赞美"手指"发明的火、杠杆、车轮所具有的作用之中；另一方面是生活在祈祷中的"神秘主义"者，对它们来说，只要想去模拟"手指"，这就已经是一种亵渎。

103号相信一场冲突是不可避免的了。那些拜神教徒太偏执、太自以为是了。它们什么也不想学，除了想去煽动周围的人们信教以外，什么也不做。城里已经有多个世俗者被杀害了，而且都应该归咎于拜神教徒。但大家都避免谈得太多，以免引起内战。

12个探险蚁、王子和公主聚集在皇室里面。24号王子依然很自信。它刚从实验室里出来，那儿的进展让它兴奋不已：现在火技师们成功地把火炭放到了以泥土作底、用叶子编成的轻便匣子里，这样就可以毫无危险地带着它们照明和取暖。5号说拜神教徒对科学和知识嗤之以鼻。这才令那个年轻的王子不安起来：在宗教世界里，什么都不需要去证明。

当一个工程师肯定地说火能使树木变硬时，它的实验有可能会失败，这样，大家便再也不相信它了；但当一个"神秘主义"者保证说"手指"是无所不能的，它们是蚂蚁的根源时，那就必须每次都得当场揭穿它的谎言。

103号公主喃喃道："也许，不管怎样，宗教都是文明进程中的一个阶段。"

5号认为必须吸取"手指"的精华而弃其糟粕，宗教也一样。但如何取舍呢？103号、24号和探险组的12个成员聚在一块思考着。假如在它们新政府成立的第二天就与拜神教徒发生冲突的话，那骚乱就只会扩大。必须防止这种情况。

把它们杀掉？

不，不能单单因为同胞相信"手指"是上帝就把它们杀掉。

把它们驱逐出境？

也许，让它们远离被现代化和尖端技术淹没的贝洛岗能解决这个问题。但它们已没时间再深谈下去了。城墙上响起了几声沉闷的响声。

警报！

蚂蚁们四处奔走。一种气味散开了。

侏儒蚁进攻了！

蚂蚁们到处都在组织着抵抗侵略军。

侏儒蚁是从北面通道抵达的，想用杠杆投掷石块把它们压碎为时已晚。用火也不行。

侏儒蚁的气味沉静果断。对它们来说，仅仅是看到一个在冒烟而又没燃烧的蚁城就足以让它们反感，足以成为它们为一场屠杀作辩护的理由。103号公主早应该预料到，摆弄这么多的新东西，不可能不引起人家的猜疑、嫉妒和恐惧。

公主爬到高高的屋顶，注意着不太靠近主壁炉的烟。它利用它的新感官，观察着展开队形的大军。

它示意5号派出炮兵团作先遣队，阻挡敌人的前进。103号公主已看够了死亡的场面。也许对暴力的反感是衰老的征兆，但它不在乎这一点。这只蜕变的蚂蚁身体仍很年轻，但心境已老，这实在是自相矛盾的。

城市陷于恐慌之中。敌人不断延伸，许多邻国的蚂蚁也加入侏儒蚁大军，企图使顽强的褐蚁联邦屈服。更糟的是，在这些行列中还有它们自己盟军中的褐蚁。它们可能已经为新贝洛岗所策划的东西担忧过一段时间了。

103号想起一段它看过的资料，那是个叫乔纳森·斯威夫特的"手指"作家写的。这个"手指"说了这么一句话，大体意思是："人们发现了一个新的天才，是因为他的身边同时出现了一个想摧毁他的白痴阴谋。"

现在，这个白痴阴谋就呈现在103号公主眼前。如此多的白痴将要为一切都静止不动、为一切都往后倒退、为明天仅成为一个昨天而死。24号过来躲在它的身边，它很害怕，需要在异性的身旁才觉得放心。

24号压下触角：

"这次完了，对方人那么多。"

新贝洛岗蚁的第一炮兵刚排成一条直线，保卫着城邦。它们的腹部都拉紧了，准备着开火。对面，敌军不断延伸，它们有几百万人马。

103号公主后悔没跟邻城蚂蚁多多保持外交关系。尽管，新贝洛岗在起初的时候接待了不少的各城代表。但是，它们一心只想发展技术，却并没有感觉到所有其他城市都很不舒服。

5号过来宣布了一个坏消息：拜神教徒拒绝加入战斗。它们认为没有必要去战斗，无论如何，最终决定战斗结果的都是上帝。然而它们答应祈祷。

这是仁慈一击吗？而出现在斜坡上的敌军纵队却仍在延伸，不断地在延伸。

火、杠杆和车轮工程师来到它身边。公主命令所有的蚂蚁都把触角聚到一块。必须发明出一种武器，把大家从这一险境中拯救出来。

103号公主绞尽脑汁，搜索着记忆中所有的"手指"战争场面。必须利用大家都已经熟悉的火、杠杆和车轮，临时想出一个新的办法。这三种概念在昆虫们的脑袋中转着，搅和在一起。如果它们不马上想出一个办法的话，它们知道，等待它们的必然是死亡。

152. 百科全书

死亡：确切地说，死亡是在7亿年前出现的，从那以前的40亿年里，生命仅仅是单细胞而已。在单细胞的形式下，生命是不会死亡的，因为它能够无穷无尽地进行相同的自我复制。今天，我们仍然能够从珊瑚上看到这种不死的单细胞体系的一些痕迹。

然而，有一天，两个细胞相遇了，谈起话来，并决定一块互补地运作。多细胞生命形式由此产生。同时，死亡也出现了。这两种现象有什么关系呢？

当两个细胞希望结合在一块时，它们就必须进行交流，而它们的交流促使它们进行了分工，以便更有效率。例如，它们将会决定不必双双去努力消化食物，而是一个去消化，另一个则去寻找食物。这样，细胞聚合得越多，分工就越细。它们的分工越细，每个细胞就越脆弱。而这种脆弱不断加重，细胞就失去了原来的不死特征。

死亡由此而来。在现代，我们所见的动物，整体是由分门别类、进行永久对话的无数细胞集合组成的。我们眼睛里的细胞跟我们肝里的细胞完全不一样，前者会赶快发出信号表示它们看见了一盆热菜，以便后者能够在菜肴送进嘴之前马上准备制造胆汁。在人的身体里面，一切都是专门化的，一切都在交流，一切都将死去。

死亡的必要性也可以从另外一种观点来解释。死亡是确保物种平衡的必要手段。如果有一种多细胞生物是不死的，它就会继续专门化，把一切问题都解决掉，变得非常高效，以至危及其他所有生命形式的永恒。

一个肝的癌细胞持续产生肝组织，而不管其他细胞告诉它这已经再也没有必要了。癌细胞有再现古老的不死特征的野心，也正因为这个原因，它才会把整个组织杀死，有点像那些独自不停说话而不听周围言论的人。癌细胞是内向的，也正因为如此，它才是危险的。它不顾一切、不停地进行自我复制，而在对不死的疯狂追求中，它最终以杀了所有邻居而告终。

埃德蒙·威尔斯
《相对且绝对知识百科全书》第Ⅲ卷

153. 马克西米里安在研究

马克西米里安回来时，把门砰地关上。

"怎么了，亲爱的？你看上去有点不对劲。"森蒂娅说。

他看着她，并竭力回忆这个女人身上曾让他着迷的地方。

他强忍着没说出恶狠狠的话，而只是迈着大步走向办公室。

从今天早晨起，他把他的金鱼缸和鱼放到了里面。他托"马克·亚韦尔"掌管他的水中世界。

这对电脑来说并不是什么太难的事。通过食物电阀、电热电阻和水龙头的控制，它完全能够使这个人工世界保持生态平衡。"马克·亚韦尔"自然而然造就了一个有电脑协助的养鱼迷，而那些鱼也明显变得格外高兴了。

警察局局长接上"进化"。他创造了一个英国式的小岛国，并让它在与世隔绝中和邻里战场的庇护下，发展尖端技术。接着他给他们装备了一支现代化船队，以便能够使他们的商业银行遍布全球。这样很有成效。但日本也采用了同样的策略。它不但不感恩，反而挑起了一场战争。2720年，日本人借助他们先进的卫星设备打败了英国人。

"你本来可以打赢的。""马克·亚韦尔"很有分寸地说。

马克西米里安恼火了：

"既然你这么聪明，那你会怎么做呢？"

"我会更好地保障社会凝聚力。比如说，设立妇女的选举权。日本人并没有想到这一点。你的那些城市本来应该有更好的氛围，更好的道德规范，更好的军事工程师的创造性，更好的武器和更强大的动力。这样就足以给你带来优势。"

"我输在细节上……"

马克西米里安研究了一下地图和战场，然后终止了游戏，待在他的凳子上，目光失神地望着屏幕。"马克·亚韦尔"的眼睛在屏幕上瞪得大大的，眨了眨，以便能引起他的注意。

"那么，马克西米里安。你还在为蚂蚁革命而烦忧吗？"

"是啊，你还能帮我吗？"

"当然能。"

"马克·亚韦尔"把自己的眼睛图像从屏幕上抹去，启动自动编程的调制解调器，以便能够联上网络。它上了几条高速公路，又上了几条马路，接着是小径，他好像认得那些小径，它很快便显示出一行字：

"'蚂蚁革命'有限公司服务器。"

马克西米里安凑近屏幕，"马克·亚韦尔"找到了一些很有趣的东西。

"怪不得他们能够不断向外推销革命。他们利用卫星电话通信自己搞定了，而且他们的信息在网上畅通无阻。"这个警察恍然大悟。

服务器菜单指出，从今以后，"蚂蚁革命"有限公司有以下子公司：

——"问题中心"；

——"下世界"虚拟世界；

——"蝴蝶"服装生产线；

——"蚁巢"建筑事务所；

——"蜂蜜水"天然食品生产线。

另外还有一些论坛，每个人都可以在那儿讨论一些关于蚂蚁革命的主题和目的的问题。其他一些论坛人们则可以在上面提议以新观念来建设新社会。

计算机明确指出，全世界有12个中学跟枫丹白露中学联上了网，或多或少地在模仿他们的示威。

"马克·亚韦尔"找到了该死的源头。

马克西米里安对他的电脑刮目相看。他生平第一次觉得，自己不但被新的一代超过了，而且连一台电脑也比他强。"马克·亚韦尔"为他在蚂蚁革命的堡垒上打开了一扇窗。他现在应该好好地加以利用，检查一下里面有些什么东西，并从中找出弱点。

"马克·亚韦尔"和几条电话线联上，并且在"问题中心"的帮助下，显示出"蚂蚁革命"有限公司的基础设施。真是太过分了：这些革命者这么幼稚，这么自信，他们居然向他提供自己组织的信息。

"马克·亚韦尔"翻动着那些卡片，马克西米里安全明白了。这些顽童们仅仅是利用信息网络和最先进的技术，就投身于一场完全崭新的革命之中。

马克西米里安以前总是在想，在这个年代要进行一场革命，那就必须得依赖媒体的支持，尤其是电视。然而这些中学生却既不依赖国家台也不依靠地方台就达到了目的。总而言之，电视的目的在于把平庸的、贫瘠的消息整理成信息播放给无数的相关或无关的观众。而枫丹白露中学的闹事者们，却成功地依靠信息网的帮助，把个人丰富的消息整理成信息传递给数量很少，但却非常相关、非常容易接受的人们。

局长的眼睛睁开了。不但如此，为了政变世界，电视和通常的媒体已不再站在前沿。恰恰相反，它们在其他更谨慎、更持久的工具上，搭上了迟到的火车。只有信息网才使得人们之间牢固而又互相作用的关系得以建立。

第二个诧异是由他们的经济秩序引起的。看看他们的账目，"蚂蚁革命"有限公司即将要积聚一些利润了。然而，它并没有什么大公司，而仅仅是集中了一系列的小型子公司而已。但它可能比庞大且唯一的大公司要更能盈利，因为大公司总是在它自身的等级制度中僵化不前。另外，在这些小公司里，所有的人都很熟悉，人们懂得去相互信任。无用的行政人员和办公室里的指手画脚者在这里根本没有什么市场。

浏览网络时，马克西米里安发现这个"蚂蚁革命"有限公司还有另外一个优势：它减少了破产的危险。事实上，如果一家子公司亏损或利润很少，它就会消失，以便能够马上被另外一个代替。不好的主意很快就能够检验出来，并自然而然地被淘汰，无暴利之虞，亦无亏损之险。相反，所有这些很少盈利的子公司联合起来，就能够一点一滴地积聚起财富。

警察局局长问自己，到底是一种经济理论在支配这一组织呢，还是他们革命的自身条件在迫使这些缺乏经验的年轻人去创造。用不着仓储，仅仅是用他们的脑筋在运作，最终他们几乎不承担什么风险。

也许,"蚂蚁革命"给人带来的讯息是:恐龙一族已失宝座,未来社会属于蚂蚁。

必须在这帮顽童成为不可扭转的经济现实面前,结束他们这一狂妄的胜利。

马克西米里安拿起话筒,给"黑鼠"头头贡扎格拨了个电话。

154. 灯笼战役

施嘉甫岗侏儒蚁的庞大军队发起了第一轮冲锋,这对新贝洛岗蚂蚁来说简直就是一场灾难。经过了两个小时的激战之后,它们的防线被联军冲得支离破碎,全面崩溃了。得意扬扬的攻击者们并没有乘胜追击,而是安营过夜,等到明天再发起致命一击。

103号公主看着部下把中箭着枪、缺肢断腿、奄奄一息的伤员抬回蚁城。它终于想出一条妙计。它把剩下没有受伤的部队召集起来,向它们讲解了制造灯笼的方法。也想到尽管不能把火用作武器,至少还可以用火来取暖和照明。此时它们的敌人实际上并不是数不胜数的侏儒蚁,而是黑夜。但星火能够战胜黑夜女神。

将近半夜时分,出现了这样一个令人难以置信的场面:成千上万点微光在新贝洛岗的各个出口往来摇曳。褐蚁战士们把杨树叶做成的灯笼背在背上用来照明和取暖,这样它们既能跑又能看,而敌人却还在梦乡中。

侏儒蚁的宿营地看上去就像是一只黑色的大果子。实际上这是一座活的城池。陷入酣睡的蚂蚁横七竖八地纠缠在一起,构成了城池的墙体和走廊。

103号命令战士们带着灯笼冲进敌营。而它自己也冒险身先士卒杀进了活的城池。很幸运,侏儒蚁仍未从寒夜的麻醉中醒来。

在由随时准备将你撕碎的敌手构成的墙体、地板和天花板之间行进是一种多么令人奇怪的感觉呀!

"我们唯一真正的敌人是恐惧。"它在心中重复道。但黑夜站在了它们这边,在夜神的操纵下侏儒蚁还会睡上好几小时。

5号告诉大家不要在同一地方停留太久,否则灯笼会把"墙体"唤醒,那么它们将不得不陷入鏖战。为了避免不必要的战斗,新贝洛岗的战士们全速前进着。它们仅用大颚作为武器一个挨一个地割开睡梦中敌人的咽喉。

不能割得太深，不然纷纷滚落的头颅会将它们压碎。只要把咽喉割开一半就可以了。夜战对于蚂蚁来说是一种全新的战术，因而它们不得不边摸索边战斗，随时总结出夜战的规律。

它们也不能太深入敌城。

没有了空气，灯笼便会熄灭。得先把外层的蚂蚁杀光，然后在屠杀下一层之前把它们像剥洋葱一样搬走。

103号和她的部下马不停蹄地杀戮着。灯笼所释放出的热量和光明对它们来说不啻为一种兴奋剂，激得它们杀性大起。有几次，一整片墙面苏醒过来，它们便被迫投入激烈的战斗。

103号身处杀戮场中，只是想：

"进步就一定要走到这一步吗？"

心慈手软的24号则更想罢手离开这个地狱。雄性总来得脆弱些，这是人尽皆知的。

103号公主请它到外面等着，但别走远。

杀，杀，杀，褐蚁战士们直杀得精疲力竭。它们的对手毫无反应，更让它们难以下手。它们越是意识到作为蚂蚁应该在战斗中将敌人杀死，它们屠杀毫无抵抗的敌人时就越踌躇。

它们觉得自己仿佛是秋天的收割者。堆积如山的侏儒蚁尸体散发出的油酸气味变得越来越让它们难以忍受了。新贝洛岗蚁们时不时得跑出营地呼吸一下新鲜空气，再回去收拾下一层"墙面"。

103号让大家抓紧时间加快速度，因为它们只有晚上这段时间。

它们的大颚刺入甲壳质的关节处，随之溅出透明的血液。在"走廊"里血流成河，有时候还把灯笼给溅熄了。失去了火焰的新贝洛岗蚁便在稠密的敌丛中沉沉睡去。

103号并没有稍稍喘息片刻，但它一边不停地屠杀，一边脑海中思绪万千，"'手指'的行为真的像传染病一样险恶，使得蚂蚁们如此相互杀戮吗？"

然而，它知道，那些没有被杀死的敌方战士天一亮就会向它们发起进攻。

没有什么选择的余地。不管朝好的方面还是朝坏的方面，战争都是加速历史进程的最佳方法。

5号不停地割开敌人的喉咙，直杀得大颚也抽起筋来，它停下歇了一会儿，吃了一具敌人的尸体，清洁了一下自己的触角，又重新开始干起自己凶残的活计。

当朝阳在东方露出第一道光线时，新贝洛岗的战士们不得不停止了杀戮。它们得在敌人醒来之前尽快回到蚁城。当那些"墙体""天花板"和"地板"刚开始打呵欠时，它们撤出了战斗。

满身血迹、精疲力竭的褐蚁战士们回到了焦急等待中的蚁城。

103号公主重又登上城顶观察敌人醒来后会有何反应。很快敌阵便有了反应。当太阳升入天空之后，那座有生命的"废墟"土崩瓦解了，侏儒蚁怎么也弄不明白到底发生了什么事。它们睡了觉，早上醒来却发现同伴几乎都被残杀殆尽。

残存的部队头也不回就逃回了巢穴。几分钟之后，那些加入反新贝洛岗联盟的蚁城纷纷前来递了降书顺表。

附近所有的蚁城都得知了联军败北的消息，于是一支由几百万个战士组成的军队前来要求加入新贝洛岗联邦。

103号公主和24号王子接见了来客，带领它们参观造火实验室、杠杆实验室和车轮实验室，但没有告诉它们灯笼的秘密。将来的事谁也不知道。也许还会有别的对手要征服。一件武器秘而不宣总比众所周知要更有效。

23号的信徒数量也在飞速地增长。因为除了参加夜战的战士之外，谁也不知道战争是如何胜利的。于是23号趁机宣扬是"手指"满足了它的祈愿。

它断言103号公主在这一胜利中什么作用也没起过，唯一拯救新贝洛岗的是真正的信仰。

"'手指'拯救了我们，因为它们爱我们。"它煞有介事地说道，但却不知道"爱"这个词到底意味着什么。

155. 百科全书

缝老鼠屁股的女工：19世纪末，英国的各个沙丁鱼罐头厂鼠患成灾。没有人知道怎样才能消除这些小动物。在厂里养猫是行不通的，因为猫只会打不能动弹的沙丁鱼的主意，而不会费力去抓会跑的老鼠。

有人想出了用马鬃把一只活老鼠的屁股缝起来。这只老鼠被放脱后继续进食，但却无法正常排泄，于是在痛苦中变得疯狂暴怒。它四处追咬其他老鼠，变成了一只微型猛兽，对它的同类来说这才是真正的恐怖杀手。自愿完成这件肮脏工作的女工得到了老板的青睐，加了工资还被任命为工头。但在沙丁鱼罐头厂的其他女工看来，"缝老鼠屁股的女工"无疑是个叛徒。因为只要她们中有一个愿意缝老鼠的屁股，这个缝老鼠的屁股的令人厌恶的活计就会被继续下去。

埃德蒙·威尔斯
《相对且绝对知识百科全书》第Ⅲ卷

156. 激情中的朱丽

在"蚂蚁革命"的整个"右半脑"中诞生出那么多的全新概念，以至于它的"左半脑"很难跟上节奏，汲取这些概念并付诸实施。到了第7天，它的有限公司已经可以自称位列世界上最多样化的公司之一。

节省能源、再循环、新奇的装置、游戏软件、艺术概念……各种想法纷纷从"神经细胞"中迸射出来。除了经常上国际互联网的人之外，谁也不知道一场微型"文化革命"正在以一种前所未有的方式进行着。

经济学老师可不喜欢游戏，他整天都坐在电脑前管理着他们的账目。没有办公室，没有商店，也没有橱窗。他负责管理税务、行政文件和商标注册。

学校已经完全变成了一座"蚁穴"了，它的占领者们组成许多生产单位，各自选定一个计划努力工作着。大家再也不为了摆脱白天的工作压力而纵情玩乐了。

"蚂蚁革命"的信息专家们在国际互联网上组织了一个全球性的论坛。

弗朗西娜就像一位日本专家照顾他的盆栽一样细心照顾着她的"下世界"。她并没有干涉"下世界"居民的生活，但只要生态环境出现一点不平衡，她就立刻加以改正。她知道必须使物种多元化。一旦某种动物开始迅速繁殖，她就制造出一种天敌。她采取行动的唯一方式就是增加生命形式。比如，她创造出野猫来控制城里过剩的鸽子。

然后她得创造出这些天敌的天敌，生态循环由此趋于完整。她注意到生态链越丰富多样，就越和谐牢固。

纳西斯不停地完善他的设计。他除了在"下世界"之外还从来没举行过任何时装展示会，但却开始闻名全世界了。

运转最良好的子公司还得数大卫的"问题中心"。他的线路总是十分繁忙。总有那么多人希望从他这里获得答案。大卫不得不把一部分工作委托给一些外部公司，这样有关侦探和哲学的问题更容易得到解答。

在生物实验室里，姬雄把保尔的蜂蜜酒浓缩成一种白兰地，以此作为消遣。在十几支蜡烛摇曳不定的光线中，他装配起提炼烧酒用的全部装备：曲颈瓶、蒸馏器和玻璃管用以过滤、提炼酒精。这位韩国小伙子沐浴在带有甜味的蒸汽中。

朱丽来到他身边，仔细看了看他的设备。在姬雄惊奇目光的注视下，她抓起一支试管一口喝光了里面的液体。

"你可是第一个尝它的人，你喜欢吗？"

她并没有回答，又拿起三支装满了琥珀色饮料的试管大口大口地喝光。

"你会喝醉的。"姬雄提醒她。

"我想……我……想。"年轻姑娘吞吞吐吐地说。

"你想什么？"

"我想今晚和你在一起。"她一口气说了出来。

姬雄朝后退了退。

"你喝醉了。"

"我喝酒就是为了找到勇气对你说这句话。你难道不喜欢我吗？"她问。

他看着朱丽，就像是看着一位女神一样。朱丽从来也没像今天这样快乐过，自从她开始吃饭以来，原本的消瘦体形消失了，曲线日渐丰满起来。革命改变了她的举止，让她举手投足之间更显直率，更有自信，甚至连她的步履也更见优雅。

当她把手轻柔地伸向姬雄那条越来越难以掩饰其激情的裤子时，已然全身一丝不挂了。

他情不自禁地躺到实验台上，端详着朱丽。

朱丽就在他身旁，在蜡烛的橙色光晕中，她的脸庞从来也没有如此令人销魂过。一缕发绺弯弯地贴在她的嘴边，此刻她唯一梦想的就是像上次在夜总会时一样热情地亲吻姬雄。

"你真美，实在是太美了，"年轻小伙语无伦次地说道，"你闻起来真香……就像鲜花一样香。自从遇上你，我……"

她用一个吻打断了他的话语，然后又是一个吻。一阵风吹开了窗户，蜡烛熄灭了。姬雄想起身把蜡烛重新点上。

她拦住了他。

"不，哪怕是一秒钟我也不想浪费。我真害怕大地会突然裂开，阻止我享受这盼望已久的一刻。即使我们在黑暗中相爱那又有什么关系呢？"

窗户剧烈地撞击着，玻璃几乎都要碎了。

她的手仍然在摸索着向前伸。这时她虽然看不见，但她的其他官能却发挥到了极限：嗅觉、听觉，尤其是触觉。

她柔软的胴体摩挲着年轻小伙的身体。她那细嫩的皮肤与姬雄粗糙的皮肤接触，让她产生触电的感觉。

在姬雄手掌的轻托下，她感觉到了自己那光滑柔嫩的乳房。她浑身大汗淋漓，呼吸也变得急促起来。

是夜无月。金星、火星和土星在朝他们眨着眼睛。她挺起胸膛，把一头浓密的长发披到身后。随着鼻孔在急促地呼吸空气，她的胸脯也在剧烈地起伏着。

慢慢地，很慢很慢地，她的红唇靠近了姬雄的嘴。

突然，她的目光被什么东西所吸引。一颗闪着明亮火光的巨大彗星刚刚从窗外划过。不，那并非什么彗星，而是"莫洛托夫的鸡尾酒"。

157. 百科全书

萨满教：萨满教几乎存在于所有人类文明之中。萨满[1]既不是首领、祭司，也不是巫士和智者。他们的职责就在于让人类与大自然重归于好。

在苏里南的加勒比印第安人中，萨满教的入门学习期长达24天，分为四个阶段，每一阶段学习三天然后休息三天。学习萨满教教义的通常是六位已届青春期的青年，因为这个年纪的人个性仍具可塑性。年轻的学徒们要学习传统习俗、歌曲和舞蹈。他们要观察并模仿动物的动作和叫声，来更好地理解它们。在整个学习过程中，他们除了咀嚼烟草叶和吸食烟草汁之外几乎不吃任何东西。他们会因为禁食和嚼食烟草而发高烧，以及产生其他一些生理病状。另外在教义传授过程中自始至终都有危险的肉体考验，使他们处于生死的边缘，以此摧毁他们的个性。在这使人极度衰弱且

---

[1] 萨满：被认为具有特殊神通的巫师，能使自己的灵魂脱离肉体，与鬼神交往。鬼神帮其办事，包括查出疾病、饥荒等一切灾难的原因，并采取相应的祛除法术。见于西伯利亚和亚洲一些民族，在其他许多宗教中都存在着类似的术士，只是名称不同而已。

危险的最初教义传授仪式结束几天之后，学徒们会"看见"某种力量，并且习惯于精神恍惚的鬼神附身的状态。

萨满教的教义传授仪式是人类适应大自然的模糊回忆。在危险的状态中，人们要么随机应变，要么永远消失。在危险的状态中，人们只是观察，不做判断，不加以理智化。人们学习怎样去忘记。

在入门学习之后，萨满学徒将在森林中单独生活三年。在这期间，他们只能单独在大自然中觅食生存。如果能幸存下来，就可以回到村庄，又脏又累，几乎处于精神错乱的状态。然后将由一位老年萨满负责教授其他教义。老师将尽力让年轻人能够把幻觉变成可以控制的"精神恍惚"的经验。

荒谬的是，这一基于将人类本性摧毁、使其回复到野生动物状态的教育实际上却使萨满变成了超级绅士。在教义学习结束后，萨满在自制力、智力和直觉能力以及道德观念上都比常人来得优秀。西伯利亚的雅库特[1]萨满拥有比他的普通同胞多3倍的文化知识和词汇量。

根据《生物哲学》一书的作者热拉丁·昂扎拉格教授的意见。萨满不仅是口传文学的传道者，而且还很可能是其创作者。这种口传文学包括了构成整个村庄文化基础的神话、诗歌和英雄史诗。现在，人们发现在"精神恍惚的鬼神附身状态"准备过程中越来越多地使用了麻醉药和致幻的毒蘑菇。这一现象暴露出年轻萨满学习质量的降低以及其能力持续的衰退。

埃德蒙·威尔斯
《相对且绝对知识百科全书》第Ⅲ卷

158. "蚂蚁革命"的衰败

一只燃烧弹在空中飞行。那是一只带着不祥和凶险的奇怪火鸟。是贡扎格·杜佩翁"黑鼠"党徒们扔出的燃烧瓶。那只瓶子像毒龙一样喷出火焰。不断有燃烧瓶被扔了进来。栅栏门上的被单着起火来，散发出呢绒焦化的气味。一旦床单烧尽，栅栏门又将失去屏障。

朱丽匆忙套上衣服。姬雄想阻止她。但窗外，革命正像一头受了伤的野兽一样发出痛苦的叫声。

她的肝脏急忙投入工作，将影响她正常思维的蜂蜜酒精全部过滤掉。

---
1 雅库特人，俄罗斯少数民族之一。

现在不是享乐的时候，该行动了。

她朝走廊跑去。局势失去了控制。"蚁穴"中一片惊慌失措，合气道俱乐部的姑娘们像没头苍蝇似的来回奔忙着。占领者们搬动家具，想把栅栏门上的洞眼给堵住。但这一切来得太突然，他们无法统一行动，以便在临时应变措施中少浪费些不必要的气力。

"黑鼠"们通过栅栏门发现了帐篷和展台，并对那儿发动了攻击。

在院子里，大家排成一条长龙，一桶一桶地递水救火。但蓄水池差不多快空了。这么做只不过是在浪费宝贵的资源。大卫建议大家用沙土来灭火。

一只燃烧瓶击中了蚂蚁图腾的头部。这只聚苯乙烯昆虫着起火来。朱丽注视着火焰中那巨大的蚂蚁雕像。"不管怎样，火是无能的。"她暗自想道。至于莫洛托夫，她曾在《百科全书》上读到过，这位斯大林的著名部长，这种燃烧弹正是以他的名字来命名的。

保尔的食品展台也陷入了火海。蜂蜜酒瓶在焦糖气味中炸了开来。

停在学校对面的警车始终都没有什么动静。革命者们想要回敬"黑鼠"的进攻，但女战士们四处传下朱丽的命令："不要对挑衅行为进行回击，那样正中他们的下怀。"

"有哪条法律规定我们挨了耳光而不能报复的？"一个性急的女战士问道。

"就凭我们想要使非暴力革命成功的愿望。"朱丽反驳道，"也因为我们比那些小流氓更文明。如果我们去和他们一般见识，那我们就成了和他们一样的人。赶快扑灭大火，保持镇静！"

革命者们竭尽全力用沙土与大火搏斗，但"黑鼠"们的燃烧瓶仍在雨点般地坠落。有几个革命者有时也会捡起燃烧弹朝攻击者扔回去，但这种情况很少发生。

火势蔓延到了纳西斯的服装展台。他急忙叫道："那些服装设计可是绝版，得抢救出来。"

但是一切都已经化为灰烬。纳西斯不禁怒火中烧。他操起一根铁棍，打开大门朝"黑鼠"们冲击。毫无意义的大无畏行为。他勇敢地战斗着，但很快就被解除了武装。遭到杜佩翁一伙毒打之后，他双手抱胸倒在了广场上。姬雄、保尔、莱奥波德和大卫冲出去援助他，但为时已晚。"黑鼠"们四下散开，一辆"紧急医疗援助中心"的救护车仿佛偶然经过似的突然出现，立刻把纳西斯抬上车，在尖啸的警笛声中开走了。

朱丽再也按捺不住了：

"纳西斯！他们想要采取暴力，他们要把他抓走！"

她命令女战士去攻击"黑鼠"党。那一小队年轻姑娘冲出栅栏门，把"黑鼠"们追进了附近的街道。虽然与官方的警察部队周旋很容易，但要追上二十几个小流氓却很困难。因为他们穿着便服，可以藏在随便什么地方或者混进人群中。

在这边"警察抓小偷"的游戏中，现在轮到女战士们来扮演警察了。但在学校的范围之外，她们却显得难以胜任这一角色。"黑鼠"们躲在街道里，趁某个女战士落单时将她打翻在地。在搏斗中总是他们占上风。

姬雄、大卫、莱奥波德和保尔也遭到了殴打。

警察局局长在远处用望远镜观察着局势的变化。他注意到这会儿几乎所有的学校保卫者都冲了出来，大门敞开着。革命者最后的主力军正忙着扑灭大火。

事情在年轻的贡扎格的介入下变得容易多了。在那年轻人的血管中涌动的正是省长那种充满活力的血液。马克西米里安后悔没有早些叫他来帮忙。至于那些革命者，他们并不如他原先认为的那样聪明。只要有一块红布在他们面前一晃，他们就会低着头想也不想地朝前冲。

马克西米里安打电话给省长告诉他这一次有不少人受了伤。

"受了伤，严重吗？"

"是的，可能还有一个死了，他现在在医院里。"

杜佩翁省长想了想："既然如此，他们已经掉进了暴力的陷阱。做出这一选择的已经不再是我们了。批准你尽快夺回学校。"

159. 费洛蒙记忆包：节制生育

费洛蒙：10号

节制生育：

"手指"的数量成几何倍数增长，而它们几乎没有什么天敌。在这种情况下，它们是如何控制其数量的呢？控制措施如下：

——战争；

——交通事故；

——足球比赛；

——饥荒；

——毒品。

"手指"似乎还没有发现类似于我们那样的生物学控制出生的办法，于是它们生下太多的孩子，然后再让这些孩子死去。

对这一古老的方法应该加以改进，因为生下太多的后代，然后再将那些过剩的后代杀死，这使得它们浪费了许多精力。

尽管采取了种种补救措施，它们的数量仍在疯狂增长。

它们的数量已经达到了50亿。

虽然这一数字与这星球上蚂蚁的总数比起来可以说是小巫见大巫了。但问题是一只"手指"可以毁灭数量可观的动植物，也会消耗大量的淡水和空气。

即使我们的星球能够容纳50亿只"手指"，但也已经到了山穷水尽的地步。

"手指"无休止地增长，同时也意味着数百种动物和植物的灭亡。

160. 宗教战争

103号公主感受到周围蚂蚁们万众一心的精神，年轻、好奇、生机勃勃、热情洋溢。过去它从没如此轻易地调动起这种精神。只有年轻人才时刻准备学习。

在通风口，兵蚁们调节着空气和烟雾的流入。仓库里已经堆满了食物。一些工蚁正在把尸体和实验失败后留下的废物搬到垃圾场去。那些废物呈现出异常丑陋和令人作呕的怪状：皮焦肉烂的蚱蜢看上去就像是一些抽象雕塑，焦黑的枝叶，冒着青烟的石头。

但是在大家的热情背后，103号同时也感觉到一种不快。尽管这种不快并不明显。这是不快或是一种恐惧？

在这新纪元的第四天，103号清楚地看到了那些拜神蚁造成了多大的危害。在各条通道中随处可见它们所画的神秘圆圈，并且因为它们徒劳的祈祷而弄得臭气熏天。

103号曾亲眼看到过地上的世界。它知道"手指"并非什么神明，而只不过是些体态臃肿、行动笨拙、举止与蚂蚁迥然相异的生物而已。它对"手指"心怀敬意，但在它看来那些盲目崇拜"手指"的蚂蚁会把一切都搞糟的。它决心一劳永逸地结束宗教分子的统治。

"如果不把寄生在灌木上的常春藤连根拔掉的活，常春藤就会把灌木给绞杀了。"

103号想要在宗教思想蔓延到每一只蚂蚁的大脑之前就斩草除根。对看不见的神明顶礼膜拜的迷信实在太容易在思想中扎根了。它十分清楚如果它不能在这场小小的赌局中尽早采取行动的话，最后的胜利将不属于它。

它把那12只年轻的兵蚁召唤到跟前："必须把那些拜神蚁都干掉。"

小分队立刻出发了，13号走在最前面。所有的蚂蚁都抱定必胜的信念。

161. 百科全书

海豚的聪明：海豚是拥有与自身体积相比脑容量最大的哺乳类动物。假设颅腔体积相等的话，黑猩猩的大脑平均重约375克，人脑重1450克，而海豚的大脑重达1700克。海豚的生活仍是未解之谜。

和人类一样，海豚靠肺来呼吸空气，雌性海豚分娩之后亲自用乳汁哺育幼仔。海豚是哺乳类动物，因为过去它们也曾在陆地上生活过。是的，正如你们读到的：以前海豚也有四肢，能在大地上漫步、奔跑。那姿势应该和海豹差不多。它们在陆地上生活了一段时间，然后某一天，出于无法探究的原因，它们感到了厌烦，便又回到了水中。如果它们还留在陆地上，我们尽可以想象海豚依靠它们重达1700克的大脑到今天会变成什么——我们的竞争对手，或者更可能是我们的"老师"。它们为什么会回到水中呢？因为水有着陆地环境无法比拟的优势。在水中我们可以进行三维空间中的运动，而在陆地上我们只能被束缚在一个平面上。在水中可以不用穿衣服，不用建房屋或者使用暖气。

通过对海豚骨骼进行检查，人们发现它们的前鳍还长有手形骨架，指骨相当长。这是它们陆地生活的遗迹。海豚的手变成了鳍。这当然可以使它们在水中高速运动，但是它们再也不可能制造工具了。也许是因为我们适应环境的能力太差，才迫不得已去发明出工具来弥补自身能力的不足。而海豚则完全适应了它们的生活环境，因此它们根本不需要汽车、电视、枪械或者电脑。然而，海豚倒是的的确确发展了它们的语言。这种声学交流机制在声谱上所分布的范围很广。人的语言分布在100到8000赫兹之间，而海豚的"语言"则分布在7000到170000赫兹之间，这就使得它们的语言能够产生更多的细微变化。拿撒勒医疗中心信息交流研究实验室主任约翰·莱利博士认为，长期以来海豚一直期望能与我们人类进行交流。它们会出于本能地接近在海滩上的人们以及船只。它们在海面上跳跃、活动、发出口哨声似乎在告诉我们什么。"在发现人类并不理解它们的意思时，它们有时甚至会表现出厌烦的情绪。"这位专家指出。

埃德蒙·威尔斯
《相对且绝对知识百科全书》第Ⅲ卷

162. 进攻枫丹白露中学

暴力。叫喊，烈火。东西破碎声，脚步声。有人摔倒了。威胁声。痛骂声。怒吼声。握紧的拳头。在小流氓的燃烧弹攻击之后，警察部队的催泪瓦斯弹又雨点般地飞来。摧毁一切的火焰之后紧跟而来的是刺激而致盲的毒气。

革命者们四散奔逃，共和国治安部队开始发起冲锋。

帐篷那边已经空无一人了。被包围的人们退进了走廊。不论男女都抓起了木棍、扫帚和罐头盒充当武器。所有可以用来充当自卫武器的东西都被分发到了大家手中。女战士们用手边可以找到的树枝做了些双截棍。

合气道俱乐部的姑娘们没有追到"黑鼠"们。她们中没有受伤的以最快速度赶回了学校，一起回来的还有除了纳西斯之外的另六个"小矮人"。

这回再也没有办法使用消防水龙了，因为水源被切断了。栅栏门已经畅通无阻了。一小队警察在大门处佯攻，而大部分则沿着飞爪绳索从屋顶上偷袭过来。这是马克西米里安的妙计。与其从正面硬攻，不如来个暗度陈仓。

"大家集合起来！"大卫从一个窗口探出身子喊道。

女战士们排成阵势抵抗警察的冲锋。尽管她们斗志顽强，但这几个小姑娘面对全副武装、训练有素的壮汉们又能有什么作为呢？

在第一轮冲锋之后，警察部队攻进了校园。守卫者们看着手中的扫把柄和小豌豆罐头之类的简陋武器实在感到力不从心。而双截棍倒是显得更为有效，在合气道女战士的操纵下，发出尖锐的破空之声，打得警察们手忙脚乱，丢盔卸甲，没有了头盔，警察部队经常采用的策略就是边打边撤。

马克西米里安站在对面一幢房子的阳台上，看着他的部队攻占了校园广场，就像是傲然站立在迦太基城下看着它被烈火吞噬的西庇阿一样。他并没有忘记以前的屡次失败，指挥部队小心谨慎地推进。他可不愿意再犯先前轻视这些年轻对手的错误了。

治安部队从高处到低处，从屋顶到院子采取步步为营的办法扩大战果。校园中的人群秩序大乱，纷纷挤出大门逃命。警察们为了避免混乱的人群自相踩踏而不想逼得太紧。但其实他们已经逼得够紧的了。

马克西米里安命令立刻恢复供水。最后一批守卫者已经无法继续在着火的帐篷和展台这些战略要地坚持下去了。

朱丽四处寻找剩下的六个"小矮人"。她在计算机实验室找到了两个。大卫和弗朗西娜正忙着从电脑中取出硬盘。

"我们得保留这些磁盘！"大卫喊道，"如果警察得到这些程序和文件的话，就会了解我们工作的全部情况，然后会破坏所有的子公司和商业网络。"

"要是我们连人带磁盘一起被抓住该怎么办？"朱丽问，"那只会更糟。"

"还有一个更好的办法，"弗朗西娜说，"我们可以把全部信息迅速转移到国外的盟友那儿，这样'蚂蚁革命'的思想就能暂时找到一个避难所了。"

金发姑娘焦急地把硬盘装回原处。

"旧金山大学生物系的学生们是支持我们的。而且他们拥有一台巨型计算机可以存下我们的信息。"大卫说道。

他们立即通过卫星电话与美国大学生取得联系，并且把所有文件信息统统传送给了他们。第一个被传送的是"下世界"。单是这一部分的信息容量就大得惊人，包括其中上百万的居民、动物、植物以及环境管理法则和遗传特性随机分配程序。然后他们传送了曾经要求他们代为检验产品的顾客清单。

接着他们传送了"问题中心"的操作程序以及设立时间不长但却无所不包的信息库。然后是莱奥波德的建筑设计图，佐埃的人造触角设计图，纳西斯的服装图样，朱丽的"罗塞塔之石"制作图以及所有参与者和联系人想出的方案。在过去的几天时间里他们就已经积累成千上万的文件包、程序、图样和主意。这是他们的文化，必须不惜一切代价保留下来。

要不是他们现在不得不把这一宝藏转移到安全的地方，他们还不会意识到他们所完成的工作量是如此之大。仅仅是"问题中心"中包含的基础性知识的字数就可以抵得上好几百本常见的《百科全书》。

从走廊里传来沉重的皮靴声，警察朝这边来了。

弗朗西娜键入一串指令使电脑调制调解器不再以每秒56000字节的速度而是以每秒112000字节的速度传输信息。

拳头粗暴地砸着门。

弗朗西娜从这台计算机跑到另一台，监控信息的传输。大卫和朱丽则把实验室里的家具挪到门背后堵住大门。警察们开始用肩撞击大门想要冲进来。但是大门被家具堵得严严实实的，一时间还不会被撞开。

朱丽生怕有谁会想到在他们做完这一切之前把连接太阳能电池板的电源线或者屋顶上那根连接卫星电话的电话线切断。但幸好那些警察正忙着与阻挡他们的大门搏斗呢。

"好了，"弗朗西娜说，"所有的文件包都已经传到了旧金山。现在我们的信息已经远在千里之外了。不管我们会发生什么事，其他人还是可以利用我们的经验和发现获取更大的成果，完成我们未竟的事业。即便对于我们来说，一切都完了。"

朱丽心中升起一种如释重负的感觉。她朝窗外瞥了一眼，看到最后一队异常顽强的女战士仍在与警察们周旋。

"我不认为我们完了。只要还有反抗，就还有希望，我们的事业并未失败，'蚂蚁革命'依然存在。"

弗朗西娜把窗帘卷成绳索从阳台上挂了下去。她一马当先地沿着绳索滑到了地面上。

那些进攻者终于在门板上打开一处缺口，他们从缝隙中向屋子投进了一枚催泪弹。

朱丽和大卫不停地咳嗽着。大卫一边擦着眼泪一边指出还有事情没有做：把硬盘中所有的文件统统抹掉，不能留给那些警察。他急忙在各台电脑上发出硬盘格式化的指令。他们全部的成就顷刻之间就在电脑中消失了。从此以后这里便什么都不存在了。但愿旧金山方面已经全部接收到了他们的信息！

第二枚催泪弹在地板上炸了开来。没有时间再思前想后了。门上的洞越来越大。他们也先后沿着绳索滑了下去。

朱丽真后悔没有在体育课上多下点功夫。但在这种危急关头，恐惧倒成了最好的老师，她成功地降到了院子里。等到滑了下来，她才想起少了什么东西，是《相对且绝对知识百科全书》。她触电似的全身一阵寒战。难道她把它忘在了计算机实验室里？她是否应该就这样放弃这本和朋友一般珍贵的书呢？

朱丽犹豫了片刻，打算再爬回那间已经被警察占领的屋子，这下可好，轻松过后又是一阵紧张。但她又想起书是给落在了地下排练室，是莱奥波德向她借去想要查什么东西。

她这一犹豫就再也找不到大卫和弗朗西娜的踪影了。他们已经消失在浓烟和毒雾之中。在她四周只有一些四散奔逃的年轻小伙和姑娘们。

到处都是警察。这些用警棍和盾牌武装起来的巨大黑色细菌从正门那道巨大的缺口蜂拥而入。马克西米里安谨慎地调动着部队。他并不想费心思去抓上500个囚犯，他要的只是抓住带头闹事者，杀一儆百。

他举起手中的高音喇叭：

"快投降！你们不会受到伤害的。"

合气道女子俱乐部的头领伊丽莎白抓起一杆消防水龙，她已经注意到水源被接通了。她抡开胳膊把周围的警察一片片扫倒。她的英勇行为只不过持续了片刻工夫。一些警察从她手中夺下了水龙，试图将她铐起来。她只能使出拳脚功夫杀出一条生路。

"别在其他人身上浪费时间，朱丽·潘松，我们要抓的是朱丽·潘松！"警察局局长握着喇叭喊道。

警察部队都掌握了朱丽的体貌特征。这位被四处围捕的亮灰眼睛姑娘朝消防水龙猛扑过去。她刚抓起一杆水龙，打开保险，警察就把她给包围了。

她体内迅速地涌起一股肾上腺素，她能感觉到身体内部发生的一切变化。她从没像现在这样感到过现实的存在，随着战斗紧张程度的加剧，她的心跳也越来越快了。本能地她的声带喷射出战斗的呐喊："嗒嗒嗒！"

她朝警察们射出强烈的水柱，将他们打翻在地。但他们仍前仆后继地向前冲。

现在她就像是一架战斗机器，她感觉自己是无敌的。她是皇后，控制着一切，她还能改变这世界。

马克西米里安清楚地看到了她的身影。

"她在那儿。快把这个疯女人抓住！"他命令道。

又是一阵肾上腺素涌起，给予了朱丽奇迹般的力量。她一个肘锤将一名试图从身后攻击她的警察打倒，然后又是准确的一脚将第二名攻击者踢得弯腰不起。

她的各种感觉官能都在向她发出警报。她重新捡起落在地上的消防水龙，像端一架机关枪那样顶在腹部紧缩的肌肉上，又扫倒了一排警察。

在她身上发生的是一个什么样的奇迹呀？全身1140块肌肉、206块骨头、120亿个紧张运转的脑细胞、长达800公里的神经，她全身上下没有一个细胞不在期望取得胜利。

一枚催泪弹在她的双腿之间爆炸了。她却奇怪地发现她的肺并没有在战斗中出现哮喘的危机。也许是这几天积攒在她体内的脂肪给予了她继续战斗下去的无穷无尽的力量。

但那些警察已经扑到了她身上。防毒面具上那两个大圆眼睛和凸起的过滤器让他们看上去就像是一些黑乌鸦。

朱丽的双腿拼命挣扎着，连脚上的凉鞋也踢掉了。数十条胳膊紧紧箍在她的身上，锁在她的咽喉和胸脯上。

又是一枚催泪弹落在了她的身旁，在浓重的烟雾中局势更加混乱了。她的双目感到阵阵刺痛，流再多的眼泪也不起作用了。

突然，局势被扭转了过来，那些手臂在拐棍准确而有力的打击下松开了。在这群"乌鸦"中伸出一只手来握住了她的手。

透过烟雾她看清了救她的是大卫。

她想用尽身上仅存的一点体力抓起水龙，但男孩拉着她向后退去。

"来。"这个词语钻进了她的耳朵。

"我要战斗到底。"

她的全身细胞陷入混乱的状态，就连左右两边大脑也发出了互相矛盾的指令。她的双脚不自觉地跑了起来。大卫拉着朱丽朝地下室跑去。

"如果我们逃跑，对我来说那就意味着失败。"她气喘吁吁地说道。

"就像蚂蚁所做的那样，当危险来临时，蚁后会从地下通道撤离的。"

她看着面前巨大的黑暗的暗道入口。

"《百科全书》！"

她慌里慌张地在床单中搜寻着。

"算了，警察马上就会到的。"

一个警察出现在地下室门口。大卫挥舞起拐棍来争取时间。他成功地打退了敌人，关上门，插上插销。

"好了，我找到了！"朱丽扬了扬手中的《百科全书》和她的背包。

她把书塞进包里，抓着背带跟在大卫身后跑进了暗道。他们似乎是在朝某一个明确的方向跑去。朱丽的各种官能和全身细胞好像明白此刻她需要根据外界因素全力展开行动，因此不再像之前那么各行其是，转而恢复了日常的运转：分泌胆汁，把氧气转化成二氧化碳，排出或者转化残留在体内的瓦斯气体，为肌肉运动提供必需的糖分。

在地下迷宫中，警察们失去了他俩的踪迹。朱丽和大卫不停地跑着，来到一处交叉路口。朝左是邻近大楼的地下室，向右是下水道，大卫一把把朱丽推到右边的岔道上。

"我们去哪儿？"

163. 拜神蚁之死

朝那儿！13号带领兵蚁小队在蚁道中前进。那些出于疏忽而被留下的气味把它们引向了拜神蚁的秘密藏身之处。这个藏身处就在地下45层，只要搬开堵在入口处的一团蘑菇就可以轻易地进到里面。

兵蚁们小心翼翼地走在通道里，那些长有红外单眼的兵蚁在墙上发现了一些奇怪的雕刻。在这儿，那些蚂蚁们不仅用大颚在墙上刻下圆形符号，还有一些算得上是真正的壁雕的东西。壁雕上刻的图案有的是蚂蚁被圆圈杀死，有的是圆圈在给蚂蚁喂食，还有些是圆圈正在和蚂蚁辩论。这些都是所谓神明的像。

兵蚁小队继续前进，不久便撞上了一道岗哨。这是一只警卫蚂蚁，它那硕大的头颅把入口堵得密不透风。这道有生命的"门板"一发现兵蚁们的气味，便立刻转动大剪刀似的触角发出警讯。那些拜神蚁居然能够在像警卫蚁这样特殊的等级中找到信教者，足以显示出它们的巨大影响力。

那道有生命的"装甲大门"最终还是死在了兵蚁们的猛烈攻击下。在警卫蚁宽大的额头上出现了一条还在冒烟的通道。兵蚁们冲了进去。一只拜神教的蚂蚁射手刚巧经过那里，一边射击，一边朝这边跑来。但在还未造成任何伤亡之前它就被击毙了。

弥留之际，拜神蚁爬了几步，挣扎着略微伸展自己的肢腿。突然，它一阵抽搐，僵硬的肢体形成一座"丰"形十字架[1]。它用尽最后一点气力吐

---

[1] 蚂蚁的六条肢腿伸展开来与躯体构成"丰"形十字架。

出一句话："'手指'是我们的神。"

164. 百科全书

厄庇墨尼德[1]悖论："这句话是错误的。"这句话本身就构成了厄庇墨尼德悖论。哪一句话是错的？这一句话。如果我说它是错的，我所说的却是事实。所以这句话并没有错，也就是说这句话是真的。这句话正反映其逆命题是正确的。这是一个永无休止的循环。

埃德蒙·威尔斯
《相对且绝对知识百科全书》第Ⅲ卷

165. 在下水道中

他们在黑暗中前进，在散发着恶臭、滑溜溜的黑暗中前进。根本无法分辨出东南西北来。他们的冒险还从未达到过如此的程度呢。

她食指末梢所触摸到的柔软而又温暖的东西到底是什么？一堆粪便？一种霉菌？是动物？还是植物？它是不是有生命的呢？

再往前行，是一段尖头的东西，这儿有一块潮湿的圆板。长毛的地面、粗糙的地面、黏滑的地面……

她的触觉仍嫌不够敏锐，无法为她提供准确的信息。

像是为给自己鼓起勇气似的，朱丽下意识地轻声哼起了"一只绿色的小老鼠，在草丛中飞奔"。然后她意识到凭着歌声的回响，她多少可以估摸出面前空间的大小。即便她的触觉不够敏锐，她的声音与听觉却可以弥补这一不足。

她发现在黑暗中闭上双眼反倒看得更加清楚。实际上她正如同一只身处黑暗洞穴中的蝙蝠，依靠收发声波来感觉周围的一切。声波愈是尖锐，她就愈能把握他们四周的环境直至发现横在他们面前的障碍。

166. 百科全书

学习睡眠：在我们的一生中大约有25个年头是在睡眠中度过的。然而，我们却不知道如何掌握睡眠质与量的关系。能够让我们恢复精神的深度睡眠每个晚上只持续一小时左右，而且被分割成好几段。这些持续15

---

[1] Épiménide，古希腊诗人、哲学家。有时被称作古希腊七位智者之一。

分钟左右的片段就像歌曲的反复部分一样每隔一个半小时出现一次。

有时候，人们连续睡上10个小时但却没有经历深度睡眠状态。他们醒来之后依然会感到疲倦。

与此相反，如果我们能够尽快进入深度睡眠状态，就可以每天只睡上一小时。把这一小时充分利用起来便可恢复体力。

如何才能做到这一点呢？

我们必须了解自身的困倦周期。假设倦意在18点左右出现，那每隔一个半小时，这种倦意都会重复出现一次。比方说倦意出现在18点36分，以后几次就很可能出现在20点06分，21点36分、23点06分……这些就是深度睡眠开始的精确时间。

如果我们精确地按照这些时间中的某一个就寝，然后3个小时之后醒来（当然是在闹钟的帮助下），我们就可以逐渐使大脑习惯于压缩睡眠过程而只保留最重要的那一阶段。这样我们只需极少的时间就可以充分恢复体力，醒来之后将感到精神突变。也许有一天我们会在课堂上教会孩子们如何控制睡眠。

埃德蒙·威尔斯
《相对且绝对知识百科全书》第Ⅲ卷

167. 死者的祭礼

战士们沿着通向拜神蚁隐藏处的通道前进。墙上的圆形符号出现得越来越频繁了。神秘的圆圈，不祥的圆圈。

兵蚁小队来到了一个摆满奇怪"雕塑"的大厅里：一些蚂蚁的尸骸摆成战斗的姿态。

13号和它的小队人马吓得纷纷后退。这些尸体实在太诡谲了。兵蚁们知道拜神蚁喜欢保留死去蚂蚁的遗骸以此来纪念它们过去的存在。它们想起了一条艰深难懂的蚂蚁俗语："死者应该回到地面上。"

应该把这些尸体扔出去。肌体分解时释放出的油酸气体是任何蚂蚁都无法忍受的。

兵蚁们惊恐不已地注视着这一可怕的景象。这些纹丝不动的尸体仿佛在嘲笑它们，但在那上面根本看不到任何生命迹象。

"也许这正是拜神蚁的巨大力量之所在，它们死亡之后要比活着的时候更具威力？"13号想道。

103号公主曾对10号讲述过等到"手指"不再将死者的尸体扔进垃圾堆里时，它们的文明就会得到复兴。这并不奇怪。一旦人们开始尊重尸体，这就意味着他们相信死后还有一次新生，期望能够进入天堂。不把尸体抛弃，这一行为比它表现出来的要意味深长得多。

"建立公墓是'手指'的特性之一。"103号看着这些僵硬的"雕像"自言自语道。

兵蚁们终于按捺不住，蜂拥而上将那些空朽的躯壳捣成粉末。它们把干枯的触角踩踏在脚下，击穿那些中空的头颅，把胸廓的残片扔得到处都是。那些空壳在一片沉闷的响声中冰消瓦解了。只剩下一堆毫无用处的残肢断躯。

兵蚁们并不过瘾。被它们打败的"敌手"实在太脆弱了。

它们冲进一条横向的蚁道，来到一个宽阔的房间里。一大群蚂蚁正竖着触角静静地听着它们中的一个爬在高处向它们布道。这应该就是侦察部队所说的"占卜室"了。

幸好警卫蚂蚁和射手发出的报警费洛蒙还没有传到这里。那些设在过于曲折的走廊尽头的藏身处都会有这样的不利之处，费洛蒙气体很难传到那些地方。

兵蚁们悄悄地走了进去，混迹于听众之间。那位正在布道的就是23号，拜神蚁称它为"先知"。它爬在高处，俯视着脚下的触角，宣称巨大的"手指"监视着蚂蚁的一切行动，让它们经受考验，以取得进步。

这太过分了。13号发出了进攻的信号。

"把这些病态的拜神蚁统统杀死。"

168. 继续追捕

朱丽的歌声再也不能让她安心了。

突然，他们听到下水道里传来一阵低沉的声音。一些小红点靠近了他们。那是老鼠的眼睛。在"黑鼠"之后有真的老鼠袭来。看来一场新的对抗在所难免。这些老鼠个子虽然小得多，但数量却大得惊人。

朱丽缩进了大卫的怀里：

"我害怕。"

大卫挥动拐棍把这些小动物赶走。有几只呆头呆脑的还在拐棍下丢了性命。

他们刚想停下来休息一会儿，马上又传来一阵响动。

"这一次可不是老鼠了。"

几束手电光柱在下水道里晃动着，大卫立刻命令朱丽趴在地上。

"我好像看到那儿有什么东西动了一下。"一个男低音响了起来。

"他们朝我们这边过来了。看来没别的法子了。"大卫轻声说道。

他把朱丽推入水中，自己也跟着潜下了水。

"我肯定听到两声'扑噜'声。"那个低沉的声音又说。

几只靴子沿着岸边跑了过来，踩在水洼中踩得水花四溅。大卫和朱丽刚沉入污水中，手电光就照到了他们头顶的水面上。大卫把朱丽的脑袋按在了水中，她本能地屏住了呼吸。这一天来她可什么事都遇上过了。她的肺中又开始缺氧了。更可怕的是她感到有一根老鼠尾巴从她脸上划过。真没想到老鼠居然也会游泳，她本能地睁开眼睛，看到两团光斑把漂浮在他们头顶上各式各样的垃圾照得一清二楚。

警察们站在原地没动，手中的电筒照向远处水面上的垃圾。

"我们等一会儿，要是他们躲在水里，总是要浮出水面呼吸的。"其中一个说道。

大卫的眼睛也在水底下睁着，他向朱丽示意怎样只把鼻子伸出水面进行呼吸。幸亏脸上还有鼻子这么一个凸起物，可以在伸出水面的同时，其他部位仍浸在水中。朱丽一直不明白为什么人的鼻子是朝前长的，这下她总算是知道答案了，那就是能在这样的情况下拯救它的主人。

"要是他们在水底的话，早就该站出来了。"第二个警察答道，"没有人能在水里待上这么长的时间。那些'扑噜'声一定是老鼠发出来的。"

那两个警察决定继续他们的追查工作。

等到他们手电发出的白色光晕远去之后。朱丽和大卫一下子就把脑袋整个伸出水面，一边大口地呼吸着新鲜空气，一边尽量不发出太大的声音。朱丽的肺还从未经受过如此重大的考验呢。

他俩还在贪婪地呼吸着氧气，突然一束更加强烈的光柱射到了他们的身上。

"站住，别轻举妄动。"那是马克西米里安·里纳尔警察局局长的声音，手中的电筒和黑洞洞的枪口对准了这两个革命者。

他走了过来。

"唉呀，原来是我们的革命女王朱丽·潘松小姐本人呀。"

他帮着两个俘虏爬出腐臭的脏水。

"把手举起来，欣赏蚂蚁的小姐和先生，你们被逮捕了。"

他瞧了瞧手表。

"我们什么违法的事也没做！"朱丽无力地抗议道。

"这一点得由法官来决定。就我这方面而言，你们做了最不可原谅的事：在这个秩序井然的世界中制造了一点小小的混乱。我认为这种行为应该受到最严厉的惩罚。"

"但如果我们不推这世界一把的话，它会像一潭死水一样不再发展的。"大卫说道。

"谁要求你们推动世界的发展了？看来你们想就这一问题讨论一下？没问题，我有的是时间。要我说呀，正是因为有了像你们这样自以为能让世界变得更美好的人，我们人类才会如此多灾多难。那些最最可怕的灾难正是所谓完美主义者的杰作，那些最最危险的疯狂念头正是在自由的名义下付诸实施的。惨绝人寰的屠杀总是披着对人类终极关怀的外衣。"

"我们是可以让这世界变得更美好的。"朱丽斩钉截铁地说道。她已经找回了革命女战士的气魄与镇定。

马克西米里安耸了耸肩膀。

"人们希望的仅仅是让这世界保持和平的状态。人们需要的除了幸福，一切都应静止，不要疑问和改变。"

"如果不努力让世界变得更美好。那活着又有什么意义呢？"朱丽诘问道。

"很简单，从这个世界获益。"警察局局长反驳道，"去享受舒适的生活，树上的果实，落在脸上微温的雨点，干草床垫，暖人肺腑的阳光。这一切从亚当那时起就开始了。而这世界上第一个人，这个傻瓜把一切都给糟蹋了，就因为他想获得知识。我们不需要知识，我们所需要的只是去尽情享受我们拥有的一切。"

朱丽摇了摇头：

"一切都在不停地扩张、改良，变得更为复杂。每个人都努力比前人做得更好。这是很正常的事。"

马克西米里安不甘就此认输。

"正是因为想做得更好，人们才会去发明原子弹和中子弹。我确信停止'做得更好'的妄想才是最明智的。等到后人和他们的先辈生活得一模一样的那一天，和平就会到来。"

忽然，空中传来一阵嗡嗡声。

"噢不！怎么又来了！千万别在这儿出现！"警察局局长大喊大叫道。

他猛地转过身去，忙不迭地从脚上脱下鞋子。

"还想再来一场网球比赛吗，你这可恶的小虫子？"

他的胳膊朝空中挥去，仿佛是在与一个幽灵搏斗。突然他伸手捂住了脖子。

"这下它赢了。"他刚说完，双膝一软，倒了下去！

大卫疑惑不解地看着倒在地上的警察局局长。

"他这是在和谁打呢？"

大卫镇定自若地拾起电筒对准了警察局局长的头部。在他的面颊上爬着一只昆虫。

"一只胡蜂。"

"这不是胡蜂，这是一只会飞的蚂蚁！它好像要告诉我们什么。"朱丽说道。

那只昆虫用大颚咬破马克西米里安的皮肤，然后用鲜血在他脸上一笔一画地写道："跟我来。"

朱丽和大卫简直不能相信自己的眼睛，但这不是在做梦。

在警察局局长的脸上的的确确写着几个歪歪扭扭的字："跟我来。"

"跟一只会用法语写字的飞蚁走？"朱丽满腹疑虑地说。

"鉴于目前的形势，"大卫说，"我甚至可以跟着爱丽丝的小白兔去漫游仙境。"

他们目不转睛地看着那只飞蚁，等着它告诉他们该朝哪个方向走，但小昆虫还没来得及起飞，一只浑身长满疣子和脓包的蟾蜍从水里跳了出来，伸出长长的舌头，一口把他们的"蚂蚁引路人"给吞进肚里去了。

朱丽和大卫重新钻进了迷宫般的下水道。

"现在我们去哪儿？"年轻姑娘问。

"为什么不到你妈那儿去？"

"绝不。"

"那去哪儿？"

"去弗朗西娜家？"

"不可能，警察肯定知道我们的住址，他们一定在那儿等着我们自投罗网呢。"

朱丽的脑海中闪过了所有可能的藏身处。突然，她想起了什么。

"我们去哲学老师家！有一次他建议我到他家去休息一下，还给了我地址。他家就在学校旁边。"

"太好了，"大卫说，"就去他家，我们快从这儿出去。古语云：'先行动，后思考。'"

他们俩飞奔而去。

一只慌乱的老鼠会更愿意躲进下水道，而不是冒着被汽车碾死的风险。

169.百科全书

鼠王之死：在挪威，有几种鼠类会举行被自然学家称为"鼠王选举"的仪式。整整一天之内，所有的年轻雄鼠凭借它们锋利的门牙捉对厮杀。那些体质较弱的逐渐被淘汰出局，直到最后的两只老鼠进行决赛。行动最为敏捷同时也最好斗的那一只将赢得胜利。胜利者会被推选为国王，因为它无疑是种群中最优秀的雄鼠，其他的老鼠都会跑到它面前，俯首帖耳或者露出臀部以示臣服。鼠王挨个轻咬它们的鼻子，表示它是主宰，并接受它们的顺服。然后鼠群向它献上最好的食物和最最热情、气味最浓郁的母鼠，并把位置最深的洞穴留给鼠王，让它庆祝自己的胜利。

但等到鼠王纵欲后精疲力竭、半睡半醒之时，一件怪事发生了：两三只刚才还表示效忠的年轻雄鼠跑来咬断鼠王的咽喉，挖出它的内脏，然后像咬开一枚核桃那样熟悉地揭去鼠王的颅骨，取出它的大脑，让种群内全体成员分而食之。也许它们以为吃了鼠王的大脑之后它们也能拥有它那样的优点。

在人类中也有类似的事。人们往往喜欢挑选出国王，然后享受把他粉身碎骨的巨大乐趣。要是有谁要把你们推上宝座的话，千万别轻信，否则很可能落得与鼠王一样的下场。

埃德蒙·威尔斯
《相对且绝对知识百科全书》第Ⅲ卷

170. 围捕

"毁灭。"

兵蚁们朝拜神蚁冲杀过去。等到先知 23 号明白过来,一切都已经太迟了。费洛蒙警报朝四面八方蔓延开去。短短几秒钟之内,局势就一片混乱了。

到处都有拜神蚁不断倒地,它们伸开六腿作十字架状,临终之时说着那句神秘的咒语:"'手指'是我们的神。"

其他的拜神蚁勉强组织起来抵抗这场突如其来的袭击。蚁酸弹在空中呼啸着划过。有些蚂蚁被击中了。而那些射空的流弹把整个天花板都打落了下来。

23 号把几个随从招到身边。"你们得把我救出去。"

宗教不仅导致了死者祭礼的产生,而且还让祭司拥有了至高无上的权力。一些拜神蚁战士急忙围在 23 号身边,用血肉之躯组成了一道城墙。另外有 3 只巨大的工蚁全力掘出一条通道,好让先知逃走。

"'手指'是我们的神。"

洞中已经尸横遍野了。为了不让敌人完成最后的殉教仪式,世俗蚁们割下了它们的头颅。

进攻被这项斩首的工作给耽搁了。先知 23 号趁机带着一些在屠杀中死里逃生的部下从坑道逃走了。

这一小队拜神蚁在通道里拼命逃窜着,世俗的兵蚁们在它们身后紧追不舍。在这场追与逃的赛跑中,一些拜神蚁不惜牺牲自己的生命来保护它们的先知。在蚂蚁的历史上还是第一次有这么多蚂蚁为了保护它们中最紧要的一员而命丧黄泉。即使是蚁后也不曾受到过如此虔诚的待遇。

"'手指'是我们的神。"

在发出死亡的呼喊之后每一具尸体都变成了僵硬的十字架。有时通道整个被拜神蚁的尸骸给堵上了。追捕者不得不一条一条地把它们的腿割下来,打开通道。

拜神蚁只剩下最后十几只了。但它们比追捕者更熟悉地形,知道该在什么地方拐弯来把敌人甩开。忽然一条蚯蚓堵住了它们的去路。23 号鼓励它那些伤痕累累、精疲力竭的部下说:

"跟我来。"

它朝着那条蠕虫猛冲过去,在信徒们惊愕的目光注视下,用大颚在蚯蚓身上挖出了一条沟槽。这道伤口就好像是巨轮上的一处舱门。它打算把蚯蚓当成一架地下掘进机来用。凑巧的是这条蚯蚓的身躯相当肥硕，那一小队蚂蚁统统钻进了它的身体内，但并没有杀死它。

这只环节动物被激怒了，这是它在感到这么多异物进入自己体内后的正常反应。但它的神经系统极不发达，于是便带着这些"乘客"继续它的地下之旅。

等到13号和其他兵蚁赶到这儿时，那条黏糊糊的硕大管子已经钻进墙壁里去了。世俗蚁无法得知它是朝哪个方向去的。是朝上爬了呢，抑或是钻入了更深的地下？

这环节动物的气味还不足以让它们在蚁城迷宫般的通道里追踪发现它。就这样，蚯蚓带着逃亡的拜神蚁平安地脱离了险境。

171. 在哲学老师家

当哲学老师看到朱丽和大卫出现在他家门口时并没有感到吃惊，没等他们开口，他倒先提出他俩可以暂时住在他家。

朱丽赶忙冲进浴室，痛痛快快地洗了个澡，总算是把身上的污垢和下水道那可怕的气味都给洗干净了。她把脏衣服扔进了垃圾袋，穿上了老师的一套运动装。幸好运动衫是不分男女的。

把自己洗干净之后，她惬意地倒在了客厅的长沙发里。

"谢谢，老师，您救了我们。"大卫说道，他也穿上了一套运动装。

老师给他们一人倒了一杯酒，摆上了些花生，便去准备晚饭了。

晚餐是鲑鱼三明治、鸡蛋三明治和醋渍柑花蒂三明治。

哲学老师一边吃一边打开了电视。在新闻节目的最后提到了他们。朱丽调大了音量。电视上马赛·沃吉拉正在采访一名警察，后者解释说那个所谓的"蚂蚁革命"实际上是一群无政府主义者搞的骚乱，伤员中包括带头闹事的一名高中生，他现在正处于昏迷状态。

在荧屏上出现了纳西斯的照片。

"纳西斯昏迷了！"大卫惊叫道。

朱丽的确看到他们的服装设计师被一群"黑鼠"分子殴打，然后被救护车带走了。可实在难以想象他还处在昏迷状态！

"我们得去医院看他。"朱丽说。

"不行，"大卫反对道，"我们一到那儿就会被抓住的。"

在电视上出现了一张印有"蚂蚁"乐队八名成员照片的布告。他们欣慰地得知另外 500 人和他们一样也都逃脱了。其中也包括伊丽莎白。

"好吧，孩子们，这下祸可闯大了！你们最好给我老老实实地待在这儿，等事态平息下去再说。"

哲学老师给他们每人一杯酸奶作饭后甜点，然后起身去煮咖啡。

朱丽愤愤不平地看着电视里报道了这场"蚂蚁革命"给枫丹白露高中造成的损害：洗劫一空的教室、撕烂了的校旗、被扔进火堆里的家具。

"我们成功地证明了进行一场非暴力革命是完全可能的。他们竟然连这一点也要加以否定。"

"那当然。"哲学老师插嘴道，"你们的朋友纳西斯现在情况很糟。"

"但这都是'黑鼠'们干的。这些地道的破坏分子！"朱丽高声说道。

"毕竟在六天的时间里，我们的革命一直都是非暴力的。"大卫补充说。

老师撇了撇嘴，好像对他们的辩词不屑一顾的样子。

"有些事你们根本就没有意识到。不采取暴力，就不会有轰动效应，也就不会让别人感兴趣。你们的革命偏离了正确的方向，就因为这是一场非暴力的革命。在我们这个时代，要想对大众产生影响，就必须出现在八点钟的新闻节目[1]里，而要出现在八点档的新闻里，就必须有死亡、交通事故、泥石流，随便什么，只要流血就行。人们只对那些违反人性的、让他们感到害怕的事感兴趣。你们那时候要是杀死几个警察，哪怕只有一个也就好了。一味鼓吹非暴力只能让你们的革命变成一个学校节日或者是高中游艺会，仅此而已。"

"您是在开玩笑吧！"朱丽抱怨道。

"不，我是认真的。幸亏那些小法西斯来攻击你们，不然你们的革命最后只能在一片嘲笑声中收场，一些出身良好的孩子占领一座历史悠久的高中用来缝制蝴蝶形状的衣服，这只能被引为笑柄而不会让人肃然起敬。你们真应该感激他们把你们的同伴打成昏迷，要是他死了，你们至少还会有一位殉道者！"

他这番话是认真的吗？朱丽在心中盘算着。她很清楚选择非暴力的道路使她的革命不具备太多的尖锐性。但她正是严格按照《相对且绝对知识

---

[1] 在法国新闻节目从晚上八点开始。

百科全书》的教导来开展这场革命的。甘地的非暴力不合作运动不就成功了吗？非暴力革命应该是可以实现的。

"你们的革命失败了。"

"毕竟，我们还是建立起牢固的商业网络。从经济学的角度来看，我们的革命还是成功的。"大卫说道。

"那又能怎么样？别人根本不会把这放在眼里。一件事要是没有得到电视摄像机的证实，就等于没有存在过。"

"但……"大卫又说道，"我们亲手扼住了命运的咽喉，我们建立了一个既没有上帝也没有主人的社会，正像您以前对我们说过的那样。"

哲学老师耸了耸肩。

"这正是弱点之所在。你们尝试了，但你们失败了。你们把这场革命变成了一场闹剧。"

"这么说您对我们的革命并不太满意？"朱丽对他这种语气惊讶不已。

"是的，一点也不满意。进行革命得遵守规则，其他的事也一样，要我给你们打分的话，20分里给你们4分都嫌勉强。你们不是真正的革命者！相反我会给'黑鼠'18分。"

"我不明白。"

哲学老师从烟盒里取出一根雪茄，仔仔细细地点着后抽了起来，心满意足地一口一口吐着烟圈。

朱丽注意到他时不时抬头去瞧客厅墙上那架大挂钟，这才明白他说这番话只是为了分散他们的注意力，拖住他们。

她从沙发上跳了起来，但为时已晚，外而传来了警笛声。

"您把我们给出卖了！"

"我不得不这么做。"哲学老师说着避开他们愤怒的目光，漫不经心地抽着烟。

"我们这么相信您，而您竟然出卖我们！"

"我只不过帮你们进入下一阶段，我要告诉你们这一阶段是不可避免的。这样你们对革命的认识就完整了。下一阶段就是：监狱。所有的革命者都要经历这一阶段。为事业而牺牲的英勇要比非暴力的空想主义更适合你们。说不定这次还会有记者来采访你们呢。"

朱丽感到一阵恶心。

"您不是说过要是过了20岁还不是无政府主义者是愚蠢的吗？"

"是的，我说过。但我还说过谁要是过了 30 岁还是无政府主义者那就更愚蠢。"

"您不是说过才 29 吗？"大卫问。

"很抱歉，昨天是……我的生日。"

大卫抓住姑娘的胳膊。

"你没看到他在浪费我们的时间吗？我们快离开这儿，还有机会逃脱的。谢谢您的三明治。再见，老师。"

大卫推着朱丽来到楼梯上。不能走大门，警察可能已经在下面了。他拉着姑娘一直跑到顶楼，从气窗翻到了屋顶上，然后越过了一个又一个鳞次栉比的屋顶。当大卫催促朱丽沿着一处下水管往下爬时，她才回过神。下滑时大卫把拐棍叼在嘴里以免碍手碍脚。

他们一落地便撒腿就跑。大卫虽然拖着一条腿，但在拐棍的帮助下他的速度还是够快的。

夜色十分美丽，枫丹白露的大街上依然人来人往。朱丽担心有谁会认出她来，随即又希望某个支持者会出来帮助他们。但谁也没有注意到她。革命已经烟消云散了，朱丽再也不是女王了。

警察们仍在后面紧追不舍。朱丽对此已经厌烦透了，她开始感到疲倦。臀部和腹部新近攒下的脂肪已经不足以为她的高速奔跑提供足够的能量了。

附近一家超市的霓虹灯不停地闪烁着。朱丽记起在《百科全书》上写着要注意观察各种迹象。超市的招牌上写着："在这儿您可以找到所有您需要的。"

"进去。"她对大卫说。

警察就在他们后面，但商店里拥挤的人群很快就把他们给吞没了。

大卫和朱丽在货架间隐蔽穿行，以成排的吸尘器和洗衣机作掩护，跑到了青春服饰柜台那儿，混迹在蜡制模特中间纹丝不动。

拟态，昆虫首选的消极防御策略。

他们看到警察对保安人员吩咐了几句，然后从他们身边走过，看也没看他们一眼，就从他们的视野里消失了。

现在去哪儿呢？

在玩具角，有一座红色荧光的尼龙帐篷在等着他们。朱丽和大卫钻了进去，躲在一堆玩具下面，等到四周渐渐安静下来，他俩就像两只心惊胆战的小狐狸一样蜷缩着进入了梦乡。

172. 黑夜中

拜神蚁在蚯蚓体内跟着它在地下穿行。四周一片黑暗，黏稠而恶臭。它们被蠕动的内脏包围着，那气味直令它们作呕。但它们知道，外面等待它们的只有死亡。

它们到了蚯蚓的身体里才明白这种环节动物是怎样行走的。蚯蚓先是吞下泥土，然后通过消化系统，在瞬间之内从肛门排出体外，就像一架喷气式发动机一样，只不过吸入和喷出的是泥土而已。

蚂蚁们各自散开好让泥团通过。从外面看，蚯蚓的头部先膨胀起来，接着膨胀移至尾部，以此来加快行进速度。就这样它带着腹中的蚂蚁穿过了新贝洛岗城。

蚯蚓和蚂蚁曾签订过和平共处条约，蚂蚁允许蚯蚓在它们的巢穴中穿行，不仅很少吃掉它们，还给它们喂食。作为回报，蚯蚓替蚂蚁挖掘通道。对于蚂蚁们来说，这种通道更易于加固。

处于这样一个黏稠的环境中，拜神蚁们依然提心吊胆得大气也不敢喘一口。"我们这是去哪儿？"其中一只向先知问道。

23 号回答说现在只有出现奇迹它们才能得救。它要祈祷神灵向它们伸出援助之手。

蚯蚓从蚁城的顶部钻出地面。可它的头部刚一露出，一只山雀便俯冲下来，把它叼在嘴里，根本没想到在蚯蚓的肚子里还带着一群蚂蚁乘客呢。

"发生了什么事？"一只蚂蚁问道，它的内耳告诉它它们正在不断向上升。

"我想这一次神灵肯定听到了我们的祈祷，它们正把我们带去它们的世界。"先知 23 号一本正经地说道。它和它的部下一同滑入了那只直冲云霄的山雀胃里。

173. 百科全书

尤卡坦族对宗教的阐释：在墨西哥一座名为希居马克的小村庄里，那里的尤卡坦印第安人采用一种奇怪的方式来信仰他们的宗教。在 16 世纪时，西班牙人强迫他们皈依了天主教。但在第一代传教士死去之后，西班牙并没有派去新的神甫。因为这个地区几乎是与世隔绝的。然而在随后的三百多年内，希居马克的居民们依然保持着天主教的礼拜仪式，只不过他们既不会读也不会写，便用口传教义的方式代替了原来的祈祷和其他仪式。墨西哥革命后建立了自己的政权，政府决定向各地派驻官员，实现对全国真正的管理和统治。其中一位在1925年被派到了希居马克。这个官员到任后参加了一场弥撒，他发现当地居民通过口传教义把拉丁语圣歌几乎完整保留了下来。但是岁月还是给这里的宗教带来了一些变化。希居马克的居民用三只猴子来充当神甫和教堂执事。这一传统历经岁月蹉跎一直给保留了下来。

这些猴子无疑是仅有的几个参加过所有弥撒的"天主教徒"……这三只猴子。

埃德蒙·威尔斯
《相对且绝对知识百科全书》第Ⅲ卷

174. 超级市场

"妈咪，印第安帐篷里有人！"

一个小孩用手指着他们说。

朱丽和大卫也来不及细想自己怎么会一觉醒来穿着运动衫躺在一座荧光帐篷里的，趁别人没想到要向保安报警前便从帐篷里钻了出来。

一大早超市里便挤满了人。

五彩缤纷的食品堆得像小山一样，让人不禁有置身于阿里巴巴的藏宝洞内的感觉。

伴着从扬声器里传出的音乐节奏，行色匆匆的顾客们推着手推车在挑选商品。超市里播放的是维瓦尔第[1]的《春天》。被故意加快的节奏催促着顾客们快些买他们的东西。

节奏便是一切，控制节奏的也控制着人们的心跳。

他们的目光被那些上面写着"隆重推出""大减价""买一送一"的红色标签牌所吸引，对于大多数顾客而言，如此之多的食品展现在他们眼前，就如同海市蜃楼一般，太过奢侈、太过华丽，好像随时会消失似的。铺天盖地的报道让他们觉得正处于两次经济危机之间的过渡时期，必须抓

---

[1] 维瓦尔第（1678—1741），威尼斯小提琴家、作曲家，他1725年创作的《四季》为标题音乐的早期范例。

紧时间充分加以利用。

极其荒谬的是，西方人的生活越是和平安宁，他们就越会疯狂地迷恋食物，生怕会失去这些。

无数的食品朝着各个方向，甚至朝着空中伸展开去，一眼望不到尽头。罐头、速冻食品、真空包装食品、净菜。从农业食品学工程师脑中诞生出来的素的、荤的、化学组合的食品。

在放饼干的货架，好几个小孩子从货架上取下袋装饼干嚼得津津有味。然后把空口袋扔在地上。

大卫和朱丽身上不名一文，于是也跟着小孩子一块儿吃了起来。孩子们看到居然会有大人学他们的样儿，便兴高采烈地抓起一把把糖果塞到他们手中：甘草汁糖、咖啡软糖、松糕糖、沼地锦葵糖、口香糖。早饭的时候吃糖果多少有些让人反胃，但饥肠辘辘的逃亡者也顾不得挑三拣四了。

吃饱之后，朱丽和大卫悄悄地朝出口处摸去。经过"未购物通道"时，他们发现有两架摄像机监视着出口处。

一个保安在后面跟着他们。大卫暗示朱丽走快些。

这会儿超市里响起了"齐柏林飞艇"[1]乐队的《通向天堂的阶梯》，这首曲子的节奏是一种开始时从容不迫，然后乐速渐快，最后戛然而止的结构，这正是超市顾客心态的真实写照。

两个高中生的脚步跟着音乐逐渐加快，后面的保安也加快了速度。现在没什么可怀疑的了，他们的确是在跟踪他们。他们不是通过摄像机看到他们在偷吃饼干，就一定是通过报上的通缉令认出了他们。

朱丽走得更快了，"齐柏林飞艇"的速度也更快了。

还没走出"未购物通道"多远，他们就跑了起来。大卫心中十分清楚，绝不能在一个警察或是一条狗面前奔跑。但此时恐惧战胜了理智。他们这一跑，保安的哨子便发出了刺耳的声音，几乎把四周顾客的鼓膜都要钻破了。有好几个收银员立刻丢下手里的活儿，朝他们包围过来。

逃亡又开始了，得赶快。

朱丽和大卫拼尽全力突破收银员的阻拦冲到了大街上。大卫的脚步也不怎么蹒跚了。有时候类风湿性关节炎实在是一种让人消受不起的奢侈。

超市雇员并不肯就此罢休。他们一定是经常这么追捕小偷的。对他们

---

[1] Led Zeppelin，一支英国的摇滚乐队。

来说这无疑是排解日复一日单调工作的一种消遣。

在逃亡者身后一名营业员一边跑一边晃着手中的催泪弹，一个搬运工手里挥舞着一根铁棍，而一名保安则扯开嗓门高声叫道："抓住他们，抓住他们！"

大卫和朱丽拐进了一道死胡同。这下走投无路了。没多久收银员就把他们给堵住了。突然一辆汽车冲了过来撞开营业员和观看热闹的人。车门立刻打开。

"快上车！"一个脸上蒙着绸巾、戴着墨镜的女人对他们喊道。

175. 统治

所有的拜神蚁都被消灭了。只剩下它们所崇拜的图腾，那块儿白色的布告牌。

103号公主吩咐造火工程师把这也处理掉。它们把布告牌放在干树叶堆上，然后小心翼翼地用一块儿红得发白的炭木引燃了火堆。顷刻之间布告牌连同它的秘密一起被烧掉了。但是如果蚂蚁们看得懂人类文字的话，它们一定会看到布告牌上写着："小心火灾，此地禁止烟火。"

蚂蚁们看着"手指"的纪念物化作一缕青烟。103号这下心里踏实多了。拜神教的主要标志之一——巨大的白色图腾被烧成了灰烬。

它已经得知先知23号从13号率领的小分队手里逃脱了。但它并不担心这一点。那先知已经无权无势，再也不能惹是生非了。而那些仅存的党羽迫于形势很快会回来自首的。

24号来到它身边：

"为什么蚂蚁们总是要在信与不信之间做出选择，无视'手指'和执迷不悟地崇拜它们同样都是愚蠢的。"

在103号公主看来，面对"手指"所能采取的唯一聪明的态度就是"讨论"，并且"努力去互相理解，以便双方都获利"。

24号晃动触角以示赞同。

公主登上了蚁城的穹顶。这座正在不断扩张的新兴蚁城让它操尽了心。另外生理上的一些变化也让它心神不宁。和其他有性蚁一样，在它背上开始长出两节翅膀，而在它额头上印有黄色指甲油标记的地方长出了三只可以接收红外光的眼睛，仿佛一个由三只疣子组成的三角形。

新贝洛岗不停地拓展疆土。那些高炉已经引发了好几场火灾，蚂蚁们决定在都城内部只保留一座而其他的高炉都搬到周围的卫星城去，在另外一个世界中，这被称作工业分散化。

这一重大革新使得蚂蚁们能够战胜黑夜。从今往后，它们的关节再也不会因为夜晚的寒气而变得僵硬，有了灯火照明它们就可以24小时连续不断地工作了。

103号告诉大家"手指"会使用从自然界里获得的金属。这些金属熔化之后，可以用来制造坚硬的工具。必须找到这些金属。侦察蚁们从各处搜寻到形色特异的石子，然后工程师们把石子放进火堆里，但金属并没有炼制出来。

24号继续写它的浪漫传说《手指》，在小说中它描写了这些动物相互搏斗和繁衍生息的情形。每当它需要了解具体细节时就去征求103号的意见，或者它就完全按照自己的想象去写。毕竟这只是一部小说……

与此同时，7号带领大家开展了艺术活动。蚁城里没有哪只蚂蚁胸前不被刻上蒲公英、火焰或者秋水仙图案的。

但还有一个问题，103号和24号将来可能会成为新贝洛岗的王后与国王，但它们目前还不是真正的君主，因为它们还没有后代。科学技术、艺术、夜战策略、宗教的覆灭这些的确给它们戴上了普通蚁王难以媲及的光环，但它们的不育却开始显出恶果。即便能从外面引进劳动力来缓解蚂蚁数量减少的危机，但在一座基因无法得到遗传的蚁城里，大家还是会感到不舒服的。

24号王子和103号公主心中很清楚这一点。也正是为了让大家忘记这种生育上的无能，它们才大力推广艺术和科学工作的。

176. 费洛蒙记忆包：医学

费洛蒙：10号

医学："手指"已经把大自然的功效给忘得一干二净了。它们忘记了在得病时可以求助于自然的药方。

于是它们创造了一门被称作"医学"的科学。

所谓医学就是说在几百只老鼠身上接种病毒，然后分别给它们喂下不同的化学制品。

如果有哪一只老鼠吃了药后痊愈了，它们就把这种药应用到"手指"身上。

177. 最后的救星

车门大开着，超级市场的员工们又围了上来。没有别的选择了，与其被商店保安抓住移交给警察，还不如姑且信任这个陌生人。

蒙面女子猛踩离合器。

"您是谁？"朱丽问道。

那女子放慢了车速，顺手摘下眼镜。朱丽从反光镜里看到了她的脸，不禁惊得朝后退去。

是她母亲！她想跳下汽车，但大卫把她紧紧按在了座位上。家人总比警察要好。

"妈，你怎么会在这儿？"她不带好气地问道。

"我一直到处找你。你好些天没回家了。我向警察局报了案，但他们回答我说你已经过了18岁，可以独立承担责任了。你完全有权力决定睡在什么地方。开头几天，我对自己说只要你一回来，我就要好好教训你一下，因为你就这么一走了之，让我担够了心。后来我在报纸上和电视上得知了你的消息。"

汽车又飞驰起来，差点撞倒几个行人。

"我当时想你竟然比我想象的还要不听话。但随即我冷静地想了想，之所以你这么不听我的话，肯定是因为我在什么地方做错了，我本应该把你看作一个独立的成人来看待，而不只是想到你是我的女儿。作为一个独立的成年人，你也许能成为我的朋友。然后……现在我真的觉得你很可爱，我甚至为你的起义感到高兴。然而过去我没能做一个称职的母亲，现在我愿意做你的好朋友。这就是我出来找你以及刚才出现在那儿的原因。"

朱丽简直不能相信自己的耳朵。

"你怎么找到我的？"

"刚才我从收音机里得知你正在城西逃亡，我立刻意识到我终于有机会做出补偿了。我就开着车到处找你，祈祷能在警察之前找到你。上帝满足了我的心愿……"

她在胸前飞快地画了一个十字。

"你能把我们藏在家里吗？"

前方有一道路障，警察显然想在这里截住他们。

"快掉头。"大卫建议道。

但朱丽母亲太冲动了，她更愿意加速冲开路障。警察们很快纵身跃开，以免被飞驰的汽车撞到。警笛声在他们身后又响了起来。

"他们在后面追我们，"朱丽母亲说，"他们肯定看清了车牌号码，知道是我来救你们的，两分钟之内警察就会赶到家里。"

她把车驶上了一条单行道，然后一个急转弯拐进了一条垂直交叉的岔道，关了发动机，等到警车在他们面前呼啸而过之后便沿着原来的路开了回去。

"我不能把你们藏在家里了。你们必须躲在一个警察找不到的地方。"

汽车朝着西方急驰而去。一个绿色的影子出现在地平线上，接着又是一个。成排的树木就像一支不断壮大的队伍一样朝他们迎来。

是森林。

"你爸爸曾经说过要是哪一天他遇上了大麻烦，就会来这儿。'树林会保护那些真心向它求助的人。'他这么对我说过。我不清楚你过去是否意识到，你爸爸是个了不起的人，朱丽，你应该了解这一点。"

她停下车，拿了一张500法郎的钞票递给朱丽。她可不想让自己的女儿身无分文。

朱丽摇了摇头。

"在森林里钱没什么用处。一旦条件允许，我会和你联系的。"

"你不需要那么做，走你自己的路吧。能知道你是自由的我也就心满意足了。"

朱丽不知道该怎样回答才好。谩骂和讽刺要比说这样的话容易许多。母女俩紧紧拥抱在一起相互吻别。

"再见，我的朱丽。"

"妈，有一件事……"

"什么，我的女儿？"

"谢谢。"

妈妈无力地靠在汽车上，目送女儿和那男孩消失在树林里。然后她钻进汽车，扬尘而去。

汽车消失在地平线后面。

他俩钻进了阴森的树林里，就像两个流亡者平安地抵达了一个绿色国度。这也许正是森林与人类进行斗争的策略之一，接纳并保护那些被放逐者。

为了避开可能出现的追捕者，大卫总是选择那些最为荒僻的小径。朱丽突然注意到一只飞蚁好像已经跟了他们好一会儿了。她停下脚步，那只昆虫先是在她头顶飞了一会儿随即又围着她盘旋起来。

"大卫，我想这只飞蚁对我们感兴趣。"

"你看这一只会不会和下水道里的那一只是同一种类的？"

"我们马上就会知道的。"

姑娘伸出手，张开掌心形成飞蚁可以降落的平台。它轻巧地落在了上面，爬了几步。

"它一定是在写字，和那一只一样！"

朱丽在灌木丛中摘了一枚浆果，挤出一些汁液滴在掌心上。蚂蚁立刻把大颚在浆汁里蘸了蘸，写道：

"跟我来。"

"要么是那一只从蛤蟆的肚子里逃出来了，要么就是它的孪生同胞。"大卫说。

他们仔细地看着那只昆虫，就好像在审视一辆正在等他们的出租车。

"毫无疑问，在下水道里它想要领我们出去，现在它想要带我们进入森林！"朱丽高兴地叫道。

"我们怎么办？"大卫问。

"鉴于目前的处境……"

那昆虫在前头带路，领着他们朝西南方跑去。一路之上他们看到各种各样稀奇古怪的树木：树冠状如雨伞一样的千金榆，黄色树皮上缀着黑色裂纹的欧洲小杨，树叶散发着甘草气息的桉木。

夜幕降临了，飞蚁从他们的视野中消失了。

"在黑暗中我们没法跟着它了。"

话音甫落，在他们面前亮起了一点闪电般的微光。那只飞蚁的左眼有如灯塔一般闪亮了起来。

"我原以为只有萤火虫才会发出亮光呢。"朱丽奇怪道。

"……我开始怀疑我们的朋友并不是一只真正的蚂蚁。我曾在电视上看到关于这种机器的报道。那是美国国家航空航天局为探测火星而研制的机器蚂蚁。但他们的机器蚂蚁要大得多。还没有谁能把机器蚂蚁缩小到如此程度。"

在他们身后传来了可怕的犬吠声。飞蚁闪着光芒为他们引路，但警犬要比他们跑得快得多。大卫拖着一条残腿，处境更加艰难。他拄着拐杖爬上一道斜坡，想借此拉开与警犬之间的距离。但它们也冲了上来，亮出獠牙朝他们猛扑过来，同时也没有放过那只照亮这伤心一幕的飞蚁。

"我们分开跑，"朱丽说，"这样也许我们中还能有一个逃脱。"

也没等大卫回答，她就一个箭步跨过一丛灌木。那些警犬全部朝她这个方向追来，狂吠着，流着口水，一心想要把姑娘撕成碎片。

178. 百科全书

长距离赛跑：当猎犬和人一起赛跑时，总是猎犬第一个到达终点。与各自的体重相较而言，猎犬具备和人一样的肌肉素质。从逻辑上讲，两者的奔跑速度应该相等，然而猎犬却总是跑在前面。原因就在于当人奔跑时，他是瞄准了那条终点线的。在人脑中有一个确定的目标要去实现。而猎犬只是为了跑而跑。人会为自己确定目标，人会去想他愿不愿意跑，这使得人浪费了许多精力。奔跑时不应该想着要达到一个目标，而只应去想前进、前进、再前进。

在前进过程中人们可以按照突然出现的事物来修正他们的路线。就这样，在不断前进中人们到达甚至超越他们的目标，自己甚至都没有意识到这一点。

埃德蒙·威尔斯
《相对且绝对知识百科全书》第 III 卷

179. 恢复联系

103 号公主待在它的房间里一动不动。24 号王子不知为了什么老围着它打转。在蚁城，某些保育蚁说在没有进行交配时，雄蚁围着雌蚁打转会造成很明显的感情压力。

103 号并不太相信这些传说，但看到 24 号围着它兜圈子，在它心中的确产生了某种压力。

这不禁让它感到心烦意乱。

于是它强迫自己把念头转到其他事情上去。在它头脑里最新诞生的一个想法是制作一只风筝。它记得杨树叶并不是从树上笔直落下的，而是成之字形在空中慢慢飘落的，这让它想到可以用风筝把蚂蚁送上天乘风而行。剩下要解决的就是如何控制方向的问题了。

一些侦察兵回来告诉它最近东边的一些蚁城刚刚加入了新贝洛岗联

邦。联邦所拥有的卫星城数量从原来的 64 座增加到最近的 350 座，而且从原先单一的褐蚁部族发展到至少十几个不同的种群。这还不包括正在与它们谈想要加入联邦的一些胡蜂部落和白蚁城。

每一个新加盟的城市都会得到一面有气味标识的联邦旗帜，以及一块儿热炭和使用说明。"不要把树叶放在靠近火焰的地方。不要在起风时生火。不要在蚁城内部点燃树叶，这样会产生窒息性的烟雾。不经母城同意，不得擅自在战争中使用火。"同时母城还把杠杆和轮子的知识传授给它们，也许在它们自己的实验室中能够发现其他更为有趣的使用方法。

有些蚂蚁希望新贝洛岗的科技秘密不要外传。但 103 号公主可不这么想。它认为这些知识应该传授给所有的昆虫，哪怕有一天其他昆虫会利用这些知识来攻击新贝洛岗，但这是最明智的选择。

被当作民用能源使用的神奇火焰以及由它产生的惊人作用，让所有的蚂蚁更深切地体会到"手指"在这方面所取得的进步。一万多年以前"手指"就已经掌握了火的奥秘。

现在联邦内所有的成员都知道"手指"既不是什么怪物，也不是什么神祇。而且 103 号公主正在想办法与"手指"建立联盟。

在 24 号的小说里，它用两句简洁明了的话解释了这一问题：

"两个世界相互注视，一个无穷小的世界和一个无穷大的世界，它们能彼此理解吗？"

对于这一计划蚂蚁们或赞成，或反对，各持己见。但所有的蚂蚁都在思考以何种方法才能建立这一联盟，以及建立联盟的利与弊。也许除了火、杠杆和轮子之外，"手指"还了解其他蚂蚁根本无法想象的奥秘。

只有侏儒蚁和它们的一些盟友仍顽固地想要把联邦以及它在大自然中传播的邪恶思想统统毁灭。侏儒蚁部族中有好几个蚁后，这些蚁后不停地生出新一代的兵蚁。等到它们长到可以战斗的年纪，也就是说一周以后，将会重新发起冲锋，来消灭褐蚁的联邦。

"手指"的技术并不一定总能战胜能够大批量生产士兵的几只蚁后的肚子。

新贝洛岗已经感觉到了这一威胁的临近。大家都很清楚在想要改变这世界的力量和想要生存在过去中的保守势力之间将会爆发一系列战争。

103 号公主决定加快历史的进程。要是在陆地上两大重要种族之间不能建立真正的合作关系的话，改革就无法持久下去。它把 24 号王子、12

个年轻兵蚁以及众多联邦部族的代表召集到它的房间里。大家都触角抵着触角，围成一圈，形成一个共同的思维意识。

公主告诉大家不管怎样都必须去试一试。既然"手指"无法与蚂蚁取得联系。那么就由蚂蚁来主动与它们交流吧。它认为为了让"手指"把蚂蚁看作平等地位的合作伙伴，唯一的办法就是让"手指"认识到它们可观的数量。

与会的昆虫们明白103号所指的是什么：一次新的大规模远征。103号解释说它想要发起的并非一次远征，它不想再进行毫无意义的战争了。它所指的是一次和平的蚂蚁长征。公主确信"手指"将会惊恐地发现在它们身边竟然生活着数量如此众多的昆虫。它希望其他的城邦也能加入这次长征以壮声势。这样它们将肯定会成为"手指"不可或缺的合作者。

"这能成功吗？"24号问。

"当然。"

103号打算亲自领导这次长征。

其他部族为此深感不安。它们想知道到时候谁将留守新贝洛岗并且继续这里的工作。

"我们将留下四分之一的蚂蚁。"103号说。

那些联邦代表认为这实在太冒险。侏儒蚁很快会发起进攻，而且周围仍有拜神蚁在活动。那些反动势力仍十分强大，绝不能掉以轻心。

大家纷纷提出自己的意见。许多昆虫都对新贝洛岗所取得的成功和目前的平静生活相当满意。它们不明白为什么要去冒险。另外一些深恐这次与"手指"的会面将会落得失败的下场。因为到目前为止所有与"手指"的遭遇都是以失败而告终。在这场前途未卜的和平长征上投入如此多的精力究竟有何意义？

而且那些"手指"怎样才能把和平长征和一次军事远征区分开来呢？

103号公主告诉大家它们别无选择，与"手指"的会面迟早会发生，即使不是由它来组织这次长征，这项工作也将由它们的后代来完成。与其让别人来挑起这副重担，还不如尽早结束它。

昆虫们讨论了很久，103号天生的雄辩口才感染了它们。而它那些传奇经历也让它的话语更具说服力。它又说道："即使我们不幸失败了，我们所付出的努力还是会给后人提供宝贵的经验。"

最终所有的反对意见一条接一条地被驳倒了。这次长征将会给昆虫世界带来更多的进步。也许"手指"会教会它们比火、轮子和杠杆更让人惊讶不已的知识。

"比方说?"24号问道。

"幽默。"103号回答。

在场的昆虫中没有谁确切地知道幽默到底是什么。但它们想象,"幽默"和其他典型的"手指"发明一样,会给予那些知道如何运用它的人以一种令人难以置信的力量:5号心想,"幽默"一定是一种最新式的武器;7号则认为,"幽默"一定是一种更具毁灭性的火焰;而在24号王子的脑海中,"幽默"是一种艺术形式。

其他昆虫则设想"幽默"是一种全新的金属或者一种闻所未闻的食物储藏方法。

出于不同的原因,大家都被"幽默"这只法力无边的圣杯[1]所吸引,它们一致赞成103号的决定。

180. 独自在阴森的树林中

逃亡到了最紧要的关头:只有这棵冷杉才能让她幸免于难。虽然陡直的树干让朱丽望而生畏,但狂吠的狗群在这种时候成了最好的爬杆教练。

她一个劲地向上攀登。情急之中她想起遥远的先祖们。这些至今依然生活在地球上的人类祖先在树叶间活动如履平地。要是在每个人心中依然存在猴子的本性,此时此地倒是可以派上用场。

年轻姑娘手脚并用地在树身上寻找着细微而有效的支点。她的手掌被粗糙的树皮磨破了。她越攀越高。一些可怕的獠牙从她的脚踝边擦过,然后狠狠地合在一起,发出清脆的响声。一只警犬也爬上了大树。朱丽被这些畜生的固执激怒了,她龇牙咧嘴地发出一阵挑衅的叫声。

那条狗恐惧地看着她,仿佛从没想到过在人类的身上竟然也能表现出如此强烈的兽性。在下面,其他的狗也不敢离大树太近。

朱丽摘下杉果朝最靠近的狗劈头盖脸地砸去。

"走开!给我滚开!离开这儿,肮脏的畜生!"

如果说警犬暂时放弃了撕咬朱丽的念头,但它们绝没有忘记告诉它们的主人逃亡者就在这儿。狗群的叫声越来越响亮了。

---

[1] 传说,圣杯(Graal)是公元33年耶稣受难前在逾越节晚餐上使用的葡萄酒杯,圣杯因为这个特殊的场合而被赋予某种神奇的能力。

突然又有谁朝这边过来了，从远处看好像是一条狗。但它的步履更为轻盈，举手投足间更显自信，气味也要强烈得多。这不是狗，是一匹狼，一匹真正的野狼。

警犬们惊异地看着这位不同寻常的来客。尽管它们是一群而对方只有一个，感到害怕的却是人多势众的一方。狼实际上是各种狗的祖先。但它并没有像这些后辈一样因为与人打交道而发生蜕变。

所有的狗都知道这一点。从吉娃娃[1]到德国短毛猎犬，从髦毛犬到马耳他狮子狗都模糊地记得在它们过去的生活中并没有人的存在，那时它们无论在肉体上还是在精神上都与现在完全不同。那时它们是无拘无束的狼。

警犬们垂下脑袋，耷拉着耳朵以示臣服，并且夹起尾巴掩藏自己的气味，同时这也是保护生殖器官的方法。从它们的胯间稀稀落落地流下了尿液。这在狗的语言中表示："我的排尿不受时间和地域的限制，因为我没有确定的领地。"那头狼嚎叫着说它只在自己的领地的四角排尿作为标识，而警犬入侵了它的领地。

"这并不是我们的错，是人让我们这么做的。"一头德国牧羊犬辩解道。

狼轻蔑地咧了咧嘴，回答说：

"谁都可以自由地去选择生活。"

说着它便张开血盆大口朝狗群冲去。

警犬们意识到那匹狼杀性大起，悲鸣着撒腿就跑。

那头狼对这些退化了的远房子孙们满怀怒意，朝其中一只紧紧追去。它们干扰了森林中的平静生活，就必须为此付出代价。

"利齿出击，封喉而归。"这就是狼的准则。今晚它的孩子们再也不会奇怪为什么爸爸空手而归了，这只德国牧羊犬会成为它们的腹中餐。

朱丽攀在杉树上，侧耳听来四周只有树叶在清风拂动下飒飒作响。"感谢你，大自然，派了一头狼来救我。"她轻声低语道。

一只大猫头鹰发出一阵令人毛骨悚然的鸣叫。黑夜降临了。

朱丽害怕她的救命恩狼会再回来，便决定留在杉树上。她在枝杈间调整了一下姿势，让自己觉得更舒服些，但却始终无法入眠。

---

[1] 墨西哥短毛圆头小狗。

森林沐浴在月亮惨淡的银光中，好像蕴藏着无尽的魔力与神秘。灰姑娘心中油然升起一种渴望，一种从未体验过的需求：对着月亮号叫。她抬起头，丹田运气，发出一声响亮的号叫：

"嗷嗷嗷嗷呜呜。"

她的老师杨凯莱维施曾告诉过她最好的艺术形式就在于师法自然。通过模仿狼的嚎叫，她的音乐造诣达到了致臻入化的境界。远方一些狼嚎呼应着她。

"嗷嗷呜呜。"

它们是在说："欢迎加入喜欢望月嚎叫者的行列。这么做的感觉很好，不是吗？"

朱丽一连叫了将近半个小时。她想如果有一天乌托邦能够重新建立起来的话，她肯定会建议全体成员一起像现在这样对着月亮号叫。至少每周一次，比方说星期六大家一起叫，正所谓独乐乐不如众乐乐。而现在她却是独自一人，远离朋友，远离那个社会，在森林中迷失了方向，独处在无尽苍穹之下。狼嚎渐渐变成抱怨的尖叫。

"蚂蚁革命"让她养成了一些坏习惯。现在她需要生活在人群中，告诉他们新的经验和计划。

最近这几天，她开始无奈地习惯孤独的生活了。在她心中却不得不承认现时的最大幸福就是不再孤独。姬雄。但不光只有姬雄。佐埃，她是那么爱嘲讽别人。弗朗西娜，她总是充满幻想。保尔，他一直是笨头笨脑的。莱奥波德那么聪明。纳西斯，但愿他会没事。大卫……大卫，也许他已经被狗撕成了碎片。多么可怕的死法……妈妈。她甚至也想念她的母亲。想起与七位朋友一起度过的日日夜夜，她愈加体会到现在她是多么渺小。还有那521名革命者。还有世界各地所有与他们的公司保持联系的人们。

她闭上眼睛，让思想展开光芒夺目的翅膀，挣脱头脑的禁锢，在天空中翱翔，仿佛笼罩在森林上方的一片一望无际的云。这始终都是可能的，渐渐地她收回自由的思想，又对着月亮号叫了一会儿。

"嗷嗷呜呜呜。"

"嗷嗷呜呜。"一头狼在回答她。

此时此刻她所能做的也就是倾听几只她所不认识的，也无意认识的狼在远方嚎叫。她蜷缩在枝杈间，寒冷已经让她的双脚麻木了。这时一缕微光映入她的眼帘。

"那只为我们引路的蚂蚁……"她抬起身子，心中满怀着希望。

但这次倒真的是萤火虫了。它们在空中盘旋着跳起爱情之舞，它们在三维空间中舞蹈，用自己体内的"聚光灯"照亮舞场。要是能变成一只萤火虫和伙伴们一起翩翩起舞，那该是多么快乐呀！

朱丽身上越来越冷了。

她的确该休息一下了。已经没有多少时间可以睡了。她立刻进入了深度睡眠状态。

早上六点左右，她被一阵狗叫声吵醒了，这叫声她再熟悉不过了。那不是警犬的叫声，而是她的阿希耶来找她了。一定有谁想到利用阿希耶来找到她。

那人的脖子上挂着一只手电。灯光自下而上照亮了贡扎格狰狞的面容。

"贡扎格！"

"是的。警察不知道怎么才能找到你，而我却想出了一条妙计。就是你的狗，这可怜的家伙独自在花园里溜达，我没费多大的劲就让它明白我们想让它干什么了。我把上次藏着的那块裙布给它闻了闻，它就立刻跑来找你了。狗的确是人最忠实的伙伴。"

贡扎格和他的两个党羽抓住了朱丽，把她绑在了杉树上。

"啊，这一次再也不会有谁来打扰我们了。这棵大树倒真像印第安人的施刑柱。上一次用的是小刀，自那以后我们换了装备……"

他亮出了手枪。

"这虽然不如刀子用起来那样精确，不过倒可以不受距离的限制。你尽可以叫喊，在这森林里谁也不会听到的，也许除了你的……'蚂蚁'朋友。"

她拼命挣扎着。

"救命！"

"放开你美丽的歌喉，叫吧！来，尽情地叫吧！"

叫声停止了。她死死地盯着他们。

"你们为什么要这么做？"

"因为我们喜欢看到别人痛苦。"

说着贡扎格朝阿希耶腿上开了一枪，猎犬的脸上流露出惊讶的表情，但还没等它明白自己认错了朋友，第二颗子弹钻进了它另一条前腿，接着后肢又各中一枪，然后是脊柱，最后是头部。

贡扎格重新装上子弹。

"现在轮到你了。"他举起枪对准朱丽。

"住手。放开她。"

贡扎格转过身。

是大卫！

"生活总是惊人的相似。每当漂亮的公主大难临头时，大卫你就出手相救，真是太浪漫了。但这一次历史将不会重演。"

他举枪对准了大卫，扣动了扳机……但倒下去的却是贡扎格。

"当心，是那只会飞的蚂蚁。"他的一个手下叫道。

的确是它。飞蚁又用螫针向贡扎格·杜佩翁的同伙们发起了进攻。

他们试图进行自卫。但周围到处都是飞舞的昆虫，他们根本无法发现机器昆虫的所在。在飞蚁的螫刺下，三只"黑鼠"全都瘫在了地上。大卫跑到朱丽身边给她松了绑。

"谢天谢地，这次我真的以为自己在劫难逃了呢。"朱丽说道。

"不可能的，你不会有危险的。"

"是吗，为什么呢？"

"因为你是女主角。在小说里，女主人公是不会死的。"他说笑道。

这个奇怪的推断的确出乎姑娘的意料之外。

朱丽蹲到阿希耶身旁。

"可怜的阿希耶。它一直都以为人是狗最亲密的伙伴。"

很快，她在地上挖了个洞穴，埋葬了爱犬。然后说了一段简短的悼词：

"这里埋葬着一只没有参与其种群进化的狗……一路平安，阿希耶。"

飞蚁仍不停地在他们身边盘旋飞舞，发出不耐烦的嗡嗡声。然而朱丽却有些精神恍惚，不知不觉地靠在了大卫身上。很快她又清醒过来，挣脱了他的怀抱。

"该走了。飞蚁好像有些着急了。"大卫催促道。

在飞蚁的引领下，他们朝着阴暗的森林深处走去。

181. 百科全书

尺度：在人们的眼中，万事万物都只是以一定的尺度关系存在着。法国数学家本华·曼德博[1]不但发明了不可思议的分形，而且还揭示了我们只能认识到身边一小部分世界。在测量一株卷心菜的尺寸时，第一次我们测量出其直径比方说 30 厘米，但如果根据卷心菜表面不同的圆周进行测量的话，就会得到许多不同的数据。

一张表面光滑的桌子也是一样。如果我们把它放到显微镜下观察的话，就会发现桌面上分布着一连串的山脉。而这些起伏凹凸又是由更小的起伏凹凸构成的，一直到无穷小。这一切都取决于用来观察桌子的尺度。在某一确定的尺度下，桌面呈现这种形态，在另一尺度下又是另一种形态。

本华·曼德博告诉我们并不存在某种绝对的科学知识。一个诚实的现代人应该承认在各种知识领域内都存在着巨大的不确定性，这才是严谨的治学态度，不确定性在后人的努力下会逐渐减少，但永远也不会被彻底消除。

埃德蒙·威尔斯
《相对且绝对知识百科全书》第Ⅲ卷

182. 长征

黎明时分，新贝洛岗全城上下都在为出发紧张地做着准备工作。城里城外，大家讨论的唯一话题就只是这次向"手指"世界发起的和平长征了。

这次再也不仅仅是一只蚂蚁，而是整整一群蚂蚁向那超然化外的国度进军，去与"手指"会面……也许是去与神祇会面。

在兵蚁的营房里，每一个都在腹中装满了蚁酸弹。

"你相信'手指'真的存在吗？"

一只兵蚁茫然地摇了摇头。它承认自己并不完全相信，但它认为要把事情弄清楚的唯一办法就是把这次长征进行到底。如果这世上并没有什么"手指"的话，它们还可以回到新贝洛岗继续它们的新生活。

稍远处另一些蚂蚁也在进行更加激烈的争论。

"你看'手指'会把我们当作平等的伙伴吗？"

另一只摩擦着触角的末端。

---

[1] 本华·曼德博（Benoit Mandelbrot, 1924—2010），于 1967 年在研究英国海岸线长度时发明分形。分形：在不断减小的尺度上重复基本图样的特征的几何实体，同任何包含在不断减小尺度上重复的自相似性系统有关。

"如果它们不这么做的话，那就只有在战场上一见高下了。我们会战斗到底的。"

在地面上，蚂蚁们把物资辎重装上蜗牛的背。这些流涎的软壳动物可能是最有效的运载工具了。尽管它们行动迟缓，但却能适应在各种地形上行进。而且万一缺粮，一只蜗牛就够许多蚂蚁吃的了。蜗牛懒洋洋地看着蚂蚁们往自己身上装上行李，一打呵欠便露出它们25600颗纤细的牙齿。

那些行李可真够沉的，有炙热的木炭，也有食物。

长征队伍绕着新贝洛岗城围了一圈。

还有几只蜗牛背上还装上了灌满蜂蜜酒的空卵壳。这种蜜酒只要喝一丁点就能更好地抵御黑夜的寒冷，并且在战斗中勇气倍增。另外一些蜗牛还驮上了一些蓄蜜蚁，这些不会行动的蚂蚁灌饱蜜露之后，腹部要比身体其他部分大上50倍，臃肿得像一只大皮球。

"准备的食物够我们吃两个冬天的了。"24号说。

103号公主回答说穿越旱海的经历让它懂得没有粮食任何远征都会半途夭折。况且它也不能肯定一路之上都能捉到猎物，还是有备无患的好。

在忙忙碌碌的蚂蚁头顶上，一些刚加盟的胡蜂和蜜蜂在空中巡逻，以防有谁趁乱向蚁城发起攻击。

7号把一片长长的大麻叶装到了给它专用的蜗牛背上，它打算把这片叶子给制成一幅以此次长征为主题的壁挂，它同时还准备了一些颜料、花粉、昆虫的血、碎木屑。

在新贝洛岗城的第二出口前场面最为混乱，全体昆虫都在按照种族、等级、研究实验室和"坐骑"重新集中组队。

蚂蚁工程师们用草把载满炭火的石子固定在蜗牛背上。它们倒不是担心引起火灾。

终于，一切全都准备就绪。气温也够高的了。可以出发了。一只触角高高举起。

"前进。"

这支至少由70万只昆虫组成的庞大队伍开始移动了。由侦察蚁组成的三角形队列走在最前头。队列最前端的蚂蚁不断被后面的替换，以始终保持最高的警惕性，如果说整个长征队伍是一只动物的话，那它的鼻子在被不断更新着。

侦察兵后面是褐蚁炮手。一旦侦察兵发出警讯，这些炮手便立刻摆好射击姿势。随后过来的是一只蜗牛。这是一只战斗蜗牛，背上驮着热气腾腾的炭火。在这移动堡垒的顶端有好几个做好射击准备的炮手。

随后是随时准备冲锋陷阵的步兵蚁军团，同时它们也负责在周围捕猎为全队提供食物。

跟在它们后面的是第二只蜗牛，它背上也驮着炭火和炮手。

接着是好几个异族军团，主要包括红蚁、黑蚁和黄蚁。

在一字长蛇阵的中段才是蚂蚁工程师和蚂蚁艺术家。

103号公主和24号王子也有各自的蜗牛坐骑，以免跋涉之苦。

最后在队伍的尾部又是一个炮兵军团以及两只战斗蜗牛作为后卫部队。

在队伍两侧也有一些宪兵蚁往来游弋，它们的任务是鼓舞士气，维持队形以及控制可疑地区。5号和它的亲兵统率着宪兵和侦察兵队伍。它们才算是长征的真正领导者。

所有昆虫心中都觉得是在为种族利益而完成某项重大使命。这支庞大的队伍所到之处，大地为之颤抖，青草为之卷曲，甚至大树也不能无动于衷。在树木的回忆中，从来没有看到过如此多的蚂蚁聚集在一起朝着同一方向前进。也从没看到过蜗牛背上驮着炭火夹杂在蚂蚁的队伍中。

入夜时分，全体将士聚在一处开阔地带宿营。在营地中心的炭火周围仍有昆虫在活动，而四周的蚂蚁已经进入了梦乡。103号公主仅仅四肢站立，半抬着身子向一大群同伴讲述着在"手指"王国的所见所闻。

183. 费洛蒙记忆包：工作

费洛蒙：10号

工作：

"手指"首先是为了食物而进行斗争。

当它们不愁温饱之后，则为自由而进行斗争。

当它们获得自由之后，便为尽可能长时间地不工作而斗争。现在在机器的帮助下"手指"实现了这一目标。

它们待在家里尽情享受着食物、自由和休息的权利。但它们并没有对自己说："生活真美好，我们可以整天无所事事。"它们反而感到痛苦，并向那些许诺减少失业、重新给予它们工作的首领投上一票。一个有趣的细节：在"手指"语言的法语中，"工作"一词是从拉丁语"tripalium"一词演化而来，意即"三脚架"。在过去这是用来对奴隶施刑的最残酷的工具之一。

人们把奴隶吊在三脚架上，挥棒痛击。

184. 圣殿

在盆地四周环绕着一些灌木丛。在盆地中心有一座巨陵，上面还有一座更小的土丘。几只小鸟在空中飞翔，随风摇曳的柏树聆听着它们美妙的歌声。

朱丽站在一处砂岩顶上，口中念念有声：

"我好像认得这地方。"

这地方也认得她。朱丽觉得有谁在暗中窥伺着她。并不是那些树木，而是脚下的大地。那两座丘陵就仿佛是一只瞳孔凸起的大眼睛，而周围的荆棘就是眼睛周围的睫毛。

飞蚁并没有带领他们朝土丘方向走去，而是朝着砂岩峭壁下面一条深沟飞去。

朱丽朝前走着。这下再也没有什么可怀疑的。她就是在这儿发现的《相对且绝对知识百科全书》。

"要是我们下去的话，可就再也没有办法上来了。"大卫说。

飞蚁却飞到他们身边催促他们往下跳。他们也只好听天由命了。

他俩的手和脸都被刺槐、狗牙草、蓟等荆棘刮破了。植物界中声名狼藉的植物几乎都集聚在这儿了。在如此险恶的环境中依然绽开了几朵鲜花。

飞蚁带着他们进入了一处洞穴。他们像鼹鼠一样四肢着地钻进了大地腹中。

飞蚁用它的眼睛照亮了黑暗的隧道，大卫带着拐杖吃力地在后面跟着。"到底便没有路了。我曾摔下来过，所以我知道。"朱丽告诉大卫。

的确隧道到了尽头。飞蚁落在地上，好像它的引路工作已经完成了似的。

"你看，现在只有往回爬出去了。"朱丽叹息道。

"等一会儿，这只机器昆虫带我们来这儿肯定有它的道理。"大卫说道。

他仔细地检查了隧道尽头，轻轻敲了敲洞壁，他的手感觉到某种坚固而冰冷的东西。他拂去表面的泥土，借着飞蚁的光发现了一块圆形的金属板。在那上面刻着一道谜题。周围有一圈用来回答的键钮，像是某种密码锁。

他俩读道："怎样用6根火柴拼出8个全等边三角形？"

又是几何学。朱丽用手抱着脑袋。要摆脱教育制度的影响是不可能的。到哪儿它都会把你逮住。

"开动脑筋。这是电视里的一道谜题。"大卫说。他酷爱猜谜，几乎很少错过"思考陷阱"那个节目。

"啊，是的！但电视上那位女士那么聪明，也没有想出答案来。我们又……"

"至少，只要我们去想，就会有办法。"大卫坚持道。

他从地上拔起一段植物的根，掰成六截，按照不同方向摆放着。

"6根火柴和8个三角形……这应该是可以办到的。"

他摆弄了很长一段时间，突然叫道：

"有了，我想出来了。"

他把答案告诉了朱丽，然后在键盘上输入答案。在一阵钢板的吱嘎声中，金属门开了。

在门后面，有光线，还有人。

185. 费洛蒙记忆包：群居的本能

费洛蒙：10号

群居的本能：

"手指"是群居性很强的动物。

它们很难忍受独自生活。

只要它们能够，便聚集成群。

它们聚集的地点之一便是称作"地铁"的巨大场所。

在地铁里它们能够忍受这世上任何昆虫都无法忍受的事情：它们一个挨一个地紧紧贴在一起，相互轧压、相互推挤，密度如此之高简直到了动弹不得的地步。

"地铁"现象引出以下这个问题："手指"是否具有个体智慧抑或它们这种群居行为是迫于外界的听觉或者视觉指令？

186. 是他们

朱丽第一眼看到的是姬雄的面孔，然后是弗朗西娜、佐埃、保尔和莱奥波德。要是不把纳西斯算在内的话，"蚂蚁"乐队就到齐了。

朋友们朝他们伸出手把他们搀扶进来。重逢实在太让人高兴了。他们相互拥抱在一起，朝朱丽滚烫的面颊上投下雨点般的亲吻。

姬雄把他们的经历说了一遍。他们好不容易从混战中全身而退，决定为纳西斯报仇，便追着"黑鼠"们，一直追到大广场附近的街道上。但那些坏蛋已经逃远了，警察又朝他们追来。他们费了很大的劲，才摆脱追捕。他们不约而同地也选中了森林这个隐蔽所。在那儿，一只飞蚁找到他们并把他们一直领到这儿。

另一道门开了。一个干小驼背的身影出现了。这是一个腋下挂着一大把长白胡须……酷似圣诞老人的老者。

"埃……埃德蒙·威尔斯？"朱丽结结巴巴地问。

老人摇了摇头。

"埃德蒙·威尔斯三年前就去世了。我叫阿尔蒂尔·拉米尔。乐意为您效劳。"

"是拉米尔先生派飞蚁把我们接到这儿的。"弗朗西娜告诉朱丽。

亮灰眼睛姑娘打量了一下他们的救命恩人。

"您认识埃德蒙·威尔斯吗？"她又问。

"我对他的了解既不比你们多也不比你们少。我也只是通过他留下的著作才对他有所了解的。但读某人的书不正是了解他的最佳途径吗？"

他解释说正是受了《相对且绝对知识百科全书》的启发才建了这么一个地方。埃德蒙·威尔斯的习惯之一就是在地下挖掘洞穴隐藏秘密和财富，然后设置关于火柴和三角形的谜题作为开启地下通道大门的方法。

"实际上他是一位老顽童。"老者调皮地说道。

"是他把书放在隧道尽头的吗？"

"不，是我放的。埃德蒙习惯为进入他的洞穴设定路线。出于对他著作的尊敬，我便也依样画瓢。当我发现《百科全书》第三卷之后，先把它复印了下来，然后把原著放在我洞穴的入口处，我原以为谁也不会找到它的，但有一天却发现它不见了。是朱丽你找到了它，于是也就轮到你接替这项工作了。"

他们所在的是一个类似于狭窄门厅的地方。

"在箱子里有一台微型发射机。我毫不困难地就找到了你。从那时起，我的侦察飞蚁就再也没有离开过你，它们或远或近地监视着你。因为我想知道你会用埃德蒙·威尔斯书上的知识做些什么。"

"啊，这就是为什么第一天谈话时会有一只蚂蚁爬到我的手上。"

阿尔蒂尔善意地微笑着说：

"你对埃德蒙·威尔斯思想的诠释毫无疑问相当'有趣'。在这里，我们通过侦察飞蚁对你们的'蚂蚁革命'了解得一清二楚。"

"幸亏是这样，因为您要是等着记者们在电视上谈论这事，我们也就不会在这里了。"大卫恍然大悟道。

"这就和看电视剧一样。依靠这些遥控飞蚁，我们可以了解那些新闻媒体不感兴趣的东西。"

"那您到底是谁？"

阿尔蒂尔把他的过去告诉了他们。

从前他是一位遥控机械化装置的专家，他为军队设计过遥控战斗"钢狼"。这些机器得以让大国在对穷国进行的战争中保存他们士兵的生命，而那些穷国则不惜牺牲过剩的人口去充当炮灰。然而他发现负责操纵"钢狼"的士兵疯狂地屠杀敌人，就好像是在玩电子游戏一样。他为此深恶痛绝，辞职后便开了一家名叫"玩具国王阿尔蒂尔"的玩具商店。他的机器人专家的才能使他创造出比父母还会安慰孩子的会说话的玩具娃娃。这是一些装备有合成人声的迷你机器人，预装的电脑程序能让它们与孩子进行对话。他设想有了这些让人放心的娃娃之后，新一代的孩子可以在比以前更为幸福的环境中成长。

"战争是一部野蛮人的历史。我希望我的玩具娃娃能够为正确的教育开个好头。"

一天，很可能是邮递员在投寄过程中弄错了，把一个装有《相对且绝对知识百科全书》第二卷的邮包投到了他家。这邮包原本是寄给教授的独生女蕾蒂西娅·威尔斯的，邮包中还有一封信，说这是他唯一的遗产。阿尔蒂尔和他的妻子朱丽亚特原来打算立刻把邮包转寄给她，但他们实在无法克制自己的好奇心。于是先把那本书看了一遍。书中自然讲到了蚂蚁，还有社会学、哲学、生物学。还特别提到了不同文明间的相互理解以及人在宇宙中的地位问题。

阿尔蒂尔被埃德蒙·威尔斯的话深深打动了，便着手制造那台能够将蚂蚁的气味语言转变成人类语言的著名机器——"罗塞塔之石"。就这样，他能够和一些昆虫——特别是一只智力相当发达的蚂蚁103号交谈。

然后在蕾蒂西娅·威尔斯、一位名叫雅克·梅里埃斯的警长，以及当时的科研部部长拉法艾尔·伊佐的帮助下，他与总统取得了联系，试图说服他设立蚂蚁驻人类世界的大使。

"也就是说那时埃德蒙·威尔斯的信是您寄去的喽？"朱丽问。

"是的。我只不过复印了一下。这封信原本就在《百科全书》中。"

朱丽知道那封信并没有产生多大的作用，但她还是忍着没有告诉他这封信最终只沦为在设宴款待外国大使时说笑的谈资罢了。

阿尔蒂尔告诉大家总统一直也没有给他任何答复，而且支持这项计划的科研部部长也被迫辞职了。自那以后，他就把全部心血都投入到这场挑战中：设立蚂蚁驻人类世界大使，以便两大文明为了共同的利益而进行合作。

"这洞穴也是您建造的？"朱丽改变了话题。

他点了点头，并告诉他们如果哪怕只早来一星期，他们会发现这地方的外面看起来更像是一座金字塔。

朱丽和大卫进入的这间屋子仅仅是一道门厅而已。另有一道门通向一间更宽敞的房间。那间圆形房间中央3米高的地方挂着一只直径大约50厘米的发光球体。这个照明用具通过一根玻璃纤维与天花板的尖顶相连，可以把外面的自然天光引入金字塔内。

在房内四周，环形布置着一些实验室，里面摆满了复杂的机器、电器和办公桌。

"大房间里设置的机器是一个彼此连通的完整系统。你们看到的那些门通向实验室。在那儿我的朋友们可以不受干扰地进行工作。"

阿尔蒂尔用手指着头顶上方一条同样开了许多门的纵向通道说：

"金字塔一共有三层。第一层是工作层，在那里我们进行实验和测试计划；第二层是休息层，是大家共同生活的地方，那儿有餐厅和娱乐室，以及食物贮藏室；第三层是卧室。"

从各个实验室里走出好些人来，与"蚂蚁革命者"见面。其中有埃德蒙的侄子乔纳森·威尔斯、妻子露西、儿子尼古拉以及母亲奥古斯妲·威尔斯。还有丹尼尔教授、研究员杰森·布拉杰，以及其他一些在这里从事研究工作的警察和消防队员[1]。

他们自称为《相对且绝对知识百科全书》"第一卷的人物"。

蕾蒂西娅·威尔斯、雅克·梅里埃斯、拉法艾尔·伊佐再加上阿尔蒂尔·拉米尔则算是"第二卷的人物"[2]。

加上朱丽和她的6位朋友，这里一共有21个人。

"相对于我们而言，你们应该是'第三卷的人物'。"奥古斯妲·威尔斯说。

乔纳森·威尔斯解释道在明白了设立蚂蚁大使的建议没有得到应有的关注之后，"第一卷"和"第二卷"的人物们决定一起避世隐居，为两大文明不可避免的会面做准备。他们尽其可能避人耳目，在茂密的森林深处择地建造了这座20米高的金字塔，其中17米深入地下，露出地面的只有3米，有点像一座只有顶部浮出海面的冰山。这就是为什么从外面看金字塔很小而内部空间却如此之大的原因，他们还在金字塔表面覆盖了一层玻璃镜作为外部伪装。

在这座大部分埋入地下的掩蔽所在，他们可以安静地从事他们的研究，完善与蚂蚁的交流手段，并且，制造用于保护金字塔免受侵犯的遥控蚂蚁。

然而冬天树叶自然的凋落解除了金字塔的伪装。居民们焦急地等待着春天的到来，好让树木催发新叶。但朱丽好奇的父亲还是在春回大地之前发现了金字塔。

"是你们杀死了他？"

阿尔蒂尔垂下眼睛。

"那是一次令人遗憾的意外。我还没来得及检测飞蚁起催眠作用的螫针注射装置。当你父亲靠近金字塔时，我担心他会向当局揭露我们的秘密，很是慌张，便派了一只飞蚁向他注射了麻醉剂。"

老人捋了捋胡须。叹息道：

"那是外科手术中常用的麻醉剂。但我并没料到它竟然会是致命的。我只是想让这位对我们太感兴趣的散步者睡上一会儿。我一定是弄错了剂量。"

朱丽摇了摇头。

---

[1] 参看作者所著小说《蚂蚁帝国》。
[2] 参看作者所著小说《蚂蚁时代》。

"不是因为这。您并不知道,我爸爸对含有乙基氯的麻醉剂有过敏反应。"

阿尔蒂尔惊讶地发现年轻姑娘并没有为此更多地怨恨他。

他继续叙述道,金字塔内的居民在周围的大树上安装了一些摄像机,因此他们才能发现朱丽的父亲死了。但还没等到他们出去把尸体搬走之前,猎狗的叫声引来了另一个散步者,他又通知了警察。

几天以后。一个警察来到金字塔附近不怀好意地转悠,他用鞋子打坏了飞蚁,还带来一个爆破组想把金字塔给炸穿。

"说到底,还是你们和你们的'蚂蚁革命'救了我们,"乔纳森·威尔斯说,"就在千钧一发之际,是你们转移了警察的视线。"

照理说,金字塔内的居民原本应该趁这大好时机搬家。但金字塔内安装了太多笨重的金属机械。

"于是我们就与你们的'蚂蚁革命'取得联系,并且找到了解决办法,"蕾蒂西娅·威尔斯解释道,"一栋掩埋在丘陵下的建筑,这条伪装计策真让人拍案叫绝呀!"

"我们不用另找一处丘陵挖开来重建家园,只要在金字塔上盖上泥土,让它变成丘陵就行了。"

姬雄插嘴道:

"那是莱奥波德想出来的主意,但其实这计策相当古老。在我的祖国韩国,大约公元1世纪时,百济王朝的国王们仿照埃及法老为自己建造了巨大的金字塔墓穴。这些金字塔经常被盗掠一空,因为其中藏有随葬的金银首饰已是一个人尽皆知的秘密了。于是百济君主和那些墓穴建造者们便想出在金字塔上盖上泥土加以掩饰。就这样陵墓与那些天然的丘陵混杂在一起。盗贼们若想染指那些地下宝藏就必须掘开全国所有的丘陵。"

"趁警察在学校那儿忙得不可开交的时候,我们就把金字塔埋在了地下。整个工程四天就完成了。"蕾蒂西娅说。

"你们亲自动手干的吗?"

"不是,我们的发明家阿尔蒂尔制造了一些能够不分昼夜快速工作的机器鼹鼠。"

"然后我们在丘陵顶部种下一棵树干中空的大树,里面装有玻璃柱,有了这我们就可以利用自然光来照明了。露西和蕾蒂西娅在丘陵周围移栽了些灌木,使之看上去与天然丘陵别无二致。"

"用一种自然的无秩序方式种树可真不容易，我们很难克制将它们排成直线的本能倾向，"蕾蒂西娅说，"但最终我们还是做到了。现在我们就生活在地底下，在我们与世隔绝的'巢穴'中。"

"在我们纳瓦霍印第安人部落里，"莱奥波德发了言，"人们相信大地能让我们免于任何危险。一旦有谁病倒了，人们就把他埋入土中，只露出脑袋。大地是我们的母亲，它为我们治病，保护我们，这再寻常不过了。"

阿尔蒂尔仍有些不放心："但愿那个爱管闲事的警察再回来时不会识破我们的计谋。"

老人继续领着年轻人们在"巢穴"各处参观，金字塔内的电能来自于几百片装备有光电元件的人造树叶。这些叶片被安放在丘陵顶部的大树上，叶片表面还有脉理，看上去就跟真的一模一样。人造树叶为机器的正常运转提供了必需的能源。

"那晚上你们就没有电了吗？"

"不会，因为我们还安装了大型电容器来储存电能。"

"这儿有淡水吗？"大卫问。

"有，附近有一条地下暗河流过，把淡水一直引到这儿并不是件困难的事。"

"另外，我们还设计了一整套管道系统来保证金字塔内部良好的空气流通。"乔纳森·威尔斯说。

"我们还发展了主要以真菌培植为基础的农业，在地底下我们也有食物来源了。"

随后，阿尔蒂尔带他们参观了他自己的实验室。在屋里一个近两米长的玻璃缸内，许多蚂蚁在泥土上熙来攘往。

"我们把它们叫作我们的'小精灵，'"蕾蒂西娅告诉他们，"而蚂蚁也的确是森林中的精灵。"

朱丽觉得自己仿佛置身于童话世界中。她是白雪公主，带着六个"小矮人"同伴。这些蚂蚁是可爱的小精灵。而这位有着众多神奇发明的白胡子老先生活脱就是魔法师梅兰了。

阿尔蒂尔把一些正忙于操纵微型金属齿轮系统组装电子元件的蚂蚁指给他们看。

"瞧，它们特别机灵。"

朱丽未从仙境中醒来，蚂蚁们相互传递着机器零件，有些零件小到即使让钟表匠把它们放到放大镜下也几乎难以看清。

"在使用这些'工人'之前必须把我们的技术知识传授给它们，"阿尔蒂尔说，"当然喽，就算是在第三世界国家投资建厂，我们也不得不让员工首先接受教育。"

"对这些细致入微的工作来说，它们的动作比人类最熟练的工人还要精确，"蕾蒂西娅说，"我们的机器飞蚁都是它们独立制造出来的。没有哪个工人能够操作如此微型化的齿轮系统。"

在放大镜下，朱丽观察着这些正在用与它们身材相称的工具制造机器飞蚁的昆虫们。这些"微型技术师"聚在机器边上，就好像是一群航空工程师围在一架战斗机旁。它们焦躁地晃动着触角，排成队把一只翅膀传递过来，其中两只把翅膀装到机器飞蚁上，并且用胶固定住。

在机器飞蚁前部，另外一些蚂蚁在安装灯泡眼睛。在后面，还有一些往飞蚁毒腺里注入一种黄色透明的液体。第三组蚂蚁把一节电池装入飞蚁的胸廓里。

然后，蚂蚁"工程师"们对产品的效果进行检测。它们先亮起一只灯泡眼睛，然后是另一只，接着它们调整开关触点，飞蚁的翅膀便以不同的速度振动起来。

"太惊人了。"大卫说。

"这不过是些初级的微型机器人技术，"阿尔蒂尔答道，"如果我们的十指能更灵巧些，我们自己也能做这些工作。"

"所有这些肯定让你们花了不少钱，"弗朗西娜说，"你们是从哪儿搞来这么多钱建造这座金字塔和这些机器的呢？"

"嗯，在我还是科研部部长的时候，"拉法艾尔·伊佐回答说，"我发现大量的资金被浪费在一些毫无用处的研究上，特别是对地球外生命的研究，总统十分热衷于这项研究，发起了一个耗资巨大的"SETI 计划"（寻找地外智慧生命计划）。我在辞职之前没费多大周折就挪用了一部分资金。因为与地内生命进行交流的可能性要比找到地外生命的可能性大得多。至少，我们能够确定它们的存在，所有的人都曾经与它们接触过。"

"您是说这一切都是用纳税人的钱建起来的？"

前任部长做了一个手势表示这与他任职时看到的那些浪费比起来，只能算是小巫见大巫了。

"而且其中还有一小部分钱是朱丽亚特提供的，"阿尔蒂尔补充说，

"我的妻子朱丽亚特还留在外面,在城里飞蚁可以在她那儿找到落脚的地方,而且她还在'思考陷阱'游戏中出演。我可以向你们保证电视游戏节目是很能赚钱的。"

"现在她不是遇到难题了吗?"大卫想起那道让拉米尔夫人伤透脑筋的谜题正是刻在大门上的那一道。

"别担心,"蕾蒂西娅说,"这个游戏节目其实是个骗局。那些谜题都是出自我们之手。答案朱丽亚特是预先就知道了的。她所需要做的仅仅是通过每一次节目为我们赚到更多的钱。"

朱丽满怀敬慕地仔细看着这个被这些人称作"巢穴"的地方,也许是因为他们来这儿安家落户已经有一年之久了,所以他们表现出一种"蚂蚁革命"远未达到的创造性。

"你们到自己的房间里去休息一下吧,明天我会向你们展示我们实验室里的其他一些成果的。"

"阿尔蒂尔,您能肯定您真的不是埃德蒙·威尔斯教授吗?"朱丽问他。

老人笑了起来,很快笑声变成了一阵咳嗽。

"我不能笑,这对我的健康不利。不,不,不,哎呀,我可以向你们保证我绝不是埃德蒙·威尔斯。我只不过是一个和朋友们一起避世隐居的老病人,只想安安静静地做自己喜欢做的事。"

说着,他把他们带到卧室层。

"在这儿我们为'第三卷的人物'预留了30个房间,我们预先不知道你们到底会有多少人。对于你们7个来说,这些房间绰绰有余了。"

弗朗西娜取出蟋蟀吉米,放在了五斗橱上。在警察部队发起攻击之前,她正好找到了它。

"小可怜,要是我没有把它从那儿救出来的话,它今后很可能会被关在笼子里,唱歌逗小孩子玩,就这样悲惨地度过一生。"

在吃晚饭之前每个人都在整理自己的房间。然后他们一起来到电视室里,雅克·梅里埃斯已经在那儿了。

"雅克是个电视迷。对他来说电视就如同毒品一样,他怎么也不能忍住不去看它。"蕾蒂西娅不无嘲讽地说道,"有时候他把音量开得太大了些,我们就责备他。在一个有限的空间内过集体生活可并不容易呀。最近他给电视室装上了泡沫塑料隔音设备,情况就好多了。"

新闻报道的时间到了，雅克·梅里埃斯把音量稍稍调高了些。所有的人都聚到电视机前看看外部世界发生了些什么事。在报道了中东战争和失业率上升之后，主持人终于谈到了"蚂蚁革命"。他说道警察一直在搜寻带头闹事者。新闻节目的嘉宾是自称最后一个采访过他们的记者马赛·沃吉拉。

"又是他！"弗朗西娜愤愤不平地说道。

"你们还记得他的名言吗……"

七位年轻人都在心中默念道："知道得越少，说得越好。"

实际上这位记者对他们的革命并非一无所知，他滔滔不绝地对着镜头说着。他确信自己是朱丽唯一的知心密友。后者曾向他透露过打算用音乐和电脑网络来把这世界搅个天翻地覆。终于，主持人拿回了麦克风，说带头闹事者中唯一被捕的纳西斯已经从昏迷中苏醒过来，目前伤情略有好转。

大家全都长出了一口气。

"别担心，纳西斯，我们一定会把你救出来的！"保尔高声说道。

随后是一篇关于被"革命者"占据之后枫丹白露高中遭受破坏情况的报道。

"我们什么也没有破坏。"佐埃咒骂道。

"也许是'黑鼠'们在我们撤离学校之后回到那儿搞的破坏？"

"要么就是警察故意对你们栽赃陷害。"雅克·梅里埃斯前任警长说。

他们7个的照片出现在了荧光屏上。

"别担心，谁也不会想到来这儿，到地底下来抓你们的。"阿尔蒂尔说。

说着他又笑了起来，笑声又很快被咳嗽所代替。

他解释说这是因为他得了癌症。虽然他久病成医，自己读些医书与病魔作斗争，但没有什么结果。

"您惧怕死亡吗？"朱丽问。

"不。唯一令我恐惧的事就是在死去之前没能尽我的天职。（他咳嗽起来）每个人都有与生俱来的使命，无论这一使命怎么微不足道，要是我们无法完成的话，这一生就算白活了。那是对生命的浪费。"

他又笑着咳嗽起来。

"但你们用不着替我担心，我还没到无可救药的地步呢。再说……你们还没有看到全部的成果呢，我还有一个秘密……"

露西把药箱拿了过来，取出蜂王浆给他喂下。而老人则在给自己注射吗啡以缓解痛苦。然后大家把他送回卧房，让他好好休息。新闻节目的压轴戏是对著名歌星亚历山德琳的采访。

187. 电视节目

主持人："您好，亚历山德琳，感谢您能在百忙之中来到我们的演播室。我们都知道您的时间是多么宝贵呀。亚历山德琳，您的最新力作《我生命中的爱》一经推出，便传唱全国，对此您自己是怎么看的？"

歌星："我想这是因为广大的年轻人在我的歌中听到了他们自己的心声。"

主持人："您最新的专辑已经位列各大销量排行榜之首，您可以给我们谈谈这张专辑吗？"

歌星："当然可以！《我生命中的爱》是我第一次尝试通过音乐表达我对这时代、这社会的态度与看法，在这张专辑中蕴含着深刻的政治含义。"

主持人："是吗！是什么政治含义，亚历山德琳？"

歌星："爱。"

主持人："爱？真是才华横溢。甚至是，怎么说来着？具有革命性的！"

歌星："另外我打算向总统递交一份请愿书，目的就是让所有的人都能生活在爱中间。必要的话我会在爱丽舍宫前组织一次静坐示威，我还要建议大家把《我生命中的爱》定为国歌。有很多年轻人给我写信说他们已经做好了走上大街示威，甚至发起一场革命的准备。我决定把这次革命称作'爱之革命'。"

主持人："不管怎样，您的最新专辑《我生命中的爱》已经出现在所有著名的唱片专卖店中，每张200法郎，价格相当低廉。本台也会给这张专辑大力支持。它将作为每小时一次假期节目的片头曲出现。谈到假期，现在正是举家出游的时候，达尼埃尔，在公路上有什么情况？"

"您好，弗朗索瓦。这里是罗斯尼直播室。很遗憾在我们的演播室里无法看到亚历山德琳的靓丽倩影。我们要向你们通报一下在复活节假期的第一天全国公路堵塞的情况。"

荧屏上出现了直升机所拍的镜头，在公路上，堵塞的汽车绵延数公里。记者报道说连环撞车已经造成十多人伤亡，但想要欢度他们带薪假期的人们仍然源源不断地涌上公路。

188. 百科全书

勇敢的鲑鱼： 鲑鱼一出生就知道有段漫长的航程在等待它们。它们离开了故乡的溪流顺流而下直至大海。到达大海之后，这些喜暖的淡水鱼改变自己的呼吸方式以适应大海冰冷的咸水。在那儿它们四处觅食以使自己的肌肉更强健。

然后，在某种神秘力量的召唤下，鲑鱼决定回到故乡去。它们在海中四处漫游，找到以前经过的河流入海口，然后逆流而上回到它们出生的小溪。

它们在大海中是如何确定自己位置的呢？没有人知道。也许鲑鱼有着极其灵敏的嗅觉，能够在汪洋大海中发现源于故乡河流的淡水分子，或者它们是依靠地球磁场来确定方位的。但是第二种假设的可能性似乎要小一些，因为在加拿大，人们发现当河流被严重污染之后，鲑鱼会搞错路线。一旦它们认为已经找到原来出海时经过的河流，鲑鱼便开始逆流而上。这是一次可怕的考验。在随后的几个星期之内，它们将要与汹涌的逆流搏斗，跳越诸多瀑布（鲑鱼可以跳到 3 米高），躲避天敌的攻击——白斑狗鱼、水獭、熊还有渔夫。它们面对的将是一场屠杀。有时候鲑鱼会被在它们入海之后建起的水坝所阻拦。

大部分鲑鱼在途中就死去了。那些最终回到出生地的幸存者把小溪变成了幸福的爱情之湖。尽管它们已经变得十分虚弱和消瘦了，但仍和其他幸存的鲑鱼交配，产卵让它们耗尽最后一丝气力而死。而新一代的鲑鱼则准备踏上新的征程。也有少数鲑鱼在产卵之后仍有足够的力气重新回到大海，它们还会开始第二次长途跋涉。

埃德蒙·威尔斯
《相对且绝对知识百科全书》第 III 卷

189. 谜底

马克西米里安的吉普车停在森林里，他从贮物箱里拿出一份熏鲑鱼三明治，在上面洒了些柠檬汁和新鲜奶油，津津有味地享用起来。

在他周围，一些警察正在用步话机闲聊。马克西米里安看了一眼手表，急忙打开了车上的小电视机。

"太精彩了，拉米尔夫人，祝贺您找到了答案！"

传来一阵掌声。

"这并没我原先预想的那么难。用6根火柴拼出8个全等边三角形，初看上去那是不可能的。但是……上次您说得很有道理，只要开动脑筋就行了。"

马克西米里安懊恼不已。就晚了几秒钟，他没能听到谜底。

"好，拉米尔夫人，让我们进入下一个谜题吧。我先提醒您，这道题比前一道要棘手些。题目是这样的：我在黑夜的开头和上午的末尾出现，一年之中人们可以看到我两次。人们看着月亮时可以把我清晰地分辨出来。猜猜我是谁？"

马克西米里安把谜题仔细地记在笔记本上，他喜欢让自己脑中存着一个悬而未决的难题。

一名警察敲了敲车门，打断了他的思路。

"头儿，我们找到他们的踪迹了。"

190. 它们有百万之众

它们在大地上前进，不断有昆虫加入长征队伍。几百万只昆虫一齐朝着"手指"世界进发。它们翻过崎岖的石子坡，爬过连绵的植物根茎，走了很久。

103号公主注意到个体队伍表现出的高涨热情，随时准备去赢得胜利，同时也渴望去迎接未知的挑战。

这是次伟大的会面。蚂蚁们知道为了这次伟大的会面它们要将自己的才能发挥至极限。

所有的蚂蚁都知道自己正身处地球历史上最伟大的时刻。在蚂蚁漫长的历史中它们已经经历过一些意义深远的时刻了，它们也曾经享受过打败白蚁的喜悦，但在胜利来临之前它们经历了漫长艰难的等待。现在就是与"手指"的会面了。

历史上最后一次"伟大的会面"。

蜗牛背着橙红色木炭走在长长的队列中，使队伍看上去就像是一条由虚线组成的长蛇。在缓慢移动的蜗牛周围，蚂蚁纤细的身影在草丛间隐现。

7号端坐在一头使劲流涎、走起路来一摇一摆的蜗牛背上，开始着手创作它的壁挂。它把爪子醮上唾液加入颜料，然后在大麻叶上面画出各种图形。目前它还只是勾勒出一组蚂蚁的群像。

191. 终于相聚

在金字塔内度过的头一夜很是舒适惬意。也许是因为太疲劳了，也许是因为"巢穴"的特殊形状，也许是因为头顶上有一层泥土保护，很久以来朱丽还是头一次睡得如此安心坦然呢。

第二天早晨，她到餐厅用了早餐后便在金字塔内散步。她来到图书馆，发现在一张大桌子上放着两本书，很像她的那一本。这正是《相对且绝对知识百科全书》第一、第二卷。她跑回房间取来了第三卷放在另两本的旁边。

三卷书终于相聚在一起了。

命运真的是很奇妙。他们的冒险经历竟然都是由一个人决定的，他只是写了三本书，就对后来者的生活产生了巨大的影响。

阿尔蒂尔走到她身边："我想你肯定会在这儿的。"

"他为什么要写这三本书？他为什么不把它们写成一卷书？"朱丽问他。

阿尔蒂尔坐了下来。

"每一卷书都有它所针对的某种文明和思维方式。这三卷书代表了认识客体的三个不同阶段。第一卷书代表了第一阶段：认识到客体的存在并与之进行初步的接触。第二卷书代表着第二阶段：与客体的对抗。第三卷书代表着第三阶段：如果对抗陷入了僵持阶段，这时便会自然而然地过渡到与客体合作的阶段。"

他说着把三本书摞到了一起。

"接触、对抗、合作。三部曲便完成了，这便是客体交流的完整过程，$1+1=3\cdots\cdots$"

朱丽翻开了第二卷。

"您说过制造了'罗塞塔之石'这架能用来和蚂蚁交谈的机器，是真的吗？"

阿尔蒂尔点了点头。

"能让我们看看吗？"

阿尔蒂尔犹豫了一下还是同意了。朱丽把朋友们一起叫了过来。

老人把他们带到一间房间里，柔和的灯光投射在几只种满花卉、植物和蘑菇的玻璃缸上。其中还有一座蚁穴，与朱丽按照《百科全书》设立的那座"罗塞塔之石"蚁城十分相似。

阿尔蒂尔打开了一台电脑，机器发出一阵轻柔的嗡嗡声。"这就是《百科全书》里提到过的那种'民主模式'的电脑吗？"弗朗西娜问。

阿尔蒂尔回答说是，心中为能与内行打交道而感到高兴。

朱丽在一些仪器中认出了质谱仪和色谱分析仪。但阿尔蒂尔并没有像她以前做的那样把它们串联起来，而是把它们并联起来，因此对分子的分析和结果综合可以同时完成。朱丽这才明白为什么她那套系统无法运行了。

他控制着一些管道上的操纵杆。

准备工作完成之后，阿尔蒂尔轻轻地抓起一只蚂蚁，把它放进一只玻璃盒中。盒中有一个塑料的叉状物。蚂蚁本能地用自己的触角抵住那对人造触角。阿尔蒂尔对着麦克风清晰地说道：

"要求进行人类与蚂蚁间的对话。"

他不得不一边调整着一些滚轮，一边把这句话重复了好几遍。几个细颈瓶中释放出一些类似费洛蒙的气体。它们先聚合在一起，然后被推送到人造触角周围。在扬声器中传出一阵轻微的噼啪声，电脑的综合人声终于回答说：

"同意对话。"

"你好，6142号蚂蚁。这儿有一些我的人想要听你说话。"

阿尔蒂尔对仪器进行了一些调整，以便接收得更清楚。

"什么人？"6142号问。

"一些朋友，他们不知道我们彼此间能进行对话。"

"什么朋友？"

"一些客人。"

"什么客人？"

"一些……"

阿尔蒂尔渐渐失去了耐心。不可否认与昆虫对话一般来说是件很困难的事。并不存在技术上的问题，不，双方完全可以进行对话。困难就在于很难领会对方的意思。

"虽然我们可以对动物说话，但这并不等于我们可以听懂它的话。蚂蚁对这世界有着完全不同的认识。我们不得不对概念重新定义，并且用最简单的方式来表达。比如要让蚂蚁明白'桌子'这个词，就得向它们解释这是'一个用来吃饭、有四条腿的木质平面'。人类之间谈话时，总会使用大量的潜台词。而与另外一种智慧生物交谈时，我们发现自己再也不会清楚地表达意思了。"

阿尔蒂尔还说 6142 号并不能算是蚂蚁中最愚笨的一类。有一些蚂蚁被放在对话盒中后只会喊救命。

"这是因蚁而异的。"

老人不无伤感地提到了 103 号，这只蚂蚁在他所有过去遇到过的蚂蚁中是极具天赋的一只。它不仅能在对话中作出富有深意的回答，而且还能准确地把握某些人类典型的抽象概念。

"103 号是蚂蚁中的马可·波罗。它不仅仅是个探险家，它的思维开阔到令人难以置信的程度。它的好奇心从来也无法得到满足。而且它刚来这儿时对我们几乎一无所知。"阿尔蒂尔回忆道。

"你们知道它是怎样称呼我们人类的吗？"阿尔蒂尔叹了一口气，"'手指'。因为蚂蚁是无法看清我们全貌的。人类在它们眼中只不过是朝它们伸去想要碾碎它们的手指。"

"我们留给它们的印象多么可怕呀！"大卫说。

"103 号的优点就在于它真的想了解我们到底是'怪物'还是一些'友善的动物'。我专门为它制造了一台微型电视机，这样它就能看到在全世界各地生活的完整的人了。"

朱丽在脑海中努力想象电视给那只蚂蚁带来多么大的震动。这就好比她突然置身于蚂蚁社会内部从各个角度去了解它。战争、经济、工业、各种传统……

蕾蒂西娅·威尔斯找来了一张这只神奇蚂蚁的相片。起初，"第三卷的人物们"还惊讶于蚂蚁之间竟然会存在这么大的差异，仔细地看了相片之后，他们的确在 103 号的"脸"上看到某种与众不同的特征。

阿尔蒂尔坐了下来。

"模样很俊美，不是吗？103 号特别爱冒险，极具想象力，十分清楚它所扮演的角色的重要性。所以才心甘情愿地留在这儿听我们的笑话，看浪漫的好莱坞电影，在电视上欣赏卢浮宫的藏画。但最后它还是逃走了。"

"我们为它做了这么多，它竟然还要不辞而别！我们原以为交到了一个朋友，而它竟然抛弃了我们。"蕾蒂西娅说。

"的确是这样，当时我们感觉自己就像是被103号遗弃的孤儿。但仔细考虑之后，觉得这也情有可原。"阿尔蒂尔又说道，"蚂蚁毕竟也是野生动物，我们永远也无法驯服它们。这星球上所有的生命都是自由的，都具有平等的权利。我们没有任何理由将103号囚禁在这里。"

"这只特殊的蚂蚁现在在哪儿呢？"

"在大自然的某个角落，它临走之前，给我们留了一封信。"

阿尔蒂尔把一枚蚂蚁的空卵壳放在人造触角上。电脑便将气味信息翻译出来，就仿佛那枚卵壳有了生命，对他们开口说话似的：

亲爱的"手指"们：

我留在这儿已经没有什么意义了。

我要回到森林告诉我的同类你们存在于这个世界上，而且你们既不是什么怪物，也不是什么神。

在我看来，你们只不过是"另类生物"而已，与我们截然不同。

我们两大文明应该相互合作。我将尽我所能说服我的同类与你们取得联系。

希望你们一方也能为实现这一目标而做出努力。

103号

"它竟然能如此纯熟地使用我们的语言。"朱丽赞叹道。

"句子结构是被电脑调整过的。翻译之后肯定会与原意有所出入。"蕾蒂西娅说，"103号在这儿的时候，为了学习我们语言的基本规则而下了很大的功夫，它承认除了三样东西以外，它能完整听懂我们的语言。"

"哪三样？"

"幽默、艺术、爱情。"

蕾蒂西娅把目光投向姬雄。

"对于非人类生命来说，这些概念的确很难理解。那时候，我们都在为103号搜集各种笑话故事。但我们的幽默太过'人性化'了。当时我们也许应该去了解一下是否存在蚂蚁式的幽默。比如说鳃角金龟子在蜘蛛网里绊住了自己的脚，或者刚刚破蛹而出的蝴蝶没等翅膀晾干弄平便展翅飞翔，结果摔得粉身碎骨……"

"这的确是个问题，"阿尔蒂尔说，"有谁能把蚂蚁给逗乐呢？"

他们没把注意力放在对话机和那些焦躁不安的蚂蚁试验者上。

"自从103号逃走以后，我们不得不用手头这些蚂蚁进行试验。"阿尔蒂尔说。

他对着玻璃盒中那只蚂蚁问道："你知道什么是幽默吗？"

"什么幽默？"蚂蚁反问道。

192. 长征

"幽默应该是某种特殊的东西。"

103号公主向它的同伴们讲述着那个它们即将遇到的巨人世界的另一个特点。

为了避免被炭火所散发出的热量烤焦，全体成员都随着103号爬上了一根树枝，相互攀附着形成一个球体。

"在幽默的作用下，'手指'会发生痉挛，比如在它们听了'大浮冰上的爱斯基摩人'或者'被砍掉翅膀的苍蝇'这类故事之后。"

那些在场的苍蝇并没有提出反对意见。

103号察觉到大家所散发出的费洛蒙，这才明白它的听众对幽默并不感兴趣。为了让大家继续仔细听它讲，它便改换了话题。

它向大家解释说"手指"身上没有坚硬的角质层，因此与蚂蚁相比它们要羸弱得多。一只蚂蚁可以举起相当于自身体重60倍的重量，而"手指"至多只能举起与它们本身体重相等的重量。另外，蚂蚁可以从相当于自身身高200倍的高度落下而不会受到任何伤害，而"手指"即便是从相当于它们身高3倍的高度落下也会死的。

听众们，或者应该说是嗅众们用心地接收着103号发出的费洛蒙，得知"手指"尽管有着庞大的身躯，但却十分羸弱，所有的蚂蚁都很高兴。

随后公主解释了"手指"是如何用两条后肢保持直立姿势的。10号把这些信息记录在费洛蒙记忆包中：

步行：

"手指"用它们的两条后肢走路。

因此它们能看到灌木丛那边的同类。

为了能直立行走，"手指"将后肢略略叉开，晃动腰部关节把重心向前移，同时用两条上肢保持平衡。

尽管这种姿势不怎么舒服，"手指"还是能在很长一段时间内保持这种姿势。

一旦它们失去平衡，就向前迈出一步，勉强使自己保持直立。

这就叫作"步行"。

5号演示了一下直立行走，它拄着用细树枝做的拐杖一连走出十几步。

大家提了许多问题，但103号并没有在这一论题上停留太久。因为它有那么多东西要告诉它们。它说道在"手指"世界里存在着权力等级制度。10号兴奋地做着记录：

权力：

"手指"并不都是平等的。

某些"手指"握有决定其他"手指"生死的权力。

这些"更为重要"的"手指"可以对低等"手指"发出命令，或者把它们投进监狱。

监狱就是一间没有任何出口的屋子。

每个"手指"都有一个首领，这个首领又要服从另一个首领，而在后者之上还有一个首领⋯⋯

在权力的巅峰是统领所有低级首领的国家领袖。

这些首领是如何被推选出来的呢？

这与种姓有关，那些首领都是从在位首领的孩子们中选出来的。

103号进而说道对于"手指"世界它还没有完全弄明白，还有许多东西有待发现，所以它才这么急于回到那儿去。

整个球体营地到处都有触角在晃动。"墙"和"地板"在交谈，"门"则与"天花板"讨论。

103号公主来到营地边，向东方的地平线眺望。它们的历险征途已经走出太远了，不可能再回头了。生存或是死亡，除此之外别无其他选择。

地面上，蜗牛们并没有加入这场激烈的讨论，它们安详地大口咀嚼着三叶草。

第四回

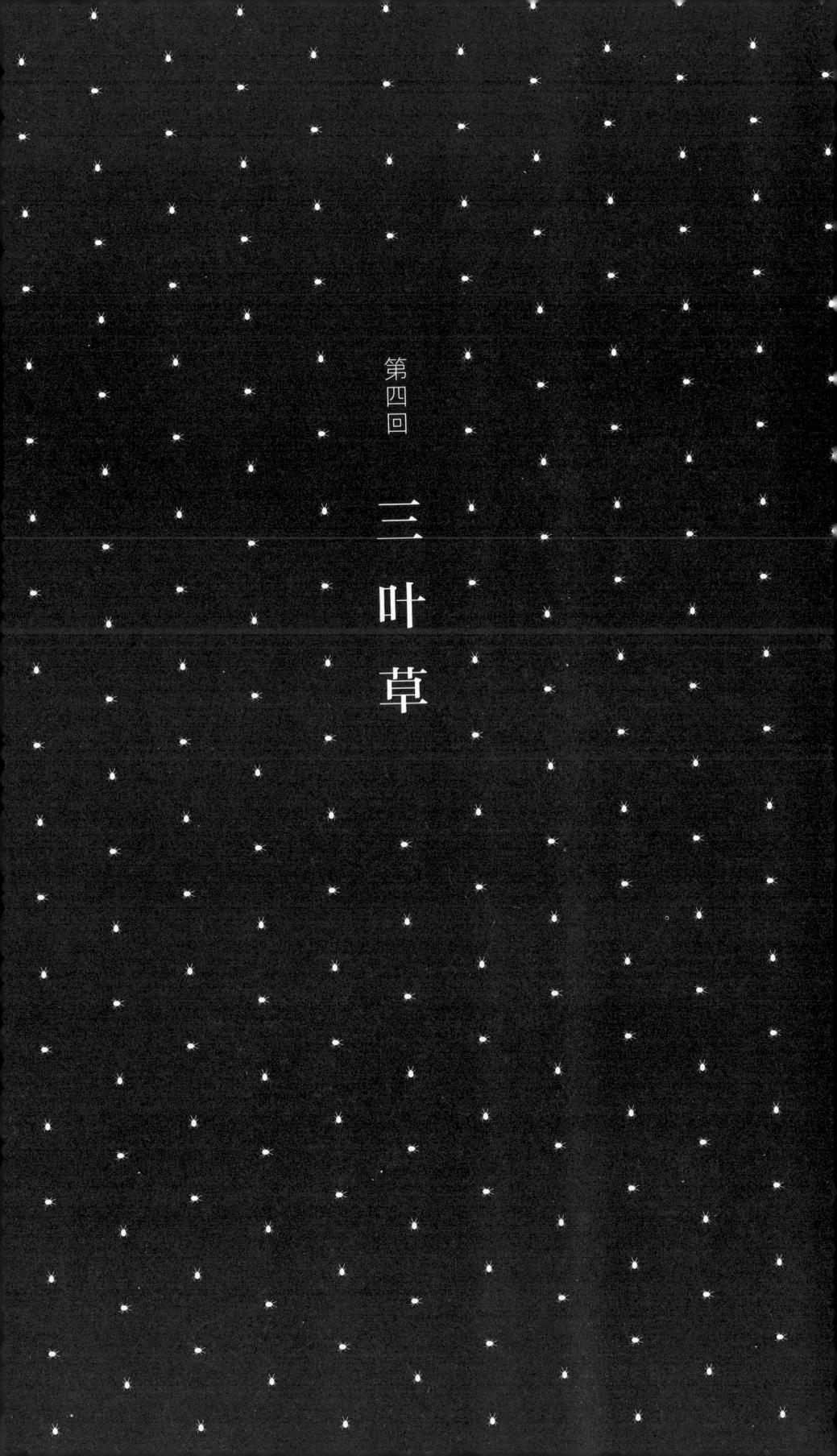

三叶草

193. 百科全书

牌戏：那 52 张扑克牌就是一种教育、一种历史。首先，其四种花色代表着生命变化过程中四个不同的范畴。四个季节、四种情感、四种行星的作用……

1、红心：春天；感情丰富的；金星。

2、方块：夏天；旅行；水星。

3、三叶草（草花）：秋天；工作；木星。

4、黑桃：冬天；困难；火星。

牌上的数字和人像并非随意确定的。每张牌都代表着生命历程中的某一阶段。这正是为什么普通的扑克牌和塔罗牌一样被广泛应用到占卜术上的原因。譬如，"红心 6"被认为意味着收到一份礼物，"方块 5"代表与一位至爱的人分手，"草花 K"代表着名声，"黑桃 J"意味着一个朋友的背叛，"红心 A"表示休息一段时间，"草花 Q"代表运气，"红心 7"代表结婚。在所有的游戏中都蕴藏着古老智慧，其中也包括那些看上去最为简单的游戏。

埃德蒙·威尔斯
《相对且绝对知识百科全书》第Ⅲ卷

194. 女神的密使

在白天看到那么多新奇事物之后，晚上朱丽和她的朋友们仍沉浸在激动中，毫无倦意。

保尔打开了一瓶他从学校抢救出来的蜂蜜酒给大家分享。喝完之后，姬雄提议大家一起来玩一局"厄琉西斯"[1]游戏。

每个人依次在桌上放上一张牌，使之排成长长一列。

"此牌进入世界秩序。此牌未进入世界秩序。"莱奥波德轮流说着这两句话，认真地扮演起临时上帝的角色。

其他人无法猜出莱奥波德设立的法则。他们徒然地看着一张张牌被接受或被拒绝，而无法从中找出任何步骤、任何规律、任何法则。有好几个试着提出一些猜测。而莱奥波德每一次都否定了这些对他"神圣法则"作出的解释。

---

[1] 厄琉西斯：古希腊地名，位于雅典附近，当地的秘密入会仪式与对女神得墨忒耳及其女王佩耳塞福涅的祭祀有关。

朱丽猜想他会不会是在信口胡说。因为有的时候他回答说是，有的时候则回答说不。而朱丽却看不出他的选择有什么根据。

"给我们一些提示吧。我觉得在你的法则中牌的花色和数字不起任何作用。"

"的确如此。"

最后大家都认输了。当他们要求莱奥波德讲出答案时，他笑了笑说：

"其实很简单。我的法则是：先是一张名称以元音结尾的牌，然后是一张名称以辅音结尾的牌。"

他们纷纷抓起枕头把莱奥波德打了一顿。

随后他们又玩了好几局。朱丽心想，归根到底他们的"蚂蚁革命"只留下了一些象征而已：以拼成"Y"字的三只蚂蚁为图案的旗帜、厄琉西斯游戏、蜂蜜酒以及格言"1＋1＝3"。

他们想要改变这世界，但却只在人们的记忆中留下些许微不足道的东西。埃德蒙·威尔斯说得对，在所有的革命中都缺乏谦虚的精神。

朱丽出了一张红心Q。"拒绝。"莱奥波德装出一副伤心的样子说道。

"有时候拒绝一张牌可以表达出更多的信息。"佐埃说。她借助于朱丽的失败发现了这一局的法则。

大家一起玩这有趣的游戏让他们感觉很好，甚至都忘了自己身处何方。他们讨论着各种话题，只是尽量避免提起纳西斯。集体一旦形成，就很难再按照另一种方式重新组合。缺少了纳西斯让他们觉得自己身上缺少了什么似的。

阿尔蒂尔走了进来。

"我已经和旧金山大学联系上了。"

他们赶忙跑到计算机房。先前弗朗西娜曾请求老人与"蚂蚁革命"的托管人取得联系。现在他们已经出现在屏幕上了。弗朗西娜坐到电脑前与旧金山方面交流起来。在证实了她的身份之后，美国大学生把"蚂蚁革命"的信息重新传回给了他们。

短短5分钟之内，"蚂蚁革命"的信息就全被输入了他们的电脑。在尖端技术的神奇力量作用下，他们的革命又获得了新生，各个"子公司"一个接一个地被打开。大卫的"问题中心"正处在休眠状态，而"下世界"恰恰相反，它在客居的电脑中继续保持运行。看来它倒是和寄居蟹一样能够随遇而安。

朱丽刚才还在担心他们的革命仅仅留下一些微不足道的记忆。现在看到它像一块干涸的海绵重新浸入水中一样重获新生，心中感到说不出的高兴。这么看来，革命是不需要任何物质基础的。它可以随时随地在随便什么人手中得以复兴。信息技术赋予了它不可毁灭的特性，这是以往任何革命所无法达到的境界。

他们重新找回了纳西斯的服装设计、莱奥波德的建筑图稿和保尔的菜谱。姬雄上了国际互联网向全世界宣布"蚂蚁革命"者们仍然活着，隐藏在某个地方，他们将继续他们的革命。

为了不被别人发现，他们先将发出的信息传输到了旧金山大学，然后由他们通过卫星向全世界发布。

朱丽看着电脑不停地闪烁着指示灯，将他们发出的信息传遍全球，心里却怎么也不明白他们在枫丹白露高中时是如何失败的。

弗朗西娜替下了姬雄，在电脑上打开了她的"下世界"。

"我得赶紧看看'下世界'发展到什么程度了。"

她发现她的虚拟世界取得了飞速的发展。"下世界"的居民们已经超越了现实世界的时间参数，生活在了2130年。他们发明了以电磁能源为动力的新型运输工具和在声波技术上发展起来的新型医学。令人惊奇的是，他们在技术革新中运用了与现实世界完全不同的美学和机械学原理。他们所做的主要是模仿自然。也就是说他们制造的不是直升机，而是机翼可以像鸟翅一样扇动的扑翼机；他们的潜艇用的不是螺旋桨，而是可以按照一定频率划动的长尾巴；等等。弗朗西娜仔细观察着这个虚拟世界，心里总觉得有什么不对劲的地方。她把镜头对准那些城市的主要出入口，惊叫起来。

"他们把'中介人'给杀了！"

的确，在各个城市的入口处，她安插的间谍都被吊死在绞刑架上了。

那些政客、广告商、记者并没有停止他们的复仇行动，好像"下世界"的居民们对现实世界的人有话要说一样。

"他们肯定意识到自己只不过生活在虚幻的世界里，也许他们还推测出了我的存在。"弗朗西娜惊慌地说道。

她在"下世界"各处往来巡视着，想要更好地理解那里所发生的事。她看到"下世界"的居民们在各个角落都留下了一些告白，祈祷神灵在看到这些告白之后还他们以自由。

"神啊！让我们安静地生活吧！"

他们把这些祈求写在屋顶上，刻在纪念碑上，用铡草机写在草坪上。

他们无疑意识到了自己是什么，自己生活在什么地方。弗朗西娜真应该让他们见识一下《进化》游戏，好让他们明白什么才是在游戏者完全控制下的世界。

作为女神，她已经给予了他们绝对的自由。她不会干涉他们的生活。即使在他们中出现一位嗜血成性的暴君，她也不会把自己的意志强加给他们。不管他们是品性恶劣还是自取灭亡，她都会尊重他们的选择。

难道这还不足以证明一位神对其子民的尊重吗？她只是为了检测一下洗衣粉或是其他什么新的设想才会打扰他们。他们竟然连这也无法接受？

忘恩负义的人们。

弗朗西娜继续巡视着那些城市，到处都可以看到她的"中介人"被残忍地分尸示众，"下世界"的人们要求摆脱她的监护。正当她盯着屏幕时，电脑屏幕突然爆炸了。

195. 百科全书

诺斯替运动（Mouvement Gnostique）：上帝有没有自己的神？古罗马最初的基督徒们不得不与诺斯替教派[1]这一异端运动作斗争。到公元2世纪时，有一位马西翁（Marcion）宣称人们所信奉的上帝并不是至高无上的神，在他之上还有其所必须服从的神祇。在诺斯替教徒们看来，神灵们就像俄罗斯套娃一样可以相互衔接拼合，最大世界的神灵中也包括了最小世界的神。这种被称作"二神论"的信仰遭到了俄利根[2]的猛烈抨击。在很长一段时间内，正统基督徒和诺斯替派基督徒们为了确定上帝是否还有其自己的神而相互诋毁、相互攻击。最后，诺斯替教徒被屠杀殆尽。极少几个幸免于难的则在极为秘密的条件下继续坚持他们的信仰。

埃德蒙·威尔斯
《相对且绝对知识百科全书》第Ⅲ卷

---

[1] 诺斯替教派（Le gnosticisme）：2世纪基督教内占重要地位的一个信仰体系，但来源可能更早，且是非基督教的。坚持秘密的传统，不同意上帝为造物主的观点，对基督教持幻影说。

[2] 俄利根（Origène），神学家、哲学家，亚历山大学派的重要代表人物之一。他采用希腊哲学的概念，提出"永恒受生"来解说圣父与圣子的关系，对基督教影响至今。

196. 渡河

它们又来到那条大河边。然而与上次不同的是，这次蚂蚁们拥有数量上的优势，一些蚂蚁爪子把着爪子连接起来，搭成一座浮桥。余下的几百万只蚂蚁连同驮着木炭的蜗牛一起浩浩荡荡地从这座生命之桥上渡过了河。

抵达河对岸之后，蚂蚁们便安营扎寨，宿了下来。103号又给大家讲起了其他一些关于"手指"的故事。在营地一角，7号把这一场景在一片叶子上速写了下来。而10号则一字不漏地做着记录。

无聊：

"手指"有一个巨大的难题：无聊。

它们是唯一会向自己提出以下问题的动物："好吧，现在我能找些什么事情做呢？"

5号又拄起细枝拐杖绕着营地"步行"起来。它相信只要用两条后肢走路，它的身体就能逐渐习惯直立的姿势，这样它就能进化成一只两足蚂蚁。等它也吃了胡蜂蜂王浆之后，它就能把这种基因特性遗传给它的后代。

24号仍在埋头写它的小说《手指》。

实际上它正迫不及待地等着与"手指"会面，以便完成这部描写这些陌生的巨大生物的小说。

197. 女性的优柔寡断

弗朗西娜急忙把手捂在脸上，挡住显像管爆炸后四处飞溅的玻璃碎片。她的眼睛在眼镜的保护下没有被击中，她只受了点轻伤。出于恐惧与愤怒，她全身不停地颤抖着。"下世界"的人们想要谋杀创造了他们的女神！弑神！

在露西为她包扎伤口时，阿尔蒂尔检查了一下显像管后面的部件。

"真是不可思议！他们发出了一道程序指令来干扰电脑的运行。电脑的性质被改变了。电表认为计算机是以220伏电压工作的，而实际上它只有110伏。电压超负荷使显像管发生了爆炸。"

"就是说他们找到了进入我们信息系统的方法……"姬雄不安地说

道,"他们现在能够影响我们的世界了。"

"我们再也不能扮演这种吃力不讨好的上帝了。"莱奥波德说。

"最好把'下世界'与现实世界完全分离开。那些人会给我们带来危险的……"大卫大声说道。

说着他把游戏复制到一张大容量磁盘上,然后把它从计算机硬盘上给删除了。

"他们再也不能兴风作浪了。造反分子,这下你们可被还原成最简单的形式了,一张在坚固封套保护下的磁盘。"

大家看着那张磁盘,就好像是看着一条狰狞的毒蛇。

"现在我们拿这'下世界'怎么办,把它毁掉?"佐埃问。

"不!千万不要!"弗朗西娜大声喊道,她慢慢从刚才的惊吓中恢复了过来,"即使他们变得越来越有攻击性,我们还是得保留这成果。"

她向阿尔蒂尔要了一台旧电脑,仔细确证了这台电脑不具备调制调解器并且与其他任何电脑都没有联系之后,她把"下世界"装入硬盘,调至启动状态。

"下世界"立刻又活了过来,它那几十亿居民甚至都没意识到他们在一张普通的磁盘上暂居了一会儿。还没等到他们来得及再次发动进攻,弗朗西娜把键盘、鼠标和显示器都给拆了下来。从今往后,"下世界"只能在封闭的环境中运转,再也不能和它的"神祇们"或者其他随便什么人进行联系了。

"他们不是想要自由吗,现在可算是如愿以偿了。独立性导致了他们的自我放逐。"弗朗西娜摩挲着伤口说道。

"为什么你还要给他们留一条生路?"朱丽问。

"也许有一天我们还会想看看他们发展到什么地步了……"

经历了这么多事情之后,七位朋友各自回房休息了。

朱丽把自己紧紧裹在崭新的被单中。她又是独自一人了。

她肯定姬雄会来找她的。他们会从上次停下的地方重新开始。但愿那个韩国人会来,她想要体验性爱之美,这种渴求变得越来越强烈,也越来越危险了。

有人在房门上轻轻敲了几下,朱丽飞快地从床上起来,打开门。姬雄就站在那儿。

"你知道我多么担心再也看不到你了。"他说着把她拥入怀中。

她静静地站在那儿，一动没动。

"我们一起度过了一段无比美妙的时光，当……"他把她抱得更紧了。

但朱丽挣脱了他的怀抱。

"怎么了？"姬雄大惑不解地发问道，"我还以为……"

她违心地说道："魔法只能存在一次，另外……"

当年轻小伙想把自己滚烫的双唇印在她肩头上的时候，她又说道：

"从那以后发生了那么多的事……魔法已经消失了。"

姬雄完全不明白朱丽为什么会这么做。其实她自己也不明白。

"但那次是你来……"他随即又温柔地问道，"你不相信魔法会再生吗？"

"我不知道。现在我只想一个人待着。我请你别来打扰我了。"

她在姬雄面颊上轻轻吻了一下，把他推开，然后轻轻地关上了门。

她重新躺到床上，努力想去弄明白为什么她会拒绝她如此渴望的东西？

她等着姬雄回来。他必须回来。但愿他会回来。当他重新敲门时，她会跳起来投入他的怀抱。她再也不会要求什么了。在他开门之前，她就会作出让步，融化在他的怀抱中。

有人在敲门。她跳了起来。但来的不是姬雄，而是大卫。

"你来干什么？"

他没有回答，仿佛什么也没听到似的。他走到床边坐了下来，捻亮了床头灯。他手里有一只小盒子。

"我在那些实验室里逛了逛，在一个实验台上偶然发现了这个。"

他把小盒子放到灯光下。一想到姬雄随时可能回来，看到大卫在这里，朱丽心里不禁有些不快。但她却无法克制自己的好奇心。

"这是什么？"

"你曾经想要制造用来与蚂蚁对话的'罗塞塔之石'，他们做到了。莱奥波德想要建造一幢丘陵中的房子，他们做到了。保尔想要培植蘑菇以便让我们过上自给自足的生活，在这儿他们已经大量种植了。弗朗西娜唯一想做的就是发明'民主结构'的计算机，这他们也做到了……你还记得佐埃的设想吗？"

"能让人进行完美交流的人造触角！"

朱丽靠在枕头上半抬着身子。

大卫从小盒中拿出两只末端带有鼻套的粉红色触角。

"他们连这也做出来了。"

"你和阿尔蒂尔说过吗?"她问大卫。

"其他人都睡着了。我可不想吵醒谁。找到这两对触角之后,我就把它们拿来了。就这样。"

他们看着这两个奇怪的东西,就犹如两个孩子看着大人们不让他们吃的糖果一样。朱丽差一点就对大卫说:"等到明天先问问阿尔蒂尔再说吧。"但她还是对大卫喊道:"来,我们试一试。"

"你还记得吗?埃德蒙·威尔斯说过在完美交流中,蚂蚁并不只是交换信息,而且它们还把各自的大脑直接连接起来。信息费洛蒙通过触角从一个大脑进入另一个,就如同这些大脑合并成了一个似的。这样它们彼此就完全理解了。"

他俩的目光汇聚在一起。

"我们也来试一下?"

198. 百科全书

情感同化(Empathie):情感同化是指人感受到别人所感受到的、感觉并且分担别人的喜悦和痛苦的能力。

植物也能感受到痛苦。如果我们把电流计(用来测量电阻的仪器)的电极抵在一棵树的表皮上,并且让某人靠在大树上,用刀割自己的手指,就会发现电阻值产生了变化。也就是说大树感觉到人受伤时细胞被破坏了。当一个人在森林中被谋杀时,所有的树木都会感觉到并且表现出不安和痛苦。《银翼杀手》(*Blade Runner*)一书的作者,美国作家菲利普·k.迪克(Philip k. Dick)认为如果一个机器人能够感觉到人的痛苦并且随之也感到痛苦,那么它就可以被视作一个人。与此相反,如果一个人不能感觉到别人的痛苦,那他就应被取消做人的资格。由此我们可以设想出一种新的刑罚方式,剥夺做人的权利。那些使别人遭受痛苦而自己却无动于衷的施刑者、刽子手和恐怖分子将得到这样的惩罚。

埃德蒙·威尔斯
《相对且绝对知识百科全书》第Ⅲ卷

199. 脚的重量

马克西米里安认为已经找到了一条确凿的线索。地上那些脚印清晰可辨。这是一个姑娘和一个小伙子的脚印。脚印的指头部分要比脚跟部分深，说明他们行走时把重量放在了脚的前部，由此可以推断出他们的年龄。至于性别，马克西米里安是根据几根头发推断出来的。人们到处都会留下自己的毛发，甚至自己都不知道。那几根黑色长发与朱丽的头发十分相似。而大卫的拐杖在地上留下的圆形印迹进一步证实了他的判断。他终于发现他们了。

那些踪迹把他带到了一处被灌木包围着的盆地，盆地中央有一座丘陵。

马克西米里安认识这地方，他就是在这儿与那些昆虫搏斗的，但是那座金字塔到什么地方去了？

他看了一眼那座手指形状的砂岩。它指着丘陵，好像是要回答他的疑问似的。当你遇到困难时，这个世界会向你提供许多对你有所帮助的指示。但他没有留意这一点。

马克西米里安试图弄明白那座金字塔是怎么消失的。他拿出笔记本仔细核对着第一次来时画的草图。

其他警察不耐烦地跑到他身后。

"局长，现在我们该怎么办呀？"

200. 意识

"我们开始吧！"

人造触角看上去就像是两只粉红色的塑料尖角。尖角中间相连，距离相当于鼻孔的间距，末端带有两根大约15厘米长的细管，真正算是触角的那部分是由11节中间穿有小孔的节组成的。顶端有槽可以用来与对方的触角帽相连接。

大卫翻开《百科全书》找到关于完美交流的那一段，念道：

"先把触角插入鼻孔，它可以使我们接收和放出的气味信息增强十多倍。在鼻腔黏膜上布满了具有渗透性的毛细血管，接收到的信息可以从那儿迅速进入血液。通过鼻子我们将能直接进行交流。分布在鼻腔后部的感觉神经会把各种化学信息直接传送到大脑。"

朱丽仔细打量着触角仍有些将信将疑。

"这一切都是通过嗅觉官能完成的？"

"当然。嗅觉是我们的第一种官能，原始的。动物性的官能。新生婴儿的嗅觉就已经十分发达了。这样他才能感觉到母乳的气味。"

大卫拿起一只触角。

"按照《百科全书》上的图解所示，它应该具有一套电子系统，也许还有个用来吸收和推射气味分子的泵。"

大卫按下了标有"开"字的按钮，把触角插入鼻孔中，并让朱丽也这么做。

刚开始的时候，塑料触角紧紧压在鼻腔内壁上，让他们感觉有些不舒服。等到习惯了这种感觉之后，他们闭上眼睛全神贯注地呼吸起来。

朱丽立刻闻到了他俩强烈的汗臭味。让她感觉异常惊奇的是，这些汗味向她的大脑传递着一些信息。渐渐地她在这些信息中辨认出害怕、渴望和紧张。

这种感觉相当奇妙，同时也让人感到不安。

大卫示意她尽量深呼吸让气味直达大脑，等到两人都掌握了操作方法之后，朱丽靠近他。

"准备好了吗？"

"我有一种奇怪的感觉，觉得你会进入我的身体。"朱丽轻声说道。

"我们所做的仅仅是人们一直梦想做到的，完全的、真诚的交流。"大卫安慰她说。

朱丽向后退了退。

"你会不会发现我思想中最最隐秘的东西？"

"会有什么呢？难道你有什么想隐藏的吗？"

"和所有的人一样我也有秘密，不管怎样，我的大脑是我最后的防线。"

大卫轻柔地搂住她的颈背，请求她闭上眼睛。他把触角朝朱丽伸去。他俩的触角相互寻找了一会儿，碰在了一起，颤动片刻之后相互嵌进了对方的槽口。朱丽轻轻地笑了一声，觉得自己鼻子上插着触角的模样一定很可笑，就像是一只大龙虾一样。

大卫紧紧抱住她的头。他俩都闭上了眼睛，额头贴着额头。

"去倾听我们的感觉吧。"大卫慢慢地说道。

但这并不容易。朱丽担心大卫会发现她大脑中隐藏最深的那一部分。要让她选择的话，这个害羞的姑娘宁愿展现自己的胴体，也不愿向别人展示她脑海深处的东西。

"呼吸。"大卫咕哝着说。

她照着他的话做了，鼻子里立刻就充满了可怕的气息。那是从大卫鼻子里释放出来的气息。她差一点就想挣脱开来，但还是忍住了。因为在那气味之后，她又感觉到另一种东西，一种诱人而芬芳的粉红色浓雾。她睁开了眼睛。

在她面前。大卫紧闭着双眼，用嘴有规律地呼吸着。朱丽急忙照着他那样去做。

随后年轻姑娘感到鼻腔内一阵奇怪的刺痒，仿佛有人往里面滴上了几滴柠檬汁。她又想退却了，但柠檬汁的酸味渐渐被一种浓重的鸦片味所取代。在她的脑海中出现了这样一幅画面：粉红色浓雾变成了一种稠厚的物质朝她涌来，就好像是一团岩浆想要强行进入她的鼻腔似的。

她感觉有些不舒服。在古代，埃及人在把法老的尸体制成木乃伊之前，用细管子插入法老的鼻孔把他的脑子吸出来。而现在正好相反，有一个大脑正在挤进她的鼻腔。

她深深地吸了一口气，突然大卫的思维涌进了她的大脑中，而她却无法阻止。大卫的思维把各种思想、意识传入她的大脑，她感觉到各种图像、声音、音乐、气味、设想和记忆。有时候，尽管年轻小伙拼命阻止，在她的大脑中还是会出现一条带着闪亮紫红色的细小思想，随后又像受惊的兔子一样立刻消失。

在大卫的脑海中则出现了一条海蓝色的云彩，云中开启了一道门。门后面有一个小女孩在跑，他紧跟着她来到被朱丽巨大的脑袋塞满了的洞穴，洞穴内到处都是回路和通道。朱丽的脸像门一样打开了，展现出一个蚁窝状的大脑。他走进了大脑上的一条隧道。

大卫在朱丽的大脑中逡巡着。图像变得模糊了，一个声音响了起来，并不是从外部而是从他自己的体内喷涌而出。

"你来了，不是吗？"

朱丽的话语直接进入了他的思维。

她告诉大卫她是怎样看他的。这让大卫感到十分震惊。

她认为他是一个柔弱而腼腆的男孩。

他也谈了他对朱丽的看法。他认为朱丽是个无比聪慧的美丽女孩。

他们把各自的一切都展现给对方，相互理解了对方的真实感情。

朱丽又感觉到某种新的东西。她的神经元和大卫的联通了起来。那些神经元相互交谈着，相互赞美着，成了好朋友。然后，那只忐忑不安的小兔子又出现在粉红色的浓雾中，待在那儿一动不动，皮毛不停地颤抖着。这一次她明白了。这是大卫对她的仰慕之情。

自从他开学那天第一眼看到朱丽的那一刻起，他心中就有了这种感情。这种爱意变得愈加深厚，给予了他无比的勇气，使他敢于在数学课上向她透露答案，并且两次把她从贡扎格和他党羽的魔爪下救出。也正是出于这种爱，他才把朱丽招进了乐队。

她理解了大卫，从此以后他便进入了她自己的思维中。

1＋1＝3。现在他们是三个了，大卫、朱丽和他们之间的默契。

当交流停止时，他们感到一阵寒流在沿脊柱涌动。他们脱下触角。朱丽蜷缩在大卫的怀中以获取温暖。他则轻抚着朱丽的脸庞与长发。在这座三角形的圣殿中，他们肩并肩地进入了梦乡。

201. 百科全书

所罗门圣殿[1]（Temple de Salomon）：耶路撒冷的所罗门圣殿是一个典型的完美几何体。它是由四座平台构成的。每个平台都有一道石墙环绕着。它们代表着构成宇宙的四个世界。

——物质世界：身体；

——情感世界：灵魂；

——精神世界：智慧；

——神秘世界：每个人身上的神秘部分。

在圣殿中的三条柱廊代表着：

——创造；

——教育；

——行动。

整个建筑的形状是一个巨大的长方体，长100肘（coudée）[2]，宽50肘，高30肘。

圣殿位于建筑物的中心，长30肘，宽10肘，在圣殿深处是呈正立方

---

[1] 通常指第一圣殿。根据希伯来书经记载，所罗门圣殿是居住在耶路撒冷的以色列子孙们信仰的古老宗教的第一座圣殿，为所罗门王所修建。

[2] 法国古长度单位，从肘部到中指之末端，约等于半米。

体的至圣所[1]。金合欢木的约柜[2]被安置在至圣所中,它是个棱长为5肘的正立方体。在约柜上放着十二只面包,分别代表一年中的十二个月份。约柜上方悬挂着一个七枝烛台,代表着七个行星。

根据古书尤其是亚历山大城的斐洛[3]的文章记载,所罗门圣殿的几何形状是经过精确计算后确定的,用以形成一个力量场。当时人们认为黄金分割是能产生神圣力量的数据,圣所[4]是可以积聚宇宙能源的地方,而所罗门圣殿则是维系可知世界和不可知世界的通道。

埃德蒙·威尔斯
《相对且绝对知识百科全书》第Ⅲ卷

202. 见鬼,爱情

足迹到了这儿就消失了。马克西米里安把丘陵上上下下、左左右右检查了好几遍,怎么也无法理解一座水泥金字塔是怎么会不翼而飞的。他敏锐的观察力在向他提示警告,这里有问题。但他还缺乏发现谜底的关键因素。

他用脚跟跺了跺地面。在马克西米里安的鞋底下是绿草,在绿草下是大地。

地面下有植物的根、蛆虫、石子和沙土。在沙土之下是水泥墙。在水泥墙之下是朱丽卧室的天花板。在天花板之下是空气。

在空气下是棉质被单。在被单下是一张熟睡的脸。在脸部皮肤之下,有血管、肌肉和血液。

哆,哆。

朱丽惊醒了过来。阿尔蒂尔把门推开一条缝,伸进头来,他是来叫醒她的,看到大卫躺在朱丽的床上也没见怪。然后他看到放在床头柜上的人造触角,立刻就明白他们用过了。

他看着两个睡眼惺忪的年轻人,问他们触角是否起作用。

"是的。"他俩齐声答道。

---

[1] 至圣所(Le Saint des Saints):至圣所被认为是耶和华的住所。犹太人离开埃及后,尚未进入迦南地,还在旷野中的时候,首先建造了帐幕,耶和华的云笼罩了帐幕。帐幕分为外院子、圣所和至圣所。至圣所即帐幕最里面的一层。
[2] 约柜(L'autel):犹太教圣器,为一可活动的包金木柜,柜中有两块十诫板。
[3] 斐洛(前20—45),古希腊犹太哲学家。生卒于亚历山大城。
[4] 圣所,一种可移动的置放约柜的会幕或帐篷,后由所罗门圣殿取代。

阿尔蒂尔放声大笑起来。朱丽和大卫迷惑不解地望着他。老人强忍着咳嗽向他们解释道，这实际上还只是原型机，他们还没来得及进一步完善这一设想呢。

"我们肯定还要等上几个世纪才能看到人们可以进行完美交流的那一天。"

"您错了，这套系统性能已经相当好了，它运行得很不错。"大卫反驳道。

"哦，是真的吗？"

老人笑着拆开触角，指着里面一个空当说：

"它没有电池竟然也能工作，这倒让我很惊奇。气味分子是如何启动的呢？"

听了这话两个年轻人就好像被当头浇了一盆冷水。

阿尔蒂尔被逗乐了。

"孩子们，你们只是以为它能正常运转而已，但这已经很不错了，就仿佛它真的正常运转了一样。当我们深信某一事物时，它就和真的存在没什么区别了。你们认为靠着这个新奇的小玩意，人也可以进行完美交流。你们所进行的是一次独特的实验。要知道有些宗教也正是这样建立起来的。"

阿尔蒂尔仔细地把触角收进盒子里。

"不过即便它真的能让人进行完美交流，我们还不清楚是否应该推广这项技术。想一想如果所有的人都能猜破别人的内心，那会发生什么事，如果要我说的话，那就会是一场灾难。我们还没有为此做好充分的准备呢。"

阿尔蒂尔看到朱丽和大卫的表情中流露出强烈的失望之情。

"可爱的孩子们。"他转身走了出去，从楼梯上传来他的嘟囔声。

两个年轻人躺在床上，心里有一种被欺骗的感觉。他们原先是多么相信他们的完美交流呀。

"我早就知道这是不可能的。"大卫违心地说道。

"我也是。"

说着，他俩一边放声大笑着，一边在床上打滚嬉闹起来。

阿尔蒂尔也许说得有道理，要让一件事成为现实，只要绝对相信它就行了。大卫起来把门关上，然后又躺到床上。他们用膝盖把被子平撑起来作为一顶帐篷。

在"帐篷"里，他们的嘴唇相互接近，最后碰在了一起。先前是他们的"触角"接触在一起，现在是他们的舌头、他们的皮肤、他们急促的呼吸和他们的汗液。

这还是朱丽头一次体验到肉体的情爱。再没有头脑中的幻意，这一切都是真实的。她并没有反对大卫的爱抚。此时，她全身的神经元都在自问该对这作何想法。

大部分神经元对此表示认可。毕竟它们对大卫已经相当熟悉了，而且朱丽总有一天会失去她的童贞。另外一小部分则认为她这是在放弃她最宝贵的东西——纯洁。然而在大卫的爱抚之下，她体内涌起一阵阵乙酰胆碱，这种令人感到欢愉的天然麻醉剂让那一小部分神经元最后还是放弃了反对意见。

就好像是最后一道大门被打开了似的，朱丽同时从物质和精神上感到了她自身的存在。在她体内，连绵的呼吸和太阳穴处搏动的血液感谢她让它们得到了愉快。数千股细小的电流在她的大脑中川流不息。

幸福之流交汇在了一起。

她为自己活着而感到幸福，为自己存在着而感到幸福，为自己来到这世界上，并且成为现在的她而感到幸福。天地是如此的广阔，有那么多东西可学，有那么多人可以遇上。

她明白了为什么以前她一直害怕走到今天这一步，因为首先得找到理想的环境和时机。

现在她知道了。

性爱就是一场神秘的宗教仪式，它应该在地下，最好是在金字塔中，应该和一个叫大卫的男孩在一起。

203. 熟食

24号王子让103号给它详细讲讲"手指"性生活的情况，因为在它的小说中涉及这方面的问题。

性欲：

"手指"是性欲最最强烈的一种动物。

其他动物只有在每年被称作"交配期"的一个短暂时间内才会发生性行为。而"手指"则随时都可能发生性行为。

因为没有任何外部迹象可以向雄性"手指"表明雌性是否排卵，所以他们经常做爱以使能凑巧让卵细胞受精。

雄性"手指"能够控制它们的性行为，想让它持续多久就持续多久。而大多数哺乳类动物的交配过程很少超过两分钟。

至于雌性"手指"，不知出于何种原因它们在性行为达到高潮时会发出响亮的喊声。

103号公主和24号王子在蜗牛背上，随着坐骑的蠕动而轻轻晃动着。它俩讨论着"手指"世界。根本没有留心周围的景色，也没有注意到蜗牛时不时扭动长有眼睛的触角看着它们。

在它们后面，大队的蚂蚁为了避开蜗牛的流涎而分成两路纵队前进。现在宿营时，它们的营地再也不是挂在树枝上的"果实"了，而是覆盖了整棵大杉树。冒烟的木炭随处可见。

103号公主感觉到了随它出征的大队人马那浓重的气味。它说话时放出的费洛蒙总是不能传到队伍的两头，得由其他昆虫担任转述的工作。和声音语言一样，气味语言的转达也不可能一帆风顺，有的时候意思也会被曲解。

"公主说雌性'手指'在交配时会发出响亮的喊声。"

它们对"手指"的事已经听了许多，见怪不怪。有些昆虫甚至在传说过程中加入它们自己的理解。

"那些雌性'手指'为什么要大声喊叫呢？"

"为了赶走妨碍它们交配的天敌。"

那些走在队伍最后面的昆虫所听到的话与原话出入最大。

"'手指'用喊声来赶走天敌。"

103号公主本人坚决反对拜神主义，然而越来越多的昆虫把"手指"当成了神，并且觉得它们正在进行的是一次朝圣。

24号仍在向103号打听关于"手指"的情况，比如"手指"是如何发出警报的。

警报：

因为"手指"不会说气味语言，所以它们不会发出费洛蒙警报。

当遇到危险时，它们会发出声音警讯——靠气泵工作的警笛，还有视觉警讯——闪烁的灯光。

在通常情况下，往往是电视触角首先获取信息，然后再告诉其他"手指"有危险。

整个世界都在看着它们在森林中穿行,那些没有加入长征队伍的生物心中越来越不安了。因为远征队伍捕食的猎物个头越来越大了,而且猎物也被烧得越来越……熟了。

204. 碎鸡蛋

朱丽的嘴唇再一次靠近大卫求吻,正在这时外面响起了一个她十分熟悉的声音。

"立刻出来!你们被包围了。"

这一警告声在金字塔内回荡。所有的人都朝控制室跑去。监视器上满是警察的身影。

阿尔蒂尔叹了口气:

"又是该死的克罗马农人[1]。"

在朱丽的卧室,一盏闪烁的红灯向他们发出了警报。

"完了。"大卫轻声说道。

"我们还是继续吧,"朱丽说,"刚才真好。"

姬雄把门推开一条缝,朝屋里惊讶地看了一眼,但没有多说什么,只是说:"我们遭到攻击了。快,得行动了。"

乔纳森和蕾蒂西娅拿出一只箱子,箱子上贴有"观察"字样的标签。箱子里装满了泡沫塑料,在泡沫塑料的空隙中放着一些机器飞蚁,每只都标上了号。

四只这种神奇的微型机械被放到了通风口。乔纳森、蕾蒂西娅、布拉杰和梅里埃斯各自站到了控制屏前,紧紧握住操纵杆。就好像潜艇发射鱼雷一样,那四只机器蚁从通风管道飞了出去,而操纵人员则在"摄像隐望镜"上控制它们的飞行轨迹。

很快,飞蚁们传回了距离现场更近的电视图像。金字塔内所有的居民都不安地监视着外面警察的一举一动。

马克西米里安正在用步话机发出一系列命令。一辆卡车开了过来,卸下一批挖掘工具。一些人手里拿着风镐朝丘陵走来。

---

[1] 史前时期已完全具备现代人模样的古人种,因在法国西南部克罗马农山洞发现其化石而得名。

乔纳森和蕾蒂西娅急忙拿出一只贴有"战斗"字样的箱子。阿尔蒂尔并没有站在控制台前，因为他的手抖得太厉害，而机器飞蚁的飞行要求精确地操作。

一台风镐开始侵蚀丘陵。震动经过土壤的吸收变得不那么剧烈了，但大家都知道最终还是会发现金字塔的外墙的。

一只战斗飞蚁灵巧地飞到操作风镐的警察脖子上，向他注射了麻醉剂。那警察随即砰然倒地。

马克西米里安高声叫喊，通过步话机发出指令。没过几分钟，一辆小卡车运来了养蜂服。警察们穿上防护具之后一个个看上去就像是潜水员。这下飞蚁的螫针再也无法攻击他们了。

金字塔的居民们除了机器飞蚁再也没有别的武器了，而现在飞蚁也保护不了他们了，他们面面相觑，再也无能为力了。

"我们失败了。"阿尔蒂尔大声说。

在严密保护之下的警察现在可以安心地进行挖掘工作了。风镐的钢钻终于撞到了水泥墙上，就仿佛补牙的磨轮碰到了牙釉质一样。金字塔里所有的人和物都随之颤抖起来，心脏也跳动得更加厉害了。

突然，撞击声停止了。警察们往钻出的洞里放上炸药。马克西米里安什么都想到了。他们装上雷管，很快倒计数开始了。

"6、5、4、3、2、1……"

205. 百科全书

零：尽管在公元2世纪时中国古代算术中就已经存在了零的标记（以一个点表示），玛雅人使用零的时间还要早（以螺旋线表示），但我们现在使用的零起源于印度的公元7世纪，波斯人从印度引入了零。几个世纪之后，阿拉伯人又从波斯人那儿学会了零的概念并且赋予了它今天众人皆知的这个名字。

然而零这一概念，直到公元13世纪才由列昂纳多·斐波那契[1]（很可能是 Figlio di Bonacci[2] 的缩写）传到欧洲。这位斐波那契被称作"比萨的列昂纳多"，虽然他的绰号是"比萨的列昂纳多"，但他其实是来自威尼斯

---

[1] 列昂纳多·斐波那契（Leonardo Fibonacci，约1170—1250），意大利数学家。
[2] 意大利语，意为"波那契之子"。列昂纳多的父亲威廉（Guilielmo）外号"波那契"（Bonacci，意即"无风""安宁"），因此列昂纳多就得到了外号"斐波那契"（Fibonacci）。

的商人。

在斐波那契试着向他的同胞们解释零的奥妙时，教会认为零的出现破坏了现有的秩序，某些宗教裁判所的法官判定零是魔鬼的产物。应该说零和其他数字排列在一起时能让它们增值，而它也能让与它相乘的数字变得没有价值。打个比方：0 就是一个最大的毁灭者，因为它让一切靠近它的数字变为 0。与之相反，1 可以被称为最大的尊敬者，因为和它相乘的数字都不会发生任何变化。0 乘以 5 等于 0。1 乘以 5 等于 5。

最后，事情还是顺利解决了。但不懂得使用零的教会倒是很需要些优秀的会计来管账。

埃德蒙·威尔斯
《相对且绝对知识百科全书》第Ⅲ卷

206. 朝圣

103 号公主认出了那条路。它们很快就能看到它以前逃离的那个"手指"巢穴了。它们离那场伟大的会面不远了。

公主让那队年轻兵蚁跑到队伍尾部，告诉后队前队马上就要减速了。它知道现在队伍太长。如果突然停下来的话，还没等停止的命令传到队尾并且被翻译成各种语言之前，许多蚂蚁就会被后面刹不住脚步的大队昆虫踩在脚下。

103 号环顾四周，惊奇地发现那座巢不见了。取而代之的是一座丘陵，而且四周一片混乱。空气中充斥着汽油味、恐惧的气味。"手指"的气味。这么嘈杂和紧张的场面它以前也遇到过，那次它爬上一块布，打断了一场被"手指"称作"野餐"的活动。

207. 费洛蒙记忆包：进餐

费洛蒙：10 号

进餐：

"手指"是唯一按照一定时间规律进食的动物。

而世界各地的动物只有当它们饥饿时，当食物出现在视野中时，当它们跑得足够快、能够捕获食物时才进食。而"手指"不管饥饿与否，每天都要吃三顿。

"手指"很可能是通过这每日三餐的作息制度把白天分为两个部分。

第一顿饭表明上午开始，第二顿表示上午结束而下午开始，第三顿表示下午结束，并且可以准备睡觉了。

208. 你们好

它们就在那儿。"手指"就在那儿。根据它们散发出的气味，103号认为那儿有许多"手指"。

"你们好。"

所有的昆虫都在释放出费洛蒙。在这些气味讯号中丝毫不具有攻击性和炫耀的成分。

"向在场所有的'手指'致意。"

表示"手指"的费洛蒙和表示"神"的很相似，所以许多昆虫都搞错了。人们想要赶走荒谬，但它却很快又会回来。而且一旦发生某些不同寻常的事，荒谬就会控制一切：

"向在场所有的神致意。"

蚂蚁们一边爬上"神"的身体，一边发出最最热情、最最欢快的费洛蒙。它们完全明白了，今后靠近"手指"时，应该满怀敬意地对它说话。

"向在场所有的神致意。"它们整齐地说道，爬到散发出浓烈气味的、温暖的巨大动物身上。

209. 百科全书

沙巴泰·泽维的乌托邦（Utopie de Shabbatai Zevi）：那些波兰犹太教神秘哲学家在对《圣经》和犹太教法典进行了反复的研究和深奥的阐释之后，预言弥赛亚[1]会在1666年出现。当时东欧的犹太民族正处在低谷时期。几年前哥萨克公选首领波格丹·赫梅利尼斯基（Bogdan Khmelnitski）领导发动了一场旨在推翻波兰封建大地主阶级统治的农民起义。由于无法攻破统治者坚固的堡垒，杀性大起的暴民们就把认为忠于封建君主的犹太村镇作为报复对象。几周之后，波兰贵族也发动了血腥的报复性袭击。犹太村镇又一次遭到洗劫，死伤者不计其数。"这预示着哈米吉多顿（Armaggedon）决战[2]的来临。"犹太神秘哲学家如是说，"这是弥赛亚降临

---

[1] 弥赛亚（Messie）：救世主。
[2] 是基督教《新约圣经·启示录》所预言的末世末期善恶对决的最终战场，只在《启示录》第十六章所记述的异象中出现过一次。

的前兆。"

正是在这时沙巴泰·泽维出现了，这位目光炯炯有神、温文尔雅的青年自称就是弥赛亚。他能说会道、安抚大众，让他们心中依然拥有希望。人们断言他能够创造奇迹。在东欧各犹太团体中立刻兴起一股强烈的宗教热忱。然而许多犹太教教士指责他为"篡权者"和"伪国王"。在沙巴泰·泽维的拥护者和反对者之间产生了严重的宗教分歧，许多完整的家庭由此分崩离析。但是，仍然还有数百人决定抛弃一切，离开家人去追随这位新的弥赛亚到圣地建立一个新的乌托邦社会。这一切并没有持续多久。一天晚上，土耳其苏丹派出的奸细绑架了沙巴泰·泽维。他最后免于一死，但却皈依了伊斯兰教。他信徒中最最忠实的几个一直跟随着他，而其他人更愿意把他给忘记。

埃德蒙·威尔斯
《相对且绝对知识百科全书》第Ⅲ卷

210. 精灵部队

一声尖叫。一名警察一看到这么黑压压一片攒动着的蚂蚁如潮水一般向他们涌来，并且似乎想要爬到他们身上，立刻倒在了地上。他们一共有20人，3个因心脏病突发而死亡，剩下的头也不回地撒腿就跑。

蚂蚁们爬到横陈在地上的三具"手指"尸体上热情地打着招呼，"你们好"。看到他们并不回答，昆虫们感到很奇怪，因为103号公主讲过有些"手指"会说蚂蚁的气味语言。

"那是什么？"朱丽盯着监视仪大叫起来。

103号公主看着周围的蚂蚁爬到"手指"身上向它们表示友好，突然明白，这次长征已经远远超过了它最初的打算。

它要求大家安静下来。它知道"手指"看到它们这么多同时出现会被吓破胆的。毕竟"手指"还是很怯懦的。

那12只年轻兵蚁沿着队伍飞奔着，要求大家与"手指"保持一定的距离。

在队伍前面，一些蚂蚁早就爬上了那三座纹丝不动，但尚有余温的"肉山"。

周围的蚂蚁们在为那几千个爬到"神"身上、被它们飞跑着带走的同胞扼腕叹息。

103 号努力使自己保持镇静。它让队伍停了下来，并且严禁吃掉"手指"，甚至咬一下也不行。它要求在这一微妙的紧要关头谁都不能慌乱。

慢慢地大伙安静下来。103 号尽量掩饰着自己内心的慌乱，仔细观察起那座丘陵来。24 号和 12 只年轻兵蚁觉察到有什么东西不太对劲。刚才一切还是那么纷繁杂乱，而现在是那么的安静，简直太安静了。

蜗牛纷纷把头从它们的壳里伸了出来。

103 号在灌木丛中搜寻着，找到了露出地面的通风口，它就是从那儿逃离"手指"巢穴的。

它爬到一块儿岩石顶上，告诉大家这处丘陵就是"手指"的巢穴之一。住在这儿的"手指"就是会讲气味语言的那几个。这对蚂蚁来说是个不可多得的机会。

它将首先爬下去和"手指"会晤，然后它再来告诉大家会晤的结果。

在这段时间内，它把领导整个队伍的责任交给 24 号和 12 名年轻的兵蚁。

正当遥控飞蚁把覆盖了整个丘陵的黑色海洋的画面传回地下时，从一处通风口栅栏那儿传来一种刮擦声。阿尔蒂尔过去一看，发现了一只背上长着翅膀、身材俊美的蚂蚁，口里衔着一段小树枝以便发出更响亮的刮擦声。

它让大家放它进来。在那只蚂蚁的额头有一块儿黄色的斑记清晰可辨。看到这个，老人不禁喜笑颜开起来。

是 103 号。

103 号回来了。

"你好，103 号，"他激动地说道，"你还是遵守了你的诺言，你回来了……"

那只蚂蚁自然听不懂声音语言，它在接收到阿尔蒂尔口中发出的气味时不经意地晃了晃触角。

"你长出翅膀了。"老人惊叹道，"啊！我们之间肯定有许多事情要说……"

他小心翼翼地用手指挟起 103 号放入"罗塞塔之石"中。

103 号待在里面感到很自在，和以前一样，把触角抵在了叉形触角上。其他人也都急忙围了过来。

"你好，103 号。"

机器一阵噼啪作响，综合人声回答道：

"你好，阿尔蒂尔。"

阿尔蒂尔兴奋地看了其他人一眼，要求他们回到各自的岗位上去。他是想和他的老朋友单独谈谈。大家都知道这次重逢让老人高兴得不能自持了，便离开了他们。

为了保证只有他一个人才能听到蚂蚁的声音，阿尔蒂尔戴上了耳机。他俩交谈了起来。

211. 百科全书

我们不同的盟友：历史上曾经有过许多次人和动物的军事合作。但在这种合作过程中，人类从来也没有费神去问问动物的意见。

在第二次世界大战中，苏联军队训练过一些反坦克犬。那些狗的任务就是背着地雷冲到敌人坦克底下引爆。但这一作战方案进行得并不怎么顺利，因为那些狗总会过早地跑回主人的身边。

在 1943 年时，路易斯·费瑟（Louis Feiser）博士曾设想用载有微型燃烧弹的蝙蝠对日本军舰发动攻击，这本应是盟国对日本神风轰炸机的有力回击。但当原子弹在广岛爆炸之后，这种武器也就无用武之地了。

1944 年，英国人也曾计划用猫来驾驶装满炸弹的飞机。他们认为怕水的猫会竭尽全力把飞机对准敌人的航母开去。但是这一计划没有取得任何战果。

在越战期间美国军队曾试图用鸽子和秃鹫把炸弹扔到越共头上，但还是失败了。

即便人类不把动物作为战士来使用，他们也会尝试把它们变成间谍。在冷战时期，美国中央情报局进行过一系列实验，目的是用雌蟑螂的荷尔蒙给可疑分子做上标记。这种物质可以让雄蟑螂在几公里之外就能发现并且跟踪。

埃德蒙·威尔斯
《相对且绝对知识百科全书》第Ⅲ卷

212. 说明

没有人知道那天阿尔蒂尔和 103 号谈了些什么。也许蚂蚁向他解释了它为什么要从实验室逃走。也许阿尔蒂尔请求它和它的队伍留下来保护金字塔。也许 103 号问阿尔蒂尔两大文明之间的合作进行得怎么样了……

213. 使徒[1]间的交流

在金字塔外,那 12 只年轻兵蚁在丘陵顶上建立了 12 块营地,每块营地中间都有一处炭火。

整整一晚了,那 12 只年轻兵蚁都在各自的营地里讲它们想象中在"手指"巢穴内部发生的事。它们都认为公主已经找到了会讲蚂蚁语言的神,而不是像那三座"肉山"一样不会说话,而且蚂蚁跟它们说话,它们就倒翻在地。

"103 号公主正在要求缔结'手指'和蚂蚁的永久和平条约。"24 号王子安慰大家说。

"都过了这么久了,事情也应该结束了吧。"

第二天早上,5 号撑着它的拐杖头一个觉察到某种动静。一些螺旋桨叶片在营地上空不停地搅动着空气。它立刻明白这些从远处飞来的"超级大胡蜂"对它们是一种威胁。但它们飞得太高了,蚁酸弹打不到。蚂蚁炮手的蚁酸最远只能打到 20 厘米高,而这些"大胡蜂"的飞行高度远远超过了蚁酸弹的射程。

从金字塔内部的监视仪上看,这种威胁更为可怕。作为对微型机器飞蚁的回击,警察部队派出了巨大的直升机。

这是那种通常被用来进行农业飞播的直升机。现在让 103 号出去向它的队伍发出警告已经来不及了。一阵浅黄色的酸液结晶雨已经落在了它同胞的头上。

毒药造成的痛苦是相当可怕的,一旦接触到酸雨,甲壳质为之融化,青草为之枯萎,树木为之死亡。

那些直升机正在投入浓度极高的落叶剂和杀虫剂的混合物。

金字塔内的人们看到这不禁怒火中烧。好几百万只蚂蚁千里迢迢来到这里想与人类修好。现在它们却正在死亡,而且根本无法保护自己。

"我可不能就这样眼睁睁地看着!"阿尔蒂尔愤怒地说。

但他们的任何努力都无法挽回这场大屠杀。

103 号在一台微型监视仪上看着这一切,根本无法理解。

---

[1] 基督的十二名弟子。

"他们疯了！"朱丽哽咽着说。

"不，他们只是害怕罢了。"莱奥波德回答道。

乔纳森握紧了拳头说：

"为什么那些至高权力者总要起来阻止人类去了解新的不同的事物？为什么人类除了把生物切成薄片放在显微镜下，就不能以别的方式去研究他们身边的创造者？"

这时，阿尔蒂尔看着浅黄色的液体到处在毁灭生命，内心中为自己是人类的一分子而感到惭愧。他毅然地说道：

"够了。这样已经足够了。我们出去投降，并且阻止这场屠杀。"

他们一起穿过隧道，走出金字塔，向警察部队投降。没有谁畏缩不前。因为他们别无选择。在他们心里唯一的希望就是他们的投降可以让直升机停止喷洒毒药。

214. 费洛蒙记忆包：斗牛

费洛蒙：10号

斗牛：

"手指"是最最可怕的天敌。

但是有的时候它们好像对此也会产生怀疑，从而想办法证明它们的能力。

于是它们便组织"斗牛"。

这是一种奇怪的仪式。在仪式上"手指"将与在它看来最为厉害的动物——公牛搏斗。

它们的搏斗可以持续数小时。公牛把它尖锐的犄角作为武器，而"手指"的武器是一根细长的金属刺。

最后取胜的往往是"手指"。况且即使公牛成了胜利者，这也不等于它将获得自由。

通过斗牛这种仪式，"手指"意识到它们是大自然的统治者。在杀死一头狂怒的公牛之后，它们便可以给自己加上"所有动物主人"的头衔。

215. 审讯

三个月之后，他们的案件开庭审理了。

在枫丹白露法院的重罪法庭中挤满了人。所有那些在被告风光无限时不在场的人都来旁观他们走向死亡。这次，国家电视台也难得亲临现场。六家主要的电视台都到了。他们没有看到革命的成功，却列席了对他们的审判。对于观众来说，失败总比胜利更有趣、更上镜。

终于"蚂蚁革命"的主犯们和森林金字塔的疯狂学者们被带了上来。他们中有前科研部部长、一个漂亮的欧亚混血儿和一个病恹恹的老头，这倒让审判平添一分别致。

文字记者、摄像记者、摄影记者相互推搡拥挤着。旁听席已然爆满，但在法院门口还是挤满了人。

"女士们，先生们，请起立。"法警高声说道。

庭长在两位陪审官的陪同下走进了法庭，后面跟着的是检察官。而书记员和9位陪审团成员早已就座。那9位陪审团成员分别是杂货铺老板、退休的邮递员、宠物梳洗工、没有病人上门的外科医生、地铁女司机、广告单分发员、病休在家的小学老师、会计和纺织工人。9个人模样脾性迥然相异。

法警结结巴巴地说道：

"'蚂蚁革命'暴乱集团及'森林金字塔'阴谋分子一案现在开庭。"

庭长端坐在他的宝座中，心里清楚这件案子很可能会持续很长时间。他满头银发，腮下蓄着修剪整齐的花白胡须，鼻梁上架着一副半圆形眼镜，显出一副好像对什么事都不太关心的样子，眉宇间让人隐然领略到法律的庄严肃穆。

那两位陪审官也年届高龄，一副满不在乎的样子，仿佛今天是来玩上两局贝洛特纸牌游戏消遣消遣似的。三位审判官面前是一张榆木长桌，桌上摆着一尊"前进的正义女神"雕像。塑的是一位年轻女郎，身披袒胸露背的长袍，眼睛上蒙着布带，手中提着一架天平。

书记员站了起来，命令带上被告。在四名法警的看押下，被告们鱼贯走入法庭。他们一共有28个人。分别是"蚂蚁革命"的7名主犯、《百科全书》第一卷人物17人以及第二卷人物4人。

庭长询问被告的辩护律师在哪里。书记员回答说被告之一、朱丽·潘松想要担任全体被告的辩护律师。其他被告都同意了。

"谁是朱丽·潘松？"

一位亮灰眼睛的年轻姑娘举起了手。

庭长请她站到辩护席上，两名法警立刻跟在了她的身后，以防她

422

逃跑。

那些警察看上去一个个都笑容可掬、平易近人得很。朱丽心中暗想："实际上在追捕犯人的过程中,警察一个个都凶恶无比,那是因为他们害怕不能完成任务。但是一旦猎物到手之后,他们又变得很可爱了。"

朱丽看到她妈妈坐在旁听席的第三排,便朝她微微颔首示意。以前她妈妈就要求她学习法律,将来可以成为律师。现在她自己心里也在为能成为一名没有文凭的律师而高兴。

庭长那柄象牙槌拍到了榆木桌面上。

"现在开庭。书记员,请宣读起诉书。"

书记员向大家简单概述了过去发生的事情。音乐会最后演变成一场骚乱,与警察对抗,占领枫丹白露高中,造成严重的经济损失,导致多人受伤。主犯逃逸,森林中的围捕,躲在金字塔中,最后有3名负责追捕的警官丧生。

阿尔蒂尔被头一个带到被告席上。

"你就是阿尔蒂尔·拉米尔,现年62岁,商人,家住枫丹白露市凤凰大街?"

"是的。"

"请回答我'是的,法官大人'。"

"是的,法官大人。"

"拉米尔先生,你被控于今年3月12日谋杀了加斯东·潘松,凶器是一只苍蝇形状的微型机器人杀手。这个遥控的机器杀手可以被认为是一种导弹,属于第五级危险武器。对这指控你有什么要说的?"

阿尔蒂尔抬起一只手抹着微湿的额头,一直保持站立姿势让这位年老的病人感到十分疲劳。

"没有,对他的死我感到很遗憾。我原本只想让他睡上一会儿。我并不知道他对麻醉剂有过敏反应。"

"那在你看来,用机器苍蝇攻击别人是件很普通的事啰?"检察官挖苦着说。

"那是遥控飞行蚂蚁,"阿尔蒂尔纠正道,"是遥控爬行蚂蚁的改进型。请您相信,我的朋友们和我只是想安安静静地工作,不被什么好奇者打扰。我们之所以建造那座金字塔,是因为我想和蚂蚁交谈,并且在人类和蚂蚁这两大文明之间建立合作关系。"

庭长翻了翻卷宗。

"啊，是的！未经允许擅自在国家自然保护区内修建违法建筑。"

他又翻阅起来。

"材料显示这种安静的生活对你来说是如此珍贵，以致于你又一次实施犯罪行为，派你的'飞行蚂蚁'攻击一位负责维护公共秩序的官员——警察局局长马克西米里安·里纳尔。"

阿尔蒂尔承认了。

"他、他想要摧毁金字塔。这完全是正当防卫。"

"你倒是有充足的理由用小飞行机器人去杀害别人。"检察官说道。

这时阿尔蒂尔一个劲地咳嗽起来，再也说不出一句话。两名法警把他搀回被告隔离间。他一到那儿就重重地倒在了地上，朋友们焦急地围在了他的身旁。雅克·梅里埃斯站起身来，要求紧急医疗救护。值班医生诊断之后宣布被告暂时没有生命危险，但不能让他过度疲劳了。

"带下一个被告：大卫·萨多尔。"

大卫没拄拐杖，走到了法官面前。背对着旁听席。

"大卫·萨多尔，18岁，高中生。你被控领导策划了这场'蚂蚁革命'。有照片显示你正在指挥示威游行队伍。倒是挺威风的，就像一个将军在指挥他的部队。你以为你是托洛茨基[1]，正在指挥红军？"

还没等大卫回答，庭长又说道："你想建立一支蚂蚁部队是不是？另外，请向陪审团解释为什么你们的革命要模仿那些昆虫？"

"我最初对昆虫产生兴趣是在我们把一只蟋蟀吸收进我们乐队之后。那只蟋蟀的确是一位很棒的音乐家。"

从旁听席传来一阵稀稀落落的笑声。法官要求大家保持安静。但大卫并没有因此而分心。

"蟋蟀的交流是在个体之间进行的。然后我发现蚂蚁的交流是多方位的。在蚁穴中，每一个体的情感都与集体息息相关。它们绝对是团结一心的。人类社会数千年来想要做到的，蚂蚁社会早在人类出现在地球上之前就已经做到了。"

"你是想让我们头上也长出触角？"检察官嘲讽地问道。

这下，法庭里爆发出一阵哄堂大笑。大卫不得不等到人们重新安静下

---

[1] 托洛茨基（1879—1940），俄国犹太人革命家，十月革命的主要领导人。

来再回答：

"我认为如果我们拥有一种与蚂蚁同样有效的交流方式，那就再也不会有那么多歧视、误解、歪曲和谎言了。蚂蚁不会撒谎，因为它们甚至无法想出撒谎会有什么好处。对蚂蚁而言，交流就是把信息告诉其他蚂蚁。"

在旁听席上，人们小声议论起来，法官敲着他的象牙槌。

"带下一个被告：朱丽·潘松。你被控作为'蚂蚁革命'的主要策划者之一。这场骚乱不仅造成了巨大的经济损失，而且还导致多人受重伤，其中包括纳西斯·阿尔波。"

"纳西斯现在怎么样了？"朱丽急切地问道。

"提出问题的不应该是你。出于礼貌和法庭规则，你在和我说话时必须称'法官大人'。刚才我已经对你的同谋犯之一提到过这一点，小姐。我看你对司法程序一无所知。如果你不能为你和你的朋友进行辩护的话，这一切将交由一名专业律师来完成。"

"请原谅，法官大人。"

庭长就像一个爱发牢骚的老爹那样让自己的情绪稍许平静一下。

"好吧，我来回答你的问题。纳西斯·阿尔波先生目前的病情十分稳定。正是因为你们，他才会落得这样的下场。"

"我始终都坚持进行一场非暴力的革命。在我看来，'蚂蚁革命'就是许多慎重而细致的行动相积累，这些行动作用在一起便可移山倒海。"

朱丽转身朝母亲望去，希望自己的话至少能够说服她。在旁听席上，朱丽还看到历史老师正在点头表示赞同。他并不是唯一到庭旁听的老师。数学老师、经济学老师、体育老师甚至连生物老师也都来了。唯独哲学老师和德语老师没有来。

"但为什么要以蚂蚁作为标志呢？"庭长又问。

朱丽注意到采访席上有许多记者。这一次她的话可能会被许多人所知道，成败在此一举，可得好好三思而后言。

"在蚂蚁的社会中，所有成员的行动都基于'让大家的生活得到改善'这一共同意志。"

"呵，极具想象力的想法，但是不切实际！"检察官打断了朱丽的话头，"蚁穴的确运转良好，但那就像是一台计算机或是洗衣机一样。在那上面找寻智慧和信仰简直就是在浪费时间。蚂蚁的行为只是一些遗传本能而已。"

采访席那边传来一阵喧哗声。快，驳倒他。

"正是因为蚂蚁社会体现出一种人类社会永远无法企及的成功，您才会对它心存恐惧。"

"那是一个好斗的世界。"

"根本不是。与嬉皮士和其他为所欲为的社会团体不同，那里没有领袖，没有将军，没有神甫，没有法官，没有警察，也没有镇压。"

"那么照你看来，蚂蚁社会的秘密到底是什么呢？"检察官问，他觉得自尊心受到了伤害。

"没有什么秘密，"朱丽平静地说，"蚂蚁的行为是没有规律的，它们生活在一种无秩序的制度下，但这种无序制度却比有序制度更有效。"

"无政府主义！"法庭中不知是谁喊了一句。

"你是不是无政府主义者？"庭长问。

"如果这个词意味着可以生活在一个没有领袖、没有等级制度、没有人操纵你的思想、没有加薪的许诺、没有死后进入天堂的幻想的社会中。那我就是一个无政府主义者。实际上，真正的无政府主义就是公民意识的最高境界。要知道，长期以来，蚂蚁一直都是这样生活的。"

旁听席上人们的意见各不相同，有的人在吹口哨，也有的人鼓掌叫好。陪审员们在做着笔记。

检察官站了起来，手舞足蹈地说道："其实，你的这些推理一言以蔽之，就是要把蚂蚁社会作为要模仿的榜样，是不是？"

"我们当然要取其精华，去其糟粕。但的确，从某种意义上说，蚂蚁对于我们这个什么都研究过了却仍在原地打转的社会会有所帮助的。只要我们去尝试，就能看到结果。如果这并不可行，那就再尝试其他的社会构成方式，也许会是海豚、猴子或者椋鸟来教会我们更好地生活在一起。"

瞧，马赛·沃吉尔在那儿。他居然也有亲临现场的这一天。朱丽暗想他是否已经改变了对他那条名言的看法，"当我们不了解某种事物的时候，我们能更好地去谈论它"。

"但是，在蚂蚁社会中所有的蚂蚁都必须工作，你是如何把这与你的自由意志统一起来的呢？"庭长问她。

"这又是一个谬误。在一个蚁城中，只有50%的蚂蚁在有效地进行劳动，30%的蚂蚁在进行无生产力的活动，比如自我清洁、讨论等等，另外20%则在休息。这正是奇妙之处。没有警察，没有政府，也没有什么5年计划，而且有50%的蚂蚁闲着没事，蚂蚁的效率却比我们来得更高，而且更能使整个蚁城和谐相处。蚂蚁是值得我们钦佩的。因为它们向我们表明了一个社会的良好发展是不需要任何强制措施的。"

旁听者中响起了一阵赞同声。

庭长捋了捋胡须。

"蚂蚁并不是自由的，从生物学角度而言，它不得不回应气味语言的召唤。"

"那您呢？您不是有手机吗？有了它，您的上级随时都可以找到您，给您下达命令，而您必须服从这些命令，这又有什么区别呢？"

庭长抬头望了望天花板。

"对蚂蚁社会的辩护就到此为止吧。这些已经足够让陪审团在这一问题上形成自己的看法了，你可以坐下了，小姐，下一个被告是……"

法官紧紧盯着卷宗，一个音节一个音节地念道：

"崔……姬……雄。"

那个韩国人站到了被告席上。

"崔姬雄先生，你被控建立了信息网，四处传播你们所谓的'蚂蚁革命'的破坏性思想。"

姬雄脸上露出一丝微笑。这倒引起了那些女陪审员的注意。病休的小学老师再也不盯着自己的指甲看了，而地铁司机的手指也不再敲打桌面了。

姬雄说道："好的思想应该被尽可能地广泛传播。"

"是'蚂蚁式'的宣传吗？"检察官问。

"不管怎么说，从一种非人类的思维方式中受到启发来改革人类的思想，这还是让许多与我们有联系的人士感到高兴的。"

检察官又站了起来，双手在空中挥舞着说：

"陪审团的女士们、先生们，你们都清楚地听到了。被告竟然还打算传播那些荒谬的思想来破坏我们社会的基础。蚂蚁社会如果不是一个等级社会那又能是什么呢？蚂蚁一出生就是工蚁、兵蚁或者有性蚁，在任何情况下，它们都不可能改变自己的命运。社会没有多变性，立了功也不可能得到晋升，这是世界上最不平等的世界。"

姬雄脸上露出嘲讽的表情。

"在蚂蚁社会中，当一只工蚁想出一个主意，它就会告诉周围其他蚂蚁，它们就去尝试。如果它们认为是好主意，就会付诸实施。而在我们的社会中，如果你没有文凭，如果你没有达到一定的年龄，如果你不属于一个好的社会阶层，没有人会让你阐述自己的意见。"

庭长可不想把法庭变成这些小暴民的论坛。陪审团以及法庭内所有的人对这个年轻人的论据都听得太过仔细了些。

"带下一个被告，弗朗西娜·特内小姐，是谁唆使你支持'蚂蚁革命'？"

那位金发姑娘努力克服着自己的羞怯情绪。法庭要比音乐会给人的感受更加强烈。她朝朱丽瞧了一眼，以此来给自己增添勇气。

"和我的朋友们一样，法官大人……"

"再大点声说，让陪审团也能听到。"

弗朗西娜清了清嗓子：

"和我的朋友们一样，法官大人，我也认为我们需要向别的社会模式学习，来拓展我们的思路。研究蚂蚁是让我们了解自身世界的绝好途径。观察蚂蚁就好像是在观察被缩小的我们自己。它们的和我们的极为相似，它们的道路也和我们的道路极为相似。它们能让我们转换思路。就是因为这，我才喜欢'蚂蚁革命'的。"

检察官从文件中抽出厚厚一沓纸，满怀自信地挥舞着说："在听取被告人的陈述之前，我曾向研究蚂蚁的一些真正的科学家请教过。"

他装出一副很有学问的样子说：

"我可以向你们保证，陪审团的女士们、先生们，蚂蚁绝非如被告所说，是一些友好大度的生物。恰恰相反，在蚂蚁社会中始终都存在着战争。一亿年来，它们在世界各地不停地扩张。它们已经占领了各个大陆，只剩大浮冰它们还无法移民了。由此我们甚至可以说蚂蚁已经成为地球的主人了。"

朱丽在辩护席上站了起来。

"检察官先生，也就是说您承认蚂蚁没有什么再需要去征服的了，随便那是什么？"

"的确如此。另外，假如地外生物突然来到我们的星球上，那它们遇到蚂蚁的机会要比遇到人的机会大得多。"

"……于是地外生物会把蚂蚁视作地球居民的代表。"朱丽补充道。

法庭里笑声不绝于耳。

庭长对这种你来我往的辩论早已感到厌烦了。自从庭审开审之后，大家讲来讲去总离不开蚂蚁和蚂蚁社会。他更希望审讯能回到具体问题上来——对学校的破坏、骚乱，尤其是三名警察的死亡。但检察官已经落入了那些小孩奇怪思想的圈套中，而且陪审团好像也对这场奇特的辩论颇感兴趣似的。另外，他的检察官同事从专家那里搞到这些资料显然是花了不少气力的。现在他正打算好好炫耀一下这些新学到的知识呢。

"蚂蚁到处都在与我们为敌，"检察官激动地说，"我这里有资料表明那些蚁窝正在集结在一起。书记员，请将这些复印件分发给陪审团及新闻界的女士们先生们。我们目前还不知道这现象产生的原因。但很显然，这种联盟并不仅仅是为了增强它们的帝国。蚂蚁窝如雨后春笋一般在各地出现，到处都可以看到蚂蚁的踪迹。它们甚至能够在钢筋混凝土中挖出巢穴来，我们的厨房将无一幸免。"

朱丽又开口说：

"我们厨房里的东西都是来自于大地的，大地从来也没有明确过它的财富是专门留给它孩子中某一个的。它没有任何理由只把自己的财富给予人类而不给蚂蚁。"

"一派胡言乱语，"检察官大叫道，"潘松小姐现在想要谈到动物的所有权问题……但为什么不想想植物和矿场。当你还是……不管怎样，蚂蚁到处都在入侵！"他节省时间地说道。

朱丽同样简洁明了地反驳了他：

"它们的城市是值得钦佩的。那里虽然没有交通规则，但却不存在交通堵塞。每只蚂蚁都能感觉到其他蚂蚁的存在，并且尽可能少地干扰其他蚂蚁。如果这还不行，它们就会再挖一条新的通道。那里不存在不安全因素，因为大家都互相帮助。那里也没有贫困的郊区，因为那里根本就没有贫困，谁都不是一无所有的。那里没有污染，因为蚂蚁三分之一的精力花在了清洁和再循环上。那里也没有人口过剩的问题，因为蚁后可以根据蚁城的需要调整它产卵的质量和数量。"

检察官针锋相对地说道：

"昆虫什么也没发明过！书记员，请记下这句话。"

"请允许我说，正是因为昆虫的发明，书记员先生才能进行记录。因为是一种昆虫发明了纸张。如果您愿意的话，我可以向您解释这是怎么一回事。那是在公元1世纪的中国，当时有一位宦官名叫蔡伦，他发现胡蜂用被它们咀嚼过、涂抹上唾液的小树枝筑巢，这才想到去模仿它们。"

庭长实在不愿让审讯再这样继续下去了。

"我提醒你不要忘了，你们的蚂蚁杀害了三名警察。"

"它们并没有杀害警察，我向您保证，法官大人。我在金字塔中的监视仪上看到了全部过程。那些警察看到自己身上爬满了蚂蚁才被吓死的。是他们自己的想象杀了他们。"

"你不觉得在人身上爬满蚂蚁这很残忍吗？"

"残忍是人类的专利，人是唯一毫无理由就让别人痛苦的动物。仅仅是为了满足看着别人痛苦的欲望而已。"

陪审团对此深感同意。他们也模糊地感到蚂蚁不会为了欲望而只是出于需要才杀生的。但他们并没有把这种感觉表现出来。因为庭长在这一问题上正式告诫过他们。他们绝对不能流露出丁点感受，不能多说一个字，不能表示赞同或反对，否则诉讼可能被取消。陪审员们必须保持一张毫无表情的脸。

庭长用肘推醒了那两位昏昏欲睡的陪审官，和他们商量了一会儿。然后他传马克西米里安·里纳尔警察局局长出庭做证。

"局长先生，在向枫丹白露高中和金字塔发起攻击时，治安部队都是由您指挥的？"

"是的，法官大人。"

"三名警察死亡时您也在场。您能对我们详细描述当时的情况吗？"

"我的部下被一大群充满敌意的蚂蚁给淹没了。正是那些蚂蚁谋杀了他们。实际上，罪犯并没有全部到庭受审，对此我深表遗憾。"

"您是指纳西斯·阿尔波吧，但这可怜的孩子还躺在医院里呢。"

局长脸上露出一副奇异的表情。

"不，我所指的是真正的凶犯、这场所谓革命的真正策划者，我指的是……蚂蚁。"

法庭里顿时一阵喧哗。庭长皱起了眉头，然后敲着象牙槌让大家保持肃静。

"您能把您的想法说得更具体些吗，局长先生？"

"在金字塔的占有者投降之后，我们把在犯罪现场的蚂蚁装了好几袋回来。是它们杀害了三名警察。所以它们自然也应该到庭受审。"法官们讨论起来，好像是在诉讼程序和裁判惯例的问题上各持己见。

庭长向前探出身子，压低声音说道：

"您还拘押着那些蚂蚁吗？"

"当然，法官大人。"

"难道法国的法律也适用于动物吗？"朱丽诘问道。

警察局局长看着朱丽，提出了他的根据："过去有过关于动物诉讼案的先例。我还带来了判例原本以消除法官在这个问题上可能存在的疑虑。"

他把一份厚厚的卷宗放在了法官面前。法官们看着面前这沓厚厚的卷宗又商量了许久。最后庭长又敲响了象牙槌。

"里纳尔局长的要求被批准了。现在休庭。明天将继续审理此案，被告将包括蚂蚁。"

216. 百科全书

动物诉讼案：长期以来，动物一直被认为可以接受人类法律的审判。在法国，从10世纪起，人们出于各种原因，拷打、绞死、放逐了不少驴、马和猪。在1120年，主教拉翁和代理主教德·瓦朗斯为了惩罚一群祸害农田的毛虫和田鼠而判了它们流放之刑。在萨维尼市的司法档案中有关于审判一头母猪的诉讼。原来那头母猪被指控谋杀了一个5岁的孩子。母猪和它的六头猪仔在犯罪现场被抓获，嘴上的血迹犹未干透。它们是否是同谋犯呢？母猪被绑住后腿倒吊在公共广场上示众，直到咽气为止。至于那些小猪，它们被关押在一个农民家里，看到它们并没有好斗的行为，人们也就任它们长大，最后把它们按照"正常的"方式吃掉。1474年，在瑞士的巴塞尔，人们对一只母鸡进行了审判。母鸡因为生下了一枚没有蛋黄的蛋而被控使用巫术。按照法律母鸡还有权请一位律师，律师进行了过失犯罪的辩护，但没有成功。母鸡最后被判处火刑。直到1710年，一个研究人员才发现鸡产下无黄蛋是因为得了一种病。然而那只母鸡并没有得到昭雪。

1519年在意大利，一个农民状告一群鼹鼠破坏他的农田。鼹鼠的律师特别能言善辩，成功地证明了鼹鼠太年轻，因此不能承担法律责任，况且它们对农民也是有用的，因为它们以毁坏庄稼的害虫为食。最后死刑被改判为"放逐出诉讼人的农田"。

1662年在英国，詹姆斯·波特被控经常鸡奸他的家畜，而被判处斩刑。但是此案的法官认定那些"受害者"也是同谋犯，于是一头母牛、两头母猪、两只小牝牛和三只母羊同样被处以了斩刑。

到了1924年，在美国宾夕法尼亚州，一只名为班普的雄性猎狗因为杀害了主人的猫而被判终身监禁。它被关押在一所感化院中，直至6年后衰老而死。

埃德蒙·威尔斯
《相对且绝对知识百科全书》第Ⅲ卷

217. 辩证法

第二天继续开庭审理。在被告们面前，法警放下了一只装有上百只蚂蚁的有机玻璃缸，这些都是共同被告。

陪审员们轮流走到沐浴在灯光下的缸前朝里细看。他们闻到从有机玻璃缸里散发出一种烂苹果的臭味，不禁皱起了鼻子，以为这是蚂蚁天生就有的气味。

"我可以向法官大人保证，这些蚂蚁都参与了对我部下的攻击。"马克西米里安警察局局长为他的要求得到了满足而深感满意。

朱丽站了起来，现在她对辩护律师的工作已经驾轻就熟了，每次她认为必要时都会发表她的意见。

"这些蚂蚁缺少足够的空气。有机玻璃壁上的水蒸气表明它们呼吸困难。如果你们不想让它们在审讯结束之前就死掉，那就请在有机玻璃盖上多钻几个孔。"

"但这样它们会逃跑的！"马克西米里安大声说道。拘捕这些罪犯并把它们押到法庭上，肯定让他费了不少力气。

"法庭有责任照顾到每位被告的健康，这对蚂蚁同样适用。"庭长振振有词地说。

他命令法警在有机玻璃盖上多钻些孔。那名法警拿了一根针、一把钳子和一个打火机。他先用打火机把针烧到发红为止，然后用钳子夹着插进了有机玻璃盖。一股焦臭气味散发出来。

朱丽又说道：

"人们认为蚂蚁没有痛苦的感觉，因为它们受折磨时并不会发出叫喊声。但事实并非如此。和我们一样，蚂蚁也有神经系统，所以它们也会感到痛苦，这也是人类种族优越感的弊端之一。我们习惯于对那些受苦时喊叫的生物表示同情，而那些不具备声音语言的鱼类、昆虫以及所有无脊椎动物则不在被同情之列。"

检察官明白朱丽是如何激发起大家的热情的了。她的口才和热情实在太有感染力了。他请求陪审团不要轻信朱丽的话，说这只不过是对她所谓的"蚂蚁革命"进行的又一次宣传而已。

从旁听席上传来一些抗议声。庭长要求大家肃静，好让证人马克西米里安·里纳尔继续发言。但朱丽仍不肯罢休，她宣称蚂蚁完全能够说话，对蚂蚁提出指控而不让它们对横加在它们头上的罪名进行辩驳是不合理的。

检察官听了冷笑几声，庭长要求朱丽对此作出进一步的解释。

朱丽对大家讲了"罗塞塔之石"，并且解释了其使用方法。警察局局长也证实在金字塔内搜到过一部和朱丽所说完全相同的机器。庭长命令将"罗塞塔之石"呈上法庭。趁暂时休庭的时候，阿尔蒂尔在法庭中央把电脑、管线、装有香精的小瓶子以及质谱仪和色谱仪装配起来。记者的镁光灯在他周围闪烁个不停。

朱丽帮助阿尔蒂尔对机器进行了最后的调试。凭借占领学校期间独自摸索出来的经验，她成了操纵"罗塞塔之石"最得力的助手。

所有的人都回到了自己的座位上。法官们、陪审员、记者甚至警察都好奇地等待着，看看这部机器是否真的能起作用，人和蚂蚁是否真的可以进行对话。

庭长命令开始对蚂蚁进行第一次审讯。阿尔蒂尔让人把法庭中的光线调暗，并且把光都集中到他的机器上。

一名法警在有机玻璃缸内随便抓出一只蚂蚁，阿尔蒂尔接过来放进一支试管，然后把叉状探测头伸了进去。接着他转动了一些操纵杆，示意一切都准备就绪。

立刻，在一阵噼啪作响的杂音中，从扬声器里传出了综合人声。是那只蚂蚁在说话。

"救命！！！"

阿尔蒂尔又做了一些微调。

"救命！让我从这儿出去！我喘不过气来了！"蚂蚁不停地叫着。

朱丽把一块面包屑放在蚂蚁身边。蚂蚁贪婪地啃食起来，恐惧让它胃口大开。阿尔蒂尔等它吃完之后问它是否做好了回答问题的准备。

"这是怎么一回事？"蚂蚁通过机器问道。

"有人要起诉你。"阿尔蒂尔告诉它。

"'起诉'是什么？"

"起诉就是法律。"

"'法律'是什么？"

"法律就是判定人们的行为是正确的还是错误的。"

"什么是'正确还是错误'？"

"正确就是说做得对，错误就是相反的意思。"

"'做得对'是什么？"

阿尔蒂尔叹了口气。在金字塔时，他就知道要是不去无休止地对词语重新定义就很难与蚂蚁进行对话。

朱丽说："问题就在于蚂蚁没有道德意识，不知道什么是好的，什么是坏的，也不知道法律是什么概念，正因为蚂蚁不具备道德意识，所以我们无法认定它们对自己的行为负有责任，所以就应该把它们放回大自然。"

庭长和两位陪审官低声商量了一会儿。显然他们是在争论动物的法律责任问题。他们很想把小东西放回森林，但从另一方面来说，生活里有趣的事实在太少，而且记者们也极少对枫丹白露法院的案件审理以及各当事人如此重视。这一次他们的名字很可能会出现在报纸上……

检察官站了起来。

"并不是所有的动物都像你所说的那样是不道德的。譬如，在狮子中有一条规定：不许吃猴子。吃猴子的狮子会被赶出狮群。如果我们不称之为狮子的道德观，那又如何解释这种行为呢？"

马克西米里安想起在他的鱼缸里，母鱼产下小鱼后又立刻把它们吃掉。同样他也看到过小狗企图与它们的母亲交配。同类相食、乱伦、杀害自己的亲骨肉……"这次朱丽总算说对了，而检察官却错了，"他暗想，"动物是没有道德可言的。它们既不是有道德的，也不是不道德的，它们只是非道德的，它们不会意识到它们在做坏事，但也正是因为这才应该消灭它们。"

"罗塞塔之石"又发出了噼啪声。

"救命！"

检察官走到离试管很近的地方。那只蚂蚁定是看到了他的身影，因为它立刻叫起来：

"救救我，不管你是谁，把我们从这儿救出去。这儿到处都是'手指'！"

所有的人都哈哈大笑起来。

马克西米里安勉强压住心头的怒火。审讯都快变成马戏团里糟糕的驯跳蚤表演了。人们并没有想到要去揭露蚂蚁社会对人类社会造成的巨大危害，反而拿一台机器让蚂蚁说话来寻开心。

朱丽趁热打铁地说："请给予它们自由吧。要么放了它们，要么杀了它们，但不能听任它们在这有机玻璃缸内受苦。"

庭长十分讨厌他的被告对他指手画脚，即便被告被指定为辩护律师也不行。但检察官却认为这是一次抬高自己身价的好机会。被马克西米里安·里纳尔抢去风头让他不禁妒火中烧，完全忘了自己的首要任务是控告那些蚂蚁。

"归根到底这些蚂蚁只不过是些替罪羊而已，"他站在"罗塞塔之石"边上大声说道，"如果我们想要惩治真正的罪犯，那就应该审判它们的首脑——蚁后103号。"

检察官竟然知道103号的存在，并且了解它在保卫金字塔中所起的重大作用，这让被告们惊讶不已。

庭长说如果那只是为了和蚂蚁说上几小时话而彼此都无法理解，还不如现在就打消这个念头。

"我相信这只103号蚁后完全会讲我们的语言！"检察官于是晃着一本厚厚的书反驳道。

那是《相对且绝对知识百科全书》第二卷。

"《百科全书》！"阿尔蒂尔急得几乎喘不过气来。

"是的！法官大人，在这本《百科全书》最后几页空白的纸上写着被告阿尔蒂尔·拉米尔的日记。这是在预审法官要求的第二次搜查中被发现的。通过日记我们了解到被告们过去的所作所为，以及这只极具天赋的蚂蚁。103号对我们的世界和我们的生活习惯都了如指掌。我相信我们可以和它们进行正常的对话，而用不着反复对每一个词进行解释。"

马克西米里安听到这席话不禁懊恼不已。在他第一次搜查时，那么多宝藏唾手可得，但他却忽略了抽屉里的那些书。他原以为书里只有一些数学公式和化学方程式。在警校他教导学员们要谨记这么一条重要原则：以同样的客观性去观察周围的一切，但他自己却给忘了。

现在与他相比，检察官掌握了更多的信息。

法官接过书，翻到了折角的那一页，高声念道：

"今天，103号带着一支庞大的部队来救我们了。为了延长它的生命，并且把它对于人类世界的经验遗传给后代，它长出了生殖器官，从而变成了蚁后。尽管长途跋涉而来，它看上去还是很精神。它额头上那黄色的标记依然存在。我们通过'罗塞塔之石'进行了交谈，103号的确是蚂蚁中最有天赋的一个，它成功地说服了百万只昆虫跟着它来找我们。"

法庭里又是一阵窃窃私语。

庭长兴奋地搓着手。有了这些会说话的蚂蚁，他将能创造一条新的裁判惯例，甚至因为进行了现代第一次对动物的审判，他的名字会被写进法律学年鉴。他在一张纸上草草写了几个字，然后宣布道：

"现签发传票，传这个……"

"103号。"检察官提醒他道。

"啊，是的。现签发传票，传103号蚂蚁到庭。"

"但您想如何传唤它呢？"第一陪审官问道，"一只在森林里的蚂蚁！这就好像是在干草堆里找一根绣花针一样。"

马克西米里安站了起来。"我倒有个主意，请让我来负责此事吧。"

庭长叹了口气：

"我想陪审官还是有道理的。在干草堆里找一根绣花针……"

"这只是个方法问题，"警察局局长避实就虚地说，"您想知道怎样在干草堆里找到一根绣花针吗？只要在干草堆上点把火，然后在灰烬里找那根针就行了。"

218. 百科全书

操纵别人：阿希教授的实验。1961年，美国教授阿希把7位试验者召集到一间房间里，告诉他们要对他们进行一次有关感觉的试验。实际上在7名试验者中只有一个是真的，另外6个是受雇让真正的试验者出错的助手。

在墙上画着两根平行线，一根长25厘米，另一根长30厘米。显然30厘米的那根线应该更长些。阿希教授轮流询问他们每个人哪一根线更长。6名助手一致回答是那根25厘米的线更长。当最后问到真正的试验者时，60%的情况下，他会认同是那根25厘米的线更长。

如果他选择30厘米长的线，那6位助手就会嘲笑他。在此种压力之下，30%的人最后承认是自己搞错了。

有100多位大学生和教师接受了试验（这些人不会轻易相信别人），试验者中10个有9个最后认定25厘米的线比30厘米的线更长。

有时阿希教授对他们反复提出这一问题，许多人会固执地坚持他们的观点，并且奇怪教授为什么问个没完。

最让人感到惊奇的是，当他们被告知试验的目的以及另外6位参加试验的人是在演戏的时候，还会有10%的人坚持认为是25厘米的线更长。

至于那些不得不承认他们错误的人，他们会找出各种各样的理由：视力问题，或者观察角度的问题……

埃德蒙·威尔斯
《相对且绝对知识百科全书》第Ⅲ卷

219. 黏稠

马克西米里安的全部感觉官能都处在高度紧张的状态。他又回到了埋在地下的金字塔边。他走下了布满荆棘的盆地，找到了那条开有隧道的沟谷，他用牙叼着一只手电筒，爬进隧道，来到金属门边。

在金属板上密码锁和那道谜题还在。但现在这些都已经没用了，在革命者投降之后，他的部下用焊枪打开了这道门。

在第一次搜查中，警察们把所有的机器都搜走了。那些笨重的机器让他们花尽了力气，所以搜查也就到此为止了。预审法官下令进行的第二次搜查让检察官获得了大丰收。但马克西米里安认为在金字塔里还留有许多东西。

金字塔的秘密肯定还没有被完全发现。必要时，他会动用推土机和爆破组把这儿夷为平地。他走进金字塔，用手电筒照亮四周。

看。观察。听。感觉。思考。

突然，他的眼睛，他最灵敏的官能被一只……蚂蚁所吸引。它正在一只玻璃缸中爬行。玻璃缸原本是"罗塞塔之石"的一部分。那只蚂蚁钻进了一条通入……地下的透明塑料管道。

马克西米里安悄悄地跟着它。蚂蚁仍在往下爬，浑然不知自己正在引狼入室。由于近视，蚂蚁无法看到无穷大的东西。它的敌人是如此巨大，离它又是这么近，所以它根本察觉不到敌人的存在。况且，管道也妨碍了它闻到危险的"手指"气味。

马克西米里安用小刀沿着地面割掉了塑料管道，然后先把眼睛凑到洞口，再是他的耳朵。他看到远处有亮光，还听到了一些声音。怎样才能下去呢？也许得用炸药把石质地板炸开。

他烦躁地在屋子里转来转去。他感觉到将会有新的发现，但他还缺少揭示秘密的关键要素。有谜题就应该有答案。

他走上楼，检查了所有的东西。他走过一间浴室，用冷水淋了淋头，让自己冷静下来。他在镜子里看着自己，然后目光落在了一块三角形的肥皂上。

镜子……

看。观察。听。感觉……思考。

思……考。

马克西米里安在被遗弃了的金字塔中放声大笑起来。

答案竟是如此简单！

怎样只用6根火柴拼出8个全等边三角形？很简单，只要把金字塔，或者更确切地说是正四面体放在一面镜子上就行了。他从口袋里掏出一盒火柴，搭了一个金字塔放在镜子上。

金字塔连同它在镜子里的影像构成了一个立体的菱形。

他回想起"思考陷阱"的提问过程。

第一道谜题是"用6根火柴拼出4个三角形"。答案是一个金字塔。这是第一步：发现立体概念。

第二道谜题是"用6根火柴拼出6个三角形"。这是互补性的融合，下面一个三角形加上上面一个三角形。

第三道谜题是"用6根火柴拼出8个三角形"。只需将下面一个三角形融入上面一个三角形，就得到了第三步。一座放在镜面上的金字塔，也即两座金字塔，正面一个，反面一个，形成一个立体的菱形。

三角形的演变……知识的演变。所以在正面这个金字塔下面还有一个反面的金字塔，拼在一起就成了一个巨大的6面骰子。

他急忙把所有的地毯都掀开，终于找到一扇钢质暗门，门后面有暗梯。

他熄掉了手电，因为下面灯火通明。

220. 百科全书

镜子阶段：婴儿长到12个月以后，会经历一段奇怪的时期——镜子阶段。

在这之前，婴儿认为他的母亲、他自己、乳房、奶瓶、光线、他的父亲、他的手、玩具和宇宙都是一个整体。这一切都是他自己。在婴儿眼中没有大小之分，也没有前后之分。所有的东西都是一个整体，也就是他自己。

然后镜子阶段来临了。他手的运动机能变得更为灵活，他也可以控制以前随时都会发生的排泄了。此时镜子会向他揭示他的存在以及在他周围还有其他人和一个世界。于是这将导致社会化或自我封闭。孩子认出了自己，并且会去欣赏或者不欣赏镜子中自己的形象。其效果立竿见影。他要么抚摸、亲吻镜中的自己并放声大笑，要么对着自己的影像做鬼脸。

通常情况下，他会把镜中的自己看作一个完美的形象，他会爱上自己。醉心于其影像的他会沉浸在幻想中，把自己看作一位英雄。通过镜子给予他的幻想，他开始能够忍受生活这个失望与挫折的永久源泉。他甚至可以忍受自己不是这世界的主人这一事实。

即使婴儿看不到镜子或者水中的倒影，他也会经历这么一个阶段。他会找到一个方法去认识自己，把自己与宇宙分离开，同时认识到他应该去征服这个宇宙。

在猫的一生中从来也不会有镜子阶段。当它们在镜子中看到自己时，会转到镜子后面去追寻"另一只猫"，即使随着年龄的增长，猫的这种行为也不会改变。

埃德蒙·威尔斯
《相对且绝对知识百科全书》第Ⅲ卷

221. 地穴中的悲剧

真让人难以置信。

起初警察局局长还以为自己回到了童年电动火车的旧梦中。在他面前的是一座绝妙的微观城市模型。

地下宫殿的上半部是阿尔蒂尔和其他人的"巢穴"，而下半部分却是蚂蚁的城市。

一半给了像蚂蚁那样生活的人，另一半给了像人那样生活的蚂蚁。而这两方通过管道和传递信息的电线进行交流。

就像格列佛那样，马克西米里安朝那座小人国的城市弯下腰。他的手指在街道上逡巡着，停在了花园里。蚂蚁们好像并没有感到不安，也许它们对阿尔蒂尔和其他人的造访已经习惯了。

无穷小的杰作……！城市中有没有路灯的街道，高速公路……房屋。在左面，有放牧着成群蚜虫的蔷薇园。在后面是工业区，工厂上升起袅袅青烟。在市中心外观漂亮的建筑物前是许许多多步行街。

在这座蚂蚁城市主要街道的入口处竖着一块牌子，上面写着"蚁都"。

由蚂蚁驾驶的汽车在各条高速公路和街道上川流不息。汽车里没有方向盘，取而代之的是柄方向舵，这样更便于用爪子来控制。

在城市的工地上，一些蚂蚁正驾驶着迷你蒸汽推土机大兴土木。蚂蚁出于本能选择了圆形的屋顶。

城里还有架空铁道和车站。马克西米里安眯缝起眼睛，看到有两队蚂蚁好像正在进行一场美式橄榄球比赛，只是没有看到球。实际上这更像是一场群殴。

蚁都！

这就是隐藏在金字塔中的最大秘密！在阿尔蒂尔和其他同谋者的帮助下，蚂蚁文明在这里得到最为迅速的发展。短短几星期之内，它们便从史前期进入了现代。

马克西米里安在地上找到一个放大镜，拿了起来以便更加清楚地观察这座蚁城。在一条大运河上有一些轮船在破浪前进，就像是在密西西比河上航行的那种一样。坐满了蚂蚁的飞艇在轮船上空飞过。

这真有如仙境一般，却也令人毛骨悚然。

警察局局长确信103号就在这儿，和这座科幻蚁城的居民们在一起。怎样才能找到这只蚁后并把它带到法庭上呢？绣花针和干草垛，火柴和磁铁。得想个办法。

马克西米里安从上装口袋里掏出一把咖啡勺和一只小瓶子。

要找到一只蚁后只需跟着幼蚁顺藤摸瓜就行了。但是这里并没有蚂蚁幼虫。难道103号蚁后不会生育？

他想起检察官曾经提到过在103号的额头上有一块黄色的标记。太好了。但这里每一幢房屋都能藏下几百只额头有黄色标记的蚂蚁。得把它们赶出来集中到一片开阔地上。到时候就没有屋顶可以掩饰它们的行踪了。

他又回到上半部，四处张望，找到了一罐石油。然后他回到蚁城边倒下了这种毒液。

人们在慌乱中总会暴露出自己的秘密。马克西米里安知道他这黑色的毒液一倒下去蚂蚁们就会赶去救它们的皇后。尽管这些熟知人类秘密的蚂蚁已经发生了巨大的变化，但它们肯定还会保留着拯救蚁后的天性。

他从蚁城最高的一角倒下了石油。这种黏稠而发出恶臭的黑色液体缓慢地流动着，沿着街道灌进了房屋，淹没了花园和工厂。一场黑色海啸侵入了蚁城。

蚂蚁们惊慌失措地从房屋中涌出来，钻进它们的汽车，以最快的速度驶上高速公路。但高速公路上早已淌满了黏稠的液体。

运河清澈的水流也变成了黑色的油体，让那些蒸汽船的轮桨再也无法动弹。

蚂蚁们好像为曾经热情帮助过它们的"手指"竟然制造了这场可怕灾难而吃惊不小。看上去它们正期待着从空中迅速落下救援之手。但唯一落下的只有在黑色洋面上四处搜寻的不锈钢小勺。

马克西米里安监视着蚁城的各条主要干道。突然他注意到在最高的那幢建筑物周围发生了一阵骚动。

警察局局长举起放大镜靠近了那里。他肯定这下蚁后必将出现。的确，在突然涌出的蚂蚁队伍最后有一只额头有黄色标记的蚂蚁。

是103号。他终于抓住它了！

趁着蚂蚁的惊慌和交通堵塞，他伸出小勺抓起了蚁后，迅速地把它扔进了一只塑料口袋，密封起来。

然后他把一整罐石油全都倒在蚁都上。蚁城整个被这种致命的液体给淹没了。

一些汽车、砖块、热气球和蒸汽轮船以及各种手工制作的小东西都漂浮在黑色的洋面上。

蚂蚁们临死之前为自己的错误深感后悔，当初它们真不应该相信蚂蚁与"手指"之间的联盟是可能的。

222. 百科全书

1 + 1 = 3："1 + 1 = 3"是我们乌托邦主义者的座右铭。它意味着才能的充分结合可以超越它们的简单相加。它意味着那些统治宇宙的阴阳、大小、上下的要素结合在一起会产生某种与它们自身不同，并且超越它们自身的东西。

1 + 1 = 3。

这个式子显示出绝对比我们更为优秀的下一代身上有关信仰的概念。亦指未来人类的信仰。明天的人类将会比今天的更出色。我相信这一点会实现，我也希望这一点会实现。但"1 + 1 = 3"表明了集体概念和社会凝聚力是让我们动物性的地位得以升华的最好方法。

顺便提一下，"1 + 1 = 3"会让许多人感觉不舒服，因为他们认为一条哲学原理从数学上讲是错误的便毫无意义。我不得不向你们证明在数学上这是完全正确的。我毫不在乎这是否是一条悖论。我将在我的坟墓里摧毁你们的自信。我将向你们证明你们所认为的"真理"只不过是无数真理中的一条而已。让我们开始吧。

让我们以方程式 $(a+b) \times (a-b) = a^2 - ab + ab - b^2$ 来看。

在等号右边 $-ab$ 和 $+ab$ 相互抵消，就得到：

$(a+b) \times (a-b) = a^2 - b^2$

在等号两边同除以 $(a-b)$，就得到：

$$\frac{(a+b) \times (a-b)}{a-b} = \frac{a^2 - b^2}{a-b}$$

简化等号左边：

$$a + b = \frac{a^2 - b^2}{a - b}$$

假设 $a = b = 1$，就得到：

$$1 + 1 = \frac{1-1}{1-1}$$

即 $2 = 1$

因为当分数的分母和分子相同时，该分数 $=1$。所以方程式变为：

$2 = 1$，然后在等号两边同加上 1 就得 $3 = 2$。如果"1 + 1"代替"2"即得……

$3 = 1 + 1$

埃德蒙·威尔斯
《相对且绝对知识百科全书》第Ⅲ卷

223. 蚂蚁的智慧

象牙槌在桌上重重地敲了三下。这是人类有史以来第一次让一只蚂蚁后出庭受审。

为了让旁听的观众不错过任何一个细节，法庭上有数名摄影师扛着超近镜摄像机担任摄像工作。其图像直接被投映到被告隔离间上方的白色屏幕上。

"肃静，肃静。把被告带到'罗塞塔之石'。"

一名警察用一把顶端包有泡沫塑料的钳子把那只额头上有黄色标记的蚂蚁放进试管。试管上方安装着与"罗塞塔之石"相连的塑料"触角"。

审讯开始了。

"您就是103号，褐蚁蚁后？"

103号晃动着触角凑近了接收探测头。看上去它对这机器很熟悉，机器的综合人声立刻把它的话语破解并翻译了出来。

"我不是蚁后，我是公主，103号公主。"

庭长连声轻咳。这一错误让他感到有些尴尬：他命令书记员在庭审记录上把被告的称呼纠正过来。虽然有些尴尬，但这一不同寻常的场面仍给他留下了深刻的印象。他怀着无比的敬意说道：

"103号……殿下……您是否愿意回答我们的问题？"

他话音甫落，法庭里便响起一阵喧哗和嘲笑。但若想坚持合乎礼仪，不这么对一位公主说话又能怎么说呢，哪怕它只是一只蚂蚁。

"为什么您要命令您的军队杀害三名正在执勤的警察？"法官直截了当地问道。

阿尔蒂尔建议庭长尽量用蚂蚁听得懂的最简单的语言代替惯常的司法用语。

"好吧。殿下……杀人的原因？"

阿尔蒂尔指出这种蹩脚的法语对蚂蚁来说依然难以听懂，其实用不着放弃正常的表达方式就能让蚂蚁听懂。

如坠五里雾中的庭长只得结结巴巴地说：

"您为什么要杀害人类？"

103号说道："在开始这场辩论之前，我注意到有摄像机对着我。这样您能够把我看得很清楚，而我却看不见您。"

阿尔蒂尔告诉法官103号习惯看着电视机和人类说话。在征求了陪审官的意见之后，庭长说为了公平起见，他同意被告使用从金字塔搜到的迷你电视机。

迷你电视机放在了试管前，103号公主凑了过去，在电视里看到了对它说话的法官。这是一个上了年纪的"手指"。它早就意识到那些长了白毛的"手指"往往已经度过了一生中的四分之一时光。通常来说，在"手指"世界中那些上了年纪的都算是报废了的。它心想对这个身上披着红黑布料的老"手指"有什么可说的。但它随即又注意到没有谁对这一位的权力提出质疑，便把触角伸向了费洛蒙探测头。

"我曾在电视上看到审理案件的场面。证人一般要以《圣经》的名义起誓的。"

"您是美国电影看得太多了，"庭长大声说道，他对被告们的这种蔑视态度已经习惯，但仍然无法克制自己的怒气，"在这个国家用不着以《圣经》的名义起誓。"

然后他又对它解释说：

"在法国，政教分离已经有一百多年了。人们不再以《圣经》的名义起誓了，而是以自己的名誉起誓。另外，在我国《圣经》也不再是每个人心目中的圣书了。"

103号明白了，这里也有信教与不信教之分，它们之间同样水火不容。如果能拿着本《圣经》起誓，它会很高兴的……但既然这是枫丹白露的习俗，它也就不再坚持了。

"我起誓我所说的全部是真话，我只说真话。"

蚂蚁公主以四条后腿站立，一条前肢举起来抵着面前的有机玻璃壁，这情景实在令人难以置信。周围闪光灯不停地噼啪作响。显然遵守这些它早已耳濡目染的"手指"习惯让103号赢得了先机。有一句谚语说得好："和'手指'在一起时，就要和'手指'一样。"

法警把摄影记者们赶开。此刻法庭上所有的人都意识到他们正在经历的是一个历史性的时刻。

庭长心中油然升起一种失落感，但却努力克制着不让它流露出来。他尽量以自己习惯的审讯方式问道：

"我再重复一遍我的问题，公主殿下，您为什么要命令您的军队杀害三名人类警官？"

103号把触角抵在接收探测头上。电脑不停地闪烁着指示灯，通过扬声器把话翻译了出来。

"我什么命令也没下过。在蚂蚁社会中不存在'命令'这一概念。每一只蚂蚁都是想怎么做就怎么做的。"

"但您的军队对人类发起了攻击！您不会否认这一点吧！"

"我没有什么军队。我倒是看到有一些'手指'走到了我们蚂蚁中间。就在它们行走的过程中,杀害了三千多只蚂蚁。你们对我们毫无温情可言,从来也不看看你们把脚放在了什么地方。"

"但你们为什么要到丘陵那儿去呢?"检察官吼道。

电脑把他的话翻译了过去:

"据我所知森林对所有生命都是开放的。我是去会见一些'手指'朋友的,我和它们已经建立起了外交关系。"

"'手指'朋友!'外交关系'!这些人什么也不是,他们不具有任何正式的权力。这只是些把自己关在森林金字塔里的疯子!"检察官大叫大嚷着。

蚂蚁耐心地解释道:

"以前,我们曾经试过与你们世界的官方领袖建立正式的外交关系,但他们拒绝与我们对话。"

检察官走上前去伸出手指对103号威胁道:

"刚才您要求以《圣经》的名义起誓,那您至少应该知道《圣经》对我们来说意味着什么了?"

在被告隔离间中,大家听了这话不禁都为103号捏了一把汗。他们的小盟友会被检察官问倒吗?

"《圣经》就是十诫。"蚂蚁回答道,它还清楚地记得那部经常在电视上播放的由查尔顿·赫斯顿[1]主演的电影。

阿尔蒂尔悬着的心总算放了下来。他们完全可以信任103号。他想起不知为了什么查尔顿·赫斯顿一直都是103号最喜欢的电影演员。它不仅看过《十诫》,还有《宾虚》《绿色食品》以及另外两部让它想到许多东西的电影:《蚂蚁雄兵》和《猩球崛起》。前一部讲的是蚂蚁入侵人类世界,后一部更加离奇,电影里人类并不是不可战胜的,他们会败在其他动物手里。

和庭长一样,检察官也在拼命掩饰自己的惊讶,很快他又说道:

"就算您说对了,那么您不会不知道在《十诫》中有'不得杀生'这么一条吧?"

阿尔蒂尔心中暗自好笑。检察官并没有意识到他把这场辩论引向了

---

[1] 查尔顿·赫斯顿(1923—2008),美国演员。

何方。

"但你们不也把对牛和鸡的谋杀变成一种工业了嘛。而且我还没算上斗牛呢,你们还把杀死公牛当成了一种表演。"

检察官怒气冲天地说:"在《圣经》中,杀生并不是指'不得杀死动物',那是指'不得杀人'。"

103号公主并没有被难住:

"凭什么说'手指'的生命就要比牛的、鸡的或者蚂蚁的生命更珍贵呢?"

庭长叹了口气,在审讯中不管是谁都无法切入正题,总会自觉不自觉地陷入一场哲学辩论中。

检察官被辩得哑口无言,只得指着屏幕上103号的脑袋对陪审团说:"瞧,突出的眼睛,黑黑的大颚,还有那对触角,蚂蚁是多么丑陋啊……即使是那些恐怖电影或者科幻片里的怪物也没有像它这么难看的。这些比我们丑上1000倍、粗鄙上1000倍的动物居然还想教训我们?"

103号立即对此做出回答:"那您呢?您就认为自己很漂亮吗?瞧瞧您脑袋上稀稀落落的毛、苍白的皮肤,还有您那长在脸中央的鼻孔。"

在大家的笑声中,苍白的皮肤变成了猩红色。

"它实在太棒了。"佐埃在大卫耳边轻声说道。

"我早就说过103号是无与伦比的。"阿尔蒂尔自言自语道,为他"学生"的成就激动不已。

检察官稍稍喘了口气,又发起了一轮更为猛烈的进攻。

"还不只是容貌的问题,"他对着"罗塞塔之石"上的麦克风说道,"还有智慧,只有人才有智慧。就因为蚂蚁没有智慧,它们的生命才一文不值。"

"蚂蚁有它们自己的智慧形式。"朱丽针锋相对地辩驳道。

检察官听了不禁大喜过望。它总算落入圈套了!

"罗塞塔之石"电脑的指示灯不停地闪烁着。表示它正在翻译103号公主的话。这句话响亮地从扬声器里传了出来,法庭里所有的人都听得一清二楚:

"请向我证明人是聪明的。"

法庭里人声鼎沸,每个人都在揭示他自己的看法。陪审员们也都再也矜持不下去了。庭长不停地使劲敲着象牙槌。

"鉴于目前，审讯无法在不受干扰的情况下进行，本案延期再审。重新开庭时间为明天上午十点整。"

这天晚上，无论是在电台里还是在电视上，评论员都对103号公主大加赞赏了一番：用专家的话来说，一只仅重6.3毫克的蚂蚁在极为艰苦的审讯过程中，竟显得比体重加起来达到160公斤的检察官和重罪法庭庭长更加机智。

"《百科全书》第一卷、第二卷和第三卷的人物们"心中都重新燃起了希望之火。在这个丑恶的世界里只要还有公正，他们就没有失败。

而怒发冲冠的马克西米里安则把拳头狠狠地捶在了墙上。

224. 费洛蒙记忆包："手指"的逻辑

逻辑：

逻辑是"手指"概念中十分奇特的一条。

那些合乎逻辑的事就是能够被"手指"社会认可的事。

比如：在"手指"看来，在一座有丰富食物的城市中有居民饿死，而没人去帮它们一把，这是符合逻辑的。

与此相反，不让那些因为吃得太多而得病的"手指"吃东西是不符合逻辑的。

在"手指"的世界中，把精美的食物扔到垃圾箱里，即使它们还没有变质，这也是符合逻辑的。

与此相反，把这些食物分发给那些能得益于这些食物的"手指"是不符合逻辑的。另外，为了确保谁也碰不到它们的垃圾，"手指"把那些垃圾全都付之一炬。

225. 来自上面的恐惧

法官们离开了法庭。这时一名法警跑上来拉住了一位陪审官。法警手里拿着那支装有103号公主的试管。

"这名被告该怎么处理？我总不能把它和人一起用囚车押回监狱吧。"

陪审官抬头想了想，回答道：

"那就把它和其他蚂蚁关在一起吧。它头上有那块黄色标记，还是很容易就能把它给认出来的。"

法警走到有机玻璃缸边把盖子折起一条缝，把103号倒了进去。103

号便从空中落到了它那些被囚禁的同胞当中。

蚂蚁囚犯们看到它们的公主回来了都很高兴。它们相互舔舐、相互喂食，然后又聚在一起聊了起来。

10 号和 5 号也都被抓来了。它们解释说：当时它们看到"手指"把蚂蚁们装进口袋，以为是在邀请它们去"手指"世界，便急忙爬了进去。

"不管我们怎么做，它们都肯定会杀了我们的。"一只没有了两条后肢的蚂蚁说道。它的腿是在被"手指"警察粗暴地扔进大口袋时弄断的。

"没关系。至少我们总有一次在它们的世界里捍卫我们生活方式的机会了。"103 号对大家说。

一只蚂蚁从角落里朝它飞奔而来。

是 24 号！

这只总是冒冒失失的蚂蚁这次总算没有弄错方向。103 号公主紧紧拥住 24 号王子，完全忘了它们是在怎样一个恶劣的环境中重逢的。

重逢的感觉多好啊！在这之前 103 号已经理解了艺术是什么。现在它开始隐约地揣摩到爱情是怎么一回事了。

"爱情，就是在失去了爱人之后又找到它。"103 号心中暗想。

24 号和 103 号紧紧拥抱在一起，希望进行一次绝对交流。

226. 智慧

庭长用象牙槌敲了敲桌子。

"现要求为蚂蚁的智慧提出客观的证据。"

"它们能够独立解决它们所有的问题。"朱丽回答说。

检察官耸耸肩膀，说：

"它们所知道的还及不上人类技术的一半，它们甚至连火都不知道。"

这次开庭，人们在有机玻璃缸里装了一个有机玻璃的小桌子，用来安放电视机和探测头。

103 号用四条后肢站立，抬起了身子，好让别人更好地明白它的意思。它通过电脑说出了很长一段话：

"早在遥远的过去，蚂蚁就已经发现了火，并且用它来作战。但有一次，它们没能控制住迅速蔓延的火势，大火摧毁了一切。所以蚂蚁们决定签订一条公约，禁止再使用火，并且规定那些胆敢使用这种极具毁灭性武器的蚂蚁将被流放……"

"啊，你们瞧！蚂蚁太笨了，连火都不会用。"检察官讽刺道。这时扬声器又开始发出噼啪声，103号继续说道：

"在这次向你们世界发起的和平长征中，我告诉过我的同胞，只要正确加以使用，火还是能为我们创出一条技术发展的新途径的。"

"这并不能证明你们是有智慧的，你们只不过是偶然抄袭了我们的智慧而已。"

蚂蚁好像一下子激动起来。它的触角剧烈晃动着，狠狠地抽打着探测头，显示出它是多么的愤怒。

"那反过来，有什么可以证明你们'手指'是有智慧的？！"

法庭里又响起喧哗声。有些人轻声笑了出来。蚂蚁的费洛蒙像机关枪扫射一样迸射出来。

"我明白了，对你们来说，决定一只动物是否有智慧的标准就是……它得像你们一样？"

这时谁也不去看那只有机玻璃缸了。所有的目光都紧盯住屏幕，摄影师完全忘了103号是一只蚂蚁，还像拍人一样用超近镜头给它拍了一个半身像。就是说在屏幕上只有它的胸、肩和头部。

慢慢地人们看懂了蚂蚁的一些表情。当然那不是什么脸部运动，也没有目光的转动。蚂蚁是用触角、大颚以及下巴的运动来表达情感的。

触角竖起表示惊讶，半屈表示想要说服对方，右触角向前倾，左触角向后倒是表示对对方的话很留意，触角贴在面颊上表示失望，用大颚摩擦触角则表示镇定。

此刻，103号的触角半屈着。

"在我们眼中，你们才是愚蠢的，而我们是聪明的。所以必须由既不是'手指'也不是蚂蚁的第三方来做出客观的裁决。"

所有的人，其中也包括法官们都知道这是一个关键性的问题。如果蚂蚁是有智慧的，那它们就必须为自己的行为承担责任。反之它们就像精神病人或者未成年那样不用承担法律责任。

"怎样才能证明蚂蚁是有智慧的还是没有智慧的呢？"庭长一边捋着胡子一边大声自问。

"怎样才能证明'手指'是有智慧的还是没有智慧的呢？"103号镇定自若地补充说。

"既然如此，目前最重要的就是确定蚂蚁和人类哪一方更聪明。"一位陪审官发言道。

现在重罪法庭或多或少有点像一个大剧院了。从蒙昧时代起，审判就被设计成了一出戏。但法官还从来没有像今天这样深深感觉自己就像是个导演。得由他来控制审讯的节奏，以免让观众感到厌烦，也得由他来分配证人、被告、陪审员的角色。如果他能够将悬念一直保持到陪审团做出最后裁决的那一刻，并且吸引住旁听者和每晚都看这部辩论连续剧的电视观众，那将是他一生中最大的成功。

一位陪审员举起了手，这是很少发生的事。

"请允许我……本人酷爱智力游戏，"那位退休邮递员说，"国际象棋、纵横填字字谜、谜语、文字游戏、桥牌、五子棋都是我的爱好。我想裁决人和蚂蚁谁最聪明的最佳方法就是让我们来一场智力竞赛。"

"竞赛"这个词好像正合庭长之意。

他想起了以前在法律课上学到过，审判在中世纪时是以马上比武的方式来进行的。诉讼人相互用长枪攻击，直至一方死亡。决定谁是胜利者的任务由上帝来承担，就那么简单。活下来的总是有理的一方。法官既不用担心误判，也不会有负疚感。

但仅仅如此的话还不够，人们当然无法在人和蚂蚁之间举行一场势均力敌的决斗。人只要动动指头就能碾死一只蚂蚁。

庭长说出了这点顾虑。但陪审员的手并没有放下。

"只要我们能想出一种客观公正的比赛，让蚂蚁也有与人对等的取胜机会。"他坚持道。

这主意让在场的人都兴奋不已。庭长问道：

"您想采用何种'竞赛'[1]方式呢？"

227. 百科全书

马的智慧：1904 年，整个科学界都沸腾了起来。人们认为终于发现了一只"和人一样聪明的动物"。这只动物是一匹 8 岁的马，它是由奥地利学者冯·奥斯滕教授训练出来的。令那些前去拜访它的人惊讶不已的是，这匹名叫汉斯的马似乎通晓现代数学。它不仅能准确地回答人们向它提出的数学问题，而且还知道时间的概念，能在照片上认出几天前见过的

---

[1] 法语中"竞赛"（joute）一词和"（中世纪用长枪的）马上比武"是同一词。

人以及解答逻辑学的问题。

汉斯能用蹄子指出物体并且会用蹄子敲击地面来数数。它同样也能把字母一个接一个地敲出来拼成单词。敲一下表示"a"，两下表示"b"，三下表示"c"，以此类推。

汉斯在各种各样的实验中都表现出它那神奇的天赋。动物学家、生物学家、物理学家甚至连心理学家和精神病科大夫都从世界各地涌来看汉斯。他们皆是怀疑而来，迷惑而归。他们搞不懂奥妙到底何在，最后只能承认这匹马的确"聪明"。

1904年9月12日，一个由13位专家组成的小组公布了一份研究报告，否认了存在欺骗的可能性。这件事在当时引起了轰动。科学界也接受了这匹马的确和人一样聪明的看法。

冯·奥斯滕教授的助手之一奥斯卡·芬斯特最终还是揭穿了谜底。他注意到每当在场的人谁也不知道所问问题的答案时，汉斯就会做出错误的回答。而且如果给它戴上眼罩不让它看到周围人的话，它每一次都会出错。唯一的解释就是汉斯是一只十分细心的动物，能在用蹄子敲击地面的同时感觉到周围人姿态的变化。当它接近正确答案时会发现鼓励性的暗示。

这种本领是以食物奖励训练出来的结果。

在秘密被发现之后，科学家们为自己那么容易被骗而感到恼火，于是对所有的与动物智慧有关的实验都抱有怀疑。在许多大学，人们还把"汉斯马事件"作为讽刺伪科学的依据。然而可怜的汉斯既当不起那么多的荣耀，也不应该遭受那么多的耻辱。毕竟，这匹马能够看懂人类的姿势，才能在那段不长的时期内被看成是与人同样聪明的。

但是人们之所以如此强烈谴责汉斯也许还有一个更深层次的原因。人类看到自己在动物面前竟毫无秘密可言总是会感觉不太舒服的。

埃德蒙·威尔斯
《相对且绝对知识百科全书》第Ⅲ卷

228. 登梯比赛

那位酷爱智力游戏的陪审员自告奋勇地设计出了一种竞赛。经过协商后，法院方面和被告方面都表示同意。

现在得为竞赛选派出一名人类代表和一名蚂蚁代表。

检察官建议由警察局局长马克西米里安·里纳尔代表人类出赛，而朱丽也提议让103号作为蚂蚁的代表参赛。庭长拒绝了他们的建议。里纳尔作为警察学校的教员和著名的侦探是不能代表全人类参赛的。同样，103号看了那么多的人类电影，也已不能算是一只普通的蚂蚁了。

法官认为，人类代表和蚂蚁代表应该在他们各自的种族中随机挑选出来。庭长想借此创造出一个新的裁判惯例，所以认真地担负起"导演"的角色来。

两位法警在宣誓之后被派到大街上把他们看到的第一个模样得体的行人带回来。他们拦住了一位40岁左右、棕发、短须、离婚并有了两个孩子的"普通人"，向他解释事情的来龙去脉。

"人类代表"的头衔让那男人畏缩不前，害怕别人嘲笑自己。法警考虑是否要用强制手段把他带上法庭。那个法警倒想出了个好办法。他告诉那男人如果参加比赛就能出现在当晚的电视节目里。一想到能在左邻右居面前炫耀一番，那男子也就不再犹豫了。

蚂蚁代表也是由这两位从法院的花园里找来的。连对方的意见都没征求一下，他们就把他们看到的第一只蚂蚁抓了回来。那只昆虫体长1.8厘米、重3.2毫克、短颌、黑甲。他们把它放在一张纸上检查一下它的肢腿有无缺损，触角是否还在晃动，然后带了回来。

用来测试智力的道具已经被放在了法庭上。那是12块木质零件，选手要将它们拼装成一座架子，然后站在架顶，触到悬在他们各自头上的一个红色电子开关。开关与一个电铃相连，第一个触响电铃的选手将获得胜利。

两组零件完全相同，只是大小不同而已。人的架子搭好后高3米，而蚂蚁的高3厘米。

为了吸引蚂蚁去进行比赛，法官让人在蚂蚁的开关上抹上蜂蜜。每位选手的面前都摆满了摄像机。庭长发出了开始的指令。

人是从小就玩惯了积木的。指令一出，他立刻有条不紊地把零件拼装起来，看到测试题竟然如此简单，他心里一点也不感到紧张。

那只蚂蚁则在原地团团打转，远离它熟悉的天地来到这么一个满是气味和光线的陌生环境中让它心中十分恐慌。它站在了开关下面，蜂蜜的甜香吸引着它。它晃动着触角，用四条后肢站立着，仍够不着那开关。

法警把那些木头向蚂蚁身边推了推，好让它明白应把木头拼装起来才能够到开关。检察官对此也没加以阻拦。蚂蚁看了看那些沾有蜂蜜气味的木头，张开硬颚咬了起来。它的这一举动引来了哄堂大笑。

蚂蚁在开关下面晃动着，嚼咬着，但它的这些动作并不能让它触到开关。

与此相反，人类代表在他同类的助威声中眼看就要完成他的工程了。而这时，蚂蚁还是一个劲地啃噬木片，接着又到开关底下后腿站立，前肢在空中晃动着想去够到开关，别的什么也不做。

人类代表只剩下四块零件没装了。突然，烦躁的蚂蚁从开关下面爬走了。真糟糕，忘了在它四周放几堵墙了。

所有的人都以为它放弃了，正准备宣布它的对手获胜时，那只蚂蚁带着另外一只蚂蚁又回来了。它通过触角相触后说了些什么，另一只便以一种特殊的方式站到了开关底下，搭起了一架"蚁梯"。

人类代表用眼角的余光瞟到了蚂蚁的举动，便加快了他的工作进程。就在他快要触到开关时，蚂蚁那边的铃声率先响了起来。

法庭里一片哗然。有的人喝起了倒采。另外一些鼓起了掌。

检察官开口道：

"大家都看到了：蚂蚁作弊了，它的一个同类帮了它。这有力地证明了蚂蚁的科研智慧是集体性的，而非个体的。单独一只蚂蚁什么事也做不到。"

"不是这样的，"朱丽反驳道，"事情很简单，蚂蚁们懂得两只蚂蚁一起解决问题要比单干容易得多。而且这也应验了'蚂蚁革命'的至理名言：$1+1=3$。才能的相加要远胜过其原有能力。"

检察官冷笑了几声。

"'$1+1=3$'，那是一个数学上的谎言。是对理性犯下的罪孽，是对逻辑的蔑视。如果这种愚蠢的想法对蚂蚁来说很合适的话，那就随它们去吧，我们人类相信纯正的科学，而不是晦涩难懂的数学公式。"

庭长敲了敲象牙槌。"这次测试无法让我们得到明确的结论。必须设计出另外一个测试方法，一个人对一只蚂蚁。这次不管结果如何，这一问题都将得到解决。"

法官召来了重罪法院的心理医生，要求他设计出一个稳妥而客观的测试方法。

然后他接受了国家电视台明星记者的单独采访。

"这里所发生的事相当有趣。我认为巴黎的居民们应该来到枫丹白露旁听案件的审理并为人类代表加油。"

229. 费洛蒙记忆包：观点

费洛蒙：10号

观点：

"手指"形成个人观点的能力越来越差了。

其他所有的动物都能通过独立思考，根据它们所理解的以及已获得的经验形成自己的观点。而"手指"所想的全都一样，也就是说它们把晚间八点档新闻节目主持人所发表的观点拿来作为自己的。

我们可以称之为它们的"集体思想"。

230. 从远处看它

心理医生思索了很久。他向一些同行、一些杂志游戏专栏的主编以及一些商业规则的证人进行咨询。创造一种对人和蚂蚁同样都适合的游戏规则，这是一个多么奇怪的要求啊！再说，有什么游戏足以明确地证明他们的智力呢？

有围棋、国际象棋和国际跳棋，但怎样对一只蚂蚁解释它们的规则呢？这些都属于人类文化的范畴，就和麻将、扑克或者造房子游戏一样。什么游戏是蚂蚁也能玩的呢？

心理医生首先想到的是游戏棒。蚂蚁应该习惯于从它们不需要的细树枝中抽出对它们有用的那些。但这个方案不行，游戏棒是对手的灵敏性的测验，而不是智力测试。还有小孩玩的抛石子游戏，但可惜的是蚂蚁身上没有手。

蚂蚁会玩些什么呢？心理医生觉得游戏是人类的一项专利，而蚂蚁是从来也不玩的。它们开拓疆域，相互争斗，养育后代，采集粮食，它们的一举一动都有着明确的功利性。

心理医生最后得出结论，应该找到一种为蚂蚁所熟知的实用性质的测试方法。比方说勘探一条陌生的道路。

再三权衡利弊之后，心理医生建议进行一场在他看来具有普遍性的测试：走迷宫。随便什么动物被关在一个陌生的地方都会尽力去找出路的。

人将被关在一个符合人体尺寸的迷宫里，而蚂蚁则被关在一个适合蚂蚁尺寸的迷宫里。两座迷宫的形状是一模一样的，只是大小不同而已。这样，难度对于两位参赛者是相同的。

这次的选手都重新换过了。和第一次比赛一样，法警在大街上随机找来了一个金发的大学生。而蚂蚁代表则是第一只在法院门房窗台上那只花盆里出现的蚂蚁。

人类的迷宫是用蒙着纸张的金属栅栏搭建起来的。因为法庭里空间不够大，所以地点设在了法院的广场上。

用纸制矮墙构成的蚂蚁的迷宫被放在了一只玻璃箱里，这样外面的蚂蚁就进不去了。

两位选手抵达迷宫出口处时应该按动电铃上的红色开关。

裁判由法警和审判官来充任。庭长手里紧握着秒表。出发令一响，人类选手立刻就出发了。与此同时，一名法警也将那只蚂蚁放进了玻璃箱。

人在飞跑着，而蚂蚁却一动不动。

"在陌生的环境中，永远不能采取仓促的举动。"这是一条古老的蚂蚁格言。

蚂蚁待在原地清洁起自己的身体来。这是另外一条重要的格言："在陌生的环境中，要让自己的感觉变得更加敏锐。"

人已经遥遥领先了。朱丽和其他人心中十分着急。他们的目光死死盯在了屏幕上，注视着比赛的进程。103号、24号和其他蚂蚁也在通过迷你电视观看比赛，它们的不安同样溢于言表。这样的随机抽取很可能会抽出一只低能蚂蚁来。

"快，快跑！"24号王子叫道。

但这只蚂蚁始终没动。慢慢地它终于开始仔细地闻起了脚边的地面来。

仓促行动的人此时搞错了方向，钻进了一条死胡同，不得不返身往回跑。因为他不知道蚂蚁还没有出发，所以他很担心为此浪费了时间。

蚂蚁走了几步，又转回原地。突然，它的触角竖了起来。

观众们都知道这意味着什么。

在被告隔离间里，朱丽抓住了大卫的胳膊兴奋地说："好了，它肯定闻到蜂蜜的气味了！"

蚂蚁开始朝着正确的方向爬去。此时，人也找到了正确的路线。从屏幕上看，两位选手好像在以完全相同的速度前进。

"还好，现在机会均等。"法官说道，他还想着要保持悬念来吸引新闻界呢。

人和蚂蚁几乎同时地拐过一道道相同的弯。

"我打赌人肯定会赢！"书记员叫道。

"我赌蚂蚁会赢。"第一陪审员说。

两位选手几乎以同样的方式在朝终点接近。

过了一会儿，蚂蚁迷了路，朝一个死胡同爬去。103号公主和它的伙伴都颤动起了触角。

"不，不，不是朝那儿！"它们叫喊着。

但它们的费洛蒙被有机玻璃盖挡住了，无法传到外面。

"不，不，不是朝那儿！"朱丽和她的朋友们也都徒劳地叫喊着。

人类选手也在朝一条死路跑去。这次轮到在场的观众喊叫了。

"不，不是朝那儿！"

两位选手都停了下来，寻思该往哪里走。

片刻之后，人找到了正确的方向，而蚂蚁却朝着绝境猛冲过去。人类的支持者们觉得这下已经稳操胜券了，他们的代表只要再拐两个弯就到出口了。蚂蚁焦急地在死胡同里团团打转。突然它做出了一个出乎人们意料之外的举动。

它翻过了纸墙。

在蜂蜜气味的指引下，它越过一道又一道纸墙，径直朝红色开关飞奔而去，就像是跨栏比赛一样。

当人还在飞跑着左拐右弯的时候，蚂蚁已经翻过了最后一道墙，扑到了浓香蜂蜜的红色开关上。铃声响了。

被告隔间和囚禁蚂蚁的有机玻璃缸中同时爆发出胜利的欢呼。蚂蚁们相互摩挲着触角表示庆祝。

在庭长的要求下，大家又重新回到法庭里。

"它弄虚作假！"检察官走到法官席前大声抗议道：

"它和那一只一样都作弊了，它没有权力翻越纸墙！"

"检察官先生，我请您回到您的座位上去。"庭长命令道。

朱丽这时也已经回到了辩护律师席上，她反驳道："蚂蚁并没有作弊，它只不过运用了其特殊的思维方式，在它面前有一个目标要达到，于是它达到了。能够尽快适应困难的环境就证明了它是有智慧的。再说，我们从来也没规定不许翻越墙壁。"

"刚才人也可以那么做吗？"检察官问。

"当然。他的失败正在于他没有想到除了沿着过道向前走之外，他还可以用别的方法。他没能改换思路，只知道一味遵守他以为必须遵守的规则。而实际上这些规则并不存在。之所以蚂蚁能赢正是因为它表现出比人类更丰富的想象力，仅此而已。蚂蚁是胜利者。"

231. 百科全书

斑比综合征：有的时候爱和恨同样危险。在欧洲和北美洲的国家公园里，游客经常可以碰到动物的幼兽。即使它们的母亲没有走远，这些小动物看上去还是那么孤独无助。遇上有如长毛绒玩具且不如成年动物凶猛的幼兽会让游客很高兴，并且出于同情去抚摸幼兽。这一举动非但没有攻击性，而且恰恰相反，这种体现人类温情的举动会让幼兽感觉很舒服。但是这种接触对幼兽来说，却是致命的。不管那是多么含情脉脉。因为在分娩后的头几个星期里，母兽只能凭气味来辨认出它的幼仔。

人类的触摸哪怕十分细微，也会让幼兽身上充满了人类的气味。失去了气味身份标志的幼兽会立刻被整个家庭抛弃，没有哪只母兽会再接受它。幼兽最终将被饿死。人们称这种爱抚为"斑比综合征"或"沃尔特·迪士尼[1]综合征"。

埃德蒙·威尔斯
《相对且绝对知识百科全书》第Ⅲ卷

232. 独处

警察局局长马克西米里安·里纳尔再也看不下去了，他匆匆回到家里。

进屋之后，他摘下帽子，脱掉外套，挂在了衣帽架上，然后把门重重地踢上。家里人都跑了过来。

他的妻子森蒂娅和女儿玛格丽特已经忍让他到了再也没法忍受的地步。难道她们对发生的一切竟然一无所知吗？难道她们不知道这场审判的巨大赌注吗？

---

[1] 沃尔特·迪士尼（Walt Disney，1901—1966），美国艺术家和电影制作人。小鹿斑比是迪士尼动画电影中的形象，在此指代因人类爱抚而死去的幼兽。

女儿回到客厅里又坐在了电视机前。

622频道正在播放著名的娱乐节目"思考陷阱"。节目主持人把那一天的谜题又重复了一遍:"它在黑夜的开头和上午的末尾出现,一年中可以看到它两次,看着月亮时人们可以清楚地看到它。"

答案突然闪现在他的脑海中,那是字母"N"[1]。

在"黑夜"的开头,在"上午"的结尾,在"年"这个字中两次出现,还有在"月亮"中看到。答案只能是这个。

微笑荡漾在他的嘴角边。他又找回了思考问题迅速准确的天赋。现在世界上所有的谜题都将在他面前迎刃而解。

两只冰凉的手蒙在了他的眼睛上。

"猜猜我是谁?"

他猛然挣脱出来。妻子惊讶地看着他。

"怎么了,亲爱的?发生了什么事?你是不是太疲劳了?"

"不,清醒。绝对清醒。和你们在一起我是在浪费时间。我有极其重要的事要做,不仅仅是为了我,而且是为了全人类。"

"但是,亲爱的……"森蒂娅的目光流露出一种不安的神色。

他站了起来,扯开嗓子只说了一个字:

"滚!"

他指着门,怒目圆睁。

丈夫的粗暴让森蒂娅吃惊不小,她嗫嚅着说:"好吧,既然你想这样。"

马克西米里安没等她说完就走进书房,狠狠地关上了门。他打开《进化》游戏,设定了一些特殊的参数,他想看看一个掌握了人类科技的蚂蚁文明会造成什么样的后果。

蚂蚁文明在游戏中迅速发展着。

他隐隐听到大门开启又合上,掏出格子手帕抹了抹额头,他总算摆脱了这两个讨厌鬼。电脑真幸运,因为它们没有妻室。

"马克·亚韦尔"继续推动着游戏的进程。在20分钟内,它就让富于人类知识的蚂蚁文明发展了1000年。其结果要比马克西米里安想象的还要可怕。

他决定再也不仅仅做个旁观者了,应该有所行动,不管要付出多大

---

[1] 法语中,黑夜是nuit、上午是matin、年是année、月亮是luné。

代价。

他立刻投入了工作。

233. 反常的太阳

103号公主和24号王子决定趁着再次开庭前短暂的宁静在有机玻璃缸中进行交配。法庭上的聚光灯仿佛春天的太阳，让它们全身的性激素都沸腾了起来。

对这两只有性蚁来说，这光线、这热量太令它们兴奋了。

在这样一个封闭的环境中交配并不容易，但在众蚂蚁的鼓励下，103号腾空而起，在有机玻璃监狱的四壁间画起了圆圈。

24号也飞了起来跟在它后面。

自然，这远不如在蓝天下、绿荫间，伴随着自然气息来得浪漫。但两只蚂蚁都清楚它们已经没有将来了。如果它们现在不在这儿做爱，它们就再也没有机会了。

24号飞在103号身后。公主飞得太快了，24号始终无法追上它。24号没办法，最后请求它飞得慢些。

24号终于追上了103号，牢牢地附在它的身体后面，挺起胸，开始交配。这简直有如高空杂技一般，要在空中交配并不容易。103号的注意力全都放在了交配上，忘记了控制飞行，结果撞到了有机玻璃壁上。在撞击的作用下，24号脱离了103号的身体，不得不重新向它追去。

以前103号曾对"手指"烦琐的交配过程大加嘲讽。而此刻，它倒宁愿和它们一样在地面上交配，那要比在飞行中使生殖器结合在一起容易得多。

24号发起第三次冲击时它已经累了，但还是追上了103号。交配一经开始，在它们身上便出现了某种特别新奇、特别强烈的感觉。而且由于两只有性蚁都是通过人工方法变出来的，因而这种新奇的东西也更加强烈。

它们的触角相互缠在一起，好像它们又一次开始了绝对交流。在肉体的结合上又增加了精神的结合。在它们的脑海中同时浮现出一些幻觉影像。

为了不再撞上有机玻璃缸壁，103号飞到玻璃监房的中央，离钻了孔的有机玻璃天顶还有几厘米的地方，在空中绕起了很小的同心圆来。

那些幻影愈加清晰了，它们源于103号的大脑中对于电影《飘》中那些重大浪漫场景的记忆。

此刻，对于两只蚂蚁来说，爱情通过"手指"的影响，比通过它们自身的文化而更容易被表达出来。在贝洛岗蚁中虽然流传着许多传说，但其中没有一个是能与《飘》相比的。在蚂蚁的世界中，爱情只是与繁衍生育联系在一起的。在还没有看到那部"手指"电影之前，103号从来也没有把爱情视作一种超然于生育机能之外的特殊感情。

在底下，其他蚂蚁欣赏着它们的飞行表演，意识到那里正在发生某种不同寻常的事。10号用一枚"神话费洛蒙"记下这诗意醇酽的浪漫时刻给予它的灵感。

突然，空中的形势发生了某种变化。24号王子感到不太舒服，它的触角奇怪地晃动起来，他的心脏也跳动得愈来愈厉害了。一种由绝对快乐和巨大痛苦混合而成的红色浪潮如海啸一般把它吞没了。它感觉自己心脏中的一切紊乱了，心脏有如脱缰的野马狂乱地舞动着。

怦……怦、怦、怦、怦、怦……怦！

砰、砰、砰！

庭长在桌案上清脆地敲了几下，宣布重新开庭。

"陪审团的女士们先生们，请就座！"

庭长告诉陪审团既然蚂蚁已经被认定是具有智慧的，那么从法律上说，它们具有承担法律责任的能力。陪审团应该对103号和其他蚂蚁伙伴的命运做出裁定。

"我不明白！"朱丽大声喊道，"蚂蚁不是获胜了吗？"

"是的，"庭长反驳道，"但这一胜利恰恰证明了蚂蚁的智慧，它们并不是无知的。现在由检察官发言。"

"这里有一些证据可以向陪审团的女士们证明蚂蚁与人为敌达到了何种程度。特别是其中有一篇关于火蚂蚁入侵佛罗里达州的文章。请过目。"

阿尔蒂尔站了起来。

"您忘了告诉陪审团人类是如何战胜火蚁的了。那是依靠了另一种蚂蚁的力量：水蚁。这种蚂蚁能够释放出与火蚁蚁后相同的费洛蒙信息激素，以此欺骗火蚁工蚁来给它喂食，而火蚁蚁后则逐渐衰弱以至死亡。由此我们可以得出结论：人类应该与某些友好的蚂蚁联合起来共同战胜敌对的蚂蚁……"

检察官离开了自己的座位走到陪审团面前，打断道："我们不能依靠把我们的机密告诉蚂蚁来干掉蚂蚁。正好相反，我们必须在这些已经知道太多事情的蚂蚁把知识传授给所有蚂蚁之前尽快把它们清除掉。"

在有机玻璃缸中，那令人心醉神迷的美景依然在持续。那一对蚂蚁仿佛被强烈的旋涡挟裹着似的，在空中转得越来越快了。这时，24号的心脏也在以一种越来越混乱的方式跳动着。怦、怦……怦、怦、怦……怦……在那红色的快乐浪潮变得愈加汹涌的同时，其颜色也发生了变化，淡紫色、青靛色，最后变成了浓重的黑色。

庭长要求检察官作出结论并宣布诉状。

"我要求以破坏教育设施和扰乱社会秩序罪对暴乱的高中生处以刑事拘留6个月；以谋杀同谋罪对'金字塔'犯罪集团分子处以有期徒刑6年；以叛乱罪和谋杀罪对103号及其同伙处以……死刑。"

法庭上抗议声不绝于耳。庭长敲着象牙槌，根本没想到检察官会这么说。

"我谨提醒检察官先生死刑在我国已被废除多年了。"

"对于人，法官大人，对人而言是这样。经反复核查，我并没有在我国刑法中找到任何关于禁止对动物施行死刑的条款。我们给咬小孩的狗注射毒药，我们杀死传播狂犬病的狐狸。另外，在我们中有谁敢说自己从来没杀死过蚂蚁？"

即使是那些持反对意见的人也不得不承认检察官没有说错。有谁从没杀死过蚂蚁，哪怕人不是故意的？

"做出判处103号及其同伙死刑的决定只不过是出于正当防卫和公民责任感，"检察官又说，"从金字塔搜到的资料显示：它们曾发动过一次针对人类的战争。我们应该让大自然明白那些想要伤害人类的动物都要最终为此付出它们的性命。"

24号王子的触角朝天直竖起来。103号看到了也感觉到了这种变化，但它体内的快乐感觉是如此绵长且剧烈，以至于它无法去照顾它的爱人。

如果说淹没24号的是一种从红色转为黑色的快乐浪潮，那么占据

103号整个身心的浪潮则是从红色变为橘黄，进而变得愈加鲜亮，直至变为一种更加炽烈的黄色。现在，她再也不是公主了。它成了一只真正的蚁后。

24号感觉越来越糟。

压力不断增加。它的心脏突然停止了跳动。

压力仍在上升，上升。突然，它掉了下去，颤动了一下翅膀，想要减缓下落的速度，随即……

庭长让辩护律师发言。

朱丽调动起体内所有的神经元寻找对策。

"在这里所进行的并非仅仅是一次审判，其意义远远超过了审判本身。这是让我们得以理解一种非人类的思维体系的一次机会。如果我们连与蚂蚁这种地内动物都无法和睦相处的话，又如何去奢望有一天能与地外生命相交流呢？"

从空中传来一声清脆的爆炸声。压力太过巨大，快感太过强烈。24号刚把精子射入爱人体内，便在欲仙欲死中爆炸了。就像一架飞行中的飞机爆炸那样，它的身体的碎块四散飞溅，随即落在了下面众蚂蚁的头上。

朱丽感觉在大脑中《相对且绝对知识百科全书》知识的作用下，此时此刻是埃德蒙·威尔斯在借用她的声音说话：

"蚂蚁可以作为人类进化过程中的一道阶梯。与其将它们毁灭，我们倒不如加以利用。人和蚂蚁之间存在着互补性。我们掌握着1米高的世界，而它们支配着1厘米高的世界。阿尔蒂尔证明了依靠它们的硬颚，蚂蚁所制造出的细小物件是任何最最灵巧的工匠都无法做到的。我们为什么要抛弃如此珍贵的朋友呢？"

103号蚁后在空中盘旋了一会儿，便在一片费洛蒙中匆忙降落下来。

"咔嗒。"从"罗塞塔之石"的扬声器里传出一声轻微的声音，但在法庭上辩论正如火如荼地进行着，谁也没有注意到。

朱丽又说道："就因为我们想要让人类生活得更美好而判我们有罪是

错误的。杀死蚂蚁是错误的。"

在飞落的过程中，蚁后的翅膀消失了。
王子的死和翅膀的消失正是它成为蚁后的代价。

"审判我们无罪，开释这些无辜的蚂蚁，你们将发现这条我们已经开始探索的道路是值得所有人关注的。无论我们愿意与否，蚂蚁都是……"
她的嘴张着，她的话语悬而未出。

234. 百科全书

数字的力量：0、1、2、3、4、5、6、7、8、9、10。

仅仅通过它们的形状，数字便告诉了我们生命演化的过程。所有曲线的都表示爱情，所有直线的都表示眷恋，所有交叉的都表示考验。让我们看一看吧。

0：是虚无，是封闭的、原初的卵。

1：这是矿物阶段，仅仅是一根直线。是静止，是起始。存在，简单地存在，现世现今，没有思想。这是意识发展的最初阶段，某种没有思想的东西在那儿。

2：这是植物阶段。其底部有一根直线，也就是说植物是被禁锢在大地上的。植物没有脚可走，它是大地的奴隶。但在其上部有一根曲线。植物热爱天空和光明，正是为了这植物，上部才有鲜花盛开。

3：这是动物阶段。没有直线，动物摆脱了大地的束缚，它可以自由行动。两条曲线表示它既热爱天空也热爱大地。动物是情感的奴隶。它爱，它不爱。自私是它最主要的特点。它既是天敌也是猎物。恐惧始终盘踞在它心里。如果它不根据自己的直接利益采取行动，它必死无疑。

4：这是人类阶段。是高于矿物、植物和动物的阶段。它处在十字路口。这是第一个出现交叉的数字。如果 4 能成功地进行转变，它将进入更高的境界。在自由意志的作用下，它不再是情感的奴隶。要么它实现自己的命运，要么它不实现自己的命运。但是自由选择的概念同样允许它不去完成给予自身情感自由的控制的任务。4 可以自由地停留在动物阶段，也可以进入下一个更高的阶段。这便是人性的实际意义。

5：这是精神阶段。是颠倒的 2。5 的直线在上面，说明它是与天紧密相连的。它的下部有一条曲线，表明它热爱大地和地上的居民。尽管摆脱了大地的束缚，但它却没能摆脱天空。它通过了4的交叉的考验，但它飘荡在天空中。

6：这是一条没有棱角、没有直线的连续曲线。这是绝对的爱。它几乎可以说是一条螺线，表明它准备奔向无穷。它摆脱了天与地，摆脱了一切上面与下面的束缚。它是一条振动的管道。然而它还有一件事要做：进入创造性的世界。6与子宫内胎儿的形状一样。

7：这是一个过渡性的数字。是颠倒过来的4。在这儿我们又遇到了一个交叉。一个物质世界的周期结束了，因而得以进入下一周期。

8：这是无穷。如果我们画8字的话，可以永远不停地画下去。

9：这是子宫内的胎儿。9是6的颠倒。胎儿准备进入现实世界。它将诞生在……

10：这是零，是原初的卵，但却在一个更高的维度里。这个更高的维度里的零将在更高的范围内开始一次新的数字循环，并且就这样继续下去。

每当我们写一个数字的时候，我们都是在传播这种智慧。

埃德蒙·威尔斯
《相对且绝对知识百科全书》第Ⅲ卷

235. 感觉的差异

马克西米里安的脸出现在了悬于被告隔离间上方的大屏幕上，在他嘴角边挂着一种近乎贪婪的奇怪微笑。朱丽看到这个特写镜头，顿时呆在了那里。

马克西米里安的目光中闪耀着自豪的光彩。他凑在摄像机镜头前用指甲钳把蚂蚁的脑袋一只接一只地剪下来，每剪一下都会发出一记清脆的声音。

"这是怎么一回事？他在搞什么鬼？"庭长问。

一名法警走到他身旁对他耳语了几句。马克西米里安把自己锁在家里，用家用摄影机和他的电脑通过电话线路把图像传送到法庭上。

斩刑仍在继续。过了一会儿，马克西米里安可能是觉得杀了上百只蚂蚁已经足够了，便冲着镜头微微一笑，把残肢断体拢了拢，漫不经心地掸进了纸篓。

然后他拿起一张纸，端坐在镜头前，念道：

"女士们、先生们，人类的命运正处在千钧一发之际，我们的世界、我们的文明、我们全人类正面临着消亡的威胁，一个可怕的敌人在朝我们逼近。是谁将我们置于危险境地的呢？是另一个，这星球上另外一个更为强大的文明、另一种更为强大的生物，我说的就是蚂蚁。我对它们进行了一段时期的研究，我研究了它们对人类所造成的影响。特别是我在一个模拟文明发展的程序上进行了试验，看看如果蚂蚁掌握了人类科学技术之后，这个世界会变成什么样。

"我发现与我们相比，蚂蚁在数量、好斗性和交流方式上都占有优势，不消 100 年，我们就会沦为它们的奴隶。

"在掌握了人类科学技术之后。它们现有的力量会变得无比强大。女士们、先生们，我知道在你们当中会有人认为这是不可能的。但我认为我们不能冒险去验证这一假说。

"所以我们必须消灭所有的蚂蚁，首先要消灭枫丹白露森林中那些'文明化'的蚂蚁。我也知道你们当中某些人认为它们是友善的。还有人认为它们能帮助我们，能教会我们许多东西。但这是错误的。

"蚂蚁是人类历史上前所未有的巨大灾难。从比例上说，一窝蚂蚁每天杀死的动物比一个人类国家全部人口杀死的还要多。

"它们先是进行屠杀，然后把被征服的生物当作牲畜一样来奴役。譬如它们砍掉蚜虫的翅膀，从蚜虫的身上榨取蜜汁。很可能有一天我们也会落得和蚜虫一样的下场。

"在认识到了智慧蚂蚁对人类具有的危险之后，作为一个人，我，马克西米里安·里纳尔，决定摧毁枫丹白露森林。由于一小撮人的放任胡为，森林里到处都爬满了熟知人类科技的蚂蚁。如果必要的话，我要让整座森林化为灰烬。

"思虑良久，我想到了人类的未来。如果我们现在不毁掉这被污染的 26000 公顷森林的话，也许有一天我们不得不毁掉全世界的森林。一时的阵痛将能避免全面的腐坏。知识就像是一种可怕的传染病。

"《圣经》告诉我们亚当本应该抵制住偷吃智慧果的诱惑。但在夏娃的鼓励下，他犯了一个无可挽回的错误。但我们，我们可以阻止蚂蚁获得那该诅咒的知识。

"我在森林里安放了燃烧弹，我要把它连同那些受到 103 号影响的蚂蚁窝一起毁掉。

"想要逮捕我是没用的。我的家现在固若金汤，而且启动燃烧弹的系统在我的电脑控制之下，我的宣言一结束，便会与互联网脱离，所以我根本不怕程序被改动。

"不要试图抓住我，如果我不能在5小时后给电脑输入一组密码的话，我的家和森林都将陷入火海之中。

"我再也没有什么可失去的了。我要为了全人类献出我的生命。今天下雨，我会等到天晴之后才去引爆燃烧弹的。如果我在一次鲁莽的攻击中被打死，希望人们将这看作是我的遗言，也希望有人能完成我未竟的事业。"

记者们奔跑着抢播他们的新闻稿。在法庭，人们也不管彼此间是否相识，全都热烈地讨论起来。

杜佩翁省长也来到法院听陪审团最后的裁决结果，他立刻征用了法官的办公室。他拿起电话，心中祈祷警察局局长还没想到把电话线拔掉。

感谢上帝，铃声只响了一下电话就通了。

"您这是在干什么，我的局长？"

"省长先生，您有什么可抱怨的呢？您不也想砰地一下解决掉那片森林，好让日本财团投资建馆吗？这下您的愿望不就可以实现了吗？您没说错，这的确可以创造就业机会，有助于解决失业问题。"

"但不要采取这种方式，马克西米里安。还有其他更慎重的办法可以采用……"

"只要摧毁那片该死的森林，我就可以拯救全人类。"

省长只觉得喉咙发干，手心冒汗。

"您疯了。"他叹息道。

"有些人开始时是会这么想，但总有一天，人们会理解我的苦衷，为我塑像，奉我为人类的救星的。"

"可您为什么非要把那些微不足道的蚂蚁置于死地呢？"

"难道您没有听到我刚才的话吗？"

"不，不，我当然听到了。您真的如此担心其他智慧生物与人类竞争吗？"

"是的。"

警察局局长的语气异常坚决。省长冥思苦想寻找着能说服他的有力证据。

"请您设想一下，如果恐龙知道有一天身材更小的人类会建立起强大的文明而把所有的哺乳类动物都消灭掉的话，这世界会变成什么样子？"

"这个比喻很确切。我认为恐龙本就应该把我们消灭。当时就应该有一个和我一样的恐龙英雄意识到长远的利害关系，那它们也许还能一直活到今天。"里纳尔回答道。

"但它们并不适应这颗星球。个头太大，太笨重……"

"那我们呢？很可能蚂蚁将来也会觉得我们个头太大，太笨重。而且如果它们处在我们的位置上，又会怎么做呢？"

说完，他挂断了电话。

省长派出了最好的拆弹专家去寻找分布在森林中的燃烧弹。他们找到了十几个，但森林这么大，又不知道马克西米里安一共安放了多少颗，这些努力都是毫无意义的。

局势看来失去了控制。大家都把希望寄托在上帝身上。每个人都知道雨一停，森林就会开始燃烧。

但是在某个角落，有一种语言低声说道："我想我有一个办法。"

236. 百科全书

讹诈：一个已经十分富庶的国家在一切都已经开发殆尽之后，只有唯一一个办法可以创造新的财富，那就是讹诈。

讹诈在生活中无处不在，小到撒谎的商人说："这是最后一件货了，如果您现在不买的话，就会被别的顾客买去。"大到国家政府宣称："如果没有这些虽然会造成污染的石油，我们就无法让全国人民取暖过冬了。"这都是在利益驱使下发生的。

埃德蒙·威尔斯
《相对且绝对知识百科全书》第Ⅲ卷

237. 爆炸即将发生

星期六整个白天一直在下雨。到了晚上，天空中又撒满了星星。国家气象局的专家宣布星期天天气会变晴，而且枫丹白露森林地区风力极大。

即便马克西米里安并不信什么教，得知这情况，也一定会认为上帝是站在他那一边的，他懒洋洋的身躯坐在扶手椅里，面对着计算机，一想到肩负责任的重要性，一种幸福感便在心中油然而起，慢慢地进入了梦乡。

各道门都被从里面锁上了，百叶窗也封死了。深夜一位不速之客悄悄潜入了马克西米里安的书房，摸到了电脑旁边。电脑仍处于运转状态，准备一旦摆脱密码的阻碍便引爆燃烧弹。那位访客上前想要破坏电脑，匆忙中打翻了什么东西。马克西米里安只是在半昏半醒之间，尽管那声音很轻，他还是立刻就惊醒过来，况且他也一直在等着最后时刻发动进攻。他拔出手枪瞄准来客扣动了扳机。整个房间都在枪声中震颤起来。

来客迅速地躲过了子弹。马克西米里安又开了一枪，仍然没能击中。

神情紧张的警察局局长给手枪重新装上子弹又举枪瞄准。来客决定最好还是躲在什么地方的好。只一跳，它便到了客厅里，躲在了窗帘后面。警察局局长又开了枪，但来客一低头，子弹从它头上飞了过去。

马克西米里安打开了灯。来客知道它必须换个藏身之处了。它溜到了一张扶手椅背后，好几颗子弹打在了高高的椅背上。

往哪儿躲呢？

烟灰缸。它跑过去蜷缩在一个雪茄烟头和缸壁间的缝隙中。警察局局长徒劳地把坐垫、帷幔和地毯掀了起来，但怎么也找不着。

103号趁机喘了口气，让自己镇静下来，并飞快地清洗了一下自己的触角。一只蚁后的生命太珍贵了，一般是不应该像这样冒险的。它的工作只是待在窝里产卵。然而103号知道，它在这世上是唯一既有"手指"的知识又有蚂蚁的智慧能完成这项事关重大的任务的蚁选。它不惜付出任何代价，都要阻止森林和蚁穴被毁灭。

马克西米里安始终举着枪，不时把子弹射入坐垫里。应该用另一种武器来对付这么小的目标。

他跑到厨房从壁橱里拿出一罐杀虫剂，然后朝客厅喷出一团毒雾，空气中充满了致命的气味。

幸好蚂蚁的肺袋中能存下不少空气。杀虫剂毒雾在空气中慢慢稀释，又可以呼吸了。虽然它可以坚持十几分钟，但再没时间可浪费了。

103号从烟灰缸里跑了出来。

马克西米里安认为要是当局和省长派一只蚂蚁来对付他，就说明他们想不出别的办法了。正当他站在那里得意扬扬的时候，灯熄了。这怎么可能？一只小小的蚂蚁是摁不动开关的。

随即他明白了，那只蚂蚁肯定是爬进了电表内。难道说它看得懂印刷电路,并知道该切断哪一根电线。

"永远不要低估你的对手。"这是他在警察学校对学员们反复重申的重要原则。而他自己刚才反倒忘了这一原则,就因为对手要比他小上1000倍。

他从五斗橱抽屉里取出一支手电,照了照他认为那位不速之客刚才最后出现过的地方,然后走到电表前,发现有一根电线被它用大颚咬断了。

他暗想只有一只蚂蚁能做到这一点:103号,那只蜕变了的蚁后。

在黑暗中,依靠灵敏的嗅觉和热成像的红外线视觉,蚂蚁要稍占些便宜。但是今晚是满月,马克西米里安只消打开再也不起什么防护作用的百叶窗,让皎洁的月光照进房间就行了。

得赶快行动。103号重新朝书房和电脑跑去。弗朗西娜教过它怎样从电脑背后的通风口爬进去。它严格按照弗朗西娜的指示爬进了电脑内部。现在要做的就是破坏那些电路了。它在电路板上爬着。这里是硬盘。那里是中央处理器。它爬过了一座座电容器、晶体管、电阻器、分压器和散热器。它周围的一切都在震颤着。

103号觉得它正爬行在一个充满敌意的结构中。"马克·亚韦尔"已经知道了它的入侵。虽然机器肚子里没长眼睛,但每当蚂蚁的脚爪踩在铜质电路上,"马克·亚韦尔"都能察觉到一次轻微的短路。

如果"马克·亚韦尔"有手的话,就会把蚂蚁碾死。

如果"马克·亚韦尔"有胃的话,就会把它给消化掉。

如果"马克·亚韦尔"有牙齿的话,就会把它给嚼碎。

但电脑只是一台由一些源于矿物质的零件组成的不会动的机器而已。103号一边爬一边回想着弗朗西娜给它讲过的印刷电路图。突然,通过它的红外线视觉,它看到一只巨大的眼睛透过通风栅栏口注视着它。

马克西米里安认出了那块黄色的标记,朝机器内部喷了一股毒雾。蚂蚁的嘴仍然大张着,当第二阵霉雾把整个电脑内部变成迷雾下的英国港口时,它连连咳嗽起来。酸性的气体侵入了它的体内,简直让它难以忍受。

"快,新鲜空气。"

它从磁盘驱动器的活门钻了出来。子弹立刻如火箭一般在它的身边呼啸而过。它在弹雨中曲折闪躲。手电发出的光柱始终把它笼罩在一圈光晕中。

为了摆脱"探照灯"的追踪,它从书房的门缝下爬进了客厅。它钻进了地毯的皱褶中。地毯立刻被掀了起来。它又躲到一张椅子下。椅子立刻被掀翻在地。

蚂蚁慌张地穿梭在鞋丛中。有越来越多的手指在追踪它，至少有10个。它躲到了一块儿厚地毯的呢绒缝边中。

现在怎么办？

它晃动着触角察觉到一股含有炭粒的风。它全速逃离了地毯，向前方一条垂直的隧道猛冲而去。绝佳的藏身处。是的，但"探照灯"又跟上了它的身影。

"你在壁炉里，103号，这下我可逮住你了，可恶的蚂蚁！"马克西米里安叫道，手电的光束在壁炉内来回探照着。

蚂蚁踩在厚厚的烟灰上，沿着巨大的垂直隧道往上爬。

马克西米里安还想朝它喷出杀虫剂毒雾，但罐子已经空了，壁炉内部空间大得足够让一个成年人的身体通过，于是他决定爬上去把103号拍扁。只要他没看到这只该死的昆虫化为一摊肉酱，就不可能高枕无忧。

人紧紧攀着古老的石块向上爬。两组手指通过大脑中转站相互通报着进展情况。在下面，包裹在鞋子中的双脚笨拙地寻找着支持点。

然而，随着管道变得越来越窄，它也变得越来越好爬了。在肘部和膝盖的支撑下，马克西米里安就像是一个优秀的登山运动员一样，毫不费力地向上爬着。

103号并没有等着他追上来，它爬到了更高的地方。他也爬了上来，蚂蚁闻到了紧追不舍的手指的油质气味。

马克西米里安大口喘着气。在一个垂直的烟囱里手脚并用地攀登，这的确不应该是他这个年龄该做的事。他用手电照亮了头顶上方的通道，觉得看到了两只触角好像在嘲笑他。他又向上挪了一段距离。烟囱越来越窄了，他的身体已经不能整个同时向上移动了。于是他首先把自己的右肋向上挪，然后等这一部分被卡住之后，他再把右肩部向上挪，等到右肩也动弹不了之后，他把右手向上伸去。

103号躲进了一条砖缝。马克西米里安立刻把手电对准了那儿。那藏身处很难够到。但他不想费了九牛二虎之力后就这么任其逃脱。他的胳膊再也不能往上升了，他便用手腕发起了攻击。

蚂蚁向后退去。但已经没有退路了。一只手指在向它逼近。

"这下可逮住你了。"马克西米里安从牙缝里挤出这么一句话来。

他感觉手指从蚂蚁的身边一掠而过，后悔没有多用些力气。他又把食指伸进砖缝。但 103 号灵巧地一个侧跃闪到一旁,一口咬在手指上。鲜血从细小的伤口处沁了出来。

"哎哟!"

蚂蚁知道现在只要把蚁酸弹射入伤口就行了。为了这次任务,它专门把腹腺中的蚁酸浓度增加到 70%,蚁酸的腐蚀性足以在手指上引起化学反应。

103 号发射了蚁酸弹,但没有命中目标。蚁酸弹在指甲上炸了开来,没有造成丝毫伤害。手指搅动着空气。它已经退到了洞穴的底部。战斗进入了僵持状态。

精疲力竭的它只是一只与凶恶的手指搏斗的小蚂蚁。

蚂蚁的武器是腹中的蚁酸弹和锋利的大颚,"手指"的武器是指甲的锋利边缘,犹如大锤一般的指端以及其肌肉的强劲力量。

努力攻击让马克西米里安气喘不已。他想派出其他几根手指去援助食指。他的手被狭窄的砖缝擦破了,但还是有 4 根手指伸了进去。

一场决斗。马克西米里安的手指就像是儒勒·凡尔纳《海底两万里》一书中的大章鱼一样,朝着四面八方用力搅动空气,想要把小蚂蚁碾成肉酱。

蚂蚁对这只可怕的手既敬又畏。老实说,"手指"并不知道拥有这样的延伸部分是多么的幸运!它竭尽全力躲开那些粉红色"长触角"的攻击,又连续射出数枚蚁酸弹,但都没有击中沁血的伤口。于是它又在粉红色肉条上咬出数道细微的伤口。

手指们变得越来越急躁,但并没有就此放弃,蚂蚁低估了它们的顽强意志。它被迎面狠狠一击,打到了洞穴底部。

手已经准备好发起第二次弹指攻击。食指蜷曲着,只要大拇指一松,它就能笔直而强劲地射出。

"唯一的敌人就是自己的恐惧。"

它想起了 24 号,它那有过一日之欢的丈夫在它的体内播下了生命的种子。很快它就要开始产卵了。24 号是为它而死的。仅仅是为了它,它也得活下去。

103 号瞅准了最大的一道伤口,用尽全身力气射出了蚁酸弹。

在一阵灸痛的感觉中,人稍稍向后退了退,失去了平衡,掉了下去,重重地掉在了灰盒中。他躺在那儿一动不动,颈椎骨摔得粉碎。

决斗结束了。没有摄像机记录它这一壮举,有谁会相信一只蚂蚁,一只微不足道的蚂蚁战胜了歌利亚。

它舔了舔身上的伤口,然后如以往每次战斗结束之后一样,迅速地清洁了一下自己的身体。它舔了舔触角,理了一下体毛,又舔舔肢腿,让自己从激动中恢复过来。

现在得完成它的工作了。如果几分钟之内"马克·亚韦尔"还接收不到密码指令的话,它就要引爆那些燃烧弹了。

在它向书房飞奔而去的时候,突然感觉到有一个影子在跟随它。它转过身看到一个巨大的怪物在空中飞翔。那怪物浑身上下长满了长而柔软的薄翼,那红黑相间的体色让它看上去模样更为恐怖。103号吓了一跳,这并不是一只鸟。那只动物长着一对凸起的大眼睛,能朝各个方向转动,好像在一直紧盯着103号似的,它的嘴一张开,便有一串无味的气泡朝空中升去。

那是一条鱼。

胡思乱想已经够多的了。

103号又转身朝电脑奔去。在机器内部还残留着一些杀虫剂的毒气,但已经不是那么让它难以忍受的了。

"马克·亚韦尔"朝它射出细小的电流想要电死它。但蚂蚁跳跃着躲开了攻击。它把全部注意力都放在了它的首要任务上:切断与控制燃烧弹的无线电发射装置相连的电线。

"别弄错,千万别弄错电线。"

如果它犯了错,哪怕仅仅是一个错误,非但不能让炸弹失效,还会立刻引发一场大灾难。那场生死决战让它耗尽了体力,它的大颚不停地颤抖着。混有毒雾的空气也让它无法仔细地思考。蚂蚁沿着与它体毛一般粗细的电线前进。走过三座微处理器之后,它拐进了一条尽头被一些电阻器和电容器堵住的路。根据指示,它要切断倒数第四根电线。

它切开塑料外层,往铜线上射出蚁酸,但在它切割到一半的时候,意识到这并不是倒数第四条电线,而是旁边两条中的一条。

"马克·亚韦尔"启动了冷却风扇,想要把它吸过去绞碎。风暴!

为了不被狂风卷走,103号把自己牢牢固定在机器零件上。战胜了"手指"之后,它还要战胜机器。在一阵嗡嗡声中,"马克·亚韦尔"开始了倒计数。森林中的燃烧弹眼看就要爆炸了。

计数器就在蚂蚁面前，红色的数字不停地闪烁着。

10、9、8……只剩下两根电线了。但在蚂蚁的红外视觉中，绿色和红色却变成了亮褐色。

7……6……5……

103号切断了其中一条。但倒计数仍在继续。

不是这条电线！

它绝望地切割着最后一条电线。

4……3……2……

太迟了！电线只被割开一半。但是倒计数数到"2"时停止了。"马克·亚韦尔"出现了故障。

蚂蚁极为惊讶地看着倒计数器停在了"2"字上。

在103号体内发生了某种意想不到的变化。在它的大脑中一种刺激性的压力不断上升。也许是由于它以前经历过的各种感情的因素，一种奇怪的费洛蒙混合体在它的头脑中产生出一种陌生的分子。103号无法控制在它身上所发生的变化。压力继续上升，噼啪作响，无法控制，但却一点也不难受。

以往的各种危险所造成的紧张情绪就像被施了魔法一般一个接一个地消失了。

现在压力传到了它的触角上。这很像它和24号做爱时的感觉，但这不是爱情。这是，这是……

幽默！

它大笑起来，笑在它身上表现为头部无法控制的晃动、唾液的分泌，以及大颚的颤动。

238. 百科全书

幽默：在历年的科学年鉴上所记录的关于动物幽默感的文章，只有斯特拉斯堡大学灵长类学家杰姆·安德尔森撰写的那一篇。这位科学家描述了一头名为"科科"的大猩猩的情况。这只大猩猩熟知聋哑人的手语。当一位实验员问它一块儿白毛巾是什么颜色时，它做了一个手势表示是"红色"。实验员拿着毛巾在猩猩面前晃了晃，把问题又重复了一遍，但得到的回答是相同的。他不明白为什么"科科"会坚持错误的回答。当他开始有些不耐烦时，大猩猩抓过毛巾把毛巾的红色褶边指给他看，然后做出被灵长类学家称作"滑稽表情"的动作。也就是说咧开嘴，下垂的嘴唇卷起，露出前齿，双眼圆睁。也许这也是一种幽默……

埃德蒙·威尔斯
《相对且绝对知识百科全书》第Ⅲ卷

239. 遇上怪人

手指紧紧纠缠在一起。男士们紧紧搂住他们的女舞伴。

枫丹白露城堡的舞会开始了。

为了庆祝枫丹白露和丹麦埃斯比约（Esbjerg）[1]市结为友好城市，今晚在这幢古老的建筑里举办了一场晚会。先是交换市旗、市徽和礼物，然后是两地民间舞蹈表演和合唱队的大合唱。随后亮出了写有"枫丹白露—八重—埃斯比约：姐妹城市"字样的大标语，象征着三地友谊的开端。

然后大家品尝斯堪的那维亚烧酒和法国的李子烧酒。

车头上插有两国国旗的汽车仍在不断驶进中央大院里。从车里走出一对对迟到的盛装华服的宾客。

丹麦官员走到法国同行面前行礼致意，后者则伸出手与其热烈相握。然后大家交换着微笑和名片，并且相互介绍各自的夫人。

丹麦大使走到省长身边对他耳语道：

"我大约知道一些那个审判蚂蚁的故事，后来的结果如何？"

杜佩翁省长脸上的微笑一下子凝固了，暗忖大使对这件事到底知道多少。很可能是在报上读到过一两篇报道。于是他故意兜起了圈子。

"很好，很好。感谢您对我们本地的事务如此关注。"

"您能给我详细讲讲吗？金字塔里的人有没有被定罪？"

"不，没有。陪审团本着宽大为怀的精神，只是要求他们不要再在森林里建造房屋了。"

"我听说有一部机器可以让人和蚂蚁说话，是不是？"

"这完全是记者的夸大其词。他们受骗上当了。您是知道记者的德行的，他们总喜欢在报上信口雌黄，好让更多的人来买他们的报纸。"

丹麦大使仍不罢休。

"但的确有那么一部机器，能把蚂蚁的费洛蒙信息转换成人类的

---

[1] 又译"埃斯堡"，丹麦日德兰半岛西南部城市，全国最大的渔港。

语言。"

杜佩翁省长哈哈大笑起来：

"啊！您也会相信这个？这是一条彻头彻尾的假新闻。一只有机玻璃缸，一个小瓶子，一台电脑。那机器根本不起作用。实际上是他们一个漏网的同伙在回答。让人们以为蚂蚁也会开口说话。那些天真的人们可能会相信，但骗局已经被揭穿了。"

大使拿起一块儿糖汁鲱鱼吐司，就着烧酒吃了起来。

"那么蚂蚁不会说话喽？"

"蚂蚁要是会说话，那鸡蛋就能长出牙齿来。"

"嗯……"大使又说，"好像鸡是恐龙的远房后代，很可能它们过去有牙齿……"

这一谈话让省长越来越感到不快。他想要抽身溜走，但大使拽住他的胳膊问道。

"那只蚂蚁 103 号呢？"

"审讯结束之后，所有的蚂蚁都被放回了大自然。我们还不至于可笑到去给蚂蚁定罪的地步！一般说来，它们总会被小孩子或者散步者给踩死的。"

在他们周围有愈来愈多的人拉开了手机的天线。有了这些人造触角，他们不用挪窝就可以和别处的人通话。

大使挠了挠头顶："那些占领学校的'蚂蚁革命者'呢？"

"他们也被释放了。我想他们没有继续他们的学业，而去开了一些规模不大的计算机公司或者服务公司。不过听说生意还挺兴隆的。我认为人们应该鼓励年轻人投入他们感兴趣的事业。"

"里纳尔警察局局长呢？"

"他从楼梯上掉了下来，伤势很重。"

大使渐渐失去了耐心。

"听您这么一说，就好像什么事也没发生过似的！"

"我想人们对'蚂蚁革命'和审判昆虫的故事太过夸张了。我告诉您一个秘密……"

他朝大使挤了挤眼睛。

"……那只是为了刺激本地旅游业的发展。自从这件事被传开之后，去枫丹白露森林的游客增加了两倍。这很好嘛。一方面人们可以呼吸一下新鲜空气，另一方面这也可以推动本地经济的发展。另外，贵市想要与我市结为友好城市多少也与这故事有些关系，不是吗？"

丹麦大使终于不再紧紧追问了。

"是的。我承认是有一些联系。在我国，所有的人都对这次可笑的审判很感兴趣。有些人甚至认为将来真的会有蚂蚁驻人类大使和人类驻蚂蚁大使呢。"

杜佩翁圆滑地笑了笑。

"那些有关森林的传说很重要，而且越离奇越好。自从20世纪初以来，就再也没有撰写传说故事的作家了，我个人认为这是十分令人遗憾的。可以说这种文学形式已经完全被遗忘了。不过这则枫丹白露森林蚂蚁的'神话故事'还是对发展旅游业有好处的。"

说着杜佩翁看了看手表。该是发表演说的时候了。他走上讲台，郑重其事地掏出那张已经弄皱发黄了的"友好城市演讲稿"大声念道：

"我提议为全世界各民族的友谊和理解干一杯。我们关心你们，同时我们也希望你们关心我们。我们彼此之间的差异越大，也就越能丰富我们双方的文化、传统和技术……"

那些心急如焚的客人终于可以重新坐下享受他们的盘中佳肴了。

"您可能会觉得我太天真，但我的确认为那是可能的！"丹麦大使又说道。

"什么是可能的？"

"蚂蚁驻人类大使呀。"

杜佩翁恼火地瞪着他，用手做了一个模仿摄像机镜头的动作。

"这一幕就在我的眼前。103号蚁后身着镶金边的裙袍，头上戴着王冠。我把它迎进来，向它颁发枫丹白露市农业成就奖章。"

"为什么不呢？那些对你们来说很可能是一笔意想不到的财富。如果你们和它们结盟，它们就会不计报酬地为你们工作。你们可以把它们当作比第三世界国家居民还不如的劳工来对待，随便给它们一些不起眼的小玩意儿，然后把它身上所有好的和有用的东西都榨干。以前人们对美洲印第安人不就是这么干的吗？"

"您可真够厚颜无耻的。"省长讽刺道。

"难道还能找到比这更廉价、数量更多、动作更精确的劳动力吗？"

"真的，它们可以大量开垦土地，可以替我们找到地下水资源。"

"在工厂里它们可以被用于完成那些危险的或者精细的工作。"

"不管是侦察还是破坏，它们都是最佳的军事人才。"杜佩翁添油加醋地说道。

"我们甚至还可以把蚂蚁送入太空。与其用人类的生命去冒险，还不如派这些代价更小的蚂蚁去。"

"说得没错，但……还有一个问题。"

"什么问题？"

"和它们交流。那台'罗塞塔之石'根本就没有用，也从来没起过什么作用。我告诉过您了，那只是一台唬人的机器。是一个漏网的犯人装成蚂蚁在说话。"

丹麦大使听了好像很失望。

"您说得对，说到底这一切都只是个故事而已。一个现代的森林传奇故事。"

他们干了一杯，然后谈起了更为严肃的话题。

240. 百科全书

一个信号：昨天发生了一件不同寻常的事。我在散步的时候，突然在一家旧书店里看到一本书：《幽灵航海家》，我把那本书看了一遍。作者在书中写道，人最后的未知领域就是他自己的最终归宿。他在那本科幻小说里描写了一些探险家出发去寻找天堂，就像当年哥伦布出发去发现美洲大陆一样。

书中的场景参考了中国西藏和埃及文学中对于天堂的描写。想法十分奇特。我向书店老板问了关于这本书的情况。他告诉我该书出版时并未引起什么轰动。这很正常，死亡和天堂在我国是令人讳莫如深的话题。但是我越看这本《幽灵航海家》就越有一种困惑的感觉。并不是这小说的主题让我心绪不宁，而是另外的东西。一个可怕的念头如闪电一般划过我的脑海："如果我，埃德蒙·威尔斯，我不存在的话会怎样？"大概我从来就没有存在过。很可能我和《幽灵航海家》中的主人公一样，只是一本书中虚构出来的人物。好吧，我将穿过这道纸墙直接面对我的读者。"你好，真实地存在是一件幸运的事，十分难能可贵，请好好珍惜它吧！"

埃德蒙·威尔斯
《相对且绝对知识百科全书》第Ⅲ卷

241. 新路

在嗡嗡运转的电脑中，弗朗西娜创造出来的潜在世界——"下世界"在与外界隔绝的状态下仍然运转着。没有谁再对它感兴趣了。

在这个几乎可以说是不存在的世界中，宗教人士和科学家终于承认存在一个"上世界"，并且对之发起了冲击。这一假设原先是由一名科幻小说作家提出的。这一假设得到了探空火箭和天文望远镜的证实。他们确信这个被他们称作"彼世"的世界存在于另一维度的空间中。在那儿生活着一些和他们一样的人，只是其对时间和空间的认识与他们并不一样。

"下世界"的人们推断出"上世界"的人们用一台装有程序的电脑把潜在世界细致入微地描述出来。而且正是通过描述，他们才让这世界存在着。"下世界"的人明白他们只是在一个被另一空间的人所创造出来的虚幻世界中才具有真实性，那些"上世界"的人掌握着足以创造这一切的技术。他们的新闻媒体把这一结论传遍了整个"下世界"。

"下世界"的人们同时也明白他们并不是以物质形式存在的。他们只是磁盘上一连串的0和1，信息轨上一连串的阴和阳，一个描述和规划他们宇宙的电子脱氧核糖核酸。起初发现自己以如此少的现实性存在着让他们惶恐不已，但随后他们也就见怪不怪了。

他们所希望的就是弄明白他们为什么存在。所有的人以前都见过他们的神，一名叫"弗朗西娜"的女神，但这并不能让他们满足。他们想要知道上面的世界。

242. 链

她径直朝前方的斜坡跑下去，左拐右折地穿行在四周如紫红色巨箭一般的参天杨树间。

传来一阵翅膀鼓动的声音，蝴蝶展开它们美丽的鳞翅，扇动着空气相互追嬉。

一年过去了。朱丽，《相对且绝对知识百科全书》的拥有者，把书装进方箱子，放到以前她发现它的地方，好让另一个人将来可以利用"相对且绝对知识"。

现在，她和她的朋友再也不需要保留这本书了。书中的内容已经完全烙刻在他们八个人的心中，甚至还发扬光大。鸟兽尽，良弓藏。何况这只是一本普通的书。

在关上箱子之前,朱丽又把第三卷最后一页看了一遍。埃德蒙·威尔斯青筋暴露的手颤抖着写下这最后几行:

结束了。但这只不过是开始。现在得由你们来进行革命,或者是进化。得由你们来为了你们的社会和文明确立理想。得由你们来发明、建设、创造,让社会不至于停滞不前,更不会倒退。

请让《相对且绝对知识百科全书》变得更为完整,创造更为雄心勃勃的事业。把你们的才能叠加起来,因为 1＋1＝3。去征服意识领域的新天地。不要骄傲,不要暴力,不要追求轰动效应。实实在在地去干。

我们都只不过是史前的人类。伟大的机遇在我们前面,而不是后面。请利用大自然——你们身边无穷无尽的知识宝库。这是一份礼物。每一个生命形式之上都有一条忠告。去和所有生命交流吧,去把所有的知识综合在一起。

未来既不属于权贵也不属于精英。

未来绝对是属于创造者的。

去创造吧。

你们中每一个人都只是一只蚂蚁,在蚁窝里添上自己的一根枝条。去找到微小但却奇特的想法吧。你们每个人都是万能的,也都只是昙花一现。这也就是为什么要抓紧时间去建设的原因之一。这一历程是漫长的,你们永远也不会亲眼看到你们的工作成果。但请像蚂蚁那样迈出你们的那一步吧。在死亡未到之前迈出一步。一只蚂蚁会慎重地接替你,然后是另一只,然后是另一只,然后又是另一只。

"蚂蚁革命"是在头脑中进行的,而不是在大街上。我已经死了,而你们还活着。一千年之后,我将还是死的,而你们,你们还将活着。

珍惜生命,努力去干吧。

去进行蚂蚁的革命吧。

朱丽把密码锁上的数字弄乱之后,拉着一根绳子溜下了她以前掉下去过的那道沟谷。

刺李、树莓、蕨类把她的皮肤给擦破了。

她找到了那条泥泞的沟,然后是那条通向丘陵的隧道。

她手脚并用爬了进去,觉得自己好像是在安放一枚定时炸弹一样。她把箱子放在以前被发现的位置上。

"蚂蚁革命"会在其他地方，在另一些时间，以别的方式重新开始。和她一样，将来有一天某个人也会发现这只箱子，并发起他自己的"蚂蚁革命"。

朱丽从泥泞的隧道里钻了出来，攀着绳索爬上斜坡。她认得回去的路。

她的头撞到了山谷上方的突岩上，然后撞到了一只鼬。鼬逃窜时撞到了一只鸟，鸟儿又撞到了一条蛞蝓。蛞蝓又干扰了一只正想割下一片树叶的蚂蚁。

朱丽吸了口气，成千上万条信息在她的脑海中飞速奔流着。森林蕴藏着这么多财富。亮灰眼睛的年轻女人不需要触角就能感觉到森林的灵魂。只要愿意，就能进入别的个体的思想。

鼬的思想是灵活的，充满了波动的尖锐的齿状物。鼬能够在不同的环境中敏捷地运动。

朱丽又把注意力放到了鸟的思想上，并且体会到了能够飞行的快乐。它能从那么高的地方俯瞰大地。鸟的思想复杂得令人难以置信。

蛞蝓的思想宁静安然。没有恐惧，只是有点好奇，以及面对它面前的事物的一点随便和从容。蛞蝓只想着进食和爬行。

蚂蚁已经离开了。朱丽并没有去寻找它。那片树叶倒还是在原地，她感觉到了树叶的感觉——沐浴在光芒中的喜悦。永远都在进行光合作用的感觉。树叶感觉到自己绝对的活跃。

朱丽尝试着与丘陵进入情感同化。那是一个冰冷的思想。沉重。古老。丘陵对刚刚过去的事没有认识，它还停留在2世纪和侏罗纪之间的历史中。在它的记忆中有冰期和沉积期。而对在它背上活动的生命它却丝毫不感兴趣。只有高高的蕨类植物和古树木是它的老邻居。它看着人诞生，又看着他们立刻死去，他们的生命是如此的短暂。在它看来，哺乳类动物就如同流星一般毫无意义。它们刚出生便已衰老，濒临死亡了。

"你好，鼬。""你好，树叶。""你好，丘陵。"她用高而清晰的声音说道。

朱丽微微一笑重新踏上归途。她登上地面，抬起头望着繁星和……

243. 漫步森林

海蓝色的寒冷宇宙广阔无垠。

镜头在向前推动。

在宇宙的中心出现了一个缀满了无以计数的多彩银河的区域。

其中某一条银河一支的边缘,有一颗年老的太阳闪耀着绚丽缤纷的光芒。

围绕太阳运行的是一颗气候温和的小行星,其表面被珍珠色的云层覆盖着,看上去就如同大理石花纹一样。

在云层下面可以看到淡紫色的海洋,周边镶着些赭石色的大陆。

在大陆上有山脉、平原和连绵起伏的幽幽森林。

在树木的浓密枝叶下生活着成千上万种动物。其中有两种是特别先进的。

响起了一阵脚步声。

现在正是冬季。

是谁走在白雪皑皑的森林中?

在远处,洁白无瑕的雪地上出现了一个小黑点。

到了近处才发现这是只行动笨拙的昆虫,肢腿半陷在雪白的粉末中,但仍在努力前行。它体形宽大,大腿粗壮,小腿修长而外张。这是一只年轻的无性蚂蚁。它的脸色十分苍白,眼睛乌黑而凸出。它那对黑色的触角丝一般贴在脑袋上。

这是 5 号。

它还是头一次在雪地上行走。在它身旁,10 号背着一盏灯笼飞快地赶上了它。灯笼中有一块儿木炭,可以用来抵御寒冷。但不能让炭火太靠近地面,否则会把雪烤化的。

在那一望无垠的冰雪天地中,蚂蚁喘息着又朝前迈了几步。对一只蚂蚁来说只是几小步,而对整个种群来说却是几大步[1]。

它继续走着。因为不想再让冰冷的白雪碰到下巴,它使出全身力气用两条后腿站了起来。

它用这种不太舒服的姿势走了几步,然后停了下来。暗想在雪地中行走已经是一个了不起的壮举了,在雪地里用两条腿走路那就太困难了。但

---

[1] 1969 年 7 月,尼尔·阿姆斯特朗登上月球之后,说:"这是我个人的一小步,却是人类的一大步。"

它并没有放弃。

它转过身对 10 号说：

"我想我发现了一种全新的站立方式。跟我做。"

244. 开始

手翻过书本的最后一页。

眼睛不再从左至右地扫视了。眼睑在它们上面覆盖了短短片刻。

眼睛闭合了一会儿随即又睁了开来。

渐渐地，那些字眼又变成一连串的图像。

在颅顶深处，脑海中那庞大的全景屏幕消失了。结束了。

然而，这也许只是一个……

开始。

谨感谢

我感谢所有与我共进午餐的朋友们。正是在听取他们的故事以及观察他们听取我故事时反应的过程中，我才找到各种素材。

以下是不按任何秩序排列的名单：马克·布莱，罗曼·冯·兰特，热拉尔·昂扎拉格教授，理查德·杜库塞，热若姆·马尔香，加特琳纳·韦尔贝尔，洛易克·埃蒂埃那博士，洪姬雄，亚历山大·杜巴里，西纳·朗兹马纳，莱奥波德·布朗斯坦，弗朗索瓦·韦尔贝尔，多米尼克·夏拉布斯加，让·加维，玛丽·比利·阿尔纳，帕特里斯·塞尔，大卫·布夏尔，纪尧姆·阿尔多斯，马克斯·普里尼……（希望那些被遗漏的朋友原谅我的疏忽。）

我在此要特别感谢莱纳·西贝尔，感谢她耐心地多次为我校读《蚂蚁革命》手稿。

同样要感谢阿尔班·米歇尔出版社全体同人。

为了那些喜爱沉浸在相同氛围中的读者，我在写作过程中专门听了以下音乐作品：莫扎特、普罗科菲耶夫、平克·弗洛伊德、德彪西、迈克·奥德菲尔德（针对有关森林的章节）；创世纪乐队、Yes乐队以及电影《沙丘》《星球大战》《海鸥乔纳森》和《E.T.外星人》的主题曲（针对追捕的章节）；海狮合唱团、AC/DC乐队、逝者善舞、阿尔沃·帕尔特、安德列斯·佛伦怀德（针对高中生革命的章节）；然后是"寂静"或是巴赫（针对所有《相对且绝对知识百科全书》的节选）。

最后，我要向提供纸浆的树木们表示感谢，我希望它们很快会被重新种下。

贝尔纳·韦尔贝尔

图书在版编目（CIP）数据

蚂蚁革命 /（法）贝尔纳·韦尔贝尔著 ; 武峥灏，刁卿雅译 . -- 北京：北京联合出版公司，2021.3
（蚂蚁三部曲）
ISBN 978-7-5596-4914-0

Ⅰ. ①蚂… Ⅱ. ①贝… ②武… ③刁… Ⅲ. ①幻想小说—法国—现代 Ⅳ. ① I565.45

中国版本图书馆 CIP 数据核字（2021）第 003007 号

Originally published in France as:
La révolution des fourmis by Bernard Werber
© Éditions Albin Michel, 1996
Current Chinese translation rights arranged through Divas International, Paris
巴黎迪法国际版权代理
本书中文简体版由银杏树下（北京）图书有限责任公司出版。

蚂蚁革命

著　　者：［法］贝尔纳·韦尔贝尔
译　　者：武峥灏　刁卿雅
出 品 人：赵红仕
选题策划：后浪出版公司
出版统筹：吴兴元
编辑统筹：朱　岳　梅天明
特约编辑：宁天虹
责任编辑：徐　鹏
营销推广：ONEBOOK
装帧制造：墨白空间·黄怡祯

北京联合出版公司出版
（北京市西城区德外大街 83 号楼 9 层　100088）
后浪出版咨询（北京）有限责任公司发行
北京盛通印刷股份有限公司印刷
字数 1131 千字　655 毫米 × 1000 毫米　1/32　35.75 印张
2021 年 3 月第 1 版　2021 年 3 月第 1 次印刷
ISBN 978-7-5596-4914-0
定价：148.00 元（全三册）

后浪出版咨询(北京)有限责任公司常年法律顾问：北京大成律师事务所　周天晖 copyright@hinabook.com
未经许可，不得以任何方式复制或抄袭本书部分或全部内容
版权所有，侵权必究

本书若有质量问题，请与本公司图书销售中心联系调换。电话：010-64010019